THE COLLECTED WORKS OF DULU WANG

王 度 廬 選 集

Crouching Tiger, Hidden Dragon Pentalogy (Book Three)

武 俠 小 說　 鶴一鐵 五 部 之 三

Adapted for Crouching Tiger, Hidden Dragon film
and won four Oscar Academy Awards

Sword Spirit, Pearl Light

劍 氣 珠 光

DULU WANG

王 度 廬

Edited and Modified by Hong Wang

校 訂 者 ： 王 宏

JIANGHU PUBLISHING　 江 湖 出 版 社

In Memory of My Father
Dulu Wang (1909−1977)
who wrote the original books

Crouching Tiger, Hidden Dragon Pentalogy Book Three
THE COLLECTED WORKS OF DULU WANG
王度廬選集，鶴─鐵五部 第三部，劍氣珠光

ISBN: 978-1-7772674-0-7 (Paperback)
ISBN: 978-1-7772674-7-6 (eBook-Kindle)
ISBN: 978-1-7772674-1-4 (eBook-epub)
Library of Congress Control Number: 2020914415

江 湖 出 版 社
JIANGHU PUBLISHING

Jianghu Publishing
PO Box 35075 Fleetwood Postal Outlet
Surrey, BC Canada V4N 9E9
www.jianghubooks.com

出版說明 （PREFACE）

Dulu Wang (1909 −1977) was a famous Chinese Chivalry (Martial Art) novelist in the nineteen thirties and forties who wrote many novels including Crouching Tiger, Hidden Dragon Pentalogy (Dancing Crane, Singing Phoenix 舞鶴鳴鸾记 aka 鶴驚昆侖 , 1940; Precious Sword, Golden Hairpin 寶劍金釵 , 1938; Sword Spirit, Pearl Light 劍氣珠光 , 1939; Crouching Tiger, Hidden Dragon 臥虎藏龍 , 1941; and Iron Knight, Silver Vase 鐵騎銀瓶 , 1942) which was adapted into a film under the title Crouching Tiger, Hidden Dragon by Ang Lee and his colleagues in 2000. Its spectacular action, rhapsodic landscapes and tragic romance have touched audiences in Asia, North America and around the world and won over 40 awards and was nominated for 10 Academy Awards, including Best Picture, and won Best Foreign Language Film, Best Art Direction, Best Original Score and Best Cinematography. In 2019, the film was ranked the 51st in 100 best films of the 21st century list by Guardian.

Dulu Wang is considered one of the five greatest wuxia (which literally means "martial hero") fiction writers of the Northern School in the Republican. He was less interested in writing about ruthless killings; instead he focused on his characters' development, their emotions, friendship, and passions. Wang had great sympathy for women who suffered cruel oppression by the society and its feudal system, and his novels featured many strong female characters, warriors, and heroines. Most of his stories featured tragic endings. His perfect combination of chivalry, romance and tragedy in his novels have thrilled many critics and readers and this style have influenced many authors.

During 1925 −1949 Wang published more 90 novels and thousands of articles and poems.

This book, Sword Spirit, Pearl Light, is Volume 3 of Wang's Crouching Tiger, Hidden Dragon Pentalogy and was published in 1939 and edited and modified by Hong Wang in 2020.

More Wang's books will be in the Collected Works of Dulu Wang series.

Jianghu Publishing 江湖出版社
www.jianghubooks.com

出版說明 (PREFACE)

　　王度盧是中國著名的武俠言情小說作家，在上個世紀三四十年代曾發表过大量小說、雜文、詩詞等作品。《鶴驚昆侖》、《寶劍金釵》、《劍氣珠光》、《臥虎藏龍》、《鐵騎銀瓶》是王度盧創作的五部內容相互關聯，又各自獨立的武俠悲情小說，通常被合稱為"鶴—鐵五部"。2000 年李安導演根據該系列改編的電影《臥虎藏龍》，曾獲得 40 多個國際電影大獎，並榮獲了第 73 屆奧斯卡最佳外語片等四項大獎。

　　《劍氣珠光》是"鶴—鐵五部"的第三部，原名《劍氣珠光錄》，初載於 1939 年的《青島新民報》，後由上海勵力出版社印行，改題《劍氣珠光》。

　　本社出版的《王度盧選集》，收入了王度盧先生的包括"鶴—鐵五部"在內的不同時期不同類型的部分作品，王宏並對其做了一些必要整理和訂正，該選集中的各部小說將在近期陸續出版。

Jianghu Publishing 江湖出版社

www.jianghubooks.com

序 (Foreword)

徐斯年

　　王度廬是位曾被遺忘的作家。許多人重新想起他或剛知道他的名字，都可歸因於影片《臥虎藏龍》榮獲奧斯卡獎。但是，觀賞影片替代不了閱讀原著，不讀小說《臥虎藏龍》（而且必須先看《寶劍金釵》），你就不會知道王度廬與李安的差別。而你若想了解王度廬的"全人"，那又必須盡可能多地閱讀他的其他著作。這部選集收錄了他的一些代表作，這篇序文裏還會提及他的另一些作品，都有助於讀者認知全人。

　　王度廬，原名葆祥，字霄羽，1909 年生於北京一個下層旗人家庭。幼年喪父，舊制高小畢業即步入社會，一邊謀生、一邊自學。十六歲開始，先後在《平報》和《小小日報》發表雜文和連載小說（包括武俠、偵探、社會言情等類別），並曾在《小小日報》開闢個人雜文專欄"談天"，就任該報編輯。1933 年往西安，與李丹荃結婚，曾任陝西省教育廳編審室辦事員和西安《民意報》編輯。1936 年返回北平，繼續賣稿為生。次年赴青島，淪陷後始用筆名"度廬"，在《青島新民報》及南京《京報》發表武俠言情小說，同時發表的社會小說則署名"霄羽"。1949 年赴大連，任大連師範專科學校教員。1953 年調瀋陽，任東北實驗學校（即遼寧省實驗中學）語文教員。文革後期以退休人員身份隨夫人下放昌圖縣農村。1977 年卒於鐵嶺。

　　早在青年時代，王度廬就接受並闡釋過"平民文學"的主張。他的文學思想雖與周作人不盡相同，但在"為人生"這一要點上，他們的觀念是基本一致的。

　　從撰寫《紅綾枕》（1926 年）開始，王度廬的社會小說就把筆力集中於揭示社會的不公，人生的慘淡，以及受侮辱、受損害者命運的悲苦。

　　戀愛和婚姻是五四新文學的一大主題。那時新小說裏追求婚戀自由的男女主人公，面對的阻力主要來自封建家庭和封建禮教，作品多反映"父與子"的衝突——包括對男權的反抗，所以，易卜生筆下的娜拉尤被覺醒的女青年們視為楷模。到了王度廬的筆下，上述衝突轉化成了"金錢與愛情"的矛盾。

　　正如魯迅所說：娜拉衝出家庭之後，倘若不能自立，擺在面前的出路只有兩條——或者墮落，或者"回家"。王度廬則在《虞美人》中寫道："人生"、"青春"和"金錢"，"三者之間是相互聯係着的"，而在當時的中國社會裏，金錢又對一切起着主導性的作用。他所撰寫的社會言情小說，深刻淋漓地描繪了"金錢"如何成為社會流行的最高價值觀念和唯一價值標準，如何與傳統的父權、男權結合而使它們更加無恥，如何導致社會的險惡和人性的異化。

　　王度廬特別關注女性的命運。他筆下的女主人公多曾追求自立，但是這條道路充滿兇險。范菊英（《落絮飄香》）和田二玉（《晚香玉》）付出了生命的代價；

虞婉蘭（《虞美人》）終於發瘋，生不如死。惟有白月梅（《古城新月》）初步實現了自立，但她的前途仍難預料；至於最具"娜拉性格"，而且也更加具備自立條件的祁麗雪，最終選擇的出路卻是"回家"。

這些故事，可用王度廬自己的兩句話加以概括："財色相欺，優柔自誤"（《〈寶劍金釵〉序》）。金錢腐蝕、摧毀愛情，也使人性發生扭曲。人是"社會關係的總和"，他的社會小說正是通過寫人，而使社會的弊端暴露無遺。

在社會小說裏，王度廬經常寫及具有俠義精神的人物，他們扶弱抗強，甚至不惜捨生以取義。這些人物有的寫得很好，如《風塵四傑》裏的天橋四傑和《粉墨嬋娟》裏的方夢漁；有些粗豪角色則寫得並不成功，流於概念化，如《紅綾枕》裏的熊屠戶和《虞美人》裏的禿頭小三。

上述俠義角色與愛情故事裏的男女主人公一樣，也是現代社會中的弱者。作者不止一次地提示讀者：這些俠義人物"應該"生活於古代。這種提示背後隱含着一個問題：現代愛情悲劇裏的那些曠男怨女，如果變成身負絕頂武功的俠士和俠女，生活在快意恩仇的古代江湖，他們的故事和命運將會怎樣？這個問題化為創作動機，便催生出了王度廬的俠情小說，這裏也昭示着它們與作者所撰社會小說的內在聯繫。

《寶劍金釵》標誌着王度廬開始<u>自覺地</u>把撰寫社會言情小說的經驗融入俠情小說的寫作之中，也標誌着他自覺創造"現代武俠悲情小說"這一全新樣式的開端。此書屬於厚積薄發的精品，所以一鳴驚人，奠定了作者成為中國現代武俠悲情小說開山宗師的地位。繼而推出的《劍氣珠光》《鶴驚崑崙》《臥虎藏龍》《鐵騎銀瓶》[1]（與《寶劍金釵》合稱"鶴─鐵五部"）以及《風雨雙龍劍》《彩鳳銀蛇傳》《洛陽豪客》《燕市俠伶》等，都可視為王氏現代武俠悲情小說的代表作或佳作。

作為這些愛情故事主人公的俠士、俠女，他們雖然武藝超群，卻都是"人"而不是"超人"。作者沒有賦予他們保國救民那樣的大任，只讓他們為捍衛"愛的權利"而戰；但是，"愛的責任"又令他們惶恐、糾結。他們馳騁江湖，所向無敵，必要時也敢以武犯禁，但是面對"廟堂"法制，他們又不得不有所顧忌；他們最終發現，最難戰勝的"敵人"竟是"自己"。如果說王度廬的社會小說屬於弱者的社會悲劇，那麼他的武俠悲情小說則是強者的心靈悲劇。

王度廬是位悲劇意識極為強烈的作家。他說："美與缺陷原是一個東西。""向來'大團圓'的玩藝兒總沒有'缺陷美'令人留戀，而且人生本來是一杯苦酒，哪裏來的那麼些'完美'的事情？"（《關於魯海娥之死》）《鶴驚崑崙》和《彩鳳銀蛇傳》裏的"缺陷"是女主人公的死亡和男主人公的悲涼；《寶劍金釵》《臥虎藏龍》《鐵騎銀瓶》裏的"缺陷"都不是男女主角的死亡，而是他們內心深處永難平復的創傷；《風雨雙龍劍》和《洛陽豪客》則用一抹喜劇性的亮色，來反襯這種悲愴。

王度廬把俠情小說提升到心理悲劇的境界，為中國武俠小說史作出了一大貢獻。正如佛洛伊德所說："這裏，造成痛苦的鬥爭是在主角的心靈中進行着，這是一個不同

───────────

1　這裏敘述的是發表次序。按故事時序，則《鶴驚崑崙》為第一部，以下依次為《寶劍金釵》《劍氣珠光》《臥虎藏龍》《鐵騎銀瓶》。

衝動之間的鬥爭，這個鬥爭的結束決不是主角的消逝，而是他的一個衝動的消逝"[2]。這個"衝動"雖因主角的"自我克制"而"消逝"了，但他（她）內心深處的波濤卻在繼續湧動，以至遺恨終身。

李慕白，是王度廬寫得最為成功的一個男人。

有人說，李慕白是位集儒、釋、道三家人格於一身的大俠；這是該評論者觀賞電影《臥虎藏龍》的個人感受。至於小說《寶劍金釵》裏的李慕白，他的頭上決無如此"高大上"的絢麗光環。古龍說得好：王度廬筆下的李慕白，無非是個"失意的男人"。

在《寶劍金釵》裏，李慕白始終糾結於"情"和"義"的矛盾衝突，他最終選擇了捨情取義，但所選的"義"中卻又滲透着難以言說的"情"。手刃巨奸如囊中取物，李慕白做得非常輕易；但是他又投案伏法，付出的代價極其沉重。他做這些都是自願的，又都是並不自願的。出發除奸之前，作者讓他在安定門城牆下的草地上作了一番內心自剖，這段自剖深刻地展示着他的"失意"，這種心態可以概括為三個字——"不甘心"。

早期王度廬曾以"柳今"為筆名發表雜文《憔悴》，其中寫及自己當時的心態，與上述李慕白的自剖如出一轍。而在《紅綾枕》中，男主角戚雪橋為愛人營墓、祭掃時的一段內心獨白，其心態又與柳今極其相似。於是，我們看到了王度廬、柳今、戚雪橋（還有一些其他作品裏的男性角色）與李慕白之間的聯係——李慕白的故事，是戚雪橋們的白日夢；戚雪橋、李慕白們的故事，則是柳今、王度廬的白日夢。

不把李慕白這個大俠寫成一位"高大上"的"完人"，而把他寫成一個"失意的男人"，這是王度廬顛覆傳統"俠義敘事"，在中國武俠小說史上作出的一大貢獻。

玉嬌龍，是王度廬寫得最為成功的一個女人。

玉嬌龍的性格與《古城新月》裏的祁麗雪有相似之處，但是她的叛逆精神更加決絕、更加徹底。為了自由的愛情，她捨棄了骨肉的親情；同時，她也捨棄了貴冑生活，選擇了荊棘江湖，捨棄了"城市文明"，選擇了草莽蠻荒。

對玉嬌龍來說，最難割捨的是親情；最難獲得的，是理想的婚姻。她發現自己選擇羅小虎未免有點莽撞，所以又離開了他。她獲得了自由的愛情，卻在事實上拒絕了自由的婚姻。這與其說反映着"禮教觀念殘餘"、"貴族階級局限"，不如說是對文化差異的正視。儘管如此，這位"古代娜拉"並未"回家"，而是毅然決然地踏上一條不歸路。這條路是悲涼的，同時又是壯美的。

————————————————————

2 佛洛伊德：《戲劇中的精神變態人物》（張喚民譯），《二十世紀西方美學名著選》（上），第410頁，復旦大學出版社，1987，上海。

玉嬌龍和李慕白都是"跨卷人物"。《劍氣珠光》裏的李慕白寫得不好,因為背離了《寶劍金釵》中業已形成的性格邏輯。《鐵騎銀瓶》裏的玉嬌龍則寫得很好,她青年時代的浪漫愛情,此時已經昇華為偉大的、無私的母愛。她青年時代的夢想,終於在愛子和養女的身上得以成真,但是他們攜手歸隱時的心態,也與母親一樣充滿遺憾。

　　王度盧的上述成就,都是對於傳統武俠敘事的揚棄,這使他的武俠悲情小說擁有了現代精神。

　　王度盧又是一位京旗作家。

　　清朝定都北京之後,即將內城所居漢人一律遷出,由八旗分駐內城八區。王度盧家住地安門內的"後門裏",其父是內務府上駟院的一個小職員。王氏一族當屬擁有滿洲旗份的"漢姓人",雖無滿族血統,卻浸潤着滿族文化。

　　滿人崛起於白山黑水之間,民族性格剛毅尚武,自立自強,粗獷豪放。入關定鼎之後,宴安日久,八旗制度的內在弊端開始呈現,"八旗生計"問題日益突出,以至最終導致嚴重的存亡危機。王度盧出生時,恰逢取消"鐵杆莊稼"(即旗人原本享受的"俸祿"),父親又早逝,全家陷於接近赤貧的境地。他的早期雜文經常寫到"經濟的壓迫","身世的飄泊,學業的荒蕪",疾病的"纏身",始終無法擺脫"整天奔窩頭"的境況。他的許多社會小說及其主人公的經歷、心境,也都寄託着同樣的身世之感和頹喪情緒。這種刻骨銘心的痛楚,蘊含着當時旗人不可避免的噩運,漢族讀者是難以體會這種特殊苦痛的。

　　同時,王度盧又十分景仰滿族優秀的民族精神。他的作品,明確書寫旗人生活的有十多部;他所塑造的許多旗籍人物身上,都寄託着對民族精神的追憶和期許。

　　從這個角度考察玉嬌龍,首先令人想到滿族的"尊女"傳統。這一傳統的形成至少出於四點原因:一、對母係氏族社會的清晰記憶;二、以採集、漁獵為主的傳統經濟,決定了男女社會分工趨於平等;三、入關之前未經歷很多封建過程;四、旗族少女在理論上都有"選秀入宮"機會,所以家族內部皆以"小姑為大"。[3] 玉嬌龍那昂揚的生命力,正是滿族少女普遍性格的文學昇華。《寶刀飛》可能是第一部把入宮前的慈禧,作為一位純真、浪漫而又不無"野心"的旗族姑娘加以描繪的小說。作者以"正筆"書寫入宮前的她,用"側筆"續寫成為"西宮娘娘"之後的她,沉重的歷史感裏蘊涵幾分惋惜,情感上極具"旗族特色"。

　　在《寶劍金釵》和《臥虎藏龍》裏,德嘯峰雖非主人公,卻可視為旗籍"貴胄之俠"的典型。他沉穩、老練,善於謀劃,善於掌控全域,比李慕白更加"拿得起、放得下"。他的身上比較完整地體現着金啟孮所說京城旗人遊俠的三個特徵:一、淩強而不欺下,一般人對他們沒有什麼惡感。二、多在八旗人居住的內城活動,沒什麼民族矛盾的辮子可抓。三、偶或觸犯權勢,但不具備"大逆不道"的證據,故多默默無聞。[4] 鐵貝勒、邱廣超和《彩鳳銀蛇傳》裏的謝慰臣都屬此類人物。

— — — — — — — — —

3　參閱關紀新《多元背景下的一種閱讀——滿族文學與文化論稿》,第 219 頁,遼寧民族出版社,2013,瀋陽。

4　參閱關紀新《老舍與滿族文化》第 80 頁所引,遼寧民族出版社,2008,瀋陽。

進入民國之後，由於政治、經濟原因，京中旗人的精神狀態呈現更趨萎靡甚至墮落之勢（《晚香玉》裏的田迂子即為典型），但是王度廬從閭巷之中找到了民族精神的正面傳承。《風塵四傑》實際寫了五個"閭巷之俠"——那位"有學有品而窮光蛋"[5]的"我"，也算一個"不武之俠"。作者清楚地認識到：雖然如今早非"俠的時代"，但是天橋"四傑"[6]身上那種捍衛正義，向善疾惡，剛健、豁達、堅韌、仗義、樂觀的民族精神，卻是值得弘揚光大的。這已不僅僅是對旗族的期許，更是對重振中華民族傳統美德的期許。

凡是旗人，都無法回避對於清王朝的評價。王度廬在雜文裏認為，"大清國歇業，溥掌櫃回老家"[7]乃是歷史的必然，人民期盼的是真正實現"五族共和"。他更在兩部算不上傑作的小說中，以傳奇筆法描繪了兩位清朝"盛世聖君"的形象。《雍正與年羹堯》裏的胤禛既胸懷雄才大略，又善施陰謀詭計。他利用"江南八俠"的"復明"活動實現自己奪嫡、登基的計劃，又在目的達到之後斷然剪除"八俠"勢力。但是，他對漢族的"復明"意志及其能量，卻日夜心懷惕懼，以至"留下密旨，勸他的兒子登基以後，要相機行事，而使全國恢復漢家的衣冠"。書中還有一位不起眼的小角色——跟着胤禛闖蕩江湖的"小常隨"，他與八俠相交甚密，又很忠於胤禛。"兩邊都要報恩"的尖銳矛盾，導致他最終撞牆而殉。作者展示的絕不限於"義氣"，這裏更加突出表現的是對漢族的負疚感和對民族殺伐史的深沉痛楚。王度廬對歷史的反思已經出離於本民族的"興亡得失"，上升為一種"超民族"的普世人文關懷。《金剛玉寶劍》中的乾隆，則被寫成一個孤獨落寞的衰朽老人，這一形象同樣透露着作者的上述歷史觀。

滿族入關後吸收漢族文化，"尚武"精神轉向"重文"。有清一代，湧現出了納蘭性德、曹雪芹、文康等傑出滿族作家，其中對王度廬影響最大的是納蘭性德。"搖落後，清吹那堪聽。淅瀝暗飄金井葉，乍聞風定又鐘聲。"[8]納蘭詞的淒美色調，融入北京城的撲面柳絮和戈壁灘的漫天風沙，形成了王度廬小說特有的悲愴風格。

旗人的生活文化是"雅""俗"相融的，王度廬繼承着旗族的兩大愛好：鼓詞（又稱"子弟書"、"落子"）和京劇。他十七歲時寫的小說《紅綾枕》，敘述的就是鼓姬命運，其中還插有自創的幾首淒美鼓詞。至於京劇，據不完全統計，僅在《落絮飄香》《古城新月》《晚香玉》《虞美人》《粉墨嬋娟》《風塵四傑》《寒梅曲》

5　見王度廬早期雜文《中等人》，原載於北平《小小日報》1930年4月5日"談天"欄，署名"柳今"
6　民國初年，"天壇附近的天橋大多數的女藝人、說書人、算命打卦者都是滿人。"轉引自關紀新《老舍與滿族文化》第122頁。
7見王度廬早期雜文《小算盤》，原載於《小小日報》1930年5月20日"談天"欄，署名"柳今"
8　納蘭性德詞：《憶江南》——當年王度廬與李丹荃相愛，曾贈以《納蘭詞》一冊，李丹荃女士七十餘歲時猶能背誦這首詞。

七部小說中，寫及的劇目已達 96 折[9]之多！作為小說敘事的有機內涵，王度盧寫及崑曲、秦腔、梆子與京劇的關係，"京朝派"（即京派）與"外江派"（即海派）的異同，"京、海之爭"和"京、海互補"，票社活動及其排場，非科班出身的伶人、票友如何學戲，戲班師傅和劇評家如何為新演員策劃"打炮戲"，各色人等觀劇時的移情心理和審美思維……。他筆下的伶人、票友對京劇的熱愛是超功利的，而她（他）們的社會角色和物質生活則是極功利的——唯美的精神追求與慘淡的現實生活構成鮮明反差，映射着人性的本真、複雜和異化。他又善於利用劇情渲染故事情節和人物情感，例如《粉墨嬋娟》中，憑藉《薛禮歎月》和《太真外傳》兩段唱詞，抒發女主人公不同情境下的不同心緒，展示着戲如人生、人生如戲的微妙契合，極大地增強了小說的詩意。

入關以後，旗人皆認"京師"為故鄉，京旗文學自以"京味兒"為特色。王度盧的小說描繪北京地理風貌極其準確，所述地名——包括城門、街衢、胡同、集市、苑囿、交通路線等等，幾乎均可在相應時期的地圖上得到應證。《寶劍金釵》《臥虎藏龍》主人公的活動空間廣闊，書中展示清代中期北京的地理風貌相當宏觀，又非常精細。玉嬌龍之父為九門提督，府邸位置有據可查，作者由此設計出鐵貝勒、德嘯峰、邱廣超府第位置，決定了以內城正黃旗、鑲黃旗（兼及正紅旗、正白旗）駐區為"貴冑之俠"的主要活動區域。李慕白等為江湖人，則決定了以"外城"即南城為其主要活動區域。兩類俠者的行動則把上述區域連接起來，並且擴及全城和郊縣。《落絮飄香》《古城新月》《晚香玉》《虞美人》等社會小說中，主人公的活動空間相對狹小，所以每部作品側重展示的是民國時期北平城的某一局部區域：或以海淀——東單——宣內為主，或以西城豐盛地區——東單王府井地區為主，等等。拼合起來，也是一幅接近完整的"北平地圖"。上述小說之間所寫地域又常出現重合，而以鼓樓大街、地安門一帶的重合率為最高。作者故居所在地"後門裏"恰在這一區域，在不同的作品裏，它被分別設置為丐頭、暗娼等的住地。這反映着作者內心深處存在一個"後門裏情結"，他把此地寫成天子腳下、富貴鄉邊的一個小小"貧困點"，既體現着平民主義的觀念，又是一種帶有幽默意味的自嘲。

王度盧小說裏的"北京文化地圖"，是"地景"與"時景"的融合，所以是立體的、動態的。這裏的"時景"，指一定地域中人們的生活形態，包括節俗、風習。無論是妙峰山的香市、白雲觀的廟會、旗族的婚禮儀仗、富貴人家的大出喪、"殘燈末廟"時的祭祖和年夜飯、北海中元節的"燒法船"，以至京旗人家的衣食住行，王度盧都描寫得有聲有色，細緻生動。這些"時景"與故事情節融為一體，成為展示人物性格、心理的重要手段；它們同時也頗具獨立的民俗學價值。王度盧在小說裏常將富貴繁華區的燈紅酒綠與平民集市裏的雜亂喧鬧加以對比，他對後者的描繪和評論尤具特色。例如，《風塵四傑》裏是這樣介紹天橋的："天橋，的確景物很多，讓你百看不厭。人亂而事雜，技藝叢集，藏龍臥虎，新舊並列。是時代

9　由於現存《虞美人》和《寒梅曲》文本均不完整，所以這一數字是不完整的。而未列入統計的《寶劍金釵》《燕市俠伶》等作品中，也常含有京劇演出、觀賞等情節，涉及劇目亦復不少。

的渣滓與生計的艱辛交織成了這個地方，在無情的大風裏，穢土的彌漫中，令你啼笑皆非。”他筆下的天橋圖景，噴發着故都世俗社會沸沸揚揚的活力和生機，嘈雜喧囂而又暗藏同一的內在律動；它與內城裏的“皇氣”、“官氣”保持着疏離，卻又沾染着前者的幾分閒散和慵懶。這又是一種十分濃厚，相當典型的“京味兒”！

　　“京味兒”當然離不開“京腔”。王度廬的語言大致是由兩部分組成的：敘事以及文化程度較高角色的口語，用的是“標準變體”，即經過“標準化處理”的北京話，近似如今的“普通話”；底層人物的語言，則多用地道的北京土語，詞彙、語法都有濃厚的地域特色，比一般的“京片兒”還要“土”。故在“拙”“樸”方面，他比另一些京派作家顯得更加突出。

　　筆者認為，1949 年前促使王度廬奮力寫作的動力當有三種：一曰“舒憤懣”；二曰“為人生”；三曰“奔窩頭”。三者結合得好，或前二者起主要作用時，寫出來的作品品質都高或較高；而當“第三動力”起主要作用時，寫出來的作品往往難免粗糙、隨意。當然，寫熟悉的題材時，品質一般也高或較高，否則，雖欲“舒憤懣”、“為人生”，也難以得到理想的效果。是否如此，還請讀者評判、指正。

斯年於姑蘇香濱水岸，2020 年 6 月 [10]。

10　本文原係作者為北嶽文藝出版社《王度廬作品大係》所撰總序，移入本選集時作了一些刪改。

目录

第一回　色花香笑啼憐嬌態　衣塵帽影隱忍踏長途

　　中國技擊之術，向分“內家”“外家”兩派。外家為“少林派”，創始人是後魏時代的達摩禪師，原為以拳術鍛煉身體，補禪功之不足，非為與人決生死定勝負之用。後來因屢逢亂世，徒眾漸雜，始有不少挾技以遊江湖的人，但卻失了達摩創拳時之本意。

　　內家為“武當派”，創自宋徽宗時之武當山道士張三丰。張三丰原學技於少林，後來將少林拳法加以變化，而另成一家，他講的是：十八字秘訣、六路拳、十段錦與點穴之法。武當派雖脫胎於少林，但是它的宗旨卻與少林不同，十八字秘訣的頭一個字就是“殘”字，但這“殘”字並非只作“殘忍”之意講，卻是內家拳法之一，意思就是：當交手比武之時，絕無絲毫客氣，所謂“犯者立僕”。所以武當派的武藝比少林派毒辣得多。早年走江湖的、保鏢護院的，有時與人爭較起來，對手如遇少林派，那還容易應付，如遇武當派，可實在是危險。不過武當派收徒弟之時有五大戒條，其中有三條最為重要，就是：“心險者不傳、好鬥者不傳、輕露者不傳。”因此武當派的傳人多是些深山道士及文人墨客，初遇之時，很難看得出來，但是你若欺侮了他，他只要稍施身手，那你就要立刻吃虧，筆者前撰《寶劍金釵記》一書，書中所述的李慕白，那就是真正內家武當派的傳人。

　　《寶劍金釵記》以江南鶴老俠自獄中救走了李慕白，在俞秀蓮姑娘之處留劍寄束而結束，所謂：“斯人已隨江南鶴，寶劍留結他日緣。”

　　兩年之後德嘯峰自新疆赦還，便在東四牌樓另置房屋，請俞秀蓮姑娘長期在京居住，以便傳授武技於他的二子。在這兩三年之間，便再也聽不見李慕白的消息。其實這時李慕白已然更換了名號，漫遊江南，不獨又被他打服了許多江湖強霸，結交了幾位風塵俠友，並且又有許多情絲愛葉來牽惹他。同時張玉瑾、何劍娥等人的舊仇重尋，德嘯峰案內宮中所失尚無下落的數十顆明珠，又發生了無數的波瀾。所以筆者當再寫此《劍氣珠光錄》一書，以資補敘，而啟新文。

原來當那古城盛夏，鐵窗深夜之時，李慕白在獄絕食，已堪堪就斃。但是忽被一人入獄將李慕白挾走。那時李慕白不但全無抵抗能力，而且頭暈眼昏，不知道己身處於何種環境。後來，大概過了兩三個小時，因為李慕白的腹中被人灌下了一些稀薄的食物，他才漸漸恢復了一些精神，又閉着眼躺了一會兒，才忽然明白，趕緊睜眼去看，就見蓬戶紙窗，歪桌破椅，桌上放着一隻粗碗，兩把噴壺，牆上掛着一條井繩，並有一盞油燈，燈光半明半滅，照得這小屋中是十分的蕭條慘黯。

李慕白驚訝地想：這是什麼地方？史胖子你把我送到什麼地方來了？當時他就要下炕去，可是覺得渾身全無力氣，才一挺起腰來，便又躺下，但是心中十分不服氣，覺得我李慕白是自己情願餓死在獄中，你史胖子何必要多管閒事，趁着我垂死之時，將我救出送到此地來，這不是有意要捉弄我嗎？於是他就使出了僅有的力氣，喊道："史胖子史掌櫃！"

才叫了兩聲，就聽旁的屋裏有人答應着說："來了！來了！"這個聲音是十分嬌細而清脆，李慕白聽了，倒不禁吃了一驚，吸了一口冷氣，驚異的眼光往那高粱稈紮成的屋門去看，就見屋門開了，進來了一個很細條的人，這人梳着辮子，留着孩髮，瘦長的臉兒，兩道纖眉，一雙秀目，穿着一件白布短褂，藍布褲子，窈窕裊娜地向炕前走來。啊！原來卻是一個十四五歲的年輕姑娘，與李慕白所想望的那個史胖子的模樣整整相反！

李慕白這時驚訝得連話也說不出了，心裏又想：莫非是俞秀蓮救我出來的？這位姑娘是俞秀蓮結識的女友？正想着應當怎樣措辭發話去問，就見這位輕巧的姑娘來到炕前了。她很溫柔親切地說："李大哥，你現在覺着好一點了罷？你還要喝一點兒稀飯嗎？我再給你盛去。"說着，她裊娜地走到那張歪斜的桌子前，拿起了那隻粗碗，轉身往屋外就走。

李慕白又挺起腰來，坐在床上說："不是，姑娘！……"

那年輕的姑娘回過頭來，很倩麗地笑着說："不要緊！稀飯有的是呀！"

說着她出屋去了，接着就聽隔壁的屋裏是兩個女子互相說話的聲音，聲音全都很嬌細，而且說的全是流利俏皮的北京話，一個是說："你交我給送去罷？"

另一個是說："不，爺爺派的是我嘛，你怎麼又跟我來爭？"接着又是咯咯的一陣笑聲。

　　這裏李慕白真猜不出這裏是什麼地方，他剛要勉強努力下炕出屋去看，但這時那個年輕的姑娘又纖腰裊娜地走進屋來。她手裏拿着剛才那隻粗碗，並一雙竹箸，送到李慕白的近前，微微倩笑着說：“李大哥，再吃一碗稀飯罷！”

　　李慕白雖然饑餓，但他並不急於吃飯，卻是急於要知道此處究竟是個什麼地方，遂就接過碗來，問說：“姑娘，這裏是什麼地方？我怎會到了這裏呢？”

　　那位年輕姑娘聽李慕白這樣地問她，她就抿着嘴笑了笑，把筷箸也交到李慕白的手裏，說：“得啦！你就先別問了，先吃吧！”李慕白心裏明白，這件事一定有些蹊蹺，將自己救出監獄送到這裏來的絕不是史胖子和俞秀蓮，一定是另有人在，遂就暗想：我所以全身無力氣，就是因為一連餓了這幾天，現在我索性吃飽，出屋去看看，這裏倒是什麼人的家裏。如若這裏只是一兩個女子，那我也不用細問情由，立刻起身就走。於是他便拿起這碗飯很快地吃了下去。

　　那年輕的姑娘去到牆邊，把掛着的油燈挑了挑，當時屋裏就亮了，那姑娘轉過身來，又笑着說：“李大哥，你吃完了，我再給你盛一碗去罷？”

　　李慕白搖頭說：“不用，我現在要求姑娘對我說實話，到底是什麼人將我送到這裏來的？”那姑娘笑了笑，剛要回答，這時就見屋門一開，進來一人。

　　那姑娘就說：“江爺爺來了！”

　　李慕白定睛去看進來的這個人，原來是一位身材很高、鬚髮皆白的老者，面貌清癯，兩眼帶着沉毅之色。李慕白看着覺得十分眼熟，忽然想起來：這不是那日我在殺傷張玉瑾、魏鳳翔之後，走在琉璃河地面，黃昏之時遇見的那用馬鞭抽了我一下的老人嗎？正在驚疑莫測，想要發話去問這位老人的姓名，只見老人已走到近前。他穿的是一身黃繭綢的褲褂，袖子很長，伸起右手來，捋了捋袖子，就用手指着李慕白，氣憤憤地說：“想不到你父親李鳳傑竟生下你這麼一個沒志氣的兒子！學會了武藝，出了家門，還不到二載，就惹下了許多兒女的私情，弄得身體日壞，志氣日靡。現在更好了，你卻想在監獄裏自己餓死，是不肖已極，枉費了我和你師父紀廣傑對你的一片期望之心了！”

　　李慕白一聽這位面熟的老人說的這幾句話，真把他嚇得出了一身冷汗，他趕緊放下碗箸，勉強用力下地，便雙腿跪下，說：“你老人家莫非是我的伯父嗎？我自八歲時與伯父分手，至今已將二十年，我真不能認識你老人家了！”

　　那江南鶴老俠在斥責李慕白之後，見李慕白掙扎着衰弱的身體，向自己跪倒，老俠的心中也良為不忍，便雙手將李慕白攙扶起，歎息着說：「這也不能全都怪你，也是因為你師父死去，我又多年未與你見面，所以沒有人教導你，你空會了幾手武藝，但毫無閱歷，所以一切事情，都任着你自己的性情，以至如此。現在你就拋開你那些兒女私情好生地休養吧！過幾日，我自有地方安置你。」遂又指了指旁邊那個年輕的姑娘，說，「這是楊家的你的二姪女，你楊老伯現在正歇息，等明天早晨你再見吧！」說完了，江南鶴老俠就轉身出屋。

這裏李慕白想起了自己已往的事情，雖都是秉着至情，出於義憤，但是實在將自己的生命和前途看得太渺小了，實在有負盟伯江南鶴栽培之恩，和師父紀廣傑傳授武藝的苦心，因此他既是傷心，且是慚愧，不禁落下幾點眼淚。

旁邊那位楊小姑娘就用纖手指着李慕白，嬌癡地笑了笑，說：「你挨了我江爺爺一頓說！」又說，「江爺爺說我是你的姪女，那我就得管你叫李大叔，不能再叫你李大哥了！」

李慕白點了點頭，便說：「請小姑娘也歇息去吧！」那楊小姑娘搖頭說：「我倒是不困，只是李大叔，你現在還覺着餓嗎？」

李慕白說：「現在我就是餓，也吃不下許多東西，小姑娘就請回屋歇息去吧！」

那楊小姑娘也點頭說：「那麼我可睡覺去了，李大叔你若是再渴再餓，可就趕緊叫我，我就住在西邊那屋裏，我的名字叫麗芳，我姊姊叫麗英，你無論叫我們哪個都行，可是你還是叫我才好，因為是我爺爺派我來伺候李大叔的，並沒叫我姊姊伺候。」

李慕白見這位小姑娘竟是這樣嬌癡，這樣能說會道，他倒不由心裏好笑，遂就點頭說：「好，有事時我一定要叫你。小姑娘請回屋裏歇息去吧！」說時，這位小姑娘楊麗芳才裊娜地轉身出屋，並把門給好好帶上。

這裏李慕白這才放頭躺在炕上，才一着枕，又聽隔牆那間屋裏，楊麗芳小姑娘與她的姊姊楊麗英嬌聲說話，並且咯咯地笑。

李慕白半天的驚疑至今才完全釋去，因自幼便與盟伯分離，如今盟伯已然鬖髮皆白，自己便不能認得他老人家了，但是盟伯卻還認識自己，自己身邊的事，盟伯也全都知道。所以在自己殺死瘦彌陀黃驥北，投案入獄，絕食求死，俞秀蓮與史胖子入獄援救，自己也決意不隨他們逃走之時，盟伯便不忍坐視，才將自己由獄中挾救出來，安置在這裏。剛才盟伯所說這裏的楊老伯，大概是盟伯的好友，也是一位江湖隱俠吧？現在盟伯既救自己出獄，自己當然不能再堅決求死了，可是以往的傷心事又怎能忘得了呢？又想起那夜俞秀蓮冒險入監援救自己之時，那一種俠膽柔情，着實可感。咳！這一件刻骨的相思，難償的永恨，已然傷透了自己的心，以後還怎能夠強打精神與一般世俗的人去爭爭擾擾呀？因此，李慕白的心中又是一陣頹靡，便長歎了兩聲，躺在炕上，迷迷糊糊地睡去。

此時已然夜深四更，在這個院子裏，統共才四間草房，北房兩個通間是江南鶴與這裏的楊老頭兒居住，南房兩個單間，靠西邊的屋裏就是楊麗英、楊麗芳兩位姑娘居住，東邊屋裏就是李慕白一人躺在那裏。

夏季天亮得很快，所以四更才打過天色就已發曉。李慕白因為腹中還很饑餓，便再也睡不着了，睜眼一看，只見紙窗已然發白，如同病人的臉一般顏色，窗外小鳥啾啾亂噪，可以知道這小院裏的樹木一定很多，再看牆上那盞油燈，還燃着豆子大小的燈芯。

李慕白雖然胳臂上有力，自量還可以坐起身來或下地，但是身體卻極不舒服。他忽然想起自己現在的身體所以這樣的羸弱，並不全因為幾日的饑餓所致，最大原因還是因為去年得的那場病，至今未好，並且這幾個月以來的傷心事情，尤足以使病勢增加，所以現在恐怕一兩天是不能好的呀！

正自想着，忽聽隔壁屋裏的那兩位姑娘又嬌音地談說起話，再待了一會兒，就見屋門一開，那位麗芳小姑娘又進屋來了，她手裏拿着一把笤帚，進屋來就掃地。

李慕白覺得心中十分不安，便深深地呼吸了一吃，笑着說："小姑娘，你先不要掃地了，我這就起來！"

那麗芳小姑娘扭過頭，瞧着李慕白，她驚訝地笑着說："原來李大叔都醒了！你可千萬別急着起來，我爺爺囑咐我們說是至少得叫你歇三天，別累着，也別多吃東西，我姊姊現在正給你熬稀飯呢！"

李慕白歎口氣說："因我這樣一個人到你家裏，使你們這樣地受累，我實在心裏不安，而且，咳，大概小姑娘你也知道，我原是個犯罪的人，如若在你們家裏住長了，實在於你們有許多不好之處！"

那麗芳小姑娘卻搖了搖頭，說："不要緊，我們家裏沒有什麼人來，李大叔，你自管放心在我們這裏住下吧，十天半個月絕不能有人知道！"說完了，楊小姑娘就把地掃淨，吹滅了牆上的燈，她就向李慕白微笑着說，"稀飯大概做得了，我給你盛去，你等一等！"說完了這兩句，小姑娘就提着笤帚，笑顛顛地跑出屋去了。

這裏李慕白就坐起身來，只聽院中鳥鳴鵲叫之聲更是噪耳，李慕白就想：此時俞秀蓮姑娘想必還在德家住着，德嘯峰此時一定正在那曉風殘月之下，起解前行了。正想着，忽見房門又開了，那江南鶴老俠同着另一位老人進到屋裏。李慕白趕緊要站起身來行禮，江南鶴趕緊擺手說：“你歇着，不要起來。”遂用手指着旁邊的那個老人說：“這就是你的楊伯父！”

李慕白便坐在炕上抱拳，叫聲“楊伯父”，同時注意去看這個姓楊的老頭兒，只見此人差不多也有六十多了，中常身材，十分癯瘦，穿着一身藍布短衣褲，像是個莊戶人。左肩往下歪斜着，左腿也彎曲着，似乎是有着殘疾。

李慕白剛要向着楊老伯道謝，並要說“自己若在這裏多住，恐怕一旦風聲走漏，又要連累府上，所以打算在此休養一半日便要走開”時，江南鶴指着楊老頭兒說：“這楊老伯原是我三十多年的好朋友，他與你父親雖未見過，但也是彼此慕名之交。現在你耐心在此休養，不可出屋，十天八天絕不能出什麼事情。你現在的饑餓也不要緊，病也不要緊，只是你那些兒女私情，千萬要斷除淨盡，聽我的話，重新做一個少年有為的人。否則我是不認得你是我的盟姪的！”

江南鶴俠說到這裏，似懷有憤怒之意，李慕白只是赧顏着點頭答應。只聽江南鶴又說：“我還有許多話要囑咐你，但現在你既需要休養，我也還有些沒有辦完的事，只好等過幾天我再對你說吧！”說畢江南鶴老俠就轉身出屋，那楊老頭兒也瘸着腿出去了。

李慕白本來覺着盟伯江南鶴的舉止就有些奇怪，心說：他老人家在此還有什麼事情未辦完呢？又想那個楊老伯更加奇怪，他左腿既有殘疾，而且神情發呆，進屋來一句話也沒有說，看他那樣子，大概家中只有兩個孫女，並無妻子，盟伯既說他與自己的先父也是慕名之交，可知此人必也是當年江湖間一位俠客，現在隱遁了。又想：看這屋裏的情景，大概這裏已不是北京城內，而是鄉村了，只不知這裏離北京有多遠？因就想回頭要和那位小姑娘多談幾句話，問問她家裏的情形以及這裏到底是什麼地方。

待了一會兒，那小姑娘又走進屋來，雙手端着一碗黃米稀飯來請李慕白吃。李慕白趕緊笑着道謝，接過碗來。那麗芳小姑娘並將筷箸交到李慕白手裏，說：“李大叔你先喝着，等我給你拿鹹菜去！”說着轉身就要走。

李慕白叫道：“你先回來，我有點事求你！”

麗芳轉過身來眼帶笑意地問：“有什麼事？李大叔你就吩咐吧，什麼叫求我呀？”

李慕白笑了笑，用筷子指着那碗黃米稀飯說：“我吃這些個稀東西，仍然覺得饑餓，頂好請小姑娘給我隨便找些乾糧吧，我吃了身體也就有精神了。”

麗芳小姑娘擺手說：“哎喲！那我可不敢做主意！我江爺爺說過，

餓了幾天的人，暫時只能夠吃稀飯，不能吃別的，若吃多了乾糧，就能把肚子撐破了！"

李慕白搖頭悄聲說："絕不至於，你江爺爺是太過慮了！你想我這麼一個二十來歲的人，淨吃稀飯怎能夠飽呢？而且我是急於要多吃東西，將身體養好，我還有許多緊要的事情要去辦呢！"說着不禁連聲歎息。

那麗芳小姑娘也似乎看着李慕白的樣子很是可憐，她就歪着頭想了一想，便走近一步，向李慕白悄聲說："你先等一會兒，等我爺爺跟江爺爺出去之後，我就偷偷給你送點乾糧來，你可千萬別告訴我姊姊，只要告訴了我姊姊，我姊姊就能告訴我的爺爺，那時我爺爺可就要打我了！"

李慕白點頭說："好，好，回頭求你給我拿塊乾糧來，我決不告訴別人就是了！"

那麗芳小姑娘笑了笑，又轉身出屋去了。這裏李慕白仍然覺得十分納悶，覺得這楊家只是一個瘸腿的老頭子帶着兩個孫女度日，未免有些可疑。吃完了這碗稀飯，李慕白便勉強走下炕去，將碗箸放在那張歪斜的桌子上，走近窗前，由窗紙的破洞處向外去看，只見這是一個很小的院落，四圍籬笆圍繞着，籬笆外有兩棵並不很高大的垂楊柳，將那青翠的絲垂到籬笆以內，輕輕地拂動着。小鳥成群，就在柳樹上亂飛亂噪。籬笆裏堆着大小十幾隻花盆，晨風吹起，並時時帶着一種芬芳花香。

李慕白因為曉得盟伯江南鶴為人神秘莫測，自己在這裏偷看，他都許知道，遂就慢慢回到了炕上，躺下歇息，因為身體仍然不舒適，所以躺了一會兒，就沉沉睡去了。也不知睡了有多少時候，忽然又被人將他喚醒，只聽耳畔是很廝熟的嬌細聲音說："還不快醒，醒了快吃吧。"

李慕白睜眼一看，見是麗芳小姑娘站在炕前。麗芳小姑娘此時把辮子梳得又黑又亮，臉上的脂粉擦得又白又紅，嘴唇像含着一顆紅珊瑚，她穿的可還是昨晚那身舊衣服。又見那張歪斜的桌子已擺在炕前，桌上放着一碗湯麵，三個黑麵饅頭。湯麵的香味觸到李慕白的鼻中，李慕白便覺得饞不能耐，遂趕緊坐起身來，笑着說："真麻煩了你！"說着，便拿起筷子來吃麵吃饅頭。

那麗芳小姑娘一見李慕白這種情景，就忍不住掩口而笑，轉身跑出屋去了。一會兒便聽隔壁屋中那姊妹倆又格格地笑了起來，李慕白心裏明白，想她們一定是笑話我餓的，見了湯麵和饅頭就狼吞虎嚥起來，心裏也覺得很可笑，但轉又一想：自己為友殲仇，提劍自首，下獄絕食，俞秀蓮、史胖子冒險去救，自己都決意不隨他們出獄，那種種悲壯的事情，想想卻又不禁暗暗落淚。又想：盟伯江南鶴，他老人家只斥責我迷於兒女私情，全無丈夫氣，但他老人家並不曉得我所作為全都是出於良心，秉諸義氣，豈有一絲私心私意存於其間？咳！我也不必去向我盟伯辯解，他老人家不是說將要給我安置一個地方嘛，那也很好，我索性尋一個清靜嚴密的地方，隱居一年二載，休養好了身體和意志，然後再出來見一見舊日的朋友。好在此時俞秀蓮姑娘一定是安居在德家，德嘯峰有楊健堂等人保護，路上也不能再有舛錯，黃驥北已死，張玉瑾身受重傷恐亦不能活命。我也再沒有什麼懸念與銜恨的人了，只是南宮家中的叔父和嬸母，那晚微雨之下，自己被史胖子突然找去，對於那兩位老人家雖曾留束，但未及面辭，未免心中難安。可是又想：叔父嬸母對我的感情，向來就很冷淡，我走後他們老夫婦也必不甚關懷，家中又有些薄產，二老的年事也不過高，一時尚不至有什麼使我不放心之處啊！

一面吃，一面想着，此時那麗芳小姑娘又笑顛顛地跑進屋來，她說：「李大叔，你的飯若不夠吃，可快跟我說，我再給你拿去，現在我爺爺和我江爺爺全都出去了，家裏就是我姊姊和我，給你拿過饅頭的事，我姊姊她也知道，她也不能告訴我爺爺。」

此時李慕白已然吃完了一碗湯麵兩個饅頭，覺得十分飽了，便搖頭說：「不用再拿了，我已然夠了。」遂又趁機探問說，「小姑娘，你們家裏只是你爺爺和你們姊妹二人嗎？」

麗芳小姑娘搖頭答說：「不，我還有一個哥哥呢！我哥哥都十九歲了。」說着，她企着腳兒把手伸得高高的，說，「我哥哥有這麼高，都許比李大叔還高呢！」

李慕白問說：「現在他也在家中嗎？」

小姑娘搖頭說：「不在家裏，出去有一個多月了！」

李慕白又問：「為什麼事出去的？是往哪裏去了？」那小姑娘卻搖頭不語，臉上呈現出淒慘之色，咬着下嘴唇兒，搖着頭並不說話。李慕白知道楊小姑娘對於她家中的事必有難言之隱，遂也就不好再問了。

那麗芳小姑娘等李慕白吃完了，就將碗箸拿出屋去，待了一會兒，她又進來，將炕前那張歪斜的桌子依然搬到靠牆之處。這張桌子雖然是歪斜殘舊，但也相當的沉笨，可是那麗芳小姑娘竟像毫不費力似的，就將桌子抬起送回。李慕白的眼睛快，他早看出了，這位小姑娘不但是有些力氣，而且還像學過武藝的樣子。李慕白便不由暗笑了笑，本想要再問她幾句話，可是此時那小姑娘大概是觸起了她哥哥的事，所以不笑了，也不說了，轉身就走出屋去。這裏李慕白更覺着詫異，覺着盟伯這個老友的家中，一定是有些痛苦的事，自己長在這裏住着也實在不好，還是等着見了盟伯之後，趕緊離開這裏吧。

此時天色已近中午，這屋子又沒糊着涼紗，十分悶熱。那麗芳小姑娘又進屋來，將地下放着的兩把噴壺拿走，此時就聽見院中有用轆轤打水的聲音。李慕白因在屋中熱不能耐，便推開那高粱稈紮成的屋門，到院中一看，只見天上飄浮着幾塊烏雲，由雲縫射下來的陽光，不但熱人，而且刺眼。這個院裏除了堆着些破花盆之外，在西南牆角還有一塊花畦，種着許多已開未開的粉白花兒，花畦旁邊有一眼井，一個比麗芳身材略高的穿着淺紅衣裳、白褲子、青鞋的女子正在那裏攪着轆轤打水。麗芳小姑娘將井水灌在噴壺裏，拿去澆花兒。那個打水的女子雖然背着身，只有一條烏黑的辮子垂在背後，但李慕白已知道這一定是麗芳的姊姊楊麗英了，雖然論起來都是自己的姪女，但也不便走過去見人家，遂就轉身要進屋去。

可是這時那邊的麗芳小姑娘卻一手提着噴壺，一手招點着叫說："李大叔過來瞧瞧，我們種的這花兒好不好？"

此時那個打水的姑娘也回過身來，向李慕白拜了拜，李慕白只得拱手還禮，同時看了姑娘一眼。只見這位麗英大姑娘，已有十八九歲了，年齡與俞秀蓮相差不多，長得雖沒有俞秀蓮那樣的秀麗挺拔，但也相當的清俊。李慕白不敢多與這位姑娘談話，只點頭說："花兒種得確實很好！"遂就進到屋裏，在屋中又來回走了幾步，就覺得兩條腿發軟，暗想：若不多休養幾日，恐怕我還是不能夠出門走遠路啊！剛要再到炕上歇息，這時就聽外面吧吧的叩打柴扉之聲。

李慕白心中一驚，暗想：不要是官人搜查到這裏來了吧？遂就扒着窗紙破洞，向外去看，只見那麗芳小姑娘跑過去開了柴扉，她爺爺瘸着一條腿，肩挑一個賣花的擔子回來了。李慕白這才知道，原來這裏的楊老伯是以賣花為業，看他那條左腿，不像是生成的殘廢，大概他當年也是一位闖蕩江湖的好漢，因為與人爭鬥，左腿負了傷，他才隱居此間，以賣花為業。只是他並沒有妻子，只有一個孫子，兩個孫女，孫子又沒有在家，這也未免太可疑了！此時就見那老頭兒把花擔放在院中，他回到北房裏歇息去了。

這裏李慕白又躺在炕上歇息，猜想了一會兒楊家的情形。不過他也不大願為人家的事多費心思，因為自己身邊的事還都未辦完，在此休養幾天之後，天涯海角，不定要往哪裏去，哪裏還有心腸去管人家的事呢！這時院中的轆轤聲，噴壺澆花聲，依然不斷。李慕白沉靜地躺了一會兒，不知不覺地又昏昏睡去。

及至醒來，天色就黃昏了，麗芳小姑娘又給李慕白送進來菜飯，是一碗稀飯，一碟炒黃瓜片，另外一個饅頭。麗芳小姑娘笑着說："我爺爺說了，一頓飯就給你一個饅頭吃，等明天再給你兩個，後天給你三個，慢慢你就能夠好了。"

李慕白點了點頭，對於楊老伯種種善意關懷，他實在是感激，遂又向麗芳說：「你江爺爺回來了沒有？」

小姑娘回答道：「還沒有回來呢。我江爺爺來了還不到三天，可是他老人家天天出去，夜裏才能回來。」又說，「今天早晨我聽江爺爺對我爺爺說了，他再住五六天要走了，也不知是一口什麼寶劍，他還沒取來呢！」李慕白聽了，不由一怔，就想：盟伯江南鶴要在這裏取什麼寶劍？莫非他知道鐵小貝勒府中藏着幾口世間罕見的寶劍，他要設法取去一口嗎？李慕白絕沒有想到那老俠江南鶴是正在打算將他的那口平凡鋼鐵打造的寶劍取出，然後留在俞秀蓮姑娘之處，以為他們訂下後日的姻緣。

當日李慕白吃完了飯，便又躺在炕上歇息，少時即睡去。江南鶴是什麼時候回來的，他也不知道。到了次日，李慕白更覺得身體恢復了些，只是沒有盟伯江南鶴的話，他連屋子也不敢出。一連過了六七天，在這幾日之內，李慕白不但沒見着江南鶴，並連那楊老伯也沒有到他屋裏來。他一個人坐在屋中炕上，覺得又熱又悶，每日每頓飯都是麗芳小姑娘給他送進屋來。除了送飯之外，有時江南鶴和麗芳的爺爺沒在家時，她也過來與李慕白閒談。李慕白不敢用正面的話去問她，只從側面探問她家中的情形，麗芳小姑娘才略略地透露出來。原來她並不是那楊老頭兒的親孫女，大概她倒是原本就姓楊，她可是不曉得她的父親與這裏的楊老頭兒有什麼關係，大概是在她三四歲的時候，她的父母就全都死了，是為什麼死的，她也不知道。後來她們兄妹三人便由這裏的老頭兒撫養。她並說，她家裏的事情，只有她的哥哥楊豹知道得最為詳細，只是楊豹也不肯對兩個妹妹細說，並因為此事楊豹才與爺爺爭吵起來，在一個月以前出門，至今沒有回來。

麗芳小姑娘說這些話的時候，眼淚在眼圈裏亂轉，仿佛心裏十分傷感。李慕白就勸慰她說：「小姑娘你也不要心裏難受，你哥哥走了，一定能夠找得回來的，你的江爺爺會給你找的，江爺爺的本事大極了！」

麗芳小姑娘點頭說：「我知道，江爺爺是有名的俠客，什麼人也打不過他，連我爺爺都怕他。我哥哥走了的事，江爺爺也知道了，可是江爺爺他說了，他現在沒工夫管我哥哥的事，非得等到他把李大叔和俞秀蓮的事情辦完了，他才能去找我哥哥呢！」

李慕白一聽麗芳小姑娘又提到了俞秀蓮，這越發使他驚詫，就暗想：現在我被盟伯救出獄了，俞秀蓮大概是還在德家居住保護那裏的眷屬，但是我與俞秀蓮之間還有什麼事情可辦呢？別是盟伯也與德嘯峰似的，要給我們這兩個不能相近的人勉強撮合吧？如果真是這樣，雖有盟伯之命，我也決不依從！

這時麗芳小姑娘又說：“去年就聽我爺爺說，北京城裏出了一位俠女俞秀蓮，武藝好極了，她把吞舟魚苗振山都給殺死了，我跟我姊姊都要想看看這位俠女，可是我們還不知道，她原來就是李大嬸兒！”

李慕白一聽，不由臉紅，便說：“哪裏的話，俞秀蓮是我的義妹，你們千萬不要聽別人胡說！”說完了這些話，麗芳小姑娘笑了笑，就出屋去了。這裏李慕白卻擔心江南鶴會給他和俞秀蓮強主婚姻，因此他就想要趕快離開此地，索性離遠這些，連盟伯也離開。

這天是李慕白被救出獄後的第七日，晚間，屋中已點上了油燈，那江南鶴老俠忽然手提一隻大包裹進到屋來。李慕白趕緊站起身來，恭恭敬敬地聆他盟伯的教訓。就見江南鶴老俠客銀髯飄飄，清癯的面上毫無笑容，他向李慕白說：“你的事情我已都給你辦完了，現在你身體養得怎樣？”

李慕白答道：“我已休養好了。”

江南鶴把那炯炯有神的眼睛向李慕白的面上看了一下，就說：“我看你還是顏色不正，精神不濟，也許你這幾年來就是這樣，現在我身邊還有些旁的事，須要往山西去走一趟。”

李慕白就問：“伯父幾時才走？”

江南鶴說：“明天我就要走，你也不必隨同我去，你就暫在這裏住上四五日，因為現在自你越獄之後，外面的風聲就甚緊，你還是不要出門才好，我這裏預備下幾匹布和二十兩銀子、幾套衣服，再過幾天，你索性休養得大好了，外面的風聲也就緩和些了，那時你再走。你先往安徽鳳陽府去拜望那裏的譚二員外，我這裏有一封信，他若見到了我的信，一定能夠指出你應走的道路，並給你引見幾位朋友，然後你再到江南去，便處處都有照應了。你過了江，應當先到當塗縣江心寺去見那裏的靜玄禪師。你須知道，在二十年前我是大江以南第一個武藝好的，但現在江南卻以靜玄禪師的名頭為最大了，只是他的那內家點穴之法，恐怕你十年八載也學不會。見了靜玄禪師之後，你就趕緊到池州府城內單鞭李家，見那裏的李三兄，也必能給你找個住處，你在那裏住上三四個月，我就可以回池州府去見你。”

李慕白聽了盟伯這一番話，把他弄得迷離惝恍，他想：盟伯既叫我到江南池州府去等候，我一直往池州去就是了，何必還要繞很遠的路去見什麼譚二員外和靜玄禪師呢？莫非這也都是江南的大俠、盟伯的好友嗎？當下他不敢多問，只是連連點頭答應。

江南鶴老俠又說：“再過幾日你就要重到江湖上去，但是你須要處處遵我的話去做，你應知道我與你父親李鳳傑、你師父紀廣傑，同是受了內家武當派的傳授。你父親早死，你師父又長年住在北方，接近不少的江湖人，所以你的武藝雖然學得不錯，但你的氣性尚未養好，你到外面來不多的日子，便結下許多仇人，下了兩次監獄，這全因你年輕氣盛、鋒芒太露之故。我們內家武當派的功夫，講的是視之如婦、奪之如虎，非到急要之時不應顯出身手來，尤其是你，現在你已成了一個罪人，此後到外面去更應當隱名匿跡，處處要謹慎小心，不可再遇事逞強，否則你若在外面吃了虧，我也不能幫助你！」

李慕白爽快地答應說：「伯父放心吧！以前我確實是年輕氣盛，所以做出許多冒昧的事。今後我再到外面去，一定要把性情改了，只作個商人的樣子，處處要規矩謹慎。伯父放心吧，我絕不能再惹起什麼事端，因為第一有伯父之囑，我絕不敢違命；第二因為我是個罪人，更不敢在路上叫人注意我；第三，咳！伯父不知，我早已不願與一般江湖人爭強鬥勝了！」說到這裏，李慕白不禁暗自慨歎。

江南鶴老俠客此時卻對師姪放了心，當下他將那包裹放在炕上，並說：「這裏面有信一封，是投往鳳陽府譚二員外的，並有剃刀一把，你將臉刮過之後，再出門，否則旁人一看，就知道你是個囚犯。再者，你到外面去不能再叫李慕白，因為你這兩年之內，惹了許多事端，你的名字江湖上全都知道了，你應當改名為李煥如，這既像是個商人的名字，將來你到了池州見了你李三兄，他也好給你編造來歷，因為他的名字是叫李俊如，說你是他的遠房兄弟，也不至沒人相信。」李慕白又連連答應，當下江南鶴老俠客就回往北屋去了。

這裏李慕白獨坐在燈下，不禁感歎，就想自己原是個心高氣勝的人，打黃驤北，打金刀馮茂，雖都並非由自己尋釁，但那時自己的氣頭上來，實在不能遏止。此後，若叫自己找一個深山僻地隱居幾年還可以，但若是叫我走在江湖上，裝為一個庸庸碌碌的人，被人欺侮了都不敢動氣，那恐怕是很難吧！可是，既有盟伯之命，自己也就只好這樣去做。當日夜深時，李慕白又思索了半天方才睡去。

到了次日，李慕白下了炕，在屋中來回走了走，已覺得步履照常，精神身體完全恢復了，但是因為有盟伯之命，他還是不敢走出這間小屋。少時，那麗芳小姑娘又端着一碗稀飯進屋來，她就向李慕白說：「我江爺爺今天一清早就走了，這回走，不知哪一年才能夠再來！」

李慕白問說：「以前你江爺爺來過嗎？」

麗芳小姑娘搖頭說：「沒來過，我是頭一回見着我江爺爺，以前只聽我爺爺對我們說過，說是他老人家的武藝在天下也找不出對兒來！」

李慕白又笑着問說：「這樣說來，楊老伯的武藝想必也甚好，你們姊妹的武藝也不能錯呀？」

麗芳一聽這話，她的小臉上一陣發紅，就笑着說：“我們倒是跟着我爺爺學過，頂是我哥哥學得好，我姊姊也不錯，就是我不行，可是，我將來非得拜俞秀蓮為師不可！”

李慕白一聽她又提起俞秀蓮來，便不由苦笑了笑，沒有精神再往下去說了。

當日李慕白打開了他盟伯給他留下的包裹，只見裏面是白布五匹，夏布數十丈，另外有衣服鞋帽及二十兩銀子，和給鳳陽譚二員外的信，在鞋裏並放着剃刀一把。李慕白心說：盟伯想得倒真周到！遂就求麗芳小姑娘打了一盆臉水來，他洗了頭髮，洗了脊背，並用剃刀將臉上的鬍鬚刮淨，又換上了衣服。當下李慕白脫去了他那因犯的形狀，又成了一個清瘦英俊的少年。李慕白本想當日就走，但因有盟伯的囑咐，恐怕此時自己的事情還正在緊張，倘或在路上遇着認得自己的人，那自己倒不十分要緊，若是連累了這楊家，自己實在心中難安，於是只得仍在這裏匿居。

又過了兩天，李慕白的身體精神全都很好，只是不敢出屋，真把他悶得難受。這天的晚間，外面的雲氣很低，似是將要下雨的樣子，將外面熱氣全都壓在屋裏，連呼吸都覺得費力。李慕白本來正在睡着，生生把他給悶熱醒了。他只覺得身上汗流如漿，便長長地吁了口氣，由身旁拿起一柄破蒲扇來，用力扇了一氣，但是卻扇不到一點涼風。他便下了炕，將窗上粘糊的紙又扯下一大塊來，看見窗外的天色已將近黃昏了，院中沒有一個人。

李慕白剛要把那高粱秸紮成的屋門推開，讓外面的風吹進一些來，不料這時北房裏忽然起來一陣吵鬧之聲，只聽是很老蒼的聲音，大聲罵道：“你給我滾走，我不認得你是我的孫子，你是強盜，你是該殺的強盜！你若再不走我就要把你捆起來交官去了！”

李慕白吃了一驚，暗想：莫非是那麗英、麗芳的哥哥楊豹回來了？可是怎麼楊老頭兒又要驅他出去，並罵他為強盜呢？自己剛要過去給他們解勸，可是又想：不能過去，因為自己是個身犯重罪的人，楊老頭兒看在江南鶴的面上，才容許自己在他家裏藏匿，恐怕這事他還不願叫他的孫子知道。再說他的孫子也許是一頑劣奸惡的人，真許是一個江湖強盜，我若去見了他，那不但勸不了他，倒許另生事端。於是李慕白就不敢出屋，他只扒着窗紙的破洞向外去看，只見那薄霧一般的暮色之中，由北房走出一個人來。這人年有二十上下，身材高大健壯，穿着一條青布短褲，披着藍布汗衫，頭上盤着辮子，下面赤腳穿着草鞋，微低着頭，緊咬着一張大嘴，兩眼凝着愁態，一面歎着氣，一面往外走。

後面是麗芳小姑娘跟出來，拉着他哥哥的手腕，低低的聲音，也不知說了幾句什麼話，並且還像哽咽嬌啼着，就把他哥哥送出柴扉去了。待了一會兒，麗芳小姑娘又進來，她就一手抹着眼淚，一手把柴扉關好，又回到北房，這使李慕白心中十分不平。看着這小姑娘在送走她哥哥時的情景實是太可憐，李慕白就想要追趕出門，把那楊豹叫回來，問明白他為什麼不見容於祖父，非得出走不可，然後自己再給他想法子，都已然舉起腿來了，忽然心裏一轉念，就想：別莽撞了！盟伯江南鶴臨走的時候，諄諄囑咐我，叫我遇事不可逞強，不可鋒芒太露，如今盟伯還許沒走遠。他還許正在暗中察看着我了，忽然我又出頭管人家家裏的事，若叫盟伯知道，他一定要對我痛加斥責。因此李慕白就又回到炕上躺下，除了猜度楊豹是一個奸惡的人，因此才不為祖父所容之外，再也想不出別的情形來。這時那北房裏的楊老頭兒又罵了幾聲強盜和敗子，就並不再說話了。

　　又待了一會兒，麗芳小姑娘又進屋，送了一壺茶來，並把牆上的油燈點上。李慕白就要跟她搭訕着說話，問問剛才是因為什麼事，她爺爺與人爭吵，那個人是不是她的哥哥。但是在燈光之下看這小姑娘，愁蹙着兩條纖眉，淚泡着一雙俊眼，使李慕白不敢多問她一句話，只睜着眼呆呆地看着她那柔秀的身體姍姍地走出屋去了。

　　李慕白暗想：這個地方我也不可長住，一位是我盟伯老友，兩個論起來是我的姪女，他們家庭中的事，我看見不管也不好，但若出頭管了，恐怕更是不好，而且這樣熱的天氣，藏在這間小屋裏，也實在是太難受了。因此李慕白就決定了，明天一早就起身南下，當晚他把一切的事全都拋開不想，很安穩地睡去。

　　到了次日清晨起來，看了看窗外雖然仍浮着陰雲，但看這樣子許還不至於下雨，遂就換上衣褲鞋襪，又將辮子編了編。少時，麗芳小姑娘就端着臉水進到屋裏，李慕白就說：“我要走了，煩勞小姑娘替我向楊老伯說一聲，我要向他老人家辭行。”

　　麗芳小姑娘一聽李慕白要走了似乎吃了一驚，就問說：“李大叔打算什麼時候走呢？”

　　李慕白說：“我這就要走。”

　　小姑娘又問說：“李大叔打算往哪裏去，還回來不回來呢？”

　　李慕白想了一想，就說：“我要到江南去，大概三年以後也許再到這裏來看楊老伯。”

　　那麗芳小姑娘一聽李慕白這話，立刻放下臉水，向屋外就跑。李慕白洗過了臉，這時屋門又開了，是那楊老頭兒瘸着腿進到屋裏。

　　李慕白趕緊打躬，說：“老伯，蒙你老人家收容我在這裏住了十幾天，使我一個垂死的人能夠休養好了，這樣的深恩厚德，我永久也忘不了。現在因為我盟伯臨走時，叫我到江南去見兩個人，我這就要走了！”

那楊老頭兒似乎不大會說話，也就點頭說：“你走了也好，你是闖江湖的好漢，我這裏也容不下你，將來你再回來的時候，咱們再見面吧。你可千萬別再在外頭惹禍了！”又說，“強中自有強中手，能人背後有能人。我當初若不與人爭強鬥勝，現在也不至落成這個樣子。你李慕白現在的名氣也夠大的了，以後真得要小心謹慎，別給你伯父江南鶴壞了名聲！”

李慕白又深深打了一躬，說：“楊老伯囑咐我的盡是金玉良言，小姪必定謹慎遵守。只是我來此已十幾天，尚不知這裏是什麼地方，離着北京有多遠，請楊老伯告訴我，我也好往下走路。再者，小姪尚未請教老伯的尊號，也請見示，以後小姪好報答深恩！”

那楊老頭兒的古板的臉上露出點笑容，他就說：“你還報我的恩幹什麼？我要想報恩，那江南鶴就是我的頭一個恩公，十七年以前若不是他救了我，我現在連這條老命也沒有！咳，這些事現在我也不用細說，你瞧我這條腿你就知道了，我是江湖上栽過跟頭的人，現在我的仇人很多，恩人也不少，可是我也都不提了，我的名字也不必對你說了，至於這個地方，你只要出門往北一看就知道了。得了，你走吧！我也要進城賣花兒去了！”說畢，這楊老頭兒就出屋去了。

這裏李慕白十分納悶，就想：這位老人的脾氣可也太古怪了！大概他當年也是江湖上一位英雄，與人爭鬥吃了虧，後來雖經江南鶴將他救了，但他左腿已成了殘疾，因之性情也改變了。

李慕白也不暇細想，遂就背着包裹，出了屋子，此時只見院中陽光甚烈，花香撲鼻，可是一個人也沒有。李慕白本想要再到北房裏去向那楊老伯辭別，可是因為那老人脾氣古怪，自己的禮節若是太周到了，他倒許惱了，李慕白遂自己開了柴扉出去，並隨手將門帶上。這時籬笆外的兩棵柳樹，輕輕地送來了一點涼風，四下去看，只見這是一個孤零零的人家，並且不靠着大道，四面都種着高粱和玉蜀黍。仰面一看，天際浮飄着幾塊鐵色濃雲，但是太陽卻躲到雲外，將酷熱的火焰灑在大地上。李慕白辨明了方向，就一手拎着包裹，一手分着禾黍，順着小徑往東南走去，少時就離了小徑走到一股大道上。李慕白回頭向北去看，只見那北邊遠遠的就有一座城樓，像一隻石頭獅子似的蹲在那裏。李慕白發覺出來，原來是在北京城南永定門外不到十里地的一個地方，因此不敢在此多徘徊，便順着道邊往南去走，不過走了幾步，他還回過頭去望了望，望見那遠處的巍巍城樓，若隱若現的城垣。他留戀地想着：此時俞秀蓮姑娘一定尚在德家居住，史胖子大概走了，我李慕白在獄中忽然失蹤的事，恐怕連鐵小貝勒邱廣超他們都知道了吧？同時又很快意，因為那城中的巨憝黃驥北，已被自己用寶劍給剪除了。

此時雖是清晨，但大道上的行人還不甚多，李慕白穿着一身白布短褲褂，頭上雖有一頂青紗瓜皮小帽，但仍遮不住酷熱的陽光。他只背着包裹，流着汗，低着頭，像一個趕路的買賣人似的，匆匆地往南去走，心裏只想着快些離開北京遠了，大概也就不至於再有人認得自己了。

正在一面走一面想，就忽聽身後有人嬌聲地叫道："李大叔，李大叔！"李慕白趕緊回首去看，就見是那楊麗芳小姑娘一顛一顛地跑來，像是跑來了一隻小錦雞。

李慕白心中納悶，想：她又追了我來，是有什麼事？李慕白就回身迎了過去，問道："小姑娘，你來找我有什麼事？"

麗芳與李慕白走到臨近，她的粉面上流着汗珠，嬌喘着說："李，李大叔！你不是要走很遠的路嗎？……你，你要在路上遇見了我哥哥，我哥哥他……他要受別人的欺負，你可要幫助他點！因為李大叔你的……武藝好！"

李慕白更覺得這事奇怪，便點頭說："好，我一定幫助你的哥哥，他不是名叫楊豹嗎？"麗芳又喘了幾口氣，點頭說："對了，他叫楊豹，身子很高，有李大叔這麼高，昨天他回家來了，又叫我爺爺給……咳，他又走了！"這小姑娘似乎不願說出他哥哥回來又被他爺爺給趕走了的事。

於是李慕白就點了點頭，說："我知道，大概我要見了他的面也能認識他。可是，小姑娘你得告訴我，他為什麼不在家裏住呢？"

麗芳聽李慕白這一問，她的小臉上不由變色，並帶出一種悲慘的情態來，咬着嘴唇怔了一會兒，她才說："他自願意出去麼，誰能攔得住他呢？"

李慕白曉得這位小姑娘心中必有很難過的事情，自己因要急着走路離開此地，此時也不暇細問她了，遂又點頭說："好罷！只要你哥哥在路上被人欺侮了，叫我看見，我一定要幫助他，可是也得是你哥哥有理。"

麗芳說："我哥哥是個好人。"

李慕白說："我想他也一定是個好人，我這個人向來是好打抱不平，專喜歡幫助好人的！"又說，"小姑娘你放心罷，回去罷！"楊麗芳小姑娘這才轉身姍姍地走去。

第二回　困厄風塵紫駒羞喚賣　追尋廟舍黃虎失披攔

　　李慕白暗歎了口氣，又背着包裹往南去走，現在他只想謹慎着走路，趕緊離開直隸省，先到鳳陽府去見那譚二員外，然後再到當塗縣去見靜玄禪師，最後到池州去尋着單鞭李俊如，請他給自己安置一個地方，就在那裏等候盟伯江南鶴。李慕白現在是對過去的事全都竭力不思想，對將來的事他又沒有什麼希望，他只是想找個幽靜的地方隱居上兩三年以後再說。

　　因為天熱，李慕白又是背着個包裹步行，所以走了三天才到了天津衛。那時才將傍午，望着那白河裏汩汩的渾濁流水，李慕白想到了前途茫茫，本想要搭乘一隻帆船，順着運糧河南下，可是一來算計着手裏這二十兩銀子若除去了船價，恐怕就不夠到池州府用的了；二來是看那些帆船實在太為窄小，船上裝的人又都很多，這麼熱的天在船上走幾百里路，簡直是受罪，所以李慕白就狠狠心說：還是就這麼一步一步地走下去吧！

　　可是直到這時他還沒有吃午飯，於是離了河沿，走到大街上，就想找一家飯舖去吃飯。正在向南走着，兩眼往旁邊的舖戶去望之時，忽然見由路東的一家店房內走出來一人，牽着一匹黑馬，李慕白一看，就不由得驚愕，原來這人正是那楊麗芳小姑娘的哥哥楊豹。這時楊豹可不像那天黃昏時，他從家裏走出時的窮相了，現在他是穿着一身青色暑涼綢的褲褂，青綢包着頭，腳下一雙魚鱗蹀鞋，馬上也是全份的新鞍轡，鞍後勒着一隻青布包裹，包裹裏露出來紅銅的刀把。楊豹就像是一位鏢頭似的出了店門，認鐙上馬，揚鞭向南走去。

　　這裏李慕白本想把他喚住，可是已經來不及了，同時心裏又想：這個人很可疑，他從家裏出來時是汗污的褲褂，赤足穿着草鞋，現在居然又是這樣闊，可見他必是忽然發了一筆不義之財。大概他祖父罵他是強盜，要把他捆起來交官，必不是無因的。他因會些武藝，已然走入了下流，雖然他的妹妹說他是個好人，但我還是不要去理他為是。於是李慕白便不管那楊豹是往哪裏去，他就走入一家小飯舖，用過了飯，依舊往下去走。

又走了幾天，過了滄州、南皮、東光。這幾天內，李慕白總是清早就起身，黃昏才投宿，白天在中午時因為天熱不能往下走，他就找個野茶館吃點麵飯，歇息一會，或是尋個廟旁樹下的陰涼之處，略歇片刻。晚間住在店房裏，他雖然是必找單間的房子，一進屋就不出來，可是旁的旅客卻受不了屋中的悶熱，就都在院中露天鋪下涼席睡覺。他們在乘涼時就不免彼此談天，譬如這個客人是從山東來的，他就述說山東的新聞，哪個縣官做了德政，哪個大財東又開了一號買賣。

由北京來的呢，那當然也是述說北京新聞，尤其是黃驥北被人殺死的事，及宮中失寶之案，幾乎無人不知，無人不談。他們一談這些事情，李慕白立刻就傾耳去聽，他就聽人說：「瘦彌陀黃四爺，那是多麼大的財主，多麼大的本事，會叫李慕白給殺死了！李慕白那小子可也真夠兇的！」聽這話音，大概還沒有人知道李慕白已經被人救出監獄之事。又聽有人說：「宮裏丟失的寶物可真不少，聽說還有幾十顆避塵珠至今沒有下落呢！不知道現在到了什麼人的手裏了，內務府的德五爺才冤呢，他連那些寶物看也沒看見過，就因為得罪了人，打了幾個月的官司，發往新疆去了。」

李慕白聽人談到德嘯峰的事情，他心中又很是悲痛、憤慨，不過卻因見由北京來的人都很注意此事，他就更是加意謹慎小心，裝成一個老實的商人模樣，不但白天不敢在野茶館廟旁樹下睡午覺，就是晚間在店中睡覺，他也必要把屋門關嚴，唯恐有官衙的捕役跟着他來，趁着他熟睡之時將他綁起。

同時，李慕白覺得這樣背着包裹慢慢地步行是決不成的，假使在路上遇着官人，或是江湖對頭，那就決難走脫。再說這樣慢慢地行走，不但在路上太吃苦，反倒消耗路費，於是他就計算着：包裹裏有這幾匹棉布和夏布，就是賣在行裏，大概也能值上四五十兩銀子，若再添上我身邊的十幾兩，有五六十兩銀子，也可以買一匹不很好的馬了。只要騎上了馬，即使不像是個行路的客商了，那也不怕。雖然我買了馬匹之後，身邊的路費必剩不了多少，可是那也不要緊，只要我能趕路到鳳陽府去見着譚二員外，他既與我盟伯頗有交情，我若跟他借上幾十兩路費，大概他決不能拒絕我吧。當下李慕白就擬好主意，想着明天一定要找一處城市，賣了布匹買馬。

到了次日，又往下走，偏午的時候就到了吳橋地方。吳橋本是冀魯交界之地，再往西南一百餘里便是李慕白的家鄉南宮和俞秀蓮的故里巨鹿了。當時李慕白心裏一動，恐怕這裏離着家鄉太近，會遇着什麼熟人。他找到一家布行，問了問棉布和夏布的行市，然後把自己的包裹打開，說自己是徐州府的販布客人，此次到北京去販布，因為那裏給的價錢很低，所以自己只出脫了一半，剩下這一半，本想要拿到濟南去賣，可是因為天氣太熱，帶着貨物行路太不方便，所以打算就在這裏照着原來的本錢賣出去。那布行裏的經紀看了李慕白的貨物還算不錯，又加時在炎夏，夏布的行市很高，遂就與李慕白商量貨價。本來李慕白核算着這些布匹，盟伯江南鶴在北京購買之時，至少也得用七八十兩銀子，如今布行打算買便宜貨，只給他六十二兩銀子，李慕白雖然割捨不得，但因為急於買馬趕路，所以也只好就依了布行給的價錢，當下銀貨兩交。李慕白並請布行給開了一個收貨的單子，上面寫上布行的字號，他口裏說着是：“記着字號，將來好再將貨物送來，請求照顧。”其實他是想着：有這個貨單，即使路上有人盤查，也可以以此證明自己確實是個商人。

　　當下他將包裹卷着衣服和銀子，就出了布行走在街上，去找買馬的地方，忽然他又想：盟伯江南鶴為使自己在路上像一個商人，才買了那些布匹，也許是有意叫自己給帶回江南去，他做衣服用罷？如今被自己通通給賣掉了，即使買了一匹瘦馬騎回去，將來盟伯要問自己之時，究竟難以回答。於是在街頭發了一會怔，又想：布匹已賣出去了，我還猶豫什麼？於是又走了一截路，便在大街旁找了一家馬店，進去挑選馬匹，這吳橋縣雖是個小地方，但馬店裏的好馬卻是不少，最好的一匹要價三百五十兩，可是李慕白看着還不及孟思昭由鐵貝勒府騎出，自己丟在安定門外店裏的那匹黑馬呢。

　　他這樣想着心裏很不痛快，就說：“我只打算用幾十兩銀子買一匹馬，你們這都是二三百兩的，我哪裏買得起呀！”說着往門外就走，那馬店的夥計追過來說：“幾十兩銀子的也有啊，客人，你等一等，我這就給你牽去。”正在說着，忽聽“嘚嘚”的一陣蹄聲，自北往南跑來了四匹健馬，馬上的四個人都是短衣褲，有的頭戴草帽，有的用手巾包頭，馬店的夥計就指着說：“客人你快看，前面那匹烏騅馬有多麼好，至少也得值四百兩銀子！”此時那四匹馬已由李慕白的眼前掠過，李慕白一見那頭一匹黑馬上的壯漢背影，不由又吃一驚，“啊”了一聲，要立刻就追趕過去，但是腳步隨即停止。他直着眼往南看着那人背影，心中十分驚訝，原來那黑馬上的漢子正是楊豹。李慕白心說：這個人可真奇怪！他怎麼又到這裏來了？跟在他後面的那三個騎馬的人，可又是誰呢？於是回過頭來向馬店夥計問說：“這四個騎馬的人你認識不認識？”馬店夥計搖頭說：“不認得，這是外邊來的人，看那樣子多半是保鏢的。”

遂又問，“有一匹八十兩的馬，客人你想瞧瞧嗎？”李慕白點頭說：“你牽來，我先看看。”

當下那夥計往北邊找他那匹馬去了。李慕白就在馬店門首呆呆地發怔想着：那麗芳小姑娘的哥哥楊豹，自己在天津就看見了他，那時他是一個人騎着馬，現在不想在此又遇着他，並且跟隨他的那三個人又都是強壯潑悍的樣子，不用說，他們一定都是走江湖的強盜，現在到此不知是幹什麼勾當來。正想着，那個馬店夥計帶着一個手裏牽着三匹馬的小孩走來了。

李慕白迎將過去，問說：“你說的是哪一匹馬？”

那馬店夥計拍着一匹醬紫色的馬說：“這匹八十兩，那白的一百二，那匹紫斑的可就貴了，至少也得三百兩。”

李慕白拉過那匹醬紫色的馬，看了看，牙雖不多，但是身上卻沒膘，比自己去年初到北京時在冀州買的那匹馬還要瘦，當下他騎上馬接過鞭子，在街上來回走了一趟，見這匹馬不但不是個走馬，性子還很烈，李慕白暗笑，身子瘦，性子可烈，這匹馬倒真有點像我，我就買下牠吧！於是下了馬和那夥計磋商價錢，結果是以六十兩銀子買成，又花了十二兩銀子買了一副舊鞍轡。李慕白就交了銀子，上馬揮鞭，順大街直往正南而去。

這匹瘦馬的性子極烈，總把轡頭扭着，並時時仰着頭嘶叫，四條腿胡踢亂跳，還沒出城就幾乎撞倒了一個賣瓜的。李慕白心中怒極，一連氣揮鞭抽打馬胯。一出了南門，他就放開轡頭，這匹馬就像一條瘦龍似的向南揚塵飛奔而去。本來李慕白這些日來就心緒不好，如今買了這匹劣馬，他就決意非要把牠制服了不可，並要將這匹馬馴成一匹千里駒。幸虧這時天熱，路上沒有多少行人，所以能容李慕白這匹瘦馬橫衝直撞。

可是才走了四五里地，忽由道旁一個墳圈裏鑽出一個人來，跑到大道的中心。此人就張着兩隻手將李慕白的馬攔住，他說：“朋友，你先站住！你先站住！”

李慕白十分詫異，趕緊勒住馬，一面喘氣拭汗，一面問道：“你有什麼事？”

這個人身材不甚高，但頗是健壯，身上只穿着一條破短褲，脊梁上搭着一塊手巾，光腳穿着一雙草鞋，他漆黑的臉上睜着兩隻白眼睛，齜着黑牙向李慕白笑着說：“朋友，你先下馬來，我跟你求一件事。我瞧你這匹馬還很快，借我騎一騎，我往南追幾個人。只要把那幾個人追上，我就能夠發一筆大財，我回來一定要重重地謝你！”

李慕白一聽此人要借自己的馬騎，便不由好笑，遂說道：“這匹馬我是才買來的，我要趕路回家，怎麼能夠借你騎？朋友，這件事我可不能答應你！”說着朝那人揮了揮手，放開馬又要走。

　　那人卻搶步上前將馬韁扯住，那馬揚着頭直叫，李慕白不由有些生氣，便把眼一瞪，喝道：“怎麼，你還要搶我的馬匹嗎？”

　　那人卻仍舊笑着，說：“不是，朋友，咱們說好的，講交情，我不能對你耍刺兒，看你這樣子也是常出門兒的人，難道你還不認得我地頭蛇焦二嗎？現在真是前面有一號好買賣，只要我騎馬追上去，立刻就能弄一大筆銀子，你就在這兒等着我，我一定將馬給你送回來，我焦二絕不是騙子！”說時，他竟要將李慕白揪下馬來，卻被李慕白吧吧兩鞭子，將那焦二的脊梁上抽了兩道血印。

　　焦二立刻翻了臉，說：“好小子，焦二太爺跟你說好的你不聽，非得焦二太爺跟你耍刺兒嗎？今天你要不把馬給二太爺騎，你這小子就別要命啦！”說時，由褲腰帶的後面抽出一把雪亮的匕首，躥上來向李慕白就刺。

　　李慕白一閃身跳下馬來，那匹馬就向南驚走了。焦二卻不顧李慕白，他撒腿往南去追那匹馬，才跑了不到二十步，就被李慕白趕上，一腳踢在他的後腰上。那焦二立刻一個馬趴臥在地下，右手還握着匕首，但匕首已深深地插在了地上。李慕白又上前向焦二的右臂踏了一腳。焦二就喊了一聲：“哎喲！”李慕白遂彎腰奪過了匕首，飛腿向南去追他的那匹馬。

　　這時那匹馬跑到前面，因為對面來了幾輛車，驚得牠折回頭來又跑，就被李慕白截住，揪住了韁頭，用鞭杆抽打了幾下，打得那匹馬叫了幾聲，跳了幾下，就老實了。李慕白一面喘氣，一面將奪來的匕首插在腰帶上，隨即扳鞍上馬，揮鞭向南去，掠過對面的那幾輛車，飛也似的在火熱的陽光之下走了。

　　行走了三日，便過了山東聊城縣。自從在吳橋打了那地頭蛇焦二之後，李慕白就像又破了戒，尤其是六十兩銀子買來的這匹醬色的馬，別看一點兒膘也沒有，性子還是非常頑劣，在路上真叫李慕白生氣，並且把李慕白的兩條腿全都磨破了。同時還有一件事挫磨着李慕白，就是他手頭的銀子已將花盡了，過了聊城，順着運河去走，又過了黃河走到東平，身邊已是分文無有，同時座下的這匹馬因為吃的草料不足，是越發地瘦了。李慕白沒有法子，只得將盟伯為自己置的那幾件富餘的衣裳到典肆裏當了，又往下去走。可是走了幾天，過了濟寧，走到魚台，他當了的那點錢又都花盡。沒有法子只得在魚台縣又把鞍韂當了。十二兩銀子買的鞍韂，才當了五兩。走不到六七天，來到了安徽宿州地面連當鞍的錢全都花光了，依舊是囊空如洗。

　　這天直走到過午二時許，他還沒有吃午飯，同時身上這一套白布小褲褂，因為汗浸雨淋和泥土沾染，已然成了灰黑色的了，臉上也因為幾天沒有刮，也長了很長的鬍鬚。李慕白來到一座鎮市上，就下了馬，找了井台喝了一氣涼水，喝完了，便將馬繫在一棵樹上，坐在樹下歇息，同時想着：怎麼辦？這宿州離着鳳陽府還有一百多里地，頂快走也得兩天，其實自己挨兩天餓趕到鳳陽也不要緊，可是這匹馬恐怕受不了；再說自己這個樣子，再餓兩天，怎麼能去見那譚二員外呢？到了此時，真後悔不該賣了布匹買了這麼一匹馬，現在只好再將馬匹賣了吧！於是李慕白立起身來，解下馬來，一面走，一面暗自歎氣，又想起去年困在北京西河沿元豐店時，窮得就要賣馬匹，若不是有德嘯峰接濟自己，哪能在北京居住那些日子呢？又想自己將來的衣食都很可憂慮，既不願偷盜，又因身負重罪不能入行伍，不能保鏢，難道就依賴朋友和盟伯一輩子嗎？越想越愁，牽着馬匹在街頭，他又不會吆喝着賣馬，在陽光下站着發了一會怔，然後拭了拭頭上的汗，又往南走。

　　走了不遠，就見路西有一家鏢店，字號是"宿安"，看那鏢店不很大，但是門外還拴着兩匹馬，門前兩棵樹下也有幾個人在那裏乘涼，李慕白就上前抱了抱拳，說："諸位都是這裏的鏢頭嗎？"那幾個人坐在席上並不起來，有一個人就大模大樣地問說："什麼事？"李慕白賠笑道："我早先也是在北京鏢行，現在因為往江南去有事，住在這裏，盤費沒有了，想要將這匹馬賣給貴鏢店，得幾十兩銀子好往下趕路！"又拍了拍馬上的瘦皮毛說，"這匹馬雖然沒有什麼膘，可是跑得很快，喂一喂就好了！"

　　那幾個鏢頭用眼看了李慕白這落拓的樣子，又看見瘦得跟狼似的那匹馬，便齊都搖着頭笑道："我們可不要你這匹馬，別說幾十兩，二兩銀子我們也不要！"李慕白立刻羞得面紅過耳，趕緊回身牽馬走開，心中又是氣，又是感慨。又走了幾步，便由地下撿起一枝稻草，插在馬鬃上，在街頭一站，站了半天，也沒有人理他。正要走開，忽覺身後有人拍了他的肩頭一下，李慕白趕緊回頭一看，就見身後是一個禿腦袋的少年，光着膀子，在膀子上刺着一朵牡丹花，還刺着一個老虎頭。這人把兩隻手插在很寬的板兒帶子上，腆着胸脯，問說："你這匹馬是要賣的嗎？"李慕白看這個人就像是個土痞之流，遂就點頭說："是的，這匹馬我願意賠點錢把牠賣了！"那土痞用眼睛看了看那匹馬，就由鼻子裏擠出笑聲，揚着頭問道："你要賣多少錢？"李慕白說："我這匹馬是在吳橋縣用六十兩銀子買的，雖然瘦一點，可是跑得很快。現在我因為等着用錢，就賠點錢賣了吧，給三十兩銀子，你就牽了去！"那土痞撇着嘴笑了，說："就憑這樣的一匹比狗還瘦的馬，你也敢一開口就要三十兩？"說完了這句話，他揚頭就走。李慕白追上去問道："你想給多少錢？"那士痞回過頭，把二指和中指搭在一起，說："給你十兩銀子！"李慕白一聽他還了價錢，就狠心說："我賣給你了！"同時心裏想着，到此時誰還顧得賠錢不賠錢，將馬賣了先得上十兩銀子，吃頓飯，換上一身衣裳，趕百餘里路到鳳陽去見譚二員外那是要緊的！於是就等着那光膀子的少年給他錢。

可是那少年士痞卻撇着嘴笑了笑，說："你不是願意賣了嗎？我可又不願意要啦！"說畢，搖着胸脯揚長走去。

氣得李慕白真要拔出匕首來將他扎死，但是想起盟伯江南鶴的囑咐來，只得又強忍住一口怒氣。李慕白站着發了半天怔，就一賭氣飛身上馬，連抽幾鞭，順大街向南馳去。這匹馬雖然一天沒吃草料，可是性子還不改，又連踢帶跳地像一隻餓狼似的往前飛奔，奔了不多遠，就奔到一個人的身上，嚇得李慕白趕緊跳下馬來。原來被馬撞倒了的是一位老太婆，都有六七十歲了。她正由路東的一家小舖，回路西她的家裏去，不料就被馬撞倒，蒼白的頭髮裏已經流出血來，趴在地下不住地呻吟。

旁邊的舖戶就出來五六個人，揪住李慕白不放他走。老太婆的兒子是個開豬肉舖的，拿着宰豬的刀，要跟李慕白拼命，算是被別人給攔住了。李慕白自覺理屈，旁邊的人罵他，他一點也不敢動氣，親自將那位老太婆攙扶起來，看了看，撞傷得還不太重，他替老太婆撢了撢身上的土，便又向那賣豬肉的作揖，說："真是我的過錯，我這匹馬的性子太劣！"那賣豬肉的漢子罵道："你知道你的馬性子劣，為什麼還在馬上騎？你娘的！"說時向李慕白就踹。李慕白趕緊退身躲開。旁邊的人有的就說："把他的馬扣下！"又有的說："叫官人去！"並有的打不平，向李慕白的背上擂了幾拳。李慕白連大氣也不敢出，他不怕扣下馬匹，也不怕人家打他，可是一聽人家要叫來官人，臉色就嚇得白了，趕緊又向眾人作揖，說："都是我的過錯。既然我將這位老太太撞傷，我也沒有錢給這位老太太醫治，那就把我這匹馬留下吧！我的不對，我也不願叫來官人打官司。"說着，又向眾人作揖。那賣豬肉的漢子一聽李慕白願意將馬留下，賠償他母親的撞傷，也就消了氣，又罵了李慕白兩聲，便放李慕白走去。

李慕白無顏再在這鎮上停留，就趕緊往南走去，出了這鎮市，順着兩旁田禾大道踽踽獨行，心中好生氣悶，賠掉了馬匹倒不要緊，只是撞傷了人家的老太婆，被那些人打罵了一頓，自己的心裏實在難過；更加炎日曬在頭上，熱風吹在臉上，腹中的饑腸亂鳴，兩腿覺着乏力，他真不禁後悔，早就應當在監獄裏餓死，何必由着盟伯江南鶴將自己救出來受這個罪！但是，鳳陽府譚二員外之處，幸離着這裏還不算遠，不過是百餘里路，若是連夜地走，挨上兩天餓，總可以到了。於是，他把那個只包着一封信，衣服和錢都沒有的包裹繫在腰上，就緊緊地往南走去。

可是才走了不到二里地，就聽身後又是"嘚嘚"的一陣馬蹄之聲，並有人大聲地喊道："前面的那個小子，快站住！"李慕白吃了一驚，趕緊回過頭去看，就見身後來了兩匹馬，一白一黑，頭一匹白馬上的人，就是剛才在鎮上遇見的，出了十兩銀子價錢要買他那匹馬，結果又不買了的那個少年土痞，此時他已披上了一件青綢汗褂。後面那個人也是二十餘歲，橫眉豎目，一身青綢衣裳。

李慕白看了這兩人趕來，就不禁一怔，停止腳步，等到那兩人騎馬來到臨近，就問道："你們是找我來的嗎？"

那少年土痞先跳下馬來，一手牽着韁繩，一手就把李慕白的衣領揪住，他瞪着眼睛說道："不找你還是找誰？我問你，你到底是幹什麼的？"

那個後面的人也下了馬，樣子比這個土痞還要橫，也翻着眼睛，頭上的刀疤跟眉毛皺在一起，怒聲說："還細問他幹什麼，把他捆起來帶回去就是了。"說時從腰裏抽繩子，就要捆李慕白。

李慕白向後退了兩步，問說："你們不要動手，先說說，我到底有什麼錯處，你們就要捆我？"

那少年的土痞先回身從鞍下抽出一口單刀，衝着李慕白晃了晃，就說："小子，你也不用裝傻了，看你這樣子就不像好人。我們都是鎮上賈大老爺宅裏的護院的，我叫石頭腦袋許三，這位是三眼龍劉大旺。我們哥兒倆的名頭大概你這小子也知道。前天宅裏丟了一隻古銅香爐、兩匹綢子、一杆翡翠斗的象牙煙槍，正抓不着賊呢，你這小子就賊毛鼠眼地來到鎮上賣馬。那一匹馬就是紙糊的吧，我給你十兩銀子，你就賣了？後來你瞧出我的神色，你覺着事不祥，騎上馬就逃命，把人家豬肉舖的老太婆也給撞了。人家要喊官人，你拋下馬就跑。你的馬要是有來歷，你能夠那麼捨得就給了人？我瞧着你不是飛賊，就是強盜，得了吧，乖乖地叫我們捆上，帶回去先吊起來請你吃一頓皮鞭子！"說時逼近兩步，一手持刀，一手揪住李慕白的衣領，就要叫旁邊的那三眼龍劉大旺過去抖繩捆綁。

李慕白卻擺手說："你們先別捆我，也別揪我的衣裳，聽我說兩句話！"

那許三放下了左手，右手持刀，腳下站着丁字步兒，說："有話快說，反正你是跑不了啦，吐出來香爐、綢子、翡翠煙槍，還得把你交衙門！"

這時李慕白胸中的怒氣已然忍無可忍，就趁着許三對他傲然說話之時，驀然撲了上去，右手托住許三的右腕，左手突的一拳，其疾如箭，其重如錘，立刻將那許三打得雙手按胸，躺倒在地，暈了過去。李慕白已經奪刀在手，再來逼過那人。那三眼龍劉大旺卻嚇得扔下了繩子，趕緊跑到馬鞍旁抽出了單刀。此時李慕白一個躍步追過去，掄刀就向肩削來，劉大旺趕緊一閃身，橫刀去架，不想李慕白的刀，早已抽回，趁劉大旺的刀往上一架的空兒，提起左腳，認定劉大旺的小腹，一腳踢去，只聽劉大旺哎喲了一聲，也倒在地上。此時那許三已爬起身來，但還直不起腰，李慕白卻上前將那匹馬牽在手中，飛身上馬，將手中奪過的鋼刀向劉大旺一橫，說：「滾你們的罷！」遂用拳頭捶着馬胯，縱開韁繩就像一股白煙似的向南馳去。

　　往南走了二三里地，李慕白才勒住韁繩低頭看這匹馬，可比剛才在鎮上因為撞了人，被人扣下的那匹瘦馬強得多了。既失馬復得馬，他想着又很可笑，不過也慚愧着，因為盟伯江南鶴囑咐過他，說是應守武當戒條，不可隨便顯露身手，可是他在路上已經犯了兩次戒了。

　　向南又走了多時，就覺得腹中直響，李慕白這才知道，雖然奪來一匹好馬，打了兩個人，能夠快意一時，但是身邊依然一文錢也沒有，依然救不了腹中的饑餓。他一面策着馬，一面想着怎樣才能找到飯吃，可是覺着除了討飯之外再無別法，但他又怎能去赧顏討飯呢？這時前方就有一道大河阻路，白茫茫的水，在饑餓的李慕白的眼中看去更像流得很急。靠着河岸雖有兩隻擺渡船，但是李慕白身邊一文不名，他怎敢貿然牽馬上船。勒住馬在河岸上望了一會，就見河水並不太深，大約也就有三四尺深，心想：往西邊去，上游或者有水淺的地方，我在那邊騎着馬涉水過河豈不更好？何必在這裏上擺渡，過了河給不了錢，又跟船戶惹氣呢？

　　於是李慕白就撥馬順着河岸往西去走。走了不到二三里地，就見河身漸窄，鋪在河底的石卵都可以很清楚地看出來，水深至多二尺，騎在馬上是很可以涉過了，當下李慕白將要輕輕策馬向河中走去，忽然他被河中那清澈流水誘得眼亂。河中一隻船也沒有，北邊只是一片森森的林木，對岸是一股小徑，幾戶人家，可看不見一個人，此時在下午四時左右，李慕白的衣裳都被汗黏得貼在身上，自己都聞得見汗臭的氣味，心說：反正我忙着跑過岸去也沒有地方吃飯去，不如先在這裏脫下衣褲來洗一洗，再下河去洗個澡，一來涼快涼快，二來衣服乾淨點，也好去見譚二員外。遂見西面有一棵柳樹，李慕白就走過去，下了馬，將奪來的這匹馬就繫在河邊柳下。然後李慕白脫下鞋襪下了河，先彎着腰將身上的白布小褂洗了洗，又光着膀子走上岸，將濕小褂搭在朝陽的柳枝上曬着。那匹馬就低頭吃地上的青草。李慕白又走到河邊，剛要脫去褲子，這時忽聽背後有女人相呼之聲。他趕緊回頭去看，原來北邊來了兩個中年的婦人和一個妙齡的村女，全都手提着籃子，拿着擣衣的棒捶，到河邊浣衣服來了。李慕白立刻羞得臉紅，褲子也不敢脫了，身子也不敢洗了，遂又把褲子繫好，一賭氣上了岸，到柳樹下把鞋襪穿上，把才洗的小褂也披上，就解下馬來，牽着往西走。那邊的兩個婦人一個少女也齊都看了李慕白一眼，李慕白卻不看她們，他只牽着馬懊惱着走，心說：無論走在哪裏，無論做什麼事，都是障礙重重，這也不知是什麼緣故？他迎着斜陽，牽馬佇立，不禁感到一種流浪者的悲痛。

　　將要上馬涉水過河，這時他忽聽見一陣清澈悠揚的鐘聲，自林間飄來，轉身去看，只見那北邊蒼鬱的柏林之間，隱隱露出一角紅牆。李慕白心中一動，他想：那邊有廟，廟裏的和尚大概正吃飯了，我現在腹中正在饑餓，我去求求和尚，要兩個饅頭吃，不算是太丟臉吧！當下李慕白騎上馬直奔那邊的樹林走去，走了不遠就到了林前，李慕白遂走進林，到廟前一看，這座廟還不太小，大概有兩層殿，紅牆也很新，像是才修過的，山門的橫額上就寫着是“敕建大覺寺”。李慕白將馬繫在門前樹上，便扣上衣紐，直入山門，只覺得院內清涼，鐘聲震耳，卻看不見一個和尚。李慕白四下望了望，只見東配殿裏有香煙散出，大概許是有人，遂走近前，只見一個小和尚正在收拾香案，李慕白就叫了一聲：“小師父！”那小和尚嚇了一跳，回頭一看見李慕白，不像是來進香的樣子，便連問訊也不打，就問說：“你是幹什麼的？”李慕白抱了抱拳，說：“沒有別的事，就是我走在這裏餓了，想求這裏的師父們慈悲慈悲，給點吃的，我好騎馬往前趕路。”說話時李慕白不禁羞愧得臉紅。

　　那小和尚一聽李慕白在外面有馬，他決想不到李慕白吃完了不給點佈施，於是說：“你等一等，我跟我師父說一聲去。”當時小和尚出了配殿往裏院去了。

　　少時，就請李慕白到鐘樓旁一間小屋子裏，擺着兩碟素菜、幾個饅頭、一碗小米稀飯，請李慕白吃。李慕白此時真餓極了，仿佛比監獄裏出來，在楊家住着的時候還餓。他拿起饅頭來就吃，吃了兩個饅頭，又喝稀飯，這時鐘聲早已停止，可是門外又起了一片囂聲。李慕白吃了一驚，嘴裏喝着稀飯，耳邊向外去聽，只聽外面的腳步聲很是雜亂，有幾個人彼此大聲說着話，一個說：“馬都在這裏了，人還能夠跑遠了？你們把門攔住，別叫他逃走了！”另一個人說：“師父，讓我進去抓他。”接着又聽有幾個人同聲喊說：“和尚，和尚！”這屋裏伺候李慕白吃飯的和尚，將要出屋去看，李慕白卻將筷子一扔，說：“小師父你不要出去。這些人是找我來的！”

　　當下李慕白一捋袖子，大踏步走出這間小屋，就見院中有七八個強悍的大漢，手中提着單刀木棍，氣勢昂昂，其中有一個就是今天在路上被自己打過的那個石頭腦袋許三。許三一見李慕白走出來，他先嚇得往後退了兩步，向一個四十來歲黄臉膛高身材的人說：“師父！就是這小子！”

那許三的師父手中並無兵器，身穿黄繭綢的褲褂，腳下一雙絮着花兒的蹼鞋，辮子像一條蛇似的繞在頭上，橫眉豎目，很像是個練武的人。他腆着胸脯近前來，就問說：“朋友，你姓什麼？”

李慕白答道：“我姓李。”

許三的師父點了點頭說：“好，姓李的，現在沒有別的說的了，偷我們宅裏的古銅香爐翡翠煙槍的賊是你不是你，現在我們且不必細論，反正我徒弟他在這兒啦，剛才你把他打了，馬你給搶去，現在廟門外拴着，真贓實犯，一概俱全。朋友你乖一點，叫我們把你捆上交到衙門裏，頂多你挨一頓鞭子，扛幾個月的枷，決不至於有死罪。”說時這許三的師父一面冷笑着，就上前，伸手要抓李慕白的胳臂，但被李慕白把手躲開。

李慕白退後兩步，由腰帶裏抽出匕首，厲聲說道：“你們給我滾開，別上來找死，李大爺不是好欺負的！”對方那七八個人就要一齊上前，掄刀持棍來打李慕白。那個許三的師父擺了擺手，叫他的徒弟退後，他就望着李慕白，冷笑道：“嘿！看你這樣子還像怪有本事的！”他要在眾徒弟面前露一手兒，就由許三的手中接過一口單刀來，把胸脯一拍，說，“你打聽打聽，你太爺就是黄臉虎晁德慶，你要走在宿州一帶得先認得我！小子，別說你，就是鳳陽府的譚二員外、柳大莊主，他們也得叫我一聲老弟，別說你！你小子若是知道晁太爺的大名，就趕緊跪下，叫我們把你綁起來。你要不想活了，那也好，出來，咱們到廟外去，別叫你的狗血噴髒了人家的佛堂！”

李慕白見此人口出不遜，便不由十分生氣，但是因為聽他提到了鳳陽府的譚二員外也呼他為老弟，李慕白的心中就不禁略生猶豫，暗想：他既自稱是譚二員外的朋友，我的手下自然要留些情分。他又想要將身邊那封江南鶴給譚二員外的信叫他看，表示都是自家人，不必彼此為難；可是忽然覺得這黄臉虎晁德慶不像是個正道的練武的人，自己還是不可對他露出真面目。於是他也使起氣來，一拍胸脯說：“好，咱們外面鬥一鬥去！”

對面那七八個人齊都向他師父說：“這小子一出去，他可就跑了！”旁邊兩個和尚卻不住打問訊說：“施主們有什麼話還是到廟外說去吧！”那黄臉虎晁德慶自命為宿州有名的拳師，天下無敵的好漢，他焉把李慕白這麼一個窮漢放在眼裏，就向眾徒弟們說：“還怕他長翅膀兒飛了嗎？”當下黄臉虎晁德慶帶着七八個徒弟先出廟門，李慕白隨後奔將出去，後面的和尚趕緊把山門關閉了。

李慕白到了廟外只見林間拴着七八匹馬，就先留心着殺傷他們之後逃走的辦法。林間樹多草盛，不便交手，七八個拿着兵刃的強壯漢子就圍着李慕白走出了樹林。此地面對長河，十分寬敞，李慕白就右手握着匕首，以扎馬步的姿勢站住。

黃臉虎晁德慶見李慕白毫無懼色，竟敢以短短的匕首來對他這三尺多長的單刀，便有點不敢輕敵。當時他先說了聲："我的刀砍死你，你可別後悔！"說時一個躍步奔過來，掄刀唰的一聲砍下。李慕白趕緊閃在左邊，以碎步點地，趨近晁德慶的身右。晁德慶立刻向右扭身，橫刀向李慕白胸際去掃。李慕白趕緊伏身向右閃開，同時使了一個掃堂腿，運勢極快，用力極猛，那黃臉虎晁德慶腳底下站立不住，當時一個大仰額，咕咚一聲，摔倒在地。但他一滾身爬起來，忍得頭疼，掄刀又向李慕白疾砍。李慕白卻不還手，只往後退。晁德慶一面怒喝眾徒弟把他圍住，一面鋼刀飛舞，直削李慕白。李慕白身子往後退，眼睛卻注意對方的刀勢，他退了五六步便不退了，忽然他將匕首插在腰帶上，等着晁德慶掄刀奔過來，他就嗖的一閃身，同時左足點地斜躍過去，左手就將晁德慶的右腕抓住，右手上前抓住他的刀把，右腳用力蹬去，口中說一聲"嘿！"便立刻奪刀在手，那晁德慶一個屁股蹲兒又摔在了地下。

此時，他那七八個徒弟見他們的師父都不能取勝，就都嚇得變了顏色，尤其是那石頭腦袋許三，這時他簡直要抓馬逃跑。李慕白就橫刀說："你們不要怕，咱們都沒有什麼深仇大恨，我絕不能傷你們，只要你們把那匹馬送過來，我就走！"

那黃臉虎晁德慶又爬起身來，向他那幾個徒弟說："得啦！你們就把馬牽過來送給他吧！"又向李慕白望了一眼，就垂頭喪氣地說，"朋友，我佩服你就是了，算我學藝不精，咱們三年以後再見面，現在將你的姓名住處告訴我吧！"

李慕白微微冷笑說："我沒有名字，江湖上只叫我李大爺，現在也沒有准地方去。大概兩三年內長江南北你總可以見得着我。"

晁德慶說："好吧，咱們後會有期吧！"

那石頭腦袋許三也是滿臉的晦氣，懶懶地把那匹馬牽過來，交到李慕白的手裏。李慕白認鐙上馬，就向那黃臉虎晁德慶說："這匹馬我也不過是暫借用，將來我路過此地時，再奉還你們！"

那晁德慶忍着氣說："那隨你，反正將來咱們准有再見面的那一天！"

當時李慕白用刀柄捶着馬就往河邊走去。行至岸上柳樹下，李慕白勒馬回首去望，只見黃臉虎晁德慶師徒們，牽着馬在那裏正望他，還都沒有走。李慕白就微微笑了笑，順手折下一條柳枝，當作馬鞭，把手中那口鋼刀遠遠地扔在河中，然後就徐徐策馬，過河涉水到了對岸。

此時紅霞滿天，晚風徐起，綠色無邊的田禾都在沙沙地響，李慕白尋着一股路，便以柳枝策馬飛馳而去，由這澮河的南岸往東南連夜地走，直到次日下午四時許，便到了淮河的北岸。淮河為皖北最大的水道，河中檣桅林立，波濤浩蕩，可實在不容李慕白再涉水過河了。李慕白自昨天下午在那大覺寺裏乞求了一頓吃喝，至今只在路上喝了點兒涼水，一粒米也未進，座下的馬是只仗着吃點青草過活。他身邊自然不會由肉裏長出一文錢來。躊躇了一會，他下了馬，就向岸上的人打聽，問鳳陽府離這裏還有多遠。

有一個在船上幹營生的人，就指着對岸說：“一過岸就是，你到鳳陽府是找誰吧？”

李慕白說：“我找的是譚二員外。”

那人聽了，立刻把李慕白打量了一番，就問說：“你貴姓，是從哪裏來的，找譚二員外有什麼事，你跟二員外認識嗎？”

李慕白略略遲頓了一下，就回答說：“我是從北京來的，我叫李煥如，現在有朋友的一封信，叫我來見鳳陽的譚二員外。”

那人一聽，立刻抱拳，說：“原來是北京來的，李爺大概你也知道，我們這淮河裏的船多半是譚二員外的，你老哥既是由北京來到這裏見譚二員外的，那我們自然要送你前去。李爺你且等一等！”當下他就跑到河邊，跟一隻大船上的人說了幾句話，然後就請李慕白牽馬上船。

少時就過了河，到了南岸，李慕白牽馬離船上岸，那個人也追到岸上來，執意要送李慕白到譚家村去見那譚二員外。李慕白見此人很是誠意，遂也就不騎馬，牽馬同着這人順路往南去走。

李慕白就問此人貴姓，這個人就說：“免貴，我姓陶，因為我的身子不高，會些水性，朋友們就叫我短尾魚陶小個子。”

李慕白點了點頭，又問說：“陶兄弟與譚二員外想是多年之交情？”

陶小個子說：“交情我可不敢多攀，我不過是譚二員外手底下的一個老人兒罷了。自譚二員外在外面闖江湖的時候，我就跟着他，現在少說也有十五年了，二員外總沒拿我當外人看待。”又問說，“李爺你既是從北京來的，你可曉得北京城新近出了一位英雄李慕白嗎？”

李慕白聽陶小個子這樣一問，他真覺得詫異，萬想不到自己在京城才一年多，只打了金刀馮茂、瘦彌陀黃驥北那幾個人，竟把名氣弄得這樣大，連此地的人全都曉得了。其實名氣大了，到處受人敬仰，也是件好事，但怎奈自己是個逃犯，走在路上若有許多人認識自己，那豈不是容易出事嗎？這樣想着，就沒回答。

兩個人一匹馬又在夕陽影裏腳步不停地前進。陶小個子把臉向前仰着，伸着大拇指說：“李慕白這個人，真是好漢子，在江湖上出名的人也很多，但那不算什麼，北京城是大地方，向來是藏龍臥虎，有本領的人太多了，能夠在那個地方出名，武藝壓倒了北京城，那真叫英雄呢！李慕白那個人，早晚我得見見他，叫他教我幾手武藝才行！”

李慕白聽陶小個子把自己佩服得這個樣，不由倒很抱歉似的，雖然覺得陶小個子是個爽快的人，但自己也不敢貿然將真實姓名說出，遂就只裝作走路很勞累的樣子，牽着馬隨走隨喘氣，並不答話。又走了些路，陶小個子就問說：“李爺，你來見譚員外，是誰作的引見？”

李慕白說：“是在北京結識的一個朋友，姓江的。”

李慕白本來是隨口這樣說，可是那陶小個子聽了，就面現驚異之色，趕緊問說：“姓江的？莫非是江南鶴那位老爺子嗎？”

李慕白至此也不能不承認了，便點頭說：“不錯，正是他老人家叫我來此拜訪譚二員外。”

那陶小個子聽李慕白這麼一說，就立刻停住了腳步，揚着頭看李慕白的面貌丰采。詳細地打量了一番，他就倒抽了一口涼氣，說道：“哎呀，我的李爺，你別就是李慕白呀！”

李慕白四下看了看，只見斜陽曠野，並無一人，遂就微微笑了笑，低聲向陶小個子說：“陶兄，我看你也是好朋友，我就對你實說吧！我正是李慕白，因為我在北京殺死了瘦彌陀黃驥北，才逃將出來。江南鶴老俠客是我的盟伯，他老人家給我寫一封信，叫我到這裏來見譚二員外，但我在這裏也住不長。不過，陶兄，你千萬不要對別人說我來到此地了。”

那陶小個子一見這個站在面前的身體挺拔昂壯，面色稍微黑瘦，但眉目英俊、神情爽然的少年客人，原來就是那大名鼎鼎的李慕白，他立刻作了一個揖，就說：“我的李爺，我一見你的面，我就看出你絕不是江湖的庸俗之輩！得啦，你把馬交給我，讓我給你牽着吧！”說着他就將李慕白的馬韁繩接了過去。

第三回　柳外溪邊初來逢豔女　庭前榻下兩次鬥頑猴

　　這時陶小個子對李慕白更加恭敬了，他說：“李爺，我聽說你的名頭可不是一天半天了，去年你把金刀馮茂那傢伙給打敗，江湖人誰不佩服你？金刀馮茂那傢伙，近幾年來他還了得，誰提起他來誰不膽怕呢？我們譚二員外生平在江湖上行走，到處都沒有攔遮，可是因為他，我們譚二員外竟不敢到北方去！”

　　一面說着走着，又一面扭頭打量這位打服金刀馮茂的英雄，就又說，“後來我們譚二員外才打聽出來，原來李慕白不是外人，卻是江南鶴那老爺子的徒弟。我們譚二員外跟江老爺子認得，當年譚二員外闖江湖時，在當塗江心寺遇見了靜玄和尚，那時我們二員外可真魯莽，竟把那和尚得罪了。和尚就施展點穴法，將我們二員外點住，點的是鬼眼穴，兩條腿簡直成了殘疾，幸虧遇着了江老爺子，才將我們二員外治好，由此我們二員外就給江老爺子叩頭，拜了師父。哈哈，李爺，說起來你還是我們二員外的師弟呢，我們二員外早就想要會會你，我們快一點兒走吧，回頭二員外見了你，他不定要怎樣喜歡呢！”陶小個子又說又笑，簡直高興得像成了神似的。

　　又走了一截路，陶小個子就指着前面遠遠一片碧綠的柳林，說：“李爺請看，那有柳樹的地方就是譚家村。李爺，回頭你見了我們二員外，不必和他客氣，他向來是最喜歡直爽人。還有二員外的小兒子，外號叫猴兒手，那孩子最是調皮，李爺你要想在他家裏住着，非得把他制服了不可。至於剛才你囑咐我的那些話，更請你放心，不但我不能把你來到這裏的事對外人去說，並且外面若有什麼風聲，我還得趕緊來告訴你呢。你請放心，有譚二員外和譚大少爺，有我，絕不能叫你出了什麼舛錯！”

　　李慕白點了點頭，只微笑着說：“很好，很好，我放心了。”

　　陶小個子又東拉西扯談了半天的話，李慕白卻只顧走路，沒有怎麼回答他，實因李慕白只昨天晚間吃了一點飯，現在整整一天，什麼東西也沒得着吃，他真覺得沒有精神和力氣了。雖然前面的柳林離此不過二三里地，但李慕白仍覺得很遠似的。他不希望別的，只希望譚二員外見着他，立刻給他一頓飽餐才好。

這時陶小個子也不說話了，他拉着李慕白的馬在前面直頭地走，此時那柳林之間的房舍牆垣已然看得很清楚了。李慕白見這村子很大，至少也有百餘戶人家，柳樹叢生，翠線飄舞，被金黃色的陽光霞影映得更是好看。可是李慕白這時是餓了，這些美麗的風景在他的眼中都有些繚亂。又走了一會，便來到村前，在村前柳外有一灣流水，水裏生着許多荷花與蘆葦，迎着路口有一條板橋。

陶小個子在前，拉着的馬在後，剛要走上板橋，這時忽聽村中一陣犬吠之聲，接着是馬蹄響，只見一匹紅馬由林間村裏馳出，後面有幾條大狗追着這匹馬亂跑亂咬。陶小個子一看，趕緊牽馬躲到路旁。這時李慕白也站住身子讓路，他抬頭一看，只見馬上的原來是一個女子。這女子年有二十上下，細條身子，細眉長眼，高鼻梁兒，長得頗有點像那去年慘死的北京俠妓謝纖娘，可是嘴唇稍微大些，頭梳雲鬢，蒙着一塊紅綢帕，臉上胭脂擦得很多，穿着一身很瘦的紅綢衣褲，將一身柔美的曲線全都露出來，下面是紅小鞋，登着紅銅馬鐙，配上紅馬、紅繡鞍、紅韁繩、紅絲鞭，簡直是一位由火神廟裏跑出來的仙女，又像是由胭脂山上歸來的女客。更加此時的夕陽晚霞，將柳絲也映成紅色，溪中的荷花也開着紅頰迎人，李慕白的眼睛更覺得繚亂了，心裏卻驚訝地想：這樣新奇裝束的女子是誰家的？

此時陶小個子就將馬匹交給李慕白，他迎上前去，向那女子笑問說："柳大姑娘，找我們五小姐來了吧？"那馬上的紅衣姑娘，正一面催着馬走，一面斜扭着纖腰，以紅絲馬鞭逗着馬後追來的幾條狗，才上了那橋，聽陶小個子招呼她，她就忽然拽住紅韁，將紅馬收住，抬起那兩隻長長的鳳眼，烏黑的珠子射出來一種厲害的光芒，淡淡地笑了笑，遂就把眼光一撩，撩到了路旁牽馬佇立的李慕白身上。她似乎對李慕白很是注意，瞪眼看着李慕白，嘴裏可對着陶小個子說話，她發着清脆快利的聲音說："我不找你們五小姐還找誰？你們譚家村，除了她我誰也不認得！"

陶小個子咧着嘴笑了笑，就說："是呀？除了我們五小姐，誰也請不動你姑娘呀。你姑娘要荷花兒不要，我給你掏兩朵兒拿回莊去好不好？荷花可香極了，比夢還香呢。"

那紅衣姑娘說："放你媽的屁，我問你，你不在船上，跑回來可幹什麼來了？"

　　陶小個子聽姑娘這麼一問，他立刻把胸脯腆起來，說："我是為把這位朋友送來。"說時他一指李慕白，真仿佛李慕白跟他是老朋友似的，並說，"這位朋友你猜是誰？姑娘我可不是小瞧你，你趕快下馬過橋來，別嚇一跳，由馬上掉在河裏。"那紅衣姑娘一聽陶小個子說出這樣輕視她的話，就不由嬌容現出怒色，眼中的光芒真是厲害，直盯着陶小個子。陶小個子像卻一點也不怕，就指着李慕白說："這位就是在北京城大出名頭的好漢，打敗了金刀馮茂的豪傑，江南鶴的弟子，李慕白。"

　　這"李慕白"三個字他說得是特別響亮。馬上的姑娘聽了果然吃了一驚，顏色也變了，眼光也像轉為溫和，她就仔細地看了看李慕白。李慕白這時卻又覺驚慌，又感煩惱，就想：剛才陶小個子還答應我，決不把我來到這兒的事對別人去說，如今才見了這個姑娘，他就把我的根底全都抖摟出來了，並且還誇張得這麼大。現時自己既急於見譚二員外，又急着要吃飯，眼前陶小個子和紅衣姑娘這麼打耍，怎能耐煩。本想要自己一直過橋進村，可是那個紅衣姑娘占着橋，勒着馬連動也不動，只把溫和的眼光向李慕白傳遞了一下。那邊陶小個子看着就不住地發笑，幾條狗也撲過來咬李慕白。這時那紅衣的姑娘卻沒有了剛才那種驕氣，慢慢地下了板橋，策馬往北邊去了。

　　這裏陶小個子還回首向那姑娘喊叫着說："柳大姑娘，回去可替我問大莊主好，過兩日我再望看他去！"那馬上的紅衣姑娘也不言語，就一面策着馬款款地走着，一面還回身向李慕白這裏望。李慕白也向那紅衣馬的影子又投了一眼，心裏真不明白這女子是個什麼人。

　　此時那陶小個子咧着嘴笑了笑，向李慕白說："這是我們鳳陽府有名的人物，長得又俊俏，武藝也高，只是性情潑辣厲害，也就是我，旁人誰敢正眼瞧她一下？"

　　李慕白也不理他，就說："我們還不快走！"

　　陶小個子連說："是，是。"嘴裏答應着，頭可不住地向後轉。

　　此時那紅衣女子和紅馬，早已消失在黃色的田禾之中，不知轉過小路往哪邊去了。陶小個子一邊驅開狗，一面帶着李慕白走過板橋，穿過了柳林，就走進了村子。這時村裏的人家正在燒晚飯，所以門前都沒有什麼人，那一縷縷的炊煙都往晚霞的天空裏飛，陣陣的飯香吹到李慕白的鼻裏，李慕白更覺得饑腸轆轆，兩腿沒有力氣。他跟隨陶小個子在蹄聲犬吠之下，往村裏走，走不遠路就看見那前面一座廣大的莊院，高牆都是用虎皮石所壘成。莊門前趴着兩條大狗，都肥壯得和牛一般，一瞧見牽着馬的李慕白走近，一齊撲過來，向李慕白的人和馬亂咬。

　　陶小個子趕緊上前驅狗，這時莊子裏出來三個年輕力壯的莊丁，陶小個子就喊着說："你們先看狗，把李大爺的馬接過去。"那三個僕人上前來，一個人接過李慕白的馬匹，兩個人看着狗，並且都用眼看李慕白，仿佛猜不出陶小個子今天帶來的這個二十來歲、滿面風塵、衣服很污的人，到底是個幹什麼的。

陶小個子在前請李慕白進了莊門，就見這裏是一片曠場，西面的一角是用三合土夯成，那裏擺着刀槍架子，有一個十幾歲的小子，光着膀子正在那裏撟腿踢腳。

忽然他看見陶小個子帶着一個人進到莊裏，就撲奔過來，伸手一把就將陶小個子抓住，說："哎，你把魚給我帶來沒有？"

陶小個子拱着嘴兒笑着說："魚？連王八也沒有啊，你不知道這兩天水淺嗎？昨天張三下了半天網，只網上兩個螃蟹來。"

那小子一聽陶小個子沒給他帶魚來，就使了一個連環拐，咕咚一聲將陶小個子摔了個屁股蹲兒，他卻跳着腳兒拍掌大笑，然後就奔過來，一把抓住李慕白的胳臂，瞪着小眼睛問道："你是幹什麼的？"

李慕白知道，這個小子大概就是陶小個子所說的譚二員外的小兒子，名叫"猴兒手"的，心想：陶小個子叫我先制服了他，才能在此居住，現在才一進門他就找到了我的頭上，我若不給他一點厲害的，恐怕他仍是要向我胡纏。於是，李慕白也不答話，他將自己的右手向猴兒手的右臂一捏，說："你放下手吧！"那猴兒手就覺得右臂像被鐵鉗子用力夾了一下似的，立刻又疼又麻，把嘴一咧，放下右手，用左手握着右臂，疼得他咬牙吸氣。可同時他抬右腿向李慕白的小腹踢去，李慕白閃身躲開。

這時那陶小個子爬起來，就着李慕白的聲勢說："你這小子今天可是頭一下碰到石頭上了。李大爺，你給他個厲害的，不要緊，這孩子是非打不服！"

陶小個子雖然這樣激刺着李慕白，但李慕白卻怎肯才來到這裏就打譚二員外之子呢，遂就退了兩步，笑着說："小兄弟，我可不跟你鬥！"

陶小個子也說："人家李大爺是找二員外來的，等回頭人家見過了二員外，再來管教你！"說的時候他向着猴兒手壞笑着，仿佛是說：你有本事跟人家鬥一鬥嗎？跟我鬥可不算能耐。此時這個十幾歲的小子，胳臂上叫李慕白捏得真不輕，他瞪着眼，咬着牙，本想再撲過來，抓住李慕白拼上一下，可是這時他爸爸就由裏面走出來，他趕緊跑回把式場去披他的小褂。

此時陶小個子一見譚二員外走出，就趕緊迎過去，笑着說："二員外，現在有一個人來找你，你猜這人是誰？"說時用手指着李慕白。

這時李慕白與那譚二員外彼此打量。李慕白見這譚二員外的年紀已有五十多歲，生得身材不甚高，但是很健壯，頭上梳着大辮子，領下有些黑鬍子，紫黑的臉膛，眼睛帶着沉毅之色，身穿黃繭綢的短褲褂，手裏拿着一柄三尺多長的大雕翎扇子，態度昂然，一見就知道是一個練過功夫闖過江湖的人。當下李慕白就上前打躬，那譚二員外也看李慕白的相貌不俗，他也拱了拱手，就問說：“這位老兄，貴姓大名？”

雖然旁邊沒有外人，可是李慕白在吐露他的名字的時候還在遲疑。這時那陶小個子卻在旁邊替李慕白爽快地說了：“二員外，你還猜不出來嗎？這位不是外人，正是打敗過金刀馮茂的那位李……”

名字他還沒說出，譚二員外已然面現驚異之色，他趕緊上前拉住李慕白的手，很親切地問道：“老弟你就是李慕白嗎？”

李慕白點了點頭，便說：“不錯，就是小弟。現有我盟伯父江老俠的一封信，叫我來拜訪二員外。”

那譚二員外連連拍着李慕白的肩膀，笑着說：“老弟，你就是今天不來看我，等到秋涼後，我還要看你去呢！來，來，請到裏面咱們談去！”當下譚二員外拉着李慕白的手進二門裏去了。

這裏的陶小個子也要跟着進去，不提防被猴兒手跑過來把他的脖子掏住了，陶小個子不禁哎喲了一聲。猴兒手雙手掏着他的脖子，狠狠地問說：“好東西，你把李慕白請了來打我！今兒我決不能饒了你！”

陶小個子趕緊央求說：“兄弟你放下手，我有話要跟你說！”

猴兒手說：“你先說，說完了我再放下你，要不然你得叫我三聲爸爸。”

陶小個子說：“兄弟你別開玩笑，你聽我告訴你李慕白的事情！”猴兒手一聽這話，才把陶小個子放開。

陶小個子喘了兩口氣，就摸着脖子說：“我告訴你，剛剛來的這個李慕白是北京城頭一位英雄好漢！”

猴兒手說：“我知道他，我聽我爹說過他的名字。”

陶小個子點頭說：“你既知道他，那就更好了！告訴你，你跟我們打架那不算能耐，你要能把他打敗，那才叫英雄呢！”

猴兒手噘着嘴說：“我打不過他！”

陶小個子笑着說：“兄弟你說這話，你可就完了，你不是淨想着要到外邊當鏢頭去嗎？假如說有人請你當鏢頭，你保着鏢路過一個地方，遇見了李慕白這樣兒的人，他要截住你的鏢，難道你只說一聲打不過他，就算完了嗎？兄弟，我瞧你不行，你也就是欺負我們這樣兒的！”

猴兒手一聽這話，氣得他又把汗褂脫了，在他的強壯的胸脯兒上一拍，說：“衝着你這句話，我非得跟李慕白鬥一鬥不可！”說畢，提着衣裳，轉身就走。

陶小個子卻叫着說：“你回來！”

猴兒手轉身問說：“什麼事？”

陶小個子趨前兩步說：“你聽着，我還有幾句要緊的話沒跟你說呢！”

猴兒手揚着眉毛說：“你倒是快說呀！”

陶小個子更近前一步，低着聲兒說：“李慕白現在是在北京犯了案，才逃到這裏來的，你可千萬別對外人說是他在這裏了。還有，你可要知道，李慕白是江南鶴的徒弟，江南鶴可是你爹的救命恩人，你跟他比武倒可以，你若是傷了他，你爹可不能答應你！”

猴兒手搖頭說：“我不能傷他，他在外頭有名氣，將來我還要跟他交朋友，叫他給我找地方保鏢去呢！”

陶小個子笑着說：“對了，你若是認得了他，將來要想做鏢頭，那可容易極了！”

當下猴兒手依舊氣憤憤地往那邊把式場去了。陶小個子也就摸着脖子進了二門。

這時譚二員外是把李慕白讓到西邊的一所小院內。那小院只是兩間北房，一間東屋，向來有江湖朋友到這裏來拜望譚二員外，譚二員外就在這裏待客。院子裏有一棵很高大的垂楊柳，倒頗為涼爽，譚二員外將李慕白讓到屋內，僕人就將窗戶全都打開，以通涼風，並端過茶來。譚二員外原是要請李慕白在上首落座的，李慕白不肯，卻在靠窗的一張榆木凳子上坐下。譚二員外也不便坐在上首的椅子上，也就坐在李慕白的身旁，二人之間只隔着一張小茶几，脊背全都衝着窗戶。窗外的柳樹把晚風攬起來，吹得李慕白的身上倒很覺涼爽，只是肚子裏依然十分饑餓，他就先把江南鶴老俠的那封信由身邊取出來，交給譚二員外。這封信已被汗浸透了，但是譚二員外仍然很恭敬地接過去，慢慢地拆開展開看了，然後他向旁邊站着的僕人一擺手，那僕人就回避出屋去了。這裏譚二員外就悄聲對李慕白問說：“老弟，你為什麼事，竟與瘦彌陀黃驥北結下這樣的仇恨，竟將他殺死了呢？”

李慕白歎一口氣說：“說起來話長，我現在走了這許多路，晚飯也還沒有吃，等待一會兒，我必從頭至尾對二員外細說！”

譚二員外點了點頭，他又看了看李慕白的神色，就說：“老弟，江南鶴老俠乃是我的救命恩人，若沒有他，七年以前我就在當塗江心寺被靜玄和尚用點穴法給點死了。所以後來我見了他，就呼他老人家為恩師。你既是他的盟姪，那我們正如兄弟一般，彼此不必謙虛。他老人家給我的這封信上，可是說老弟你到我這裏來，就暫住幾日，然後我給你幾封信，引見江南的幾位朋友，就叫你過江去。可是我想他老人家的這個辦法不妥。前二年，江南的大小船隻水陸鏢行，還都是我的熟人，一提起我來，他們總都能照應。現在可不似早先了，第一因為我懶得出門，這一年多就沒過江去，第二因為這二年來江南又出了幾個新人物，他們常常與我作對，我也沒有工夫去理他們。我想你若過江去，他們又都知道你的名氣，難免要找你麻煩。自然，你的武藝高強，不至於懼怕他們，可是倘若被官人曉得了，究竟也不大好。據我想，不如兄弟你就住在這裏。在這裏，我敢說是萬無一失，就是有官人知道你住在我這裏，管保他們也不敢來抓！"

李慕白想了一想，就歎道："我先在這裏歇息兩日，然後再說吧！"

譚二員外又說："兄弟你也不要憂煩，你在我這裏住着，喜歡幹什麼就幹什麼，過些日我必能給你想辦法。"

李慕白微笑着說："我現在也沒有什麼值得憂煩之事。"

當下譚二員外就喊叫僕人，給李慕白備飯。可是他那僕人，因為剛才被他擺手支出去，竟不知走到哪裏去了。譚二員外喊了兩聲，沒有人答應，他就對李慕白說："兄弟你且坐着，我去叫他們預備點兒酒飯，咱們再談話。"說時他站起身，往屋外就走。

李慕白也站了起來說道："二員外，隨便有什麼吃的，叫他們拿來就是，不必為我特意預備酒飯。"

譚二員外就回首說："也沒有什麼可預備的，不過是大米飯、黃酒。兄弟，你以後不要稱我為譚二員外，咱們都是自家人，江老師父沒對你說出我的名字嗎？我叫譚振圻，江湖上都叫我分水犀牛。"譚二員外這樣稱道出來他自己的名號，也不覺笑了笑，遂出屋去了。

這裏李慕白獨自坐在靠窗的凳子上，覺得身上沒有力氣，也不願站起來，只悶悶地坐着，看着屋裏所有的東西。這屋裏的東西並不多，只是靠窗的這一張茶几桌，兩隻板凳；北牆是一張八仙桌，兩隻椅子；靠西牆有一張木榻，也沒掛着幔帳。屋裏的東西都掛着幾層塵土，顯見得是不常有人居住。李慕白正在毫無精神地這樣看着，就忽聽腦後"嗖"的一聲，李慕白吃了一驚，趕緊一扭頭，只見那柳外院中，正是那個譚二員外的小兒子猴兒手，他掄着一把木刀，向李慕白砍來，因為李慕白躲閃得快，他的木刀就"吧"的一聲正砍在窗櫺上。

李慕白趕緊起身向窗外笑道："小兄弟，你別跟我調皮呀！你若不喜歡我在你們這裏住着，我立刻就走！"那窗外的猴兒手他瞪着眼，噘着嘴，望着李慕白，望了一會兒，他忽然抛起木刀向李慕白打來。那木刀飛進了窗戶，卻被李慕白伸手接住。那猴兒手自知失敗了，趕緊爬起了柳樹，手攀足蹬，真像是一隻猴子似的，很快地就爬上了樹。

屋裏的李慕白就掄着木刀微笑着說："小兄弟，你去換一口真刀來給我瞧瞧！"說時他把木刀又飛出屋去，"吧"的一聲正打在那猴兒手盤在樹上的那條左腿。猴兒手疼得一咧嘴，木刀隨之掉在地下。猴兒手惡狠狠地向李慕白瞪了一眼，他就由樹上牆，少時即沒有了蹤影。這裏李慕白不住地微笑，在屋中又來回地走了一遭，就在椅子上坐下。

待了一會兒，有僕人同着一個二十來歲微胖面膛的人走進屋來。這個微胖面膛的少年人，向李慕白深深打躬，叫聲李叔父。僕人在旁邊引見道：「這是我們的大少爺譚起。」

李慕白才知道此人是那譚二員外的長子，當下也不把他兄弟調皮的事告訴他，只拱手笑着說：「譚大少爺，請坐，請坐！」

那譚起並不坐下，他說：「現在我父親請李叔父到客廳去吃酒。」李慕白謙遜了一下，便同着譚起出屋，到了正院裏。那北房就是三間客廳，佈置得很是有款有式，並懸着幾塊匾額，掛着許多幅名人字畫。李慕白才曉得那分水犀牛譚振坼，並非是專以江湖起家，他的祖上大概也是有軍勳的。此時屋中已擺上了一桌席筵，譚二員外正在廳中，見他大兒子將李慕白請到，他就很謙恭地請李慕白上座。李慕白此時是急於要吃飯充饑，所以不客氣，就坐在上首。譚起執壺敬酒，僕人送上幾樣菜飯，譚二員外又揮手令僕人退出，然後就持杯向李慕白勸飲。李慕白卻暫不喝酒，他先就着紅燒魚吃了一大碗飯，然後才喝了兩口酒。與譚二員外父子閒談，他就把自己與黃驥北結仇的始末全都說了，說到去歲自己入獄，及今年德嘯峰發配新疆的事，就不禁慷慨激憤，以酒盞向桌子上「吧」地一磕，接着又說到自己因義憤殺死黃驥北，投案下獄，以及被盟伯江南鶴救出來之事。但他中間就忽略了一段，沒有說出史胖子和俞秀蓮深夜入獄，意圖援救自己之事，然而他的心裏卻已想到了，而且感到一陣悲痛。

旁邊那譚大少爺譚起聽了，就不禁色動，用兩隻誠摯的眼睛望着李慕白，表示出心中極度的欽佩。那譚二員外也不禁感歎，就說：「兄弟，你真是好本事，可是這件事情也叫你太難辦的了。」又說，「兄弟，你雖然到外面來了不過一二年，但你的名頭確已驚震了大江南北，這就是因為你出名的地方是在北京，在那樣的大地方都能夠稱好漢，旁的地方的人誰能不欽佩你？還有……」說到這裏，譚二員外就笑了笑，看着李慕白那略帶憂鬱的面色，就說，「聽說還有一位鐵翅雕俞老鏢頭之女俞秀蓮。那位姑娘的武藝也極為高強，曾將雲南的吞舟魚苗振山殺死，並且聽說那位姑娘與李兄弟乃是……」說到這裏，他又不往下說了，只將酒杯向李慕白高高舉起，面上帶着笑容，那意思是他早已知道了，俞秀蓮原是李慕白的情人。

本來李慕白因為剛才自己說到了兩年以來的遭遇，已感慨不勝了，如今聽譚二員外竟明提出俞秀蓮來問他，他就心中就十分悽楚，正色向譚二員外說：“俞秀蓮的武藝確實極好，人品也極端重，我因當初與俞老鏢頭相識，所以我和她是兄妹相稱。她的未婚丈夫已然死了，現在她只是孤身一人住在德家。”說到這裏，眉頭一皺，暗暗也慨歎。

那譚二員外還以為李慕白是對於俞秀蓮失意了，所以才這樣的愁煩，當下他又笑了笑，指着酒杯說：“兄弟，你再乾一杯，不要愁悶，你既來到這裏，沒事時咱們弟兄就閒談一談，無論你有什麼為難的事，我都可以替你想辦法，你我同師兄弟是一樣，交情當比你與德嘯峰更得近些了。”

李慕白點頭說：“以後我求二哥之事正多。”遂擎杯向譚二員外讓了讓，又向譚起說，“大少爺也請喝一杯！”譚起也擎起面前的酒杯，與李慕白同時飲盡。

此時譚二員外聽李慕白呼他為二哥，就十分歡喜，並說：“兄弟，你怎可叫你姪子為大少爺呢？你就叫他的名字譚起好了。我今年已五十二歲，只生了二子一女。長子就是他，他今年已二十一歲，早就娶了妻子。我還有個女兒譚倩雲，今年十九歲，尚未出閣。他們兄妹都很老實。只是我那個最小的兒子譚飛，我叫他猴兒手，今年才十四歲，那孩子最是頑皮不過，兄弟你以後可少要理他。他若是招你生氣，你就自管打他，打死了他，我也不心疼！”李慕白微微笑了笑，並沒說什麼，但他覺得譚二員外的兩個兒子，還是那猴兒手好些，那譚起人雖誠實，但看他有些呆笨，武藝和膽氣，恐怕還不及他的兄弟。

此時譚二員外因為談到了他的兒女，也不由歎了一口氣，說：“李兄弟，你大概還不曉得我的為人，我並不是生來就走江湖的。我的父親當年是做湖南副將，因為軍役戰歿了，拋下我和寡母，家中的財產又都為族人所霸佔，所以當我十七歲時，便別了母親去闖江湖，我的武藝也沒跟專師學過，我全是挨了打討教來的。可是這二三十年以來，我也交了不少朋友，掙了一些家產，得到些名氣，總算沒白在江湖上受了許多跌打。”說完，譚二員外表現出十分得意。

李慕白自然也恭維他幾句，譚二員外就更是高興，又說了許多江湖上的事情。這譚二員外真是個老江湖，尤其是南至長江，北至淮河一帶，幾乎沒有一個人不是他的朋友。可是提到了他那些朋友，譚二員外又似乎有些感歎，說道：“近二年我可不行了，什麼事都交給我這大兒子了，其實他倒能夠替我辦得了，不過有兩件事情，是很使我發愁！……”

李慕白一聽到這裏，就想到譚二員外一定是有什麼事要來求自己。那時譚二員外並沒往下說出他那兩件發愁的事，卻叫譚起又給李慕白斟了一杯酒，相對着一飲而盡。譚二員外又說：“我這個村子附近風景極好，我家裏也有幾匹馬，過兩天，咱們到外邊跑跑馬，我想你的馬上功夫，也一定很好吧？」談到了馬，李慕白又想起在路上因為馬鬧出的種種糾紛，以及現在自己騎來的那匹白馬，來歷的可笑，當下又飲了些酒，用了些菜飯，李慕白便已吃得很飽了，不過精神還是有些疲倦，心裏的種種憂傷，被那些話給提起，被幾杯濁酒給引出，所以依然排遣不開。譚二員外又跟他談了幾句話，他都似沒有聽見，只是唯唯地答應。

這時天色已然黃昏，客廳中也點起燈來了，譚二員外就請李慕白回屋去歇息，並說：「兄弟你先歇息一天，明天咱們再說話。」

李慕白也微笑道：「我現在也真是很疲乏了。」當下仍由譚起帶着一個僕人送李慕白回到那小院裏去。此時已有僕人把這間屋子收拾乾淨，木榻上也鋪好了涼席。李慕白就向譚起說：「大少爺也請歇息吧。」

譚起說：「我每天沒有多少事，倒不怎樣乏倦。」說時，他用眼望着李慕白，嘴裏仿佛有許多話要往外吐，但卻吐不出來。因看見李慕白一進屋就坐在椅子上，像是疲倦極了，他猶豫了一會，又向李慕白作揖說：「請李叔父歇息吧！」便走出屋去。

這裏李慕白就十分疑惑，覺得到了這裏，與譚家父子雖都只是初次見面，但是他們都似有可疑之點。那猴兒手譚飛不過是一個頑皮的孩子，倒沒有什麼，分水犀牛譚振圻自然是個老江湖，尤其是淮河長江這兩股水路上，他一定有很大的勢力。不過此人像是已享慣了福，沒有當年那樣的銳氣了，而且他目前一定有些很困難的事，所以要留自己在這裏長住，大概就是想叫自己幫助他，以解決眼前的困難。至於他那大兒子譚起，似是更有什麼憂愁事情，所以弄得他永遠像發呆的樣子。李慕白想了一會兒，忽然拍案暗道：「這還有什麼難以了解的，不過現在是有江湖人跟他們作對，他們鬥不過，才想求助於我，反正我李慕白毆人傷命的名氣已然傳到了外頭，想要再不惹事也不能夠了。果然，我看着譚家父子若真是好朋友，他們的對手又真是黃驥北、苗振山那一流，我也可以幫他們一個忙！」

李慕白站起身，看見在窗外暮色中搖曳的柳樹，又不禁長歎了一聲，心想：想不到我又飄流到這裏來了！

因為身體疲倦，李慕白便想要躺在木榻上去歇息，可是當他走到木榻之前，忽然心裏一動，趕緊退後兩步，便伏下身，往木榻下面去看。只見木榻下果然趴着一個黑乎乎的東西，像是個猴子似的。李慕白就一聳身跳到木榻上，踏着涼席，跺了兩下腳，跺得這隻木榻咯吱吱地亂響。李慕白笑着說道：「床下的小兄弟，你還不快點爬出來！」木榻底下藏着的那個猴兒手譚飛，如今被人發現了，他就真像一隻猴子似的，驀地由床下躥出來。

　　這時那僕人拿着一把茶壺剛進屋來，忽然見這位李大爺站在床上，床下又突然鑽出一個人，就把他嚇得哎呀了一聲，那把茶壺也“吧”的一聲落在地上摔了個粉碎。那由床下鑽出來的猴兒手，光着膀子，手握短刀向李慕白就扎。李慕白向他的右腕上踢了一腳，立刻把他那口短刀噹啷一聲踢在地下。李慕白隨之跳下床來，又是一腳，將猴兒手踢了一個滾兒。猴兒手爬起來，就越過了窗戶。李慕白也跟着跳出窗外，口中並笑着說道：“小兄弟，你別跑呀！”他雖這樣說着，可是那猴兒手早已爬上了樹，由樹跳到牆上，還做出掄拳要打李慕白的架勢。李慕白微笑着說：“小兄弟，你不要做出這個樣子，你就下來吧，咱們比一比拳腳，也不用你贏了我，只要你的手腳能挨到我的身上，那我就立刻拜你為師！”李慕白說出這話來，本想猴兒手這孩子一定好勝，一定要跳下牆來，那時自己便順手將他制服，可是不想猴兒手更是機靈，他一聽李慕白這話，就趕緊順着牆跑了，這裏李慕白不住大笑，便仍由窗戶跳進屋內。

　　此時那個僕人一面貓着腰，撿地下的碎茶壺，一面向李慕白說：“李大爺，你自管打他。我們這個小少爺調皮極了，只要家裏來了客人，他必要向人打鬧。東莊的柳大莊主，就因為他把人家一匹最心愛的烏雕馬給刺傷了，人家現在與我們二員外絕了交。前年江南有一位雲邊鷺袁大爺到這裏來，他趁着人熟睡，把人家捆上了。還有安慶府的一位鮑三爺，一進門就叫他給絆了幾個跟斗。上月由滄州來的飛刀徐九，也是住在這屋裏，頭一天他給人家抹了一臉鍋煙，第二天他又打了人幾拳，弄得人家不敢在這裏了，搬到城裏頭去了。李大爺，你晚上睡覺可得關上窗子，不然他還能夠爬進來！”

　　李慕白搖頭道：“不要緊，我不怕他。但是他這樣胡鬧，給你們二員外得罪朋友，難道你們二員外就不管他嗎？”那僕人直起腰來，手裏拿着破茶壺，就說：“我們二員外怎麼不管他呀！有一回把他吊起來打，都快給打死了，可是他還不改。當着我們二員外的面他是很規矩的，可是一轉身，他的壞脾氣就又犯了。可是他害怕兩種人：第一是怕年輕婦女，見了大姑娘小媳婦他就跑，連他的姊姊他都怕；第二是怕保鏢的，只要是個做鏢行生意的人，他就不敢欺負。”李慕白聽了，心中越發好笑，覺得這個孩子真怪。

　　當下那僕人拿着碎茶壺出去，少時又換進一把整茶壺來，並送來一盞油燈。李慕白將僕人遣出去，就獨坐燈畔，發了半天怔，雖然極力橫着心不想往事，但是那愁思竟像窗外的柳絲一般，依然一縷縷地輕輕撩起。李慕白頓了一下足，就站起來，將門窗戶壁全都關嚴，然後把短刀拋在床下，吹滅了燈，便上床睡去。雖然李慕白身體是很疲倦，但因提防那猴兒手，所以還是不敢熟睡，可是這一夜竟沒再見那猴兒手重來攪鬧，不知不覺就到了次日清晨。

今天李慕白的精神已好得多了，起來，叫僕人打來臉水洗過，就將窗戶支開，坐在椅子上，想着今後的辦法，到底可以在此長住否。少時僕人送來茶，又送來早點，是一碗湯麵。李慕白吃過麵，才拿起碗來喝茶。這時譚起又進到屋裏。他穿着一身藍綢緊身衣褲，足登魚鱗蹻鞋，盤着辮子，就向李慕白說："我父親現在前面場子裏，叫我來請李叔父到那裏玩耍玩耍。" 李慕白心裏明白，那譚二員外是要看一看自己的武藝，心裏未免覺得好笑，便又喝了一口茶，就隨着譚起出了這小院往前面去。

到了二門前，此時那西面的把式場裏就站着十幾個人，其中有譚二員外、陶小個子、猴兒手譚飛，其餘都是僕人和莊丁。那猴兒手一看見李慕白，他轉身就跑，跑得遠遠的蹲在牆角，像是個猴子一般往這邊瞧。陶小個子先迎上來，他笑着說："李爺，起得真早呀！我們二員外是天天一早起來練習功夫，今天李爺在此，我們二員外也要請李爺施展幾手兒，給我們開一開眼！"

李慕白一面從容微笑，隨譚起往前走，一面向陶小個子說："我哪裏會什麼功夫？"

走到把式場上，那分水犀牛譚二員外就迎過來，笑着說："兄弟，無論如何你得在我們的眼前露一手兒，叫我們看一看你那打敗了金刀馮茂的拳腳。"

李慕白微笑着說："二哥是練功夫的人，你一定知道，咱們平常練功夫是一個樣子，但遇見對手，又是另個樣子。練功夫的時候不過是推、援、奪、牽、捺、逼、吸、貼；但到遇着對手時，卻需要看對手的力猛，或是靈巧，然後再借勢以柔克剛，以疾制遲。譬如我現在要是打一趟拳，也不過是那幾套，人人都會，看不出什麼來。"

譚二員外一聽李慕白說得很是在行，便不由暗暗欽佩，遂又指了指他的長子譚起，說："那麼就叫他陪着李兄弟練幾手兒，他也練過幾年功夫。"

李慕白抬眼望了望譚起，就見譚起正在捋袖子，似乎是願意和自己比武似的，李慕白遂就點了點頭，便也捋捋袖子，向譚起一抱拳，說："你先上手吧！"

此時，譚二員外和陶小個子全都退後，那譚起就躍起身來，一拳打來。李慕白等到他的拳頭來到，就順勢一牽，當時譚起身子一歪，幾乎摔了一個跟頭。他趕緊挺腰進步，向李慕白使了一個掃堂腿，李慕白卻一躍身，跳起有三尺多高來，躲開，連進兩步轉取攻勢。那譚起趕緊閃身，一拳又向李慕白的右肋打去，李慕白卻左手托住他的腕子，斜身進步，右手的拳頭反向譚起的腰間打去。這一下只用了三分力，但譚起已經受不了，趕緊斜彎下腰去，退了幾步，他的腰半天也沒直起來。

那邊的譚二員外，一看李慕白只消兩拳，就將他的長子譚起給打了，不由十分驚訝，同時也有些生氣，因為譚起的武藝是他親自教授的。他自己常誇他長子的武藝是得他的真傳，雖然不能說是十分高強，可是走江湖也不至吃虧，如今他兒子到了李慕白的手裏，簡直成了一個廢物了。李慕白還算手下留情，若是不留情，他的兒子雖不至於死，當時也必爬不起來。這如何叫他分水犀牛譚二員外不生氣？當下他就走上前去，向李慕白說：「李兄弟，你的拳腳真高明！我走江湖幾十年，也沒看見過你這樣利落脆快的身手。現在小兒也逞一逞能，跟兄弟耍玩一趟傢伙，不知兄弟你使的什麼兵器？」

李慕白見這譚二員外竟要同自己比試兵刃，便不由有些不悅，但又想：譚振圻是走江湖的人，若不對他顯出真實的本領，他是永不能佩服我的。可是又因為譚振圻原是由盟伯所介紹，才與他相識的，倘若動手傷了他，也不甚好，當下便一抱拳說：「譚二哥要跟我比試兵刃，我可不敢，因為刀劍無眼，倘若彼此出了什麼舛錯，我將來難見我盟伯之面。這樣吧，我當年從紀廣傑師父學藝，便學的是一口寶劍，現在二哥之處如有寶劍，可以取來，我練一下就是！」

剛說了要與李慕白比武的話，譚二員外就後悔了，生怕敗在李慕白的手裏，惹兒子們都恥笑，如今一聽此話，他就趕緊收場，遂笑着說：「也好，那麼我叫他們取寶劍去，就請李兄弟施展幾手兒，叫我學一學。」當下他轉身叫僕人去取寶劍。一個僕人就進到二門裏，少時捧出一口寶劍來。李慕白接過，在手中掂了掂，尚覺得可手，於是持劍向譚振圻等人一拱手，那譚二員外、譚起和陶小個子等人全都往後退身。這時在牆角蹲着的猴兒手譚飛也站起身來，探着頭，瞪着眼，看這裏的李慕白舞劍。

只見李慕白右手持劍向身後一撤，左手掐着劍訣指着劍鋒，左腳尖點地，姿勢極為矯健，隨後劍進身移，寒光展起，鷺伏鶴行，前削後刺，起先是慢慢地運用劍式，劍光如閃電一般忽往忽來，後來劍勢轉急，步法加緊，指投劍到，足躍身飛，劍光繞着身，腳步緊跟着劍，人與劍似是混化在一起，只見奇光奪目，雄軀亂眼，嗖嗖只聽見劍削風響，卻聽不見一點腳步聲。一套劍尚未走完，那邊的猴兒手譚飛不禁怪聲怪氣地叫了一聲：「好呀！」譚二員外、譚起和陶小個子等人全都看得眼呆了，然後就見李慕白倏地收住了劍式，依然用左腳尖點地，翹然站立。譚二員外等人一齊喝彩，李慕白笑了笑，便將寶劍交到一個僕人的手裏，他一點顏色不變，一點氣也不喘。

譚二員外伸着大拇指稱讚道："劍法真是高明，不怪能夠威鎮北京，幸虧我沒跟你交手比武！"

李慕白抱拳向眾人笑道："獻醜！獻醜！"

譚二員外這時真高興極了，他說："將來我見着江南鶴老師父，我還得給他叩頭，若不是他老人家，我哪能看得見你這樣的好武藝呢？現在，咱們出去騎馬玩一玩，好不好？"李慕白很喜愛這附近風景，當下就微笑點頭說："也好。"於是譚二員外高高興興地在前走着，一同到了馬圈，這馬圈裏養着四五匹好馬。李慕白騎來的那匹白馬也在這裏。當下譚二員外先看了看這匹白馬，誇讚道："這匹馬不錯呀！是由北京騎來的嗎？"李慕白見問，倒不由很慚愧，便點頭說："是的。"譚二員外遂又挑選了一匹純黑色的馬，譚起挑了一匹黃馬，連同那白馬都叫僕人牽出。陶小個子也跟出門來，那猴兒手是身子在門裏，頭探在門外望着，只見譚家父子和李慕白一同上了馬，各揮皮鞭，三匹馬就"嘚嘚"地往北馳去。

這時朝陽已經升起，在田禾穗上，樹梢上，塗了一層橙色。曉風吹得柳絲輕輕搖曳，田禾的葉子也沙沙地響。村前溪水滿鋪着浮萍蓮葉，在那碧綠的蓮葉上有着珠子般的露水，風吹葉動，珠子也在葉上亂滾。在那群綠的中間，偶爾有一兩朵微綻的蓮花，真像就晨妝才罷的美人那麼嬌麗。陣陣的荷香被微風挾來，送在馬上，那一雙雙的燕子也貼着地飛到馬前，似是對馬上這三位俠士顯露身手。村裏的幾條狗也被馬蹄聲驚起，由人家的籬笆裏跑出來，追着馬汪汪亂咬，但是三匹馬跑得極快，過了板橋出了村子，就順着曲折的路徑往北馳去，把地下的泥土全都踢起來很高。

譚二員外的黑馬在前，李慕白的白馬在中間，譚起的黃馬殿后，三匹馬往東走了二里多地，便到了大道上，遂一齊揮鞭又往東南馳去。這時路上已有不少的行人往來，但是一看見譚二員外的馬匹來了，全部往旁躲避。李慕白因恐怕自己坐下的馬又把路旁的人給撞倒，所以他不敢快跑，反叫譚起的馬趕過去了。又走了不遠，忽然李慕白見東邊有一股小路，那邊林木陰鬱，似乎比譚家村的風景還要優美，於是他就將馬勒住，叫住譚家父子，指着那東邊問說："那邊是什麼地方？"

譚起答道："那邊是柳家莊。"李慕白不曉得柳家莊是什麼地方，便笑着說："我看那個地方很好，我們就往那裏去走一走，好不好？"

譚二員外和他的長子譚起，在馬上彼此相望，似乎面有難色。譚二員外剛要說"那邊沒有什麼好玩之處"，可是李慕白已然撥馬走進了小路。譚家父子也只好撥過馬來，進小路追上李慕白的馬匹。這股小路兩旁都是田禾，中間只可容納兩匹馬並行，地下的泥土很是松潤，前面印着許多蹄跡，對面也看不見行人，是十分的幽靜，只有田禾間的許多小鳥，被馬驚得亂飛，像拋起了無數的碎石。李慕白的馬在前，譚氏父子的馬在後，走了不到一里地就走出了這條小路，看見一片優美的風景。這裏是很空闊的，遠處可以看見眉黛一般的青山，近處有一灣美人眼睛一般靈活的溪。這灣小溪，沒有架設着橋梁，水裏也沒種着蓮藕，只是清澈明潔，連溪底細沙都可以看得真切。若涉水過了小溪，那邊就是一股小路，兩旁都是水田，水田的盡頭就是一片柳林，如同浮着一片綠煙，襯以蒼翠的遠山，薄薄浮着白雲的天空，更顯得色調悅目。

李慕白憂愁二載，風塵經月，至此不禁胸襟大快，一高興便催馬涉水過溪，回首向譚家父子點手笑道：「你們爺兒倆也過來，咱們到那邊看看去，好不好？」譚二員外似乎有什麼畏懼，不敢越過這溪水似的，譚起倒是催馬涉水過去。這裏的譚二員外像很着急，生氣地叫道：「你回來！」譚起就收住馬，回首對他父親說：「不要緊，我不叫李叔父往他們莊子裏去就是了。」說畢，也不等他父親首肯，就催馬跟上了李慕白。

這裏譚二員外臉上的神色極為不好，他卻不過溪去，就下了馬，在溪邊柳樹下找了一塊青石坐下。這時李慕白和譚起的兩匹馬又往東走了有一里多地，眼看已然走近前面的柳林。譚起就在後面叫道：「李叔父不要再往前走了！」

李慕白這才勒住馬，回過頭來向譚起問道：「為什麼？我想到前面那柳樹林邊看看去。這裏的風景實在是太好了！」

譚起說：「前面那就是柳家莊，那裏的人與我們不睦，李叔父你若騎着馬過去，他們一定要向你吵鬧，我們何苦惹那些個氣呢？」

李慕白見了譚起的神色和言語，就很覺得詫異，遂問道：「怎麼，對面那柳家莊裏的人都是很不講理嗎？」

譚起說：「也不是都不講理，只是有一個柳大莊主，……咳！一時也說不盡。等過兩日，我再詳細對李叔父說。我還有事要求李叔父呢！」

李慕白一聽，就更覺得納悶，遂就撥過馬來，要向譚起詳細訊問，正在這時忽見譚起的神色一變，他說：「快走吧！他們的人來了！」

李慕白趕緊回頭去看，就見那邊的柳林中，馳來兩騎黑馬，馬上兩個強壯的漢子連連揮鞭向這邊跑來。譚起的神色越發緊張，他就急急地說：「這就是柳家的護院把式，夜叉鬼饒成、鐵腿金二，他們都是土痞無賴，咱們走吧！不必惹他們！」

李慕白卻面現怒色，搖頭說：「不要怕，我看他們來對咱說什麼。」

這時那饒成、金二的馬已來到臨近，那前面馬上的黑臉漢子就是饒成, 他瞪眼向譚起說: "譚大少爺, 你又到我們這兒幹什麼來了? 難道那件事情你還不服氣嗎? 娘兒們還能算是你的嗎? 你要是真不服氣那你就下馬來, 我們哥兒倆先把你收拾一頓, 然後再見柳大莊主去!"
　　譚起也不知是氣的, 還是怕的, 他的臉就煞煞的白, 一句話也說不出來。旁邊那個鐵腿金二又催馬靠近了李慕白, 很蠻橫地問說: "喂! 你是幹什麼的? 難道你這窮小子還要幫助譚起要娘兒們嗎?" 說時就要用手推李慕白, 卻被李慕白一掌打去, 只聽吧的一聲, 那金二立刻摔下馬去, 鼻子流出血來。金二氣怒極了, 立刻爬起來, 由鞍下抽出一口單刀, 向馬上的李慕白就砍。李慕白催馬躲開, 金二挺刀追上去, 李慕白卻飛身跳下馬來, 迎上兩步, 一腳飛起正踢中那金二的右腕, 只聽噹啷一聲, 金二手中的單刀便落在地下。李慕白順勢一拳將金二打倒在地, 旁邊那饒成又下馬掄刀向李慕白狠狠地砍來。

第四回　　綠柳黃昏圖奪稀世寶　　紅駒彩劍思慕寡情人

　　李慕白的身手敏捷，在打完那鐵腿金二之後，立刻就迎上了夜叉鬼饒成。饒成的鋼刀嗖的一聲，急砍直落，李慕白向旁一閃就躲開了，那饒成橫掄鋼刀又向李慕白腰際去掃，李慕白卻不再躲，他突的一腳飛起，就正踢中饒成腕子上，鋼刀噹啷一聲，落在地下。饒成趕緊彎下腰去拾刀，卻被李慕白用腳一踹，踹得他滾在道旁。李慕白便彎腰，將饒成那口刀抄起。這時旁邊的譚起就喊了一聲："留神！"李慕白早已橫刀回身，就見那鐵腿金二的頭都摔破了，他卻還掄刀向李慕白砍來。李慕白不願意傷了他，只虛晃幾刀，然後乘隙以刀背向前，哐的一聲砍了去，這一刀背正砍在金二的右臂上，那金二不但撒手扔刀，並且"哎喲"喊了一聲，轉身就跑。那個夜叉鬼饒成也早爬起來，什麼也不顧了，撒腿就跑，

　　這裏李慕白手持着奪過來的這口單刀，眼望着逃跑了的那兩個人，不住地微笑。旁邊譚起牽着兩匹馬過來，滿面喜色，說："李叔父的武藝真是乾淨利落，決不容對方還手。這金二、饒成兩個人到李叔父的手下，自然是不值得一打。可是，我看就是江湖上最有名的人，到叔父的手中也得甘拜下風。"

　　李慕白聽譚起這樣誇讚，也微笑着搖頭，剛要回身接馬，再問問譚起這兩個被打傷的到底是幹什麼的，可是這時忽見前面的柳林之中又跑出一匹紅馬，紅馬上的正是那曾經見過一面的紅衣女子，只見她飛馬趕來，右臂提轡，左臂挾着一對寶劍。此時譚起一見，忽然面色又變，驚慌慌地向李慕白說："李叔父！這個女的可不好惹！"李慕白這時卻極為掃興，暗想：一個女人家來尋我交手，我就是贏了她，也算不得英雄，若是不理她吧，可是我又是個向來不受人欺負的人。

　　此時紅衣女子的馬已將來到臨近，李慕白正想要迎頭告訴她，自

已是不願與女兒交手比武的，可是身後又嘚嘚地起了馬蹄響，原來是那譚二員外騎着他那匹黑馬越過了小溪趕來。他一面策馬來到臨近，一面喊着：「別動手！別動手！」李慕白見譚二員外的樣子像是十分着急，就微笑着說：「二哥不要着急，我惹的事有我自己去擋！」可是譚二員外的馬卻越過了李慕白和譚起，直頭迎上了紅衣女子，將紅衣女子攔住，兩個人就在馬上說話。這裏李慕白見那邊譚二員外是滿臉賠笑，在馬上又彎腰，又抱拳，那意思是央求那紅衣女子不要與李慕白鬥氣。可是那個紅衣女子卻一手提着一口寶劍，劍柄都繫着紅絨線的穗子，她細眉直豎，喳喳地發着很尖銳的聲音說話，那意思仿佛是決不能饒了李慕白。

李慕白一見此種情形，不由有些生氣，暗想：譚二員外也是江湖有名的好漢，不然盟伯江南鶴也不能特地寫信叫我來拜訪他，如今我惹惱了這紅衣女子，卻叫他替我賠罪，這樣不但他譚二員外枉稱了好漢，我也太沒有臉了！於是李慕白不但不由譚起的手中接馬韁，反倒將鋼刀交在譚起的手中，大踏步走了過去，瞪着他那兩隻英俊的眼睛，嘴角帶着傲笑，來到近前，對譚二員外說：「二哥請不要管，這位姑娘是打算怎麼樣罷？她若是替剛才打傷了的那兩個人報仇出氣，那麼就請她下馬來，自管拿寶劍來砍我，我不怕！」

李慕白這樣英姿傲然的一說話，那譚二員外急得直擺手，說：「不必，不必，李老弟和香姑娘你們都聽我說！我給你們講理！」他同時用手攔阻，恐怕紅衣女子立刻就會掄起雙寶劍來砍李慕白。

可是想不到這個紅衣姑娘聽了李慕白這幾句橫話，倒像沒有怒氣了，兩道細眉也不再直豎着了，她把兩隻長長的帶有怒意的眼睛，向李慕白的身上轉了轉，咬着嘴唇喘了兩口氣，就像是受了什麼委屈似的說：「我知道，你姓李的是有名氣的人，在北京城都沒有人敢惹你！」

旁邊譚二員外一聽紅衣女子她仿佛認得李慕白，就不由吃了一驚，又聽那紅衣女子並不說什麼厲害的話，卻說，「你現在到鳳陽府來了，一定是來幫助譚二員外欺負我們的，因為你覺得我們也惹不起你！」

李慕白聽了這話，不由覺得十分好笑，就說：「這真是豈有此理！我李某生平何嘗欺負過人。今天我同譚二員外和譚大少爺乘馬到這裏來遊玩，我們也並沒有闖進你們的村莊，也並沒傷損了你們的田禾，你家那兩個護院的人就尋了我們來，不但口出不遜，還抽刀要傷我們。若不是我會些武藝，現在早就被他們所傷了。我才將他們打走了，你這姑娘又持劍趕來。你現在若真是不講理，必要與我們爭鬥，那你就下馬來，我姓李的，拳頭下是不論男女的！」李慕白又說了這一通話，那紅衣女子卻依然不言語，她依然以她那雙長眼睛向李慕白的身上轉了一轉，待了一會，她就嘿嘿地冷笑了幾聲，遂即將雙劍收入鞍下鞘內，撥轉馬頭直往東跑去，跑了不遠，她又勒住馬回身一望。

這時譚起不禁哈哈大笑，李慕白也微笑着，可是那譚二員外的臉上仍是很愁悶的樣子。當下李慕白和譚起齊都上了馬，就與譚二員外，三匹馬款款地往西走去，越過了那條清流細沙的小溪，順着來時的道路去走，譚二員外就直抱怨他的兒子譚起說：“你不該帶着你李叔父到那邊去，現在咱們算是又與他家結下了一件仇恨。”

那譚起還沒有還言，李慕白聽了已是不平，他就問說：“剛才我打走的那兩個人他們是誰家的護院？那穿紅衣裳的又是誰家的女子？譚二哥，莫非他們是本地的惡霸，二哥你不敢得罪他們嗎？”

譚二員外聽李慕白這樣一說，他不禁紅了臉，在馬上回首說道：“他們也不是本地惡霸，我也並非怕他們，不過彼此早先原有交情，又是鄰居，不好意思跟他們翻臉罷了！李兄弟，回家去我再對你細談！”

當下三個人不再說話，少時三匹馬走出了小徑，又到了大道之上，並着馬往西北走去。這時李慕白忽見前面有一騎白馬，跑得很快，在馬上是一個孩子，正是那猴兒手譚飛。可是當李慕白看見他的時候，他的馬就已然跑遠，少時他就轉進西邊的岔道去了。這裏譚二員外和譚起，仿佛都沒有看見似的。譚二員外的臉上依然帶着愁悶，譚起騎在馬上也像發着怔，仿佛心裏也有許多愁悶的事情似的。李慕白心中已明白，知道那紅衣女子的家中，在本地一定也頗有聲勢，早先與譚家原很好，可是如今忽因事反目，兩家幾乎成了仇人一樣，所以那柳家裏的護院把式，一見譚起，他們就眼紅，就要持刀爭鬥；而譚二員外又像不敢惹他們似的。想到這裏，李慕白就心中盤算，暗道：按理說，盟伯江南鶴在北京曾囑咐說，應當謹守武當戒條，不可輕露武藝，不可隨便與人爭鬥；可在江湖之上，時常有許多挾技淩人的人，假使忍氣，不與他們交手，那就只有乾吃虧，其實吃一兩次虧也不要緊，但是累次受人的欺辱，無論是誰也要難以忍耐。如今這譚二員外，既是盟伯命我來投靠的，果然真是時常受人家的欺辱，那又怎能夠坐視不管呢？因此就想回到譚家，向他父子問明了情由，然後自己就幫他們出這一口氣。

當下三匹馬離了大道，馳入了西邊的小路，向西偏南走了不多時，便到了譚家村前。只見那溪畔橋，有十幾個人正在那裏等候，其中有譚家的僕人莊丁，有猴兒手譚飛，有陶小個子，還有兩個中年的漢子：一個是身體碩胖，頰下有些鬍鬚；一個是細高的身材，白淨的臉兒。這兩人全都穿着綢褲褂，手持着摺扇，像是很有錢的樣子。一見譚二員外這三匹馬走來，他們齊都笑着迎上來，那有鬍子的胖子就說道：“譚二員外，你上了點兒年紀，馬上的功夫可更好了！”

譚二員外在馬上一見此人就說：“哦！你來了！”當下他催馬走

到橋旁，先下了馬，與那兩個人相見。隨後李慕白和譚起的兩匹馬也走到了，譚起就向那有鬍子的胖子施禮，叫聲梁叔父，又問：「梁叔父是從哪裏來？」那姓梁的呲着鬍子笑道：「我這個人還有來蹤去跡嗎？」說話時這兩個人全都注目去看李慕白。

譚二員外就給李慕白向那二人引見道：「這是我的李兄弟，這二位是我的好友梁子英、徐九德。」

李慕白曉得這兩個大概都是江湖人，遂就抱拳，連道久仰。那梁子英、徐九德卻不住地向李慕白打量，並問李慕白大名。譚二員外在旁邊正猶豫，可是李慕白已經說出來了，他說：「不敢當，小弟名叫李煥如。」那兩人一聽「李煥如」知是江湖無名之人，就不再注意李慕白了，但是身後的陶小個子卻不住地暗笑。當下三人全都把馬匹交給僕人們牽着，大家便一齊過橋，穿過樹林，到了譚家莊院之內。那譚二員外也不知是對譚起說了幾句什麼話，譚起就依舊請李慕白到那小院裏去歇息，譚二員外卻同着那梁子英、徐九德到客廳裏，像是神色很秘密的，不知談說什麼事情去了。

李慕白回到屋內，就問譚起，今天自己打的那兩個護院的和那個紅衣女子都是什麼人。譚起只說：「他們都是柳家莊的。那兩個是柳家的護院人夜叉鬼饒成、鐵腿金二，都是鳳陽府有名的地痞，真是除了李叔父今天把他們打了，平日簡直沒有人敢惹他們。那個穿紅衣裳騎紅馬的姑娘，是柳大莊主的胞妹柳夢香，外號叫紅蜂子，她是本地有名的蕩婦，最難惹的女人！」

李慕白微微冷笑，又問：「你們這莊子為什麼事與那柳家不睦呢？」

譚起說：「那也不過是為一點兒小事，現在就弄得仇恨極大……」說到這裏，譚起就紅了紅臉，接着歎了口氣，說，「那話很長，得暇我再對叔父詳說，現在我還要到前廳應酬父親的兩個朋友去！」說畢譚起又向李慕白一拱手，他就走了。

這裏李慕白獨自悶坐，飲着茶，覺得他們這些事很是奇怪，第一是那夜叉鬼饒成，他曾向譚起說什麼「那件事你還不服氣嗎？娘兒們還能算是你的嗎？」可見他們兩家結仇的原因，其中必有淫亂的事情。莫非譚起就是與那紅衣女子柳夢香有私嗎？可是看他們的情景又不大像。第二是今天來的這兩個人，雖然他們與譚二員外都是舊交，可是看他們的神色很是可疑，並且回避自己，卻不知他們是在談說什麼事？

正在尋思，忽聽窗外有沙沙之聲，像是有一條狗跑到院裏來，李慕白就趕緊到窗前向外去望，只見窗下趴着一個人，光着脊梁，真像是一條狗似的。李慕白就笑了笑，握着拳頭向窗外喝道：「猴兒手，你要怎麼樣？莫非還打算跟我鬥一鬥嗎？」猴兒手趴在這裏，也不知他是要幹什麼，一見李慕白發現了他，嚇得爬起來，撒腿就跑出小院去了。

李慕白也不去追他，便獨自扶窗站立，看見窗外這棵柳樹輕輕地搖動碧綠的絲線，微微送着些涼風，樹枝上，有鳥語啁啾，李慕白不禁又想起他那一往的恨事，既思念德嘯峰，又懷想俞秀蓮，兼憶及孟思昭的俠膽、謝纖娘的柔情，不禁感慨低回，用手將窗子擊了一下，歎聲："咳！"

少時那譚起就又來了，並帶着一個僕人，那僕人抱着兩匹綢子，譚起就恭恭敬敬地對李慕白說："我父親因為見李叔父隨身沒有帶着什麼行李，所以叫我找出兩匹綢子來，請李叔父做兩件衣裳。"

李慕白擺手說："這些綢子留着你們用吧，我現在確是十分落魄，但是還用不着什麼東西，這身衣裳我也可以晚上洗了，白天再穿上，你們不必費心！"

譚起一聽李慕白這話，不由發了一會怔，就皺了皺眉說："李叔父不要客氣，我父親這是一番誠意，再說，這兩匹綢子也是江南的朋友送我們的，我們算是轉送了李叔父。"又說，"李叔父不肯收下綢子做衣服，我父親一定說是我把話說錯了，他也一定還來見李叔父！"

李慕白見譚起確是很有誠意，遂就長歎了一聲，說："好吧，隨你們的便做去罷，只做一身褲褂就足夠用了！"譚起見李慕白首肯了，他才露出喜歡的樣子，遂就用眼打量着李慕白，然後帶着僕人走去。

這裏李慕白感到自己年輕力壯，而且身負奇技，卻不料至今連衣食全都要仰仗於人，因此未免又是連聲長歎。當下也再沒有什麼事，午飯時因譚二員外在客廳宴請那梁子英和徐九德，也沒有請李慕白作陪，所以李慕白只在這小院的屋子裏用的飯，吃完飯他就歇午覺，窗子就洞開着，讓柳樹的風吹進來，倒是很覺得涼爽，也再不怕那猴兒手前來攪鬧。可是當他在似睡非睡之時，確曾見那猴兒手在院中把着窗子探着頭往屋裏看了看。可是他一看李慕白在睡覺，不但不敢進屋來捉弄李慕白，反倒趕緊轉身走了。李慕白也不曉得這猴兒手到底是什麼脾氣。

到了黃昏時，譚二員外將他的朋友梁子英、徐九德送走了，才到李慕白的屋裏，一見了李慕白他就拱着手說："怠慢！今天是從直隸省來了兩位朋友，盤桓了整整一天，所以咱們兄弟倒沒得多說話！"

李慕白也拱手說："你我是自家兄弟，何必客氣！"

因為屋中很熱，譚二員外便命僕人在院中樹下，支了小桌和凳，與李慕白對坐飲茶閒談，一談到江湖的事情，身後的僕人就退出去了。

李慕白首先問與那柳家莊結仇事情，並問那柳大莊主又是何許人。譚二員外卻搖頭說："不過孩子與孩子們之間，有點小小不合，其實我與摩雲鵬柳建才原是至交，直到現在還是很好。那些事倒是不必提，只是現在有一件事！……"他說到這裏四下望了望，見沒有別人，就又喝了一口茶，扇扇子說，"慕白兄弟，你願意發財不願意？"

李慕白忽然聽了譚二員外這句話，倒不禁愕然，不知譚二員外為什麼要這樣問自己。他還沒發言去問，就見譚二員外又很認真地說："慕白兄弟，你別以為我說的這是玩笑的話，現在真是有一筆大財可發。可是咱們也不是去偷盜，也不是去攔路打劫，更不是咱們現在要去做騙子，就是啊，慕白兄弟，我知道你的現狀也很窘，而且因為你把黃驥北殺死，自己不能再出頭見人了，沒有點錢，將來你怎麼辦呢？至於我，這也不瞞兄弟你說，雖然我走了這些年江湖，也頗掙了不少的錢，略微置了些產業，可是我的花費大，指着我吃飯的朋友太多，這兩年我就常覺得周轉不開，所以也打算弄一筆錢花花。"

李慕白聽了譚二員外這話，就更是納悶，同時不曉得他們江湖人是用怎樣的法子弄錢，於是就說："兄弟我雖然窮困，可是我倒不想發財，只是二哥你若有地方弄錢去，我倒可以幫助你。不過你也得先說明白了，錢，怎樣的弄法？"

譚二員外笑道："自然有法子，法子也很省事，就是得用拳頭打。打的也不是好人，卻是個強盜。只要把這個強盜打了，立刻稀世的珍寶到手，咱們就發了大財！"說畢，這分水犀牛譚振圻就哈哈大笑。

正在笑着，忽見一個僕人走進小院，驚急着稟道："徐九爺回來了，受了傷！"

譚二員外當時吃了一驚，趕緊拿着扇子站起身來，向李慕白說："李兄弟，回頭咱們再談！"說畢，他急匆匆地走了。

這裏李慕白也站起身來，他覺得眼前的事十分可疑，僕人所傳那徐九受傷回來的事，倒是江湖上常有的事，只是剛才譚二員外所說的什麼稀世珍寶，可以憑拳頭得來，這件事他倒真得探聽探聽。李慕白想：除非我應許幫助他去得這珍寶，他才可以把真實情形告訴我，但我又怎能幫助他去做這不義之事呢？

李慕白心裏正在想着，忽見那小門外有人探頭探腦的，似乎要進來，可是又不敢進來的樣子。因為此時天色已黑，所以看不清這個人的面貌，但是就那身材動作去觀察，李慕白知道必定是猴兒手譚飛，遂就假作發怒的樣子，喝道："好猴兒，你還是要跟我鬥一鬥嗎？"門外正是猴兒手的聲音，說："我不敢跟你鬥了！"李慕白一聽，倒不由笑了，就說："你既然不敢和我鬥了，你就快走，別招我生氣。"猴兒手說："我有事情要告訴你！"李慕白聽了一怔，就把聲音做得和氣點說道："有什麼事你進來對我說。你別害怕，我不能夠打你！"猴兒手聽了這話，他就一跳，跳到院裏來。李慕白卻上前一把將他抓住，猴兒手嚇得搶身又要跑。李慕白卻抓住他不肯放手，並笑着說："我問你，為什麼昨天我才到這裏來，你就跟我搗亂，你是小瞧我嗎？"猴兒手央求着說："我不是小瞧你，我聽說你有本事，在北京你把保鏢的都給打敗了，我要看看你有多大的本事。陶小個子他說，只要能把你打了，我就能當鏢頭。"李慕白笑了笑，又問說："那麼現在你還想打我不打了？"猴兒手連連搖頭說："我不想了！我知道我打不過你，你是天下第一，你要保鏢誰也不敢惹你，我服你了！你叫我徒弟都行！"

李慕白哈哈大笑，放了手，拍着猴兒手的肩膀說："徒弟，你坐下，有什麼話就對我說吧！"說時李慕白依舊坐在凳子上，那猴兒手卻不坐下，他站在那裏，嘴裏沒次序地說着話，他真是一句一句叫着師父，他說："師父！今兒早晨你把夜叉鬼跟鐵腿金二打了，我也看見了，師父你真有本事，連我爸爸我哥哥都不敢惹他呢。那紅蜂子，我很怕她，她可又怕你，我瞧誰都得怕你，連柳大莊主都許怕你。師父，我這就帶着你去，你打柳家莊去吧，打完了跟他要錢，多好呀！"李慕白怒道："胡說！我與姓柳的無冤無仇，憑什麼跟着你打他去？"猴兒手說："怎麼沒仇？仇大極了！我把他的烏雛馬扎傷了，他要來打我爸爸。我哥哥外頭還有個媳婦，他也給搶去了。剛才我爸爸叫飛刀徐九到他莊子裏去，他把飛刀徐九扎了一劍，這才回來。師父不信，就快出去瞧瞧去，他把我爸爸也罵了，把師父罵了！"

李慕白聽說那柳大莊主罵了自己，便不由有些生氣，但是又想：猴兒手說話恐怕靠不住，再說這裏面牽涉着譚起姍婦被占的事，我更是不要管為是，於是就擺手說："我不管，我不管，你要再在這裏，我可就要打你了！"猴兒手見李慕白往外驅逐他，他才趕緊跑了。

李慕白覺着猴兒手這個孩子倒是很可笑，不過這譚家的糾紛太多，自己還是不要在這裏長住才好。當晚他就開着窗戶睡眠，那譚二員外和譚起也沒有再來，猴兒手更沒有前來攪鬧，可是李慕白仍然睡不好覺。他由剛才譚二員外所說的那用拳頭就可以得到"稀世珍寶"的話，又想到那天在吳橋縣買了那匹瘦馬，一出城門就遇見那個名叫地頭蛇的匪人，他持着匕首要強搶自己的馬匹，也說是什麼追上前面的幾個人，就可以發一筆大財。可見江湖之間現在必流落着一種稀世的珍寶，許多江湖人都在注意此事，都正要發這一筆大財。同時又想到麗芳小姑娘的哥哥楊豹，他在家不容於祖父，他祖父罵他為強盜，並將他驅出門去，可是後來自己在天津遇見他，他騎着高頭大馬，穿着綢緞的衣裳，十分闊綽的樣子。後來在吳橋城內又遇見他，他更同着三個江湖人在一起，又像是頗有急事的樣子。這期間的蛛絲馬跡，諸多可疑，並且，這些事都像彼此很有關連的樣子。當下李慕白細細地尋思、猜度，他便已明白了大半，遂微微冷笑，暗道：你們一般人自管去謀着發財去吧！譚二員外你也不用想利用我，旁的事我都可以幫忙，這件事我卻是不能夠管的！想到這裏，思緒不禁又牽到那麗芳小姑娘，由麗芳又想到俞秀蓮，李慕白又不禁捶床長歎，他極力摒除思緒，少時就沉沉地睡去了。

到了次日，猴兒手又探頭探腦的，又像要來找李慕白說什麼，可是李慕白才一用眼看他，他又趕緊跑了。午飯時，是將李慕白請到前廳裏，與譚二員外、譚起和梁子英、徐九德在一起用的飯。李慕白見那徐九德的左臂上貼着膏藥，並有血跡浸出，大概就是昨天被那柳大莊主用劍給刺的。徐九德與梁子英似乎十分注意李慕白，可是又並不多與李慕白談話。那譚二員外和譚起的臉色卻都很不好看，不但是像懷着憤怒，並且像隱着深愁。大家悶悶不樂地用過了飯。

李慕白離了前廳，走到院中，就覺得天氣十分炎熱，而胸中也抑鬱不快，便想要到村外柳林中溪邊去散步，於是慢慢地走出了莊院。才到了柳林之前，就見那短尾魚陶小個子，在一棵柳樹下鋪着一領席，躺着，扇着扇子，仿佛要睡午覺的樣子。一見李慕白走來，他就趕緊起身子，迎着李慕白笑着說："李爺，這兒涼快涼快來！莊子裏太熱了！你請坐，這席倒還乾淨。"

李慕白點了點頭，坐在席上，因見旁邊無人，他就向陶小個子說："陶兄，前天你應得我，不向旁人說出我的真名姓，可是才一見着那紅衣裳的姑娘，你就說我是李慕白，現在恐怕已有許多人都知道我是在這裏了，以後難免要生禍端！"

陶小個子一聽，立刻向李慕白作揖，說："真是我的不對，可是當時我一見了我們本地那個有名的紅蜂子，我就像有點暈了頭，也不知是怎麼回事，我就把你李爺的大名說出了。咳！我也很後悔，現在還為這件事，幾乎出了麻煩呢！"

李慕白聽了，微微笑笑，便問道："是什麼事，你快告訴我！"

陶小個子噘了噘嘴兒，略顯遲疑，又接着說："大概你李爺也知道了，就是東邊柳家莊那位人稱摩雲鵬柳大莊主的柳建才，前天咱們看見的那個穿紅衣裳的女子，就是柳建才的胞妹柳夢香，我們都叫她紅蜂子。嘿，那個女的風流極了！"

李慕白說："你先不要說那個姑娘，你且把柳大莊主與這裏譚二員外結仇的原因告訴我！"

陶小個子說："這話李爺你得叫我從頭兒說！那柳大莊主本不是本地人，原是江南一位以走江湖起家的富戶，因為前年江南大旱，這鳳陽府的知府又與柳建才相好，柳建才這才遷居於此。他有錢有勢，本人又有一身萬夫莫敵的武藝，所以不到二年，那東邊的一片土地，全都叫他給買了去。那裏本來叫柳林莊，柳建才因為他姓柳，就改名為柳家莊，他自稱為柳大莊主，現在手下有四十幾個長工、二十幾名莊丁、五六個護院的。柳建才沒兒沒女，只有一房妻、三四個小婆子，和他那胞妹柳夢香。柳夢香會使兩口寶劍，那本事，真許比北京城的俠女俞秀蓮還要高呢！”

李慕白不耐煩地說：“你不要費話，就告訴我，柳建才是為什麼與譚二員外結仇？”

陶小個子笑了笑說：“本來也算不得什麼仇，我們二員外早先在江南時就與柳建才相識，後來做了鄰居，不但兩人來往得更勤，就是柳建才的胞妹與我們二員外的女兒五姑娘，也是相好得跟親姐妹一樣。可是我們二員外交朋友，名聲大，田地雖然沒有多少，但淮河裏的船多半是我們二員外的，所以時常有江湖朋友由此經過，必要先拜訪我們二員外，沒有什麼人拜訪柳建才，因此柳建才就心中不平，常在背地裏辱罵我們二員外。並且他莊裏護院的人，也時常欺負我們村裏的人。我們二員外近年脾氣又好了，總是不理他，所以還沒鬧破了臉兒，可是兩家人的心裏就不和了！”

李慕白聽到這裏，便點了點頭，又見陶小個子扇着扇子往下說道，“這還不要緊，想不到在上月，柳家莊的護院夜叉鬼饒成與淮河渡口我們船上的人打了架。其實夜叉鬼饒成也沒有怎麼吃虧，可是柳建才立刻就親自來見我們二員外，百般不依。我們二員外極力忍氣，才將他勸走。可是不料又出了禍事，因為他來的時候是騎着一匹烏騅馬，那是他最心愛的一匹馬，不知什麼時候被我們這裏的猴兒手二少爺拿錐子給扎瘸了，因此又惹得柳建才在我們的門前大鬧，甚至於要與我們二員外動武。算是我們二員外又向他說了許多好話，並賠了二百兩銀子，才算完事。從此，除了柳夢香還常來找我們五姑娘之外，柳家莊就算是與我們這譚家村絕了交。”

李慕白聽到這裏，心中就十分不平，趕忙問道：“為什麼你們二員外不敢與柳建才爭鬧呢？你們二員外也是大江南北有名的英雄，難道就這樣累次三番地受他們的欺負嗎？”

陶小個子搖頭說：“李爺你不知道，我們二員外是老江湖，他准知道柳建才的寶劍不是好惹的，柳夢香那對雙劍更是無情，所以我們二員外是寧可忍氣，決不肯交手吃虧。可是，你忍氣，架不住他找事兒。前幾天，我們村子後邊的劉大姐兒，又叫柳建才給強佔去了。那劉大姐是我們大少爺的情人，為這件事，還出了兩條人命！”

李慕白一聽這其中還有人命發生，他就更加注意地聽。只聽那陶小個子指手劃腳地又說：“在這譚家村外，靠着河邊住着一戶姓劉的，家裏只是一個害着癆病的爸爸，帶着一兒一女度日。兒子在城裏學木匠，女兒就叫劉大姐，年紀不過十八九歲，雖然是貧家女兒，長得可真是美人兒一般。從四五年以前，這個劉大姐就跟我們大少爺譚起相好，簡直如同夫妻，只要有一天不見面兒，就得有一個生病。我們二員外本有意娶來劉大姐當兒媳，可是員外太太不願意，結果是娶了城裏張秀才的女兒當了大少奶奶，譚起可跟劉大姐仍然不斷來往。在上月，不知怎麼，劉大姐叫柳建才給瞧上了，柳建才就願拿出五十兩銀子，買劉大姐做妾。劉大姐愛着譚起，她自然不願意。她的爸爸也覺得叫女兒跟譚大少爺做妾倒可以，要是給柳建才做妾那可是不行，因此便沒有答應。不料柳建才大怒，在五六天以前，柳建才就親自帶着莊丁，把劉大姐給搶走。那劉大姐的爸爸本來就是癆病，如今見女兒被搶走，他就連吐了幾口血，不到兩天就死了。劉大姐的兄弟得了信，由城裏跑回家裏來，把他爸爸葬埋了，他又要趕回城去學木匠。可是這時候，柳建才也不知是由哪裏得來的消息，他以為劉家的兒子回城裏去是要到衙門去告狀，告他柳建才搶走他胞姊，逼死他爸爸，因此柳建才痛下毒手，派了他手下的人，就在半路上截住了那劉家的孩子，用麻繩給勒死，並掛在樹上，讓人以為是他自己上的吊。這是前四五天的事，現在柳建才已把劉大姐強佔在手，我的大少爺譚起可幾乎要氣死，要不是我二員外攔着他，他早就找柳建才拼命去了！”

李慕白聽陶小個子說到這裏，才知道那柳大莊主確實是個惡霸，因之胸中不禁暴發起來怒氣，臉色也變了，就問說：“這個柳建才，莫非沒有人敢惹他嗎？”

陶小個子看了看兩邊沒有人來，他就說：“誰敢惹他呀？衙門裏他有人情，前任的知府是他的好友，現任的知府也與他有來往。講打架？他手下的人多，論寶劍，我們譚二員外兩個也敵不過他一個，他的妹妹又是那麼兇。昨天不是嗎，李爺你又給我們二員外惹了禍，李爺你在那柳家莊前，把夜叉鬼饒成、鐵腿金二給打了，可是柳建才當日就派了人來找我們二員外大鬧了一場，並要叫我們二員外同着他去。我們二員外自然不敢去，就托了徐九德去見柳建才。徐九德的外號，叫飛刀徐九，他來到鳳陽府也有一個多月了，也曾去拜訪過柳建才，昨天徐九到柳家莊見着柳建才，自然是替二員外向他賠罪了，可是不料柳建才不通情理，他不但立刻將徐九趕出了莊門，並在徐九的臂上刺了一劍。你說柳建才那人，有多麼蠻橫！”

李慕白聽了，就更是氣憤，說道：“柳家那兩個護院的，原是被我傷的，與譚二員外和飛刀徐九又有什麼相干？他姓柳的若不服氣，應當找我來！”

陶小個子笑了笑說：“所以我也覺得這件事有點兒怪呢！這裏的飛刀徐九，和新近由滄州來的開路神梁子英，他們不知道你是李慕白，那倒不足為怪，因為我們二員外的嘴最嚴，無論見着多麼靠得住的朋友，他也不能就說出你是李慕白來。可是那紅蜂子柳夢香，那天叫你給迷住了，我說出李爺你的名姓，她還直注目你呢，可是她回去之後，竟不對她哥哥去說，這實在叫人納悶！可是我想柳建才倘若知道你李大爺在此，他就是不敢公然與你比武，也一定要來找些麻煩，因為他那個人實在不是個好惹的，所以現在我很發愁！”

李慕白卻微微冷笑，說：“不要緊，他不來找我，我還要找他去呢！”說畢，站起身來，懷着一腔怒氣，走出了樹林，來到溪邊，覺得一陣荷香撲入鼻中，低頭去看，那碧綠的蓮葉，像傘似的張着許多隻，蓮花真像是美人的顏面，那麼嬌豔，並且娉婷地含着一種媚態。李慕白看了半天蓮花，也不知又想到了什麼，他就仰面長歎了一口氣，

忽聽身後一陣馬蹄響，李慕白趕緊回頭去看，就見是譚起帶着一個僕人，兩匹馬馳來。見了李慕白，譚起就在馬上叫了聲：“李叔父！”

李慕白問說：“你們上哪裏去？”

譚起說：“我到城裏買東西去。”

後面騎馬的僕人也說：“天氣熱，李大爺在這兒倒還涼快。”李慕白點了點頭，譚起騎着那匹馬就過了小溪，往北走去了。這裏李慕白又在溪邊徘徊一會，覺得胸中的怒氣和愁悶，實在是無法解開，心說：何不也騎上馬，在附近遊玩遊玩，倘或遇見那摩雲鵬柳建才，那就同他鬥一鬥！當下李慕白轉身又進了柳林，就見那陶小個子躺在涼席上已然睡着了，扇子拋在一旁，幾隻蒼蠅在他的胸脯上亂爬。李慕白也不去叫他，便一直到了莊院內，備上了那匹白馬，牽馬出了村子，走過了柳林，他就上馬過了小溪，一直往東北方向走去，少時到了大道上，李慕白就縱馬往北，走了約有四五里路，就望見了縣城。

李慕白不敢再往前走，遂轉回馬來，又往東南去走，走了不遠，就見東面有一股很寬的道路，李慕白遂馳馬走入，曲折而行。也不知走了多遠，又看見了前面的一片柳林，近處的幾畝水田，和遠遠青翠如黛的山巒，李慕白便將馬勒住，往四下看了看，覺得仿佛又走到那柳家莊了，因之心中就暗暗盤算：自己如果闖進了柳林，遇見那柳家莊的莊丁們，一定又要毆打起來。其實柳建才既是本地的惡霸，自己就是將他殺死，也不算下手狠毒。可是自己現在是個逃難的人，盟伯江南鶴又曾囑咐，要遇事隱忍，現在只聽了一面之辭，就要去與那柳建才爭鬥，這未免太冒失了。

於是李慕白便不往那樹林裏去走，卻策着馬依舊往東，他打算看

看前面的山巒到底離此有多遠，走下二里多地，便覺得身上這件泥污的衣裳又被汗水所浸透，並且頭上因為沒戴着帽子，所以被太陽曬得十分難受，口中尤覺得發渴。李慕白便暗想：我出來算是幹什麼來了？倘若中了暑，暈下馬來，再叫柳家莊的人把我害了，那才叫冤呢！於是他就撥過馬來，又往回走，走了不遠，就見水田之間，有一座井亭，三個農人在那裏攪水灌田，李慕白便下了馬，將馬拴在路旁一棵小柳樹上，過去向那三個農人拱手說："三位大哥，有水沒有，可以賞一點兒喝嗎？"那農人們倒很是和氣，遂接了半瓢水，交給李慕白。

李慕白一面喝水一面就問："這裏是柳家莊嗎？"一個高點身量的農人就搖頭說："不是，我們這裏叫龍王廟，南邊那才是柳家莊呢。"李慕白點頭，又問說："聽說柳家莊的柳大莊主，是個很好的人？"那農人聽了，便撇了撇嘴，說："什麼好人啊！比老虎好一點就是了。"旁邊那兩個農人趕緊向這人使眼色，意思似是叫他說話留神。那農人也似乎覺得說話太不檢點了，遂就問李慕白說："你是找誰的？"李慕白說："我是由徐州來的，要到譚家村去找譚二員外。"三個農人一聽李慕白這話，他們就齊聲說："譚二員外那才是真正的好人呢！比柳建才強得多了。"李慕白一聽，已知譚二員外在本地的名聲實在不壞，那柳建才卻是這裏人目中的惡霸。當下飲畢水，又將馬解下喂了喂，他就向三個農人道謝，騎上馬往西去，心裏便想：在這裏且住幾日，臨走之時非要鬥一鬥那摩雲鵬柳建才不可。

往西走了不遠，此時天氣正熱，路上沒有一個行人，兩旁綠莽莽水汪汪的田地，時常有小鳥飛起，走到一股岔路的前面，李慕白就撥馬向南。這股小路是十分的清靜隱秘，只有鳥聲蟬響，和座下馬匹的嘚嘚蹄聲，一個人也看不見。行走約有半里地，就見眼前有一座破廟，山門和牆垣坍倒了，殿宇也損壞得一根梁柱也沒有，大概廟中也沒有什麼僧人道士，可是斷牆上樹木叢生，野草高約二三尺。李慕白心中驀想：假若這裏藏着一個人，打劫過往的人，倒真是不容易防備。正想之間，馬匹就走到了廟前，李慕白便扭頭向那廟中去望，打算看這廟裏供的到底是什麼神，為什麼這裏的神會這樣的落魄。正在轉頭觀看之時，忽見廟中的野草一陣搖動，鑽出一個人來。李慕白一看，倒不禁吃了一驚，只見鑽出來的人是個年輕女子，身穿白短褂、紅褲子，一鑽出草來，她就跳上了斷牆，一手扶着樹，一手叉着腰，向李慕白媚笑着。原來這正是那柳大莊主之妹，外號紅蜂子的紅衣女子柳夢香。今天柳夢香雖然仍穿着紅綢褲、紅緞鞋，可是上身穿着白羅衫，隱隱透出來肌膚，頭髮也蓬鬆着，沾着許多草子。

李慕白一看，便趕緊轉過頭去，催馬要走。可是此時那柳夢香已然跳下斷牆，飛奔過來，她一隻手將李慕白的馬匹揪住，一手就要去拉李慕白的胳臂，口中嬌聲說道：“你跑什麼，我還能夠吃了你嗎？”

李慕白大怒，用手一推，就將柳夢香推倒在地，可是柳夢香趁勢又將馬腿抱住，她揚起頭來說：“你走？你除非叫馬把我踹死，你才能走得開！”

李慕白心說：這個女子真是不顧羞恥。可是若叫自己的馬將她踹死，或踢傷，那也是於心不忍。於是就勒住馬，正色問道：“你是想要做什麼？”

柳夢香輕倩地笑了笑，說：“我也不想做什麼，你別以為我有什麼不好的意思。告訴你，李慕白，我若是有歹意，昨天我就不能饒了你。再說，我若是把你的名字告訴了我的哥哥，我哥哥他一定要找你去鬥一鬥。你的事我哥哥早就聽人說了，你是在北京城殺死了黃驥北才逃出來的！”

李慕白一聽，心中不禁就吃了一驚，但是他面上反倒鎮定地冷笑着說：“難道你以為我就怕你的哥哥嗎？你哥哥他是鳳陽府的惡霸，最近還強佔別人家的女子，謀害了兩條人命，我早就聽人說了。這兩日我還正要找他去鬥一鬥呢！”

柳夢香趕緊分辯着說：“我哥哥他是惡霸，我可不是惡霸，就是我哥哥他與譚家結了仇，我跟譚家還是很好的。我雖是個女子，可也知道江湖上有好人也有壞人。像我哥哥跟譚二員外，他們都是壞人，我都瞧不起他們。我所佩服的就是在江湖上有名的年輕的英雄，現在只有兩個人叫我佩服，一個是江南宣城縣的陳鳳鈞，一個就是你，北京城的李慕白！”

李慕白一聽這柳夢香說出陳鳳鈞的名字，覺得很是生疏，因為向來沒有聽人說過，又聽說她也很佩服自己，便不由得倒笑了，就說：“你若佩服我，那我倒是很謝謝你。不過你是個姑娘，我李慕白是個好漢，我卻不願意與你多說話！”說畢，催馬又要走。

柳夢香卻又將馬腿抱住，決不肯放開。李慕白急得發怒道：“你不放我走，是什麼意思？……”

柳夢香冷笑道：“你可別跟我撒氣，你也別在我的眼前自充好漢子，你的事都瞞不了我。你跟俞秀蓮的風流事兒，江湖上誰不知道？你還在人前裝什麼好漢子！”說完，她把一雙細長的媚眼，不住向李慕白的臉上去飛，遂又慢慢站起身來，一手緊緊揪住李慕白的馬韁，一手去撣身上的土，並且嬌嗔着說，“你看，你把我推得這一身土！”

這時，李慕白聽柳夢香說到俞秀蓮，不禁心中十分難受，想着自己與俞秀蓮的事，不定叫江湖人給說成什麼樣子了！於是便在馬上歎了一聲，回首對柳夢香說："柳姑娘，你不要聽江湖人的信口胡說，俞秀蓮姑娘她實在是我的義妹。"

柳夢香趕緊擺手說："是你什麼我都不管。現在我要跟你說正經的話，告訴你，你李慕白雖然是個男英雄，可是我柳夢香也是個有名的女好漢，我也不是好脾氣，要不是你年輕有名，人又好，武藝又高，今天我就能受你這些氣了？你也敢推我？可是……"說到這裏，這柳夢香又眯縫着長眼睛，笑了一笑，說，"誰叫我佩服你呢，就不能夠生你的氣，現在只要你答應我，從此跟我好，以後天天到這裏來，咱們倆常常見面……"

話還沒有說完，李慕白罵道："沒廉恥的賤人！"說時，用手推開柳夢香，撒馬就走。

那柳夢香幾乎被推倒，她不由又羞又氣，就望着李慕白的馬影罵了一聲："不知好歹的東西，我要你的命！"一面罵着，她一面趕緊跳到廟牆之中，解下她的紅馬，抽出她的雙劍，就出了這座破廟，上馬提劍，抄小路去攔截李慕白。

這時李慕白已走出一里多地，他勒住馬回首去望，見那柳夢香沒有追上來，他就慢慢地往西走去，心中卻十分氣惱，覺得柳夢香這個女子真是太沒有廉恥了，不怪人說在江湖上行走的女子，多是淫邪無行，如今一看，果然是這樣，像俞秀蓮那樣的簡直是鳳毛麟角了。如此，又不禁歎氣，便尋着往西去的路徑，策馬慢慢走去。不料才走了不遠，就見前面水田的小徑旁跑過來一匹馬，馬正是全身紅色，那牽着馬持劍的人，也正是綽號紅蜂子的柳夢香。

李慕白面上又現出憤怒的樣子，想要急急策馬走過，可柳夢香已然牽着馬把道路攔住，她就揚着頭向李慕白冷笑道："你先別忙着走，告訴你，今天無論如何，我得把事情跟你說明白了，要不然，哼哼，你就別想走了，你要是回到譚家，我也能追了你去！"

李慕白發怒道："我與你有什麼話可說？總之，柳姑娘，你不要錯看了我，我李慕白原是個鋼打鐵鑄的好漢！"

柳夢香又妖媚地笑了笑，說："得了，得了，你就別跟我吹了，我要不是早就知你這個人，我為什麼要在你的眼前丟這個臉呢？現在我得跟你說明白了，我求你兩件事，你至少得答應我一件。第一就是……"說到這裏，這個潑辣淫蕩的女子卻起羞來，她那瓜子兒臉上泛起了紅暈，跟她那馬是一樣的顏色，她狠狠地說，"告訴你說吧，我哥哥常說我將來一定找不着好女婿，可是我非跟他賭這口氣，我要跟你……你娶了我，什麼也不必發愁，我也決不叫我哥哥再跟譚家的人作對了！"說時她兩眼滴溜溜地向李慕白身上亂轉。

　　李慕白卻不用正眼看她，只搖頭說：“這是萬也辦不到的，你千萬不要往下說了！”

　　柳夢香點頭說：“既是這樣，我也不能難為你，我也是個好人家的女兒，難道真就這麼沒有臉嗎？可是你得應我第二件事！”

　　李慕白心想：奇怪，除此之外，她還有什麼要對我說的？於是就問說：“第二件是什麼事？”

　　柳夢香卻說：“第二件我決不叫你為難，就是求你把俞秀蓮現在什麼地方告訴我，將來我要找她去，跟她拜個乾姊妹。”

　　李慕白一聽這話，卻真個為難起來。他想：柳夢香這個請求並不算無理，倘若自己把秀蓮姑娘的住所告訴她，將來她到北京見了秀蓮姑娘，第一可使秀蓮結識一個女伴，生活不致太寂寞了，第二也使秀蓮及德家，曉得我現已逃在淮南，他們亦可以放了心了。不過轉又一想，柳夢香這女子不是什麼規矩的人，怎可以隨便給她向俞秀蓮引薦呢？於是便搖了搖頭，聲音改作和緩地說道：“俞秀蓮雖然是我的義妹，但是她現在什麼地方，連我也不曉得。這並不是我不對你說實話，你想我自北京倉促逃出，哪裏還顧得別人？再說我既在京中犯了重罪，平日和我相識的人，哪個不怕受了連累，現在卻不知躲避到哪裏去了。”

　　柳夢香聽了，便咬着唇，點了點頭，用雙劍的劍鋒戳着地，似乎腦裏頗費思索。李慕白又勸柳夢香說：“柳姑娘，今天你對我做的這些事，我決不對別人去說，但是，希望你以後也要自尊些，俞秀蓮那人其實比你還年輕，但為什麼她為人所敬重？就是因為她不但是武藝好，人品更高，所以無論走到何處，也不能有人輕視她。我願柳姑娘也要照她那樣去學，否則便難免被人看成為江湖卑賤的女子了！”

　　李慕白原是好話，可是柳夢香一聽，卻不禁氣得把兩道細眉挑起來，雙劍一揚，她說：“哼哼，你也不用罵我，早晚我叫你瞧瞧，別叫你的眼睛裏只有一個俞秀蓮！”

　　李慕白點頭說：“好了，我以後再瞧你吧！我倒願你比俞秀蓮還要強。”說畢，撥馬就要走，可是被柳夢香橫雙劍擋住。李慕白用目怒視道：“我對你說的都是好話，你若不聽，我也不能管你。只是，你若再向我這樣苦苦糾纏，我可就不再客氣了！”

　　柳夢香冷笑道：“你李慕白別以為我真是怕你，由着你這樣兒教訓我、罵我，我若給你個厲害的，真怕你立刻就吃不住！”說時，把雙劍嗖地舞起，映着陽光，十分奪目。李慕白胯下的那匹白馬，頭往起抬，兩條後腿向後倒退。李慕白心裏又急，頭被太陽曬得又熱，正要跳下馬去，奪過柳夢香的寶劍，把這淫蕩的女子打跑，自己好奪路走開。柳夢香也像惱羞成怒，要憑仗手中的雙劍，制服住李慕白，於是她雙手舞劍，又向前逼近。

　　這時，就忽見正東跑來了兩匹馬，馬上的人向柳夢香招手叫道："姑娘！姑娘！趕快回去吧！"

第五回　夜半追擒因情翻結怨　莊前決鬥見火突驚心

　　李慕白聽身後有人叫柳夢香快回去，他也回頭去看，就見有兩匹馬馳來，馬上的二人都是莊丁的樣子。李慕白未免覺得很窘，想着：叫這女子把我攔住，成了什麼樣子？倘若別人造出了謠言誣我，真使我有口難分啊！於是李慕白便一賭氣，揮鞭撥馬闖過。柳夢香還揮劍攔了攔，但李慕白早已閃開衝過，放馬走了。走出半里多地，又回頭去看，就見那柳夢香已然收劍上馬，跟那兩個人往東去了，這時李慕白心中不但憤怒，而且覺得懊惱，策馬出了小路，到了大道上，便往北轉西，回往譚家村去了。

　　到了村前，下馬過了柳林，就見陶小個子已不在那裏睡覺，連人帶席全都沒有了。迎面來了兩個人，全都驚驚慌慌的，見了李慕白都不住地扭着頭看，卻沒說什麼，李慕白很覺得詫異。到了譚家門首，有一個僕人把馬接去，這個僕人也面帶驚慌之色，他向李慕白說："李大爺，快進去看看吧！我們大少爺受了傷了！"

　　李慕白一聽譚起受傷，便驚詫地問道："被什麼人給傷的？傷勢重不重？"那僕人一手牽馬，一手向東指了指，說："那邊的柳大莊主，簡直是太欺負我們了！昨天把我們二員外的朋友飛刀徐九給刺傷，傷得還不算太重；今天我們大少爺帶着兩個人進城去找裁縫做衣裳，並買些東西，由城裏回來走在大道上，就遇見那裏的柳大莊主和夜叉鬼饒成，他們就把我們大少爺給攔住，砍了我們大少爺兩劍，一劍砍在背上，一劍砍在左手，我們大少爺已經暈過去了。我們莊子裏的人現在都生氣，都要替大少爺去報仇，可是二員外還攔着，不准我們聲張！"

　　李慕白一聽，心中也十分生氣，同時又明白了剛才那柳家莊的人，叫柳夢香快回去，大概也是因為這件事情。當下他邁步直往裏走，迎頭就遇見那陶小個子。陶小個子一見着李慕白，就驚慌慌地說："李大爺，請回你的屋裏歇息去罷！別往裏走，我們二員外現在煩極了！”

李慕白怒道：“他煩極了便怎樣？難道譚起受了傷，也不許我看看嗎？”才說完這句話，就見譚二員外同着那個開路神梁子英，兩個人都扭動着肥胖的身軀，一面並着頭低聲說話，一面往前院走來。那譚二員外背着手，兩道濃眉帶着愁容，紫黑的臉也露出緊張的神色。一見李慕白，他的臉上就做出笑色，說道：“李兄弟，你回來了？到哪裏去玩了一趟？”

此時那梁子英也將兩隻眼直直地來着李慕白，不似剛才在一起吃飯時的那樣傲然不注意的樣子。李慕白就忿忿地說：“我在柳家莊繞了一個彎，想要等那柳建才出來，我看看他是怎麼個了不起的人物！可是沒遇見他，剛才我又聽說譚起被他給刺傷了，我現在要看一看，他受的傷重不重。”說時，他回手揪住陶小個子說，“陶兄，你帶着我看一看去！”

譚二員外這時神色越發緊張，他趕緊把李慕白的手握住，說：“譚起在裏院躺着了，傷並不重，我帶着你看他去。”又回首向開路神梁子英說，“你先回去吧，對徐九就說，我們那件事就決定那樣辦了，先叫他去打聽那個姓楊的，同行的還有什麼人。”

梁子英點頭說：“好好，我回去了。”遂又向李慕白拱手說，“煥如兄，明天再見！”

當下梁子英出門走去，這裏李慕白見他們的情形十分可疑，不禁有點發怔。譚二員外又向陶小個子擺手說：“你幹你的去吧。”陶小個子也往外邊去了。這裏譚二員外卻先把李慕白拉到客廳裏，啞着嗓音說：“李兄弟，你別着急，柳建才一個江湖後輩，只憑仗他會些武藝，有些資財，就屢次來欺辱我。昨天因為你打了他家那兩個護院的，我特意托了飛刀徐九去替我向他賠罪，不想他反將徐九的臂上刺了一劍，並辱罵了我幾句，今天他又將譚起刺傷。我譚振圻也是江湖上有名的好漢，何況我現在也有些朋友能幫助我，莊丁們也都氣憤不平，願意與他們柳家莊拼一拼。可是我暫時還不願惹事，因為目前還有比這更要緊的一件事呢！”說到這裏，他把聲音越往下壓，嗓子也就顯着更啞，他說，“就是我昨天跟你說的那件發財的事，現在我們已經想出點辦法來了，這筆財也離此不遠，如果辦得順手，在一個月內外，咱們弟兄就可以大富起來，那時再與柳建才鬥氣，也不晚。現在若只顧了與柳建才鬥氣，把發財的機會放過去，那才可惜呢！李兄弟，你看在我的面上，也暫時忍一忍氣！”說完了，他掀着鬍子向李慕白微笑着，那意思是仿佛李慕白已經應允要幫助他發那筆財了。

李慕白一聽譚二員外這些話，心中不禁發生着反感，就想：譚二員外，我看你雖是江湖人，但還慷慨尚義，想不到你竟是這麼一個卑鄙的人，為了貪着發財，竟連柳建才這樣的欺辱都情願忍受，我盟伯真是錯認了你。當下李慕白面上帶着不高興的神色，就說：“譚二哥，你要發財的事我不管，我也不願用拳頭打人，奪過來珍寶給你。但是，你受柳建才的氣，我可真看不過，我要跟姓柳的鬥一鬥！”

譚二員外一聽，臉上立刻變色，顯露出極度失望的樣子，怔了一會，他又笑了，說：“李兄弟，你真是個直性漢子，可是你不知道，我的性情比你還直呢，不然你我初次相交，我為什麼便把要謀取那一椿稀世珍寶的事情告訴你？再說，此事我也有許多好朋友幫助，你是忙人，我並沒有求你呀？”說到這裏，譚二員外也覺得他的話說得太深了，又哈哈笑了兩聲，就拍着李慕白的肩膀說，“我雖然不求你老弟幫助我發財，可是我盼你老弟千萬別給我惹事。悶了時，出去走走也可以，但千萬別與那柳建才見面。你不知，柳建才的莊子裏也常有江湖人來往，就許有人認識你。倘若人都知道李慕白住在我這裏，那自然可以給我的臉上增光，但是事情卻更不好辦了。你沒看見那梁子英和徐九，我們原是至交，但我都未將你的真實姓名告與他們！”

李慕白見譚二員外又來向自己解釋，也覺得剛才自己把話說得太急了，遂笑了笑說：“真的，若不是二哥囑咐，若不是因我身負重罪，此時我早就找柳建才，與他決鬥去了！”

譚二員外見李慕白的神色也緩和一點了，遂就拉着李慕白的手說：“走，到裏院看看你的姪兒去，你看看那柳建才的手段有多麼兇狠，父子連心，我譚振圻豈真是沒有血性嗎？”當下譚二員外帶着李慕白到了裏院。

這裏院的房屋院落很是寬敞乾淨，頗像北京的房屋。譚二員外讓李慕白到西屋中，這屋子就是譚起住的。此時譚起光着膀子，渾身的血跡，血跡上敷着刀創藥，旁邊有兩個婦人，給他扇着扇子。屋中並有一位中年婦人和一位年輕姑娘。譚起躺在木榻上，他那白胖的臉更顯得煞白，正在呻吟之間，忽見他父親將李慕白請到屋中，他就狠狠地用拳頭捶着床板，瞪着眼睛說：“李叔父，你得替我報仇，這兩天我正要跟你說明呢！那柳建才，他太欺負我了！”

李慕白趕緊擺手說：“賢姪，你不要說了，柳建才素日的行為我全都知道，我李慕白的手下，向來是最容不下這等強梁霸道人的，五天之內，我必把染着柳建才血的刀，給你看！”李慕白忿忿地說了這幾句話，那受傷的譚起自然是痛快極了，譚二員外卻像發愁着急，旁邊那女子也不住用眼看李慕白。

譚二員外便將屋中的眾女眷，向李慕白引見，指着那身穿藍夏布褂子的四十餘歲的婦人說：“這是你嫂子。”指着給譚起打扇的一個二十多歲，愁眉淚眼的少婦說，“這是譚起的妻子，你的姪媳。”又指着那個二十歲上下，很端重白皙、小姐模樣的說，“這就是你的姪女譚倩雲，她也會幾手武藝，劍法在那柳夢香之下，可是比起俞秀蓮來，恐怕要差得太多了！”

李慕白向着譚家女眷，一一地打躬，然後告辭而出。譚二員外直把李慕白送到那小院裏，又跟他談了些話，並求他千萬不要性急，不要找柳建才去爭鬥，說完了，他才依舊回到內宅。這裏李慕白卻獨自坐在椅子上，眼望着窗外拂拂的楊柳，他又是生氣，又是愁煩，生氣的事情且不說，愁煩真使他的胸懷志氣，由百煉鋼而化為繞指柔。自從由北京逃出來之後，一月以來，遇見了四五個女子，如楊麗英、楊麗芳姊妹，柳夢香和剛才見過的譚倩雲，這幾個女子雖都年輕，雖都會些武藝，但在他的腦裏印象卻都很淺。楊家姊妹和譚倩雲論起來都是他的姪女，他自然沒有一點愛慕之心。那柳夢香，今天那樣向他糾纏，他都只有憎惡，絲毫不動情愛。可是，不知為了什麼，他現在竟忘不了俞秀蓮，不但夜中時常現出俞秀蓮來，即使在白天，有時悶悶看着柳樹，也想那柳樹就是俞姑娘的姍姍倩影，尤其是有人一提起俞秀蓮來，他的心中便立刻覺着疼痛，不知是為了什麼原因，他感覺到這種對於俞秀蓮的思念、愛慕，是從來沒有過的！

當時，李慕白獨自望着柳樹，連歎了幾口氣，便躺在榻上沉沉睡去。也不知睡了多少時候，就覺得有人用氣吹他的臉，李慕白驚醒，一看，是猴兒手光着膀子站在榻前。李慕白怒問道：“你為什麼要攪我睡眠！”

猴兒手搖頭急辯說：“師父，我沒攪你睡覺，是有個蒼蠅在你臉上爬，我不敢打，我給吹跑啦！”

李慕白一聽，倒不由笑了，便問道：“你又來找我幹什麼來了？”

猴兒手忿忿地說：“我求師父給我哥哥報仇。柳大莊主的妹妹紅蜂子她又來了，她的哥哥把我的哥哥砍傷了，她還有臉來找我的姊姊！我姊姊也不敢不理她，我又怕她。師父，你出去到大門口外等着她，只要她一出來，你就上前打她。她挨了打一定去找她的哥哥，隨後我們再下手打柳大莊主！”說着他就要把李慕白拉起來，跟着他出門，打那柳夢香去。

李慕白卻一瞪眼，嚇得猴兒手轉身又要跑，李慕白說：“你回來！”猴兒手停住腳，李慕白就說，“你不要忙，五天之內，我非叫柳大莊主他受傷不可，你聽見了沒有！可不准你到外面說去！”

猴兒手立刻喊着：“聽見了！”高高興興地跑出去了。

這裏李慕白躺了一會起來，便在院中徘徊，現出十分無聊的樣子。徘徊了一會，便有僕人來請李慕白去吃晚飯。到了前廳，只見譚二員外正與陶小個子在那前廳裏談話。

李慕白一進屋來，陶小個子就趕緊起身說：“李爺，請坐吧！”

李慕白點頭笑了笑，譚二員外就向他說：“李兄弟，現在我們又添了一個對頭，你知道嗎？”

李慕白問道：“是什麼人？”

譚二員外說：“此人的武藝雖然不怎樣驚人，但是他手下的徒弟太眾，也頗為難惹，此人是宿州人，名叫晁德慶，外號人稱黃臉虎。剛才陶小個子看見他帶着兩個徒弟過了淮河，是投柳家莊上去了！”

李慕白一聽原是那黃臉虎晁德慶來到此地，他便不禁笑了，說：“原來是那黃臉虎，這不要緊，如果他見着我，他一定是不敢與我交手的！”

譚二員外詫異問道：“莫非晁德慶在你的手下也吃過虧嗎？”李慕白就笑了笑，卻不細說。當下，譚二員外、李慕白二人對坐飲酒吃飯，陶小個子已然出屋去了。譚二員外對李慕白也似無甚話可說，只就自言自語地歎息道：“黃臉虎這次找柳建才來，一定是有事，哼，大概他也是聽見了點風聲，想要發那一筆財吧！”

李慕白在旁看着譚二員外這種神氣，就不禁暗笑，看得出這個譚二員外現在是被那筆財給迷住了。關於這件奪取珍寶發財的事，李慕白心中雖已略略明白，可是到底那財有多少，珠寶有幾件，現在什麼地方，他卻還沒有猜出，於是就向譚二員外去探問。譚二員外見問，立刻面色就變了，沉思了一會兒，才說：“兄弟，你要問我這一批珠寶有多少，實在連我也弄不清楚。這種江湖上的儻來之物，咱們更不必打聽它的來歷，不過聽說是值不少的錢吧。現在江湖上尚沒有多少人知道，誰先下手，誰就先發財。李兄弟，我對你說一句丟底的話，我也這麼大的年歲了，江湖上的營生我也懶得做了，只要有朋友幫助我把這筆財發了，我後半輩就無憂無慮了。至於那些個仇人冤家，我的力氣敵不過他，不會拿錢跟他們鬥嗎？”說完了這些話，他微笑着，仿佛即使沒有李慕白的幫助，那些珍寶也可以穩然到手。

旁邊李慕白默然了一會兒，便又問說：“二哥，其實我是不該這樣細問的，但是我很納悶，不知這件珍寶財物，現在什麼人的手裏？”

譚二員外見問，又飲了一口酒，想了半天，才笑了笑，說道：“這批珍寶若在你李慕白手中，我也不敢搶；若在正經商人的手中，我更不能起什麼意。實因這件東西現在一個江湖強盜的手中，所以取了來也不算是犯法。”

李慕白趕緊問道：“不知這個強盜，叫什麼名字，現在哪裏？”

譚二員外說：“這人是個江湖上的無名小輩，是北京城的人，年紀也不過二十。他的名字可沒有人曉得，只知道此人姓楊，外號叫作單刀楊小太歲。現在此人帶着兩三個夥計，已由山東地面往淮水這邊來了，大概是要到江南出脫他手中的珍寶。我想我們若曉得他走哪一條路，就把他截下，也不要他的性命，只叫他單留下那些東西。李兄弟你想，這件事沒有什麼做不得的吧？他的東西就是被咱劫下，恐怕他也是不敢報官去。」

李慕白一聽那件珍寶是在什麼單刀楊小太歲的手裏，立刻就驚疑地凝着神思索了一番，便暗想道：不行，我可不能管這件事，楊小太歲這個人恐怕我認得。於是他也不再多問。可是這時，譚二員外卻談上了話沒有完，他那意思是李慕白既然詢問此事，必是有意要幫助他去發這筆財，所以他極力誇張此事利益之大，及着手辦時的不費難，就為的是叫李慕白自動地說話，與他們為盟。可是李慕白卻一點表示也沒有，他只是點頭微笑，腦裏似乎在想旁的事。

少時飯畢，譚二員外進內院去了，李慕白就出了客廳，回到小院，倒背着手兒在柳樹下來回地走。他腦裏不住地思索，先想北京郊外那楊家的情形，楊麗芳小姑娘託付自己在外照應她哥哥楊豹的話，又想到那楊豹的形跡可疑，在天津，在吳橋，兩次遇着他，他都是衣馬闊綽，身邊帶着鋼刀，並像有什麼急事似的，由此又想到譚二員外剛才所說的那些話，便愈覺得自己心裏的猜度是不錯的。結果還是想着：我是決定了不管這件事，這一半日先去找柳建才，跟他鬥一鬥，把自己胸中壓抑着的怒氣出了，把譚家的對手剪除了，然後我就離開此地，往江南去了。

他在柳樹下歇了一會，天色已近黃昏，猴兒手譚飛又鑽到院裏來，說是他哥哥譚起的傷處疼得還是呻吟不絕，也許再疼上兩日就這樣疼死了，並說：「紅蜂子現在還不走，還在我姊姊的屋裏麻煩着呢。我姊姊問她的哥哥為什麼砍傷了我哥哥，她說那件事她不管，就是李慕白把她哥哥給殺了，她也不管。」

李慕白聽了，依然微微冷笑，就說：「叫她不要忙，一二日內我必要找她哥哥去，就是不傷他的命，也得使他成個殘廢，然後我才走！」

猴兒手聽了，仿佛是很高興，他又問李慕白將來是要往哪裏去，並說他要跟着李慕白去。

李慕白卻說：「我將來是要到江南當塗縣，其實我是很喜歡你，你若隨我去也可以，不過你哥哥現在受傷，你父親又將要有事，所以我不能帶你去，但希望你在家好好地練習武藝，等你長大了時，我一定能給你找個地方去做鏢頭。」猴兒手雖然聽李慕白應得將來叫他做鏢頭，但他卻不甚喜歡，嘬着嘴，皺着眉，站了半天方才走。

少時有僕人進來，要把屋中的油燈點上，李慕白卻說：「不用點燈了，點了燈蚊子就更多！」僕人又給他倒過茶來，少時即走去。李慕白便將臉盆拿到院中，用盆中的剩水，將小汗褂洗了，搭在窗戶上叫風吹着。他赤着背，在院中輕輕地打了一套拳，對於自己這身武藝，不禁又發生愛惜感歎，少時就走入屋中，躺在木榻上，窗戶洞開，院中的柳枝把清風吹送進來，覺得十分涼爽，而樹根砌下，蟲聲唧唧，又令人感到炎夏無常，新秋又將臨至。躺了一會，李慕白便不知不覺沉沉地睡去。

　　也不知睡了有多少時候，他忽然由夢中醒來，身上不禁打了一個寒戰，仿佛已經聽見了一種異樣的聲音。李慕白不禁微笑，依然躺在榻上不動，這時就聽牆上一響聲，像是貓在牆上抓，接着又是一聲較重的響，李慕白知道是有人從牆上跳下來了，心裏就暗笑：這樣不高明的身手，還來到我的眼前擺弄？於是微抬起頭來，隔窗向外去看。只見窗外星月黯淡，柳枝還在夜風裏輕輕地飄舞，卻看不見人影。可是待了一會，就見窗下露出一個人頭來，這人頭慢慢往起抬，少時就露出了半身。此人剛要邁腿跳進窗子，李慕白已經一躍身起來，怒喝道：“你是要做什麼？”嚇得那人不敢進窗了，趕緊退身，又躥上牆去。李慕白冷笑道：“像你這樣的功夫，還得回家練幾年去！”那人一聲不答，就由牆上房，踏着瓦往後走去。

　　李慕白猜着此人必是柳家莊的人，特意來此，意圖殺害自己，當下便又大喊一聲說：“你還想逃走嗎？”一聳身，躥上了房。那個人卻踏着瓦，攀着脊，連過了兩重房子。此時李慕白已經赤着腳光着脊梁追趕上來，那人想跑已跑不及，就由身邊抽出短刀，轉身向李慕白猛刺。李慕白卻伏身撲上去，一手抄住對方的胳臂，一手向對方的胸前打去。拳觸胸間，李慕白已嚇了一跳，就趕緊縮手，可是對方的人已嬌聲的哎喲了一聲，連人帶短刀都滾下房去了。這時下面的莊丁們已察覺房上瓦響，就有人緊敲起梆子來。李慕白因為自己光着脊梁赤着腳，將一個女子打下房去，若是被人發覺了，實在不好，於是他趕緊踏着瓦，走回小院裏，下了房屋，依然躺在床上裝睡，耳邊卻聽見前院的人語聲、腳步聲，一切的雜亂聲，半天沒有息止，但也沒有人到這裏來。李慕白微微笑了笑，便起身將門窗全都關好，然後就上榻睡去，後半夜也無事發生。

　　到了次日，他依然漱盥已畢，到院中樹下輕輕地打拳。少時僕人拿着一個包裹進來，說是他們二員外叫送來的。李慕白打開一看，原是一身青洋縐的褲褂，一身米色紡綢褲褂，兩件青綢長衫和鞋襪等等，全都是新的。李慕白心中明白，便點了點頭，說：“告訴你們二員外，就說我收下了，謝謝他了！”僕人走後，李慕白卻暗笑，心說：譚振圻你是想要籠絡我嗎？想要叫我去打那單刀楊小太歲，奪了珍寶給你發財嗎？我卻要叫你失望了，那件事我是絕不能幫你的忙。但因自己這身衣褲是太污穢破舊穿不得了，他遂就把譚二員外送來的青洋縐褲褂和新鞋襪全都穿上。

方才穿好，忽見陶小個子滿頭是汗，驚慌慌地走進小院來，李慕白隔着窗子問道："陶兄，你是由河邊來嗎？"

陶小個子急慌慌地進屋來，說："這兩天船上的事我就沒有怎麼管。"又問，"李爺，你知道昨天半夜裏我們前院裏鬧的亂子嗎？"

李慕白故意正色搖頭說："我不知道，因為晚間我睡得很沉，外面的響動我都聽不見。"

陶小個子拱着嘴，眯縫着眼，笑了笑，他就說："昨天不是我們大少爺被柳建才砍傷了嗎，柳建才也恐怕把事情鬧大了，他就趕緊派了他的妹妹柳夢香來了。柳夢香當着我們二員外和五小姐的面，罵了她哥哥一頓，並說她哥哥是生了氣與譚起打起來，傷了譚起之後，他也是很後悔，一半天他還要親自看譚起來。我們二員外此時本來不願惹氣，所以就沒說什麼。柳夢香就借着在家跟她哥哥打了架為名，在五小姐房裏直磨到天晚，就住在裏院了。可是到了半夜裏，不知她是要幹什麼，帶着一口刀跑到了房上，也不知怎麼又由房上摔下來了。為這件事，我們這些人半夜都沒睡覺。今天一清早，二員外才派人把那位柳姑娘給送了回去，可是柳建才他不但一句好話沒說，反倒打點了官人，要來捉拿你李慕白！"

李慕白聽到這裏，不由驚得面上變色，就趕緊問："官人現在來了沒有？"

陶小個子說："官人若不來，我哪裏知道柳建才的手段竟是這麼毒辣？本來這兩天，柳建才就曉得有一位武藝高強的人住在這裏，他可沒想到是李爺你。今天早晨，不知道他聽誰說了，也許是他妹妹告訴他了，他就親自到府衙去告密，說是譚家村窩藏着京城的要犯李慕白。府台跟我們二員外也很相好，所以沒好意思多派人來，就派了張捕頭帶着四個人來探詢。張捕頭也跟我們有交情，他也知道柳家與這裏結仇的事情，所以剛才他見了二員外，就都實話實說了，我們二員外自然是不認帳。可是張捕頭他也說得好，他說：'那位李慕白是個有名的人，我們要拿他，一定也拿不住。白費事得罪朋友，這樣的事我們不幹。現在就是這麼着，假若李慕白在這裏呢，就請他趕緊往遠躲避，或是找個嚴密的地方隱隱，別露頭。只要京裏沒有公事催來，我們樂得不管呢！'"

李慕白聽陶小個子說到這裏，他就嘿嘿地不住冷笑，心中明白，柳夢香是羞惱成怒，把自己的事都告訴了她哥哥，那摩雲鵬柳建才便去報告府衙，打算將我捕獲，也將譚二員外陷害了。這個人手段可也夠辣的，究竟不知他與譚家是為什麼結下這樣的仇恨。

當時李慕白便從容不迫地搖頭說："不要緊，陶兄，你告訴譚二員外，叫他放心，我一半天就走了！"

陶小個子說："可是，我們二員外他不願意叫你走，他只叫我告訴李爺，這兩天不要出門就是了！"李慕白不願跟他廢話，便點頭不語。陶小個子人很精明，他早看出李慕白是暗中想着主意了，當下他又隨便找話閒談了幾句，就走了。

又待了一會，譚二員外前胸敞着小褂，搖着雕翎扇子就來了，一見李慕白，他笑着說："兄弟，那幾件衣服你穿着合適嗎？"

李慕白點頭說："倒還合適，只是譚二哥，我有一身衣裳，夠換的就行了，何必要那許多件？"

譚二員外連連擺手說："兄弟，你就別寒磣我了，統共才兩套衣裳！你先穿着，別再提了。"然後又說到昨夜的事情。譚二員外明知那紅蜂子柳夢香是李慕白給打下房去的，但也不把話說明了，更不細問柳夢香是為什麼要挨到深夜來找李慕白，仿佛他心裏全都明白。但李慕白一聽提到此事，他臉上就有些發紅，同時心裏也十分氣憤。由此，譚二員外又談到今晨有官人來此踩探的事，並囑咐李慕白務須忍耐。

李慕白便點頭說："二哥放心吧，我決不能連累了二哥，再過一二日我就要走了。"

譚二員外一聽，他面色一變，發了半天怔，就說："兄弟，你才來了幾日，怎麼可以就走呢？無論如何，你也得在這裏住兩個月，等到秋天涼爽了，那時我的事也都辦完了，我還要陪着你到江南去呢！"

李慕白卻搖頭說："我所以要走的原因，也並非是怕二哥受連累，實在是往江南我還有別的事做！"

譚二員外卻微笑着說："兄弟，你這話我都不能信。江南鶴老師父的信中，沒提你在江南還有別的事，你就死了心吧，無論如何我也不能放你走。官人我們也不怕，就是我叫他們捉了去，也不能把你李慕白招供出來，兄弟你放心！"

李慕白見譚二員外執意不放自己走開，心中雖不痛快，但表面上尚不顯露出來，遂也淡然地笑了笑，問譚起的傷勢。譚二員外搖頭說："他那點傷不算什麼，過些日就能好了。現在我囑咐我們的人，都不准離開村子。我想他柳建才雖然兇狠，可是還未必敢闖進村子來尋釁呢！"又說，"現在無論什麼氣我都能忍受，都記在心裏，一個月以後再說，到時我一件一件全都忘不了！"

李慕白聽了，不禁暗笑，知道譚二員外還是那個主意，現在是什麼事全都不惹，等着劫了姓楊的珍寶，發了財，那時再報仇。二人正在談着話，又有僕人進來說道："梁大爺來了！"

譚二員外一聽那開路神梁子英又來了，他就趕緊出去了。李慕白在譚二員外走後，他依然悶悶坐着，就想：盟伯叫我錯投了人，我的性情實在與這些人合不來，我還沒瞧見過這樣只圖發財，什麼欺辱都能忍受的人！待了一會，僕人又請李慕白到前廳去吃飯。今天仍然有那梁子英在座，梁子英對李慕白的態度就似是恭維一些了。他跟譚二員外又談了許多話，話中夾雜着許多江湖暗檻。李慕白雖然不大聽得懂，但是從他們二人說話時的神色，已大概可以看得出來，他們所談的就是那圖奪取珍寶的事，仿佛那身藏珍寶的單刀楊小太歲已改變了路徑，往河南去了。又聽得什麼徐州地方有人被砍死了，大概那楊小太歲的武藝頗為不錯，他絕不容別人從他手中奪取那稀世的珍寶。所以梁子英和譚二員外談話時，都像很發愁的樣子，李慕白因為不願管他們這件事，所以草草吃過了飯，他就先出屋回到小院去了。

這座小院裏微風細柳，鳥語蟬聲，處處又使李慕白心中愁悶，待了一會，便倒在榻上睡了，一覺睡到傍晚時候。譚二員外也沒再到屋裏來，李慕白就命僕人將飯拿到這裏吃過，然後走出屋去，打算在院中再練一套拳。這時忽見猴兒手譚飛又跑到院裏來，他驚慌慌地說："師父，還不快出去看看，那柳大莊主跟黃臉虎晁德慶帶着好些人，找到我們村子來了！"

李慕白一聽，立刻精神奮起，說："好，出去鬥鬥他們，你給我找一把兵器來！"猴兒手答應了一聲，跑出去找兵器。

這裏李慕白一面往外跑一面挽袖子，跑出了莊門，猴兒手扛着一杆大扎槍站在門首，說："師父，給你這傢伙不吃虧！"

李慕白怒斥一聲："笨東西，快找一把單刀或劍來！"一面說着，他卻望見了村前柳林處站着許多人。李慕白顧不得等猴兒手把刀劍拿來，他就趕緊往柳林去跑，後面有兩條狗追着李慕白亂叫。

這時柳林之處，那摩雲鵬柳大莊主同黃臉虎晁德慶，帶着十幾個強壯漢子已將譚二員圍住。譚二員外急得滿頭是汗，正在跟他們講理，拉交情。那柳大莊主帶着的那些人全都是氣勢洶洶，拿着單刀木棍，仿佛一言不合，就能將譚二員外就地打死。陶小個子帶着十幾個莊丁，手中也全拿着長槍短刀，躍躍欲試，那意思是只要柳家的人動手打他們的二員外，他們就一擁上前，與那邊的人拼命。

正在這個緊急的時候，李慕白忽然跑到。他推開一人，邁步走入圈裏，就昂然站立，擺手說："你們且不要吵鬧，我先請教哪位是柳大莊主？"

本來柳家莊的那些人看見忽然來了這麼一個年輕氣盛的人，就齊都吃驚。尤其是黃臉虎晁德慶，他是在滄河北岸吃過李慕白打的人，當下他嚇得退後兩步，扒在那柳大莊主的耳邊說了兩句話。那柳建才便不住向李慕白打量，他上前兩步，拍了拍胸脯，說道：“我就是柳大莊主，你是李慕白嗎？”

李慕白揚目一看這柳建才，見此人年紀不過三十來歲，生得很是白皙，穿的衣服也很是講究，倒像是個少年闊莊主的樣子，李慕白就笑了笑，搖頭說：“我倒不曉得什麼人叫李慕白，我也是個過路人，不必對你稱名道姓。我只問你，今天你們來到人家譚家村，是打算要怎麼樣？”

柳建才斜着眼睛瞧着李慕白，他嘿嘿地冷笑說：“你還隱瞞什麼？誰不知道你就是在北京殺傷人命，越獄逃走的要犯李慕白。你來到此地時，在宿州地面你就打了我的好友晁德慶；來到這裏之後，你又打了我家兩個護院的人；昨天，你的膽子更大了，竟敢在黑夜之間調戲我的胞妹，並將我胞妹打傷。你李慕白真是欺我太甚，我今天找的就是你！”說話的時候，氣得瞪着兩隻長眼，撲上來，伸手就抓。

李慕白卻不閃躲，他一反手將柳建才的右臂也抓住。此時李慕白也真氣急了，他罵道：“你不可血口噴人，你的妹妹不要臉，我不肯對外人去說就是了，你反倒誣上我來，你須睜開眼看一看，我姓李的是好漢子！”

兩個人正要揪打起來，譚二員外就攔在中間，他先問柳建才說：“建才，你真是一點交情也不顧了嗎！”

柳建才惡笑道：“事到如今，咱們還有什麼交情，我正要鬥鬥你請來的這個姓李的！”說時飛腳向李慕白的小腹踢去。李慕白閃身躲開，柳建才又一拳，打得譚二員外撒手仰身，幾乎摔倒在地。柳建才卻緊追上李慕白，又掄拳去打李慕白。李慕白依然躲閃，等到他的拳頭來到時，就順手一帶，柳建才的身子向前一歪，幾乎傾倒，但他的功夫也頗不錯，立刻挺起身來，並沒倒下，反而使了個掃堂腿，打算使李慕白也摔倒，但李慕白一閃身躲開，斜着身緊逼幾步，左手托住柳建才的右腕，右手用力推去。推的時候極快，用力也極大，那柳建才立足不住，就身不由己地向後連退了幾步，正退在猴兒手的身上。猴兒手剛替李慕白取了刀來，如今柳建才的後腰撞在他的身上，他就踢了柳建才一腳，雙手掄刀要砍。

旁邊的人大驚，刀棍齊上，陶小個子也率領眾莊丁撲上厮殺。眼看着兵器就要接觸，就將赤手空拳的譚二員外和柳建才毀在這一陣亂打之中，李慕白便連連擺手大喊說：“別亂打！別亂打！先聽我說完了兩句話的！”

此時柳建才把他手下的人壓下去，譚二員外也叫陶小個子等人退後，李慕白就一拍胸脯，說，“你們何必要這樣亂打，出了人命，那時兩家都要打官司！”遂又向柳建才說，“姓柳的，你來到此地，無非要找我一個人，現在我一人跟你鬥就是了，與譚家村的人全不相干！”說到這裏，便由猴兒手的手中抄過單刀，向柳建才一晃，說，“走！咱們往遠處去，別看流血髒了人家譚家村的地！”

那柳家莊的一些人一聽李慕白要單身跟他們去決鬥，就齊都大喜，笑着說：“對呀！姓李的你是好漢子！”

李慕白毫無懼色，回首向譚二員外和陶小個子等人說：“你們諸位請回，我單身跟他們鬥去。”

譚二員外急得跺腳說：“你怎可一個人跟他們鬥呀？那不是一定得吃虧嗎？”陶小個子也要帶着莊丁們跟了去。

李慕白卻嘿嘿冷笑，擺手說：“你們放心，我李慕白若連那十幾個人都打不了，哪還敢在北京稱什麼英雄？”說時他昂然提刀，隨着柳建才那些人往北去了。這裏譚二員外等人哪裏放心，便也跟去了。

此時李慕白隨着柳家莊的人已過了板橋小溪往北走去，就見前面那黃臉虎晁德慶與柳建才密密地說了許多話，那意思大概說是李慕白的武藝高強，不可輕敵。柳建才剛才已與李慕白對過拳了，他已知李慕白的武藝並不在自己之下，當下他一面走着，一面心裏盤算，忽然他站住了身，回首向李慕白冷笑道：“你看，他們譚家的人又跟下來了。假若我們兩人現在交手，你若輸了，他們還是要一擁上前的！”

李慕白說：“他們要跟來，我也攔不住他們，不過我確實是不願意受他們幫助。”

柳建才凝着兩隻長眼，想了一會，忽然他的面上又露出惡笑，就向李慕白說：“現在就是我們兩個人的事，只是我們兩人較量出來高低，定出來生死，也就行了，何必弄得許多人打架？我想咱們現在先各自回村，明天一早，你我二人同在東北角龍王廟前面見。那邊沒有什麼人，咱們兩人就在那裏拼鬥一番，即有死傷，也各無反悔！”

李慕白一聽柳建才這話，不由微微冷笑，他明白柳建才已看出自己的厲害，不敢當着眾人比武，他說是明天一早在什麼龍王廟旁見面決鬥，其實到時他未必敢去，他一定是另想辦法對付自己。當時心中本來十分生氣，本想要掄刀撲過去，與柳建才殺砍，決不放他回去，可是回首一看，譚二員外和猴兒手譚飛、陶小個子等人，全都在自己的身後了，並且柳家莊、譚家村兩家的人都是各持兵器，氣勢洶洶，預備場拼鬥，李慕白也覺得假若自己不忍下點氣，那麼立刻就要出事。他兩家械鬥，若是死傷了人命，一定要牽動官司，那時自己也是不忍坐視的。倒不如現在先將兩家的人解開，然後自己再獨自找柳建才去拼命。

當下他便微笑說：“原是你們找我們來的，譚家村的人何嘗願意與你們爭鬥呢？現在既是你自己不敢立時比武，那也不算是我姓李的低了名氣。好了，你們現在就走吧，或是今天晚間，或是明天一早，我必要找你們去，反正我想你柳建才也是淮南有名的人物，決不能夠逃跑了吧！”

柳建才聽了李慕白一番奚落，他不禁羞得面紅，氣得渾身亂顫，本想由莊丁的手中接過寶劍與李慕白拼一死活，但是旁邊的黃臉虎晁德慶卻直向他擺手，他只好強忍着怒氣，向李慕白獰笑着說：“好，好，隨便你什麼時候去找我，我摩雲鵬一定要親見你！”

李慕白微笑着點頭，提刀而立，眼看着柳建才和晁德慶等人走了，他才回首。譚二員外笑道：“我以為他柳大莊主是個怎樣了不起的人物，原來也是這麼一個膽小力弱的人。今天你若不放他走，他又有什麼辦法？”

旁邊陶小個子張牙舞爪地說：“李爺你就不該這麼便宜了他們，憑什麼他們將咱們的大少爺砍傷，憑什麼他闖進咱們的村子來胡鬧？如今一見厲害的人出來，他們就跑了，這太便宜他們了，咱們也太好欺負了！”

旁邊的眾莊丁也齊都興奮地說：“李大爺，我們跟着你追下他們去！”

譚二員外卻極力攔阻，他說：“算了，算了，這回管教了他們，以後他們也不敢再找我們尋釁了。咱們也不是怕他們，實在是現在咱們的事情忙，沒工夫跟他們惹閒氣。”一面說着，一面走，眾人就回到莊院內。

李慕白手提單刀到小院裏，譚二員外也跟了來，又向李慕白勸說了半天，並說：“柳建才不但不敢比武，大概也沒有多高手段敢來陷害咱們，咱們且不用理他，將來反正我有法子對付他們！”

李慕白聽了譚二員外的話，他只是冷笑，並不說什麼。少時譚二員外出去回裏院去了，這裏李慕白在椅子上坐着，想了一想，便覺得柳建才這一回去一定是不肯善罷甘休，若不趕快與他決個雌雄勝負，明天必有禍事發生。當下他又提刀出屋，直奔馬圈，找着自己的那匹白馬，便備好了鞍韉，牽出莊門。才上馬走出了柳林，就見猴兒手迎面跑來。他將馬攔住，問道：“師父你要上哪兒去？是追那柳大莊主去嗎？”

李慕白點頭說：“我到柳家莊找他們去。這回見着柳建才，我縱不傷他的性命，也必要他成個殘廢。可是我傷了他之後，我就不願意在你們這裏住着，給你的父親惹禍了！”

猴兒手譚飛趕緊問說：“師父你要上哪兒去呢？我跟了你去好不好？”

李慕白說：「我往江南當塗去，由當塗還不知要往哪裏去。你也不用跟我去，將來我會來找你。跟你實說吧，我倒是很喜歡你這個孩子！」說畢，李慕白笑了笑，便縱馬往北走去，來到大道上，向南轉東，順着小徑，過了那道淺水平沙的小溪，就直往柳家莊馳去。

此時天色已晚，天空的雲霞都顯着發暗，遠山近樹也都像籠罩了一層薄幕。天氣倒還涼爽，但李慕白因馳馬甚急，所以來到這裏時，已經滿頭是汗，走到柳樹林前，將馬勒住，向裏面看了看，只見林裏有三四個莊丁，手裏拿着木棍長槍，正像在那裏防禦着似的，李慕白就向林裏點手道：「你們出來，我有話對你們說！」那林中的四個莊丁都剛才從譚家村回來的，他們都認得李慕白，如今一眼看見，便齊都轉身就跑，報告他們的柳大莊主去了。

這裏李慕白傲然微笑，因恐他們在林中埋伏着什麼，所以就下了馬，牽馬提刀，往林中去走。原來這處樹林比譚家村那裏還要森密，牽馬走了十幾步，只見柳線拂面，林鳥驚飛，忽然吧吧不知從哪裏投來了幾塊碎石，李慕白都躲過了，他就冷笑着，腳下加緊，闖過了柳林，就見是一片曠地。曠地的盡頭就是柳家莊，原來是一個不滿四十戶的小村子。李慕白提刀牽馬剛走進了村子，這時那摩雲鵬柳建才已帶着二十多個莊丁迎了出來。莊丁仍然手裏都有兵器，長槍、短刀、木棍、鐵尺，個個敞着胸，光着膀子，一出村子就將李慕白圍住了。柳建才手裏捧着寶劍，黃臉虎晁德慶在他身旁，握着一杆長槍，這時他們的威風勇氣可比剛才大得多了。柳建才他一見着李慕白，就撲奔過來，瞪着眼睛說：「你找我來了？頂好！這是我們的家門首，贏了你，算是我們欺負了你。走，我們到樹林外去！」

當下李慕白也無畏色，點頭說：「到外頭去也好！」

當下眾莊丁便擁着李慕白出了柳林，柳建才便向手下的人使了個眼色，黃臉虎和眾莊丁全都退後兩步，展開呈一個扇面形。李慕白將馬繫在一棵樹上，隨即被黃臉虎用刀割斷了韁繩，命人牽走了。李慕白竟已看出，柳建才他們今天是心懷惡計，想着依仗人多勢眾，將自己害死在這裏。這裏又出了柳林，是在他們莊子以外，死了人他們也不會自認為兇手的。一想到這裏，李慕白並不畏懼，但心中的怒氣愈起，就不等柳建才先上手，他就一掄鋼刀，躥將過去，向柳建才就砍。柳建才用劍相迎，只聽鏘的一聲，劍和刀磕在一起，李慕白手中的刀便被削去了半截。李慕白大驚，就趕緊退後兩步，曉得柳建才手中的寶劍必是一件名物，絕非普通鐵器可以迎得。

正在驚訝，這時柳建才見李慕白的手中已沒了兵器，他就指令手下的人刀槍齊上，打算把李慕白就地砍成肉泥。但李慕白早從一個莊丁的手中奪過了一杆扎槍，抖起槍來就扎傷了兩個人，哪裏還容別人近前。他手中的一杆槍，前刺後打，左挑右遮，四周全都顧得到，轉眼之間，又被李慕白刺傷了兩三個人，連黃臉虎晁德慶的左腿上都受了一槍。這時夜叉鬼饒成又帶着幾個莊丁趕來。

柳建才在旁看了，覺得光是人多沒有用，李慕白的槍法太厲害，於是他又掄劍奔上前來，仍是想要用手中的寶劍去斫折李慕白手中的兵器，然後他手下的人再乘勢齊上，結果李慕白的性命。可是李慕白已曉得了他這口寶劍太是鋒利，自己決不肯再吃虧，便極力將手中的槍躲避對方的寶劍，同時卻尋找對方的劍法疏忽之處，再擰槍去扎。往來交手五六回合，旁邊的饒成、金二就帶着眾莊丁圍住了李慕白。柳建才乘勢撲上，掄劍斫下，但李慕白的手快，早用左手將柳建才的右腕抓住，右手拋槍，急將柳建才的寶劍奪過，順勢一劍，正削在柳建才的左肩上。柳建才哎喲了一聲，流血栽倒。李慕白又舞起寶劍去戰那十幾個莊丁。

正在這時，忽見柳林中一陣大亂，男男女女跑來了許多人，齊都驚慌喊着說："莊子裏起了火了！快去救火要緊！"間雜着呼號哭啼之聲，那些正與李慕白拼命的眾莊丁，立刻連地下躺着的柳大莊主全都不顧，他們雜亂地曳着兵刃，跑回村去救火。這裏李慕白便趁亂跑開，同時心中也是十分驚慌，跑了不遠，便提劍回首去望，只見柳林之後，火光燭天，因為天已昏黑，是更顯得滾滾騰騰，煙高火旺。

李慕白一看那柳家莊的火勢熊熊，心中便十分驚異，轉又一想：是了！譚二員外真不愧是個老江湖！平日他受了柳建才的欺辱，他決不肯出頭惹氣。現在，他乘着我跟柳建才等人拼鬥之際，柳家莊裏防範疏忽之時，就派人去放起火來，這個人的手段可也夠毒辣的了。不過柳家莊也非柳建才一家居住，看那樣子至少也有幾十戶，這一把火豈不都燒淨了？若叫旁人說起來，倒像是我李慕白放的火！這樣一想，心中又是憤恨，又是難過，站立看了半天，見火勢漸漸微下去了，李慕白才稍稍放了心，想着這火勢大概不至於牽延得太大，於是暗暗歎了口氣，提劍順着來路走去。

少時到了譚家門前，只見那座板橋已然吊起，不能過去了，李慕白便提着寶劍向對岸喊叫說："來人呀！"叫了幾聲，才見柳林裏出來四五個人，打着兩隻燈籠，向這邊問道："你是誰？從哪裏來的？"李慕白高聲答道："我姓李！我就在這村裏住！"那邊才是陶小個子的聲音說："哎呀！是李爺呀！"他隨命人把板橋放下。李慕白走過了小溪，那陶小個子帶着三四個人又把板橋吊起。

陶小個子就很驚訝地問說："我的李老爺，你老人家上那兒去啦？"

李慕白卻微笑着說："我到東邊去了一趟！"

那陶小個子又爬上了樹，往東邊張望了一下，然後才跳下樹來，向李慕白說："李爺你沒看見東邊着了火嗎？現在倒是微了點啦，可是還冒着煙呢，大概那着火的地方就是柳家莊。李爺你沒到那邊去嗎？"

李慕白只搖了搖頭，並不答話，遂就進了柳樹林往村裏去了。這時天色雖已昏黑，但是村裏的人卻齊都出來了，有的爬在樹上，有的上了屋頂，都往東邊去張望，有的並聚集在一塊談說柳家莊的事情。

李慕白一進了村子，就有人拿燈籠向他來照。照的人一瞧見是李慕白，就問說："李大爺你知道東邊着了火嗎？看那着火的方向像是柳家莊！"

李慕白故意裝作不知的樣子，也向東邊望了望，便說："這裏的地理我不大熟，不知着火的是什麼地方，可是看這樣子火勢並不大。"說完了，他便直往譚家的莊院走去。

才到莊院門首，那譚二員外帶着十幾個莊丁，也正在這裏搭着梯子觀看東邊的火勢。一見李慕白回來，那譚二員外就跳下梯子來，把李慕白右手揪住，同時他看見李慕白手中提着一口明晃晃的寶劍，就不禁更是驚訝，趕緊拉着李慕白到了那小院內。還沒有進屋，就在柳樹下，譚二員外悄聲向李慕白問說："李兄弟，你是到柳家莊去了嗎？"又更壓着聲音，啞着嗓子問說，"這把火是你放的不是？"

李慕白聽譚二員外這樣問他，就不禁冷笑說："柳家莊我倒是去了，並且我已與柳建才交手比武，傷了他，奪了這口寶劍。可是我正在與他那些人爭鬥，他莊子裏就起了火。二哥你也不用跟兄弟裝假，除了咱們這裏的人，誰還能夠在這時候去找尋他？"

譚二員外一聽，卻趕緊分辯道："兄弟，你別疑惑是我派人去幹的。我真連你往柳家莊去的事都不知道，剛才他們說東邊着火了，我這才出來看，因為沒看見你，馬圈裏也沒有你的馬，我才知道你走了！"

李慕白一聽這話，諒不是假，心中就十分驚疑，頓足說："這把火到底是誰放的呀？奇怪！"這時有僕人進到小院裏來，譚二員外叫僕人把屋中的燈點上，遂同李慕白到了屋內。李慕白坐在椅子上，把寶劍放在桌上，他還不禁納悶，猜不出柳家莊的那把火是誰放的。

這時譚二員外卻對燈站立，他用手摸着那口寶劍讚歎着說道："這口寶劍的來歷我曉得，是江南秦將軍家傳家之寶，後來被人盜出，柳建才用了很大的勢力，並花了幾百兩銀子才買到手裏。此劍的確是精鋼打成，平凡的鐵器若碰到它，必定折斷，柳建才輕易也不常使用它，今天他大概是曉得你不好惹，所以才把他的寶貝拿出，叫這寶貝幫助他取勝。"

李慕白見譚二員外這樣說，他便更對這口寶劍注意，只覺這劍冷森森青光耀眼，李慕白微笑，仿佛心中頗為得意。這時譚二員外坐在對面，又詢問李慕白到柳家莊去與那柳建才爭鬥的詳情。李慕白便把剛才的事，詳細地說了，說完了，李慕白並表示對於柳家莊的這把火十分驚詫：“因為我與柳建才交手決鬥，他家才起了火，這若叫別人想着，一定說這也是我所做的，太顯得我心毒手辣了！”

譚二員外搖頭說：“別人倒不能夠疑你，不過我與柳家我們這仇恨卻是無法解開了！不是我今天才說橫話，我實在並不怕他柳建才，只是不願在此時多惹事罷了！”

李慕白說：“二哥你雖極力忍事，但是他柳家對你的種種無理行為，我卻看不下去。所以今天我才找柳建才，把這些日子的氣替你出了。我想柳建才的傷勢並不太重，他也知道這些事都是我做的，他以後只有找我去報仇，不會怎樣與二哥為難。但因此事，我本想一二日內就走，如今卻不能走了。我打算再在這裏住三天，無論他們是再來比武決鬥，或是報官來捉我，我都準備一人出頭的！”

譚二員外卻笑道：“兄弟你何必要這樣說話！別說今天的事你全是為我才做的，即使是不為我，有人來找你拼命，有人來與你打官司，我譚振圻無論怎樣也要替你擔承，豈能叫你出頭呢？兄弟你自管放心！就是柳家莊現在都燒平了，柳建才和什麼黃臉虎晁德慶全都因傷致命，那也不要緊，我兩三句話就能把事情給了結。現在就是一樣，兄弟你是決不能走。現在你的馬也丟了，你更不能走了，你就索性在這裏放心住着吧！”說到這裏，譚二員外又笑了笑，探着頭壓着聲音說，“至少你要在我這裏再住一個月，兄弟，叫你看着我發了那筆大財，然後我送給你一匹駿馬，你再走。也許我還同你一起到江南去呢！”一說到發財的事，譚二員外就不禁歡喜，仿佛那筆財，那件稀世的珍寶，不久一定能夠得到手裏似的。

李慕白卻一聽心裏就不耐煩。譚二員外又說了些話，便往前院去了。這裏李慕白飲了幾口茶，又雙手捧起寶劍就近燈光細看，就見這口寶劍真是如霜似電，雙鋒薄得如紙一般，但是劍身卻現深青色，可見這真是百煉的純鋼。

第六回　巧救頑猴雙鋒驅眾盜　思瞻奇俠一葉渡長江

李慕白對着寶劍沉思了一會兒，忽然由此劍又想到自己在北京殺死黃驥北，交到衙門的那口劍，以及殉葬於孟思昭墳內的那口淒涼的雙鋒，立刻心中一陣傷慘，便長歎了一聲，遂放下劍走出屋去。到莊門前一看，只見大門已然閉上，人們都各自回屋睡覺去了，只有陶小個子還站在房頂上往東邊觀看。他一見到李慕白，就跳下房來，走近來，看清李慕白的面目，他就問說：“李爺還沒睡嗎？”

李慕白搖頭說：“沒有睡，你看那邊的火勢怎麼樣了？”

陶小個子說：“那邊的火倒是熄了，可是還有點冒煙。你沒瞧見，煙都吹到咱們這裏了！”李慕白仰面一看，只見深青色天空，星斗稀稀，果然飄蕩着幾片似雲非雲、似煙非煙的東西。

陶小個子又近前一步，悄聲問說：“李爺，你那匹白馬沒騎回來不是？”

李慕白說：“我與柳建才等人交手時，自然就顧不得馬匹了。後來他們的莊子裏起了火，一陣大亂，我的馬匹就不見了，我也就走着回來了，好在那也不是什麼出色的馬，丟了不要緊。”

陶小個子說：“李爺丟了一匹白馬，不算稀奇，我們這馬圈裏，也丟了一匹白馬。還有一件新奇的事，李爺你知道嗎？”說到這裏，他笑了笑，就說，“我們那位猴兒手譚二少爺也不知上哪裏去了，我們找了半天，也沒找着他！”

李慕白一聽猴兒手譚飛失蹤，便不禁十分驚異，轉又一想，便微微笑了笑，遂說：“我也沒瞧見他，大概他也許在房上看火了。”

陶小個子搖頭說：“沒有，房上我們找遍了也沒有他，多半他是騎着白馬走了。也許這一走，三天五天也不能回來，不定又在外頭給我們二員外惹什麼事呢，現在我們二員外可還不知道他已經走了呢！”

李慕白說：“你們慢慢地找吧！他一個小孩子哪裏能夠去遠！”說畢，他回身依然到了小院中。這時李慕白已知道柳家莊的那把火是誰放的了，心中對於猴兒手又是氣憤，卻又覺得可喜。

少時即回屋去睡，這一夜的覺他睡得很痛快。到了次日清早，李慕白才起床漱洗，陶小個子就進屋來。李慕白頭一句就問說：“猴兒手回來了沒有？”

陶小個子說：“他既然走了，還能夠立刻就回來？他是常常到各處去瞎闖，有時出去三四天，有時就許半個月，也不知道他是上哪裏去了，我們二員外也不大喜歡管他！”李慕白點了點頭。

陶小個子又說，“剛才咱們這裏有人出去打聽了，昨天起火的地方確實是柳家莊，聽說只燒了他四五間房子，倒不算太厲害。只是柳建才的傷勢可不輕，有一條胳臂怕要成殘廢，其餘別的人受的傷倒還不算重。”

李慕白問說：“你沒聽說他們是打算來報仇呢，還是要跟我打官司？”

陶小個子說：“江湖人交手動武，不要說受了傷，就是死了，也沒有打官司的。柳建才他也是久走江湖的人，這次吃了你李爺的虧，他自然是不甘心，以後必要往各處勾請朋友來與你作對。可是他決不肯打官司，為這種事若是經官動府，那還算什麼好漢？江湖上誰不要恥笑他？”說到這裏，他把小褂一甩，露出脊梁上一塊四寸多長的刀疤，說，“李爺請看，這是我短尾魚陶小個子在淮河岸上掙來的，這叫英雄！”說話時陶小個子撇着嘴，仿佛對他背上這塊刀疤，感覺到一種光榮。

李慕白笑了笑，尚未問他這背上是被誰所傷的，這時譚二員外就來了。譚二員外手中拿着一隻劍鞘，一進到屋中，就向李慕白笑說：“你看看我給你找來一隻劍鞘，你看裝你那口寶劍合適不合適？”說時他由桌上抄起那口寶劍，裝入鞘內，尺寸雖然稍差一點，倒還能用。譚二員外便面上露出喜歡的神色，說，“李兄弟，你有了這口寶劍以後，江湖上越發沒有人抵得過你了！”

旁邊陶小個子一面披上小褂，掩蓋住他那光榮的傷疤，一面也很注意那口寶劍，可是當着譚二員外，他又不敢多說，只是直着眼睛瞧着。

少時譚二員外轉過頭來，問陶小個子說：“你沒出去打聽打聽嗎？昨天柳家莊的火到底是怎麼起的？”陶小個子就把他剛才探聽來的向譚二員外說了，然後又說：“雖說咱們至今還不知道那把火是誰放的，可是外面已傳遍了，都說火是李爺放的，並且李爺的大名也弄得盡人皆知了，連咱們村子裏的人都說是李爺替二員外報了仇啦！”

李慕白不禁生氣道：“豈有此理！”

此時譚二員外的面色變了變，他便向李慕白苦笑着說："你看，外面的人有多麼能造謠言！"

李慕白說："雖然是謠言，可是我們卻無法辯解清楚。我想現在我的名聲既已傳出去，在這裏長住必要給二哥惹禍，我想，我還是趕緊走開吧！"

譚二員外皺着眉想了一想，就說："兄弟，其實我並不怕你給我惹禍，我倒是怕你在這裏住着，一旦官人搜來，你很難躲開。我想，你可以暫時換一個地方住着，也不要去遠。由此往南數十里地就是定遠縣，那裏有我的好友山豹子呂傑，你可以暫在他那裏住些日，我們彼此也好常通消息。"

李慕白一聽，知道譚二員外還是要請自己幫助他搶奪那件珍寶，所以不願自己去遠，當下心裏便想：不如就這樣應了他，只要離開鳳陽府地面，自己就是不往定遠縣去，他又能往哪裏追尋自己去呢？當時李慕白就微微歎氣，點頭說："也好，我就到定遠縣去住些日！"

譚二員外一聽李慕白答應要往定遠去，他心裏就很是喜歡，於是便說："兄弟你也不要忙，再在這裏住兩天是不要緊的。"

李慕白搖頭說："不，我在這裏居住不安，所以很想趕快離開此地！"

二人又說了幾句話，這時忽有兩個僕人驚慌慌地走進來。譚二員外似乎早有預感，他就問說："是有人找我來了吧？"

那兩個僕人答道："是那衙門裏的張頭兒和鄒頭兒，還帶着四五個官人！"譚二員外和陶小個子聽了面上全都不由變色。

李慕白說："既是官人來了，想必是要找我問昨晚傷了柳建才等人和柳家莊縱火之事。不如我出去見他們談談！"說着邁步就要往外去走。

譚二員外卻雙手將李慕白攔住，他說："兄弟你何必出去，你若一出去，事情立刻就鬧大了。你別急躁，我出去用幾句話就能把他們支走！"於是轉頭向陶小個子說，"你到裏院拿出三十兩銀子來，給我送到前廳。"陶小個子答應，當下一同出了這小院子。

他們去了半天，並沒有消息，李慕白在這裏十分擔着心，誠恐官人會闖進來搜捕，那時自己倒是不難逃走，只是若連累了譚二員外，自己將來實難以見盟伯之面。所以他憂慮焦急，坐立不安，只在屋中來回地走。又待了半天，只見譚二員外手提着個小包裹來到，一進屋他就說："兄弟，你真得快走！我把官人們給支走了，可是少時他們必定還來。兄弟你快走，我已叫人給你預備馬匹去了，這是我送你的路費。你先到定遠縣呂傑家中，可以把真姓名說出來，他也曉得你這個人，他一定容許你在他家中居住。你就暫在他那裏隱藏些日，一半日我必要派人看你去呢！”

李慕白連連答應，此時他心中本來有許多話要向譚二員外說，但因為事情的急迫，他也顧不得說了，遂收下譚二員外贈送的路費，全包在自己的那大包裹裏，然後就向譚二員外拱手說：“我走了，二哥咱們後會有期！”

譚二員外也拱手，面帶戀惜之色，說：“後會有期，過幾天我還許親自到定遠看你去呢！”遂又近前一步向李慕白悄聲說，“見了山豹子呂傑，什麼話都可以說，只是我們要向那單刀楊小太歲手中奪取珍寶之事，暫時不要對他露出！千萬，千萬！”

李慕白連連點頭，說：“我都曉得！”當下李慕白挾着包裹，提着寶劍，與譚二員外出了這小院，直到馬圈裏。此時陶小個子在馬圈中已叫人將那匹黃馬備好。李慕白將包裹和寶劍在馬身上紮束好了，便牽馬出了莊門。

譚二員外拍着李慕白的肩膀說：“兄弟，咱們再見！”李慕白拱了拱手，便上馬揮鞭，出了柳林，越過板橋小溪，便馳馬向北，走了有兩箭之遠，回頭去看，只見那溪畔還有人在望着他，似是陶小個子等人。他不禁短促地吁了口氣，便撥馬轉頭，偏東走去，少時就踏上了康莊大道，遂揮鞭放轡，這匹黃馬就蕩起了煙塵，飛似的，直奔正南去了。此時才不過上午九時左右，李慕白這匹馬走得很快，傍午時便出了鳳陽的境界。

天氣雖近新秋，但中午時依然很熱，李慕白便找着一個僻靜的茶館，吃了午飯。當飯畢給錢時，他打開了包裹，才知道譚二員外是贈給了自己半封銀子，有三十餘兩，遂取出一塊碎銀子，給了飯錢，並找回錢來，然後又喝了兩碗茶，便問茶館的夥計，這裏是什麼地方。那夥計便說，這裏已是定遠縣地面了。李慕白聽了，立刻心中一動，正想：我與譚二員外分手時，他原是叫我來投這裏的山豹子呂傑，呂傑一定也是這裏有名的人物，假使向這茶館的夥計問一問，他們也必然知道的，可是我投到他那裏去暫住，又怎是個了局？將來譚二員外一定還要請我幫助他去鬥那楊小太歲，以圖得寶發財，那時我是管他還是不管他呢？想了一想，便決定違反了對譚二員外的諾言，自己直奔江南，先到當塗去見靜玄禪師，然後就往池州府去等候盟伯。於是出了茶館，上馬緊緊走去。

行了一日已出了定遠縣境，打聽着往當塗去的路徑，又往下去。去了一天，便到了全椒。此時天已過午，天空浮了烏雲，雷聲隱隱，少時就落下了一場大雨。李慕白遂在道旁找了一座廟宇，牽馬在廟廊下避雨。這時在此避雨的約有十幾個人，有的是行路客商，有的是遊方道士，所以這廟廊不但人都站滿坐滿，並且繫着兩三匹馬。馬都是卸下鞍韉，頭伸在廊下，半身被雨淋着。李慕白靠着牆站立了一會，他便注意地看了看在這裏避雨的人，只見有三個人全都穿着短衣褲，蹲在一起，低着聲兒談話，情形頗是可疑。李慕白便假作來回走，側耳聽他們的談話，只聽他們說的都是江北某地的土音，而且似是摻雜許多江湖隱語，所以李慕白聽不甚明白，不過已看出這三個人的行跡確實可疑，於是越發注意去聽，去看。這時雷雨聲更大，把三個人的秘密言語給遮掩住了，但是那三個人卻顯出十分情急的樣子，仿佛厭煩這雨為什麼不停止。李慕白因此又生了好事的念頭，就想：我跟着這三個人，看這三個人到底要做什麼事。當下反倒不去注目看他們。

又過了有一刻多鐘，雨才漸漸微了些。那三個人不等雨住，就齊都離開廟走了。這三人全都沒有馬匹，只有一個人扛着一個長大的包裹，那裏面大概就是兵刃。李慕白等那三個人出門去了一會兒，他才重將馬備好，牽馬出廟，這時空中的陰雲已然散開，翠藍的天色顯露出來，斜陽射來金光，照得雨絲像是一條條的金線。地下卻十分泥濘難走，李慕白便騎上馬慢慢往南去，只見遠遠之處，大道的盡頭，那三個人正在泥水之中跋涉，並像一面走一面談着話的樣子。李慕白並不急着去追趕，他只在後面慢慢地走，走過一條路，偏東轉去，又去了些時，雨就完全停了，那西方卻現出來錦練一般的長虹，一群群的小燕子似是由彩虹那邊墜下來，墜到貼地，隨後忽然又翻翅向上，直淩空際，漸漸消失在天色雲影之中。此時李慕白心中十分暢快，身上被雨後的涼風一吹更覺得十分清爽。他便扭頭揚面看了看天際的彩虹，由彩虹又想到自己新得到的這口寶劍，由那輕快的燕子，他又想到身手武技，便覺得自己所學的武藝雖然不錯，雖在大江遠還沒遇見過對手，但是仍然不可驕傲了，尤其是到當塗江心寺見着那靜玄禪師，更須得處處謹慎，提防他那點穴法。往下走了十幾里地，眼前仍見那三個人直頭地走着，不過可離着近了。路上來往的行人也漸多，走了約有三四十里路，天色就漸漸發暗，雲影霞光漸漸模糊。李慕白便也不管前面的那三個形跡可疑的人，遂找了一座鎮店歇下。

到了次日，晨起再往下走，走到又晌午，秋陽曬得李慕白渾身是汗。此時，他更覺腹中饑餓，要找一村鎮去用午飯，所以就張目四下觀望，只看見遠處有一叢樹木。正在這時，忽見後面跑來了三個人，這三人正是昨天在那廟中避雨的，他們全都跑得滿頭是汗，衣裳都濕得貼在身上，他們氣喘吁吁地問李慕白說："借光，你看前面有一個騎着白馬的人過去了沒有？"

　　李慕白搖頭說："我沒看見！"那三個人聽了李慕白這句冷冷的話，也不再多問，遂就撒腿一直地往南去跑。李慕白心中越發詫異，可越發不能往下快走了。但是畢竟馬走得比人跑得快，所以走下三四里地，李慕白竟沒有離開前面那三個人。那三個人在前面跑着，也似乎顧不得後面有人追隨。他們看見了前面有一片柏林，就一齊腳下加緊，像野兔似的撲進了林中。少時，就見林中逃出六七個人來，有的背着包裹，有的推着車子，似是林中發生了什麼事情。

　　李慕白大驚，趕緊放開馬，飛似的也闖進林內，就見林內有五個大漢已將一個小孩捆綁在樹上。五個大漢之中就有剛才的那三個人，他們各持鋼刀，搶過了那孩子的一匹白馬和一隻沉重的箱子，就要逃走。那孩子的肩上已挨了一刀背，他衣服也被扯破了，被捆在樹上卻依然潑口大罵。一瞧見李慕白騎馬闖入林中，那小孩就大聲喊着說："師父，快來救我的命吧！"

　　此時李慕白已下馬亮出了寶劍，把那五個大漢攔住，怒聲說道："你們不要走！把箱子和馬匹全都放下！"

　　那五個人一看李慕白持劍挺立的姿態，他們就有點發怔，其中一個就向李慕白抱了抱拳，說："朋友，你何必管我們的事。我們在這兒又沒有殺人傷命，不過是做一號生意罷了。你要是沒有盤纏，我們可以借你幾兩，都是一條線兒上的人，彼此別為難！"

　　李慕白揮劍罵道："胡說，他是我的徒弟，豈容你們欺負。"說時掄劍向那說話的人就砍。那人也翻了臉，趕緊用刀迎，只聽鏘的一聲，李慕白新得的這口劍果然銳利，立刻將對方的鋼刀削斷，把那五個人全嚇了一跳，其中兩個又掄刀齊上，那三個人一個牽馬，兩個抬箱子，就要跑出了樹林。但是李慕白的鋒利寶劍、敏捷身手，哪肯放他們逃走，當時就被他又削折了兩口鋼刀，腳踏倒了三個人。對方的五個人一看事情不好，就扔下箱子逃走，那一個牽着白馬的，劫了馬逃出了樹林。

　　李慕白先回身將樹上被捆孩子的綁繩用劍割斷，然後上馬，出林往北去追那個搶走白馬的人。追了不到半里地就追上了，李慕白先催馬趕過去，橫馬攔住，一晃寶劍，喝聲"下來"。那人手中連一口刀也沒有，就趕緊跳下馬去，折回頭又逃命去了。李慕白也不去窮追那人，遂騎着自己的黃馬，牽着那匹白馬，轉過來又向柏林馳去。這時林中卻又打了起來。原來是那四個賊人見李慕白騎着馬追人去了，他們又跑回林中去搶那箱子。可是那孩子已由地上撿起了兩把斷刀，去與他們廝殺。賊人雖有四個，可是鋼刀只剩下了兩把，所以也不能把孩子奈何。但是他們的目的並不在人，卻是貪圖那隻箱子。他們就一個人敵住了掄着兩柄半截鋼刀胡殺亂砍的孩子，三個人去搶那隻箱子，眼看着箱子又要被他們搶走了。這時李慕白帶着兩匹馬又走入了林中，就嚇得四個人呼嘯了一聲，什麼也顧不得了，齊都闖出林去逃走。李慕白也不去追他們，便先下了馬，將兩匹馬全都拴在樹上。

這時那個孩子扔下了兩口半截的刀過來就向李慕白作揖，說：“師父，你怎麼才來呀？我要不為等你，這時候早就走遠了，哪能夠又遇見這件事呀！”這個孩子正是猴兒手譚飛。他雖然僥幸遇着李慕白，箱子和馬匹全都沒有丟，可是他鼻青臉腫衣破，聳着個黑臉向李慕白笑。

李慕白卻用眼瞪着他，提劍走過去，一把將他抓住，就壓着聲音問說：“你這小子，為什麼由家裏跑出來？我再問你，柳家莊的那把火，是你放的不是？”猴兒手笑着咧嘴，又點了點頭。

李慕白見他承認了便兜手一嘴巴，打得猴兒手叫了一聲，身子被李慕白抓住，想跑也不能跑。李慕白就斥責他道：“你父親也是江湖好漢，你哥哥的為人也很好，怎麼你卻是個敗類？那天我找柳建才去決鬥，原是為與你家報仇出氣，我是單人匹馬去的，與他們十幾個刀劍相拼，無論是勝敗，我所做的總是英雄行為，像你那樣乘着人家莊子裏不備，跑了去放火，幾乎連好人全都燒死，你做的這是多麼卑鄙狠毒的行為，你還叫我為師父？我卻不認你這個徒弟！”說時便放手說，“你走吧，現在我已把你救了，你愛到哪裏就到哪裏去，做強盜我也不管你。只是以後不准你說認得我，否則被我知道，我非要你的命不可！”說完了，自己收劍解馬就要走去。

這時猴兒手譚飛不走了，他卻倚着一棵樹就哭了起來，哭得滿臉是鼻涕和眼淚，簡直像是個小孩子一般。李慕白看了，倒覺得很是可笑，遂上前問說：“你為什麼不走，反倒在此哭了起來？”

猴兒手抹着臉上的鼻涕眼淚，嚵着嘴說：“我不回去了。師父你若不要我，我就在這兒上吊！”

李慕白倒不禁笑了，便說：“我看你也不是有心作惡，你是因為年輕，沒受過教訓，自生下了就是這麼胡為。好，現在我也不說你了，你回家去吧！”

猴兒手依舊哭着，搖頭說：“我也不回家去！我出來就為的是要跟師父你走。師父你告訴過我，說是你這兩天就要到江南當塗縣去，我一在柳家莊放了火，就往南邊走來。在路上我故意慢慢地走，就為的是等師父。師父，你若不帶着我走，我可就要上吊了！”說着他仍是哭，並咕嘟着嘴，吃那流下來的鼻涕眼淚。

李慕白笑了笑，又歎息了一聲，就說：“你若跟隨我往江南去也可以，只是你凡事都須要聽我的話！”

猴兒手一聽李慕白答應帶他到江南去，他就立刻喜歡了，流滿鼻涕眼淚的臉上，迸出來笑容。他跳了兩跳，就說：“師父你自管放心，我一定聽你的話。我若不聽你的話，你殺了我，我也不敢還手！”

李慕白點了點頭，遂又指着地下那只被那幾個強盜搶奪了半天的牛皮箱子，問道：“這箱子裏是些什麼？”

猴兒手咧着嘴笑了笑，他慢慢地說：“這箱子裏的，全都是銀子，是我由柳家莊拿出來的。師父，咱們拿這銀子到江南去開鏢店好不好？你當大鏢頭，我當小鏢頭！”說到這裏，他見李慕白的臉上又現出了怒色，他就趕緊解釋說，“師父你別生氣，反正柳大莊主的這些銀子也不是好來的，咱們替他花了，比他自己花了還好呢！真的，我爸他就常常這樣辦！”

李慕白用手指着猴兒手說：“你真跟你的父親是一樣貪財好貨。不過這些銀錢，你既從柳家拿出，自然也無法再送回了。我們就可以暫時帶走，但是不可妄費分文，將來遇有窮苦危難的人，我們就以此周濟他的！”

猴兒手連連點頭答應，又說：“這箱銀子至少有好幾百兩呢，我拿了出來我又後悔了，馱在馬上，馬都走不快！”

李慕白說：“若不是你這箱銀子，也不致招得那五個賊人跟上你，幾乎把你的性命要了。你跟着我走，可不許大意了，處處都須謹慎！”

猴兒手又連連答應，他並說：“跟着師父你走，誰也不敢劫去！”一面說，他擦淨了鼻涕眼淚，解下馬來，把那隻沉重的皮箱就綁在馬鞍上，他卻騎在鞍後，一手抱住馬鞍，一手提着皮鞭。李慕白看着他這個樣子，覺着又可笑，又可氣，於是自己也牽馬出了柏林，與猴兒手一同往南走去。

本來剛才在這林中歇涼的，不僅是猴兒手譚飛，還有六七個行商旅客。可是自從那五個強盜在林中劫了猴兒手，客商們便全都驚得逃散，逃出來便對人說這邊柏樹林中打劫了人，所以走路的人全都繞道走了。李慕白和猴兒手直走出了七八里地，路上竟沒看見多少往來的人。

少時找了一座鎮店，用畢午餐，因為猴兒手的衣服太髒，李慕白便給他買了兩身衣褲，然後依舊往下走。過了含山、和縣，一路之上，只要看見了乞丐流民，李慕白便用銀兩周濟；看見了窮苦人家，便叫猴兒手晚間前去，隔着牆往裏投擲銀兩。猴兒手幹得也非常高興，可是因此走路上覺得遲緩，走了三天，方才到了江邊，只見江身寬約里許，那浩浩蕩蕩的洪流，直向東滾去，遠山矗立，如黛如螺，水面上風帆無數，鷗鷺回翔。李慕白牽馬佇立在江邊，不禁胸襟一快。徘徊了一會，向人詢問，知道對岸就是當塗縣，遂點手喚來一隻渡船，講好了價錢，李慕白和譚飛就牽馬上船。

船上並無別的客人，四個水手，掌舵的掌舵，搖槳的搖槳，便向江心去了。猴兒手譚飛生平沒看見過這樣的大水，他未免有些眼亂，便坐在船板上。李慕白卻因幼年時生在江南，所以至今向不暈船。在船上，水手們見李慕白像是個很闊綽的人，黃馬的鞍下又掛着一口寶劍，他們就很是注意。有一個頭上長禿瘡的年輕人，一面管着舵，一面就問李慕白二人是從什麼地方來的，現在到什麼地方去。李慕白只說是由河南來的，要往江西景德鎮去，路過這裏，想到江心寺遊遊。

那水手一聽李慕白是要往江心寺去，立刻高興着說：“江心寺那真是神仙住的地方，廟裏奇花異草，什麼都有，老和尚靜玄師父修得眼看着要成佛了，並且那本事，點穴法，寶劍，像咱們這樣的大小伙子，幾十個人也近不了他的身呀！”

李慕白故意驚異地問道：“是嗎？我只聽說靜玄老師父的道行很高，可是還不知道他原來有這樣大的本領呢！”

那掌舵的水手蹲在船尾，揚起頭，又仔細將李慕白打量了一番，他就問猴兒手說：“你先生是幹什麼事兒的？是保鏢的，還是在營盤裏當老爺的？”

猴兒手在旁忍不住話，他就高聲說：“我們是保鏢的！”

李慕白回首瞪了猴兒手一眼，依舊向掌舵的人說：“我們在河南倒是開着一家小小的鏢店。”

那掌舵的一聽李慕白是保鏢的，他就說：“那就好了，你先生過江頂好去見一見那鎮上泰山鏢局的大鏢頭江邊虎蕭崇友。蕭崇友你一定曉得了，那是我們長江一帶第一位的鏢頭，他就是靜玄老師父的徒弟。靜玄老師父到底有多大的本領，你問問他就知道了！”說畢他用力轉舵，船稍偏西走去，他就再也未與李慕白談話，但時時仰着臉望李慕白，嘴角露出一點冷笑，仿佛是心裏說：你這是保鏢的嗎？別洩氣了！你連靜玄老和尚會點穴法都不曉得！

李慕白知道對岸鎮上有了什麼靜玄老和尚的徒弟江邊虎蕭崇友，他也就不再問了。遂轉過身來，只見猴兒手坐在船板上，不住地望着李慕白笑，他仿佛對着李慕白笑那個所說的老和尚。李慕白現在心中本是另有打算，不願露出形跡來，猴兒手這樣對着他笑，豈不就叫人把他們看穿了？所以李慕白就踢了猴兒手一腳，說：“還不站起來！快到對岸了！”

猴兒手被踢得一仰身，手支在船板上，趕緊翻身站起，他回頭一望，只見身後是綠茫茫的江水，不知有多深。猴兒手就嚇得不住地吐舌頭，暗道：師父真忹！這一腳踢得真不輕，幸虧我的身子重，要不然一定掉在江裏喂了王八了！他翻着兩隻圓眼睛瞧着李慕白，靠着他那匹白馬站立，不敢再說一句話。李慕白心裏覺得好笑，覺得若不這樣，是管轄不住這頑皮的猴兒手的，但卻不理他，轉眼去領略那蒼茫的江水，飛翔鷗鷺，往返的風帆。

少時，這隻船就攏到了對岸，李慕白付了渡費，猴兒手譚飛牽着兩匹馬離船上岸。這江南的渡口十分熱鬧，不獨船隻無數，岸上各類的行商小販也全都有。離着渡口不遠，那就是當塗縣城北的一座大鎮市。來到鎮市上，李慕白一看，這裏的商號很多，店房也不少。時候雖不過在下午三時許，但李慕白已有些饑餓，遂在街上找了一家很大的店房，字號是"魁升"，找了一間乾淨的房間歇下。馬匹是命店夥牽到棚下去喂，先叫店夥沏來茶，又叫給預備飯。

李慕白見店夥走出屋去之時，便對猴兒手譚飛囑咐道："咱們現在已來到了江南，你須知江南卻與江北不同。在江北我沒遇見過對手，提起我的名字來，許多人都很敬仰。但在江南我可不敢說大話，尤其這當塗地面，有本領的人太多，剛才我在船上所說的那個靜玄老和尚，你曉得此人不曉得？"猴兒手搖了搖頭，表示他不曉得。"靜玄老和尚是現今江南最有名的俠客，武藝要比我高強得多。十幾年前，那時大概還沒有你，你的父親到江南來，就因事得罪了靜玄老和尚，被靜玄用點穴法給點倒。若不多虧江南鶴老俠用法解救，你父親早就死了。"

猴兒手這才想起來，似乎聽陶小個子說過，他爹早先曾有過這麼一件事，當下他就問說："師父，點穴法是什麼？你會嗎？"

李慕白搖頭說："我不但沒有學過，並且沒有見過，聽說這是內家武當派最毒辣的一種武技，會的人沒有幾個。交手時不用刀劍，只用手指向對方身上的穴眼之處猛力點去，對方的人立刻倒在地下，手腳不能動彈，輕者要成殘廢，重者就立刻身死。據我知道會此點穴法的，只有二人，第一是江南鶴老俠，第二就是靜玄老和尚。但實際說起來，這靜玄的點穴法比江南鶴還要高明，還要毒辣！"

猴兒手一聽，臉色變了變，似乎他心裏有點害怕，他就說："不如咱們趕緊走吧，別在這裏玩啦，也別招惹那個老和尚了！"

李慕白微微地笑，喝了一口茶，便說："你不曉得，我因為要拜會那靜玄老和尚，並且我現在心中又起了別的打算，才想要在此居住幾日，辦到一件事，只是你千萬不要在旁打攪。"

猴兒手用二指指着鼻頭，發誓說："我決不打攪，我若打攪，師父就把我扔在江裏，反正我又不會水！"

李慕白笑了笑，又低聲囑咐他說："你須知，咱們同時辦這件事，同時還要行蹤詭秘；否則若是被人知道我李慕白來到此地，那時必要有人來捉捕我。我倒是不怕，無論多少人捕我，我自信可以跑開，只是你，恐怕就要吃虧了！"

猴兒手點頭說："什麼事我都聽師父的話就是了。若是有人來捉師父，我就跟着師父跑！"

正在說着，店夥端着菜飯進屋來了。吃過了飯，李慕白便叫猴兒手去刷馬擦鐙，又叫店夥買來紅帖子，拿來筆硯，就寫了兩張名帖，寫的卻是"慕名弟，李煥如"，並在後面注上現寓地址。寫畢，重理辮盥洗，換上一身青洋縐褲褂、青綢長衫，將鞋也刷乾淨了，居然又像是一位英俊的少年公子了。猴兒手刷馬回來，李慕白也叫他洗淨了臉，換上乾淨衣服，就像是個小廝的樣子，可是他總改不了那猴頭猴腦。李慕白便帶上名帖，叫猴兒手牽馬出了店門，向店家打聽明白了那泰山鏢局的地址，便出門與猴兒手前後上馬，一同往泰山鏢局走去。原來那泰山鏢局就在這條大街上的南首路西，不一會兒就走到了。

下了馬，李慕白將馬匹交給猴兒手，他就到了那大柵欄門裏，遞了名帖，說自己是由北京來的，久仰這裏蕭大鏢頭的大名，特來拜訪。那門前大板凳上坐着的夥計，態度也很和藹，就請李慕白在這裏暫坐，他進到裏面稟報。

少時，就見這個夥計同着一個人出來。此人年紀不過四十上下，黃臉膛，微胖，有些短鬍鬚，身材高大，穿着一身黑色暑涼綢褲褂，態度昂然。走出來一見李慕白，他就將李慕白的渾身上下打量了一番，操着江北口音，抱拳問道："老兄就是由北京來的嗎？"

李慕白也抱拳說："兄弟正是從北京來的，由此路過，因為久仰蕭大鏢頭的大名，特來拜訪。"

對面那正是江邊虎蕭崇友，他一見由北京來了這樣儀表不俗的人，慕名拜訪自己，便覺得十分榮耀，就說："豈敢，豈敢，兄弟就是蕭崇友，李兄請到裏面談話。"

他又見這來客帶來一個小廝，牽着兩匹馬在門前，那兩匹馬也是細毛肥膘，銅鐙都擦得很亮，他就吩咐手下的人說："你們把李爺那兩匹馬接過去，叫那個人進來喝碗茶。"當下他很客氣地讓李慕白到裏院，天棚下一張桌子旁落座，蕭崇友陪在對面。僕人送過茶來，蕭崇友就問說："李兄在北京，貴鏢局是什麼字號？"李慕白說："早先我倒是在鏢行，後來就到鐵貝勒府去教拳，現在辭了事情，是要到廣東去訪友。"

蕭崇友點了點頭，說："這樣說，李兄是北京城有名的人物了，我提幾個人，李兄可都認識他們嗎？"

李慕白說："我在北京住了三四年，雖然交的朋友不多，可是一些在北京有名的人，我倒都見過一兩面。"

蕭崇友說："北京城最有名的就是銀槍將軍邱廣超、瘦彌陀黃驥北和鐵掌德嘯峰。最近又出了一個少年英雄李慕白和一位俠女俞秀蓮。"

李慕白說："這些人我都知道，有的還見過面，只是除了邱小侯爺之外，其餘都沒有什麼深交。"蕭崇友一聽李慕白與邱廣超是至友，便對李慕白是越發恭維，遂又談了許多關於北京的事情，然後李慕白又問到這裏江心寺的靜玄禪師。

提到靜玄禪師，蕭崇友似乎更覺得臉上光榮，他就傲然說："靜老師父，那道行和武藝，真是天下第一了，連江南鶴也比不上。這位老師父最拿手的本領就是點穴法，點穴法現在除了他老師父外，恐怕沒有第二個人會了。兄弟在此開着這泰山鏢局，在鎮江還有一個分號，七八年來生意非常興旺，雖然說是兄弟的人緣好，可也是沾了他老師父的光，因為我是他老師父的弟子。他老師父生平的武藝不願傳授給俗人，只收了兩個俗家的弟子，一個是我，一個就是我的師弟，人稱沖霄劍客的陳鳳鈞。"

李慕白一聽"陳鳳鈞"三個字，覺得十分厮熟，仿佛是誰對自己說過似的，但是一時卻想不起來，遂就搭訕着說道："我也久仰蕭兄是靜玄師父的高足，尤其是點穴法是曾得靜玄老師父的真傳。"蕭崇友聽李慕白這樣揄揚他，自然十分喜歡，但同時他的臉卻微微紅着，他說："我倒是跟他老師父學藝三載，可是點穴法卻沒有學來，因為他老師父向來是不將點穴法傳授與人的。他說人若是學會了，就容易在外做歹事。除了江心寺中有兩三個小師父，曾得老師父指點了幾手，以為保護寺院之用，我們俗家的弟子，無論怎樣孝順他老師父想要看一看是怎麼點法，怎麼練習，全都不能夠。我那師弟陳鳳鈞，就為意圖偷着學習點穴法，被老師父察覺了，立刻給打出了山門，永遠不准再來見面！"說到這裏，蕭崇友仿佛更表示那陳鳳鈞既已不能再進江心寺的山門，那麼現在靜玄禪師的唯一高足只有他了。

當下李慕白把關於靜玄禪師的事情，已然打聽明白了，他就說明天自己要到江心寺去燒香，並要拜見靜玄禪師。

蕭崇友就說："江心寺是一座大禪林，你要燒香，自然可以隨便前去。不過你若想見靜老師父，沒有人引見卻不可。這樣罷，明天早晨我回拜你去，順便同着你到一趟江心寺，給你引見引見，准叫你見得着靜玄老師父！"

李慕白聽了，面上做出了喜色，趕緊向蕭崇友致謝。蕭崇友卻擺手說："不要謝，不要謝。告訴你，你到當塗縣來了，只要是見了我，那你就無論想做什麼事，都不用發愁了。我蕭崇友在本地的名聲，不是自誇，確實是有些人都很敬重我。"

李慕白連連點頭。當下二人定好了，明天這蕭崇友去找李慕白，然後再一同到江心寺去見靜玄禪師。當時二人又談了許多話，蕭崇友與李慕白十分投緣，給他引見了鏢局的兩個鏢頭，又要留他在這裏吃晚飯。李慕白卻極力推辭道謝。蕭崇友只得將他送出了大門，二人方才分手，並說是明天准見。

李慕白命猴兒手牽着那兩匹馬，重來到大街上，就找着一家衣店，為猴兒手又買了兩件衣服，自己又到靴店裏買了靴子。回到店房時，天色已是黃昏，李慕白與猴兒手就在屋中飲茶閒談，他又教訓了猴兒手許多話。猴兒手倒真乖乖地聽着，可是聽了一會，他就打盹，又待了一會，他竟臥在床角呼呼地睡去了。這裏李慕白就思索目前的事情是應當怎樣進行，此時他反倒覺着精神很是興奮，倒顧不得他遇着的那些殘情舊恨，以及遙遠的不能斷絕的相思，想了一會，便也睡了。一夜之間，就在江畔晚風、新秋月色之下，擁着旅客之夢度過。

到了次日晨起，江風吹來，穿着綢衣的李慕白，便稍覺有些寒冷，遂又外加了一件衣裳，盥洗已畢，用畢早餐，便叫猴兒手去備馬，等候那蕭崇友。可是猴兒手還未走出房門，就聽外面是蕭崇友那江北的口音叫道：“煥如兄，在屋裏了嗎？”

李慕白在屋中應了一聲，隨即把門推開，就見江邊虎蕭崇友那高大的身軀就由天井向屋中走來，他是滿面笑容，抱着拳說：“你大概候我多時了？”隨說隨進到屋內，打量着李慕白屋中所有的行李。同時李慕白也打量他，就見今天蕭崇友穿得很是樸素，只是一件藍布大褂，腳下穿着草鞋，手裏拿着一掛數珠。

李慕白要請他落座。蕭崇友說：“我也不坐着了，要到江心寺咱們現在就走吧。”

李慕白點頭說：“好，好。”遂就帶上銀錢包兒。

這時猴兒手又由外面走來，他喊着說：“師父，我把馬備好了！”

蕭崇友趕緊回首看這位李煥如的徒弟。當下李慕白便將錢包叫猴兒手拿着，他同蕭崇友走出屋門，囑咐店家將屋門鎖好。一同出了門首，只見猴兒手已將兩匹馬拴在椿上。蕭崇友是帶來一個僕人，可是他由他的僕人手中接過馬匹，上了馬，就叫僕人回去了。

猴兒手解下馬，將皮鞭交給李慕白，說：“師父上馬吧！”

李慕白卻對蕭崇友說：“我們應當買幾封香，好到佛前去焚。”

蕭崇友在馬上擺手說：“不必，不必，我把香都預備好了，打發人先去了！”

李慕白一聽，覺得這蕭崇友辦事倒真是周到，他便點點頭，遂上了馬。蕭崇友在前，李慕白居中，猴兒手譚飛在後，三匹馬就往北街走了。走在街上，街上的人全都向蕭崇友拱手招呼，蕭崇友就在馬上含笑抱拳。

因為街頭窄，他的馬絕不快走，有時前面橫過一輛牛挽的大車，蕭崇友就將馬勒住，非等到那輛牛車抹過來，他才策馬再往前去。那趕牛車的必要笑着說：“蕭二爺你過去吧！”仿佛是很感謝的樣子。到了江邊，那裏的一些船戶、魚行、捐夫、小販，看見蕭崇友來了，莫不歡呼招手，稱他為蕭二爺。

第七回　　小室燈光兩番窺絕技　大江風雨半夜遁雙駒

　　蕭崇友雖是極為和氣，但顯出些驕傲的態度，在馬上轉頭望着李慕白，誇耀他在這裏的人物字號。李慕白也看出蕭崇友在這裏的名氣是不小，那靜玄禪師更不定是怎樣一位了不起的人物了。馬行在江邊，轉往西去，就沿着江邊走，江風一陣陣迎面吹來，那江水滾滾地映着陽光，像是無數的銀蛇在那裏蠕動。蕭崇友的高大身軀跨着一匹棗紅色的健馬，腆胸昂頭地在前面走，走了不過三四里地，蕭崇友就回首說：「快到了！」

　　李慕白一看，就見距江岸不遠有一片林木，那裏就有紅牆現出。此時蕭崇友就下了馬，向李慕白說：「煥如兄，咱們走幾步兒吧！」

　　李慕白曉得蕭崇友為表示恭敬他師父，不敢乘馬直達廟前，遂也下了馬並叫猴兒手下來，連蕭崇友的馬全都交給他牽着。猴兒手翻着兩隻眼睛，瞧着李慕白，仿佛覺着奇怪，為什麼還沒到廟前，馬就不騎了呢？這時李慕白與蕭崇友並肩往前面的廟宇去走。蕭崇友就說：「這座江心寺，在二百年以前還是在大江中間，現在離着岸都有這麼遠了，你就知道早先的大江，一定比現在寬得多呀。」李慕白點了點頭。當下就來到廟前，這座廟的地勢很高，周圍生着許多槐樹和榆樹，紅牆占的面積也不小。蕭崇友至此整了整衣襟，又對李慕白說：「煥如兄，見了靜玄老師父，少提江湖的事，對他廟中的人都要客氣點才好。」

　　李慕白點頭說：「自然。」心裏卻想着自己的辦法。

　　此時猴兒手拉着三匹馬跟在後面，李慕白就回身對他說：「你不必到廟裏去了，你就在這裏遛馬吧！」猴兒手應了一聲，翻着眼睛瞧着李慕白同蕭崇友往坡上林間走去。猴兒手仿佛有點羨慕，又像猜疑，不知他們去到廟裏找和尚是看什麼把戲去了。

　　李慕白隨蕭崇友進了山門，就見一個鏢局的夥計已經先來了，坐在石階上，身旁放着一籃子香。一見蕭崇友，他就站起身說："二爺來啦？"蕭崇友點了點頭，問說："這裏的師父們都知道我要來嗎？"那夥計說："知道，我見過普師父了。"正在說着，東配殿裏走出兩個年輕的和尚，齊向蕭崇友問訊。

蕭崇友很客氣地拱手說："請你們把正殿開開，讓我們先燒香。"兩個和尚連連答應，便把正殿的門開了。蕭崇友同李慕白進殿拈香，焚了，跪在蒲團上叩首，和尚就在旁邊敲磬，連燒了五六股香，拜過了幾尊佛，李慕白也沒留心看殿中供奉的都是什麼佛像。出了正殿，又到東配殿去燒香。這殿裏供的是觀音，西配殿裏卻沒有去。蕭崇友就向那兩個和尚說："我們要見見老師父。"那兩個年輕和尚似乎不能作主意，他們就請蕭崇友和李慕白在這裏暫候，一個和尚就進偏門往裏院去了。

李慕白一見靜玄老和尚竟是這樣的難見，他就不由覺着有些奇異。可是蕭崇友卻直挺挺地站在階下恭候，似乎他每次來見他的師父，就必須要經過這番手續。等候了半天，才見剛才進去的那個年輕的和尚，請出一個身材高大的和尚來。這個和尚年有三十多歲，黑紫的臉，眼睛炯炯地放着光，頭皮青得和鐵一般顏色，身着灰布的僧衣，一見着蕭崇友他就打問訊，並笑着說："你怎麼來了？"

蕭崇友像是跟這個和尚很廝熟，他就抱拳說："普師兄，少見少見。今天我是同着這位李爺，來此燒香。"說完用手一指李慕白，接着說，"這位李爺的大號是李煥如，在北京貝勒府做教拳師父，與銀槍將軍邱廣超等人都是好友，現在是到當塗來特地拜訪我，並叫我引見他到這裏燒香，見一見老師父，煩勞普師兄帶着我們去見一見吧。"

那普和尚先向李慕白打量了一番，隨後雙手合掌，向李慕白致禮，李慕白也作揖還禮，就說："我是在北京鐵貝勒府中教拳，此次是到嶺南訪友，臨行時那裏的小貝勒叫我路過此地時，務必要拜見靜玄老師父。"

普和尚一聽，面上也露出欣喜之色，就連說："那麼李施主請隨我來，老師父現在才用畢齋。"當下李慕白同蕭崇友就隨着那普和尚進了偏門往裏院走去。

才一走進偏門，就聞見花香撲鼻，只見院中種着許多花草，粉白繽紛，綠茵鋪地，景致十分幽靜。小鳥在院中啄食草子，看見人來，全都不知躲避，庭中並栽着幾棵梧桐，綠蔭覆得滿院清涼，一點陽光暑氣也沒有。李慕白暗想：這真是好所在，靜玄禪師的清福倒真不小！這院裏東西北三面全是大殿，但殿門全都閉着，在西北角疊有一座太湖山石，露出一個石洞來，洞裏黑洞洞的，不知有多深。太湖山石上露出幾千竿翠竹，風吹葉響，襯以小鳥啁啾的聲音，十分好聽。李慕白心中更是羨慕。

蕭崇友轉首笑問說：「這個地方好吧？」李慕白連連點頭說：「實在幽雅清靜！」當時只見那普和尚屈着他那很長的身子，走進洞裏去了。

李慕白心中納悶，暗想：怎麼？靜玄老和尚卻住在石洞裏，這真是神仙了！

蕭崇友也像是走熟路似的，低着頭就往洞裏去鑽，並回首向李慕白說：「請進來！」

李慕白就懷着疑惑，提着衣襟，低着頭，也進了石洞。原來這座石洞很淺，才走進去是很黑暗，可是轉過了一個洞角，就看見了陽光，再走幾步就出了洞口，到了一所小院落之內。這院中什麼花草竹木都沒有，只有兩間西房，也是小佛堂似的，門前垂着竹簾，室中一點聲息也沒有，像是一座空房。蕭崇友至此就止住步，向李慕白使了個眼色，那意思是叫李慕白也停住腳步。

普和尚便回首對李慕白悄聲說：「請施主在這裏候一候！」

李慕白點首，就站在這裏。那普和尚壓着腳步，輕輕掀起簾子走進那屋裏。普和尚進到屋裏半天，屋中依然靜悄悄的一點聲音也沒有。足足有一刻多鐘，才見竹簾掀起，普和尚露出半身來，向蕭崇友和李慕白點了點頭。蕭崇友就恭恭謹謹地帶着李慕白走進這西屋。

這西屋裏面的東西非常簡單，只有一張小桌、一張經櫥和一張木榻。木榻之上就坐着一位老和尚，雖是老，可是那年紀也不過六旬上下，清瘦的臉，眼睛只半張着，身材並不甚高，背還有些彎曲，穿着一件半截白夏布僧衣，隱隱露出脊瘦的肋骨。看這位老和尚是一點精神也沒有，誰也不能看出他就是大江以南與江南鶴齊名的老俠，身懷點穴奇技的名家。

此時，江邊虎蕭崇友就深深打了一躬，叫聲師父。那老和尚微點了點頭，並不說什麼話。蕭崇友又指着李慕白說：「這人是北京鐵貝勒府的教拳師父，特來拜見師父。」

那靜玄老和尚又把眼睛微微睜開些，看了看李慕白，便問說：「叫什麼名字？」

蕭崇友在旁代答道：「他叫李煥如。」

那靜玄老和尚又問說：「你是李慕白嗎？」

李慕白一聽，心裏吃了一驚，但面上裝着鎮定，不教現出一點驚慌之色，就回答說：「不是，我叫李煥如。李慕白現在還在北京。」

那靜玄老和尚默然了一會，又很遲緩問說：「你認識江南鶴嗎？」

李慕白說：「我久聞江南鶴老俠的大名，只是沒有見過面。」

靜玄老和尚點了點頭，便不再問了，遂向那普和尚看了一眼。普和尚就向李慕白說：「請施主到外面去坐吧！」當下李慕白就同崇友便又齊向靜玄深深打躬，出了這間禪房，依舊出了石洞到了外面。

才一到院中，就聽見有叫罵之聲，蕭崇友臉上又立刻現出驚異之色，說：“這是什麼人？”

李慕白這時早聽來，這叫罵的卻是猴兒手的聲音，只聽他哼哼哎喲地說：“我的腳都快折了，你們快點攙起我來走走，要不然我師父出來，你們可惹不了！”李慕白知道猴兒手是闖出禍來，便緊走幾步，到了那偏門前一看，只見那猴兒手躺在地下，爬不起來。旁邊站着三個和尚，兩個就是將才招待燒香的那年輕和尚，另一個年歲也不大、臉上有幾個麻子，這個和尚卻面帶怒色。

此時蕭崇友已走上前來，向這個和尚解勸說：“廣師父，把他救過來吧。這是這位李施主帶來的人，他小孩子家不懂得什麼。”

這個廣和尚就由袖口裏取出一把明晃晃的短刀，說：“我也不知這個孩子是要找誰，他正往裏院走，我攔阻他，他就抽出這口刀來要刺我，若不是我把他點倒，他不定還要鬧出什麼事來！”

李慕白又向這和尚作揖，旁邊那普和尚又向他不知說了兩句什麼話，廣和尚才息了氣，他向猴兒手的左胯骨上踢了一腳。猴兒手哎呀怪叫了一聲，半天才算能爬起來。此時李慕白心中十分生氣，便喝道：“還不快走開！”同時用眼睛看了那廣和尚一下，便面帶怒氣，轉身直往廟外走去。出了廟門，一看那鏢局的夥計正替猴兒手看着那三匹馬，下了坡，見猴兒手一瘸一點地來回遛他的腳，瞧見李慕白，他就咧着嘴掄拳頭，向廟那邊比了比，那意思是叫李慕白打那和尚給他報仇。李慕白不用正眼去看他，自己就由樹下解馬。

江邊虎蕭崇友也跟了下來，他像是十分抱歉似的，對李慕白賠笑說：“這座廟向來是如此，不准閒人進他們的裏院，李兄你今天若不是隨着我來，還不能見靜玄老師父呢！”又說，“那個廣和尚的性情最壞，因為他是老師父的得意弟子，老師父教給他幾套拳法、幾手點穴法，派他護寺院，所以他才驕橫起來！”

李慕白搖頭說：“其實是沒有什麼，不過我聽說點穴法也屬於武當派，武當派的傳人講的是武藝不可輕露。我這個徒弟自然不好，可是那和尚怎可就輕易施用他的點穴法？”

蕭崇友笑了笑，很不好意思的樣子，就說：“那個廣和尚時常賣弄他的點穴法，可是，這座廟沒他也不行！”

李慕白問道：“這是為什麼？”

蕭崇友笑了笑，又回首望了望，就說：“李兄，我想先叫這個夥計，把這個小孩送回去，你我同到鏢局裏喝幾杯酒，談一談，好不好？”

李慕白想了想，就點點頭說：“好吧！”當下那個鏢局的夥計就把裝香的籃子掛在猴兒手的馬鞍下，他一隻手牽着馬，一隻手攬着瘸瘸點點的猴兒手，回店房去了。這裏李慕白同着蕭崇友上了馬，就沿着江岸往東走去。

蕭崇友此時對李慕白是非常抱歉，他說：“李兄，你從北京來到江南，因為景仰靜玄老師父及兄弟的名聲，才來見我們，不想今天弄得很沒趣，真是對不起你！可是李兄你不曉得，靜玄老師父向來就是那樣的脾氣，今天他能夠見你，一來是看在我的面上，二來也是跟你有緣。要不然，無論怎麼樣有名的人物，不用說見他老師父的面，就是要進他的後院也不行呀！只是廣和尚太不講情面了，叫你那令徒吃了虧！”

李慕白很平淡地笑了笑，並不說什麼，他心裏卻想：剛才靜玄老和尚問我是李慕白不是，那可真是奇怪，莫非他已然看出來了嗎？獨怪他住在廟中，看那樣子他連屋門也不常出，他怎麼會曉得我李慕白的名字呢？因此心裏十分覺得驚異。

蕭崇友卻像沒有留心剛才靜玄老和尚問的那幾句話，他依舊和李慕白很高興地談着話，隨談隨行。少時回到鎮上，就一齊到泰山鏢局門首下了馬，有夥計把兩匹馬接過去，蕭崇友請李慕白到裏面落座，他命廚房備了酒菜，就與李慕白飲酒暢談。他先對李慕白述說他自己的事情，他說他闖江湖已有十多年了，這座泰山鏢局全是他自己的本錢，在鎮江有一家聯號，是他的盟兄弟唐如壁照料。他這裏雇着十幾個鏢頭，現在只有兩三個人在櫃上，其餘的都保着鏢出外去了。又說他的妻死去已有五六年了，他因為怕累贅，所以再沒續弦，只是一個人生活着。李慕白因見這江邊虎蕭崇友倒還是個豪傑漢子，所以又誇讚了他幾句。蕭崇友就更是高興，拿着酒壺給李慕白滿滿地斟酒，他自己也盡興痛飲。

喝了有半斤多酒，蕭崇友就似乎有點醉了，他的黃臉漲得通紅，一手擎着酒杯，一手摸着短鬍鬚，忽然問道：“煥如兄，你是從北方來，你可知道在北方有一個單刀楊小太歲嗎？”

李慕白一聽，不由一驚，心說：怎麼楊小太歲竟是這樣大的名氣？因為要探聽蕭崇友提起此人有什麼用意，遂點頭說：“不錯，有這麼一個人！”

蕭崇友又問：“煥如兄，你可知道這個人在北京是做什麼的？”

李慕白搖頭說：“那我可不知道。我在北京時，不但沒見過他，連聽說也沒聽說過。可是我此次到外面來，沿路遇見了許多江湖朋友，全都談說此人，都說他是個很有錢的人。”

蕭崇友一聽，他的醉臉上顯露出驚詫之色，把酒杯吧的放在桌子上，他探着頭說：“怎麼，現在江湖上已有許多人都曉得那楊小太歲身邊有許多的錢嗎？”

　　李慕白注意着蕭崇友的神色，便點了點頭，說道：“不錯，聽說此人是很有錢的，大概是個富家公子吧？”

　　蕭崇友連連搖頭，微笑着說：“不是，不是，聞說這個單刀楊小太歲，也是個江湖窮漢，不過……他是新近發了一筆大財罷了！”說到這裏，蕭崇友歪着頭翻着眼睛想了一想，忽然他又問道：“你可聽說此人的武藝如何？”

　　李慕白說：“聽說此人不過二十上下的年紀，武藝是頗不錯的。”

　　蕭崇友又問：“你可聽聞此人的本領比在北京名震一時的李慕白如何？他們兩人誰高誰低？”李慕白心想：我倒要嚇一嚇他，遂說：“聽說此人的武藝總比李慕白差不多吧，或者還許要高一點。”

　　蕭崇友聽了，便不禁發怔，半天也沒再說話。李慕白又問說：“蕭兄你這樣詳細打聽這個人，是有什麼意思？”

　　蕭崇友微笑着搖頭說：“沒有什麼意思，不過是聽說此人近日在江湖頗有名頭，我想會一會他罷了。”

　　李慕白聽了便不再往下問，又喝了幾杯酒，李慕白便起身告辭。蕭崇友醉得走路都有些傾斜，將李慕白送出門去，抱了抱拳，就說再會。李慕白牽着他那匹黃馬回到店房，一進門將馬交給店夥，便走進屋裏，只見猴兒手躺在床上，看見李慕白回來，他就說：“師父，我的腿到現在還疼着呢！你得給我報仇！”

　　李慕白卻擺手低聲說：“你不要着急，早晚我非得把那和尚打了，給你出氣不可！”

　　猴兒手一聽這話，他立刻坐起身來，齜牙笑着說：“真的嗎？師父你打得過那和尚嗎？你也會點穴嗎？”

　　李慕白微笑道：“打那和尚何必要會點穴呢？你就光好好養你的腿吧，不幾日我一定能夠給你出氣。不過那個和尚的師父，卻是個很有名的老僧，與我的盟伯江南鶴是好友，我們不能太把他得罪了，而且他們也不是壞人，與我們又無深仇。”

　　猴兒手說：“只有把他也打得躺在地下，我的氣就算出了。”

　　李慕白點頭說：“好，好。”當時李慕白就叫猴兒手不要睡，只在床上靠牆坐着，他卻因剛才喝了幾杯酒，頭有些發暈，並且晚間還想着有事要做，所以就躺在床上，先想着將才蕭崇友所說的那些話，可知蕭崇友必是與那譚二員外懷着一樣的心思，要打劫楊小太歲身邊所懷的珍寶。楊小太歲可真是有名了，同時江湖人的耳風也真快，也真是多半貪財愛寶，據我所遇見的就已有了這些人，別處還不知要有多少呢！楊小太歲現在可確實是寸步難行，稍微一不謹慎，或是身手稍差一點，便會財寶失去，且有性命之憂。可是到底他身邊所有的是件什麼寶物呢？

他是從哪裏得來的呢？想了半天，雖然十分納悶，可是因為心中尚有別的事情，便也不再對這與自己毫無相干的事情多加思索了。少時即沉沉睡去，直到下午四點多鐘才醒，那猴兒手也靠着牆睡了一個大覺，醒來說是腿還有點痛。

晚飯後，李慕白就囑咐猴兒手說：“你白天既然也睡了覺，晚間可要在店裏好好等候我。”

猴兒手就問：“師父你要上哪裏去？”

李慕白說：“我到那廟裏給你報仇去。不過你切不可偷着隨我去，在店中並不准睡覺，否則就許有人來暗算咱們！”

猴兒手連說：“師父你放心！我的腿還痛着，你叫我跟去我都不能去。再說，咱們這半箱銀子我也不放心，你去了就許有人來偷，我還得看着呢！”

李慕白就微笑點頭說：“好，好。”當時李慕白坐在小凳上，也不再說什麼話，他只思索晚間應做的事。他設想着江心寺內院裏的情景，怎麼才能直到那院內，施展幾手武藝，得到靜玄老和尚的贊許，然後向他討教幾手點穴法。又想，現下精通點穴法的人只有盟伯和靜玄禪師，不過靜玄禪師的點穴法，恐怕還獨有秘訣，不然以他那一個瘦弱的老和尚，會能有這樣的威名？連盟伯都那樣地欽佩他，可見必有特別超人的絕技了。今晚我見着那老和尚，如能探索幾手點穴法固是很好，否則也不要招惱了他。

正想着，店夥就把菜飯送來了。二人用畢飯，天色就昏黑了。江南的蚊蟲很多，李慕白也不敢點燈，他坐在凳上飲茶，猴兒手譚飛躺在床上，二人談着話。

猴兒手就說：“師父，你得教給我武藝。早先我還覺得我的武藝不錯，現在一看，我真是不行。就說師父你，我怎麼使力量跟你鬧也不行，你愛打我頭就打我頭，愛打我腿就打我腿，我連躲都不能躲，我太不行了！那天在樹林子裏，遇見那五個人，我差點兒沒死了，今天又叫人家用點穴法給點倒了。他媽的，我是不行！真不行！鏢局也不能開了。你看人家泰山鏢局的蕭鏢頭有多麼高興！”

李慕白一聽猴兒手這番懊惱的話，便不禁笑了笑，說：“我一聽你這話，可見你已長了些閱歷。本來天地之間，能人過多，武藝更是無窮無盡，譬如我的武藝也算學了多年，打過了幾個有名的好漢，有時我也很自誇，可是今天我見了那瘦弱的靜玄老和尚，不知為什麼，心裏就有點怕他。”

猴兒手由床上爬起來，說：“師父你別去了！你既是怕他們，你要黑天半夜的一去，叫他們查出來了，也拿點穴法給點倒，我可怎麼救你去呢！"

李慕白拿他取笑道："只要我被他們點倒，你就不用管我了，你回你的譚家村好了！"

猴兒手一聽這話，就急得要哭，又忿忿地捶着床說："他們只要叫師父你吃了虧，我當面不惹他們，我可會偷偷地去了，放一把火燒了他們的廟！"

李慕白趕緊攔阻他說："小聲，小聲！你須知這是人家的地面，咱們來到此地就很使人生疑，倘若咱們的話被人聽了去，可怎麼好？"

猴兒手怔了一會，說："師父，你這樣一說，我也有點害怕，你不去了！"

李慕白卻搖頭微笑道："你不知道，我去還有別的用意，並非專為替你出氣報仇！"說完了，李慕白依然想他的辦法，不再說話。直待鎮上的更鑼敲過了二遍，李慕白便帶上寶劍，又囑咐了猴兒手一番，他就出屋，暗暗地開了店門去了。沿着江岸往西走去，此時陰雲滿天，連一顆星星也看不見，大江像彌漫着霧，看不見波浪，只見白茫茫，什麼也沒有，連一點漁火也看不見。走了半天，好容易才找着那建在坡上的江心寺。李慕白尋着石階，走上去，先脫下長衫和鞋，卷起來，放在一棵樹上，然後將短衣上的腰帶繫緊，寶劍插在背後，便慢慢地攀上牆去，由牆上房，伏着身，輕輕地向後院去。走到那滿種着花草樹木的院落，他就在房上趴了一會，細細去聽去看，只見四下沉寂，並沒有誦經的聲音，各殿宇裏也是一點燈火沒有。

李慕白便輕輕跳下房來，走進這太湖石的山洞，試着腳走了兩步，忽然一腳踏在盡頭，就仿佛這座石洞已不能走通了似的，用手摸了摸，才知這石洞裏原來有門，現在已經關閉上了。李慕白心中更覺得驚訝，就想：靜玄一個年老的出家人，何必要把他居住之地弄得這麼嚴密呢？於是趕緊退身出來，一聳身就跳在山石上，心中還是不禁驚訝，就見那無數的竹葉被風吹着嗖嗖地響，竹葉並觸到他的臉上。李慕白思考了一會兒，便由背上抽出寶劍，輕輕地將竹子斬斷了些，他鑽過了竹叢，站在山石上向下去望，就看見了靜玄禪師居住的那兩間小房，紙窗上鋪着很亮的燈光。

李慕白的心中就十分喜歡，但是他更謹慎了，輕輕地下了山石，將寶劍仍插在背後，輕輕地壓着腳步到了窗前，只聽屋中是兩個人在說話。先是靜玄老和尚的聲音，蒼老而微啞，並且發的是南方口音，只聽他似是很高興地說："你看！這是丑時應點的穴道，丑時只能點章門、期門、陰包、膝關……"往下還有幾個穴道的名稱，但聽不清楚了。接着就聽有人回答說："是，是。"李慕白此時精神極為振奮，同時動作也極為謹慎。他不敢將窗紙戳破，卻只能扒在那窗壁的隙處往屋裏去看，就見屋裏正是那靜玄禪師，他一手拿着一張圖畫，上面仿佛是畫着人身的穴道，他一手伸着二指，向空處去點，那姿勢極為爽利敏捷。旁邊是那面上微麻的廣和尚，站在那裏，直着眼看。

李慕白用一隻眼貼着窗隙看了半天，忽見靜玄老和尚回身開了經櫥，又另取出一幅圖來，他展開說："這是寅時應點的穴道圖，寅時的致命門為左肺……"說到這裏，靜玄老和尚的神色忽然一變，用眼直看着窗外，那廣和尚回手就由牆角抄刀。窗外的李慕白大驚，趕緊飛身上房，由房跳到太湖石上。此時屋中燈光突然熄滅，李慕白不敢在此稍留，就穿過了竹叢，沿牆過脊，跑到了寺外，由樹上取下長衫和鞋，穿上鞋，挾着長衫，就急急逃走，在陰沉沉的天色下，由霧茫茫的大江邊，匆匆跑回到店舍。

一進屋，猴兒手就問說："誰？"

李慕白答應一聲"是我"，便隨手把屋門關好，連燈也不點，就坐在小凳上。

猴兒手就問說："師父，打了和尚沒有？"

李慕白卻說："不要說話！"他一隻臂支着頭，回想將才在江心寺中的情景，他覺得點穴法並沒有什麼奧秘的，只是那靜玄和尚大櫃裏所藏的人身穴道圖卻真是秘寶，假若將他那些圖畫得到手中，詳細加以研究，大概有上兩三年也就會了。他又想：只是靜玄和尚機警異常，今天我的行動原是十分謹慎，敢說是一點聲音也沒有，可是他都已查覺，明天假若再查出假山石上的竹子被人斬斷了，他必然更要加緊防備了，我可怎能將他那秘寶取在手中呢？想了一會兒，雖然覺着有些畏難，可是那些幅穴道圖，實在吸引着他，並且覺得靜玄那和尚獨善點穴，世無其匹，平生絕技大概是想傳給那廣和尚。可是看那廣和尚就不像是個好人，將來那個廣和尚若是將點穴法完全學成，他離了廟到江湖上去橫行，那時誰敢惹他？因此，李慕白更想將那些點穴的圖籍得到手中。當日他思索了半夜，方才入睡。

到了次日，就聽見窗外淅淅瀝瀝地響，並且夾着蕭颯的風聲，原是已經下起雨來。李慕白起了床，開了屋門一看，就見院中雨絲稠密，地上已積了許多水，秋風吹得他的綢小褂有些寒冷。這時猴兒手也由床上坐起來，他扒着窗紙的破處向外看雨，就說："下了這麼大的，可怎麼走路呢！"又問，"師父，你昨晚打了和尚沒有？把我的仇報了沒有？"

李慕白卻不回答他，在屋中站着發了半天怔，就想：本來今晚江心寺中必要加緊地防備，這樣一下雨，我是更不能再去了。遂就向猴兒手說："就是不下雨，咱們也不能走，我還有事沒辦完呢。我問你，你的腿現在還痛不痛？"

猴兒手皺着眉說："用手一摸就痛，不摸不痛！"

李慕白點頭說："好，你現在就裝作腿痛，再加上下雨，江南的雨是一下起來就不能停，咱們正可以在此多住幾天，也不至於有人疑惑咱們。"

正說着，店夥送來了洗臉水。李慕白就裝着問說："這一下雨，你們店裏住的客人就全不能走了？"

店夥閒談着說："可不是！不過有急事的，冒着雨也得過江。這雨若是下上兩天，江水更得漲上來，江風更得緊，波浪也就更大了，那時倒不好走了。沒有什麼要緊事的人，自然要多住幾天，可是也得預備着夾衣裳，因為這場雨下過之後，天就非冷不可。你們二位打算上哪兒去呀？"

李慕白說："我們是要到廣東去的。"

店夥說："廣東倒還熱，大概還用不着夾衣裳。"

李慕白點點頭，店夥遂就走了。李慕白把臉洗過，就坐在凳上飲茶。猴兒手卻說："師父，你不把和尚打了，我的心裏總不痛快，要不是有你，我非放火燒他的廟不可！"提到放火，李慕白又想起猴兒手放火燒柳家莊的事，又不由心中很是痛恨。本想要斥責他，罵他跟江湖人學來的這些惡性，但是第一在這裏說話不便，第二是自己很喜歡這個孩子，因為他非常活潑，而且剽悍。

這時猴兒手大概是因為受了腿痛的影響，又想念他的爸爸了。李慕白說："既然你想念你的父親，你就應當回家去。你父親現在正有要緊的事，我幫不了他，你可以回去幫幫他。"

猴兒手就問說："什麼事？我爸爸什麼事也沒有，他就是想要發財，發那麼些個財幹什麼呀？他又不打算開鏢店。"又說，"早晚我還是非開鏢店不可，開鏢店有多好呀！幾十輛鏢車一個人押着，誰也不敢攔，誰也不敢擋，又賺錢，又有名氣。可是我的武藝不行，非得先跟師父你學兩年武藝，才能夠保鏢。"李慕白由着他去胡說亂說，自己也不理。

窗外的雨聲依然淅淅瀝瀝沒有個停止，當日李慕白也沒出門，晚間想着：即使再到江心寺，也是不能下手，所以也沒有冒雨前去。這雨直下了到次日，不但沒有住，反倒更大了。李慕白和猴兒手身上的單衣簡直禦不住寒冷。到了午飯後，雨稍微小些，李慕白向店家打聽了鎮上有什麼可靠的錢莊，便拿了一百兩銀子，換了幾張莊票，為是得到了靜玄禪師的人身穴道圖之後，就趕緊離開此地，那時即使箱銀攜帶不便，就可以拋下，有這貼身的一百兩銀子，足夠往池州府之用了。並找到一家衣莊，為自己和猴兒手買了幾件夾衣回來。當晚雨仍未住，李慕白仍未到江心寺去。到了第四日，雨雖依然下着，可是李慕白心中就有些不耐煩。

午飯後，那江邊虎蕭崇友派了一個夥計來這裏訊問李煥如走了沒有。李慕白親自出去見了，就說因為下雨，又因為隨行的小孩子得了病，所以不能走路。夥計走了，待一會又來了，說是我們蕭二爺請李爺到鏢局裏去飲酒。李慕白也想要由蕭崇友之處，探聽那靜玄和尚的動靜，遂就叫猴兒手看着屋子，他同着鏢店的夥計到了泰山鏢局裏。

今天蕭崇友是在他居住的屋子內擺子幾樣菜，兩壺酒，一見李慕白來，他就連忙迎過來，笑着說：「慕白兄，這場雨可把你們給截住了，不叫你們走了！」

李慕白聽了一怔，正色說：「蕭兄，你怎麼叫我慕白兄，莫非我還是李慕白嗎？」

蕭崇友卻趕緊打躬，笑着說：「李兄，你不要動怒，你是李慕白那更好，你看，李慕白來到此地都要拜訪我，我更得向江湖上誇一誇了！請坐，請坐，快坐下咱們喝酒！」說時就要挽他落座。

李慕白卻一甩手轉身就走，蕭崇友趕緊上前挽住，面現驚疑地說：「怎麼，我惱了兄弟嗎？」

李慕白回過身，正色說：「想不到蕭兄你是個不誠實的朋友，前日在江心寺中，靜玄老師父疑我是李慕白，我就沒有怎麼爭辯，如今不想你老兄也是這樣地懷疑起我來。其實李慕白比我的名氣大得多，於我並不污蔑，不過我李煥如也是堂堂的漢子，何必要假冒他人的名姓呢？」

蕭崇友聽了李慕白這話，不禁發了一會怔，就說：「不是我說你是李慕白，這都是今天早晨法廣到這裏來告訴我的！」

李慕白一聽今天那廣和尚來了，就不禁吃了一驚。當下蕭崇友挽李慕白落座，斟了一杯酒，說：「煥如兄，你請坐，我告訴你！」李慕白就落座，靜聽蕭崇友說道，「今天早晨，那法廣和尚到我這裏來，他說老師父早就聽人說了，李慕白在北京殺死了瘦彌陀黃驥北，現在逃往江南來，前天來的那個李煥如就是李慕白。李慕白來到這裏沒懷着好心，他要與靜玄老師父比武，攪鬧江心寺。因為他只要把靜玄老師父打敗，他在江南也可以自稱是頭等的英雄了。現在老和尚除了派人冒雨往宣城去叫他的二弟子陳鳳鈞前來鬥你，並命我時時看守着你。可是，我卻不那樣想，我想你若真是李慕白那就更好了，我們更得深交一交了！」

李慕白一聽，心中倒覺得好笑，就想：靜玄老和尚也太膽虛了，他那麼好的武藝，難道還怕我嗎？冒着雨派人到宣城去叫他的徒弟來，是他怕敵不過我，還是不屑於與我交手呢？同時又想：這可好，靜玄他只疑我前來是要尋他比武，並沒想到我是要得他那幾幅人身穴道圖，大概他那隻大櫃不至於鎖得太嚴了。遂就微笑着向蕭崇友說：「靜玄師父也是多此一舉，以他老師父的威名，即使李慕白真個前來，又豈敢與他老師父比武？」

蕭崇友連連搖頭說：「你不知道，煥如兄，你是個誠實的人，我才對你說。靜玄老師父雖然是個出家人，可是最愛與江湖人鬥氣，數十年來，在他的點穴法下，不知死傷了多少人。直至近二年來，他老師父才不出山門，才不再施展他的點穴法。可是他老師父自己也知道名氣太大了，而且結下的仇人太多，常恐怕有什麼江湖人找他來，所以他把住的房子弄得那麼嚴緊，並特別傳授了兩個護山的弟子，就是那法普和法廣。他在外也分派了許多江湖人，如若江湖上有什麼事情，立刻就有人來報告他。此次你去拜見他，他認為你是心懷惡意，並且他從來沒聽說北京有一個李煥如，所以他才疑你是李慕白。現在他既然這樣疑你了，我去勸解也沒有用，我想一半日雨住了，你們二人還是趕緊走開為是。不然，我那個師弟沖霄劍客陳鳳鈞一來到，他是難免要做出些莽撞事情的。那時，煥如兄，你原是好意前來，結果可連我都無顏對你了！」說時，蕭崇友的面上現出很發愁的樣子。

李慕白看出蕭崇友倒是個好人，當下便敷衍着說：「蕭兄既然如此囑咐兄弟，可見是不以外人看待兄弟，一二日內如若雨住了，我即離開此地就是了。」

蕭崇友見李慕白這樣答應了，他更覺得對不起這位慕名來訪的朋友，所以越對李慕白殷勤招待，一杯一杯地敬酒。李慕白卻也做出煩惱的樣子，並不多飲。少時要起身辭去，蕭崇友卻挽住李慕白，不叫他走，又落座談了許多話。他先說他的師弟沖霄劍客陳鳳鈞，人物是多麼英俊，武藝是怎樣的高強，大概北京的李慕白如遇到他的手中，也未必能夠取勝；又說到安慶府的馬劍剛、鎮江的秦林、旌德縣的熊伯勇，都是大江一帶有名的英雄。至於水面上的好漢，在淮河有分水犀牛譚振圻，在長江有雲邊鷺袁肇松，然後他又說到北方的豪俊，什麼銀槍將軍邱廣超、神槍楊健堂、金槍張玉瑾、金刀馮茂、摩雲鵬柳建才、山豹子呂傑、單刀楊小太歲以及李慕白，他都想要去會一會，並說他本打算在一月之內就起身渡江北上，現在因下了這一場雨，可不知要遲延多少日子了！李慕白只聽他說，自己只是點頭，並不答話。蕭崇友一邊說一邊大杯地飲酒，少時他又醉了，李慕白才借了一把雨傘，離了泰山鏢局，回到店房裏。

此時猴兒手又在床上躺着睡覺了，李慕白也不去叫他，只悶坐在凳子上，回想將才蕭崇友所說的那些話，就不禁氣憤，本想要等那沖霄劍客前來，與他鬥一鬥，可是又想：我現在已來到江南方面，此地距離池州已不遠了，倘若在這裏鬧出了什麼事情，將來難免要受盟伯的責問，我現在的目的原是要得到那些幅人身穴道圖，只要得到手，就趕緊走開，何必要惹閒事呢？於是李慕白又決定了，今晚再去江心寺，將那靜玄老和尚的秘寶得到手中。

少時猴兒手醒來了，李慕白就叫他收來隨身的行李，晚間將馬匹備好，說是今晚咱們就許要離開此地。猴兒手問說：「師父是想要今晚打了和尚，咱們就走嗎？」

李慕白點頭說：「不錯，我是打算這樣。」

猴兒手立刻就收拾他那隻裝着銀子的皮箱，李慕白卻躺在床上睡去。直睡到晚間，只聽外面的雨聲仍然淅淅瀝瀝的，不但沒有停止，而且越下越大，李慕白的心中就十分煩惱。

少時店夥把菜飯送進來，二人用畢晚飯，在店夥進來收拾碟碗的時候，李慕白就很發愁地問說：「這雨怎麼還不住呢？」

店夥搖頭說：「在兩三天內恐怕住不了，現在天上的陰雲越積越厚。可是客人，你們若是有急事，我們也能給你雇得着船，不過就是別起大風，江上的風一大，什麼船也不敢走了。」

李慕白說：「我們原想今天走，可是天晚了，只好到明天再說吧！」店夥答應了一聲，出屋去了。這裏李慕白就聽着雨聲，等待着時間，此時的環境雖是十分的蕭寥淒慘，最足以引起人的愁緒，但是李慕白心中有很緊張的事情，所以也不顧得前思後想。他只想到半夜時，到江心寺去，應當用怎樣的手段，才能得到點穴圖。旁邊猴兒手因為李慕白不甚理他，他坐在床上又睡着了。

雨聲瀟瀟，消磨着時間，不覺就已到半夜了，雖然沒聽見更鑼，可是揣度着時間，大概已是不早了。李慕白便收束停當，帶上寶劍，先將猴兒手叫醒，然後出屋，悄悄地走出了店房，直往江岸走去。此時他的身上已被雨淋透，頭上臉上都往下流着水，大江上、天空上是一片霧氣茫茫，什麼也看不見。衝着雨走，費了很多的時間，方才到了江心寺，此時衣服已然貼在身上，也脫不下來，只在門前將鞋脫下，然後跳過牆去，手提寶劍，悄悄地往裏走去，進了第二重的院落，竟無人發覺他。他便輕輕爬上了那太湖山石，因為石上積着雨，非常的滑，所以他更是小心謹慎。山石上的竹叢被雨擊得沙沙地響，竹枝刺到臂上十分疼痛。李慕白又用劍披斬竹枝，進到小院，就見那靜玄禪師的屋中燈火熒然。因為雨聲、風聲、竹葉聲，攪得耳邊雜亂，所以聽不見屋中是否有人談話。

這回李慕白可不敢再扒着窗子窺視了，他便蹲在山石上，被雨淋着，等候裏面的動靜。待了約有半點鐘，李慕白的身體似乎被雨給淋得僵硬了，但他還不敢冒昧下房去動手，恐怕遭受靜玄禪師的點穴法。正在這時，忽見那房門開了，燈光射到了院中，照見了稠密的雨絲。李慕白趕緊定睛去看，就見屋內走出一人，正是那個法廣和尚。李慕白立刻精神興奮起來，就見法廣回手帶門，急匆匆地向那石洞走去。李慕白驀然如蒼鷹一般，飛身跳下了山石，寶劍一晃，嚇得法廣哎呀了一聲，剛要施展他才學來的那幾手點穴法，卻被李慕白迎頭一拳，咕咚一聲，那法廣便倒在雨中，昏暈了過去。

此時屋中燈光突然滅了，李慕白趕緊飛身上房，就見那靜玄老和尚手提一口鋼刀，由屋中跳出，走過去看他的徒弟。李慕白卻趁勢嗖地下房，闖進屋中，隨又吧的一聲把門關好。外面的靜玄老和尚卻用鋼刀砍門，並怒聲說道：「李慕白，你出來，我同你較量較量！」李慕白並不理他，因見桌上的蠟燭雖被吹滅，但那燭心還留着一些餘火，於是就用寶劍將那經櫥的鐵鎖削下，急匆匆將門打開，就着燭心的餘火往裏去照。這時院中的靜玄老和尚又用手推窗戶。李慕白心中雖然緊張，但手下並不慌忙，終於被他將那厚厚的一疊人身穴道圖得到手中，收藏在懷裏。

李慕白先到窗前將寶劍向窗紙刺去，突的又抽回來，這一下將窗外的老和尚嚇得退後了兩步。李慕白便趁此時，然後一手持劍，一手去開了門。那門呀的一聲開了半扇，但院中的靜玄和尚卻不敢進來。李慕白不復忍耐，就趁外面不備，突地跳出。迎面寒光一道，是老和尚的鋼刀砍來。李慕白橫劍急迎，只聽嗆啷一聲，寶劍就將鋼刀削成了兩截。老和尚大驚，趕緊閃到一旁，此時李慕白已然嗖的一聲躍到房上，越過了太湖山石，就向寺外跑去，越出山門，連鞋也不顧得去找，就衝着暴風大霧，沿江跑回到鎮上店中。

此時猴兒手已然預備好了，一見李慕白像一條水蛇似的回來，他就急問說：「師父，馬都備好了，你打了和尚沒有？咱們這就走吧？」

李慕白一面喘氣，一面點頭說：「好，好！」遂就用一條大包袱將懷勒住，然後在桌上留下給店家的銀兩。猴兒手搬着行李，到圈內去牽馬，李慕白就去開大門，在這風雨瀟瀟、大地渾然一色之間，二人急急逃走去。兩匹馬走出了鎮市，來到江邊。

此時猴兒手的身上也淋濕了，江風一吹，冷雨往臉上直打，猴兒手就不住齜牙咧嘴，他說：「哎喲師父，咱們往哪兒去呀？」

李慕白說：「咱們往西去走！」他先急急撥馬往西去走，猴兒手也辨不出方向，他就在馬上低着頭，撅着屁股，緊緊跟着李慕白走去。兩匹馬往西去走，蕩得地下的水嘩嘩地響。走了不到一里地，忽然猴兒手的那匹馬後腿一滑，跪在地下了，把猴兒手摔在泥水裏，因為他的腿還沒有大好，簡直爬不起來了。

李慕白又下馬將猴兒手扶起來，猴兒手不住咧着嘴哭，李慕白又將那匹馬扶起，再攙猴兒手上馬，就說："我已將和尚打了，咱們得趕快離開此地，不然一定要有禍事出來！"猴兒手也沒有法子，只得忍着屁股疼腿疼，依舊騎着馬，隨着李慕白走。李慕白上了馬，好似一點也不畏難，也不怕風雨，只管策馬前行。猴兒手一來沒有力氣了，二來怕馬匹又跌倒，他就不敢再快走，李慕白只好走上不遠就等他一等。

又走了不到半里地，就見對面搖搖地來了兩條黑影，李慕白就不禁吃了一驚，暗想：這時候大雨的江岸之上，還有誰行路？一定是那靜玄老和尚帶着人要到店中去找我。眼看來到對面，躲也躲不及，李慕白就抽出了寶劍，同時回身向猴兒手囑咐說："仔細你的馬匹！"猴兒手卻沒看見對面來的人。

少時兩下已然碰頭，對面那兩個人就各掄單刀把李慕白的馬匹攔住。李慕白在馬上探身用劍去砍，就將一個人的鋼刀削折，同時用劍遮住另一個人的鋼刀，先放猴兒手的馬匹走過去，然後再定睛去看對面的人，只能看出是一個身材高大的和尚，卻看不清楚面目。只聽對方說："李慕白，你把點穴圖交還我們，就沒有事，否則你無論跑到哪裏去，我們也不能饒你！"

李慕白冷笑道："只為你們將我當作了李慕白，我就不能將圖交還你！"

那和尚問說："那麼你的真名實姓叫作什麼？"

李慕白說："我的真名實姓就叫李煥如，在河南省你打聽去，無論什麼人都知道我的名姓。此次就因為你們廟中秘藏點穴法的圖籍，不傳外人，自誇絕技，以此欺凌天下的好漢，所以我才特來取你們的寶物。你趁早回去，告訴靜玄老和尚，叫他以後不要再以點穴法驕傲了！"說時，李慕白揚鞭走去。

那兩個和尚雖然氣憤，但見李慕白手中的寶劍太是厲害，他們也不敢再追上來動手。李慕白卻從容不迫地追上猴兒手走了。順着江岸一直往西，也不知走了多遠的路，更不知走到了什麼地方，只見大雨雖依然向身上向馬上去灑，但天地漸漸發明，風力也漸漸和緩，可是霧氣卻更大。李慕白在前面三尺多遠，後面的猴兒手就看不見，他急得哀聲慘叫說："師父！師父！"

李慕白便也收住馬，只見地下的雨水雖都泄入江內，不算太深，但是不敢再走了，生怕失足走到江裏去。李慕白勒住馬發了半天怔，猴兒手近前來揪住李慕白的胳臂，說："師父！怎麼辦呀！咱們可怎麼走呀！"說着，猴兒手竟放聲大哭起來。

李慕白喘了口氣，對於眼前的濃霧也不禁發愁。二人在霧中勒馬站立了一會，李慕白就說："不要緊！"遂下了馬，將馬也交給猴兒手牽着，他試探着腳步蕩着水，牽着馬，往左邊去走，走了不到幾十步，就覺得地勢漸高，水也漸淺，李慕白心中就很喜歡，說：“好了，你不必害怕了！”遂就上了馬，帶着猴兒手一直走去。

走出一里多地，霧氣就漸稀薄了，回首一望大江之上濃霧彌漫，李慕白不禁後怕，就說：“將才幸虧咱們沒往下走，否則一定要連人帶馬都墮入江內！”

猴兒手也沒聽明白這兩句話，只央求着說：“師父，咱們先找個地方歇歇吧！雨還是這麼大，我可真受不了啦！”

李慕白回首說：“你不要急，再走些路就可以找着鎮市了。”猴兒手沒法子，只得還跟隨李慕白往下去走。走下約十里地，就看見有打着雨傘的行人了，李慕白向人打聽了一番，就知離着此處不遠，有一處鎮市，李慕白便照着方向帶着猴兒手向南走去。

第八回　孤劍鬥群鞭英雄失腳　巧言謀毒計鼠輩尋仇

又走了七八里地，便尋着那座鎮市，此時霧已消散，顯出來鎮上的街道。一些行商負販都冒着雨，撐着傘，來來往往。李慕白與猴兒手這兩個水雞似的人和兩匹水駱駝似的馬，就找着一家店房。才一進去，店夥就十分驚訝，問說：「你們二位是從哪裏來呀？怎麼連把傘也不打呀？」

李慕白說：「傘倒是有，可是我們騎着馬怎能打傘呢？」他並沒說是從什麼地方來，店家也沒再問，叫夥計把兩匹馬接過去，給他二人找了房屋。李慕白同猴兒手進屋，先把隨身的包裹打開，一看，因為沒有油布，一切的衣裳都濕透了。沒有法子，只得擰出一身夾衣裳來，就這麼濕着換上，把身上的衣褲扔在一邊，這時他才發現自己腳下只穿着布襪，原來沒有鞋。

再看那得來的人身穴道圖，統共是十八幅，其中有一幅寫的是歌訣，因為都是畫在絹上的，所以雖然濕透，但還能夠揭開。旁邊猴兒手看着奇異，就問：「師父，這些張畫兒是從哪兒得來的？上面畫着的都是些什麼人呀？」李慕白微微笑了笑，並沒答覆他。得到了這些點穴法的圖籍，他心裏便非常喜歡，妥妥地收藏起來。少時就叫店家去煮熱麵，並要來兩條棉被。那猴兒手就脫光了身子，裹在棉被裏，吃過了湯麵，便關上門睡覺，直睡到下午二時許，方才醒來。

李慕白因為身上的濕衣服太為難過，便開門叫來店夥，叫他把衣服拿到廚房的火邊去烤，然後又叫店家到鎮上買了十幾尺油布。此時猴兒手卻又不住地哼哼哎喲，說是腿痛，並喊腦袋發暈。李慕白摸了摸他的頭，也覺得很熱，曉得猴兒手大概是要生病，就說：「你應當好好歇幾天，好在現在雨還沒住，咱們一時也走不了，索性等你的腿不疼了再走。此次你不應當跟我出來，你是個嬌生慣養的小少爺，哪能受這樣的苦，走江湖並不是容易的事！”又說，“我看你不行，你還是趁早兒回你的家裏去吧！你在家裏愛欺負誰就欺負誰，出外那可不行。再說此後我還不定要遇着什麼危難，受什麼艱苦，你跟着我哪裏受得了！”猴兒手聽李慕白這樣說着他，他裹着被，皺着眉，一聲也不言語。

窗外的雨依然那麼愁悶地響着，李慕白又想起去歲秋間，自己臥病在北京法明寺，涼風苦雨，孟思昭在旁服侍自己的光景。咳！光陰真快，如今又是一年了！他長長歎了一口氣。這時店夥把油布買來，李慕白就用劍裁成兩幅，一幅包裹衣服，一幅包裹那點穴的秘圖。到晚間，店家已將衣服烤乾，李慕白換上，身體才覺着舒服一些。猴兒手卻躺在床上整整地睡了一天。到了第二天，他更是渾身發燒起不來了。李慕白就親自打着雨傘，到鎮上的熟藥舖裏買些藥，給猴兒手服下去。

如此一連就是五日，雨雖停止了，可是猴兒手的病還沒有好，還是不能動身。又因這店房裏的人很是雜亂，李慕白不敢打開那點穴的圖籍去研究，悶坐在屋中，十分苦惱，未免又勾起他往日的愁恨，並對於自己的叔父嬸母、德嘯峰、俞秀蓮、楊麗芳小姑娘，這些人全都不勝地掛念，更想到南宮家鄉和北京城內，恐怕自己今生是不能回去了，這些人也都不易再見面了吧！

又過了三四日，猴兒手方才病好，但這孩子仿佛怕了李慕白，覺着跟李慕白走路，吃的苦太大，並且管束得他一點脾氣也不敢發，所以他永久是皺着眉，噘着嘴。這時外面的天氣也晴了，但是秋風甚緊，非穿夾衣不可。李慕白身上穿着乾燥的夾衣，把那點穴的秘圖，用油布裹在懷內，並在衣外用一條帶子繫緊，然後就向猴兒手說：“現在你收拾行李，咱們要走了。”

猴兒手答應了一聲，就動手去捆皮箱，備馬。李慕白就向店家訊問路徑，原來這已是蕪湖地方，若到碼頭去乘江船，兩日就可到池州。李慕白遂托店家找來了一隻江船，付清店賬，就與猴兒手牽馬離了店房，到江邊碼頭上了船。一到了船上，李慕白就不由皺眉。原來下了幾天雨，商人都淹留了些日，把貨物也全積壓住了，如今天一放晴，都拼命地搭船運貨。小小的艙內坐滿了人，談話聲旱煙氣味充塞滿了，船板上也堆着大包裹、麻袋等等，幾無隙地。好容易才剩出地方安放李慕白這兩匹馬，可是旁邊的人還不住地抱怨，都說：“你騎着馬嘛！可偏走水路。”並用江南的話罵着。

猴兒手聽了就生氣，就要上前打架，李慕白卻攔住地，說：“你要再惹事，我可把你扔在水裏了！”猴兒手低頭看着那波濤浩蕩的江水，就不禁害怕，並且覺着頭暈，他說：“師父你若把我扔在水裏，我可非死不可！”

李慕白笑道："你是分水犀牛的兒子，怎會不諳水性！"猴兒手搖頭說："我爸爸雖是分水犀牛，可是我見着水就頭暈，在家裏我不敢到淮水邊去玩，我就怕陶小個子報仇，他能把我扔在水裏！"

李慕白又笑了笑，說："這麼說，你還是不應當到江南來，你父親那水面上的事業你也做不了。"

猴兒手皺了皺眉，又問："師父，你會水不會？"

李慕白說："我自幼便在江南居住，五六歲時就在鄱陽湖畔玩耍，如何不會水？只是多年沒有練習罷了！"說時他眼望着水手們解纜起錨，船隻就悠悠地向西駛去。

現在正當秋令，吹的是西風，往上游又是逆着波浪走，所以走得十分遲緩，並且晃晃悠悠，不但猴兒手暈得難受，連李慕白都覺有些站不住。二人就坐在船頭，望着茫茫江水以及遠處隱隱的青山。行走了一天，到傍晚時，方才到繁昌的境界。這裏雖是個小渡口，可是泊的船隻很多。因為天際又起了稠雲，各船都怕再遇着風雨，所以都暫泊在這裏了。這隻船靠岸泊住，猴兒手才算有了點精神，李慕白就叫他到岸下去玩一玩，回來好吃得下飯，並囑咐他不要在岸上惹事。猴兒手答應一聲，就慢慢地順着跳板到了岸上，兩腳一踏在實地上，就覺得頭輕了些，他跳了跳，在人群裏亂鑽。又見有許多船戶、掮夫及當地的賭棍，圍在地下擲骰子，猴兒手也鑽進去看，見人家賭得很是高興，有一個人在一會兒的工夫就贏了一大堆錢。

猴兒手看着眼熱，就要跑回船上去開箱子取銀子來這裏賭博，於是鑽出人群來，跑了還沒有幾步，就忽然被人從後面一把抓住。這個人說："小少爺，你怎麼跑到這裏來啦？"猴兒手回頭一看，他也驚訝了，原來卻是陶小個子。陶小個子一隻手提着買來的豬肉，一隻手抓住猴兒手，說："好猴兒，你們家裏出了大禍，你可跑到這裏來玩，你真算有心就得了。走！你袁大叔在船上啦，你跟着我去見他吧！"說時，拉着猴兒手向江邊走去。猴兒手直眉瞪眼，跟着陶小個子就上了一隻船，還沒有進艙，就見那船板上站着幾個人，其中一個人，身短微胖，頰下有些花白的短髯，這人就是江南水面上的有名人物，雲邊鷺袁肇松。這是譚二員外的盟弟，也是猴兒手的仇人，因為前年袁肇松到鳳陽府去望看譚二員外，就住在那有柳樹的小院裏，晚間睡熟了，就叫猴兒手偷偷給捆上了，後來才叫僕人們給解開。譚二員外知道了此事，將猴兒手綁在柳樹上，用馬鞭抽打，經袁肇松本人求情，譚二員外才饒了。這時他一見着袁肇松，就疑惑是要把他扔在水裏，報那回的仇，所以他轉身就要跑，陶小個子卻用雙手揪住他的胳臂，說："你跑什麼？"

這時袁肇松就走過來，面上帶着和婉之色，問道："你跟誰跑到這裏來了？”

　　猴兒手翻着眼睛說：“跟着我師父來的。”

　　旁邊的陶小個子笑道：“你哪兒有過師父呀？”

　　猴兒手說：“我師父是李慕白，可是他不叫我把他的名字告訴人。他在樹林子裏救了我，我就跟他到了江南。在當塗縣那廟裏我叫和尚給點了穴，我師父也給我報了仇，把和尚打了……”

　　陶小個子說：“得啦，你就別說了，你越說我們越糊塗了！你師父在哪隻船上呢？咱們快把他請過來吧，還有要緊的事要跟他商量呢！”

　　袁肇松也連說：“快把李慕白請來，一有他，那件事就好辦了！”當下猴兒手就帶着陶小個子到那隻船上去請李慕白。李慕白一見陶小個子也來到此地，他也不勝驚異。

　　陶小個子就向李慕白深深打了一躬，說：“我的李大爺，幸虧在這裏遇見你，你老人家離開譚家村不到十天，我們那裏就出了大禍。我連夜冒着雨趕路，才來到銅陵縣請來了雲邊鷺袁大爺，回鳳陽府去料理後事！”

　　李慕白一聽這“料理後事”四個字，臉色就不禁變了，又見陶小個子給他作揖說，“現在沒有別的說的，誰叫你大爺跟我們二員外是師兄弟呢！現在請你大爺趕快收拾收拾行李，搬到我們那隻船上去吧！那隻船上沒有別人，到那裏咱們再細說！”

　　李慕白連連點頭說：“好，好！”當下陶小個子幫助猴兒手去搬行李、牽馬，李慕白給了船戶些錢，就順着船板下了這隻船，順着江邊要往那隻船上去。

　　這時天色已近黃昏，四周發暗，尤其因為天上的烏雲密佈，風也甚緊，江水也發黑。在岸上走了十幾步，忽然李慕白覺得自己的身後跟着一個人，趕緊回頭去看，模模糊糊還能看出是一個中等身材的少年，身穿青緞短夾衣褲，挽着袖子，露出衣服的白裏子，一條辮子盤在頭上，看那樣子似是個很英俊的殷實人家的少爺，不似在渡口謀生的人。這人跟在李慕白的身後十餘步遠，李慕白回首一看他，他就站住身假裝向船上去望。這渡口上一排泊着有三十多隻船，檣桅林立，人語喧雜。有的船上有喝拳行令之聲，有的船上點着明晃晃的燈，船艙裏有弦管之聲，似是大富賈攜帶着妓女，正在行歌奏樂，飲酒歡笑。走過了十幾隻船，才見那雲邊鷺袁肇松站在船上點手招呼。陶小個子請李慕白先上船，他叫在船上袁肇松的夥計來接馬匹，他跟着上了船，先給李慕白向袁肇松引見，然後就一手拉着猴兒手譚飛，急急地說：“咱們到艙裏說話去吧！”於是先後進到艙內。

此時早有人將燈點上，李慕白神情很驚詫，一落了座，就問陶小個子說：「怎麼？莫非你們二員外有什麼變故嗎？」

猴兒手也似乎覺得事情不好，他也直着眼睛去看陶小個子，就見陶小個子拿拳頭一捶桌子，搖頭說：「咳！別提了。」把臉一迎燈光，就見他的小眼睛湧出淚來，他說：「李爺，你走後的第三天，我們二員外就受了梁子英之騙，跟隨他到了淮北固鎮地方，截住一個名叫單刀楊小太歲的人，要奪那人身邊帶着的什麼珠寶。不想楊小太歲也是武藝高強，打將起來，我們二員外竟不是他的對手，十來個回合，楊小太歲就在我們二員外的頭上砍了一刀，可憐我們二員外，五十多歲的人了，當場就被殺死了……」說到這裏，陶小個子哭得再也說不下去了。猴兒手跺着腳就哭說：「爸爸呀！爸爸呀……」袁肇松也在旁拭淚。

李慕白卻不禁感歎，心想：那分水犀牛譚振圻因為貪財奪寶，想不到竟落此慘果，更想不到那楊小太歲竟是這樣的厲害，於是就不禁頓足歎息。陶小個子又說：「我們二員外死後，我趕緊就來銅陵請了袁大爺，到鳳陽去。因為袁大爺是我們二員外的盟弟，我們二員外有許多隻船，全都是袁大爺給掌管着，可是還沒有人能給我們二員外報仇。我想，李爺，只有你李爺這樣的本領，才能敵得過楊小太歲。衝着江南鶴老爺子的面子，你也得尋着那單刀楊小太歲，將他殺死，給我們二員外報仇！我們二員外的陰魂有知……」

他才說到這裏，李慕白也尚未答話，這時忽聽艙門外有人大叫：「有強盜了！」緊接着艙門一開，有兩個人探進頭來。這兩個人一個是將才李慕白在江邊上看見的那個青衣少年，一個正是那臉上微麻的法廣和尚，每人手中都有一把鐵打的竹節鋼鞭，同時用鞭向李慕白指着說：「李慕白你出來！」

此時艙中的袁肇松和陶小個子面色全都變了。李慕白卻微微冷笑，隨身抽劍，闖出了艙門。一出艙門，借着艙中射出來的燈光一看，那靜玄老和尚、法普和尚和另一個身軀高大的人，都站在船頭。他們大概也畏懼李慕白的寶劍，所以手中全都持着很沉重的鞭。李慕白一到了船頭，五個人來將他圍困住。

靜玄老和尚先氣憤憤地用鞭指着他說：「李慕白，你好大膽！竟敢將我的點穴圖全都盜去，你真是欺負我！幾十年來也沒有人這樣欺負我！我跟你盟伯江南鶴、你父親李鳳傑，當年都是好友，看他們的面上，我今天饒你的性命，只要你將我那些東西一張不短地交出，我們就放你走開。」

李慕白笑着說：「老師父，你說這些話我都不明白。我何嘗拿了你什麼東西，我也不認得誰叫李慕白，師父，你認錯了人了！」

李慕白這樣一賴帳，氣得靜玄禪師就頓足說：“你刁賴！我們打死你！”說時五杆鋼鞭一齊擠上來，向李慕白頭上去打，腰間去點。

李慕白卻寶劍翻飛，左磕右撞，竟不允許周圍的那五杆鞭近身。可是他恐怕那沉重的鋼鞭將自己的寶劍磕壞，又怕靜玄老和尚施展點穴法，自己防備不到，所以他就想殺開一條路，跳到江岸上去。但靜玄等五個人的手下也全都不稍退讓，一鞭緊一鞭地打來，李慕白要走也走不開，便被逼退到船尾。李慕白一腳踏着舵，一腳踏着船板，又與這五個人交戰。他那寶劍的寒光嗖嗖地抖，如同閃電一般，法廣和尚等空持着鋼鞭，哪敢近前。此時靜玄老和尚真氣急了，由他徒弟的手中又要過來一杆鞭，雙鞭掄起，蓋頂打去。李慕白趕緊橫劍去迎，那靜玄和尚就一鞭按住李慕白的劍，一鞭向李慕白的右肋去點。李慕白一看這着數十分厲害，趕緊向後退身，不料一腳蹬空，身子站立不住，只聽得撲通一聲，濺起比船還高的水花，李慕白便連人帶劍墮入江中去了。靜玄老和尚等五個人，也不禁驚訝，一齊低着頭望着那黑沉沉的江水。此時天際濃雲密佈，江水淒寒，五個人仿佛很失意似的，又進到艙內。

原來此時袁肇鬆手下的人已都藏起來，猴兒手本要跑出艙去，掄着短刀出艙去幫助李慕白，可是被袁肇松把他攔住了。袁肇松說：“剛才向艙裏探頭的那個年輕的人，就是沖霄劍客陳鳳鈞，惹不得他。李慕白闖出來的禍，咱們不要管！”

待了一會，就見陳鳳鈞等人又闖進艙來，其中並還有靜玄禪師。袁肇松就趕緊打躬道：“老師父！多年沒見你老人家，你老人家怎麼到這裏來了？”

靜玄老和尚的瘦臉上毫無笑色，就說：“原來你跟李慕白是朋友？”

袁肇松趕緊分辯道：“我跟他並不是朋友，因為這個小孩……”說時一指猴兒手。

法廣和尚在旁掄鞭道：“這孩子也不是好東西！”

靜玄老和尚擺手說：“與別人都不相干，你們先翻翻李慕白的行李！”

當下法普、法廣二人動手，連袁肇松和陶小個子的行李都翻查到了，卻都沒有那十幾幅點穴秘圖。靜玄老和尚不住頓足，說：“一定是他隨身帶着了。我且問你們，你們曉得李慕白他會水不會？”

陶小個子在旁說：“李慕白是北方人，哪裏會水。”

猴兒手也直着眼睛搖頭。旁邊陳鳳鈞咬着牙說：“他就是被水淹死了，咱們也要打撈他的屍身！”遂又問袁肇松說，“你們現在是要往哪裏去？”

袁肇松說：“我們是要往鳳陽府去，今天無意之中在此與李慕白相遇。我本來不認識他，這個小孩子倒是我盟兄之子！」

沖霄劍客陳鳳鈞還要嚴厲地向下逼問，這時靜玄老和尚卻似極為煩惱的樣子，他說：「你們就不必多說話了，我知道袁肇松他是個老實人。咱們先找漁船，下水把李慕白打撈出來要緊！」

當下這五個威鎮江南的人物出艙去了。雲邊鷲袁肇松親自送出艙去，看見五個人往旁的船上去了，他就趕緊找齊了他手下的夥計及水手們，命他們起錨轉舵，趕快駛往北邊去。當下江風獵獵，船隻搖搖擺擺，就往北駛去了。這時猴兒手在艙中卻放聲大哭，既哭他爸爸，又哭他師父。袁肇松進艙來問道：「你哭什麼？李慕白他是你什麼師父？他是北幾省江湖上有名的惡人，如今且身犯重罪，他若是能幫助咱們給你的父親報仇，咱們倒可以利用他，現在他死了，你還哭他作甚？」

陶小個子也在旁說：「對了！李慕白那樣心狠手辣的人，咱們若跟他處長了，一定要吃虧。現在他遇見了比他還厲害的人，把他打下江去淹死了，咱們若不快走，一定要受連累！」

袁肇松說：「可不是，我若不是認識靜玄禪師，那陳鳳鈞一定不能饒咱們，那個人的手段，比李慕白還要毒辣呢！」這兩人驚驚慌慌地說着，猴兒手在旁依舊放聲大哭。

陶小個子卻站起身來，一把將猴兒手抓住，問說：「李慕白現在都餵了王八了，你還哭他幹什麼？你這樣哭哭啼啼的，叫別的船上聽見，倒說我們是要謀害你！」

猴兒手也跳起來嚷嚷說：「我幹嗎哭我師父，我師父他會水，淹不死！我哭的是我爸爸，我要殺死單刀楊小太歲，替我的爸爸報仇！」

陶小個子笑着說：「好孩子，你真有志氣！四五天內咱們就可以回到家裏，把你爸爸的喪事辦完了，咱們就去找楊小太歲，不但要把他殺死，還得把他的寶貝得到手中，拿着他那寶貝去祭你父親的靈！」陶小個子說到這句話，他也不禁擦眼角。

袁肇松又跑到船頭，只催着船隻快走，又走了多時，便攏到了對岸。幾個人在艙裏一夜也沒有合眼，好容易挨到天色黎明，江水稍微顯出一些白色來，袁肇松就催着手下人收拾行李，他帶着陶小個子、猴兒手和四個夥計，就離船趕早往北去了。袁肇松在路上還是驚驚慌慌，唯恐沖霄劍客陳鳳鈞等人打撈不上李慕白的屍身，還會追趕他們來不依。其實他是枉自驚慌，那靜玄老和尚、陳鳳鈞等人，並沒有派人追趕他們來。

他們走了五天，這天就回到鳳陽府譚家村，此時譚二員外早已入了殮，靈柩停在大廳上。譚起因為傷勢未愈，還是不能起來。袁肇松和猴兒手譚飛痛哭了一場，次日便延僧超度，又過了幾日就將譚二員外葬埋在村後塋地裏。依着陶小個子本來要慫恿着袁肇松招請譚二員外生前的好友，以尋那單刀楊小太歲復仇。可是袁肇松卻膽虛，他並不怕楊小太歲，他就怕那沖霄劍客陳鳳鈞，怕那些人為李慕白的事再尋到鳳陽來。所以他在此住了不到十日，幫助將譚二員外的身後事料理了一下，就急匆匆地回江南銅陵去了。

這譚家村二員外是死了，大少爺傷又未好，一旦的事情暫時都由陶小個子料理。好在柳家莊內因柳建才也負了傷，便不再來向譚家村尋事。陶小個子為人極圓滑，他又到柳家莊去望看了兩回，對柳建才說："早先的那些事，全都是李慕白鬧的，那把火也是李慕白放的，連我們二員外，也是因為上了李慕白那小子的當，才至慘死。"

柳建才也擺手說："你不要提了！我全都知道，現在你們二員外既死，咱們舊話不提。等我的傷好了之後，我若不去找李慕白，我就不算丈夫！"

陶小個子又說："我聽江南來的朋友說，李慕白因為跑到江南當塗縣，偷了靜玄老和尚廟中的東西，被那老和尚追到江邊，用點穴法將李慕白打下水去，淹死了！"

柳建才卻歎息道："可惜我那口寶劍，大概也不易再得回來了！"陶小個子哄騙了柳建才，兩家便從此再無糾紛。過了兩個多月，譚起的傷勢痊癒，他就一面照料他父親遺下來的事業，一面日夜籌思為父報仇之事。尤其是他的兄弟譚飛，自從他隨李慕白到了一趟江南，碰了許多釘子，受了許多艱難，又加上父親一死，竟把他那頑皮的脾氣改變了些，每天只是加緊地練習武藝，並請來幾位有名的拳師教授他。他時時想着練好了武藝，好去找單刀楊小太歲拼命。

光陰很快，不覺就是二年，此時猴兒手譚飛已然十六歲，身材也長得高些了，不再像是個猴子了。他哥哥譚起的武藝也較前進步。那陶小個子因為經管淮河邊譚家的船隻，兩年來頗賺了些錢，也娶了老婆，置了田產。他也整天穿綢着緞，人家都叫他陶大爺，譚起、譚飛也叫他陶大哥，不再是陶小個子了。他就時常帶領猴兒手到城裏去玩。猴兒手早先最怕見婦女，現在竟由陶小個子的拉攏，這猴子也結識了一個土娼。猴兒手的見聞一廣，他越發裝作大人的樣子，河畔的船隻、村中的田畝，他也都插手經營。

又過了幾個月，猴兒手就在鳳陽城內開了一家鏢局，字號就是"鳳陽譚家鏢局"，譚起做大掌櫃，猴兒手做大鏢頭，陶小個子管賬，把他家裏的幾個教拳師父全都請來做鏢頭。因為他們在淮河有船隻，有譚二員外遺留下來的勢力，所以買賣也頗為不錯。此時猴兒手真是心遂意滿，雖然身材已高，但仍有點猴頭猴腦，不過他的心地倒還不壞，始終忘不了兩件事，一件事就是李慕白。猴兒手到現在還佩服李慕白，覺得現在他們這鏢局若是請李慕白來做鏢頭，那有多麼壯門面呢？可是這兩年多李慕白就沒有一點音信，大概他是水性不好，那一次掉在江裏就淹死了，他想起來就有點惋惜。另一件事就是他父親的深仇。猴兒手覺得若不把他父親的仇報了，他們的鏢走在江湖上都叫人笑話，所以他見人就問那單刀楊小太歲的行蹤。可是楊小太歲跟李慕白一樣，也是一點下落也沒有。但是猴兒手仍不死心，他依然是逢人就問。

又過了幾個月，這時又在新秋時序，忽然有譚家鏢局的鏢頭金眼鼠胡成，延請來一位貴客。這位貴客是路過此地，帶着三四個美貌的小姑娘。胡成給猴兒手介紹道：「這位是北京城四海鏢店有名的大鏢頭冒寶昆，當年威震北京，連李慕白都不是他的對手！」

猴兒手譚飛聽是北京有名的鏢頭來到此地，便十分恭維。那冒寶昆翻着他那一雙蛇眼，裂着頭上刀疤，似乎頗有架子，不大愛理人。當下猴兒手和他哥哥特備豐盛筵席，招待這位有名的鏢頭。冒寶昆大模大樣地坐在首席，譚家兄弟、陶小個子及幾個鏢頭陪着，金眼鼠胡成又在座間一勁替冒寶昆吹噓，說冒寶昆在北京鏢行多年，黃驥北、邱廣超都是他的至好，李慕白也在他手中敗過兩次，當下大家一齊向冒寶昆敬酒。冒寶昆斜睜着他那兩隻蛇眼，齜着黑牙笑了笑，就說：「諸位這樣款待我，我可真有點不敢當。要說我在北京做鏢頭，可也有十幾年了，在江湖上也闖蕩了不少回，北京城的銀槍將軍邱廣超、秦振元、金刀馮茂弟兄以及保定的黑虎陶宏、河南的張玉瑾夫婦，我們都是至交。黃驥北早先也與我甚好，可惜在兩年以前，他叫江湖上的土棍李慕白給害死了。李慕白那小子，本事確實有一點，可是我在北京時，他可不敢胡鬧，因為我管教過他，他總是怕我，不過我也給他留了一點面子，不肯叫他在北京栽跟頭。為什麼呢？那就因為李慕白的媳婦俞秀蓮，是我們巨鹿縣的同鄉，見面總親親熱熱地叫我冒六哥，我怎麼好意思打她的女婿呢！哈哈！」說着飲一杯酒。

旁邊陶小個子就說：「哦！原來李慕白的媳婦就是俞秀蓮呀！」

冒寶昆說：「咳！他們就是那麼亂七八糟。俞秀蓮那個小娘們兒，會使一對雙刀，人物兒頂標緻，可是就是有點亂。她不但跟李慕白，跟德嘯峰，跟一個姓孟的，跟我……」說到這裏，他想起來秀蓮姑娘那剛烈的脾氣、厲害的手段，就不禁從心裏打了一個冷戰，趕緊笑了笑說，「別說了，咱們提正經的吧！真個，譚家二位賢弟，你們老太爺是個很好的人呀！怎麼死得那麼慘呢！」譚起、譚飛一聽提起他的父親，就不由齊都墮淚。

陶小個子就對冒寶昆說，「說起來我們二員外死得可真慘，就因為我們二員外認識兩個朋友，一個叫飛刀徐九，一個叫開路神梁子英，這兩個都是江湖大盜。他們探聽得有一個單刀楊小太歲，從北京到淮南來，此人身邊有幾十顆珍珠，都是世間少有之物，無價之寶。梁子英、徐九二人，就慫恿我們二員外去打劫。我們二員外本來也聽說楊小太歲的武藝頗為高強，不敢輕易下手，就叫徐九到別處去請幾個朋友幫助，可是徐九還沒把幫手請來，那單刀楊小太歲就來到了淮北固鎮。我們二員外見機會不可錯過，就同着梁子英，帶着二十名莊丁，到固鎮去迎截楊小太歲。不料那楊小太歲的武藝頗為高強，雖然他那邊只是四個人，我們二員外帶着有二十多人，可是結果我們的二員外，還是被他給當場殺死！"

冒寶昆聽到這裏，就點了點頭，說："這件事我早就知道。楊小太歲不但殺死你們二員外，並在徐州殺死了花豹子于彪，在潁州又殺死猛張飛魯二，去年在江南大勝關他又傷了靜玄禪師的弟子、江南有名的鏢頭蕭崇友！"

冒寶昆提到了靜玄禪師和蕭崇友，猴兒手在旁就不禁吃了一驚，他說："怎麼？這楊小太歲卻有這樣大的本領？"

冒寶昆說："此人武藝確實高強，恐怕要在李慕白之上。我雖沒見過此人，可是此人的來歷我全都知道，連他手中那幾十顆珍珠到底值多少錢，他是怎麼得來的，我也全都知曉！"譚起、譚飛一聽冒寶昆全都曉得，他們就趕緊問說："請冒六爺告訴我們，那單刀楊小太歲到底是怎樣一個人物？他現在什麼地方？"說時又給冒寶昆斟酒。

陶小個子卻拉住冒寶昆的胳臂，問說："六哥你告訴我，那幾十顆珍珠是怎樣的來歷？六哥你曾親眼見過沒有？珠子到底有多麼大？"他像是也想着發那筆財。

冒寶昆卻連連擺手說："珠子我可沒瞧見，有多麼大我也不曉得，它的來歷麼我倒是知道。可是我不敢說，一說出來我就沒有腦袋了，我還要留着我的腦袋吃飯瞧娘兒們呢！總而言之吧，珠子要不是寶貝，也絕不能這兩三年來招得江湖人這樣注意，並且有許多人連性命都賠上。現在咱們言歸正傳，且不要提那些珠子，我就先問譚家二位賢弟，你們現在把我請來，是不是要跟我打聽那仇家的下落，為譚二員外報仇呢？"

譚起點頭說："不錯，自先父死後，我們兄弟二人寢食不安，開這鏢局就為的結交天下英雄，打聽出那單刀楊小太歲的下落，好為先父報仇！"

陶小個子也說："我們連打聽了兩年，沒有一個人知道那楊小太歲的行蹤。因為今天冒六哥路過此地，我們久聞冒六哥知道的江湖事情最多，這才托胡成兄把六哥請來……"

陶小個子還沒把話說完，猴兒手就拿酒壺敲着桌子，很急躁地說：

"冒鏢頭，你把單刀楊小太歲的住處告訴我，我即刻就找他去，給我的爸爸報仇。"

冒寶昆卻擎着酒杯微微地笑，說："你們要是這樣報仇，一輩子也報不了！俗話說：君子報仇，十年不晚。報仇的事那是急性子的人能幹的？楊小太歲自從去年在江南刀傷蕭崇友之後，就再沒有出世。也許是人家已然變賣了那幾十顆珍珠，找個地方一隱，做大財主去了。可也許又遇着江湖對手，把他的珠子奪去，把他也殺了。所以現在要想打聽他的下落，實在是不容易。除非有一個辦法，就是先找到他的家裏去。我認識他的家，就在北京城外不到十里地，他家裏有個老爺子，還有兩個……"說到這裏，冒寶昆的臉上又露出壞笑，他低聲說了一番話，總之，他是要帶着譚家兄弟到那楊小太歲家裏，去做點壞事。把壞事做過，故意地傳揚出去，楊小太歲聞知，必要出頭。那時再請出金刀馮茂、花槍馮隆、秦振元等人幫助，准保能將楊小太歲害死，替譚二員外報仇。

冒寶昆把他的妙計一說出來，猴兒手就搖頭，他說："這件事太沒德行，再說害人家的姑娘，我可下不了手！"

他哥哥和陶小個子卻極力贊成，都說："冒六爺出的這個主意真高，可是把楊小太歲一激出來，咱們大概打不了他，非得請金刀馮茂不可。金刀馮茂與咱們又素不相識，他能夠幫助咱們嗎？"冒寶昆發着壞笑說："那全都不要緊，金刀馮茂跟我很有交情，我求他這點事，他一定能管。再說他弟兄花槍馮隆，把春源鏢店也關了門了，待在北京沒有事做，給他點錢，他就能給咱們出力。可是，譚家二位賢弟，至少你們得拿出一千兩銀子來，因為叫人家幫助咱們報仇，不能叫人家賠飯錢！"

譚起立刻答應道："一千兩銀子不算什麼，只要能將我父親的大仇報了！"

猴兒手卻皺着眉說："咱們想法去找單刀楊小太歲，跟他本人幹就是了，何必跑到北京，害他那兩個妹妹呢？"

冒寶昆卻冷笑着說："不在他兩個妹子的身上想法子，他也不能出頭！譚二爺，要是覺得我這個辦法不好，那我就不管了，真的，我自己的事現在還忙不過來呢！"說畢，他喝了一口酒，斜眼望着譚飛，不住地冷笑。

陶小個子卻說："不用聽他的，他生來就怕娘兒們，你叫他收拾娘兒們去，他更是不敢了。這事哥們兒幾個辦，就是他們弟兄全都不願意，我也得跟着六哥到北京去，替我們二員外報仇！"說時，陶小個子又抹起眼淚。

旁邊的猴兒手譚飛卻氣極了，他把酒壺拋起，向陶小個子就打，口裏罵道："好，你小瞧我，當着北京的鏢頭你揭我的短處！你說我怕娘兒們！我生來怕過誰？"一面罵，一面跳到桌子上，掄拳向陶小個子就打。

旁邊胡成等眾鏢頭將他拉住，譚起也斥他不准胡鬧。陶小個子雖然腦袋沒挨着酒壺，可是灑了一身的酒，他連身子都不立起來，冷笑着說："你打了我算什麼能耐？有能耐你打單刀楊小太歲去！我說你怕娘兒們，人家也不信，可是你敢跟着冒六爺到北京去嗎？敢去見楊小太歲的那兩個妹妹嗎？你要敢去，那才算英雄？"

猴兒手拍着胸脯說："怎麼不敢去，要去還是立刻就去，柳大莊主的妹子紅蜂子現在是跟人跑了，她要不跑，我立刻就能把她揪來，叫你們看看，譚二爺會怕娘們？"

這時那躲在牆角的冒寶昆，才走過來，他擺着手說："算了，算了！單刀楊小太歲還沒找着，咱們先自己打架，那才叫人笑話呢！"遂又抖了抖衣裳，說，"你們這一鬧，我也喝不下酒去了，我要回去了。你們若是覺着我說的那些話可以辦呢，你們就預備着，我在這裏頂多只能耽誤三天，過了三天，我可就要走了。"說時冒寶昆就向眾人拱手，往外走去。

譚起和陶小個子等人把他送出門去，又說了幾句道歉的話，冒寶昆大模大樣地就走了。冒寶昆現在就住在東邊一家店房裏，跟他在一起住的，有他的姘婦尤媽媽和三四個頂大才十五歲的可憐女子。原來冒寶昆自黃驥北死後，他的名譽破產，鏢行裏早沒有他的立足之地了。可是他自從幫助黃驥北幹了幾件壞事，手下頗剩了一兩千銀子，他就拿着這個作本錢，勾結上一個做過老鴇的尤媽媽，專門往水災旱災的地方去收買模樣好的小姑娘，販到大地方賣給一些養人的，送到窰子裏去做妓女。

這個買賣他幹了一年多，利上加利，他手下的錢更多了。可是他貪多無饜，這回又在某地方半拐半買弄了幾個姑娘，歸途路過此地，不料又遇見這件事，他自喜福星高照，財運亨通，這件事若管了，不能整剩一千，也得賺了八百。再說若把那楊小太歲的妹妹弄到手裏，也是兩棵搖錢樹呀！至於將那楊小太歲激出了頭是怎麼辦，那誰管！反正冒寶昆自己有辦法，他決不能伸着頭等着吃虧。

當日他給譚家兄弟出了計策之後，就回店房裏跟他的姘婦胡聊，對外拿着架子。晚間，譚起就親自前來，說是他們已決定隨冒寶昆北上，找那楊家去復仇。冒寶昆就定得後天起身，並囑咐他們把銀子預備好了，並說應當交在他的手裏。譚起一一答應了，次日就將一千銀兩送來。到了第三天，譚家兄弟把一切事務全都預備好了，鏢局是歸手下幾個鏢頭照管。譚起、猴兒手譚飛、陶小個子、金眼鼠胡成，全都騎着健馬，帶着鋒利的兵刃，冒寶昆是三輛騾車，這日就離了鳳陽府，過了淮河，往北去走。猴兒手在路上拿出大鏢頭氣派，逢人就道字號，他並且急於去逛北京，在北京要像李慕白似的，出一出名頭，他對着他哥哥也耍脾氣，總之，無論什麼事都要聽他的才行。他們走的是大道，人又多，所以也沒有什麼事情發生。

二十餘日，便走到了北京，這時正是中秋八月，北京城的氣候已很涼爽，因為已到中秋節了，街上也比往日熱鬧。譚家這些人全都是初次來到京城，連北京話都聽不懂，一切事都要叫冒寶昆做嚮導。一進城，冒寶昆就給他們找了打磨廠的福雲客棧居住。當日猴兒手就穿上薄底靴子、寧綢夾襖、青緞馬褂，到各鏢店裏去拜客。晚間，冒寶昆就把花槍馮隆找了來。自從春源鏢店關門以後，花槍馮隆連深州的家鄉也不能回去，因為一回家去，他四哥金刀馮茂必要向他大鬧，說是因為他，才致敗在李慕白的手中，不能再走江湖。所以馮隆就落拓在京師，他只仗在花街柳巷，向一些妓女們訛詐，得些錢吃飯。當晚他被冒寶昆請來，見了譚家兄弟。譚起和陶小個子聽說這花槍馮隆是金刀馮茂的胞弟，料得他武藝不凡，便對他頗為恭維。

猴兒手也見馮隆黑臉膛、壯胳臂，像是有些力氣似的，便也對他稱兄喚弟。冒寶昆當着譚家兄弟，就把要將那單刀楊小太歲的家裏陷害一下子，然後把楊小太歲激出來，大家就一齊動手，將楊小太歲殺死，以為分水犀牛譚二員外報仇的話說了，便托馮隆先到深州去請他的哥哥金刀馮茂，以便屆時幫助。

那花槍馮隆聽了，卻一拍胸脯，說："什麼事都有我了！你何必要請我四哥去呢？我花槍馮隆不是說句大話，除了李慕白，我真不是他的對手，別人，我誰也不怕，別說他單刀楊小太歲，就是雙刀楊小太歲來了，我也管保叫他在我的花槍下送命！"

冒寶昆就說："老五，你既然答應幫助我們，那就行了。喂，你還提李慕白呢，原來李慕白那小子自北京逃出，他就到江南去了，可是在江南他又惹惱了靜玄禪師和沖霄劍客陳鳳鈞，被人家用點穴法將他點入江中，這時死了已有二年，連骨頭都喂了王八，變了王八屎啦！"

馮隆一聽李慕白已經死了，就不禁高興，解恨着說："那小子早就該死，水淹不死他，山也得把他壓死。好了，等辦完了咱們這件事，我就回家找我四哥去，告訴他李慕白已然死了，他沒有對手了，叫他再出來闖江湖吧！"

譚起說："最好還是先請來金刀馮四爺，然後咱們再辦事。"

馮隆想了一想，就說："不用我自己回去，明天托個朋友給我四哥帶個信，叫他到北京來就是了。"當下幾個人又商量了一會，花槍馮隆就走了，到外面他就去找他那些朋友，說是他的仇人李慕白已在江南落水死了。馮隆走後，冒寶昆又帶着猴兒手譚飛、陶小個子和胡成，到八大胡同裏找了幾個姑娘，逛了半夜，一兩點鐘才回店房。

次日一早，冒寶昆就來找譚家兄弟，說："回頭吃完午飯，我帶着你們哥兒倆到銀槍邱小侯爺的府中，拜訪那裏的教拳師父秦振元。秦振元與我是最好的弟兄，他的本領不在金刀馮茂之下，邱廣超的那身武藝，都是他教出來的。"又說，"只要有馮家兄弟和秦振元幫助你們，就是他兩個單刀楊小太歲出來，咱們也不怕他了。"

譚起和陶小個子聽了，全都十分喜歡。早晨猴兒手又在外面逛了半天，只要有人問他是幹什麼的，他就說是保鏢的，高高興興的，仿佛忘了他是為父報仇而來的，倒像是專為到北京來出風頭。午飯後，猴兒手譚飛和他的哥哥譚起，都穿得齊齊整整，雇來一輛騾車，專等着冒寶昆前來。直到兩三點鐘，冒寶昆才來到，他先囑咐譚家兄弟說："咱們今天只算是拜訪拜訪秦振元，為的是叫他覺得咱們瞧得起他，別的話全都不要提。因為邱府不是他的家，在那裏說話有許多不便。"

譚起和譚飛連連點頭，當時他們兄弟就跟着冒寶昆，一同坐車往邱廣超府中去了。進了前門，就往西城去走，猴兒手扒着車窗往外去看，就見京城真是熱鬧繁華。猴兒手雖然是心高性傲，可是他此時也覺得了，在北京這麼大的地方要充英雄可真是不容易，因此又不禁想起李慕白來，心說：不知道我師父他到底死了沒有，咳，要是有我師父，早就替我爸爸把仇報了，何必這麼麻煩！一路想着，走了半天，才到了西城北溝沿。

離着邱府還很遠，冒寶昆就叫車停住，他對譚起說："你也不知道，他們王侯的府門講究大極了，咱們找的雖是他家的教拳師父，不是找他的僕役，可是咱們若在他府門首下車，他們一定就不願意。"譚起、譚飛下了車，就跟隨冒寶昆往那府門走去，少時來到邱府門首。忽然，冒寶昆看見那裏停着兩輛藍布圍子的大鞍車，冒寶昆一看那趕車的人，他的臉上就現出驚慌之色，趕緊一拉譚起、譚飛兄弟，說："他府上有客來，咱們先別過去，在旁邊回避回避。"當下他就拉着譚家兄弟躲到一個牆角，翻着兩隻驚慌的蛇眼往那邊看。

猴兒手這時心中很生氣，暗道：冒寶昆他也是京城有名的大鏢頭，為什麼會這樣怕這侯府呀？正在忿忿地想着，忽見那門裏出來三四個僕婦，在兩輛車前，各放了一條長板凳。又待了半天，才見門裏走出來兩位女客，前面走的是一位年紀在三十上下的旗裝闊奶奶，頭梳兩板頭，腳下穿着厚底鞋；後面跟隨的卻是一位漢裝的姑娘，這位姑娘年紀大概還不到二十，生得秀麗苗條，尤其是那兩隻水靈靈的眼睛，不但叫人銷魂，而且叫人喪膽。穿的是一身青綢的衣裙，梳着一條大辮子。

冒寶昆一看，趕緊把他的兔頭一縮，藏在譚起的背後，悄聲說："快看！這就是俞秀蓮，那穿裙子的！"

譚起也直了眼，說："哦！這就是李慕白的媳婦俞秀蓮呀？"

冒寶昆捶了譚起的脊梁一下，說："小點聲兒，叫她聽見可了不得！"

猴兒手見冒寶昆的神色都變了，心裏也覺得奇怪，暗想：他們還說我怕娘兒們呢！我瞧這冒寶昆比我還怕娘兒們！這時，那邊的兩位堂客已然登上板凳上了車，放下了車簾，僕婦和趕車的跨着車轅，兩輛大鞍車就往南去。冒寶昆看着車去遠了，他這才抬起頭來，再一看沒有影兒了，他又腆起胸脯來，就帶着譚家兄弟去見秦振元。

這時那兩輛車是離了北溝沿往東四牌樓三條胡同去了，前一輛車上的是俞秀蓮，後一輛上的是德嘯峰之妻德大奶奶。原來自德嘯峰遭了那件宮中失寶的官司以後，至今已兩年有餘，將近三年了，現在德嘯峰已由新疆赦還，在家中閒居。內務府堂上因為他那件案子還沒有結束，宮中所失的珍珠之中，尚有四十餘顆特大的珠子，至今尚無下落，所以也不能派給他什麼差事。德嘯峰此次遭事，雖然現銀花了不少，可是產業全都沒有動，所以還是像早先那樣的過活，外面的人一點也看不出德五爺有什麼窮相來。兩年以來，他絕少出門，有時只去找邱廣超談一談。因為德嘯峰上次遭事，邱廣超對他出的力最大，因此二人結成了好友，不但二人走動得極勤，兩家的女眷們也常來常往。因為邱廣超之妻不但年輕貌美，而且長於交際，各王府的福晉和幾位公侯中堂的太太們，全都喜歡這位漂亮的邱少奶奶。德大奶奶又是個能說會道、熱心腸的婦女，因此二人很合得來。此時俞秀蓮姑娘住在東四三條德嘯峰新置的那所房子裏，由於德大奶奶的介紹，俞秀蓮就跟邱少奶奶也很好，今天就是一同去看邱少奶奶。回到三條胡同，秀蓮姑娘到了那新房子前，就下了車進去了，德大奶奶在車上還說了聲："明兒見！"往東不遠，就回自己的宅裏去了。

第九回　　煩感中秋月夜逢難女　　突翻巨案酒肆騙英豪

　　此時秀蓮姑娘進到屋內，很覺得無聊煩悶，想起邱少奶奶已然是二十五歲的人了，可是還那麼漂亮，那麼歡歡喜喜，自己呢？今年才整整的二十歲，雖然從每日晨妝的鏡中看來，容貌還不顯得怎麼憔悴，可是說到心裏呢？三年以前，有父母在世時，自己是天真活潑，還像個小孩子一般。自從母親死後，又有孟思昭、李慕白那兩件事，簡直把自己一顆心都折磨碎了！快樂、歡喜、高興，全都消失了！真不知以前的事怎麼做成的，以後的事又當怎樣……咳！秀蓮姑娘默坐想了一會，不禁微聲感喟，雙目覺着潮濕。

　　到了晚間，德嘯峰的兩個兒子就來了。這兩個小少爺，一個叫文雄，今年已然十五歲；一個叫文傑，今年才十歲。他們是每天早晨從俞秀蓮學習武藝，然後回家吃午飯，下午家中有西席教給他們經書。今天兩人都穿着寶藍寧綢夾襖、青緞馬褂，頭戴金邊紅穗子的瓜帽，足登着小靴子，由一個僕婦帶了來。兩個跳跳躝躝地進來，說：“我父親母親命我們給俞姑姑拜節來了！”說着兩人由椅子上抄起墊子，扔在地下，跪下就磕頭。秀蓮姑娘用兩手按在胸前還禮，又叫僕婦用紅紙包了銀票，親手賞給他們。兩個小少爺又請安道謝。這時另一個僕婦把德宅送的節禮拿來，卻是月餅水果等等，文雄並說：“我父親母親現在就請俞姑姑過去吃酒。”說時用眼看着這位他家中的上賓，傳授他兄弟武藝的女師父。

　　只見秀蓮面現愁鬱之色，輕聲兒說：“我有孝，我不能過去給老太太和你父母拜節。禮物我收下，就說我謝謝了！”文雄垂着手，連聲答應。

　　文傑卻上前拉住秀蓮的手，他說：“姑姑你去吧！本來我爸爸今天就煩着啦，一回來在書房，拿着筆寫大字，淨寫李慕白、李賢弟，寫了好幾張紙，沒有別的字。寫完就燒，燒完了又跺腳，唉聲歎氣的也不理我們。俞姑姑你要是不去，我爸爸一定要生我們的氣！”

秀蓮擺了擺手，聲音淒慘地說：“我真是因為穿着孝，不能到你們家裏去。你們快回去吧！”僕婦在旁邊幫着勸，秀蓮仍然不肯去，並且臉上漸漸顯出一種嚴厲之色。僕婦不敢再說話了，兩個少爺也不敢再勉強，只得恭恭謹謹地退出。

秀蓮此時芳心如刀割一般，痛楚的眼淚不禁簌簌落下。她仰着面，紗窗上染着淡青色的明潔的月光，秋風探進窗來，吹着秀蓮的衣裙、鬢髮。蟋蟀也不知藏在什麼地方，唧唧的愁語，使秀蓮的眼淚越發湧下，她回首，看見床前懸掛着的那久已未試的雙刀，兼想到箱籠內所藏的寶劍和金釵，眼淚直似泉水一般，濕了她那細細的睫毛，濕了她日見清瘦的芳頰。她就斜坐在床頭，雙臂伏在案上痛哭起來。伺候她的那兩個僕婦把兩位少爺送出門去，她們才一進屋，就趕緊止住步，會說話兒的鄧媽就向那不會說話的張媽使了個眼色，張媽悄悄地退身出去了。可是鄧媽依舊站在那裏，她不敢近前來勸慰，這是常有的事。鄧媽服侍俞姑娘也有兩年多了，俞姑娘對人很好，可是你不能拂了她的意，一拂她的意，立刻她的臉上現出怒色，叫人心裏打冷戰。有時俞姑娘也跟兩個僕婦談閒話，談說她們家鄉的風俗，又談說出門走路時怎麼投店，怎麼打尖，說得高興時她也笑一笑。可是有時候她又由早晨直到晚間，永遠是愁眉不展，淚珠兒永遠在睫毛上掛着，別人不勸她還好，只要是一勸，她反倒痛哭上沒完。

所以這時鄧媽只得由着姑娘在燈畔桌旁去哭，她呆呆地站了一會兒，才過去摸了摸那兩大包禮物，一面提着心，一面輕輕地問道：“姑娘，這包月餅打開嗎？”問完了，就眼睛看着姑娘。

半天，姑娘抬起頭來，拭了拭淚，皺着眉說：“你們拿去分了吧！我不吃！”

鄧媽說：“月餅我們拿下去，果子給你擺在盤子裏得啦！”

秀蓮搖頭說：“我什麼也不要！”鄧媽答應了一聲，把月餅和果子拿到下房裏去，端來洗臉水，又給姑娘倒過一碗茶來。

秀蓮就問：“今天是十五嗎？”

鄧媽搖頭說：“不是，今兒是十四，明天才是八月節啦。可是，姑娘你出屋看看去好不好？月亮都圓了！”

秀蓮淒慘地點了點頭，待了一會就說：“明天你們宅裏的小少爺大概不來了，你去告訴宅裏的人，托他們給我買幾疊燒紙！”

鄧媽應說：“是，還像上回似的，還買二十刀紙，二十掛金銀錁子。”

秀蓮點了點頭，又落了幾滴眼淚，拂手說：“你們歇着去吧！”

鄧媽答應一聲，退出屋去，把街門關好，兩個僕婦到下房分了月餅吃了就睡了。

秀蓮的屋中燈光依然明亮亮的，她拭淨了眼淚，歎息了一聲，也覺得身體有些疲倦，便由刀鞘中抽出一口鋼刀走出屋去，只見當空一輪素月，如同銀盤一般，嵌在深青色的天心，灑下來水一般清潔的光華，照着自己孤零的身影。秀蓮輕微地歎喟了一聲，然後她提着刀把門戶全都查看了，才回到屋中掩門就寢。把燈光一熄，月光照到室中是越顯皓潔，秀蓮又凝神悲思了一會，然後掩帳睡去。

次日就是中秋節，德家因為他們老爺已由新疆赦還，所以全家上下都是非常高興，尤其是德大奶奶，穿得一身花花綠綠，簡直跟新娘子一般，在家裏指揮着僕婦擺果盤、廚房做菜，預備到晚間好獻供拜月。

少時俞姑娘那裏的僕婦來了，叫這宅裏的人給那邊買燒紙。德大奶奶聽見了，就趕緊叫壽兒去買燒紙送過去。然後德大奶奶就帶着一個僕婦過來見俞姑娘，兩人談了許多話。德大奶奶是高興非常，俞姑娘卻是愁眉不展，德大奶奶又勸了秀蓮半天，並請秀蓮過去用午飯，秀蓮卻只推說身上有孝，決不肯過去。德大奶奶沒有法子，只得又拉扯着說了幾句閒話，她就走了。少時壽兒把燒紙送來，俞秀蓮一見燒紙，又不禁落淚，遂叫兩個僕婦，將燒紙劃開，拿到門前去焚化。秀蓮在門前站立着，眼看那熊熊的火光、飄飄的飛灰，心裏想故去的父母和孟思昭，不禁心中悲痛，淚珠向兩頰滾流。

正在要轉身進院之際，忽聽鄧媽叫着說：“姑娘，孫大爺來了！”俞秀蓮轉頭向東一看，只見東邊由德家門中出來一個高身材的黑臉大漢，穿的一件青布長夾袍、青緞馬褂，原來正是現在泰興鏢店做鏢頭的五爪鷹孫正禮。

秀蓮趕緊拭了拭眼淚，這時孫正禮邁着大步走上前來，向秀蓮拱手，說：“師妹，給我師父師母燒紙了？”

秀蓮悲切切地答應了一聲，就說：“孫大哥，請裏面坐吧！”

孫正禮便隨着秀蓮進到門內，一面走他一面說：“我是給德五哥拜節來了，可是德五哥沒在家，他上鐵小貝勒府去了，剛走。”

秀蓮說：“大概德五哥也是拜節去了。”進到屋內，秀蓮讓孫正禮落座，僕婦送過茶來。

孫正禮今天的神色也像很憂鬱，他喝了一口茶，就歎息說：“昨天，我也打了點紙，拿到西便門外野地裏，給師父師母燒了，過兩天還得打點紙，咳！可惜李慕白那條漢子！”秀蓮一聽，猛然吃了一驚，芳顏立刻改變為驚異之色，將要問，就見孫正禮把他那黑臉一低，像莽牛似的歎了口氣，說道：“師妹，你不知道吧？李慕白早於二年前死了，死在江南了！"

俞秀蓮一聽，這消息真比什麼消息都出乎她的意料之外，心中一陣說不出是悲痛還是憐惜，眼淚便忍不住往下墮，但她極力收止住，卻搖了搖頭說："大概不是真的吧？孫大哥，你是聽誰說的？"

孫正禮說："不能是假，說的人有根有據。"於是他就說，"現在有淮南鳳陽府譚二員外之子譚起、譚飛，隨冒寶昆來到北京，每日拜訪各鏢店，也不知他們來此是有什麼事情。據那譚飛對人說，李慕白確實是在兩年以前，由北京獄中逃出，改名為李煥如到了江南，因在江南偷竊了靜玄禪師的什麼東西，被靜玄禪師及江南大俠沖霄劍客陳鳳鈞，追趕至江邊，爭鬥起來。那靜玄禪師原是江南最有名的人物，精通點穴法，天下無匹，所以李慕白抵擋不住，當時就被靜玄禪師用點穴法給點落在江中，連屍首全都不見了！"

孫正禮很悲感地說了這些話，俞秀蓮是半信半疑，孫正禮又說："李慕白這個朋友，死得真叫可惜！他不該往江南去，北方哪裏不能叫他容身，哪個人不尊敬他？到了江南他可就不成了，江南都是水路，他是北方人，哪裏會水？"又說，"現在李慕白的死信已傳遍了北京城，馮隆、秦振元和冒寶昆那幾個小子，到處就向人說，並且加枝添葉，說是李慕白被靜玄禪師的手指頭將胸膛點破了，又說什麼陳鳳鈞用劍把李慕白的腦袋砍下來了，簡直是怎麼解恨怎麼說。那幾個小子，早晚我得把他們都大打一頓不可！"說的時候，孫正禮不住哼哼地出氣，臉漲得黑中透紫。

俞秀蓮倒勸慰了孫正禮一番，叫他忍氣，不要惹出禍事，並說，據自己想着，李慕白是不至於死的。孫正禮卻想起當年俞老鏢頭不把俞秀蓮給李慕白，卻必要送到宣化府，嫁那下落不明的孟思昭，以至姑娘落得這般寂苦。將來可怎麼辦？難道五六十歲，成了老姑娘了，還在這裏住着嗎？他雖然心裏這樣想，沒有說出來，但是他不禁又沉沉地歎了口氣，然後就說："我走了，過節我還要保着一檔子鏢到一趟河南去，打算就便到家裏去看看，師妹你還有什麼事嗎？"

秀蓮淒惻地搖着頭說："沒有什麼事，我也打算過幾天要回家去一次。我倒沒有別的事，就是想要到墳上看看去！"

孫正禮說："若是趕得上，師妹你跟我們一同走。"秀蓮點頭說好，孫正禮就告辭走了。這裏俞秀蓮姑娘，自突然聽到李慕白的死耗，她非常掛心，固然李慕白的才智，自己是全知道的，他不但不能偷盜那靜玄禪師的東西，並且即使與靜玄交起手來，他也不能敗北，更不能被人打下江去，所以自己總不相信李慕白會死。可是若說他尚在人世，那為什麼兩年多了，他竟一點音信也沒有呢？我這裏，他是不好意思給我來信，可是德嘯峰乃是他的至交，人家天天在想念着他，無論如何，他也應當託個熟人帶封信來。直到現在他李慕白仿佛早就是消失了，也許他真是已然死了？秀蓮姑娘就這樣猜疑，又夾雜着傷感，思索了半日。

到將近晚飯的時候，德大奶奶又親自來了，她必要拉着秀蓮過去吃飯。秀蓮還是說：“我身上有孝，大節下的，我真不願意過去！”

德大奶奶卻說：“什麼叫有孝？我們家裏不忌孝，沒有那些講究。再說，前兩年你不是也穿着孝嗎？為什麼在我們家裏住着？”這話問得秀蓮真是語塞，她悲苦地笑了笑。德大奶奶就兩隻手去拉秀蓮的胳臂，可是她哪能拉得動，她就喘着氣說：“妹妹你可別跟我較勁兒！”秀蓮又笑了笑，沒有法子，只得同着德大奶奶到德宅去。

到了德宅裏院，先見過德老太太，然後就到大奶奶屋中落座。德大奶奶是十分高興，她叫僕婦倒茶、擺月餅，並親自替秀蓮切水果。秀蓮卻什麼也不動，當面雖同德大奶奶談着話，但心中卻思索着李慕白的生死疑問。

待了一會兒，屋外就有人咳嗽使聲，隔着窗問僕婦：“是誰來了？”

僕婦說：“是俞大姑娘來了。”

德嘯峰就進屋來，一見秀蓮姑娘，他就深深地請了個安，說：“姑娘吃過飯了？”

旁邊德大奶奶笑着說：“我把人家請了來，就為是在咱們這兒吃晚飯麼，你可又問人家？”

德嘯峰笑了笑，說：“我不知道姑娘是你給請來的。咳！這兩天又叫事情把我鬧得心昏神亂，簡直說話都顛三倒四的了！”

德大奶奶笑了一聲，說：“又是什麼事，把你弄得這模樣兒？你也不說明白了，光發會兒子愁頂得了事嗎？”

德嘯峰在旁邊繡墩上坐下，就歎了口氣，說：“跟你說你也全都不知道，說了倒叫你白擔憂，現在我對俞姑娘說，俞姑娘一定都知道。第一就是，那件案子，直到現在還懸着，因為有四十多顆大珍珠至今尚未找回，其實要是永無下落也好，頂多，案子永遠懸着，我德五永遠不用出去當差，也沒有什麼的。可是現在這四十幾顆珠，居然有了下落了！”俞秀蓮坐在德嘯峰的對面，聽了這句話，她也不禁吃了一驚。

旁邊的德大奶奶卻說：“珠子有了下落不是更好嗎？”

德嘯峰搖頭道：“好什麼！所以我說你全不知道！”又歎了一聲，接着說，“珍珠落在旁人的手裏，沒有我的事，如今卻落在江湖人的手中！新近刑部裏收到兩件案子，一件是由天津一家玉器局裏，搜出了幾顆珍珠，正是宮中所失之物；一件是拿獲了吳橋縣通匪的惡紳華大綱，由他家中也搜出幾顆宮中珠子。據華大綱供稱，是一個姓楊的人，以二千兩銀子的價錢賣給他的。那姓楊的乃是北京人，外號叫單刀楊小太歲！”

德大奶奶直着眼問說：“你認得這個小太歲嗎？”

德嘯峰說：“我哪裏認得什麼太歲？聽說此人會使一口單刀，武藝精熟，也不知早先他是個幹什麼的，更不知那些宮中的珍珠是怎會到了他的手內。大概那四十多顆大珠子全都在他的手裏了。此人是由天津南下，在徐州，在江南各地，有不少的江湖人全都企圖攔截他的珠子，但是他真厲害，連傷了許多人，結果還是由着他闖過去，珠子除了賣的，一顆也沒丟。現在也不能確知此人在什麼地方，官方已行文各省，緝拿他去了。其實這楊小太歲與我素不相識，即使衙門將他捉獲，他既是個江湖人，必不能攀上我。可是宮中有一位張太總管，他主辦這件案子，今天我見着鐵小貝勒，鐵小貝勒說是這個人要與我為難！”

德大奶奶說：“張大總管？不就是去年黃四托他害你的那個人嗎？”

德嘯峰點頭說：“正是那個人！其實我平日沒有什麼得罪他的地方，只因他與黃驥北是至好，黃驥北雖是李慕白殺的，可是人都說是我的主使。這個張大總管向外傳出的話更特別了，他說：德老五現在是心滿意足了，家當也夠了，黃驥北一死，北京的街面上沒人再比得過他。李慕白這幾回作案，他還不分點贓嗎？什麼單刀楊小太歲，乾脆就是李慕白，他在外頭改了名字了！”

對面的俞秀蓮一聽，氣得粉臉上發白，她說：“真可氣！有這麼冤屈人的？五哥告訴我，他在哪兒住？”

德嘯峰擺手說：“姑娘別為我的事生氣。這件事不要緊，我也不發愁。只是另外有兩件事，卻真叫我煩得慌！”

俞秀蓮眼睛看着德嘯峰那愁苦的臉，問說：“什麼事？”

德嘯峰卻猶豫了半天，欲語復止，半天他才說：“其實也沒有什麼的，就是聽說那金刀馮茂，又將要重走江湖，不久就要到北京來了！”

秀蓮聽了，就不禁微微冷笑，說：“金刀馮茂又算什麼人物？”

德嘯峰說：“不但他，現在還有淮南鳳陽鏢局的譚家兄弟，也來到北京。這些人都是冒寶昆給勾來的。冒六那小子是最壞不過，那次苗振山、張玉瑾就是他給勾來的，這次恐怕仍是要對付咱們！”

秀蓮聽到這裏，心裏實在忍不住了，她就眼睛直望着德嘯峰，問說：“德五哥，你可聽說李慕白是在兩年前死在江南了嗎？”

德嘯峰聽了，不禁一驚，他驚的不是李慕白之死，卻驚的是俞姑娘怎會知道此事，當下他就問：“姑娘是聽誰說的？”

秀蓮說：“今天早晨孫正禮來給五哥拜節，五哥沒在家，他就到我那裏去了，跟我說李慕白他是⋯⋯"說到這裏，秀蓮的面上又呈現出悲戚之色。

德嘯峰就說："我也都聽說了，什麼李慕白在兩年以前，被當塗縣的靜玄和尚，用點穴法點到江中淹死。花槍馮隆他們在外頭說得花哨極了，可是我覺得那是靠不住的。我那慕白弟兄的本領，難道我還不知道？他怎能吃這個虧？"

秀蓮說："可是，自他逃走以後，至今也兩年多了，為什麼他竟不能托人給五哥帶封信來？"

德嘯峰說："這個姑娘還不明白？慕白他是個細心謹慎的人，他縱然知道我掛念他，可是也不敢給我寫信。不然因為他的一封信，又給我招出大禍來，那他的心中如何能安？"說到這裏，德嘯峰倒笑了笑，並由僕婦的手中接過水煙袋來，呼嚕呼嚕地抽着，表示他並不相信外面謠傳的李慕白死耗。

秀蓮也默默地點了點頭。旁邊德大奶奶又說："俞大妹妹你就放心吧！我敢作保，李慕白他決不能死，過兩年他就要回來了！"

秀蓮聽了德大奶奶這話，不禁臉上又紅了紅。德嘯峰抽了幾口煙就說："都是這官司累着我，不能離北京；要不然，我早就到外邊找他去了，我想他多半還是在江南了。"

秀蓮沉默地坐了一會，然後就勸德嘯峰不要憂心："官司的事，有鐵小貝勒和邱廣超維護，諒不致再出什麼舛錯。至於金刀馮茂將要再到北京的事，那更不足憂慮，第一咱們不招惹他，他也無法向我們作對；第二有孫正禮和我在這裏，到時交起手來，還不定誰勝誰負呢！"

德嘯峰聽俞姑娘這樣勸他，他也連連點頭，並笑着說："也不是我害怕，就是我覺得這些事太彆扭！"

旁邊德大奶奶說："彆扭的事可多了，淨煩也沒有用。人，誰能淨是順心的事呀？今兒不是八月節嗎？咱們先高高興興地過一天，有什麼話過節再說吧！"德大奶奶這幾句爽快的話，秀蓮聽了也笑了，當下就把這場話作了結束，德嘯峰又回到外書房去。

少時裏院擺上了酒筵，德大奶奶帶着兩個少爺陪着秀蓮姑娘吃酒用飯。秀蓮素日不飲，可是經德大奶奶勸勉，她也飲了兩杯。兩杯飲過，她的臉上就發燒，頭也有點發暈。德大奶奶搶過她的酒杯，還要給她斟酒，秀蓮卻擺手笑着說："五嫂子，你可再別灌我了！我真不能喝了！"

德大奶奶說："那麼你吃菜！"

秀蓮點頭說："好，我吃菜就是了！"

兩個人又說了半天，才離座去飲茶。此時屋中已點上燈燭，秀蓮因想：今天是中秋節，人家一家團圓，我何必再在此多待？於是秀蓮就起身向德大奶奶說：「我要回去了。」

德大奶奶就笑着說：「那麼咱們明兒見吧！」當下德大奶奶就派文雄和一個僕婦，送秀蓮回去。

秀蓮出了德家門首，就向文雄說：「你們進去，關上門歇着吧，這才幾步兒，我還用得着你們送嗎？」

文雄答應，並說：「姑姑，請你慢慢走！」

秀蓮點頭，便自己下了台階，忽然抬頭一看，只見一輪明月正在當空穩穩地站着，有幾縷白雲，似奔馬一般在天際飛馳，風涼涼的，使那兩杯酒力更往上湧。小巷裏人家的屋頂牆頭都染着霜一般的月色，靜悄悄的沒有一點人聲，只有牆下草底的秋蟲，唧唧的仿佛在暗處私說什麼事情。秀蓮心中頓然又撲上一種寂寞的憂鬱，她便很沒有精神地往西走去．

走了沒多遠，不到幾十步，就來到自己住的門前。忽然見那門前有兩個人影，一個是倚牆站着，身材不高，一個卻蹲在那裏。秀蓮不禁吃了一驚，暗想：這是什麼人？單單要站在我的門前！遂就上前兩步，問說：「你們是做什麼的？」

那蹲着的人立刻站起身來，說：「姑娘，是我！」

俞秀蓮借月色看這個男子，頭上盤着辮子，穿着短褲褂，似是個賣力的人，很有些眼熟，便問說：「你姓什麼？」

那人笑了笑說：「姑娘不認得我了？我是賣花的老薛嘛，前兩天我不是還給姑娘送來幾盆菊花嗎？」

秀蓮才想起來，這人原是常在自己門前賣花的那個人，遂就說：「天這麼晚了，你為什麼在我的門前蹲着，是他們欠你的錢嗎？」

那人搖頭說：「不是，兩三年了，德五爺家跟姑娘這兒全都是買我的花兒，哪兒欠過錢？今兒是這位楊小姑娘……」說時他點頭向那靠牆立着那人說，「你過來吧！這位就是有本領的俞大姑娘！」那靠着牆的人，似乎有點發怯，一手捂着眼睛，裊裊地走近來。

秀蓮才看出，原來卻是一個梳着辮子的姑娘，正在哭着呢。秀蓮不禁驚異，在對面那姑娘向她深深行了一禮之後，她就將姑娘的纖手拉住，很和婉地說：「你在哪兒住？找我有什麼事兒？」

對面的姑娘哭泣着還沒有說話，老薛就急急說：「這姑娘跟我住街坊，她爺爺也是個賣花兒的，平常瘸着一條腿，沒得罪過人。可是今兒天還沒亮，就有幾個人闖進他們的家裏，把老頭子給砍死了，把她姊姊也給搶了去了，我給報的官……」

秀蓮聽到這裏，不禁吃了一驚，瞪目說：「啊！有這樣事！」

老薛又說：「我帶着楊小姑娘到衙門……」

秀蓮擺手說：“外邊說話不方便，你們進去再細細告訴我。”當時秀蓮上前緊緊叩了幾下門環。少時裏面的鄧媽將門開開，秀蓮叫老薛和楊小姑娘進去。到屋裏，楊小姑娘靠着桌子坐着，依舊不住痛哭。

老薛就接着說：“我到衙門報了，衙門裏的老爺們都忙着過節，沒有人管這事，現在她爺爺的屍首還放在院裏，有兩個街坊看着。我問她，你們家裏還有什麼親友，她就說認得俞姑娘。我說那就好了，俞姑娘的名兒在北京誰不知道呢？我就帶着她來了。我來的時候月亮還沒出來，一問這兒的媽媽，媽媽說姑娘出門去啦，我們就在門口裏等着你。現在我們告訴你了，求你見着五爺，托托衙門，把她姊姊找回來，我們還得趕緊回去，要不然永定門就關了！”

秀蓮說：“你趕緊走吧，叫這姑娘今晚在我這裏住一天。”又拍着楊小姑娘的肩膀說，“你放心，我一定能把你姊姊找回來，並給你爺爺報仇！”

老薛說：“那麼我就走了。俞姑娘，有什麼事你就問她吧，她家裏事我也不大明白。”說畢，這賣花兒的老薛就急匆匆地走了。

俞秀蓮此時氣憤填膺，精神十分緊張，剛才的那點酒力全都消失了。她先抱怨兩個僕婦，說：“你們又不是不知道我在東邊宅裏，為什麼不趕緊找我去，叫人家在門前等了我半天，你們真是什麼事也不會辦！”又說，“張媽，你到東邊宅裏去，請德五爺趕緊過來！”張媽答應了一聲，出屋去了。這裏秀蓮就用自己的手絹替楊小姑娘拭淚，勸道：“你別哭啦！哭有什麼用呀？你坐下，細細地跟我說，我一定能給你想個法子！”

鄧媽在旁給秀蓮倒過一碗茶，又給楊小姑娘倒了一碗，她又說：“我們姑娘最是熱心腸，你有什麼為難的事自管說出來，我們姑娘只要答應了，就辦得到！”楊小姑娘這才坐在椅子上，抬起她那沾滿了淚珠的嬌顏。

借着燈光，秀蓮才看清楚，這個姑娘年約十六七歲，是瘦長的臉兒，兩道纖眉，一雙俊眼，下面齊齊地留着孩兒髮，真是個標緻的年輕姑娘，可是穿的衣褲很舊。秀蓮先問說：“你怎會認得我呢？”

楊小姑娘說：“前兩年，我哥哥常進城來賣花兒，一回到家裏，就跟我說，說是姑姑你的武藝好，把吞舟魚苗振山都給殺死了。”

秀蓮點頭說：“噢，你還有一個哥哥。你哥哥他現在家嗎？”

楊小姑娘想起哥哥，她又落淚，搖頭說：“沒有麼！要是有我哥哥在家，我爺爺也不至於死。我哥哥也有一身武藝，會使一口單刀，他的名字叫楊豹！”俞秀蓮一聽楊豹這個名字，便歪着頭想，但卻沒聽人說過這人的名姓。又聽楊小姑娘說：“我哥哥叫楊豹，我姊姊叫楊麗英，我叫楊麗芳，就是我們三人，我們本是河南人，我父親本來就會武藝，可是現在我已想不起我父親的模樣了，因為在我三歲的時候，我父母就全都死了！"

秀蓮趕緊又問："是怎麼死的？"

楊小姑娘哭着說："我父母是在一天死去的，都說得的是急病。可是我哥哥卻告訴過我們，說是叫一個姓費的惡人，拿毒藥給毒死的。我父母死後，我們三人就由爺爺撫養。我爺爺不是我們家裏的人，他跟我父親是朋友，他也姓楊，名叫汝州俠楊公久，最先是保鏢，後來因為左腿叫人打傷了，成了瘸腿，他就灰了心，不再保鏢，把我們三個人帶到北京來，就住在永定門外。起先我爺爺置了幾畝地，後來也賣了。我們一年四季就種花兒，我爺爺跟我哥哥挑到城裏來賣，沒事時，我爺爺還教給我們武藝。我們姊妹倆全都學不好，就是我哥哥學得好。後來有一個陳叔父，又將我哥哥帶到河南去。在那住了四年，我哥哥才回來，可是他的武藝就更好了。他就想要替我父母報仇，我爺爺卻攔住他，不叫他走，爺兒倆就因此打架。後來到底是我哥哥私自走了，走了不到兩個月他又回來，可是我爺爺又罵了他一頓，把他趕出去了。他走的那天是晚間，我李大叔李慕白正在我們那兒住着！"

秀蓮一聽說李慕白曾在她家裏住着，便不由更是驚異，遂問："你們怎麼和李慕白認識的？"

楊小姑娘說："兩年前那是夏天，忽然有一個老頭兒騎着一匹白馬，來找我爺爺。這老頭兒姓江，我們叫他江爺爺，聽說他救過我爺爺的命。他把馬寄存在一家店裏去餵，他就住在我們家裏。他天天出去，到夜裏才回來，住了兩三天，那天夜裏他就背回來一個人。我才知道這人就是姑姑認識的那個李慕白，我們稱他為李大叔，天天熬稀飯給他吃。他在我們家裏養了十幾天的病，江爺爺走後他才走的。這話，我爺爺囑咐我們，見着誰也不許說！"秀蓮聽了，心裏才明白，原來在兩年以前，李慕白確實被江南鶴所救走，自己那夜間在小巷裏所遇見的古怪老人也正是江南鶴。

正說話之間，德嘯峰就來了。秀蓮就給楊麗芳小姑娘向德嘯峰引見，又把剛才那些話，全都告訴德嘯峰。德嘯峰是又驚又喜，他先問："你李大叔走後，就沒有來信嗎？"

楊小姑娘搖頭說："沒有。兩年多了，李慕白沒有信來，我爺爺不准提他，我跟我姊姊要進城來見俞姑姑，我爺爺也不准。我哥哥倒是去年派了一個姓雷的人帶信，叫我爺爺把信撕了，把人也罵走了。我們平日安分過日子，誰也招惹不着。可是今兒天還沒亮，就有四個大漢跳進院去，都拿着刀，進屋來就搜我們的東西。我爺爺氣急了，拿刀去擋他們，就叫他們殺死了。後來他們又闖進我屋裏，把我姊姊搶走，我因為藏在床底下，倒沒叫他們看見！”一面說，一面掩面嗚嗚地哭。

德嘯峰皺着眉問道：“這四個大漢都是什麼模樣，其中有你認得的人沒有？”

麗芳小姑娘擦着眼淚，搖頭說：“沒有一個認識的，他們說的都不是北京話。那三個人倒還好，就是一個黑臉的人兇，本來依着那白臉的和一個小孩兒似的人，是不把我姊姊搶走，可是那黑臉的人不答應，他把我姊姊捆上就搶走了。”說到此處，她又想起她姊姊被人搶走時的悲慘恐怖景象，就哭得氣都接不上。

德嘯峰轉頭望着秀蓮那滿帶出憤怒的臉，歎息說道：“這不用說了，一定是他們有仇家，今天是仇家報仇來了！至於當年為什麼結的仇，恐怕只有把他哥哥找回來才能知道。可是，這幾個賊人還許是他哥哥給惹來的呢！”又向楊小姑娘說，“姑娘你也別再傷心了，殺人者償命，那幾個兇手早晚得叫衙門捉住，給你爺爺報仇。明天我到衙門托幾個朋友，叫他們趕緊把你姊姊找回來。你現在既是孤苦無依，就可以在俞姑娘這兒住着。俞姑娘是李慕白的義妹，我是李慕白的大哥，你既稱他為李大叔，那咱們就都不是外人了！”遂又向秀蓮姑娘說了幾句話，德嘯峰就一路惋歎着，回家去了。

這裏俞秀蓮又問了楊小姑娘許多話，並十分憐愛地勸她不要着急傷心，又指着牆頭懸掛的那對雙刀，說道：“你看，我有這一對刀，什麼人咱們也不怕。你爺爺若早叫你來找我，還不至於有這事呢！咳，現在追悔也沒有用，你就放心吧，我一定能將你姊姊救回來，並替你的爺爺報仇！”當夜，秀蓮就叫楊小姑娘與她同床而寢。楊小姑娘是因早晨家中的那幕恐怖的景象，刺激得她到現在仍然在戰慄，而且悲傷祖父的慘死，懸念胞姊被搶去，現在也不知是死是活，所以她依然在枕畔流淚，不能睡着。俞秀蓮是因為楊家遭的這件事，太使她氣憤了，並猜想着李慕白的事情，她就也睡不着覺，便安慰楊小姑娘。談了許多話，她更覺得這楊麗芳是溫嫻可愛，哀婉可憐，並知道她曾學過幾手武藝，就想將來把她也收作弟子，將雙刀傳授給她。說了半夜的話，因為身體都太疲倦，方才在月色滿窗，蟲聲聒耳之下，迷迷糊糊地睡去。

次日早晨起來，兩個人草草淨了面，梳梳頭，秀蓮就叫鄧媽給收拾了一個小包裹，她就向楊小姑娘說：“你們家裏遭了這件事，只你一個人是苦主，以後衙門必要時常傳你問話，你在這裏住着，未免不大方便。我想今天我到你家裏去，我就暫時不回來了，索性等着案情有了點眉目，然後我再帶着你回來，你我就長期在一起居住。”楊麗芳流着眼淚，點頭答應。

　　二人正預備走，忽然德嘯峰又來了，他今天穿着很整齊的衣服，像是就要出門的樣子，見着俞姑娘，他就問：“姑娘現在是就要帶着這位楊姑娘，到永定門外去嗎？”

　　秀蓮點頭說：“我們現在就要去。”

　　德嘯峰說：“那麼我叫人雇一輛車來，我現在還要到邱廣超家裏去，因為這三年多，我就不與衙門來往了，這件事得托他給辦。過些日，姑娘還得帶着楊姑娘去見一見邱少奶奶。”

　　俞秀蓮點了點頭，就說：“今天我打算就在永定門外住下，過幾天再帶着她回來。五哥派一個可靠的人跟我們去才好。”

　　德嘯峰點頭說：“好吧，好吧。”當下楊麗芳又向他道謝，德嘯峰拱手說：“楊姑娘不要客氣，不用說這還有李慕白的關係，就是姑娘連他也不認識，我們只要知道了這件事，就得管一管！”說畢，德嘯峰走了。

　　待了一會，德宅就派來一個五十來歲的僕人，名叫貴升，車也雇來。於是俞秀蓮就叫貴升提着包裹，拿着她那雙刀，出門上車，就往永定門外去了。

　　出了城有五六里地，就到了楊家那柴扉前，有許多人正往裏面看屍身，把籬障都快擠倒了。車停住，秀蓮姑娘頭一個跳下去，直往裏走，楊麗芳揮着眼淚隨着進去，就見院裏也有不少閒人在看熱鬧。他們一見楊小姑娘請來這麼一位一身青的年輕俊俏姑娘，就齊都扭着脖子，直着眼睛瞧。

　　秀蓮卻大大方方地分開眾人，往裏面走，眼前一具死屍就橫在血泊中。麗芳小姑娘又叫了聲“爺爺”，哭着跪倒了。秀蓮看死的這個楊老頭兒，年約六十歲，穿的衣裳很破舊，身軀又羸瘦，加上殘留的臨死時的痛苦表情，更是十分難看。全身是血色，已看不出共有幾處傷痕，兩腿雖然伸着，但左腿依然很彎曲。秀蓮雖然也親手殺傷過人，但是如今見此情形，也不禁心裏難過，皺了皺眉。

　　這時賣花的老薛正在旁邊，他就說：“俞大姑娘你看，這老頭兒死得有多麼慘呀！老頭兒活着的時候，人好極了，在這兒住了有二十多年了，平時雖說不大和氣，可是誰也沒得罪過，想不到會死得這麼慘！”

　　旁邊有一個看屍首的官人，過來又給俞秀蓮請安，說：“俞姑娘，你來了就可好辦了，德五爺來嗎？”

　　秀蓮心想：這個人竟認得我？遂就說：“德五爺倒沒有工夫，可是我得要管一管。你們想，這位姑娘的姊姊也被賊搶去了，祖父是被賊殺了，又沒有親故，她可依靠誰呀？所以我聽見了此事不能不管。”

　　那官人說：“是，是，這位姑娘可也太可憐了。可是，姑娘你也別哭了，現在俞姑娘一出頭，那夥賊人，不但得乖乖地把你姊姊送回來，還准保他們一個也跑不了！"

秀蓮將楊麗芳拉起來，替她擦着眼淚，便在那幾間屋裏查看了一番。本來楊家很是清貧，屋裏沒有什麼東西，可是也被賊人們弄得亂七八糟。俞秀蓮就看出來了，那夥賊人來到這裏，不僅是意圖搶人害命，還似在搜什麼財物似的。待了一會兒，驗屍官和仵作來了，把楊老頭兒的屍身驗過之後，就帶着麗芳小姑娘到衙門去問話，秀蓮就派貴升隨她去。

這裏閒人漸漸散去，俞秀蓮拿出銀兩來，叫老薛去買棺材。老薛去後，這小院裏只剩下秀蓮一人和那具屍身。西南牆角花畦上，種着許多株含苞未放的菊花，籬外兩株柳樹搖曳着金黃色的線，地下是血跡、破花盆和落葉，一種淒涼景象，實不堪寓目。秀蓮在階下站了一會，她發着狠，想道，因仇殺人，還是江湖上的常事，只是將人家閨女搶了去，這也太惡毒了，我非要將麗芳的姊姊找回，將那些惡人殺死不可！不覺就到了中午，秀蓮在屋中尋了些柴米，自己煮飯吃了。

飯後不多時，德宅的壽兒又來，他說："我們老爺見着邱小侯爺了，邱小侯爺關於這事也打抱不平，他立刻去見了御史衙門。提督衙門他托那裏的幾位大人，認真查訪楊大姑娘的下落，並派人限期捉拿凶犯。我們老爺叫那楊小姑也別再難過了。"

秀蓮點了點頭，就說："我知道了，你回去吧，路過前門的時候，到打磨廠泰興鏢店，把孫大爺請來，就說我在這裏等候他，叫他快來！"

壽兒連聲答應，就走了。壽兒走後不多時，麗芳小姑娘同着貴升就坐車回來。麗芳就說，他們到了衙門，衙門裏的人審問了她半天，衙門的人說："這還有什麼大事，就是幾個強盜要搶你們的錢財，你爺爺和你姊姊跟強盜們抗拒，他們才動兇，才把人給搶走。"又說，"你爺爺早先既是個保鏢的，你哥哥又不像是個好人，大概你們家裏存着不少的錢，以致使賊人起意。"說時，麗芳氣得直哭，並說："依着衙門還要把我也押起來，後來有別的人給我說情，才叫我出來，又怕我跑了，叫我找個舖保。我說我哪兒找舖保去呀！後來還是有人給說情，才叫我回來，並說是隨傳隨到！"

貴升在旁說："我都打聽明白了，給楊姑娘說情的是邱府派的人。看這樣子，也不能再傳楊姑娘了，可是要指着衙門給破獲賊人，找回楊大姑娘，也怕很難。"

俞秀蓮點點頭，又冷笑了一聲，說："不要緊，我們不必指着衙門，我自己去訪查，無論是山南河北，不把賊人捉住，把楊大姑娘找回，我就永遠不抬頭見人！"

正在忿忿地說着，忽見柴扉一啟，那五爪鷹孫正禮牽着一匹棗紅色的大馬走來了。他先將馬匹拴在井台轆轤把上，然後他也看了看楊老頭兒的屍身。秀蓮又給楊小姑娘向孫正禮引見了，然後就說了楊家的家世，及這件慘事發生的情形，就託孫正禮給在外打聽打聽，這些日北京藏着什麼可疑的江湖人沒有。

五爪鷹孫正禮咬着他那厚大的嘴唇，瞪着眼睛想了一會，就罵道：「江湖上竟有這樣的壞蛋，殺了老頭子，還搶走了人家的大姑娘，我早猜着那一群王八蛋就沒懷着好心嘛！」

秀蓮一聽孫正禮這話，覺得十分驚異，趕緊問說：「孫大哥，你知道這幾個賊人是誰嗎？」孫正禮說：「我怎麼不知道，前幾天冒寶昆由淮南請來了鳳陽譚家鏢店的譚起、譚飛，還有兩個人，他們跟花槍馮隆、秦振元等人，天天在一起混。打磨廠那福雲棧，為他們夜裏都不能關大門，我就看出他們不定要幹什麼壞事。可是沒想到他竟是為這楊家而來。現在出了這事，城裏還沒有什麼人知道呢，可是那譚家弟兄連花槍馮隆前兩天就跑了，他娘的，他們心裏要不愧，為什麼不在北京城過節，可跑什麼？」

秀蓮一聽孫正禮竟把這些可疑的人說出來了，她就十分歡喜，又說：「師哥，你趕緊去告訴德五哥，叫他趕緊報告衙門捉拿賊人，好不好？」

孫正禮說：「我剛才早見過德五哥了，他說只是因為那秦振元是邱府的教拳師父，這件事得給邱府留些面子，他得先和邱廣超商量商量去。」又說，「冒寶昆那小子大概還沒逃走，我找他去。」說時，孫正禮走過井台解馬。

秀蓮見他鞍下掛着一口刀，就說：「師哥，你見着冒寶昆，就揪着他到衙門去好了，不要動手殺傷了他！」

孫正禮說：「要他的命他也不敢跟我動手呀！」說着，五爪鷹孫正禮出門跨馬，直回城裏去了。

進了永定門，他一直到牛角胡同去找冒寶昆，心裏卻很難過，暗想：冒寶昆原是我的結義弟兄，雖然我知道他那個人學壞了，跟他絕了交，但他總是巴結我，見着我，總裝出個很講交情的好人樣子，果真把他扭到官裏，去把他治成個殺人強盜的罪名，那自己的心中也實不忍。可是近日他們行蹤是太可疑了，果然楊家那事真是他們幹的，那他們實在是豬狗不如，殺之有餘！因此又忍不住胸中怒氣。少時來到冒寶昆的家門首。

冒寶昆自從兩年以前離了四海鏢店，就租了這所小房子。今年春間，他曾懇請孫正禮和幾個鏢行中人，來此吃過酒，可是那天孫正禮因見冒寶昆家裏有幾個妖佻的女人，他立刻就摔了酒杯，與冒寶昆絕交，忿忿走去。

今天孫正禮在這裏下馬叩門，自己又覺得是很羞辱似的。一叫門，就聽門裏有婦人的聲音說："喂，喂，聽見啦，你是找誰的呀？"

孫正禮生平不慣跟娘兒們打交道，當下他就皺了皺眉，也使氣說："我找姓冒的！"

裏面吧的把門摔開了，出來一個三十來歲的女人，擦着一臉脂粉，抹着一個血色的大嘴唇，穿着豆青色的小夾襖，大紅緞褲，她叉着腰兒，斜楞着眼睛說："你找姓冒的幹什麼？姓冒的不在家！"

孫正禮一看見對方這妖精樣兒，氣得真想踢她一腳。他就瞪着眼睛說："你別把姓冒的藏起來，藏在哪兒我也要揪出他來！你告訴他，他小子犯了案了，快跟我打官司去！"他說着，把馬牽到院裏，將將袖子就往屋裏直闖。

那婦人趕緊把孫正禮的粗壯胳臂揪住，說："哎喲，你是要搶人呀？屋裏我們姑娘正洗澡呢，你敢往裏頭愣闖？"

孫正禮聽了這話，才止腳步，氣憤憤地說："叫他出來，他的案發了！"

院中這樣一吵嚷，冒寶昆在屋裏是藏不住了，他趕緊鑽出頭來說："什麼事？什麼？咳！原來是盟弟呀？我還當是米糧店跟我要賬的呢！"

孫正禮瞪着眼說："誰是你的盟弟？"

冒寶昆笑着說："好！咱們的香頭算是拔了，當年三個頭也白磕了。好，你是孫大鏢頭，孫大老爺，可是有什麼話請你進屋來再說，成不成？"

孫正禮搖頭說："我不進去，你屋裏有娘兒們。"

冒寶昆說："有娘兒們也不要緊，我可以把她轟到別的屋裏去，要不然咱們出去，上酒館兒談談去。你在這兒'犯了案啦，犯了案啦'的一嚷嚷，叫官人聽見，算怎麼回事呀？我冒六現在養姑娘吃窯子，也就夠丟臉的了，要再叫人疑我是殺人的兇犯，滾馬的強盜，那可更給咱們保鏢的丟人了！"

冒寶昆侃侃而言，仿佛一點兒也不害怕的樣子。孫正禮心裏倒疑惑起來了，暗想：莫非這小子不是楊家的兇犯，不然他如何有這麼大的膽子？遂就說："好，咱們上酒館說去，只要你有膽子出門！"

冒寶昆冷笑着說："嘿，我又不犯法，憑什麼不敢出門呀？等我披上衣裳！"

孫正禮說："好，反正你跑不了！"當下冒寶昆進到屋裏，穿上他那件寧綢長袍，戴上他那頂瓜皮小帽，手提着個錢褡褳，就說："走吧！咱們上聚仙居去。可是我的孫大鏢頭，到酒館你可小點聲音說話，別那麼‘犯案犯案’的亂嚷，要不然叫衙門的人聽見，我就是沒有案，可也算犯了！”

孫正禮點頭說：“成。”

當下冒寶昆在前，孫正禮牽馬在後，就到了西珠市口聚仙酒樓。那冒寶昆直像沒事人兒似的，向熟人打招呼，然後落座飲酒，也先跟孫正禮拉舊交，然後就問孫正禮今天氣忿忿找他來，是有什麼事。孫正禮這時已叫冒寶昆給蒙住了，他心裏很是後悔，覺得今天把事情做得魯莽了，看冒寶昆這樣子，決不像昨天才作過人命案的，於是他就態度和緩了一些，低着聲，把楊家出的凶事及匪人搶走楊大姑娘之事說了，然後又說到前幾天冒寶昆由外省帶來的那譚家兄弟等人有些可疑。

冒寶昆聽了，咽半口酒撲哧地笑了，說：“兄弟，你若是在衙門裏當班頭，遇見案子一定要胡亂捉人。假使昨天我幫助那些人作了凶案，我還不快跑？還能夠在這兒等着官人來捉我？咳！別人不知道我，你我相交多年，我這個人的性情你總能明白，我不是那沒有王法的人。現在時運不濟，養幾個姑娘押在窰子裏混事，本來就沒臉夠了！所以你跟我絕了交，我一點也不惱你，本來，我已不配做你的盟兄了嘛！可是，那些圖財害命，搶走人家大姑娘的事，不但我不幹，簡直我也不敢！”說完了，他不住唉聲歎氣。

孫正禮怔一會，就說：“可是那譚家兄弟和花槍馮隆，他們為什麼又跑了呢？”

冒寶昆搖頭說：“花槍馮隆我不知道，那小子什麼事都幹，因他哥哥金刀馮茂才認得的他，近二年來，我更不大願意理他，不過不能得罪他就是了。今天你要不說他走，我還以為他還在北京窮混着呢。至於譚家兄弟，那是鳳陽府譚二員外的兩位少爺，淮河裏的船多半是人家的，還開着很大的鏢局，這回人家哥兒倆，到北京玩來了，我們是在半路遇見的，人家是前天走的，到天津親戚家裏去過節，兩三天還要回來。再說那楊家不過是一個賣花兒的窮人，他家姑娘那鄉下樣兒也未必是怎樣出色，人家搶她幹什麼？這不是沒有影兒的事嗎？兄弟你幸虧今天是找我來，你若是找那譚家兄弟，人家一定要拉着你打官司，告你個誣告良民，意圖訛詐！”說時，他又給孫正禮斟了一盅酒。

孫正禮一細想：也有理呀！大概是自己的性子粗鹵，把事情弄錯了。遂又沉思了一會，就說：“據你這一說，也沒有譚家兄弟的事，大概就是花槍馮隆那小子一個人幹的！”

冒寶昆的臉色微變了變，他就搖頭說：“花槍馮隆雖然不是個好小子，可是他也開過幾年鏢店，他哥哥也是直隸省有名的人物，小壞事倒許能做，像這樣強盜的事，我看也未必有那膽子。總而言之，無憑無據，你不能胡亂告人，再說你又不是官差捕役，何苦打這不平，得罪江湖朋友呢！”

孫正禮怔了半天，一聽這話他可氣了，拿拳頭向桌子上一敲，酒壺酒杯都震得亂動，冒寶昆也隨之打了個冷戰，就見孫正禮瞪眼睛說：“什麼江湖朋友？殺了人家六十多歲的人，搶走人家年輕的大姑娘，強盜都不幹這事，這是江湖朋友？我再打聽打聽去，果然馮隆那小子真個走了，那就一定是他，我追到深州也把他捉回來！”說畢，他叫過酒保，給了酒錢，邁開大步，咚咚地下樓，騎上馬就走了。

這裏冒寶昆趕緊也下了酒樓，跑回家裏，收拾銀錢包裹，帶上他那把鐵片刀，當時就逃出北京走了。

第十回　月夜刀光閨門戰劍客　秋風騎影閭裏覓奸徒

　　孫正禮回到泰興鏢店，他就叫夥計到外面去打聽花槍馮隆真走了沒有。劉起雲老鏢頭也知道了此事，他就勸孫正禮不要管這閒事，並說倘或因此得罪了金刀馮茂，那可不好。怎奈孫正禮是被楊家的那慘事給氣急了，他說：“我要不打這個不平，我五爪鷹永遠不保鏢！”

　　夥計們去了半天，到晚間才回來，告訴他說：“花槍馮隆確實離開北京了。昨天是中秋節，八大胡同正熱鬧，那些撈毛的和老鴇，沒有一個看見那土魔王花槍馮隆的。”

　　孫正禮聽了，氣得他一跺腳，說：“沒有別人，一定是那小子幹的！”當時孫正禮又牽馬出門，去找德嘯峰。孫正禮滿腔怨氣，騎着棗紅色的大馬，踏着長街月色，進城來找德嘯峰。到了東四牌樓三條胡同德宅門首，他下了馬，上前“啪啪”拍門。少時裏面有人應了一聲，問道：“找誰？”孫正禮就說：“我是泰興鏢店的孫正禮，來找你們五爺有話說！”

　　門裏是趕車的福子，他聽出孫正禮那粗壯的冀南口音，就把門開開，說：“原來是孫大爺，你請客廳裏坐吧！”孫正禮叫福子把馬匹牽到車房裏，他就進到客廳中。另有僕人把客廳裏的燈點上，傳報他們老爺。

　　待了一會，德嘯峰托着個水煙袋，就來見孫正禮。他一見孫正禮，就說：“老弟，咱們今天的事弄錯了！”

　　孫正禮說：“我也怕是錯了。我去找冒寶昆，可是冒寶昆他說那件事他一點也不知道，並且一點也不像害怕的樣子。”

　　德嘯峰說：“冒寶昆且不要說，那個秦振元我看他大概不知情。我今天去見邱廣超，邱廣超一聽說秦振元有殺人的嫌疑，便一點也不加以袒護，立刻派人叫來官人，將秦振元帶到衙門去問話。可是秦振元滿口說是不知，他說他與冒寶昆、馮隆彼此相識，倒是不假，此次鳳陽譚家兄弟到北京來，因由冒寶昆介紹，也曾見過一面，可是他只知道譚家兄弟是來此遊玩，並不知旁的事情。所以衙門裏問不出來口供，又礙在邱廣超的面上，當日就把他放了。為此事，我倒很對不起邱廣超！”

孫正禮也紅了紅臉，咬着厚嘴唇，發了半天怔，忽然他一拍桌子，說：“別的人倒許冤枉，可是花槍馮隆那小子一定與此案有關。那譚家兄弟若是回來，那就算心中無愧；若是不回來，那就是他作完案跑了！”

德嘯峰說：“老弟你先別急，現在雖然不敢斷定他們幾人是否負有嫌疑，可總算是一條線索，內外城衙門裏的官人，今天我也都見過了，都是現在正認真緝凶辦案。咱們且鎮定兩天，同時再到別處去打探打探，不久真相自可明白。咱們既不是官人，又不是苦主，有些事情咱們無法去問，反正那楊小姑娘咱們得幫幫她，把她的姊姊找回來！”

孫正禮依然生着氣說：“這樣的事我瞧不下去。若是私仇還沒什麼話說，若是江湖人幹的，那我孫正禮非得找他拼命不可，我不能容江湖上有這樣壞蛋！”

德嘯峰說：“慢慢說，盡咱們的力量去辦，我這裏的人都不中用，頂好你叫你們鏢店的夥計出去探聽探聽，他們都在街面上熟！”

孫正禮說：“他們都知道這件事，我早就叫他們打聽去了。”

當下二人又談了一會兒，孫正禮便告辭走了。騎馬踏着月光，回到泰興鏢店，他便囑咐夥計在外再替他打探。那劉起雲老鏢頭卻又勸阻孫正禮，不要叫他因為管這件閒事，得罪江湖朋友，但孫正禮一腔的怒氣，他哪裏肯聽。到了次日上午就有夥計來報告他，說是不但那花槍馮隆沒有回來，連冒寶昆全都逃走不知蹤影了，曾又聽人說，冒寶昆、花槍馮隆都曾跟譚家兄弟商量過什麼秘密的事情，並且有人看見他們出過永定門。

孫正禮一聽，氣得他大罵冒寶昆，說：“我叫那小子騙了！我非把他抓回來不可！”

當時孫正禮就騎上馬，到牛角胡同冒寶昆家裏去問。還是那個女人出來，說：“冒寶昆昨天就走了，我們也不知道他是上哪兒去了。”

孫正禮在門前又吵鬧了半天，也沒把冒寶昆罵出來，他只得氣憤憤地上馬出永定門，又往楊家去了。才到楊家的籬障外，就聽裏面繞鈸亂響，有誦經的聲音。孫正禮下馬，將馬匹拴在柳樹上，他進了柴扉一看，就見裏面停着楊老頭兒的棺材，有五個和尚在靈前敲着樂器誦經。因為楊老頭兒當年也是江湖人，孫正禮就到靈前叩了三個頭。旁邊跪着的楊小姑娘，一面哭，一面叩頭還禮。旁邊的兩三個鄰居幫忙的人，就請孫正禮在院中落座。

此時俞秀蓮由屋中走出來，就問：“孫大哥，你把事情訪查得怎麼樣了？”

孫正禮說：“一定是冒寶昆、花槍馮隆那些人幹的，昨天我受他們騙了！”遂就紅着臉，氣忿忿地把昨天的事情全都說了。

秀蓮聽了，不住微微冷笑，說：“不要緊，叫他們跑去，他們還能跑出天邊兒去嗎？回頭經唸完了，就把楊老頭兒下葬，晚上我帶楊小姑娘進城，明天我就到深州，先找花槍馮隆，然後再到鳳陽找譚家兄弟，他們誰也跑不了！”

孫正禮說：“師妹，我跟你去，那金刀馮茂不是好惹的，我怕你到深州去，有什麼閃失！”

秀蓮卻搖頭說：“孫大哥你不用同我去，你不是還要保鏢往河南去嗎？不要耽誤了你的正事，我不怕什麼金刀馮茂！”

孫正禮說：“保鏢算什麼要緊？我可以叫別人替我去，我少掙幾個錢就是了。”

旁邊的鄰居們卻說：“為什麼不報官去捉他們呢？”

孫正禮說：“衙門已知道了，昨天還找了一個姓秦的去。可是花槍馮隆那夥強盜，他們哪裏怕官人呢？”

秀蓮卻說：“若叫官人先去，那倒把他們驚跑了，不如咱們先趕了去，趁他們不防就下手！”

孫正禮點頭說：“好，我還要進城找德五哥去！”當下孫正禮又匆匆地走了。

這楊麗芳還跪在靈旁痛哭，幾個鄰居就勸她，說：“小姑娘你別再傷心了！現在有俞姑娘跟那位孫大爺幫助你，再說城裏有德五爺跟邱小侯爺又直在衙門給你託人情，你還發愁什麼？過不了幾天，就能把那幾個強盜捉住，救你姊姊回來了！”雖然大家這樣勸，可是麗芳依然掩面嗚嗚地哭，她依然穿着往日的舊衣裳，只是髮上繫着一條白麻布。

秀蓮看着這種情形，十分的可憐，同時又痛恨那幾個兇惡的強盜。天色過午，五個和尚才把經誦完走了，秀蓮就催着人把棺材下葬。楊家在此也沒有墳地，就在籬障後打了一個深坑，將棺材埋在坑裏，上面堆起來一尺多高的墳頭，又在墳前燒了幾疊紙。那楊麗芳又跪在墳前，痛哭了幾聲爺爺，然後秀蓮把麗芳挽起來。

回到籬障內，秀蓮就向那鄰居老薛說：“這件事你很受累，現在我先送你二兩銀子，將來事情辦完，再給你道謝。這裏的房屋現在也不能賣，就都由你暫時看管，花盆花兒都送給你好了，好在你也是做這買賣的。多者半年，少則一月，我必要回來，那時咱們再慢慢辦理。”遂就取出銀錢，送給老薛二兩，其餘的鄰居都送了幾錢銀子。

眾人齊都向俞姑娘道謝，老薛並說：“俞大姑娘你放心！你跟楊家早先沒有什麼交情，都這麼幫助他們，難道我們這些老街坊就都沒有點義氣嗎？這兒的東西什麼也短不了，將來你回來我們交給你。楊豹要是回來呢，我們就交給他。”楊麗芳又哭泣着，託付眾鄰居，說是只要他的哥哥楊豹回來，千萬叫他到城內德宅去。鄰居們也全都答應。

待了一會，德宅的車就來接俞姑娘。秀蓮留下貴升在這裏，幫助鄰居們收拾東西，她就帶着隨身的包裹和雙刀，拉着麗芳出門上車。趕車的人是德宅的福子，楊麗芳坐在車裏，秀蓮坐在車外，也不放下車簾，那福子跨着車轅，搖動了皮鞭，這輛車就往城裏走去。進了永定門，秀蓮就在車上往兩旁看，她覺着北京城的人是太多了，也太雜了，所以什麼驚奇險惡的事都能發生，她在車裏就囑咐麗芳小姑娘說：“你到我家裏，可是明天我就要走了，你一個人千萬要諸事謹慎，不可出門，因為北京城裏壞人很多！”

麗芳卻抹着眼淚說：“我也跟姑姑去！找我姊姊去！”

秀蓮歎了口氣，說：“其實你若跟我去也好，因為我們也不認得你的姊姊是什麼樣子，不過就是怕我們與人爭鬥起來時候，顧不了你！”

麗芳擦了擦眼淚說：“那不要緊，我也會幾手武藝，只要給我一口刀就行。那天強盜到我們家裏，因為我手裏沒有刀，又因為他們的人太多，我才沒敢打他們！”說着，她在車裏更哭得厲害。回憶前日清晨她家中那幕慘劇，並且悔恨自己，那天為什麼不幫助爺爺打賊，卻躲藏起來，以至於賊人殺死了爺爺，搶走了姊姊！

秀蓮回首勸慰她說：“你別哭！等回去咱們再商量！”然後轉過臉來，又向街上去望。這時車已進了前門，忽聽得一陣馬蹄響，有一匹白馬趕到了車前，馬上的一個少年，不住回首向這車中來望。秀蓮見這少年不過二十餘歲，生得白面皮，大眼睛，十分英俊，身穿一件青綢夾袍，挽出白袖來，薄底靴子蹬着雪亮的銅鐙，似是個富家的公子，可是看他那神氣，騎在馬上的姿勢，卻又像是個練過武功的人。這人就在秀蓮這輛車的前面走，隨走隨回頭來望，直由前門走得快到了東四牌樓，這個人的馬始終沒離開車。

福子都看不下去了，他罵了聲：“他娘的！丁郎兒的眼睛，找你爸爸呀？”吧的一聲，打了騾子脊背一下，就催車快走。少時進了三條胡同，在秀蓮住的門前下了車。

這時那騎白馬的青衣少年也進了胡同口，秀蓮大怒，她向福子說：“先別把刀拿進去！”站在車旁，瞪着目，看那馬上的少年到底敢有什麼動作。可是那少年卻沒事人兒似的，他從從容容地揚着頭騎着馬，掠過車前往東去了。福子倚仗着俞姑娘的勢力，向馬後罵了一聲：“裝他媽的什麼孫子！”又向秀蓮笑着說，“這小子他瞎了眼啦！”秀蓮臉上微紅了紅，此時裏面鄧媽已把門開開，秀蓮就自己拿着雙刀同包裹，帶着麗芳進去，鄧媽隨手把門掩了。

秀蓮雖想着剛才騎着馬的那個人可氣，可是以為那不過是京城富家的浮浪子弟，不足介意，便又勸慰了楊麗芳一番，然後找出幾件自己的衣裳，叫張媽給改短了，好給麗芳穿。歇了一會兒，她就向麗芳說："我帶着你見見德五爺和德五奶奶。"

於是鄧媽開了街門，秀蓮就帶着麗芳到了德家。德大奶奶一瞧這楊姑娘長得十分俊俏，而境遇又是這麼凄慘，就由心中發出無限的憐惜，她問說："你今年十幾歲了？"

麗芳回答說："我今年十六歲！"

德大奶奶說："比我們文雄大一歲。"說時，她用手摸着麗芳那繫着白麻的頭髮，用眼瞧着秀蓮。

秀蓮卻因聽說麗芳今年才十六歲，她就想起自己十七歲時便隨父母出來，當年父母也就雙雙故去，如今自己已在外漂泊三載時，未免臉上現出一種悲痛之色，但她不願叫德大奶奶看出來，遂就在凳上坐下，把剛才葬楊老頭兒，以及明天就要到深州去找花槍馮隆之事說了。

德大奶奶就說："妹妹，你太急性了吧？你五哥現在上邱宅去了，由那裏再到衙門去打聽打聽。他說什麼花槍馮隆冒寶昆倒都是壞人，可是這件事還沒有見證，得弄明白了之後再說！"

秀蓮說："這還用什麼見證，孫正禮昨天找冒寶昆去了，當時冒寶昆假作不知道，把孫正禮騙去了，可是晚上他就跑了，到現在沒有下落。他要是沒做虧心的事，他可跑什麼？"

德大奶奶知道秀蓮的性情烈，勸她是沒法勸，便說："等你五哥回來再說吧，你們要走，不是也得明天才能走嗎？"

秀蓮點了點頭，便在這裏等候德嘯峰。三個女人又談了半天話，德大奶奶又知道麗芳有一個胞兄，她就更是惋歎，說："你爺爺生前的脾氣也怪，為什麼把你哥哥給逼走了呀？"

麗芳又流着淚說："我哥哥是個好人，他又有力氣，又會使刀，平日也很聽我爺爺的話。我爺爺叫他別露出會武藝的樣子，省得惹事吃虧，他也答應。他就老老實實地幫助着我爺爺賣花兒，可是他總忘不了給我父母報仇的事，就跟我爺爺要錢……"

德大奶奶聽到這裏，就問："你爺爺有錢嗎？"

麗芳搖頭說："我爺爺大概手裏存着點錢，這回也都叫強盜給搶走了。他活的時候，我哥哥跟他要過好幾回，他都不給。後來大概我哥哥自己弄來點兒錢，我爺爺就罵他是強盜，把他趕出去了！"又說，"他走了也快三年了，也不知把仇報了沒有，去年托了一個姓雷的來看我們，也叫我爺爺給罵走了！”

秀蓮在旁說：“或者你哥哥真是學壞了，所以你爺爺才那樣恨他？”

麗芳卻流着淚搖頭，表示他哥哥是個極好的人，不會學壞。

又待了一會，天色傍晚了，德嘯峰才由外面回來，他連帽子都顧不得摘，就向秀蓮和麗芳拱手，連說：“受等，受等！”

秀蓮問說：“五哥才回來？”

德嘯峰說：“可不是，我早就出去了，足足跑了一天。”遂又轉首向僕婦說，“你們出去找着壽兒，叫壽兒把客廳坐着的孫大爺也請進來。自家的兄弟，何必那麼客氣！”

一個僕婦出屋去了，秀蓮就問德嘯峰說：“我孫大哥也來了嗎？”

德嘯峰說：“可不是，他也等了我半天啦！”旁邊另一個僕婦給倒過茶來，德嘯峰才摘了帽子，在椅子上落座。這時五爪鷹孫正禮就由外面進來，德嘯峰就指着大奶奶說：“這是內人。”

孫正禮深深地打躬，然後德嘯峰請他落座，旁邊的秀蓮就說：“現在事情，都已明白了。花槍馮隆跟那譚家兄弟，自從走後就沒回來。昨天孫大哥找冒寶昆去，那冒寶昆花言巧語將我孫大哥騙走，隨後他也跑了。五哥請想，他們若是沒虧心的事情，為什麼都要跑呀？”

德嘯峰點頭說：“今天我在外面也打聽出一點來，譚家兄弟、冒寶昆和花槍馮隆，確實與此案有關，因為他們出過兩次永定門，並且在出事的那天早晨，有人在盧溝橋看見花槍馮隆坐着一輛破騾車往西去了，車簾子放着，不知裏面坐的是什麼人。”

秀蓮聽了這話，她就忿忿地說：“不用說，楊大姑娘一定是被他們給搶了去，藏在那車裏了！”

麗芳立刻又痛哭起來，她說：“我姊姊一定活不了！”

秀蓮擺手說：“你別着急！不是孫大爺也在這裏了麼？明天我們就動身，到深州去捉住花槍馮隆，把你姊姊找回來！”

麗芳哭着說：“我也要跟俞姑姑和孫叔父去！”

旁邊德嘯峰卻搖頭說：“楊小姑娘，你千萬不可隨去，深州不是近路，再說你俞姑姑和你孫叔父，到了深州一定要與馮家兄弟大鬥一場，那時他們怎能顧得了你？”

孫正禮也說：“你不能跟我們去，我們到深州找完了花槍馮隆，還得到鳳陽找那譚家兄弟去呢！冒寶昆還不知道哪裏去了，那小子要跑到江南，我們也得追了去。你又不會騎馬，如何能跟着我們走？”

德大奶奶也說：“你要跟去我也不放心，你就在我們這兒住着吧！”

德嘯峰作的主意，叫楊小姑娘在他這裏住着，等候將她姊姊麗英尋來，俞秀蓮走後，把那邊的兩個僕婦也調回來，那邊的房屋就暫由男僕看守。然後他又勸俞秀蓮和孫正禮說："我們只把楊大姑娘找回來就是，不必太與馮家兄弟、譚家弟兄為難。雖然他們把楊老頭兒殺死得太慘，可是那自有官人捉拿懲治他們。將來楊豹知道，也一定要為他祖父報仇。我們卻只能救活的，無法安慰死的！"

孫正禮覺得這樣辦還是不出氣，他剛要張開大嘴說話，旁邊俞秀蓮卻點了點頭，說："五哥放心吧，我們辦事一定謹慎！"

德嘯峰又說："還有，李慕白的事情，你們也要在外打聽打聽，要知道了他的下落，趕緊托人給我帶回信來！"

孫正禮卻搖頭感歎說："我看譚家兄弟傳出來的話，大概不是假的，李慕白恐早已不在人世了！"

德嘯峰卻微微笑，說："別人我不知道，唯獨我那李兄弟，憑他那身智勇雙全的才能，別說絕遇不見對手，就是再遇見比他武藝還高的人，他也絕吃不了虧！"

俞秀蓮此時聽人提到了李慕白，她心中又不勝悲痛，同時臉也有點紅。又談了幾句話，天色就昏黑了，屋中也點上了燈燭，德嘯峰夫婦就留他們在此用晚飯。

孫正禮卻執意不肯，他說要回去收拾行李，德嘯峰挽留不住，他就走了。秀蓮本來也要走，可是德大奶奶把她拉住了，說："你在那邊吃跟在這邊吃不是一樣嗎？再說明天你就要走了，我得給你餞行！"秀蓮笑了笑，便由德大奶奶拉着她就上了座。楊麗芳小姑娘坐在她的旁邊。德嘯峰夫婦和文雄、文傑是在兩邊相陪，一面吃着飯一面談着話。

德大奶奶又囑咐楊小姑娘，說："日後你在我們家裏住着，可千萬別拘泥，你問你俞姑姑就知道了，我這個人除了心直口快之外，實在沒有脾氣！"

麗芳感激得流下眼淚，說："我知道！"

秀蓮又勸慰了麗芳幾句，然後她也不禁歎息，就向德嘯峰說："我們走後，我真不放心這裏！"

德嘯峰搖頭說："沒有什麼的，俞大妹妹自管放心吧！早先我怕的是黃驥北，現在我還怕誰？你跟孫正禮走後，我把大門一關，照常隱忍度日，誰還真能夠必要逼我於死地嗎？"說到這裏，他又想起李慕白為自己的事，獲罪逃走，即使他尚在人世，恐已不能再到北京與自己見面了，因此他暗暗地歎了口氣。當時滿座不歡，德大奶奶見丈夫發愁，她也怔了。只有文雄、文傑，呆呆地看着幾張愁苦的臉，卻不敢說一句話。

少時飯畢，秀蓮就說："我得走了，今天早睡，養好了精神，明天還得起身趕路呢！"又向麗芳說，"你就不用跟我回去了，在這兒跟五嬸母住着得了！"

德大奶奶也說：“對了，你不用回那邊去了，省得明兒還得過來。”

麗芳點了點頭，又仰面問秀蓮說：“俞姑姑，明天還過這邊來嗎？”

秀蓮想了想，就說：“不一定，也許我由那邊就走了！”

楊麗芳卻又撲簌地落下淚來，秀蓮拉着麗芳的手，又勸道：“你心裏別淨難受，我這就走，一定能把你姊姊找回來！並且還用不了多少日子！”

楊麗芳拭着眼淚答應了，當時秀蓮就走了。德嘯峰夫婦和兩個少爺，連同麗芳，把秀蓮送到二門，秀蓮就借着月光，向身後擺手說：“請回罷，不要送我了！”

福子把大門開開，秀蓮就很快地走回自己的住所，在月下敲門。敲了幾下門，卻不見裏面僕婦應聲，秀蓮心中十分驚愕，兩旁看了看，巷中並無行人，她就掠起衣裙，一躍上了牆頭，這時就見月色下，院中有個男子，持着一口寶劍，逼着兩個僕婦不許出那小屋，另一隻手卻拿着秀蓮的那一對雙刀。秀蓮大怒，嗖的跳下牆來，趕過去厲聲問道：“你是什麼人，敢到我這裏來做強盜！”那人趕緊轉過身來，退後了兩步，然後揚起面來看着秀蓮。此時天際的月亮，雖沒有前天那麼圓，可是依然明朗，二人對面看得很清楚，秀蓮就認出這人，正是白天由前門跟着自己回家來的那個騎馬的少年。

只見他右手持劍，左手抱着自己那對雙刀，面現得意之色：“俞姑娘！我不是強盜，你聽我說幾句話！”

秀蓮氣得面色更變，瞪着眼睛說：“你說！你說！”

那人先笑了笑說：“我是由江南來到此地的，我是靜玄禪師的弟子，沖霄劍客陳鳳鈞！”

秀蓮一聽這個名字，她越發驚異，立刻問說：“李慕白是你們把他害死的不是？”

陳鳳鈞說：“不錯，但我們並非有意殺死他。因為他盜去了我師父秘藏的人身穴道圖，我們師徒五人追到繁昌江邊，才把他追住，本想要回來穴道圖，便放他走，可是他一味狡賴，並拔出寶劍來與我們對敵，所以我們才下了毒手，將他打落於江中。”

秀蓮聽了這話，氣得她渾身顫抖，咬着牙問道：“你今晚突然闖進我的家裏，逼我的傭人，搶去我的雙刀，你是懷着什麼心？”

那陳鳳鈞向後又退了一步，笑着說：“姑娘聽我慢慢說！我本是江南世家，我的父親兄長全都是武舉出身，但我卻喜遨遊江湖，以致至今二十四歲尚未娶妻。我誓要娶一個才貌雙全的女子。此次渡江北來，我有兩個志願，第一就是奉了師父之命，到北方來尋一個人，這且不必說了；第二我就是要物色一位心目中的女子。在河南商丘地方，我遇見一個女子名叫柳夢香，這個女子武藝不錯，品貌也好，她很願意嫁我，但我卻不願要她，我就到北京來了，因我久仰姑娘的大名，所以想見一見。來此半月有餘，今天才得見姑娘，姑娘的容貌使我忘寢廢食，所以不揣冒昧，前來……」

陳鳳鈞慢條斯理、得意忘形地才說到這裏，不防對面的秀蓮姑娘忽然一個箭步躥上來，向他的手中去奪雙刀。陳鳳鈞也手快，趕緊揚起右手的劍，向秀蓮來威嚇，但秀蓮的右手托他的右腕，左手早將雙刀搶過去，其勢極猛極快。秀蓮雙刀到手，便緊退幾步，取下刀鞘，沙的一聲，把雙刀如雕翅一般的左右展開，刀光映着月華，閃閃奪目。

秀蓮怒罵道：「你瞎了眼的東西，如今敢來欺負我！今天我要殺死你，替我的恩兄報仇！」說時掄着雙刀，撲上來向陳鳳鈞就砍。

陳鳳鈞趕緊用劍相迎，嘴裏冷笑說道：「好姑娘，你真要看看我的武藝嗎？」當時寶劍與雙刀就如閃閃的電光，交射在一起。起先陳鳳鈞還是從從容容，以為他是江南有名的人物，秀蓮絕不是他的對手，可是在交手十餘回合之後，陳鳳鈞就看出俞秀蓮的刀法高明，自己倘一失神，必定要立刻吃虧，於是他就一點也不敢輕敵，將生平所會的劍法，盡皆施展出來，與秀蓮刀來劍往，三件兵刃，上下翻飛，人影疾飛，光芒亂閃，只聽得嗖嗖的腳步聲，和鏘鏘的兵刃相撞之聲，又往來三十餘遭，秀蓮的刀勢就愈急。可是此時陳鳳鈞不欲再戰，他忽然一轉身，嗖的一聲躥上房去了，口中並說了一聲：「再會！」

秀蓮罵道：「你休想走！」遂也追上房去，可是那個陳鳳鈞由此房跳到彼房，在月光下看得很清楚，他就像一隻黑貓似的，踏着房走了。這倒真叫秀蓮為難了，就想那邊原是別人家的房屋，他是個賊，可以踏着瓦走去，我怎可以也追了去呢？倘若被人家發覺，不要疑我也是個女賊了嗎？於是秀蓮便不去追趕，站在房上喘了喘氣，看得那條黑影沒有了，秀蓮才提刀下房，先到屋裏，就見張媽和鄧媽全都嚇得臉色跟白紙一般，全身抖擻着，都說不出來一句話來。

秀蓮就說：「你們不要怕了，我已將賊人打跑了！」鄧媽這才戰戰兢兢地說：「哎呀！可真把我們倆人嚇死了！那個人一跳進牆來，就說要找姑娘，他說他跟姑娘認得。我們告訴他，姑娘出門去了，一會兒就回來，他就叫我們在屋裏，不准出去，也不知他在院裏幹些什麼。姑娘你查一查，短了什麼東西沒有？」

秀蓮此時依然怒氣未息，就說：「我哪裏認得他？不過，這個人也不是強盜！」說時她就叫兩個僕婦把屋門關好去睡，她獨自提着雙刀，在院中各處查看了一番，便回到自己屋中，把鋼刀放在桌上。她不禁對燈長歎，就想：剛才這個人劍法熟練，身手敏捷，他自稱是江南沖霄劍客陳鳳鈞，諒不是假，他說李慕白已死在江中，莫非也是實事嗎？咳！李慕白真就這樣的死了嗎？……立刻心中一陣奇痛，她伏在桌上，臂壓着冰冷的雙刀，嗚嗚地痛哭起來。也不知哭了多少時候，她忽然抬起頭來，把雙刀一拍，自言自語說："我一定要給李慕白報仇！"她又後悔，剛才為什麼把殺死李慕白的兇手陳鳳鈞放走了呢？我應當殺死他，殺死他之後再到江南去殺那靜玄和尚，我就是死了也甘心！於是她又盼着陳鳳鈞再來，就下毒手要他的性命，如此思想了半夜，因為明天還要起身，她便閉了屋門，將雙刀放在枕畔，熄燈睡去。

　　次日，睡到天還沒有亮，就被外面打門的聲音吵醒。外面急急地叫了半天門，張媽才爬起來出去開門，秀蓮也下床將屋門開開，就見五爪鷹孫正禮牽着他那匹棗色大馬，進到院裏來，一見着秀蓮，他就說："師妹，你收拾好了沒有，咱們這就走吧！"

　　她見孫正禮這樣子，不由倒笑了，就說："孫大哥這時天還沒亮了，城門也怕還沒開吧？"

　　孫正禮說："不要緊，咱們走到永定門，天也就亮了。那件事，氣得我一夜也睡不着覺！"

　　張媽已把屋中的燈點上，秀蓮就請孫正禮進屋落座，說："孫大哥你且等一等，我叫他們到德宅去，讓那邊的人把我的馬備上。"遂就叫張媽去。

　　張媽說："這時候那邊還沒開門呢！"

　　孫正禮生着氣說："你不會叫門去嗎？"

　　張媽沒有法子，只得先把她的夥伴鄧媽叫起來，然後她就到德宅去叫門，讓那邊的人給秀蓮備馬去了。這裏秀蓮就隨手收拾自己的行李，她卻未把昨夜與那沖霄劍客陳鳳鈞決鬥的事告訴孫正禮。

　　孫正禮在椅子上都像坐不住，又站起身來到院中來回地走，此時天色不過黎明。張媽回來了，回稟秀蓮，說是德宅把門開開，已把備馬的事告訴福子了。秀蓮點了點頭，又囑咐張媽，說："你去告訴鄧媽，不准把昨夜的事告訴人，連德五爺都不要告訴！"張媽連連點頭答應。

　　這時孫正禮又在院裏來回走了幾遭，天光就亮了，他就進屋一看，秀蓮已將隨身的東西收拾好了，卻是一隻衣服包裹，一隻被卷，被卷裏着刀鞘露出了黃銅的兩口刀柄，在衣包旁邊還放着一口寶劍，沒有鞘，劍身卻用藍布裹着。孫正禮看着仿佛有點詫異，就問說："師妹，這口劍也是你的嗎？"

　　秀蓮見問，臉上不由得紅了紅，就說："不是，這是李慕白留在德五哥之處的寶劍，前些日文雄、文傑他們拿過來，叫我教給他們，因就放在這裏了！"

　　她說話的時候，心中卻感到一陣疼痛。孫正禮又把腳跺了一下，粗聲地歎了一聲，皺着兩條濃眉，在屋中又來回地走。這時外面又有打門之聲，鄧媽趕緊跑去把門開了，外面是德嘯峰帶着楊麗芳小姑娘和壽兒、福子來了。壽兒提着一個小包裹，福子牽着備好了的秀蓮的那匹黑色健馬。德嘯峰由壽兒手中接過小包裹，帶着那低頭擦眼淚的楊小姑娘進屋，見了秀蓮和孫正禮，就問說："你們現在就要走嗎？"

　　孫正禮說："楊大姑娘落在花槍馮隆小子的手裏，遲一天就不好，深州又不是近路，我們不趕緊去哪成？"

　　德嘯峰也點頭說："當然事情是越快辦越好，你們兄妹這就起身吧。我這裏有百十來兩銀子，給你們作盤費！"

　　秀蓮說："哪用得了那麼許多錢？我手下現在還有錢。"

　　德嘯峰說："說不定你們遇見別的事還許要用錢，多帶些是不妨的。不過還是我那個主意，我們只把楊大姑娘救回來就是了，不必把馮家兄弟逼得太急了！"

　　俞秀蓮點頭說："五哥不用囑咐，我都知道。"遂又將那口寶劍捧起，交給德嘯峰說，"這是李慕白那口寶劍，請五哥收存吧！"說時她聲音略帶淒婉，芳頰微現紅色。

　　德嘯峰接過寶劍，也不禁感歎，他是心想：江南鶴老俠留下這口寶劍，原為是把寶劍留結他日緣的，可是現在已將三年了，老俠是再也沒來，李慕白又是不知生死，他們這段姻緣得等到何時呢！德嘯峰的話雖未說出來，但是不住歎氣。

　　楊麗芳又把她姊姊的年貌詳細告訴了秀蓮和孫正禮，秀蓮又囑咐她一番。孫正禮把德嘯峰送的銀兩收了起來，俞秀蓮就向德嘯峰說："五哥，我們走了！"

　　說了這句話，她忽然想起昨晚那個陳鳳鈞，他難免今夜不再前來，因此未免有些不放心。只是又想，陳鳳鈞與德家無冤無仇，他若知道我已走了，大概也就不能再來了，心裏這樣想着，腳步往外走，兩個僕婦和壽兒給秀蓮拿着行李，那孫正禮已先牽馬出門去了。

　　秀蓮在前，德嘯峰在後，出了門首，秀蓮自己動手，向馬上捆綁行李，德嘯峰又託付說："俞大妹妹若在外面聽見李慕白的下落，千萬找個人給我送個信來！"

　　秀蓮點點頭，她咬着嘴唇，並不發話。收束停當了，她又拉着楊小姑娘的手，微笑着說："你也別淨哭，不到一個月，我必將你姊姊找回來！"說畢，放下手，她就扳鞍上馬，一手挽轡，一手由福子的手中接過了絲鞭。

　　此時孫正禮早已上了馬，他就向德嘯峰抱拳說："五哥，過半月後咱們弟兄再見！”

秀蓮在馬上又向麗芳說：“你跟五爺回去罷！”

那麗芳小姑娘睜着兩眼望着秀蓮。孫正禮的馬在前，秀蓮的馬在後，只見鞭影蹄聲，兩匹馬就出了三條胡同的西口往南去了。此時朝陽的金光已照遍了大地，晨風自西方吹來，觸在臉上覺着有些寒冷，道旁有些枯葉在打滾，街上不多的行人，都顯着很慵懶，商家也還都未開門，現出一種秋節後的蕭疏景象。走出了永定門，順大道一直往南，兩匹馬就加緊了，嘚嘚的蹄聲敲在堅硬的石頭道上，格外清脆而疾快。走出二三里，四周去看就見是一片收成後的秋色大地，稀稀的有幾處村落。西風揚起塵土，像眼前翻漫着一層大霧。秀蓮的頭髮都亂了，她由身邊抽出一塊綢帕，一面向髮上蒙，一面催着馬走。

前面那棗色大馬上的孫正禮，回過頭來，用鞭指着西邊說：“那不就是楊小姑娘的家裏嗎？”

秀蓮也向西邊看了一眼，她繫好綢帕，催馬趕上孫正禮，就說：“孫大哥，咱們到了深州，把楊大姑娘找着，你就送她回北京，我還要到淮南找那譚家兄弟去呢！”

孫正禮怔了一怔，在馬上說：“那怎麼使得，你把楊大姑娘送回來，讓我去找他們。”秀蓮不便跟他爭執，就沒再言語。兩匹馬如飛似的直往南去。

晚間到了雄縣方才歇息。在店房裏，秀蓮自己找了個單間，卻叫孫正禮到大屋子裏去，並悄聲說：“孫大哥到大屋裏去，那裏的人雜，可以聽出些消息，可是千萬自己不要露出形跡來！”

孫正禮點頭說：“我知道！”心裏卻想着：我這個師妹倒比我還有主意，只可惜她是個姑娘，若是男子，真的比我師父還強。當下他到大屋子裏，那炕上地下全都坐滿了人，有做買賣的人，有行路的差人。那些人正在談論這店裏剛才來了一個騎着馬的小娘們兒的事情，孫正禮一進屋，那些人就全都不說了。

孫正禮就找了一個炕角坐下，喝聲：“店家給我煮麵來！”他這樣一喝，把旁邊人全都嚇了一跳，都用眼來看他。孫正禮心說：不好，我露出形跡來了？遂就向旁邊一個做買賣的笑道：“老哥哥你讓個地方，叫我躺一躺！”那人挪了挪屁股，孫正禮就把脊梁向牆一靠，半躺半坐地說了聲：“勞駕！”

那人見孫正禮還和藹，就笑着問說：“老哥從哪裏來？”

孫正禮說：“從密雲縣來，送一家親戚到深州去。”

那人又問：“老哥在密雲做什麼生意？”

孫正禮說：“不做生意，早先在鏢行裏混，現在不幹了！”

　　聽他說出這話，旁邊就有一個瘦臉年輕的人，非常注意他。那個做買賣的人，一聽孫正禮是鏢行的人，他就十分欽敬，又裝了一袋煙要給孫正禮抽。孫正禮卻擺手說：“我不會抽煙。”

　　此時旁邊那瘦臉的人發話了，他先問孫正禮貴姓大名，孫正禮只說：“我姓孫行大。”那年輕人又問孫正禮早先在哪家鏢店。孫正禮笑了笑，說：“提不起來，在小鏢店當個小夥計，提起來倒叫人家笑話！”

　　此時店家已把一大碗湯麵端來，孫正禮捧起來大碗，拿着筷子，呼嚕呼嚕地就吃，同時斜着眼去打量那稍年輕的人，就見這人穿着一身紫花色的夾褲褂，挽着袖子，露出胳膊上刺着的花紋，手裏拿着個鼻煙壺，倒在小碟裏，就往鼻子上去抹，抹得鼻子成了個蝴蝶。

　　孫正禮心說：這小子一定是江湖人。遂咽下一口面去，就問那年輕的人說：“老哥你貴姓？”

　　那人說：“不敢當，兄弟叫徐福泰，有個小小外號，叫作拐子徐七！”

　　孫正禮笑了笑說：“久仰你老哥的大名，你老哥是做生意的嗎？”

　　拐子徐七點頭說：“算是生意吧！”

　　這句話孫正禮就明白了，知道此人是在江湖上混飯的，遂又問：“打算往哪邊去？”拐子徐七一指旁邊一個高身材的人說：“跟我這位象鼻子高大哥到河南去。那裏有兩位朋友，一位是金槍張玉瑾，一位是紫金剛華大常。”

　　孫正禮一聽金槍張玉瑾之名就不禁吃了一驚，趕緊問說：“不是在兩年前，張玉瑾叫李慕白給殺死了嗎？”

　　徐七冷笑道：“他死了我們還找他幹什麼？不錯，前兩年張玉瑾是在徐水縣受了點傷，可是那早就養好了，現今他還在開封府開着鏢局。在現今河南，若提起好漢來，除了新出來的好漢單刀楊小太歲，就得數張玉瑾！”

　　孫正禮趕緊又問說：“單刀楊小太歲又是怎樣的人物？”

　　拐子徐七還要說話，旁邊的象鼻子高大哥向他使了個眼色，徐七就搖了搖頭，說：“這個人我只聞其名，未見其人。”

　　孫正禮又問：“北京城的花槍馮隆你認得不認得？”

　　徐七撇了撇嘴說：“那小子，誰認得他呀？他的哥哥金刀馮茂倒是我們的老朋友。”

　　孫正禮又問：“李慕白你認得不認得？”

　　徐七說：“那個人不能跟咱們交朋友，他專門跟咱們這些人作對，鏢行、走江湖的，哪一個不恨他，他活着咱們犯不上惹他，現在他死了，還提他幹什麼？”

　　旁邊一個買賣人，操着北京話問說：“怎麼，殺死北京黃四爺的那個李慕白不是從獄裏跑了嗎？怎麼又死了？”

拐子徐七冷笑道：“那樣的人還能遭好報？”

此時孫正禮吃完了兩大碗麵，他就跳下炕去，出了大屋子，就到秀蓮的房裏。這房裏已點上了燈，孫正禮就悄聲說：“師妹，我在大屋子裏探來些消息，那大屋子裏有個拐子徐七，看那樣子是個江湖人，他說金槍張玉瑾現在還沒死，還在開封府開着鏢局，李慕白的死信可是誰都知道了！”

秀蓮姑娘點了點頭，心中又添了無限感想。孫正禮又說了幾句話後，回到大屋子裏，打算再探出些什麼新聞來。可是在他出屋之時，那拐子徐七大概是聽了象鼻子高大哥的囑咐，孫正禮再問他什麼，他就不說了，他只跟別人談些嫖土窯子的經驗。

一夜就在店中度過。次日清晨，孫正禮同俞秀蓮依舊起身趕路。在路上俞秀蓮又恨恨地說，把楊大姑娘救出來之後，她不但要找鳳陽府的譚家兄弟，要找冒寶昆，並且要找金槍張玉瑾，以報逼死父親的大仇。她只是沒說出來，自己心裏還有件事，就是她立志要到江南去尋李慕白的下落。果然李慕白真是死了，那她必饒不了靜玄禪師。

兩匹馬緊行，共計四日，這日黃昏時就來到了深州地面。在城北一座市鎮裏，二人駐了馬，孫正禮就向俞秀蓮說：“師妹，現在天還沒黑，咱們趕緊打聽馮家住在哪裏，就找了他們去吧？”

秀蓮卻在馬上搖頭，她凝神想了一想，就說：“咱們先找一家店房歇一歇。”

孫正禮卻不大高興，好容易來到了深州，不趕緊下手，要叫馮隆那小子跑了，可怎麼辦？孫正禮是這樣的想，但是俞秀蓮卻極為小心仔細，她知道是不可莽然動手。於是就找了一家店房，兩匹馬叫店夥牽到槽旁，店夥便給找了一間屋子，二人拿着行李進去，點上了燈。

孫正禮催着叫給做飯，在店夥答應一聲出屋之際，秀蓮就悄聲向孫正禮說：“孫大哥，咱們現在不要急，因為那馮家兄弟不是好對付的，倘若他們知道我們為楊家之事來到此地，他們先將楊大姑娘藏了起來，那可就不好辦了。”

孫正禮點了點頭，說：“我也知道，花槍馮隆那小子雖不是東西，可是他的哥哥還不錯，金刀馮茂是有名的好漢子！”

秀蓮說：“咱們也並不是怕他，只是要顧全江湖義氣，他若是不講情理，我們自然也不必客氣！”她斬鐵斷釘地說了這幾句話，令孫正禮心中十分佩服。秀蓮又說：“今天天晚了，我們若突然到他家裏去，不但顯着莽撞，而且也辦不了事，只好今天先向店家打聽明白了，明天早晨再找他們去。”

孫正禮點頭說：“好，就這樣辦。”

待了一會，店夥就把菜飯端了來，秀蓮就問：“我跟你們打聽打聽，在北京開鏢店的馮家是在哪裏住？”店夥向東指着說：“離這兒不遠，那地方叫六里屯，看見白楊樹就到了，你找的是他家哪一位呀？”

孫正禮說：“我們是找花槍馮隆。”

店夥訝說：“那是馮老五，他在北京大概沒回來吧？”

孫正禮與秀蓮面面相覷，秀蓮又說：“我們在北京找他，說是他回家來了。”

店夥搖頭說：“大概沒回來。他要回來，天天到葛家酒舖去喝酒，我們一定看得見他。”

秀蓮點了點頭，店夥就出屋去了。

這裏秀蓮與孫正禮全都仿佛十分失望，秀蓮就說：“他們是比咱們先走了三天，他是坐着車，自然慢些，也許這時他還沒來到了？”

孫正禮說：“管他呢，他不回來，咱們找金刀馮茂要人！”說畢，他大口地吃飯。秀蓮心中卻不禁暗暗地盤算，覺得自己在路上走得太快了，來到這裏反撲個空，若沒有楊大姑娘，就是把馮家兄弟全都打敗了，也是無用呀！少時飯畢，孫正禮又叫店家給他找大屋子睡覺。店家見這一對男女，分屋而寢，也不明白他們是什麼關係。

到了第二天，清晨起來，孫正禮就催店夥備馬，然後就進到屋裏，向秀蓮說：“師妹，咱們現在就到馮家去吧？”

秀蓮此時已將隨身的東西全都收拾好了，然後一面用絹帕包頭，一面向孫正禮教了幾句話，囑咐見了馮家的人，千萬不可魯莽。

孫正禮點頭說：“師妹你放心，我都明白。咱們現在辦的是事，並不是專為打架來的！”

說話之間，店夥已將兩匹馬備好，孫正禮就和秀蓮出屋，將行李綁在馬上，然後付了店錢，牽馬出門。店夥又跟出門來，詳細指點那往六里屯馮家去的道路，孫正禮和秀蓮認清了方向，便放馬往東走去。這時東方的朝陽才吐露出來，遠遠的樹梢還掛着曉煙，涼風吹得野草與敗葉沙沙地響，路上的行人也不多，兩匹馬蕩起來塵土，行了不到兩刻鐘，便到了那六里屯。

這裏的白楊樹很多，葉子刮喇刮喇地響，像是起了潮水，秀蓮望見田地裏有兩個用耙子收拾亂草的農人，便在馬上說：“孫大哥，問問那邊的人，大概是到了。”

孫正禮下了馬，牽馬向那邊走近幾步，他就抱拳問說：“請問二位大哥，這裏就是六里屯嗎？”

那邊的兩個農人一齊點頭說：“不錯，是六里屯。”

孫正禮又問說："請問，馮家在哪裏？"

一個農人就問："你找哪個馮家？是東馮家，還是西馮家？"

孫正禮說："我找的是在北京開過鏢店的。"

那農人向東南一指，說："那邊就是，門口有兩座磨的。"

孫正禮看見了那個門首，便道了聲"勞駕"，他又上了馬。

秀蓮卻在馬上向那農人說："我們找的是馮隆，北京春源鏢店的鏢頭，不知道他在家沒有？"

那農人一聽找的是馮隆，他就似乎是不屑於理的樣子，說："花槍馮五呀？他可沒在家，他有半年多沒回來了。他就是回來，他四哥也不能叫他在家裏住！"

秀蓮一聽，知道馮隆確實沒有回家，不由怔了一怔。那農人又指着那馮家門首說："他們老二老三都在家啦，馮二在張家口的鏢店也關了門啦，現在回到家裏來了。"

這時秀蓮不由得灰心，想着馮隆既沒有回來，楊大姑娘一定也不在此處，就是見了他的哥哥也沒有用啊！正待向孫正禮商議，可是孫正禮已撥馬向那馮家的門首走去。馮家的門戶並不大，約有十幾間灰草房子，黃土圍牆，門前是兩座石磨，石磨旁趴着三條狗。孫正禮的馬匹一來到門前，那三條狗就撲着馬咬。此時秀蓮也騎着馬趕到，她也不下馬，就在那門前十幾步之外等候。孫正禮下了馬，用鞭子趕着狗，大聲地喝着。

門外這樣一吵，門裏就有人出來了。出來的人年在四十上下，高身材，紫臉膛，原來正是鐵棍馮懷。他認得孫正禮，也認得俞秀蓮，如今一見這兩人來了，他就不禁嚇了一跳，他那紫臉也發白了。孫正禮本來不想說話魯莽，可是他一見鐵棍馮懷就不由胸中的怒氣勃發，當下極力捺着氣發着粗音問道："馮老三，我們找你來了，你們老五的案犯了！"

馮懷聽了這話，臉嚇得更白了，他拱了拱手說："孫大哥，一向少見，怎麼？我們老五犯了什麼案啦？"

孫正禮說："跟你說不着，快叫馮隆出來，別等着我們進去搜人！"

馮懷見孫正禮說話很兇，又見秀蓮勒着馬，眼瞧着他，聽他說話，他簡直連話都說不出來了，磕磕絆絆地說："我們老五在北京啦，鏢店雖關了門，也沒找得着他，但真沒回來。孫大哥你不信，可以請進來看！"

孫正禮見馮懷直說好話，他倒不能發氣了，就怔了一怔，回頭望着秀蓮。秀蓮在馬上向馮懷問說："馮隆既沒回家，你可知道他在北京之外，都有什麼去處？"

那馮懷正在翻着眼想，還未把話說出口來，這時又從門中走出一個人來，此人的身材也很高，面皮發青，穿着一身青緞衣褲，年約五十，留着些鬍鬚。這人的氣派卻與馮懷不同，出門來就瞪着眼睛，連問："什麼事？什麼事？"

馮懷這時就壯起些膽來，就向孫正禮說："這是我二哥，在張家口開德源鏢店的銀鈎馮德，有什麼話跟他說吧！"

孫正禮冷笑了笑，心說：你不用拿馮德的名號來嚇唬我！馮懷向孫正說完了話，又對他二哥悄聲說："這人是五爪鷹孫正禮，那個女的就是俞秀蓮。"

銀鈎馮德先用驚異的目光向俞秀蓮看了一眼，然後對孫正禮說："你們找到我家，是有什麼事？"

孫正禮說："找你的兄弟花槍馮隆。馮隆在北京殺了人，搶走了人家的大姑娘，我們聽人說，他逃回家來了，才特地來找他。現在沒有別的說的，馮隆若是在家中，就趕緊叫他把楊大姑娘送出來，他跟我們到北京去打官司，就沒有你們的事，要不然，告訴你，你兄弟做了強盜，你們可也都是死罪！"

馮德一聽這事，他也似乎吃了一驚，就把臉一繃，說："馮隆他沒回來，再說我早把他斷出去了，我不認得他是我的兄弟，你們自管找他去，把他碎屍萬段我也不管，要在我的門前吵可不行！"

孫正禮立刻生了氣，握着拳頭說："現在他犯了案，你又不認他是兄弟，你倒真會推脫！你說他沒回來，老子不信，老子要進去搜搜！"說時，他將馬繫在門前的石磨上，由鞍下抽出鋼刀，就要往馮家門裏去闖。

那銀鈎馮德伸手將孫正禮攔住，怒喝道："你又不是官人，憑什麼闖進人家的家門！"孫正禮一看馮德攔住他，就掄圓左臂，一掌吧的打在馮懷的臉上，打得馮懷臉上冒火，捋起袖子來，就要與孫正禮決鬥。

第十一回　冷月繁星雙俠飛古堡　鋼牙鐵爪二虎鬥長街

　　馮德伸起左手托住孫正禮擎刀的腕子，右手握着拳頭向孫正禮的胸間去擂，但孫正禮的力氣極大，哪等馮德的右手觸胸？他吧的又是一掌，把馮德打得退後了幾步。孫正禮就一晃鋼刀，罵道：「小子還跟我動手？我不看在金刀馮茂的面上，一刀就結束了你的性命！」

　　說時他提刀往馮家的門裏就闖，那鐵棍馮懷也不敢攔阻。秀蓮卻在馬上大聲叫道：「孫大哥不可魯莽，你是要幹什麼去？」

　　孫正禮回首說：「我進去搜搜，看看有楊大姑娘沒有！」

　　秀蓮趕緊跳下馬來，擺手說：「孫大哥，咱們不可不講理，人家門裏有女眷，還是我進去方便。」

　　孫正禮點頭說：「對，師妹你進去，可都搜到了，我在這兒給你看守馬匹！」

　　當下秀蓮抽出了雙刀，就向馮懷說：「你們說馮隆沒回來，楊大姑娘沒藏在你這兒，我不能信，我要進去看看！」

　　馮懷就說：「俞姑娘你要不信，就進去看看吧！若搜出我們老四來，我伸着脖子叫你砍頭！」

　　秀蓮已知道花槍馮隆確實沒有回來，楊大姑娘也未必在這裏，不過她為仔細起見，便提着雙刀跟隨馮懷進裏去看。她見了馮家四弟兄的寡嫂，也見了馮懷、馮茂之妻，各屋全搜到了，剛要到馮德的屋中去搜，可是這時馮德已然進門，到他屋裏拿了一對護手鈎，跳到院中就大聲喝道：「姓俞的淫婦，你出來，咱們較量較量！馮二太爺的家裏，能許你闖進來搜人？」

　　秀蓮同着馮懷到院中，因見馮德開口大罵，她的面上不由現出怒色，秀麗的眼中發出猛烈的火焰，把雪亮的雙刀一舉，問道：「你罵的是誰？」

馮德跳起腳來罵道：“罵的就是你！你是北京城有名的淫婦，誰不知道？你好大膽！現在敢惹到我馮德的頭上，今天你休想整着屍首回去！”說時他撲上前，用雙鈎向秀蓮的兩臂去鈎，秀蓮趕緊以雙刀將雙鈎磕開，二人就在院中爭鬥起來。

那鐵棍馮懷是在北京碰過許多釘子，才回到家裏來的，他深知俞秀蓮的武藝高強，自己的二哥未必是她的對手，於是他就連忙喊：“二哥不用動手！我們跟她講理，別打架！”可是此時雙刀雙鈎交戰在一起，兩對兵刃磕得噹噹亂響，馮懷哪敢近前，他只跑到一旁連連擺手勸着。

秀蓮與銀鈎馮德交手不到二十回合，馮德就抵擋不住了，但秀蓮不欲傷他的性命，只用刀背去砍他，又四五回合，秀蓮一刀背砍在馮德的右腕上，馮德就將一隻鈎扔在地下，秀蓮更進一步，狠狠地一刀砍下，那馮德的左膀上又吃了一刀背，那隻鈎也舉不起來了，可是他仍不服氣，口中依然大罵。

此時孫正禮也闖進門來，掄着刀就要殺死馮德，卻被秀蓮攔住。孫正禮氣得跺腳說：“師妹，他罵你啦！”

秀蓮又揮起刀來，向馮德的腿上砍了一刀背，咕咚一聲，馮德便摔倒在地下，他的臉色煞白，眼睛兇瞪着，嘴裏還說出許多橫話。秀蓮卻不理他，同着孫正禮出門。孫正禮哪裏甘心，他就氣憤憤地說：“人也沒搜着，反叫他罵了一頓。師妹難道咱們就這樣回去嗎？”

秀蓮咬着嘴唇，面上的怒色還沒有褪，她就說：“我們找不到楊大姑娘，自然不能回去！不過據我看，馮隆確實沒回來，咱們就是殺了這馮德也是沒用。再說我們跟他又無仇恨！”

孫正禮說：“師妹，你說咱們可怎麼辦？”

秀蓮說：“也許馮隆還正在路上，咱們且回到店房，在這裏住兩日。如若仍然沒有那馮隆的下落，咱們就到鳳陽府找譚家兄弟去了，反正他們在那裏開着鏢店，人跑不了！”

孫正禮還似乎覺得這個辦法不痛快，可是他也想不起較痛快的法子來，只好就點了點頭。他與秀蓮上了馬，順着來時的路徑回那鎮上的店房去。在路上，秀蓮告訴孫正禮，回頭可以托那店家給打聽馮隆的下落。

孫正禮一回到店中，就把店房的掌櫃子叫來，一隻手叉着腰，很兇橫地說：“掌櫃子，告訴你實話，我是北京城的大鏢頭，衙門託付我來的，到這裏來抓馮老五，你知道嗎？馮老五就是花槍馮隆，那小子在京城殺死了人，搶走了人家的大姑娘，這可不是小罪過，你們要是有人瞧見他，趕緊來告訴我們，我們抓住他回北京去交案。你們要是不管，可就小心點，叫我知道了，也得把你們抓了去交官，辦你們一個私放兇犯的罪過！"

那店掌櫃子嚇得臉色都變了，連連點頭說："是，是，只要我們瞧見他，一定把他穩住，來告訴大爺！"

旁邊秀蓮並囑咐說："可不准你們走漏風聲！你們若幫助我們把案辦了，一定要重賞你們！"店掌櫃連連答應，又瞧了秀蓮一眼，他就出屋去了。

這裏孫正禮不住歎氣，說："這件事真麻煩！"

秀蓮卻默默不語，就想在這裏等着花槍馮隆，也沒有什麼把握，若是到鳳陽去找那譚家兄弟吧，路又太遠，而且楊大姑娘未必在那裏。想了半天，她竟沒有較好的辦法，結果是想：看這樣子馮隆實在未必敢回家來，不如連夜趕到鳳陽去吧！於是向孫正禮說了。

孫正禮也點頭道："也對，咱們在這裏傻等着，馮隆他要是永遠不回來，不倒是白耽誤了功夫嗎？"於是他就拿起行李來，要出屋去。

可是這時忽然那店掌櫃子又跑進屋來，他悄聲對孫正禮說："街上有個窮漢毛小二，他說昨天他在不遠的地方看見馮隆了，可是大爺得給他點錢，他才能告訴你！"

孫正禮說："趕緊把他叫來，他要是告訴我，我賞他一兩銀子！"

店掌櫃皺皺眉，又笑了笑說："一兩銀子，似乎少一點。"

孫正禮急躁着說："只要他能帶着我們把馮隆找着，就是要十兩，我們也有，快快叫這個人來！"

店掌櫃一聽孫正禮肯花十兩，這至少他得到手一半，於是他高高興興地跑出去，待了一會，就帶進一個人來。這人頭髮蓬亂，一臉的污泥，穿着一身破爛褲褂，光腳穿着草鞋，簡直是個叫花子。

孫正禮問道："你就叫毛小二？你准看見馮隆了嗎？"秀蓮在旁也問說："你可不准說瞎話！"

毛小二說："我要是說瞎話，叫我下輩子還要飯！昨兒晚上我在霍家屯討飯，真見馮隆了，他騎着一匹馬，直頭到霍家屯去了。若是別人我還許認錯了，他，從小兒我就認得他，我沒要飯的時候常跟他在一塊，他就是剝了皮，我也認得。"

孫正禮又問："霍家屯在什麼地方？"

毛小二說："霍家屯就在西邊，離這兒二十里地，那裏的金區霍家是首房，祖上是武職出身，做過大官，家裏掛着區，現在的大當家的是霍三爺，武舉出身，力氣比牛還大，房裏養着五六個老婆，用着長工二三十，馮家兄弟跟他最好！"

秀蓮一聽毛小二所說的那霍三，房中有幾個姬妾，便想着此人一定是個好色之徒，馮隆若到他家去，一定是將楊大姑娘賣給他，於是就問：“馮隆去的時候是坐着車，還是騎着馬？”

毛小二說：“是騎着一匹白馬，那匹馬也不像是他的，也不知他是哪兒搶的。”

孫正禮說：“不管他是坐車還是騎馬，只要把他抓住就行了！”於是孫正禮扔給店掌櫃二串錢，他就到院中牽馬。

那毛小二追着孫正禮說：“大爺你先給我點錢，我吃點東西好帶着你們去呀！”

孫正禮扔給他幾百錢，並說：“你帶我們到霍家屯，只要把花槍馮隆捉住，我准給你十兩銀子。”說時他匆匆地把行李綁在馬上，便與秀蓮牽馬出了店門。

毛小二是買了一塊鍋餅，一邊啖着鍋餅，一邊跟着兩匹馬往西去跑。孫正禮的馬在前，秀蓮的馬在後，順着大道往西。毛小二的兩條腿哪裏跟得上，何況他還啖着鍋餅。孫正禮就揮鞭催着他，說：“快走，快走，去晚了可少給你二兩銀子！”

毛小二兩腿緊跑着，嘴裏嚼着鍋餅，含混地說：“大爺，你要了我的命，我也跟不上你呀！我兩條腿怎麼能追得上八條腿呀！”

秀蓮收住馬，行得慢了些，並向前邊的孫正禮說：“孫大哥不要忙，二十里地一會也就到了。”

孫正禮也就勒住馬，等毛小二趕上，他才款款地策馬前行，他在馬上並問道：“姓霍的既是武舉出身，本事想必不錯了，可是你知道他與金刀馮茂相比，兩人的武藝誰高誰低？”

毛小二說：“是兩路事兒，他是講究拉硬弓，騎烈馬，學的是戰場打仗的本事。馮四爺那是江湖功夫，講究長短打，高來高去。”

後面馬上秀蓮問說：“他既是個武舉，為什麼不做官呀？”

毛小二說：“人家做官幹什麼？家裏田產地業都有，幾個老婆圍着他，多麼樂呀！”

孫正禮斥道：“當着姑娘，你嘴裏不准胡說八道，快跟着走！”

那毛小二一邊跟着馬跑，一邊扭着頭瞧這位姑娘，他也猜不出這位姑娘是個幹什麼的。走了多時，才到了霍家屯，這裏的地勢極高，村子在前面的高原上，用黃土壘起城堡，裏面的住戶大概不少。

毛小二帶着孫正禮和俞秀蓮到了高原上，他就向孫正禮作揖，說：“老爺，隨你便賞我幾兩銀子，叫我走吧！我帶你二位到了這兒，你二位一進那堡子的北門就是霍家，准保找得着花槍馮隆，我可不敢帶着您進去！”

俞秀蓮隨手扔給他一錠銀子，說：“你先拿去，等我們捉住了花槍馮隆，再給你！”說畢，她同孫正禮催着兩匹馬，直到了那堡子的北門前，先下了馬，然後牽馬進了堡子。

　　只見裏面的人家很多，走了不到十幾步，就被兩個莊丁模樣的人攔住，向孫正禮問說：「老哥，你是從哪兒來的，到這裏找誰？」

　　孫正禮說：「我是北京泰興鏢店的孫鏢頭，到這裏來見你們霍大當家的。」

　　那兩個人說：「哦，你要見我們大當家的？好，跟着我們來！」當下就帶着孫正禮和秀蓮往南去，其中的一個人就回首問說：「孫鏢頭，你找我們大當家的是有什麼事？」

　　孫正禮說：「有要緊的事，等我們見了他本人再說。」那兩個人一看，孫正禮的神色有點不對，他們就彼此使了個眼色。少時就走到了一處大莊院的門前，這個莊院建築得很是講究，四周是磚牆，前面兩座門，一座是車門，裏面連着馬圈，一座是正門，兩旁有兩座上馬石，四株槐樹。在門上掛着一塊金字的紅匾，寫的是「振武惠民」。兩個莊丁上前接過二人的馬匹，就分繫在槐樹上，然後要請二人到裏面客廳去坐。

　　孫正禮卻擺手說：「我們不進去了，把你們當家的請出來，我們跟他說完幾句話就走。」當下一個莊丁陪着孫正禮說話，一個就進去傳達。這裏秀蓮站在槐樹下，心中想着：少時言語說岔，一定有一場爭鬥。

　　孫正禮是坐在上馬石上，瞪着兩隻大眼睛望着門裏，望了半天，才見門裏走出一人來。這人的相貌倒極魁梧，身材與孫正禮差不多，只是孫正禮的臉黑，此人的臉白。此人衣服華麗，氣派軒昂，身後跟隨兩個僕人，出門就向孫正禮抱拳說：「閣下就是孫大鏢頭嗎？」

　　孫正禮站起身來，也抱拳說：「不錯，兄弟名叫五爪鷹孫正禮，今天來找霍大當家的，沒有別的事，就是請你叫花槍馮隆出來，跟我們走！」

　　那霍大當家的一聽這話，他不由面色一變，故意做出什麼也不知道的樣子，說：「花槍馮隆？我倒是和他的哥哥相識，可是此人多年未回家鄉，我與他總有兩三年沒有見面了！」

　　孫正禮一聽他瞪眼不認帳，就立刻憤怒起來，說：「姓霍的，你也是武舉出身，你得知道王法。花槍馮隆在北京殺死人命，搶走人家的大姑娘，昨天我親眼看見他逃到你這裏來，今天你忽然不認帳，莫非你要陪着他去打人命官司嗎？」

　　霍大當家的見孫正禮這樣暴躁，他卻不動聲色，依然是微笑着說：「孫鏢頭，你大概是眼睛花了，看錯了人，昨天哪裏有人到我這裏來？」

　　孫正禮聽霍大當家的說到這裏，他氣憤不能復忍，便由馬鞍旁抽刀，要闖進門去，搜拿花槍馮隆。忽然這時由那車門裏跑出一匹白馬來，孫正禮一看，馬上一人正是花槍馮隆，他就大喝一聲：「好小子，你往哪裏跑！」說時他將韁繩切斷，跳上馬去，一手揮鞭，追馮隆那匹白馬去了。這裏俞秀蓮也急忙將馬解下，上馬去追。那霍大當家的見馮隆給他惹下禍事，他趕緊就跑進門去，把大門關閉上了。

此時花槍馮隆的白馬早跑出了堡子的南門，孫正禮和俞秀蓮的兩匹馬飛似的往前追趕，但因相距有半里多遠，追了半天，總是追不上，氣得孫正禮在馬上潑口大罵，但是前面的馮隆卻什麼也不管，他就像一隻野兔似的，將身伏在馬上，拼命地向前飛奔。此時路上又有不少的行人，孫正禮雖然不顧不管，但俞秀蓮卻怕撞傷了行人，所以她不敢放韁快走，她的馬也就落得最後。少時前面的兩匹馬全都沒有蹤影了。秀蓮心中十分焦急，趕緊催馬向前。又走了十幾里地，就見面前一道大河阻路，河裏並沒有水，只是一片黃沙。秀蓮策馬下河，馬蹄陷在沙中有半尺多深，又見前面也有雜亂的蹄跡，就想：孫正禮大概已追趕馮隆過河去了。她就加緊揮鞭，座下的馬費了半天力方才過河，到了對岸一看，只見是高低不平的一片曠野，遠遠只有幾處稀稀的樹林和村落，馮隆的白馬和孫正禮的棗色馬全都不見了。

秀蓮心中十分驚異，便催馬向前走去，又走了不到二里地，忽見孫正禮的馬由一處松林之後轉過，秀蓮趕緊迎上去，就問道：「怎麼樣了？那馮隆跑往哪裏去了？」

孫正禮在馬上搖了搖頭，兩隻眼依舊向兩旁張望，等到秀蓮的馬匹來到臨近，他才嘴裏罵說：「馮隆那小子，也不知哪兒搶來的那一匹馬，跑得真快，我追過了河，他就沒影兒了，莫非那小子會土遁嗎？」

秀蓮也十分失望，向南看去，只見陽光甚烈，不要說前面沒有白馬行走，就是有一匹白馬，只要離此百餘步遠，這裏就難得看見。雖然明知不易追趕，但費了很大力氣才尋到了的賊人，如今竟失於交臂，他們豈能甘心？於是秀蓮氣憤憤地說：「孫大哥，咱們再往下去追！」

於是兩匹馬迎着陽光，循着大道，又往正南急急馳去，又走下三四里地，四周依然看不見那花槍馮隆人馬的影子。孫正禮就懊悔着說：「這可真是氣死人，會叫他在咱們的跟前跑了！」

俞秀蓮說：「不要緊，料想馮隆他也跑不了多遠。現在我們已確實知道，那楊家的案子果然是馮隆所為，他也知道我們現在正要拿他，所以他就乘空逃走了。我們現在且趕回那堡子裏去，到霍家搜搜，看楊大姑娘在那裏沒有。」

孫正禮說：「我看那姓霍的不是好人，多半他把楊大姑娘藏起來，放馮隆走了。」說着，二人轉過馬來，順着來時的路徑，過了河又往北去。這時孫正禮心裏充滿了怒氣，因為沒有追着馮隆，覺得是被那姓霍的給騙了，所以這次轉回來，他就存心掄刀要要那姓霍的命。兩匹馬揚塵疾馳，少時又回到了那霍家屯的堡子前。可是一到了堡子的南門，收馬一看，二人全都發了怔，原來那霍某真是狡猾，他已命人把堡子的大鐵門關上了。俞秀蓮、孫正禮就仿佛被攔在城外的敵兵一般，休想能闖進去。

孫正禮氣得更是大罵，說：“好個姓霍的小子，把他們的城門關上了，難道怕咱們還有千軍萬馬嗎？走，師妹，咱們再看看他的北門關上了沒有！”

秀蓮說：“他既將堡子的大門關上，就為的是怕我們回來向他不依，他哪能只關南門，不關北門的呢？”孫正禮卻不甘心，便又催馬到了那堡子的北門前，這裏還是跟那邊一樣，不但大鐵門關得更嚴，堡子上並站着十幾個莊丁，看見他們這兩匹馬來到，便用磚頭石塊往下擲打，二人無法近前，只得勒着馬向後退。

孫正禮氣得抽出刀來，向堡子上的人指着大罵，秀蓮卻擺手說：“孫大哥你罵他們，他們也是不能開城，這堡子的圍牆至少也有兩丈高，咱們絕不能躥跳上去，只好先到旁處歇會兒，再商量辦法！”

孫正禮這時也有些累了，可是他不服氣，就用刀指着堡子上，大喊道：“小子們，回頭見！孫大爺決饒不了你們，除非你們永不開城！”

秀蓮卻催着說：“孫大哥，咱們快走吧！何必跟他們瞎惹氣！有什麼話不會晚上再說嗎？”

這句話提醒了孫正禮，他不禁笑了笑，心裏說：還是師妹比我有主意。可是那堡子的土牆太高，從上往下跳，倒還不至於摔着，可是要想從下躥上去，別說我，恐怕師妹也沒有那功夫吧？因此他一面策馬跟着秀蓮向西走，一面還不住回頭望那高高的城堡，說道：“那麼高的牆，咱們怎能跳得過去呢？”

秀蓮說：“我有辦法！”說畢，她就在馬上凝神思索，不再說話。兩匹馬款款而行，又走了十餘里地便來在一處鎮市。這座鎮市已離開深州地面，歸束鹿縣管轄了。

此時天已過午，但二人還沒用午飯，孫正禮就說：“咱們找一家店房，吃過飯就歇下，等晚上再說。”

秀蓮點頭說：“好吧！”當下就在街東找了一家店房，進去，把行李拿下來，馬匹交給店家，便進到一家屋內，孫正禮先叫店家泡茶，遂後又叫店家去燒飯。

秀蓮坐在炕上，孫正禮坐在凳子上，對着面喝茶，孫正禮還不住大罵花槍馮隆和那姓霍的，秀蓮說：“據我看，楊大姑娘雖是被馮隆給搶走了，但卻未必在那霍家屯裏。因為昨天那毛小二只看見馮隆一人騎馬前來，卻沒說看見有車跟着他來。”

孫正禮說：“也許是馮隆先來，裝楊大姑娘的車輛是隨後才到的。”

秀蓮說："無論怎麼樣，今夜咱們一定要去的。那姓霍的就是不知楊大姑娘的下落，他也一定知道馮隆是逃往哪裏去了。孫大哥你吃過飯到街上去走走，找個舖子買一條井繩，再買一隻鐵鈎子，晚間咱們就能夠進到霍家屯裏去了。"

孫正禮一聽秀蓮這個辦法，覺得真妙，也就喜歡得大笑，說："好好，吃完飯我出去就買。"

二人又談了幾句話，店家就把菜飯端了來。孫正禮先趕忙地吃完了飯，他就帶上錢，出店門往街上去了。

這裏秀蓮吃過了飯，就躺在炕上歇息，覺得江湖上真是險惡百出，那楊大姑娘落在馮隆的手裏，她豈能屈從？她若是個烈性的女子，恐怕此時早已死了。同時又不放心在北京的德家和楊小姑娘，深恐自己走後，那沖霄劍客陳鳳鈞又去找他們攪鬧。由陳鳳鈞又想起李慕白，就想李慕白雖然武藝高強，為人的心思也謹慎細密，可是他究竟人單勢孤，也許他真是已在江南遭了毒手，因此心中又不禁發出一陣惋惜和傷感。

待了多時，五爪鷹孫正禮方才回來，手裏拿着一條三丈多長、很粗很結實的井繩和一隻大稱鈎子，笑着讓秀蓮看，問說："師妹，你看這成不成？"

秀蓮說："繩子足夠用，只是鈎子太彎曲了，那堡子的牆是黃土壘成的，若鈎得不結實，土一鬆，就能把人摔下來。"

孫正禮說："我找塊石頭，把鈎砸直了點，可是要太直了，到時也是鈎不住。"秀蓮點了點頭。

孫正禮說："我剛才又向人打聽了，原來那霍家屯的大當家的名叫霍玉彪，別看他是武舉出身，家裏有錢，他的行為卻比強盜還厲害，就在這個鎮上，有兩家的婦女就遭過他的害。那小子最是好色，我想楊大姑娘是一定在他堡子裏了。"

秀蓮擺手說："咱們夜間再去找他，現在先不可聲張，倘若被他的手下人知道，他必定更要加緊防備了！"

孫正禮氣憤憤說："由着他去防備，反正今晚我必要他霍玉彪的狗命！"說着，他到院中找石塊，去砸那鐵鈎，砸了半天，方才砸好，回到屋中讓秀蓮看了，覺着能用，孫正禮將繩子緊緊繫上，又在屋中掄了一掄，笑着說："要使這個當兵器，也不錯。"

秀蓮說："有這樣一種兵器，名叫鈎鏢，是馬上用的。"說到這裏，她想起這話，原是在年幼學武藝的時候，她父親對她說的，因此心中又不禁一陣悲慘，更想等尋到了楊大姑娘之後，自己一定要到河南去尋金槍張玉瑾，以為父親報仇。

挨到天晚，吃過了飯，孫正禮就急忙着要去，秀蓮卻說等天色再黑一些，否則不容易下手，孫正禮只得勉強忍着他的急躁的心情，手裏擺弄着那條鈎繩。

又待了一會，天色就黑了，孫正禮與俞秀蓮暗帶兵刃，就悄悄離了店房，二人步行着，離了鎮市，往這霍家屯去。此時天黑得像個挖煤的人的臉，有無數的星光閃爍着，又像是賊人的眼睛，秋風自背後吹來沙沙地響。孫正禮一手提刀，一手持着鈎繩在前面走着；秀蓮的背上繫着一條絲絛，一對刀就插在背後，在後緊緊跟隨。行十餘里，在路上並未遇見一人，少時就來到了黑乎乎的霍家屯城堡之前。

秀蓮就說：“孫大哥，你先別忙，察看一下上面有什麼人沒有！”

孫正禮說：“誰管他，上面有人又當怎樣？”當下他將鋼刀插在腰際，把鈎繩掄起來，向城上去鈎，連氣掄了四五下，那鐵鈎方才搭在堅固的土垣上面，孫正禮用力揪了揪，諒得不至於摔下了，便將這一頭交給秀蓮牽着，他就緣繩而上，到了土垣上，腳踏實地之後，他雙手握繩，將秀蓮那輕便的身體提上來。秀蓮到了上面，一看這裏並沒有人巡守，再低頭往堡裏去看，就見只有幾處微弱的燈光，那霍玉彪的大宅院，也像沒有什麼人防範的樣子。

於是秀蓮在前，孫正禮在後，往北沿着道走，剛要往下去走，忽然秀蓮看見下面有一盞紙燈籠，三四個人在那裏蹲着。秀蓮就止住腳步，向孫正禮說：“下面有人防守，咱們先別下去！”

孫正禮說：“那幾個毛莊丁算得什麼？他們還攔得住咱們嗎？”

秀蓮一手將孫正禮橫攔住，她說：“這幾個人雖然攔不住咱們，可是他這堡子裏至少也有二三百人，咱們才兩個人，倘若他們全都出來，將咱們圍困在堡子裏，咱們可怎能脫身？我想不如暫且等一等，等他們堡子裏的人都睡着了之後，咱們再闖下去動手，那時就是他們鳴鑼聚眾，也來不及了。”

孫正禮說：“師妹你太小心，誰敢來鬥，咱們就殺死誰！”

秀蓮聽了孫正禮這橫話，她不由生了氣，就很急躁地說：“咱們殺的是霍玉彪，與他堡子裏的別人有什麼相干？孫大哥，你是我父親的徒弟，你看我父親走江湖二十多年，他曾傷過一個無辜的人沒有？”

孫正禮見姑娘急了，他才不敢揮刀直闖下去，只得勉強抑制着胸頭的急火，同着秀蓮順土牆又往南走。孫正禮把他腰中的鋼刀拔出來，晃了晃說：“為一個花槍馮隆，費這麼大的事，我若把那小子抓住，非將他碎屍萬段不可！”

他忿忿地剛說出這句話來，忽見秀蓮驚訝地說：“鑼響？”孫正禮也側耳向下去聽，就聽起先是一兩棒鑼聲，後來一下緊接着一下，噹噹地亂響起來。又見下面的人家都點起燈來，堡裏街道上也有執着火把的人在急急地行走，看那火把的方向，是都往那霍玉彪的宅院裏去了。

孫正禮驚詫着說：“奇怪！莫非他們看見咱們在這裏嗎？”

秀蓮搖頭說：“不能，我想一定是那霍家出了什麼事。”

孫正禮說：“什麼事？莫非還有人打不平，也到這裏救楊大姑娘來了？”

二人正在驚訝着往下去望，忽見有幾個火把順着走道跑往城上來了，孫正禮就把刀一晃，迎上幾步，口裏說：“來了！來了！”

秀蓮也由背後抽出雙刀，上前囑咐孫正禮說：“我們只要捉住他們一個人，跳下城牆去問，就是了。千萬不可多傷人！”

孫正禮說：“我曉得！”說話之間，那幾個火把已到了堡子的牆上，往這邊來了。孫正禮看出是十幾個人，手裏全有兵刃，孫正禮就掄刀迎過去，喝道：“站住！”

他這一喝，把那十幾個人全都嚇了一跳，就彼此喊着：“兇手在這兒了！”立刻刀棍齊上。

孫正禮卻把刀一掃，喝道：“咱們先別動手，我問你們幾句話！”

那十幾個齊都潑口大罵說：“你把我們大當家的殺死，跑到城上來，你還有什麼話說！”當下不容孫正禮分說，就把孫正禮圍上，一陣刀砍棍打。孫正禮性起，把刀法施展開，哪容這十幾個人的刀棍近身？

此時俞秀蓮也舞着雙刀過來，一面幫助孫正禮廝殺，一面喊道：“孫大哥！擒住他們一個就走吧！”此時孫正禮已砍倒了兩個，其餘的那幾個依然不肯放手，亂打着，嘴裏並潑口大罵。孫正禮選中了一個人，上面鋼刀一掄，下面蓦地一腳，就將那人踢得張手仰身，摔到牆下堡子外面去了。隨着，孫正禮又揮刀砍倒了一個人，也就大呼一聲：“師妹，快走吧！”隨即將身一跳，從兩丈多高的城垣，直跳到平地。這時秀蓮也砍倒了一個人，便也飛身而下。

上面的人還往下扔石塊，孫正禮又向城上罵了幾聲，秀蓮就催着說：“挾着這個人快走吧！”孫正禮遂一手提刀，一手挾起那摔得半死的人，往西就走，秀蓮在後面跟隨。走出有半里多地，秀蓮就叫孫正禮把那人放下。那人躺在地下，呻吟了半天，方才能夠說話。

孫正禮把刀向那人身上一拍，喝道：“小子別裝死！我問你們堡子裏到底是怎麼回事，你們大當家的是叫誰給殺死了？”

這個人說：“剛才我們大當家的還沒睡覺，跟太太們正在喝酒，不知從哪兒來了一位英雄，從房上跳下來，闖進屋裏，一寶劍就將我們大當家的扎死了！”

秀蓮一聽，是使寶劍的人將霍玉彪殺死，她就覺得十分詫異，這時孫正禮又拍了那人一刀，說道：“小子你可聽明白了，剛才殺死霍玉彪的那個英雄，可不是我們。大概霍玉彪也是作惡多端，今天合該遭報了！”

旁邊秀蓮又持刀逼問說：“你要說實話，昨天那花槍馮隆到你們堡子裏去，他是帶着一個大姑娘嗎？”

這個人說：“沒有，他說倒是有一個大姑娘，是他一個朋友從北京弄來的，現在別的地方了。他說這個姑娘長得十分美貌，我們大當家的若肯給他二百兩銀子，他就給送來，假如我們大當家的不要，他就要送給保定府黑虎陶宏那裏去了。我們大當家的本來想要，可又嫌二百兩是太多了，正跟他商量價錢，你們二位英雄就找了去。花槍馮隆他心虛，怕你們闖進院子把他搜着，他就騎上馬逃走了，你們追他出了堡子，我們大當家的就把堡子的南北門全都關上，想着你們絕不能進去，可是，不想他還是被人殺死了！”

秀蓮一聽，咬着牙想了一想，就又問：“你們大當家的與馮家兄弟是早就相識不是？”

那人說：“不錯，我們大當家的跟金刀馮茂是盟兄弟。金刀馮茂現在他徒弟黑虎陶宏那裏，花槍馮隆大概也是逃往保定去了。”

秀蓮說：“好，沒有什麼話說了，我們饒你一條命。你可記住了，我們只恨的是花槍馮隆，與你們大當家的並無仇恨，他死了，你們找凶手去吧！”說完了，她就向孫正禮說：“咱們回去吧！”當時棄下這個人，二人悄悄回到店房。

點上了燈，把鋼刀放在桌上，孫正禮喝了口涼茶，就對秀蓮說：“師妹，花槍馮隆是跑了，霍玉彪也死了，楊大姑娘還是沒有下落，咱們可怎麼辦？”

秀蓮說：“既然馮隆曾說過，如若霍玉彪不要楊大姑娘，他就給送到黑虎陶宏那裏去，何況金刀馮茂現在也在那裏，我想我們若到了保定，一定能把他們全都尋着。”

孫正禮點頭說：“好吧，明天早晨咱們就起身往北去。”

秀蓮聽了孫正禮這話，按照方向去想，她才知道保定還在深州的北邊，可是昨天花槍馮隆分明是出了那堡子的南門，往南逃去了，因此秀蓮就覺得馮隆多半不是逃往保定。可是事到現在，真實的人犯，已經證明，可是線索卻只有保定這一條路，無法，只得到了保定，見着金刀馮茂和黑虎陶宏之後再說吧！當下秀蓮凝神想着，心中反倒十分憂慮。

孫正禮是用臂支着頭，坐在桌旁打盹，正在這時，忽聽窗外有人撲哧笑了一聲，說：“一男一女，半夜在屋中，幹什麼好事？”

秀蓮吃了一驚，趕緊回身拾刀，跳出屋去，眼前黑影一晃，說話的人上房去了。秀蓮也追上房去，那人由房上跳到了牆頭，把手中的兵刃一晃，隨即跳到店房外面。秀蓮也越過牆去，四下一看，已不知那人是藏躲在哪裏。

秀蓮心中雖然十分氣憤，但因住在這鎮市的店房內，不敢太為聲張，便又提刀進到房內，到屋中一看，孫正禮伏在桌上，呼嚕呼嚕地睡着了，這場可驚的事，他全都不知道。秀蓮氣得咬着牙，回想將才窗外說話的那語聲，是有點南方口音，分明是那可厭的沖霄劍客陳鳳鈞，並且驀然想起將才在霍家屯殺死霍玉彪的事，大概也是此人做的。此人到底是怎樣的一個人呢？他為什麼要這樣隨着我呢？又想起他幫助靜玄禪師，害死李慕白的仇恨，就希望此人再冒失着前來，自己便要把他殺死。因此，俞秀蓮一夜也沒有睡覺，可是陳鳳鈞也沒有再來。到了次日，秀蓮也沒把這件事對孫正禮說。

天色才發明，孫正禮就催秀蓮趕快收束行李，好往保定府去。秀蓮也恐怕霍家屯的人找到這裏來，事情又生枝節，於是匆匆地收束行李，備好了馬匹，孫正禮給了店錢，二人就出門上馬，離了這座鎮市，在晚風秋色的大地上，往西北方向馳去。他們走的是大道，路上的行人客旅很多。孫正禮一個黑大漢騎馬在前，秀蓮一個美貌的年輕姑娘騎馬在後，樣子十分不調和，惹得路旁的人莫不注目，也猜不出他們二人是什麼關係，更不知他們是做什麼的。孫正禮因為急着要去會那金刀馮茂，所以他將馬馳得甚快，秀蓮只得緊緊地隨他，當日晚間就到了博野縣境，計算明天中午就可到保定了。

依着孫正禮還要往下去走，可是秀蓮昨天一夜也沒睡眠，此時身體十分疲倦，便叫孫正禮在南關外找了一家店房歇下。秀蓮是找了個單間，用畢晚飯，她關上屋門就睡去了。

孫正禮的吃過了飯，看看這時不過初更時分，睡也睡不着，他就出了店房，來到街上。這街上的買賣很多，商舖雖已關了門，可是對門一家小酒店，裏面還燈燭輝煌，有幾個人正在那裏暢飲。孫正禮忽然想起，這幾天為捉拿馮隆那小子，又加着和師妹在一起，弄得一點酒也沒喝，現在又沒有什麼急事，為什麼不喝兩盅？喝個半醉，回店房睡大覺，明天到保定會會直隸省有名的英雄金刀馮茂，再把馮隆捉住，尋回楊大姑娘，那時有多麼痛快！

隨想着，就大踏步進了酒店，在張桌子旁一坐，嚷道："夥計，來半斤白乾。"酒保答應了一聲，先給桌上擺上兩碟酒菜，一碟煮蠶豆，一碟鹵煮麻雀，然後拿來酒壺酒盅。孫正禮就自斟自飲，想着，師妹的武藝真是不錯，比我五爪鷹可強得多，我應當送她個綽號，叫她"五爪鳳凰"，又想五爪也不對，她那兩口刀，別人十口刀也敵不過她呀？叫她"十爪鳳凰第一女俠"還不大離。

正在腦裏沒次序地亂想着，忽見由門外又進來一人，這人的相貌可真使孫正禮注目，只見他年有三十來歲，中等的身材，濃眉大眼，那身體健壯得就像條老虎一般，穿的是灰布短衣褲，辮子垂在後面。一進門，酒保就賠笑說：“四爺從哪兒來呀？四爺請坐罷！”這人卻擺了擺手，一直走到孫正禮的桌前，向孫正禮一抱拳，沉厚的聲音問道：“朋友你貴姓？”

孫正禮吃了一驚，把頭一揚，也拱了拱手，但他並不站起身來，就道着字號說：“我叫五爪鷹孫正禮。”

這人又抱抱拳，說聲：“久仰！”便在桌旁昂然坐下，說道：“我就是金刀馮茂。”

孫正禮一聽此人就是金刀馮茂，他又是一驚，同時覺得鋼刀沒帶在身旁，就想：不好，今天恐怕要吃他的虧。可是又見馮茂身旁也沒帶着兵刃，他就放了心，暗想，好小子，今天咱們索性比比拳頭，看我五爪鷹幹得過你金刀馮茂幹不過！

孫正禮雖然紫漲了臉，準備與馮茂揪打，可是馮茂並不顯得怎樣急躁，他很嚴肅地問說：“孫兄，昨天早晨，你是同着俞秀蓮到我的家裏去了嗎？”

孫正禮說：“不錯，俞秀蓮是我的師妹，我們到你家中並非找你，卻是找你的兄弟花槍馮隆，因為馮隆那小子在北京……”

話還沒說完，金刀馮茂就一擺手，說：“孫兄不必說了，那件事我已知道了，我兄弟做的事，實在給江湖人丟臉。你和俞秀蓮打這不平，我馮茂十分佩服。假使馮隆現在這裏，我能立刻把他的頭割下來，交給你們！”說到這裏，他喘了一口氣，似是極為憤怒。

孫正禮卻撇着大嘴冷笑，以為馮茂這樣子是故意裝的，又聽馮茂說：“可是從兩年前，我便不認得他是我的兄弟了，只要我在家，他是休想進我的家門，你們追趕着捉他我也不惱。但你們昨天，闖進我的家中，打傷我的二兄，搜查有婦女的屋子，你們那實在是欺我太甚，簡直看我金刀馮茂不是人了！你們是覺得我自從敗在李慕白的手下之後，就不敢再在江湖爭氣了？”這末一句話，他簡直是嚷了起來，瞪着兩隻大眼，黑臉上佈滿了怒色，把一隻鐵錘般的拳頭往桌子上一砸，震得酒壺倒了，酒盅也滾在地下，摔了個粉碎。

孫正禮如何能受這個？當下他也把巨掌向桌上一拍，站起身來，一手抓住金刀馮茂的衣領，罵道：“李慕白打不死的小子，你敢來孫大爺的面前充英雄？”

說時二人就揪打起來，旁邊的酒客和酒保趕緊上前解勸。孫正禮把桌子也踹翻了，兩隻大臂胡掄，將旁邊看熱鬧的人全都給打了。他並且潑口大罵，把馮茂的兄弟馮隆，在北京殺死人命，搶走了大姑娘的事全都罵出來了。這真是讓馮茂的臉上難看，同時馮茂又怕官人這時趕來，若同孫正禮打起官司來，反正是自己要吃虧的。於是金刀馮茂就極力忍氣，擺手說：「你這樣開口罵人，是匹夫的行為，好漢子咱們一刀一槍，比武去？」

孫正禮跳起腳來說：「比武？孫大爺還怕你？孫大爺是鐵翅雕俞老鏢頭的徒弟，你是李慕白手下的敗將，你出來，你出來！」說時孫正禮先出了酒店，掖起來衣服，馮茂也隨之出去，二人就在街上廝打起來。馮茂雖然刀法精通，可惜此時沒有雙刀在手，若論拳法，馮茂雖然有些好招數，但在這狹隘的街道上施展不開，何況孫正禮的拳法也不弱。至於力氣，馮茂素有千鈞之力，但怎奈孫正禮是和牛一般，向他背上擂了幾拳頭，他都不倒下。二人始而還是拳腳相擊，後來簡直滾作一團，街上的人全都在遠處看着，不敢近前。孫正禮一面廝鬥，一面喊罵，他覺得馮茂真是拳硬力猛，自己都堪堪有點敵不過了。

此時忽然由酒店對門的房店之中，走出來一位姑娘，手持一對雙刀，把兩個老虎一般的漢子衝開。她把雙刀一分，厲聲問道：「不要打，有什麼話都對我說！」

孫正禮用衣襟擦着鼻子裏流出來的血，他嚷着說：「師妹，你別放他走！他就是金刀馮茂！」說畢，孫正禮就跑回店房裏去拿他的樸刀。

這裏俞秀蓮走上前，手提着雙刀，向馮茂問道：「你為什麼要與我的師哥打架？」

金刀馮茂的胳臂往下淌着血，但他還雙手握着拳頭，冷笑着說：「俞姑娘，你是個女人家，我金刀馮茂問不着你。昨天孫正禮闖到我的家裏，欺辱我的家口，這個仇我不能不報，所以我今天在保定得了信，就趕緊動身回深州去找他，不想在這裏遇着你們。剛才我到酒樓去見他，原是要同他講理，不想他竟毫不懂情理，向我揪打起來，並且向我大罵。」

秀蓮冷笑着說：「這件事與孫正禮不相干，搜查你的家裏，是我俞秀蓮一人所為。你去取刀來，我們較量較量，分出高低來之後，我再同你說話！」

秀蓮這幾句強烈的話一說出，把金刀馮茂反倒嚇得猶疑了，他擺手說：「沒你相干，你一個女人，就是搜查我的家口也不要緊，我鬥的是孫正禮！」

剛說到這裏，孫正禮已由店中取出刀來，奔過來向馮茂就砍，馮茂趕緊退後兩步。

秀蓮卻用雙刀將孫正禮的刀攔住，她說：「孫大哥不要着急，聽我對他講理！」秀蓮遂又把馮隆在北京所做的殺死楊老頭兒，搶走楊大姑娘之事，對馮茂說出。

那金刀馮茂卻便慚愧得連連擺手，說：“那件事我不管，只要你們能把馮隆住的地方找着，我情願去把他捉來，交給你們殺死，我決不認他是我的兄弟。我不服氣的就是孫正禮，他昨天到我的家裏去攪鬧，簡直叫我馮茂無顏見人！”

秀蓮冷笑說：“不為你兄弟的事，我們可到你家裏作甚？”

旁邊的孫正禮又掄刀向前，說道：“跟他廢什麼話？”

馮茂也撲上來，要奪孫正禮的鋼刀。秀蓮又用雙刀一分，將二人攔開，但二人都不服氣，依然對撲上來要打。

這時忽聽旁邊看熱鬧的人齊聲喊道：“衙門的人來了！”這是與馮茂相識的人喊出來的，馮茂一聽，趕緊轉身就走。

孫正禮提刀過去要追他，秀蓮卻將孫正禮攔住，說：“咱們也回店去吧！”孫正禮又罵了幾聲，這才同着秀蓮回到店房裏。

此時官人已然來到了，原來所謂官人，不過是官廳上的一個當小差使的，帶着兩個拿着鈎竿的看街的來到這裏，一聽說打架的是深州的金刀馮茂和一個姓孫的人，還有一個女的出來勸架，既沒打出人命來，打架的人也都走了，他們也就不願意管，遂又回官廳去了。

待了一會，對門酒店裏的酒保，到店房裏找孫正禮要酒錢。此時孫正禮在秀蓮的屋中坐着生氣，一見酒保，他就問金刀馮茂住在哪家店裏。酒保卻搖頭說：“我不知道。可是，我勸你大爺還是別跟他惹氣，他們是有名的深州馮家五虎，頂是這位四爺厲害，他今天沒帶着他的雙刀，若帶着他的雙刀可真夠你大爺纏的，再說他在本地的朋友多，你大爺是個外鄉客，出了事，別人只有護着他的。”

孫正禮氣得又大罵，說：“他有雙刀便怎樣？我五爪鷹還怕他？告訴你們吧，他兄弟在北京城犯了大案，我們來就是捉他的兄弟，捉不着他兄弟就得拿他是問！”說時，扔給酒保一串錢。

那酒保把酒錢和賠償酒盅的錢收起來，餘下的還放在桌上，就對孫正禮笑着說：“大爺別生氣了，街上的人都說了，金刀馮茂生平還沒遇見過你大爺這樣的對手呢！”說着，酒保就走了。

孫正禮自己生着氣說：“也叫他金刀馮茂瞧瞧，不是只有李慕白才能打他，我五爪鷹的拳腳今天還沒施展開了，要不然，也非得叫他向我磕頭認輸不可！”

旁邊俞秀蓮卻皺着眉說：“孫大哥你的性情這樣急躁，這是能辦好了的事情你也得給辦壞。咱們由北京出來原是為捉拿馮隆，找回那楊大姑娘，並不是要跟金刀馮茂鬥氣。今天見着他，應當向他訊問他兄弟的下落，他若不知道，咱們也應當向他問他兄弟在別處還有什麼去處，咱們好再去查訪，現在你同他打得這個樣子，他就是有什麼話也不肯說了！”

孫正禮說：“不要緊，明天我一早就起來到街上去等他，見着他，先把他抓到衙門去！”

秀蓮歎了一聲，說：“如果衙門裏見着京裏發下來的捉拿馮隆的公事，那還可以替咱們審問馮茂，若是京裏沒有公事，咱們既非捕役，又非官人，就使將馮茂扭到官裏，官裏也不能信咱們的話呀？”

孫正禮說：“依着你這麼一說，就算完了，咱們就是見着花槍馮隆也不敢抓他了？”

秀蓮說：“馮隆又與他哥哥不同，他是正兇。他跟楊大姑娘在一起，那就是他作案的證據。他若是已然將楊大姑娘害了，我們也可以抓住他到北京去交官。他若是與咱們抵抗，那咱們只好動手殺死他！”

孫正禮聽秀蓮這話，卻覺得太不乾脆，但是因為她是自己的師妹，自己也不能與她爭論打架，只得歎了一聲，便忍着，一手提着刀，就出屋到了那大房子裏，又叫進店夥來，叫給他打洗臉水。他把鼻子的血和身上的泥土全都洗淨，然後由衣包內取出一身乾淨衣服，就換上衣服，又自言自語地罵了幾聲馮茂，他就把刀壓在臂下，躺在炕上沉沉地睡去了。大房子裏約有七八個人，都是做買賣的。剛才他與金刀馮茂打架的時候，本來店裏的人全都出去看了，這時見了孫正禮，都以驚異的目光來看他，可是沒有人敢跟他提說剛才的事，也不知那些人是怕他，還是怕那金刀馮茂。

這時秀蓮的屋依然一燈熒熒，本來她剛才關上門都要睡去了，因為剛才的事反倒不困倦了，便坐在炕上對着一盞燈悶悶地沉思。

忽聽窗外有人叫道：“俞姑娘還沒睡吧？”

秀蓮驚異着問道：“是誰？”

外面的人一拉門進來，原來卻是店裏的夥計，手裏拿着一封信，說道：“金刀馮四爺派人送來一封信，叫我們交給俞姑娘。”

秀蓮把信接到手中，店夥出屋，秀蓮就拆開信，近燈去看，只見那信紙上寫道：

俞秀蓮姑娘台鑒：

久仰大名，今日相見，果然名不虛傳，真不愧鐵翅雕之女也！舍弟馮隆，早與我反目，年餘均未見。北京楊家之事，如果屬實，則彼實天人不容，不獨姑娘可捕之歸案，將來我亦可尋着他，揮刀殺他，大義滅親！現在將他的兩個去處告訴姑娘，一即深州霍家屯霍玉彪之處，二即河南開封張玉瑾之處，此二處必可捉獲馮隆。我乃誠實男子，決不故意誑騙汝等，汝等自曾往尋，馮茂決不助不義之胞弟也！唯有五爪鷹孫正禮，實在欺我太甚，囑他路上小心，百里之內，我必截住他，一決雌雄！

　　馮茂頓首

　　俞秀蓮看了這封信，覺得金刀馮茂真不愧是一條好漢，就想：花槍馮隆一定是自霍家屯逃走之後，就往開封府去了，反正張玉瑾是逼死我父親的仇人，我到開封就是找不着馮隆，也應當把他殺死，以為父親報仇。當下她就決定了明天起身往河南去，但是又想到，金刀馮茂現在決心與孫正禮決鬥，沿路上難免又生事端，不由又發生一種惱恨。

　　到了次日，五爪鷹孫正禮清晨就起來，紮束便利，提着樸刀就到街上去尋金刀馮茂。他兩眼瞪得跟銅鈴似的，向街上往來的人說：「你們誰知道馮茂在哪兒住，就來告訴我，我非得與那小子鬥一鬥不可！」他提着刀在街上走了兩個來回，這時秀蓮就叫店房的夥計出來尋他。孫正禮這才氣憤憤地回到店房內，見了秀蓮，就說：「金刀馮茂那小子大概怕了咱們，昨天黑夜他就走了。師妹，我想到保定去也是白去，馮隆要是藏在那裏，他絕不敢叫他的哥哥走，不如咱們再回深州去！」

　　秀蓮卻搖頭說：「深州咱們已去過了，眼見花槍馮隆往南跑去了，據我猜想，馮隆與張玉瑾相識，張玉瑾在開封開鏢局，他手下有許多江湖強人，馮隆投到他那裏一定覺得穩妥，所以我想咱們還是到一趟河南才對。」

　　孫正禮一聽，連說：「好，好，我早就想會一會金槍張玉瑾那小子，給我師父報仇。師妹，你快點收拾行李，咱們這就動身！」

　　當下孫正禮把店家喊過來，付了店錢，就叫他趕快備馬。當下秀蓮與孫正禮二人動手收束行李，少時拿到房外，放在馬上，就一同牽馬出門，往南走去。走在街上，孫正禮的兩隻眼睛還不住東張西望，恨不得一眼望見馮茂，就拔刀過去，與他大戰幾十合，才算痛快。出了南關的街道，二人就上了馬，依舊是孫正禮在前，秀蓮在後。秀蓮並沒把昨晚金刀馮茂寄信的事情告訴孫正禮，只勸他專心到開封去找花槍馮隆，救楊大姑娘，並鬥那金槍張玉瑾，卻不可在路上又惹事。孫正禮哽哽地笑應着，心裏卻想着昨晚未將馮茂打敗，實在是心中最不痛快的一件事。

　　走了一天，當晚宿在晉縣地方，次日早晨在店房中用過了早飯，方才起身，走到將近晌午的時候，就到了寧晉縣界。兩匹馬走在大道上，路上往來的人雖不算太少，可是看不見一個鎮市，孫正禮就說：「咱們走差了路了，應當走西邊那條路，那條路直通着縣城，縣裏我還有兩個朋友，看看朋友，再吃了午飯，有多麼好！」

　　秀蓮也是覺着有些饑餓，就說：「咱們快點走吧，我想前面一定有鎮市。"

　　當時二人一齊揮鞭，兩匹馬就嘚嘚地往南馳去。才走了不到二里地，就聽身後有人高聲叫道："前面姓孫的！站住！"孫正禮吃了一驚，趕緊勒住馬回頭去看，就見後面一箭之遠，那金刀馮茂騎着一匹醬紫色的大馬，飛也似的追來。

第十二回　　收刀窺東柔情念遠人　　打店奪鏢黑鷹搏紫虎

　　孫正禮狂笑道：“好小子，我正要找他呢！”當時撥馬回頭，迎上前去，隨手由鞍後的行李捲內抽出鋼刀，大喝道：“小子你來了正好，孫大爺倒要鬥一鬥你！”

　　此時金刀馮茂已跳下了馬，將馬繫在道旁的一棵槐樹上，他便由鞍下抽出雪亮的雙刀。孫正禮也下了馬，將韁繩壓在一塊大石頭的底下，他手提着刀奔上前去，向馮茂掄刀就砍。馮茂展開雙刀招架，當時兩條虎一般的大漢，也不廢什麼話，就殺在一起，只見兩條雄軀，一往一來，三口刀磕得鏘鏘亂響。

　　旁邊的俞秀蓮也下了坐騎，放開馬，叫馬在野地上吃草，她卻注目觀戰。就見金刀馮茂的雙刀確實厲害，雖然他沒有什麼新奇的招數，但因為他的力猛，所以兩口刀忽上忽下，叫人的眼睛都看不清。對方的孫正禮也毫不讓步，一口刀左磕右撞，把馮茂的幾下毒手全都給擋回去了。秀蓮就看出孫正禮的武藝確比前二年進步得多了，而且他身高力大，決不吃虧。上面是刀光奪目，下面是塵土飛揚，三十多個回合之後，兩人的身上都沒有負傷，可是孫正禮的刀法就像是有些錯亂了。

　　俞秀蓮誠恐孫正禮受傷，又不願二人這樣爭持，於是趕緊由鞍後抽出雙刀，也飛奔過去，喊聲：“都住手！都住手！”當下她的雙刀攙上去，成了五口刀。

　　在秀蓮的意思原是要把他們分開，住了手叫二人講理，可是不想金刀馮茂這時殺起來怒氣，他不顧青紅皂白，竟用雙刀狠狠地向秀蓮砍來。當時孫正禮反倒退後，往來的行人也都躲得遠遠的，大道之上，就叫這同是使着雙刀的一對英雄男女厮殺起來。馮茂是刀疾力猛，俞秀蓮雖然力弱些，但是刀法新奇，身軀輕便，四口刀交戰在一起，卻像幾道閃電在飛迸，夾雜着鏘鏘的比雷聲還要可驚的鋼鐵相擊之聲。往來四十餘回合，秀蓮的刀法一點也不亂，並且還不退後，馮茂的力氣也是一點也不減。

這時孫正禮在旁喘了幾口氣，他又乘隙掄刀上前，幫助秀蓮與馮茂廝殺，一面掄刀疾砍，一面大叫道：“金刀馮茂！你這小子，今天休想逃命了！”秀蓮咬着牙，舞動雙刀搶過孫正禮，她還是獨自與馮茂拼鬥。

又交手十餘回合，這時忽然由南邊馳來一匹白馬，馬來到近前便收住，那馬上的人跳下來，抽出了寶劍，奔過去，幫助俞秀蓮、孫正禮二人去與馮茂廝殺。這人的劍法也頗為高強，馮茂又應付了四五回合，他便緊退幾步，把刀一橫，喊說：“住手！住手！我有話說！”

這邊的三個人一齊收住了兵刃。秀蓮扭頭一看，見此人卻是沖霄劍客陳鳳鈞，不由心中有些生氣。這時對面的金刀馮茂滿頭是汗，他像牛一般地喘氣，擺手說：“我不與你們打了！你們三個人打我一個人，算什麼英雄？”

秀蓮搶上兩步，掄刀說：“不用他們幫助我，你歇一歇，咱們兩人單鬥！”

陳鳳鈞也挺劍奔過去，拍着胸脯說：“你何必欺負他們，有本事的鬥一鬥我沖霄劍客陳鳳鈞！”

孫正禮卻推了陳鳳鈞一下，怒聲說：“干你甚事？他的對頭是我，老爺不叫別人幫助！”

此時金刀馮茂已解馬跨鞍，向這邊冷笑了一聲，便飛馳向北而去。孫正禮也上馬要追，秀蓮卻將他攔住，說道：“何必，他沒勝了我們，就叫他走去吧！”

孫正禮氣猶未息，一手提刀，一手勒馬，望着那金刀馮茂逃去的人馬影，心裏急得像着了火一般。

這時陳鳳鈞卻提劍向秀蓮一拱手，說：“俞姑娘，我自北京追隨姑娘南來，在暗中幫助姑娘。今天那人十分兇悍，若不是我趕來，恐怕姑娘也要吃虧。現在如若姑娘不棄嫌我，我情願跟隨保護姑娘。姑娘，你須知道我陳鳳鈞是一個最誠實的人，”說話的時候，他眯縫着眼笑着。

秀蓮卻氣得把刀一揮，說：“你是什麼東西？我憑什麼要仗着你保護？”

孫正禮也在馬上掄着刀道：“小子好大膽，你敢調戲我的師妹！”

陳鳳鈞一面用劍招架，一面退着身跑，跑出二十幾步，他還望着秀蓮笑，說道：“你們太不講理了！我好心來幫助你們，你們反倒向我翻了臉？真是，俞姑娘你也太無情了！”

孫正禮氣得在馬上掄刀說：“這小子嘴裏胡說八道的，我非得要他的命不可！"這時孫正禮催馬過去，向陳鳳鈞就砍。陳鳳鈞卻一面招架，一面將他的馬匹搶到手中，飛身上馬向南就跑。孫正禮上馬就在後面緊緊追趕，秀蓮也上了馬向南追下去，心裏想着：陳鳳鈞一定是個江湖上的淫徒，何況我恩兄李慕白又是死在他的手中，不如今天把他趕到一個僻靜的地方，結果了他的性命，也算是給李慕白報了仇！於是縱馬急追。

　　秀蓮座下的這匹馬極快，一霎時越過了孫正禮的馬匹，又一霎時追上陳鳳鈞。陳鳳鈞一看，知道跑不了，他便將馬頭一撥，回身掄劍向秀蓮就刺，嘴裏說道："姑娘你太無情！"秀蓮卻以左手的刀將陳鳳鈞的劍磕開，右手的刀掄起向他的肩臂削去。陳鳳鈞急忙抽劍招架，同時他的臉色煞白，憤怒地說："俞秀蓮！你以為我真是怕你嗎？"秀蓮卻不答話，只用雙刀向陳鳳鈞的身上去砍。

　　此時孫正禮的馬匹也趕到了，他掄着鋼刀大喊道："師妹閃開！讓我殺這小子！"陳鳳鈞卻無法再鬥，他又撥轉馬頭，回身用劍遮住秀蓮的雙刀，冷笑了一聲，便飛馬向南逃去。秀蓮與孫正禮的兩匹馬又往南追趕。此時孫正禮忽然想起一個辦法來，他就將鋼刀入鞘，從馬胯後的行李捲內，抽出那根一頭繫着大秤鈎的井繩，說道："我拿這東西對付這小子！"說時兩匹馬蕩得塵土多高，眼看又把陳鳳鈞追上。孫正禮催馬向前，抖起了井繩，向陳鳳鈞的坐騎拋去，口裏說道："小子滾下來吧！"井繩拋去，一下沒有鈎着，但陳鳳鈞卻慌了，他趕緊用劍柄拍馬向前疾馳。孫正禮卻又拋起井繩追上，這一下子鈎在陳鳳鈞那匹白馬的前腳上，一個前失，立刻將沖霄劍客栽下馬來，但陳鳳鈞的腿軀也很靈便，他寶劍並不撒手，一挺身站起來，橫劍向孫正禮說："你這算是英雄嗎？"

　　孫正禮也聽不懂陳鳳鈞的南方話，抽出鋼刀跳下馬，又與陳鳳鈞廝殺在一起。秀蓮也奔上前來，在馬上掄雙刀向陳鳳鈞來砍。陳鳳鈞又用劍招架幾個回合，他就棄了大道，往田間跑去。秀蓮卻跳下馬來，向孫正禮說："孫大哥快看守咱們的馬匹，讓我去追他！"說話之間，秀蓮也手提雙刀跑上了田地之間。

　　這時穀子雖已收割，但還種着許多花生白薯之類的雜糧，還有農人在田間耕作，一見那個提劍的年輕人在前面跑，這個拿着雙刀的姑娘在後面追，就齊都不禁驚詫，扭着頭直着眼看他們，並有人問秀蓮："喂！姑娘，你們是幹什麼的？"

　　秀蓮只是提着雙刀向前去追，但因為怕踏壞了人家種的莊稼，所以不得不挑着道兒走。此時那沖霄劍客陳鳳鈞已然鑽進一座墳地的松林裏，忽然他又鑽出來，用劍向秀蓮招着，仿佛是說："你來！你來！"

秀蓮不禁紅了臉，氣得肺都要炸裂，但是腳步卻止住了，心想：看這個陳鳳鈞人很卑鄙，現在他跑到松林裏，不定要施什麼詭計，李慕白在江南尚且中了他的詭計，我若再上了他們的當，那豈不冤枉？於是秀蓮因為謹慎，就不願再去追趕，忿忿地提着雙刀往回走。那田間的幾個農人還不住地向她呆望。

秀蓮回到大道上，孫正禮手牽着三匹馬，就問說："那小子跑了嗎？"

秀蓮說："他跑進樹林去隱身，我不便再追進樹林去。"

孫正禮說："饒他那條狗命吧，這回叫他知道咱們的厲害，下回遇到手時再說！"

秀蓮卻怒猶未息，就說："咱們翻翻他的馬上有什麼東西。"於是秀蓮就和孫正禮着手檢查陳鳳鈞的行李。陳鳳鈞的行李很是簡單，只是一隻劍鞘和一隻相當沉重的鋼鞭，包裹裏有一封銀兩，幾件衣服，兩三塊女人用的花手絹，另外有一封信。

孫正禮把那兩三塊女人手絹扔在地下，說："這小子不是好東西，一定是個採花淫賊！"又把鋼鞭掂了掂，說："這小子既使寶劍可又帶着這沉重的傢伙幹什麼？"

這時秀蓮倚馬站立，把陳鳳鈞的信束抽出看了，只見上面寫的是：

鳳鈞賢徒見字：

汝過江北上至今已兩月餘矣，不知已尋得彼人蹤跡否？現聞彼人確在人世，已離開江南，千萬着意尋他，將圖籍奪回，性命可饒他，唯動手時須小心，圖籍在彼手已兩年餘，彼必已揣摸有素，而有心得矣，千萬防他毒手！崇友現在遣人往山東，伯勇亦往湖北方面去了，今飭人送到銀五十兩，望連信一併收下為荷。

師靜字

秀蓮把這封信看了兩遍，驀然她明白了，她猜着這封信一定是那江南的靜玄老和尚寄給陳鳳鈞的，他們在兩年前將李慕白打下水去之後，如今又知道李慕白並未死，所以靜玄老和尚才派了陳鳳鈞和一些人，過江北上，來尋找李慕白的下落，這樣說，李慕白不但沒死，還已到北方來了。因此秀蓮心中十分歡喜。

旁邊孫正禮又問："信裏寫的都是什麼？大概沒有好話？"

秀蓮的芳頰不禁紅了紅，就說："這封信是他師父靜玄老和尚寄給他的。那靜玄老和尚是江南有名的人物，我想將來要會會他。"

孫正禮說：“什麼有名的人物？我想一定也不是個好人，好人還能收他這樣的徒弟？”

秀蓮將信收在自己的衣包內，又將雙刀入鞘。她將馬肚帶松了松，就向孫正禮說：“孫大哥，現在離着咱們家鄉已不遠了，咱們先回家中去看一看，勾留半日，再往南走去，好不好？”

孫正禮聽了也很是喜歡，他就連連點頭，說：“好，好！我回到家裏倒是沒有什麼事，只是想在師父師母的墳前燒幾張紙。”

當下二人上馬，那孫正禮騎着自己的棗紅色大馬，牽着陳鳳鈞的那匹白馬，就隨着秀蓮往南去。先到了一座市鎮，二人用畢了飯，然後依舊往南去，當日天已黃昏，就進了他們的家鄉巨鹿縣城。孫正禮雖然回到故鄉，但是他無家可歸，便隨秀蓮到了俞老鏢頭的故居，一打門，裏面地裏鬼崔三就出來了。他一見秀蓮和孫正禮同來，就出乎意料地喜歡，笑着說：“哎呀！師妹，孫大哥！”可是他看見共合是三匹馬，他就問：“還有哪位呀？”孫正禮說：“沒有人了，你就把三匹馬全都牽進來吧！”崔三覺着有點詫異，就把三匹馬全都牽進門來，關上街門，他又把裏院的北房開開，秀蓮和孫正禮進到屋內，崔三又喊他老婆泡茶打臉水。

秀蓮雖有三年沒在家中居住，但房中的一切器具全都絲毫未動，桌上的塵土也不厚，仿佛最近有人在這裏住過似的。那俞老鏢頭當年養畫眉的鳥籠子還在牆上掛着，睹物思人，秀蓮心中又不禁一陣悲傷。崔三的老婆給擦了擦椅子，二人坐下。此時崔三把馬上的行李和兵刃全都拿進屋來。

崔三就笑着說：“姑娘和孫大哥若是早來幾天，就和郁三哥見着面了。”

秀蓮一聽她父親的師姪金鏢郁天傑在幾日之前曾到這裏來過，遂就問說：“郁三哥來了？他有什麼事呢？”

崔三說：“郁天傑到這裏來，第一是給師父、師母上墳，第二是要找孫大哥到河南幫助他辦點事。他可不知道孫大哥在新疆住了些日子，就到北京去做鏢頭，永遠沒回來！”

孫正禮趕緊問說：“他找我有什麼事？”

崔三卻擺手，仿佛是歎息似的說：“先別提了！我先去買點草料把那三匹馬喂上。”

孫正禮卻發急道：“你這個人還是這個顢頇性情，喂馬有什麼要緊？你先別急着，快說，郁天傑他找我幹什麼來了？”

秀蓮也急道：“崔三哥你快說！”

地裏鬼崔三歎口氣說：“郁天傑現在混得很狼狽！他是上月

二十六來的，初三走的，還要趕回彰德去過八月節，他的右腿都瘸了，左手也掉了兩個手指頭！”秀蓮和孫正禮聽了，都不由面上變色。崔三又說：“郁天傑他來到這兒就說：這兩年他那鏢局的買賣不行了。早先有這兒的老爺子活着，別看老爺子不出頭，可是江湖上誰都久仰鐵翅雕的大名，知道他是鐵翅雕的師姪，沒有人敢欺負他。自從老爺子死後，姑娘你又與張玉瑾仇上結仇，因此他在河南簡直立不住腳。由去年冬天起到今年夏天，他局子裏的鏢在外面出了兩回事，他賠了三四千兩銀子，把他家的田產都賣光了。現在又有一個張玉瑾的黨羽名叫紫毛虎張慶的，找到他的門首去打架，把他的右腿砍傷，手指削去，強佔了他的鏢局。郁天傑一點辦法沒有，現在住在他丈人家中，好容易把傷養好了，來到巨鹿打算請孫大哥跟着他去報仇，才知道孫大哥在北京沒回來。他要到北京去，又怕盤纏不夠，所以他就先回去了，打算過一兩個月湊足了盤費，再直頭到北京去找孫大哥，並要求姑娘也幫幫他！”

　　崔三說完這些話，孫正禮就氣得跳起腳來，說：“真他娘叫欺負人！郁天傑在彰德，仗着師父的名聲，他自己的人緣又好，向來沒受過人欺負，現在他娘的來了個沒名姓的紫毛虎，竟把他傷成殘廢，奪了鏢局？他娘的！我非得替我那兄弟出氣不可！”

　　旁邊俞秀蓮聽了這事，她也是頗為不平。本來孫正禮和崔三這些人雖然都稱呼自己的父親為師父，但他們實在沒有給父親磕過頭，不過都是當年父親開雄遠鏢店時手下的幾個得力的夥計罷了。至於那金鏢郁天傑，確實是父親的師兄郁德保之子。郁德保早故，郁天傑承襲父業開設鏢局，他的事情很忙，可是每年他必要由河南到巨鹿來兩趟，給秀蓮的父親磕頭，一次是正月來拜年，一次是六月來拜壽。父親死後，秀蓮無親寡友，只有郁天傑與她還算近些。當下秀蓮心中很難受，就對崔三說：“這件事好辦，我們現在正是要往河南去，順便到一趟彰德府，幫助他把鏢局要回來就是了！”遂又把她此次同孫正禮往河南尋找楊麗英的下落，以及要捉拿馮隆，鬥金槍張玉瑾之事說了，然後又說：“我們今晚在這裏住一夜，明天早上去上墳。上過墳之後我們就走，我們的馬快，大概郁三哥回家不幾日，我們也就到了。”

　　崔三在旁邊瞧着秀蓮說話時，真是軒昂爽利，與早先在家裏住着的時候絕然不同，他心裏就暗暗欽佩。當下他又問了秀蓮和孫正禮在北京的生活，他又說了巨鹿縣的一些雜事，然後就出去買草料餵馬去了。孫正禮就去看他幾個朋友。

　　秀蓮由崔三老婆去伺候着用畢晚飯，便在這舊日的閨閣之中淒然獨坐，閒愁萬種，紛紛湧起。不過有兩件事情，還可以使她感覺痛快，第一就是李慕白已經有了下落，十有八九是沒死；第二是在眼前就要有一場的爭鬥，那張玉瑾、馮隆、張慶，都是自己的對手，還有陳鳳鈞和江南的靜玄禪師，鳳陽的譚家兄弟，早晚必都得較量較量不可。當晚她很早就睡去，及至五爪鷹在外面酒足飯飽又回來之後，秀蓮屋中的燈已熄滅了。

到了次日，一早秀蓮就叫崔三出去買燒紙。崔三出去見着熟人一提俞秀蓮回來了，就有鄰居和早先相好的幾個老頭兒老太太和姑娘媳婦們都來望看秀蓮。秀蓮在外面雖是潑辣剛強，可是如今見着一般故舊和昔時的女伴，她仍然是溫婉和藹，並且請托一位張老伯給德嘯峰寫了一封信，那信上就寫的是：事情已有端倪，我等現往河南去矣，不久既可北返，恩兄李君，現確知無恙，並已離南北來，唯居住何所，尚不得知，請五哥放心就是……」等等的言語，然後向寫信的這位張老伯道了謝。

因為此時崔三已把燒紙和金銀錁子全都買來了，一些鄰居舊好見秀蓮要上墳去，便都先後告辭走了。秀蓮和孫正禮、崔三，就一同到北門外俞家塋地去。此時秋風刺骨，草木垂枯，一片蕭寥景象，與三年前的春天，秀蓮姑娘同她父母最後來此掃祭時，景象大殊。現在她父母的墳墓已經有些坍毀了，秀蓮在墳墓燒着紙，不禁垂淚，心中更仇恨張玉瑾、何三虎、何七虎，及女魔王何劍娥那些人，更覺得既不為尋楊麗英的事，自己也應當到開封去這一趟。那孫正禮和崔三齊都跪在地下向俞老鏢頭夫婦的墳墓磕頭。熊熊的火光一霎變為飛灰片片，秀蓮拭了拭眼淚，就向孫正禮說：「咱們快些回去，就起身往南去吧！」孫正禮也恨不得一下就到了河南，當下仍一同騎馬回到家內。

用畢午飯，然後秀蓮就把剛才寫的那封信，交給崔三，囑咐他說：「崔三哥，這封信你先收着，如有往北京去的人，就托他給帶去，交給北京東四牌樓三條胡同德五爺之處，至於那匹白馬，是我們在路上揀來的，崔三哥若不想自己養活，就把他賣了錢花用吧！」崔三連連答應，把信收起來。

秀蓮與孫正禮就一同別了崔三，離家出城，策馬直往南去。孫正禮自從與金刀馮茂打了個平手之後，他的意氣更盛，恨不得立刻就鬥鬥張玉瑾和紫毛虎，抓住馮隆、冒寶昆，心中才算痛快。他策馬疾馳，常常把秀蓮落在後面很遠，當日在臨洛關地面宿下，次日中午就到了邯鄲，孫正禮就說：「快點走，咱們今晚就趕到彰德府才好。」秀蓮卻說：「就算馬匹累不了，咱們趕到彰德，恐怕也得深夜，人困馬乏，還是什麼事也辦不了。不如慢慢地走，只要明天趕到就行了。」又說，「郁天傑的事倒不必忙，即使到了那裏，一天兩天也不能就把他的鏢局奪回！」

孫正禮聽了秀蓮這話，雖然不再策馬往下飛跑了，可是他的心裏仿佛堵着什麼，總覺得氣不出。到這時他們還沒用午飯，來到邯鄲境內的市街上，秀蓮就望見街東有一個酒飯舖，便向孫正禮說："孫大哥，咱們在這兒用畢午飯再往下走吧？"孫正禮點頭說："也好。"遂就由秀蓮的手中接過馬，連同自己的馬匹全都繫在飯館門前的椿子上。他叫出一個飯館的夥計，囑咐說道："這兩匹馬，連馬上的東西，都交給你們看着，要是丟了什麼，我可朝你們是問！"飯館夥計連連擺手說："大爺，馬匹你就拴在這兒，決丟不了，馬上的東西我們可看不過來！"孫正禮聽了就要發氣，秀蓮在旁勸道："孫大哥，把馬上的東西拿下來就是了！"孫正禮十分嫌麻煩，口罵着店夥，手就去解馬上行李。秀蓮在旁把自己的雙刀接到手中。

正在這時，忽聽身後有人叫了一聲："俞姑娘！"秀蓮吃了一驚，趕緊回頭去看，就見一箭之遠，有一個牽着馬的短衣人，向秀蓮看了看，卻又往南去了。秀蓮十分驚詫，想自己並不認識此人，為什麼他會知道自己姓俞？不過看此人的臉上並無惡意，就想也許是由北京來的人，他認識我，我卻不認識他。因此就沒有怎麼注意。此時孫正禮已將馬上的包裹都解下來，他背着包裹，挾着刀，就同秀蓮進了酒飯館，到樓上找了一張迎窗的桌子坐下。孫正禮點了菜，要了酒，就與秀蓮一同吃飯。旁邊的人對於他們似很是注意，因為孫正禮的粗魯與秀蓮的俊俏太不相調和，而且他們都帶着鋼刀，叫人猜不出他們是幹什麼的。少時，秀蓮吃畢了飯，便站起身來，隔着玻璃向下看那街上往來的行人，孫正禮卻依舊在夾菜飲酒。秀蓮向樓下看了一會兒，忽見剛才叫了自己一聲的那個人又走過來了，他手裏還牽着那匹不很健壯的白馬，跟着一個披青布夾襖的人往北去了，走到酒樓前，那人抬頭往樓上看了一下。秀蓮見此人是微黑的面膛，神色倒不怎樣兇惡，秀蓮眼看着這人從樓下走過，心裏暗暗猜度，卻沒對孫正禮說出。此時，孫正禮吃完了酒飯，就同着秀蓮下樓，又把行李和鋼刀放在馬上，二人就離了這邯鄲縣城，依舊往南走去。當晚宿在磁州地面，到了次日就來到彰德府。這時已是午後兩點鐘，二人便牽着馬去打聽郁天傑。原來郁天傑是這彰德府的土著，祖輩傳流，開了百十來年的"安陽鏢店"，所以他在本地頗有名氣。孫正禮向街上的人一打聽，就有人指着說："北關裏那個大鐵門就是安陽鏢店，牆上有字，很容易找。金鏢郁三爺現在可不在鏢店裏住了，他把鏢店讓給人了，他現在住在東邊四眼井，他丈人家裏。"遂就指點明白了。孫正禮和秀蓮就上馬找去。找到那裏，一叩打柴扉，裏面就有個十幾歲的小孩子出來，問他們找誰。

孫正禮說："我們找金鏢郁天傑，我們是由巨鹿縣來的，我叫五爪鷹孫正禮，這位是俞秀蓮姑娘。"這個小孩一聽，他仿佛久聞這二人大名，立刻回身跑進去。

待了一會兒，郁天傑就由屋中出來了。見了秀蓮和孫正禮，他就又驚又喜，說："哎呀！師妹、孫大哥，我從巨鹿回來不過十幾天，本想過一半個月再到北京去找你們，想不到你們會來了，你們哪裏得的這麼快的消息？"郁天傑現在確實十分消瘦，右腿瘸瘸點點，左手殘缺得不像樣子，與秀蓮彼此見過禮，又向孫正禮作揖。

孫正禮卻連還禮也顧不得，就說："我們就為是給你出氣才來的，現在你先帶着我們找那紫毛虎，打完了他，奪回來你的鏢店，咱們再細說話！"

郁天傑說："別忙！孫大哥和師妹且進來歇會，我那件事也得慢慢想辦法！"秀蓮已然牽馬進門了，孫正禮只得強抑着他那急躁的性情，也進來把兩匹馬都繫在院中的棗樹上。郁天傑讓二人進到屋裏，並叫來他妻子相見。

孫正禮卻連坐着也有些不耐煩，只聽郁天傑簡略地說："那紫毛虎張慶是吳橋惡霸華大綱的徒弟，去年才到河南來，跟何三虎結了盟，因為張玉瑾打算獨霸河南的鏢行，所以才使他來奪我的鏢店。這個人刀法很好，我這身傷全是他給害的。現在他又來了一個朋友，姓楊，這人的武藝更好，所以我敵不過他們。他們並威嚇着我，說是只要我去報官打官司，他們就要我的性命；可是我若能請來人再把他們打敗，他們就將鏢店還我。因此我才到巨鹿縣去請孫大哥……"他的話才說到這裏，孫正禮就說："我喂喂馬去。"說畢他起身出屋去了。

這裏郁天傑還在屋中與秀蓮姑娘說話，孫正禮卻到院中，由馬鞍後抽了鋼刀，走出柴扉就向北關跑去。跑到北關就向人詢問那安陽鏢店的地址，旁的人見他生長得魯莽，而且提着一口刀，都不知道他是要做什麼，但聽他問到安陽鏢店，就向他指着說："那邊不就是嗎？"孫正禮向南走了幾步，就見那路西一座大車門，門是用鐵葉子包着，十分氣派，白牆上塗着桌面大的黑字是"安陽鏢店"。孫正禮提刀跑到門前，那門前正有一個小夥計樣子的人往外走，孫正禮上前一把抓住，就問說："紫毛虎在哪裏？快叫他出來見老子！"那小夥計嚇了一大跳，他見孫正禮一手持着刀，就不敢發橫，臉上變色說道："在裏頭了！"孫正禮一手抓住這小夥計，一手提着刀，往門裏就走。這門裏本是一塊寬敞的院子，東邊是住房，西邊是馬棚，孫正禮就將小夥計撒了手，橫刀向東屋裏喊道："紫毛虎，你小子有本事的快出來！老子要鬥鬥你！"

喊聲未畢，東屋裏就出來四五個人，為首一個大漢，年有三十來歲，紫黑的臉膛，眼睛倒不怎麼大，一出屋門，就挺身站立，問道："你是幹什麼的？"

孫正禮提刀近前幾步，一拍胸脯，說："老子是北京的鏢頭五爪鷹孫正禮，郁天傑是我的兄弟。你小子傷了我的兄弟，奪了他的鏢店，我現在來就是要替我兄弟出氣。你小子要是懂事的，就趕快給老子磕頭，拍拍屁股滾開，老子就饒你，要不然，你他媽的今天就嘗嘗老子的厲害！」

那紫毛虎一聽孫正禮這話，氣得他臉上越發紫黑，身後有人遞給他一把樸刀，他嗖地一個箭步躍過來，掄刀向孫正禮就砍。孫正禮橫刀去磕，只聽鏘的一聲，紫毛虎趕緊退後一步，緩了緩腕力。孫正禮卻又緊奔上來，掄刀向紫毛虎的肩頭去砍。紫毛虎趕緊回身，用刀招架，孫正禮卻將對方的刀撥開，斜進一步，掄刀急急向對方的下部跺去。紫毛虎要跳沒有跳開，一刀就跺在他的屁股上。

此時旁邊的四五個人齊都由兵器架子抽了刀槍，過來救了紫毛虎張慶，把孫正禮圍住。那張慶被兩個人攙着，屁股上往下流血，連土色的褲子都染成鮮紅的了，他的臉色也由紫黑變成了蒼白，他大喊着：「楊兄弟，我受了傷啦！你還不出屋來幫助我！」

孫正禮橫刀冷笑，這時就由那東南角的一間小屋裏又走出一條大漢。這人年有二十來歲，身體十分健壯，臉色發紅，一雙像發愁似的深眼睛，高鼻闊口，穿的是一身青布褲褂，足下一雙魚鱗趿鞋。他出門來望了一眼，就抱拳問說：「朋友你貴姓？」

孫正禮一聽此人是北京口音，心裏就有點納悶，暗想：這小子是北京人，我在北京怎麼沒見過他呀？當下又拍着胸脯，道出了字號，並把來意說了，然後就說：「紫毛虎他有話在先，只要有人打了他，他就將鏢店還給郁天傑，現在我把他的屁股砍傷了，你們還不快一點滾蛋！」

那姓楊的聽孫正禮說話這樣粗暴，他不由也面現怒色，說道：「當初郁天傑是怎樣讓的鏢店我也不知道，不過我來到這裏已三個多月了，每月我叫張慶送給郁家十兩銀子，這個鏢店也和租下的一樣。你現在要想幫助姓郁的收回，也得把事情弄清楚了！」

孫正禮說：「那好辦，郁天傑使了你們多少錢，我一齊還你們，你們可得立刻都滾蛋，要不然我五爪鷹一個一個把你們砍出去！」

那邊紫毛虎張慶連疼帶急，就喊道：「楊兄弟你別跟他廢什麼話！快點打了他替我報仇！」

此時姓楊的已由兵器架上抄了一口鋼刀，走過來就向孫正禮說：「事情好商量，但你為什麼開口罵人？」

孫正禮咆哮道：「罵的就是你，你小子也吃我一刀！」說時一刀向姓楊的砍來。姓楊的退了兩步，把旁邊的人全都驅開，他就掄刀與孫正禮交戰起來。兩口刀相磕對砍，往來五六回合，孫正禮覺得此人與那紫毛虎又不同了，只見他鋼刀翻飛，腳步沉着，沒有幾年工夫是練不成這個樣子。孫正禮也把刀法施展開了，急追直砍，打算兩三下就制勝，然而對方姓楊的可不是好惹的，孫正禮的鋼刀砍來，他總能用招數還迎。十幾回合之後，那姓楊的看得孫正禮有些喘氣了，他就轉守為攻，一刀一刀地加緊。孫正禮一看不容易招架，他就舞起刀來，胡殺亂砍，使姓楊的兵刃不能近身。

正在這時，紫毛虎張慶本要喝令手下的人一擁齊上，可是忽然由外面又來了兩個人，一個是郁天傑，一個卻是青衣素帛、手提雙刀的美貌姑娘。孫正禮一見秀蓮來到，他就喊叫說：“師妹你不要管，讓我獨自鬥這小子！”

還是秀蓮已經看出對方的武藝高強，孫正禮的刀法已亂，眼看着就要吃虧。秀蓮看着勢不可緩，她便躍步上前舞動雙刀說：“孫大哥退後！”當下她將二人分開，獨自用雙刀去敵姓楊的。孫正禮卻躲在一邊，邊喘着氣邊向紫毛虎怒罵說：“你小子，把鏢店還給我這兄弟就沒事，要不，老子不但砍你的屁股，還得削你的腦袋呢！”此時紫毛虎張慶被兩個人攙着，站在階石上。他倒不怎麼注意孫正禮和郁天傑，卻直着眼看他那姓楊的朋友與那女子交戰。院中三口刀鬥得正緊，姓楊的起先還仿佛從容不迫，後來他見姑娘的刀法精奇，便不敢鬆懈，一刀緊一刀地應付對面的雙刀。秀蓮的刀法展開，左右呼應，白光閃閃，愈見疾速，但是對方也應付得可以，使秀蓮不禁暗自驚訝。此時旁邊孫正禮又耐不住了，他掄刀撲過去，要幫助秀蓮去殺那人。

那邊紫毛虎張慶大聲喊道：“你們不講理嗎？”便喝令手下的眾人上前助戰。那姓楊的卻緊退幾步，先把他這邊的人攔住，然後對秀蓮和孫正禮說：“你們二位且住手，我先說幾句話！”孫正禮卻不聽這一套，還要掄刀撲上去，卻被秀蓮用雙刀把他橫住，抬起秀目來，向那姓楊的說：“有什麼話，你快說！”那姓楊的卻用一雙深鬱的眼睛直看着姑娘，他問說：“我先請教，姑娘貴姓大名？”秀蓮尚未回答，孫正禮已經替她說出來了：“你小子可站穩了點，小心嚇躺下！這是我的師妹，巨鹿縣鐵翅雕的女兒，天下聞名的俠女俞秀蓮！”

對面姓楊的一聽，臉上現出驚訝之色。那紫毛虎張慶的一張臉早嚇得慘黃了。姓楊的又向俞秀蓮打量了一番，說：“久仰，久仰，如此說來都是自家人，不必動刀互相殺傷了。現在咱們兩家爭的就是這座鏢店，我這個張二哥他已經受了傷。算是輸了，現在只有我，其實我不過是在這裏借住，並非這鏢店的人，但我不能不替我的朋友爭一口氣。今天晚了，而且這院子太窄，也施展不開，明天下午四點鐘，咱們在這正西二里之外，那座大土山前相見。那裏寬敞，咱們愛怎麼打就怎麼打。假如你們輸了，無話說，鏢店還歸姓張的；假如我也輸了，那我們全都走開，鏢店讓你們，我們永遠不來打攪！"

俞秀蓮一聽此人說話十分爽快，便點頭說："就這樣辦，明天下午在那個地方准見面。"又問："你叫什麼名字？"

姓楊的神色微變了變，只說："我姓楊，名字你不必問了！"

秀蓮便回首向孫正禮和郁天傑說："咱們回去吧！"孫正禮又向紫毛虎等怒視了一下，便提刀隨着俞秀蓮、郁天傑出了這鏢店。

回到郁家，秀蓮就稱讚這個姓楊的人武藝不錯，孫正禮也說："那小子倒有兩下子，我看他的刀法比金刀馮茂還強呢。"郁天傑就說："這個人很可疑，就我知道，他在這裏住着已有三四個月了。聽說他平日總不出門，連屋都不常出，可是常有些外鄉的人來此找他，所以有人疑他是個身犯巨案的大盜。"

孫正禮說："兄弟你也是太軟弱，紫毛虎奪了你的鏢店，傷了你，他又窩藏這樣來歷不明的人，你為什麼不報官呢？"

郁天傑說："這就是咱們江湖人吃虧的地方！第一，紫毛虎張慶在半年以前來奪我鏢店時，我並沒將他看得起，那時我確實說過，只要他將我打了，我就把鏢店讓給他。有此諾言，所以我無論怎麼吃虧，也不能動官司，自招江湖人恥笑。第二就是紫毛虎曾嚇過我，說只要是我和他打官司，他就害我的性命，又因後來這姓楊的來到，他知道紫毛虎張慶理虧，就每月派人給我送十兩銀子。起先我本想將他送的銀子送回，可是因為聽說姓楊的武藝高強，而且來歷不明，似是個殺人劫貨的強盜，所以我才不敢不收下銀子。"

秀蓮說："現在三哥就不用發愁了，我看那姓楊的，倒還是個講理的人，只要明天我將他打輸了，他一定能把鏢店還給你。"

孫正禮說："那小子雖然武藝不錯，可是絕不是師妹的對手，今天若再鬥幾回合，他一定就要輸了，不然他為什麼要訂在明天再較量呢？我看他就是為先喘一口氣！"

郁天傑就說："不過我看此人武藝高強，師妹明天還是不要輕敵於他。至於他今天忽然住手，改訂明日，我想他是因聽了師妹的名聲，他心裏得打算打算；又因他來歷不明，不敢在市街上惹事。"秀蓮聽郁天傑的見解，覺着很對，因此更對於姓楊的人發生懷疑，同時回想剛才那人刀法的派別，思量明日應用怎樣的招數才可以取勝。

旁邊孫正禮又對郁天傑說了他與秀蓮此番離京南來，是怎樣為着尋找楊大姑娘，及要擒花槍馮隆，尋金槍張玉瑾報仇之事。郁天傑聽了就不禁皺眉，他說："據我想，你和師妹，你們把那楊大姑娘找回來也就算了，何必要與馮隆、張玉瑾他們作對呢？"秀蓮卻在旁說："楊大姑娘是叫馮隆給拐走了的，金刀馮茂親自寫信告訴我，說是他弟弟一定要投奔張玉瑾之處，所以只要尋找楊大姑娘，就難免和張玉瑾發生爭鬥。”

　　郁天傑聽了，默默不語，良久他又說：“張玉瑾自從兩年前在徐水縣被李慕白所刺傷，他在保定黑虎陶宏之處養了半年，傷方才好。因為李慕白犯案，他就無所顧忌，把他舅父苗振山的產業也得在手中，他比早先也有錢了，就極力結交朋友，他交的人很雜，聽說各處的強盜都與他有來往，官府方面他也打點得很好，雖然他曾在北方吃過虧，受傷幾乎死了，但他這兩三年來的名氣反倒比早先大了！”

第十三回　巧獲明珠芳心思俠舉　急追莽漢匹馬到荒山

秀蓮聽了就問說：“他這樣鋪張聲勢，畢竟是怎樣的居心呢？”

郁天傑微笑道：“姑娘還不明白？張玉瑾他豈是個甘心吃虧的人，他這樣幹完全是為將來報仇。他的仇人非他，就是姑娘你和李慕白。據我想，他們現在是人多勢眾，姑娘你的人單，但得不到開封去，還是不去才好！”秀蓮卻連連搖頭，心裏思索着事情，並不說話。

郁天傑又與孫正禮談起李慕白來，孫正禮說是李慕白一定死了，郁天傑卻半信半疑，因為他與李慕白並未見過面，究竟李慕白是怎樣的一個人，他也不知道。只是那個為李慕白幫過許多次忙的爬山蛇史胖子，郁天傑倒深知此人，並說去年曾有朋友自山西來，聽說史胖子還在山西一帶廝混。

談話直到黃昏，便用了晚飯，晚間很早地就睡眠了。到了次日，孫正禮帶着他的鋼刀，到城裏去遊玩飲酒。俞秀蓮在這裏並未出門。郁天傑夫婦帶着兩個孩子，寄居在岳家，他岳家的人口也很簡單，只是岳父母和一個內姪。郁太太的娘家兄嫂都在朱仙鎮住着，在那裏開着買賣。俞秀蓮雖然是一位風塵俠女，但是她跟這家庭中的婦女也很談得來，郁天傑對於師妹的身世，俱所深知，如今見着師妹這樣能幹、和婉，他心中也不勝惋歎。

午飯以後，不覺到了三點多鐘，孫正禮回來了，就催着郁天傑帶着他們到西邊什麼土山上，去找那姓楊的比武。郁天傑卻說：“不要忙，昨天訂的是四點鐘，現在咱們若早去也是見不着他。”

秀蓮也說：“待一會兒再去，難道還怕他們今天爽約嗎？”孫正禮卻不耐煩，提着刀到院中去練。

約莫快到四點鐘的時候，郁天傑才說：“咱們應當去了。”又囑咐孫正禮到時不可莽撞，但得不傷人，便不要傷人。孫正禮哽了一聲，他便在前走着，秀蓮提着雙刀，跟隨郁天傑在後。郁天傑指點着路徑，往西走了不到三里地，便到了一座大土山之前，那土山高約六七丈，上面還有人家居住。

郁天傑就指着說：“這就是曹操墳，在彰水一帶，像這樣的大土山共有七十二個，每座都須百十個人工才能堆成，卻沒有人曉得曹操的屍骨究竟埋在哪座墳裏。”

郁天傑像談掌故似的這樣說着，孫正禮卻不願聽，他提着刀，圍着土山都找遍了，卻不見那姓楊的前來。孫正禮見姓楊的沒有來，他就急躁着說：“那小子不敢來了吧？”

郁天傑說：“咱們且在這裏等他，大概還不到時候。”於是秀蓮就在地下鋪了一塊綢帕，坐在地下等着，仰面望着天際飄浮的一團一團的白雲，心裏卻預擬着少時怎樣應付姓楊的。孫正禮卻跑往土山上張望去了。

待了半天，忽見遠處有一匹黑馬跑來，郁天傑就向秀蓮說：“姓楊的來了！”

此時孫正禮也提刀由土山上跑了下來，秀蓮先趕過去，攔住孫正禮說：“他既是一個人來的，還是由我一人與他決鬥，孫大哥你不可上手。”

孫正禮說：“師妹你歇着，交我去鬥他。”

秀蓮就急躁着說：“昨天言明是我與他決鬥，你如何又來胡攬？難道你怕我俞秀蓮鬥不過他嗎？”

孫正禮見師妹急了，就嚇得也直翻大眼睛，不敢作聲，郁天傑將孫正禮拉在一旁。此時那姓楊的人已催馬來到臨近，秀蓮手提雙刀迎將過去。姓楊的跳下馬來，順手由鞍內抽出單刀，便向秀蓮說：“且不要動手，先容我說幾句話！”於是姓楊的把馬牽到旁邊野地裏，他又過來向秀蓮說：“今天我是為朋友的事賭氣，你我素無深仇，彼此傷了倒不好，可是你是一個女子，我們也不必比拳，只在刀下留點神就是了！”

秀蓮道：“我也並不是要殺害你們，只是要叫你們把鏢店還給我郁三哥。”

姓楊的微笑道：“只要你贏了我，我必叫張慶將你們的鏢店奉還。只是，今天是我一個人來的，你們若是公道人，就不可叫別人也上手！”

秀蓮點頭說：“那是一定！”遂回首囑咐孫正禮說：“孫大哥，可千萬不准幫助我！”

孫正禮一手叉腰，一手提刀，點了點頭。這時那姓楊的與秀蓮擺好了架勢，秀蓮的手下絲毫也不讓人，嗖的一聲躥奔上前，一刀削頂，一刀截腰。姓楊的卻閃身躲開，刀尖朝上向上挑，將秀蓮右手的刀磕開，然後向右進步，單刀斜劈下來。秀蓮閃身，依然用右手的刀敵對方的兵刃，左手的刀去取對方身子，一步緊一步，毫不放鬆。對方若換個別人早就不能招架了，可是那姓楊的刀光如電，左右上下全都能顧得到，竟使秀蓮無隙可乘。旁邊郁天傑看着，不禁欽佩，孫正禮的眼睛也看得直了。這時兩個人三口刀戰得難解難分，只聽鏘鏘鏘鋼鋒相磕作響，嗖嗖嗖電光奪目，二人越逼越近，勝負生死立即就要判定。

孫正禮忍耐不住，將要奔過去幫助秀蓮，這時忽見由東邊一匹馬飛馳來到，馬上的人張手大喊道："快停住！快停住！不要打了！"姓楊的急忙退後幾步，回頭去看，只見騎馬來的是他的朋友。這裏秀蓮也收刀揚目去看，原來馬上的人卻就是前日在邯鄲城內相遇，叫了自己一聲的那個人，不由心中十分納悶。

這時孫正禮走過來，他就問說："怎麼，那小子是不敢打了？"

秀蓮說："且看他們商量什麼，他們若是兩人一齊上手，那時孫大哥你也可以來幫助我。"孫正禮點點頭，連同郁天傑全都直着眼看那邊的二人談話。只見那二人所談的事似乎十分緊要，聲音十分低微，但是神色都十分緊張。那個騎馬來的人是探着頭握着拳，像說得很快，姓楊的人越聽越變色，憂鬱的眼睛落下淚來，然後他狠狠地跺了一下腳，就把手中的刀交給那人拿着，他徒手走過來，向俞秀蓮抱了抱拳，面上露出慘笑來，說："俞姑娘，我們不必較量了！我是北京人，久仰姑娘的大名，昨天今天兩次交手，我更看出姑娘的武藝不凡，心中實為敬佩。現在我因身邊出了緊要的事情，不能再向姑娘請教，姑娘如若必要與我計較，那我只好認輸了！"

秀蓮見這姓楊的態度忽變，不由十分詫異，趕緊問說："這是為什麼呢？今天來到這裏比武，原是你的主意！"

姓楊的點頭，恭恭敬敬地說："昨天的事實在是我的不對，但我現在絕不敢與姑娘再交手了，回去我就叫張慶將鏢局交還。但是張慶現在受傷頗重，須要寬他幾天的限才好！"

這時郁天傑也過來勸解，就說："既是這位楊兄，應得將鏢店還我，那今天就不必再比武了。"

孫正禮笑着說："你既然怕了我們，就趕緊跑回家去吧！還跟我們囉唆什麼？"

那姓楊的見孫正禮這樣污蔑他，他也不敢還言，只是很恭敬地請求秀蓮說出叫張慶讓出鏢店的期限。秀蓮就說："限他三天，叫他搬出去吧！你千萬囑咐他，除了他們的隨身東西，人家家裏的原物一概不准帶走！"

姓楊的連連答應，遂就向秀蓮及孫、郁二人，一一抱拳，便牽過他自己的那匹黑馬，上了馬，隨同找他來的那個人就雙騎如飛，往東去了。

這裏秀蓮站在原地不住地發怔，她向郁天傑說："這是怎麼回事？勝負未分，忽然姓楊的又不願意鬥了？"

孫正禮笑道："大概他是自覺着要輸了，借着那個人找他來，他就下台。誰管他！反正三天之內，他們若交還鏢店便罷，若不交還鏢店，咱們再找他去，那時無論再說什麼好話，咱也不能依了！"

秀蓮搖頭說："不是，我看這姓楊的並不是打不過我，而且剛才那人也是我在邯鄲見過的，他跟姓楊的一說，姓楊的立刻就變色落淚，大概他們真是突然發生了什麼緊要的事情，所以他無心再與我比武了。"

旁邊郁天傑說："據我想，一定是這姓楊的案子犯了。那個人給他來送信，叫他快些逃走，所以他不敢再耽誤工夫。"

秀蓮聽郁天傑這個猜度，倒還似合情理，只是心中仍不免懷疑。回到郁天傑家，秀蓮心中仍然揣測着這件事，同時欽佩那姓楊的刀法精熟。孫正禮今天沒得上手，而且秀蓮向他發了一回怒，他未免有點心裏不痛快。

郁天傑這時卻頗為高興，他向秀蓮說："我看那姓楊的是個義氣漢子，他說三天以內交還鏢店，大概不能是假，姑娘和孫大哥若有急事，還是不必在此多待了！"

秀蓮卻搖頭說："我們的事雖然也刻不容緩，但是三哥這裏的事若不辦完，我們就是走了也不能放心，我這個人就是這樣的脾氣。"

孫正禮說："姑娘的脾氣跟我師叔是一樣！"這句話又使秀蓮想起她的先父，心中一陣難過。

此時孫正禮餓了，催着郁天傑趕緊給他們預備飯，郁天傑便又去催他的妻子。孫正禮一個人坐在院中的一塊石頭上，想着此次跟着師妹出來辦事，處處被她攔阻，不許自己任着性兒去幹，實在是彆扭，因此就想以後遇事要獨自下手，只要秀蓮不知道，自己就不去跟她商量。想了半天，便粗聲歎了口氣，站起身來。這時飯做得了，孫正禮就到屋中，與郁天傑和秀蓮在一起吃飯。秀蓮見孫正禮兩道濃眉緊皺着，就曉得他是犯了脾氣了，不禁暗笑。孫正禮喝了兩盅酒，又跟郁天傑說他怎樣大戰金刀馮茂，言下意氣勃勃，真恨不得再遇見一個對手，大戰三百回合。接着他又想起冒寶昆，就拍着桌子大罵，說："我孫正禮的武藝，不是誇，就是師父現在還活着，他老人家也得誇獎，可就吃虧了我的心眼太實，不會那些奸狡虛詐，要不然，我怎能上了冒寶昆那小子的當！"秀蓮和郁天傑全都在旁微笑，並不理他。

這時外面的天色就黃昏了，忽然郁天傑那個內姪跑進屋來，向秀蓮說：“俞大姑娘，外邊有個姓雷的來找你！”

秀蓮聽了，不禁一怔，說道：“姓雷的？我並不認識這個人！”

郁天傑的內姪說：“他說他是鏢店裏姓楊的派來的”

孫正禮一聽就把酒盅一摔說：“我出去看看是誰！”當下他大踏步出屋去了。俞秀蓮同郁天傑不放心孫正禮，便也一同到門外。這時天際還殘留着些黯淡的霞光，還能看得出對面人的模樣，秀蓮就見來找她的這人，正是那次在邯鄲相遇他叫了自己一聲，今天又給姓楊的送信，勸姓楊的停止爭鬥的那個人。

孫正禮就厲聲問：“你找我師妹有什麼事？”

那人卻很和氣地說：“是姓楊的叫我來的，有幾句話要對俞姑娘當面說！”

秀蓮就問：“有什麼話，你對我說吧！”

那人仰面看了看秀蓮，就說：“還是進裏面談去好，因為……”

秀蓮也覺得此中的事情大有可疑，遂就說：“那麼你就請進裏面來談吧！”

那人連聲答應：“是，是。”便隨着秀蓮等人進門。到了屋內，那人也不坐下，就說：“那姓楊的已然走了，他已與張慶說好，後天就將鏢店交還，一切東西到時請郁三爺當面點收。姓楊的因為感念姑娘對他的好處，特地叫我來道謝，並有一點兒禮物請姑娘收下！”說時他手摸着懷裏，眼睛卻望着孫正禮和郁天傑，仿佛那禮物不能當着別人獻出來似的。

孫正禮在旁卻生氣說：“我師妹不要你什麼禮物，你小子也不必掏出來了！”

秀蓮此時卻十分覺着奇異，便擺手說：“我不要別人的禮物。只是，那姓楊的，他叫什麼名字？我與他素不相識，他為什麼說我對他有恩？今天比武未分輸贏，他為什麼忽然又不願意打了？”

那人卻嘴裏嚅嚅的，欲語復止，他就由懷中掏出一個紅緞子小包兒來，臉上似是很驚慌的樣子說：“他……的名字，我也不大曉得，我們也相交不久，現在……就是他感念姑娘對他家的大恩，無法報答，才叫我送來這禮物，絕不是什麼惡意，求姑娘收下……”

話才說到這裏，秀蓮卻劈手將那紅緞子小包奪搶在手，孫正禮上前一把將那人揪住。秀蓮打開紅緞包兒一看也不勝希奇，原來是四顆櫻桃大小的珍珠，秀蓮不由越發驚疑了。旁邊郁天傑把蠟燭點上。

此時那人反倒不害怕了，他就連忙擺手說：“不可聲張，什麼事我都細說，千萬把街門關上！”

秀蓮此時也神情十分緊張，趕緊叫郁天傑把街門關好。孫正禮這時也嚇怔了，他把那人放了手。那人低聲說：“這屋裏沒有外人，我說出也不要緊。那姓楊的不是別人，他就是姑娘在北京搭救的那個楊小姑娘的哥哥楊豹，他外號人稱單刀楊小太歲！”

此時秀蓮一聽那姓楊的就是楊小姑娘的哥哥，同時他也就是盜了宮中珍寶的單刀楊小太歲，就不禁驚訝得變色，趕緊將手中的四顆珍珠包了起來。

那人又說：“我叫雷敬春，我與楊豹在五年以前便相識，那時他正在鄖師縣陳百超之處學藝。後來他回到北京去，我們才不常見面。可是我知道他那個人志氣很大，十多年前他父親母親同時被人害死，他時刻不忘復仇！”

秀蓮低聲嚴肅地問：“他這珍珠是從哪裏得來的？”

雷敬春悄聲說：“就是這珠子要緊，姑娘你聽我慢慢說！這珍珠是兩年之前，楊豹無意中得來的。楊豹從他陳叔父學成武藝之後，他就回到北京，住在他爺爺楊老頭兒之處，他就叫他爺爺指點仇人，好替他父母報仇。他爺爺倒是把仇人的姓名告訴他了，可是又囑咐他不要再去報仇惹禍。楊豹假作答應，可是他時時在訪查仇人的下落，後來居然被他打聽出來了，他那仇人現在江西做着知府。他回到家裏，就同他爺爺商量，因為他爺爺手中頗有點積蓄，他想要些路費，好往江西去報仇。可是不想他爺爺不願叫他去惹禍，一個錢也不肯給他，並且罵了他一頓。他無法只得起意偷盜。白天在城裏賣花，探聽出來一個為富不仁的人家，他就在夜間前去偷盜，偷盜出一些銀票和這樣的珍珠共四十九顆。銀票他不敢拿出行使，就想把珍珠賣了好作路費。他先給兩個朋友去看了，不料那兩個朋友一看，就嚇了個半死，原來這珍珠不是別物，正是宮中大內所失的珍寶。那時京中正為此興了大獄，柏侍衛、德嘯峰、楊駿如，還有許多權貴之人，那時都正押在刑部監裏！”

雷敬春說到這段話時，聲音特別的小，孫正禮卻直眉瞪目，現出十分驚訝的樣子。郁天傑也變了色，仿佛大禍將要臨在他的頭上。秀蓮卻咬着嘴唇，心情很緊張地在聽着。雷敬春又說：“這東西只要被官人一查出來，便是滅門的大禍，所以楊豹不敢再拿出手來了。同時他爺爺也似乎知道他得來些意外之財，因為楊老頭兒年輕時也是久走江湖，看得出來他孫子的神色可疑，所以就怕受他連累，將他驅逐出了家門。

“楊豹那時手中只有些莊票和珍珠，並沒有現錢，他無法，只得到了天津，將兩顆珍珠賣給了一家玉器局。他置了行李便南下尋仇，路上結交了幾個江湖朋友。那時我正在滄州給人家護院，我們相遇後，他便把手中幾十顆珍珠的事對我說了，並求我幫助他到江西去，為他的父母報仇，我便答應他了，並帶着他到了吳橋縣，見着那裏的華大綱。楊豹又將珍珠賣給了華大綱兩顆，華大綱派了兩個人做他的助手，我們一共是四個人，就由吳橋南下。

「楊豹因恐他自己做的這些事連累他的家中，所以絕不肯在外露出他的真名字，因此江湖上只曉得他叫單刀楊小太歲。但是也不知什麼人給傳出了風聲，江湖人多半已曉得他身邊懷有四十多顆稀世珍寶，便都要打劫他。第一次是在徐州，遇着花豹子于彪，帶着五六個人攔截我們，交手不幾回合，楊豹就將于彪殺死。第二次是在淮北固鎮，遇着鳳陽府的譚二員外，他帶着二十個人攔截，但也不是我們四個人的對手，楊豹又殺死了譚二員外。

「由固鎮南下，在六安縣境，又遇着穎州的著名鏢頭猛張飛魯二，帶着五六十人向我們攔劫，吳橋華大綱所派的幫助我們的那兩人，全都喪了性命，我的臂上也負了傷，但楊豹猛勇絕倫，結果他殺死了魯二，將我救走……」

雷敬春說到這裏，他喘了一口氣，旁邊孫正禮卻贊道：「好楊豹，是個英雄！」

秀蓮聽了楊豹所遇的這些事，心中也覺得很緊張，同時明白了楊家被害的原因，剛待發問，就聽雷敬春又接着說：「我在霍山縣養了一個多月的傷，傷癒後又往南走，直到了江西吉安府。到了那裏一打聽，那裏的知府是寧大人，卻不是害死楊豹父母的仇人。楊豹的仇人名叫賀頌，早於二年前遷官江蘇去了。

「我又隨着楊豹往江蘇去，路過大勝關，又遇見靜玄禪師的大弟子江邊虎蕭崇友，和鎮江的鏢頭唐如璧，也要搶奪楊豹的珠寶。楊豹與蕭崇友爭鬥兩日，才將蕭崇友殺傷。我們又兼程北上，後來一打聽，他那仇人賀頌也沒在江蘇。楊豹無法，只得又帶着我到河南來，因為賀頌是河南人，可不知他住在哪一縣。各處去打聽，也沒有下落，楊豹就住在開封張玉瑾的鏢店裏，可是開封是個大地方，楊豹在那裏不容易隱身，又換了幾個地方。

「今年紫毛虎張慶在此奪了鏢店，因張慶是吳橋縣華大綱的徒弟，與我早就相識，所以就把我們邀請前來。可是楊豹雖然住在這裏，但他因身負重案，不敢出門，什麼事都要由我，還有兩三個人，打聽出來報告他。直到現在快到三年了，賀頌仍然沒有下落，楊豹父母的大仇還是報不了，不想北京他的家裏卻又遭害了！」雷敬春說了這些話，似乎疲乏了，同時又似為他朋友的事發愁，就不住唉聲歎氣。

旁邊的俞秀蓮就說：「現在聽你一說，我才明白那楊老頭兒是為什麼死的。楊豹在兩年前殺死過鳳陽譚二員外，這回一定是那譚起譚飛兄弟二人要為他的父親報仇！」

　　郁天傑在旁感歎道：“楊豹未尋着他的仇人，人家反倒尋到他家把仇報了。這種江湖上的冤冤相報，真是太可怕了！”

　　此時雷敬春卻發了半天怔，他趕緊問說：“俞姑娘，你怎麼知道殺死楊老頭兒搶走楊大姑娘的人，是那譚家兄弟呢？”

　　秀蓮冷笑說：“原來你都不知道？”

　　雷敬春歎說：“我哪裏知道！楊豹自離家後，已將三載，他在外面奔波，但時時關念着家中。去年他寫了一封信，叫我送到他家裏去，我就到了北京，在永定門外找着他的家，見了他爺爺。可是那楊老頭子的脾氣極為古怪，一見我是替他孫子送信的，他就把信扯碎了，把我也罵走了。我就回來見了楊豹一說，楊豹也十分難過，但他仍然不放心家中，就叫我到北京去住，一半替他打聽那賀頌的下落，一半照顧他的家眷。可是我雖又往北去了，卻不敢在北京居住，我就住在涿州劉七太歲之處，時常暗暗到北京去看看他們，見那老頭兒帶着兩個孫女賣花度日，也過得很好。

　　“不料中秋節後兩日我在涿州忽然得了信息，說是楊家出了變故，我那時驚慌極了，趕緊到了北京一打聽，才知道是中秋節的那天早晨，有幾個強盜到楊家，將老頭兒殺死，把大姑娘搶去。多虧有俞姑娘見義勇為，才把老頭兒葬埋，把楊小姑娘安置在德宅。其餘的事我可都不知道了。當日我趕緊騎馬南來，給楊豹送信，在路上又遇着幾個朋友，難免有些耽誤。“那天在邯鄲城內，忽然遇見了俞姑娘。本來我沒見過姑娘之面，可是因見俞姑娘的馬上帶着雙刀，我就有點生疑，遂貿然叫了一聲，果然俞姑娘就一回頭，可是我還不敢過去招呼。後來我就趕路南來，大概是我的馬走得慢，今天下午才來到這裏。到了鏢店，就見張慶負了傷，楊豹卻出去與姑娘比武去了，我當時慌極了，趕緊又騎馬跑到曹操墳前，把楊豹叫開，詳細告訴了他家裏的事，所以楊豹立刻就哭了。

　　“因感念俞姑娘對他家的大恩，他寧可認輸，也不敢再和姑娘比武。他本想向姑娘再問問他家中的事，但又不願叫姑娘知道他就是楊小姑娘之兄，所以他一回到鏢店，就騎上馬往北京去了。臨走的時候，他囑咐張慶在三天之內交還鏢店，並交給我這四顆珍珠，叫我給俞姑娘，卻不可說出他就是單刀小太歲楊豹。現在姑娘逼得我沒有法子了，我才把這些事通盤告訴你！”

　　秀蓮聽完了雷敬春這些話，她心中只是沉思。孫正禮卻啞着嗓音說：“楊豹這小子不報我們的恩，倒要跟我們比武！他弄來這四顆珠子給師妹，他娘的，這不是報恩，這簡直是栽贓！這幾顆烏珠子，害了我德五哥，還要害我師妹嗎？師妹快還給他！”

　　旁邊郁天傑也勸秀蓮說：“這珠子是大內所失之物，咱們千萬不可收留！”

雷敬春卻急得頭上出汗，連連擺手說：“不是，不是，千萬不要錯會了意，楊豹他實在是一番好意，他覺得俞姑娘對他家的大恩，他無法報答，才這樣辦。他的珠子共有四十九顆，只賣了四顆，其餘的全都沒動，他永遠隨身帶着。若不是姑娘對他家有那樣的深恩，無論是什麼人，一顆他也不肯給呀！現在那宮中失寶的案子早就沒有人提了，姑娘收下不要緊！”秀蓮想了半晌，便將四顆珍珠收藏在懷內。

旁邊郁天傑卻不住吃驚。孫正禮對於這件事，他可不佩服秀蓮了，不由暗暗地撇嘴。

秀蓮卻正顏厲色地說：“珠子我收下了，將來你若見着楊豹，無論如何，不准叫他把珠子動用，並說我還想跟他見一面，有許多話要說。我同我這孫大哥此番南下，也是為他家的事情，因為我們已偵查明白了，殺害那楊老頭兒的就是鳳陽譚家弟兄、冒寶昆和花槍馮隆等人。那楊大姑娘確是叫花槍馮隆給搶走，聽說是送到張玉瑾那裏去了，所以我們才來尋她。現在楊豹他若是到北京去，也是一點兒事情辦不了，不如你趁着他才走了不遠，趕緊去追他，叫他回來，我們願幫助他到開封去救他的妹妹！”

雷敬春一聽這話，立刻吃驚地趕緊說：“怎麼？楊大姑娘是叫馮隆搶走了，送到張玉瑾那裏去了？這我可得趕緊把楊豹給追回來！現在他走了不遠，頂多也就到了馬頭鎮。”

孫正禮說：“對，你快把他追回來。你告訴他，他回來不用幹別的，只去救他妹妹好了，那花槍馮隆由我姓孫的對付！”

秀蓮也說：“快點把楊豹找回來，叫他先來見我！”

雷敬春連連答應，拱手向秀蓮等三人作別，他就急匆匆地出屋去了，郁天傑出去跟看他開門。

少時郁天傑進到屋裏，就向秀蓮說：“姑娘不該收下他這四顆珍珠，這東西在手裏是個禍害，叫江湖人知道，一定要暗算你。若叫官人查出，那立刻就能翻大案。”

孫正禮也說：“師妹你在江湖上行走，又不用怎麼打扮，可要這珠子幹甚？出了禍，你連北京也不能回去了！”

秀蓮卻微微冷笑，說：“孫大哥跟三哥你們都不要管，等雷敬春把楊豹找回來，我准把他手中所有的珍珠全數要過來！”

孫正禮和郁天傑聽了姑娘這話，齊都不禁面上變色，尤其孫正禮，他簡直看不起俞秀蓮了，就說：“好，師妹，你就等着楊豹要珠子吧！明天我一個人到開封鬥馮隆、張玉瑾去！”

郁天傑怕他跟秀蓮爭吵起來，就趕緊用話岔開，向孫正禮說：“孫大哥你還吃飯不吃了？”

孫正禮搖搖頭說：“不吃了！氣也氣飽了！”

此時秀蓮忽然瞪起眼來，向孫正禮說：“孫大哥你是跟誰生氣了？”

孫正禮翻着大眼睛說：“師妹，我沒跟你生氣就完了！”旁邊郁天傑不由笑了。

只見秀蓮微歎了一聲，說：“你們別以為我是貪上了這幾十顆珍珠，我要這件東西卻是別有用意……”說到這裏，她覺得孫正禮是個渾人，自己不喜歡對他細講，遂說，“將來到了北京，你們就知道了！”

孫正禮也不明白秀蓮話中的深意，他生着氣坐了一會兒，便回到郁天傑給他預備的那間屋裏睡覺去了。少時郁天傑的妻子進屋來把杯盤收拾去，秀蓮又同郁天傑談了半天話，秀蓮就說：“楊豹既然走了，那張慶身上受了傷，他絕不敢不將鏢店交還。郁三哥等到後天，將鏢店收回，就凡事忍耐，不要與人再爭氣才好！”

郁天傑連說：“把那房子收回來，我也不保鏢了，這回我為紫毛虎所欺，名頭都已喪盡，而且手腳都成了殘廢，我還保什麼鏢？我想將來把那些傢俱和馬匹出賣了，作為本錢，我就開個客棧，比保鏢還能多賺錢呢！”

秀蓮點頭說：“那也很好！”

少時郁天傑回屋睡覺去了。這裏俞秀蓮把屋門關閉上，就取出那四顆珍珠來，在燈下仔細觀看：珠光瑩瑩圓潔可愛。難得的是，四顆珠子全都一樣大小，這種東西若到旁的女子手裏，一定要愛不釋手，想着怎樣做裝飾品。但秀蓮見此，絲毫不想據為己有，卻發出一種強烈的念想，因暗歎道：這珠子不知楊豹是如何得來的，德嘯峰為此被黃驥北和那張總管陷害，幾乎將身家性命斷送，遠發了一趟新疆，現在雖然全家團聚了，可是就因為這些珠子尚無下落，恐怕舊案重翻，以致他日夜寢食不安。回想自己從宣化出來，那時是孑然一身，無所適從，因為在延慶神槍楊健堂之處遇着德嘯峰，德嘯峰便將自己延請到北京，住在他的家中。一二年以來，有如一日，他夫婦永遠對於自己是恭敬誠懇，自己雖屢惹禍，並有時犯脾氣，但他們夫婦從無怨言，總是關切而且尊敬。至於銀錢財物更不知用了他家多少，無論自己想起什麼事來，只要叫僕婦傳過話去，他們夫婦立刻就給辦到，並且有時比自己所想的還要周到。人家對我這樣的深恩厚義，我究竟用什麼方法才能報答呀……想到這裏，秀蓮姑娘不禁落了幾點比珍珠還光潔、還寶貴的感激之淚，又想：江湖上的人，報仇者最多，報恩者極少，我俞秀蓮寧可捨去張玉瑾及何三虎等的冤仇不報，也應拼出性命去報德嘯峰夫婦的厚恩！因擬想，此項珍珠共有四十九顆，天津玉器局的兩顆，吳橋華大綱的兩顆，都因案發，被官方起去了。連同我這裏的四顆，統共八顆已有了下落。其餘的四十一顆，都在楊豹的手中，明天若是雷敬春將楊豹找回來。我就向他說明此事，從他手中將所有珍珠全都要回來。然後就叫楊豹自尋他的胞妹，我卻輕身回到北京，設法深夜到宮中去，將珍珠全數呈還，那時不但盜案除，德嘯峰的三載沉冤也就全都昭雪了。想到這裏，秀蓮就覺得胸頭沸滾熱血，認為此事比什麼事全都重要。

當日思索了半夜，方才熄燈睡眠。到了次日，秀蓮專等待雷敬春將楊豹找回來，孫正禮卻十分悶悶，沉着一張鐵鍋似的黑臉，不大愛跟郁天傑、俞秀蓮二人說話。在院裏練了一回刀，他就提着刀出柴扉去了。郁天傑瘸着一條腿，急急忙忙地追出，問道：「孫大哥你要幹什麼去？」

孫正禮回過頭來說：「我吃飯去！」

郁天傑問說：「你為什麼不在家裏吃？」

孫正禮笑了笑，說：「家裏的飯不好，我去到酒館裏喝點酒吃點肉。」

郁天傑似乎不信他的話，又趕忙近前兩步，問說：「你喝酒去，可幹什麼拿着這口明晃晃的刀呀？」

孫正禮說：「我拿着刀你也不放心？倘若走到北關，遇見紫毛虎那些人，他們再跟我打架可怎麼辦？手裏沒有傢伙不得吃虧嗎？你放心，我絕不能給你惹禍就完了。」

郁天傑點頭說：「那麼孫大哥你就去吧，可千萬快點兒回來。」

孫正禮笑了一笑，提着鋼刀就走了。少時用畢午飯，不但那雷敬春沒有把楊豹追回來，連孫正禮也不見回來，秀蓮和郁天傑全都十分不放心。待了好大半天，忽然孫正禮由外面跑了進來，手提着鋼刀，氣得臉上黑中透紫，他不等進屋，就大聲嚷嚷着：「紫毛虎那群王八蛋，他們一聲不言語全都跑了，鏢店裏的東西，他們什麼也沒給留下，全都給拐跑了！」

秀蓮趕緊把他叫到屋裏，問他詳細的情形，旁邊郁天傑急得都流出淚來，孫正禮就嚷着說：「剛才我去喝酒，從鏢店門口過，就見大鐵門關得頂嚴，我心說：那一群王八蛋都死淨了？我問了問旁邊的人，都說裏頭沒人啦。我就氣極了，跳進牆去一看，他娘的，什麼東西都光了，連窗戶屋門都給摘去了。牆上還寫着幾個字，寫着我孫正禮的名字。你們快看看去吧！」

郁天傑跺腳長歎，說：「那鏢店的東西多半是我父親留下的，只那幾匹馬幾輛車，我置的時候就用了一千多兩銀子，想不到如今一下全都完了。」說時不住擦眼淚。

秀蓮氣得粉面發紫，她就說：「郁三哥，咱們看看去！」

孫正禮依舊氣憤憤地說：「這一定是紫毛虎那群王八蛋，楊豹叫他交還鏢店，他氣不出，索性把東西都拐跑了，他們到別處再開去。都怨師妹你昨天又跟他們講理，給他們三天的限，他們才由着性兒，那時你要依我，楊豹一認輸了，咱們當時就把鏢店要回來，叫他們立刻滾蛋，哪還有這些事？”

孫正禮一面抱怨着一面出了柴扉，提刀在前面走，郁天傑和俞秀蓮在後跟着他。郁天傑是緊皺着雙眉，秀蓮是滿胸的憤怒，同時後悔昨天不該因見那楊豹懂得情理，便對紫毛虎張慶那些人也寬容了搬出的期限，所以孫正禮抱怨她兩句，她就忍氣不言。

可是禁不住孫正禮這時抓住理了，他一面走，一面抱怨上沒完，他說：“師妹，你不信服我嗎？什麼事你都要攔着我，仿佛覺着我什麼都不成。其實，我五爪鷹也跟隨師父多年了，江湖上這些王八蛋的脾氣我都知道，只能跟他們耍粗的，不能講客氣，師妹，你不聽我的話嗎！”

他這樣撇嘴瞪眼地不住抱怨，秀蓮實在忍受不了。當時秀蓮止住腳步，氣憤憤地說：“不錯，我就不信服你。你既然跟我一同出來辦事，你就得聽我的話，你若是不願意，就趕快回北京去當你的鏢頭，我用不着你。這次是你自己願意出來的，並不是我請的你！”

秀蓮說出這話，孫正禮的臉上跟紫茄子一般，他張着大嘴剛要與秀蓮爭論，卻被郁天傑推了一把，說：“孫大哥，你喝醉了？你還敢跟師妹鬧脾氣嗎？”

孫正禮卻咚地跺了一下腳，粗重地歎了口氣說：“得啦！師妹，我不敢惹你。衝着死去的師父，你就是拿雙刀殺我，我都不敢還手！可是師妹你要叫我回去，我可不幹，我不救楊大姑娘，我還得鬥一鬥花槍馮隆跟冒寶昆小子呢！”

郁天傑又向秀蓮勸解，秀蓮冷笑了笑，三個人依舊向前走去。到了北關，就見那安陽鏢店的大門依然緊緊閉着。郁天傑推了推，推不開，就回首向孫正禮問說：“剛才你是怎麼出來的？”孫正禮說：“我是怎麼跳牆進去，就怎麼跳出來的。”

旁邊有些個閒人就說：“裏邊沒人了，昨天晚上裏邊就咕咚咕咚的亂響了一夜，今天一清早，天還沒怎麼亮，紫毛虎張慶那些人就牽馬套車，行李刀槍，連桌椅板凳全拉着，他們就往西跑去了。有兩個人從裏面把大門關上，後來又跳牆出來，兇橫極了，他們說誰要是把這事告訴姓郁的去，等他們回來就要誰的命！”

郁天傑聽了這些話，他又氣又急，身子都不住地顫抖，就向孫正禮說：“孫大哥你先跳牆進去，把門開開，咱們進去看看！”孫正禮就一手提刀，飛身上牆，隨後跳下去開門，先是聽得咕咚咕咚仿佛搬石頭的聲音，半天，孫正禮才從裏面用力把兩扇大鐵門拉開，氣憤憤地說：

"你們進來看，這裏邊還有什麼？"

郁天傑同俞秀蓮進門一看，只見真是淒慘，所有的東西全都沒有了，屋門和窗子都成了黑洞，只有兩隻沉重的馬槽他們還沒帶走，地下雜亂，盡是些稻草和馬糞。郁天傑心痛得搖首歎氣，腳步都邁不開。秀蓮四下去看，只見在馬棚下的黃土牆上，用白灰寫着歪歪斜斜的幾行字，趕緊走近去看，只見寫着是："俞秀蓮、孫正禮、郁天傑，三個小輩，你等知之，我紫毛虎太爺走了，你等若不服，可到太行山去見我，去者英雄，不去者匹夫。"

郁天傑站在秀蓮的身後唸了出來，氣得孫正禮掄刀向牆上亂砍，他又瞪着眼睛向秀蓮說："師妹，現在咱們就追下紫毛虎去，直追他到太行山，你去不去？"

秀蓮說："現在我不能去，無論如何我也得等着那姓雷的把楊豹找回來，然後再說。"孫正禮一聽這話，他就不禁一撇嘴，提刀轉身走開。這裏郁天傑正要再往別處去查看，忽見有一個人從外面走進來，向郁天傑行禮說："郁三爺你看那夥強盜多麼可惡！"郁天傑一看，見此人原是自己手下的夥計郎小三。紫毛虎奪了鏢店之後，他就在紫毛虎手下當鏢頭，在路上有時遇見郁天傑，他就扭頭不理，並且背地裏還罵過郁天傑。如今忽然他又前來巴結，郁天傑一見郎小三，不由臉色一變，心中十分生氣，想要叫來孫正禮罵他一頓，可是又想於他的口中可以探聽出些事來，於是就點了點頭，說："你來了！今天他們在這裏搬東西的時候，你知道不知道？"

郎小三說："我怎麼不知道，要不是我攔住，他們還要放火呢！我那時本想要給郁三爺去送信，可是他們把大門關住了，我若一跑，他們當時就能把我殺死。那夥人簡直是強盜，郁三爺你還得小心，他們那些人雖說都投到太行山去了，可是這兒還藏着兩三個，大概他們還是氣不出，非得把郁三爺也暗算了，他們才算心裏痛快呢！"

郁天傑一聽這話，氣得他臉色發白，咬着牙說："紫毛虎太兇惡了，究竟我與他有什麼深仇大恨呀！"

旁邊俞秀蓮也氣憤難忍，但她面上還做出從容的樣子，勸郁天傑說："郁三哥不要生氣，我在這裏再等兩天，如若楊豹再不來，我就到太行山找紫毛虎去，給三哥出這口氣！"

那郎小三望了秀蓮姑娘一眼，說："太行山就在修武縣的西面，離這兒有二百多里，那裏有強盜一百多，為首的叫鐵棒湯雄，跟張慶是最要好的朋友，所以這次張慶才帶着人投了去。"

郁天傑點了點頭，說："我也聽說過鐵棒湯雄這個人的名字！"說話間，他又緊皺了半天眉，忽然抬頭四下一看，卻不見孫正禮往哪裏去了，他立刻驚慌問道，“孫大哥他上哪裏去了？”

秀蓮說：“他不是回家去了，就是又喝酒去了。咱們先回家去，慢慢再商量辦法。”

郁天傑就歎息着點了點頭，並托郎小三在這裏看管，他就同着秀蓮走出這破爛鏢店，往家中去走。他的心中十分憂鬱，一隻腳不利便，走得又很慢。秀蓮是走在郁天傑的身後，看着自己父親這唯一的師姪，如今卻落得這個地步，也覺得非常可憐，尤其是那紫毛虎張慶，臨走時行出這樣的手段，真是使她生氣，她也恨不得立刻就找到太行山，把張慶殺死。可是現在卻還有更要緊的事情呢，那就是盼着楊豹回來，向他將珍珠全數要來，好給北京消除那件大案，而為德嘯峰洗冤。並且如若見着楊豹，那捉拿馮隆及尋找楊大姑娘的事，就可以交給他自己去辦，她和孫正禮就不必再到開封去了。一面想，一面隨郁天傑走着，少時回到郁天傑的家中，才一進柴扉，郁天傑就驚訝着說：“孫正禮他跑往哪裏去了？”秀蓮也看見，原來院中樹上拴着的兩匹馬，現在只剩了一匹，孫正禮的那匹棗色大馬，卻沒有了蹤影。

郁天傑就喊叫：“得寶！得寶！你孫大叔哪裏去了？馬怎麼也沒有了？”問了幾聲，他的內姪，那十幾歲的孩子才由屋裏跑出來，說：“孫大叔剛才回來，牽着馬就走了，留下兩個包裹，擱在屋裏了！”郁天傑急得跺腳說：“你孫大叔上哪兒去啦，臨走時你也沒問問他嗎？”

得寶說：“我問啦，孫大叔他就氣哼哼地說：我上太行山找紫毛虎去了！”

郁天傑一聽，急得連連跺腳，趕緊向俞秀蓮說：“姑娘，你快騎馬追他去吧！他大概才走了不遠，他要往太行山，一定是往南去了！”秀蓮本來是要賭氣不管孫正禮，由他自己去，可是又覺得太行山上的強盜一定不少，孫正禮去了，難免要吃虧，所以又不放心，便恨恨地說：“這個人，性情太壞了！”便解下馬來，出門上馬，急急往南馳去追趕孫正禮。郁天傑這時的心裏，像油煎着一般，他站在柴扉前向南望着，望了足有一個多鐘頭，方見秀蓮騎着馬，由南面緩緩地回來。

郁天傑瘸着腿迎過去，急急地問道：“怎麼樣？追上他了沒有？”

秀蓮來到臨近，才在馬上喘着氣說：“我追下有三十多里地，也沒追上他，由他去吧！”

郁天傑焦急說：“那太行山是有名的險惡地方，鐵棒湯雄是山西省內有名的大盜，再加上紫毛虎這些人去了，孫正禮一個人能有多大本領，他去了一定要吃虧！”

秀蓮卻說：“現在要想追他，是難望追得上了。再說他也是走江湖多年了的鏢頭，什麼事還都要我們幫助他嗎？由着他去吧！我們二人各幹各的也好！"當下走到柴扉前下馬，牽馬到院中，那得寶將馬拴在樹上。秀蓮就隨郁天傑走進屋內，只見孫正禮留下的兩個包裹放在桌上。這包裹內就是從北京起身時，德嘯峰所贈的銀兩和半路奪了陳鳳鈞的那匹馬上所有的銀錢。秀蓮冷笑了笑，就將銀兩湊足約百兩之數，交給郁天傑，說："郁三哥，這些銀兩請你收下，把那鏢店收拾收拾，就改開旅店好了。我在這裏再住兩天，等那雷敬春把單刀楊小太歲找回來，因為我見着楊豹，還有最要緊的事情要與他商量，兩天以內他若是再不來，我也就走了。"

郁天傑收下銀兩，面露慚愧之色，又說："剛才我聽那郎小三說，紫毛虎張慶還留下幾個人在這裏，打算要陷害我，所以姑娘在此能多住兩天也很好。只是孫正禮他一個人走了，我真不放心！"

秀蓮卻搖頭說："不要緊，等兩天，無論楊豹是回來不回來，我再走。我本應當直往開封去救楊大姑娘，但現在沒有法子，只好我也得先往太行山去走一趟了。"說畢，她咬着下嘴唇，默默地沉思。

當日郁天傑就出去雇人修理那鏢店。這時他也不敢得罪人，就將郎小三收攏過來，說是將來我開了店房，必請你幫忙，並請你見了張慶的手下人，叫他們不要再與我作對。那郎小三聽郁天傑又用他了，他自然也是歡歡喜喜，應當盡力替郁天傑辦理一切的事情。

此時俞秀蓮在那屋裏，卻極為煩悶，心裏切盼着雷敬春能將楊豹找回來；其次就是郁天傑這裏，既然聽說有人現在暗中謀害他，自己還是得替他特別防範；再有就是孫正禮他犯了急躁的脾氣，單刀匹馬去闖賊窩了，自己怎好不去幫助他呢？楊大姑娘那邊的事情也是急不待緩呀！因此秀蓮不但煩悶，而且焦急，又想現在若有李慕白那樣的人來幫助自己，那才好呢！等了一天，也不見那雷敬春把楊豹找回來，吃晚飯時，她也覺得十分不安。

郁天傑因為整理他的鏢店，足足勞累了半日，所以也疲倦了，回來吃過飯就睡了。秀蓮一個人在屋裏，對着一盞黯淡的燈光，覺着十分無聊，一會兒由身邊取出那四顆珍珠來詳細觀看，一會兒又收起來珍珠，把雙刀自鞘中抽出，用一塊綢帕去擦。擦了幾下就聽遠處汪汪的狗咬之聲，遠處的狗一吠，近處的狗也齊聲相應，立刻聲音十分雜亂，使人心驚。秀蓮忽然想起白天郁天傑對自己所說的話，她就悚然站起身來，拉開屋門，只見各屋裏全都沒有燈光，天際黑沉沉的，迸着無數的金星，西風從樹梢掠過來，沙沙響。那犬咬之聲，才停又起，仿佛沒個休止似的。秀蓮由桌上拿起雙刀便出屋，只見樹旁拴着的那匹馬，踏踏地用蹄子敲地，也仿佛很急躁不安似的。秀蓮一聳身就越過了短牆，四下去看，外面一點兒光亮也沒有，仿佛這時的大地上，一切生物全都死去了，只有天際的星光還活躍。

此刻四周犬吠之聲愈急，秀蓮就想附近一定是來了生人，不然狗不會這樣亂咬。於是她走到二三十步之遠，在一棵樹後隱身，定睛向郁天傑的房子附近去望。過了許多時候，狗咬的聲音漸緩了，遠處還有幾聲，但也像叫得沒有了力氣，附近卻沒有一點兒動靜。秀蓮被風吹得身上覺得寒冷，便想要走回房裏去，才提刀走了兩步，又聽近處的狗急急叫了幾聲。秀蓮趕緊又回身走到樹後，一陣雜亂的犬吠聲音過後，在星光之下，果然見有幾條人影，自南撲奔這裏前來。秀蓮這次並不急躁，她隱藏在樹後，手握着雙刀，一點也不動。等到那幾條黑影來到近前，秀蓮數了數，統共是四個人，有兩人手中且有明晃晃的兵刃。這四個人來到門前，仿佛往門裏聽了聽，又偷偷摸摸地轉往東牆後面去了。

秀蓮不曉得他們是在弄什麼鬼把戲，不敢怠慢，便手提雙刀，像是一隻狸貓似的，飛奔過去，喝一聲："你們要做什麼？"那四個人一聽見喝聲，一齊回過身來看。兩個手中有兵刃的，同時掄刀撲過秀蓮。秀蓮迎上前去，雙刀一分，右手的刀砍倒了一人，左手的刀把那人的兵刃磕開，秀蓮更躍進幾步，將那人也砍倒。剩下兩個手裏沒兵刃的，齊都撒腿向南去跑。秀蓮飛似的追奔過去，手掄雙刀喊道："你們快站住！要不然我追上去全都殺死了你們！"這時四下雜亂的犬吠之聲又沸然而起。兩個賊人情知跑不了啦，一齊回身跪下說："老爺！饒我們的命吧！"秀蓮追上前去，一晃雙刀，厲聲問說："你們是做什麼的？來到這裏是存着什麼歹心？"那兩個人磕頭說："我們是張慶派下來的。他昨天臨走的時候把鏢店的東西全拿走了，氣還不出，分派我們四個人今晚到郁家來放火，為是燒死郁天傑跟孫正禮、俞秀蓮。我們四個人本來不願意幹，可是張慶分派下來我們不敢不幹！"俞秀蓮將刀向一個人的身上用力拍去，那個人趕緊趴在地下，另一個人嚇得不住叩頭求饒，秀蓮就厲聲說："我今天饒了你們，明天你們還敢來不敢來了？"那兩個人連連叩頭說："我們絕不敢來了，張慶跑到太行山養傷去了，他也決不能再派人來啦！"俞秀蓮忿忿地喘了一口氣，就說："今天我饒你們兩人的性命，你們去把那兩個受傷的人背走，以後可不准再來，否則如再遇到我的手裏，我非殺死你們不可！"兩個人又叩頭說："我們絕不敢了！就是以後張慶再派什麼人來，我們也一定先給郁三爺送個信兒。"秀蓮點了點頭，便命這二人起來，押着他們，去把那兩個受傷的人背起來，秀蓮並囑咐他們說："若見了紫毛虎張慶，就說此次奪還鏢店，與他作對的事情，完全是我俞秀蓮一人幹的，與姓孫的、姓郁的都不相干。他若是不服氣，可以叫他找我去；若是不敢找我去找別人，那就不算英雄！"兩個人連聲答應，背着受傷的人就走了。

這時秀蓮心中才算痛快一點兒，提着雙刀又跳進了短牆，只見院中一人驚慌地問道：“誰？”秀蓮說：“是我。郁三哥回屋睡覺去吧，現在沒有什麼事情了！”郁天傑趕緊走過來，悄聲問道：“師妹，剛才是怎麼回事？”秀蓮就把剛才自己把那紫毛虎派來的四個賊人打走了的事向郁天傑說了。郁天傑嚇得身子都顫了，他趕緊又向秀蓮道謝。

秀蓮請郁天傑放心，回屋去歇息，她就進到屋中，把刀放下，將門閉好，然後挑起燈來，就想郁天傑這裏暫時可保無事，那楊豹多半是已騎馬走遠，雷敬春無法追上他了。其實楊豹若到了北京，與他胞妹和德嘯峰見見面也很好，他們一定能商量出更好的辦法來。明天等到正午，若是楊豹仍不回來，自己就要到太行山，幫助孫正禮去了。想定了主意，便即預備行裝，並找出隨身帶着的針線，將那四顆珍珠密密縫在貼身小衣之內，然後她就熄燈就寢。

到了次日，秀蓮還希望那雷敬春能把楊豹找回來，但是直等得午飯以後，還不見雷敬春回來。秀蓮就斷絕希望了，知道楊豹已然去遠。她現在所急於辦的事，就是趕到太行山去幫助孫正禮。

此時郁天傑也知道楊豹是不能回來了，他就對秀蓮說：“師妹放心我這裏罷，還是趕快去幫助孫大哥要緊。因為孫大哥那人的性子太急躁，他到了太行山難免不吃虧。”然後並勸秀蓮對於紫毛虎張慶那些人，也不要太下毒手，以免結仇。秀蓮全都答應了，當下將行李和雙刀都放在馬上，她就別了郁天傑夫婦，牽馬出門。郁天傑隨出去，又詳細指了往太行山去的路程，秀蓮便上了馬，揮鞭往西南馳去。

此時大地之上秋風更緊，天色陰沉，似有雨意，路上的行人車馬並不多，秀蓮便得放轡疾馳。雖然敵手在前，凶徒未獲，可憐的楊大姑娘也無蹤影，但她的心身是很痛快的，那就是因為李慕白已有了生訊，而德嘯峰被累的那四十九顆珍珠又有了下落，而且單刀楊小太歲又並不是什麼凶狠狂暴之徒，他卻是很可敬的一位少年俠士。

當日離了彰德府，晚間就宿在獲嘉縣境。次日從清晨起便往西去走，傍午時候就到了修武縣城。秀蓮便到一家飯舖用飯，並問這裏的夥計說：“太行山離這兒還有多遠？”

那夥計本來對於這位孤身女客，就很是驚訝，如今聽秀蓮這樣問，他就說：“姑娘你到太行山是幹什麼去呀？”說畢，翻眼瞧着秀蓮。

秀蓮卻從容不迫地說：“我是要到山西去辦事，非得由太行山經過不可！”

那夥計說：“由這兒往山西去，那自然非得經過太行山才行。可是，姑娘你頂好先找家店房住下，托店給打聽打聽，若有往山西去的大幫客人，你就跟着他們走，便沒錯；要不然你只是一個人，千萬別去找麻煩！”

　　秀蓮故意問道：“這是因為什麼？”那夥計笑了笑，又回頭看了看旁邊座上的客人，他就壓下聲音說：“姑娘也像常出門的人，難道連這點兒還不明白嗎？”說完了，他又去招呼旁邊的客人。秀蓮心中便忿忿地想，這麼說，太行山上的強盜是橫行極了！

　　少時那夥計又從她這桌旁經過，秀蓮就說出孫正禮的年貌，問他曾見過此人沒有。那夥計卻搖了搖頭說：“沒留心有這麼一個人。”秀蓮吃過飯，便付了錢，手提着行李捲出了飯舖。

　　她才一出門，那裏面又有兩個人也隨着她出來。秀蓮也不甚注意旁人，她就將行李在馬上綁好，然後上馬離了縣城，徑往西去，這時眼前就望着一片綿延無盡的山脈，並不蒼翠，卻帶着些黃色，似一條土龍一般。秋風颯颯地響，挾着沙塵並挾着雨點，打在身上十分寒冷，天空像渾濁的河水一般，沒有一點兒陽光，中午時分，大道上竟沒有什麼行人。秀蓮知道太行山上盜匪縱橫，這樣的天氣之下，一般人都裹足不前了，但她這匹黑馬依舊向前疾馳，轉過了一條迂迴的路徑，就見道路愈狹，人家也愈少，可是前面有一條黑馬的影子，離得很遠，跑得也很快。秀蓮驚訝着想：怎麼，也還有像我這樣單身行路的？莫不是孫正禮嗎？不能那麼巧，不然就是山上的強人？她放馬往前去追，追了約四五里，前面的馬影就不見了，風也愈緊，雨點也愈大，在雲霧裏，那對面的峰巒倒是愈看得清晰，因為已到山的近處了。

　　秀蓮想不到此時竟下起雨來，身上既寒冷，而且路徑不熟，便想找一個地方暫歇，等着雨住了，再往山裏去走。好在天色還早，於是她便撥馬由大道走入小徑，向西北走了一里來地，便找到一戶人家，上前叩了叩柴扉，少時裏面就有人問是找誰，秀蓮在門外牽着馬說：“我是行路的人，走在這裏遇着雨了，想要在這裏避避雨，求方便些吧！”

　　裏面仿佛有人扒着柴扉看了看，便說：“裏邊沒地方，你到別處避雨去吧！”說話像是個老年人的聲音，秀蓮本想要再說兩句好話，讓他開開門，叫自己在這裏歇一會兒，但因見西邊還有兩戶人家，遂就不願在這裏多費話，便牽馬又往西去。

　　還沒到那兩戶人家的近前，就有一條狗迎過來，向她的馬匹亂咬，秀蓮用皮鞭驅狗，腳踏着鬆軟的泥土，來到那人家前，只見兩小住戶柴扉相並，裏面統共不過有三四間草房，外面狗一咬，一扇柴扉就開了，走出來一個半老的婆子，穿着破棉襖，頭上拿一塊藍布遮着雨。見來了這麼一個短衣匹馬的年輕孤身女客，她臉上就露出驚異之色，問說：“什麼事呀？下雨的天，你來找誰呀？”

　　秀蓮近前說：“我是行路的，走在這裏遇見雨了，求老婆婆方便方便，叫我住這兒歇一會兒！”那婆子連連搖頭，很不客氣地說：“不行，不行，我們這兒不能留閒人，你快走吧！”

秀蓮剛要再說話，就見柴扉裏又出來一個男子，那男子說：“讓進來吧，一個屋裏人，有什麼要緊！”

秀蓮聽說這男子叫自己為“屋裏人”，便想一定是女客的意思，同時打量這男子，見有三十來歲，穿的也是很窮，兩隻眼直盯着自己和馬上的行李。秀蓮心中忽然發生一種警戒，暗想這裏離着山這麼近，所住的怕也沒有什麼好人吧？本要上馬走開，但心裏又發出一種別的打算，便和藹地說：“老婆婆你行個方便，我在這兒歇一會兒兒就走，決不在你家裏吃飯過夜。”

這時那男子過來笑着說：“大嫂你到屋裏坐吧，不礙事，出門的人遇見雨了，到誰那兒誰也得行個方便。家裏沒別的，就是玉米麵貼餅子，大嫂吃完了，住一宵，明天雨住了再走都行！”說時，就要上手接秀蓮的馬匹。

秀蓮卻擺手說：“不用，讓我自己牽着吧！”那男子又向秀蓮看了一眼，然後瞪眼向那半老婆子說：“看着狗！”秀蓮看這情形，才知道那婆子跟這男子是夫妻。

這時那婆子氣哼哼地趕着狗先進柴扉去了，秀蓮隨那男子進到裏面，便由馬上解下行李，特別把那插在鞘裏的雙刀顯示了一下。那男子的臉上忽露出驚疑之色，他笑着，殷勤着，要替秀蓮解馬鞍，秀蓮卻擺手攔住，說：“不用卸鞍子，馬也是剛才餵過的，歇一會兒，等雨稍住一點兒，我就走。因為我還有要緊的事呢！”說着，遂將馬匹就繫在院中一個破石碾子上，提着行李和雙刀，隨那男子進到屋內。

屋內是非常簡陋，只是一個灶，和一舖土炕，炕上一領破席，一堆舊棉套。那男子請秀蓮在炕上坐着，他就往隔壁屋裏去了。也不知他到那屋是跟老婆說了些什麼話，少時就見那屋裏點起火來，濃煙都從破牆壁穿過來，散漫在這屋裏，刺激得秀蓮不禁咳嗽了幾聲。此時外面的雨卻越下越大，屋中十分寒冷，秀蓮看了看，這屋子倒還有一扇破板門，心說：大概今天的雨不能住了，我就在這裏宿一宵，也未必便發生什麼事故，遂將行李捲打開，圍在身上，雙刀卻放在身旁。

少時那婆子進屋裏來，臉子改了一副和氣樣子，手拿着一隻破碗和一把鐵茶壺，放在秀蓮的身旁，說：“大嫂你喝水吧！”

秀蓮自己倒了一碗，先交給婆子說：“大嫂你請喝！”

那婆子擺手說：“我不喝，不要客氣，我們還要燒水呢！”

秀蓮卻笑着，向那婆子苦讓，婆子只得接過碗來，喝了兩口，秀蓮才將碗涮了涮，自己倒了一碗水喝。

那男子又進屋來了，他先瞧了瞧秀蓮身旁放着的雙刀，然後就說閒話，先說：“雨真下大了，怕今天不能走了。”又問，“大嫂你由哪兒來呀？現在要往什麼地方去呀？辦什麼事去呀？”

秀蓮就說：“我由開封府來，因為家裏沒有什麼人，可又出了點事情，我有一個胞兄在山西潞州做買賣，我現在就是打算過太行山，到那裏去找他。”

婆子點頭讚歎道：“大嫂你真有本事，一個人騎着馬，就敢走這麼遠的路，可真少有！”

秀蓮假意歎道：“沒有法子，誰叫事情逼在身上，不得不這樣，好在我身旁帶着刀，強人見了我，也不敢劫我。”

那男子似乎有點兒驚慌，他又問：“大嫂你一定很會武藝吧？”

秀蓮答道：“略會一點兒，因為我們家裏早先是鏢行的。”

那男子忽然又說：“縣城裏前些日來了個穿紅衣裳紅褲子的姑娘，聽說也有一身好本事呢！”

秀蓮聽了這話，卻覺得很新奇，暗想：江湖上莫非還有我這樣子的人嗎？剛要細問，那男子又說：“這股路上倒是很平靜，沒有什麼打劫人的事，姑娘你放心。在這兒住一夜，明天再過山不遲。”

秀蓮問：“我聽人說，太行山上有強盜，前兩天有一個騎着棗紅色大馬的姓孫的鏢頭，走在山下都被強盜劫了，可有這件事嗎？”

那男子聽了，先是一怔，然後又搖頭說：“沒有，沒有，太行山早先倒有強盜，可是現在官人查得嚴，強盜們就搬家了。大嫂你說的那個人，前兩天我在門口也瞧見他了，離着遠，模樣我沒看清楚，就是馬確是棗紅的，他就是一個人走路，平平安安地過山去了。”

秀蓮聽了，確知孫正禮已來到此處。但是他既已來到了幾天，為什麼沒聽說他與山上的強盜交起手來？又為什麼孫正禮沒有下落呢？因此心裏更不放心。少時那男子出屋去了，秀蓮又喝了一碗水，便與那婆子閒談，才知道這婆子的丈夫叫紀老六，在此世居多年，早先田地也很多，現在卻窮了，她丈夫只仗着在城裏賣力氣掙點錢，有時也上山去砍點柴。說了一會兒，那婆子也出屋去了。秀蓮就一個人在屋裏擁被悶坐，聽着屋外的蕭寥的秋雨，心中卻想孫正禮的事情，十分不放心，恨不得立刻就冒雨策馬上山，尋着鐵棒湯雄和紫毛虎張慶那些人，大鬥一場，並向他們問出孫正禮的下落。因為外面下着雨，天很快地就昏了，不知不覺已到了晚間。

那婆子燒了玉米麵的餅子，連一盤玉米粥，都給秀蓮送過來。秀蓮聞了聞，倒還沒有什麼異味，遂就放心地吃下去。並想果然這紀家夫婦若都是很好的人，自己明天走的時候，倒要多酬謝他們點錢。

飯後，婆子把碗收拾起來，秀蓮就問道：“你們不在這屋裏歇嗎？”

婆子搖頭說：“不，我們是在那屋裏睡，這間屋子就是留給客住的，我們當家的有兩個兄弟，常在這裏住。現在他們都出去做買賣去了。”秀蓮點了點頭。

婆子出屋之後，秀蓮就將屋門閉上，上了插關，聽了聽外面的雨點雖漸微弱，但是寒風卻吹得更緊，窗上的破紙沙沙地響，像敗葉一般地響。秀蓮心中警惕着，暗想在這山下的荒村之中，風雨夜深，像自己這孤身女客，實在是危險，何況那紀老六始終不說山上有強人，未免可疑。因此秀蓮就連鞋也不脫，掩被躺在炕上，雙刀抽出，放在身畔，屋中雖然黑洞洞的連一盞燈也沒有，但紙窗上卻作蒼白色。外面除了風雨聲、落葉聲，還有自己的那匹馬時時用蹄子敲地聲，大約牠是冷了，也餓了。

不知不覺秀蓮就迷離地睡去，但她雖是睡，卻也很警醒。也不知睡了有多少時候，忽然聽見外面發生一點響聲，她立刻打了一個冷戰，睜開眼，坐起身來，手也按在刀柄上，側耳向外細聽。只聽院中嚕嚕的有腳步之聲，並且聲音雜亂。秀蓮氣極了，暗道：果然在這山下住的沒有好人！她隨手握刀，輕輕跳下炕去，走到窗前伏下身，只見那紙窗此時已現出蒼白色，大概天色將明了。聽得窗外的聲音越來越近，少時就有個黑腦袋扒着窗子往裏來瞧，秀蓮氣憤極了，挺身站起，手握雙刀，向外面忿忿地問道：“什麼人？你們打算怎麼樣？”

外面的黑腦袋聽了屋裏的聲音，就趕緊退回去了。秀蓮卻吧的一聲把門開了，只見院中站着四五個人，手裏全有鋼刀。秀蓮怒罵道：“你們這群瞎了眼的東西，敢來暗算我？”說時一掄雙刀，飛身躥到院中。立刻有一人掄刀向她砍來，秀蓮一翻手，立刻將那人砍倒。旁邊四個人也掄刀齊下，其中一人最為兇猛，竟施展刀法與秀蓮交戰。秀蓮右手的刀敵住此人，左手的刀去遮擋那三個，絲毫也不容他們得手。只聽鋼刀嗖嗖響了幾聲，接着又有怒罵聲、嘶叫聲，又被秀蓮砍倒了兩個。剩下的二人，秀蓮更毫不在意，便專力去鬥那會些刀法的漢子。這漢子的刀法雖然不十分精熟，但是力氣頗猛，又交手有十幾回合，此時旁邊的那個毛賊就脫手逃開，跑去解秀蓮的馬匹。秀蓮卻喝聲：“敢動我的馬！”奔過去，掄刀向那人去砍，那人抹頭就跑，秀蓮卻聽身後聲刀響，原來那兇猛的漢子以單翅下擊之勢，向秀蓮背後殺來。秀蓮急忙回身，用雙刀將對方的兵刃架住，冷笑了笑，然後左手的刀驀然抽回，向對方去刺，對方趕緊閃身去躲，不料秀蓮右手的刀掄了個月牙形，其勢極快，不容對方再躲，一下砍到那人的腰際。立刻這條兇猛的大漢就慘叫兩聲，摔倒在地死了。

剩下的那個毛賊，早躥出柴扉逃走了。秀蓮出門看了看，那人像一隻受驚飛奔的兔子似的，向山逃去，山上彌漫着大霧，把峰嶺全都掩蔽起來。秀蓮忿忿地望了望那逃走了的人，也不願去追趕，便回來看這受傷的四個人。其中一個是刀傷在腰際致命之處，已然死了。那三個有的在地下爬滾，有的躺着呻吟，幾口刀都四下扔着。這時天色已漸明，雨也停止了，秀蓮恐怕有人進來，便將柴扉掩好，然後提刀近前，再查看這死傷的四個人，只見除了那已死的穿得衣裳很整齊之外，其餘的三個都是十分破爛，跟叫花子的差不多，內中有一個就是紀老六，他是腿上挨了一刀，已不能動彈，嘴裏可還哭着央求。

秀蓮把刀向他的頭上一拍，怒罵說："昨天我就看出你沒懷好心，所以特意叫你看看我的雙刀，沒想到你還不知死活，竟勾來這麼幾個人前來謀害我。你也不打聽打聽我是誰？我要不殺死你，將來你也是害別人去！"

那紀老六連連叩頭，央求着說："姑娘呀！你老人家饒了我的命吧！昨天，你老人家在縣城裏就有人看見了，報到山上，我要不去找這幾個人，他們也能自己來！"

秀蓮冷笑了一聲，問說："你做強盜有幾年了？"

那紀老六說："我不是強盜，可是我跟山上的人都認識。鐵棒湯大爺叫我在這裏給他打聽事情，前幾天有鐵棒湯大爺的好友紫毛虎張慶，在彰德府受了傷，就帶着十幾個鏢頭到這裏來，後來就有一個名叫五爪鷹孫正禮的大漢，追趕前來。那個人真兇猛，他掄刀砍死了十幾個人，後來到底寡不敵眾，被山上的人給擒住了。"

秀蓮一聽孫正禮被擒，她大吃一驚，趕緊舉刀向紀老六逼道："你快告訴我實話，那姓孫的被山賊擒住，山賊把他殺死了沒有？"

紀老六搖頭說："沒有，鐵棒湯大爺不想殺他，可是在山上擱了不到兩夜，就被人給救走了。"

秀蓮頓足說："哪裏有那麼巧的事？一定是湯雄把孫正禮殺了，怕我前來報仇，所以他才假稱孫正禮被救逃走，其實這如何瞞得了我？"說話時，又向這紀老六砍了一刀背。

紀老六又哎喲一聲，說："真的，姓孫的沒死，我知道得清清楚楚，因為鐵棒湯大爺是個好漢，他不肯殺害好漢！"

秀蓮也不理他，便氣憤悲急地到了屋內，匆匆將行李捆好拿將出來。再看那受傷的人又死了一個，只有那紀老六的傷最輕，他央求秀蓮饒了他的命，秀蓮卻說："我不要你們的性命，我要鬥一鬥你們那些頭目去！"

紀老六又連連說："孫正禮沒死，我是在山上親自聽人說的。"秀蓮也不理他們，便將行李綁在馬上，牽出門去，上馬揮鞭，向西疾馳。

這時東方已露出曙光，山上的雲霧漸斂，但曉寒刺骨，路靜無人，馳馬向西走了二里多地，便到了山腳下，只見怪石嶙峋，煙雲靉靆，尋了半天，方才尋着山路。山路倒是很寬，而且看上去也不怎樣險峻，但是裏面雲氣彌漫，不知有多深多遠，秀蓮心中未免猶豫，但是既已來到此地，又兼要探出孫正禮的生死，遂就不顧一切，策馬往山中去走。

越走地勢越高，馬也覺得越吃力，尤其是雨後山路很滑，有幾次馬都要失蹄。秀蓮便勒住馬，站立了一會兒，然後四下看了看山勢，仍舊往前去進，行走里許，便到了一股岔道前，往左看是一座高峰，半身都浸在雲霧裏，往右看卻是個下坡路，山下是一片平谷，屋宇樹木全都看得清楚。秀蓮暗驚道：“怎麼？這山裏還有村落？莫非就是賊人的巢穴嗎？”於是便策馬往山坡下去走。才走了不幾步，就見下面跑來了一二十人，手中全都拿着兵刃，往山上跑來。秀蓮一見賊人來了，便趕緊收住馬，回手抽出雙刀，等候賊人上來廝殺。

那下面的群賊向上跑來，口中並齊聲罵着，起先因為離着尚遠，秀蓮只聽他們一片喧嘩之聲，卻不知他們說的是什麼，後來離着漸近，秀蓮就聽他們是指着自己的名字大罵，罵什麼：“俞秀蓮你這個小娘們兒！快來罷！我們湯大爺，等着收你做壓寨夫人哩！”

秀蓮聽了山賊這樣辱罵，實在氣憤難禁，便掄刀飛馬直奔賊人。不料馬才去了十幾步，忽然咕咚一聲，人馬全都墮下埋伏好了的陷阱之中。秀蓮大驚，同時身子已由馬上摔下，雙刀也撒了手，兩足都被泥土埋住。那匹馬也躺在陷阱內，不住地仰首長嘶。此時群賊已奔將上來，圍住陷阱，鈎竿木棍一齊往下打來。秀蓮誤陷於坑阱之中，又急又憤，極力掙扎着立起身來，想要伏身取刀，但雙刀和馬匹的半身都埋在土裏，陷阱有一丈多深，雖然上面群賊的鈎竿和木棍還夠不着她，但禁不住上面的石塊和泥土全都往下打來，弄得秀蓮滿頭滿身都是土。秀蓮氣極了，便不顧一切，將腳蹬在馬身上，嗖地一跳，就像一隻豹子似的飛身出了陷阱。群賊一擁上前，鋼刀、木棍、鈎竿，齊向秀蓮來打。秀蓮奪得一杆木棍，向群賊招架。那賊人卻越聚越眾，秀蓮手中的木棍連與殺人的鋼刀相磕，眼看就要折斷了，同時秀蓮覺着腿腳都有些發痛，便不敢戀戰，遂回身往山坡上去跑。

下面的群賊依舊往上面追，秀蓮只得棄了山路，躥到山石上，攀着那險峻的山石往東去走，群賊卻沒有那本事再來追趕了，他們只站在山坡上潑口大罵，並有的冷笑着說：“俞秀蓮，你是在北京殺過苗振山的女漢子，有本領的你過來呀！我們借給你兩把刀，咱們再鬥一鬥！”秀蓮心中雖然氣憤，但自己手中無有兵刃，他們的人太多，而且自己兩腿已在陷阱裏摔傷，實在不能再去拼命爭鬥。她只得攀登那又滑又危險的山石，往東走了很遠，然後立到一塊巨大的山石上，向下一望，下面就是剛才來的時候那股寬寬的山路，秀蓮輕身一跳，就由兩丈多高的山石上跳將下來，身子稍一傾斜，向前栽了兩步，但她趕緊立定腳，站立了一會兒，回首向上去看，依舊雲霧彌漫，但不見有人追趕下來。秀蓮心中氣憤極了，想自己生平從未吃過這樣的虧，想不到今天無意墮在陷阱內，這個仇我非報不可！於是就要下山去找一件兵器，再獨身上山來與群賊廝殺。慢慢地步行下山，又望見北邊昨天自己寄宿的那個人家，心想自己在那裏殺死了幾個人，那里地下放着幾把刀，自己拾了刀，就可立刻再到山上去，於是又往那紀家去走。可是到了那門前，只見柴扉大開，進去一看，地下原躺着的死屍和受傷的人，跟那幾口刀全都沒有了。只有幾塊血跡，還在潮濕的地面上。進到兩間屋裏去看，只見連那半老的婆子也沒有了，再四下去找，只有一兩根棗木棍子，卻沒有鋼鐵的兵器。

第十四回　　故人相見酒店慨傾杯　惡盜成擒深宵驚遇俠

　　秀蓮發了半天怔，心中十分氣惱，現在雙刀、馬匹和行李財物全都沒有了，自己單身徒手，可怎能對付群賊呢？想了一想，便只得到縣城裏去，自己也不想去找官人，只要到那邊的鏢局裏去借一件兵器，然後自己就上山復仇。當下她又出了這柴扉，找着大路，向東走去，一面走，一面解下頭上的綢帕抽打渾身上下的泥土。越想剛才自己落阱遇險的事，她就越生氣，並想，孫正禮來此被擒，大概他也是吃虧了不知賊人設有陷阱。這個鐵棒湯雄的手段也太惡毒了！遂想遂走，兩腳發疼，心裏卻燃燒着一把怒火。

　　此時天光已大亮，天際雖然仍有薄薄的雲霧，太陽光穿透了薄雲散漫下來，不過不很強烈。路上已有人行走了，除了像在當地住的鄉人模樣的推着車，提着籃子往城裏去的，只有一大隊客商，約有五六十人，驅車馬往西去走。像昨天秀蓮那樣單身匹馬的行路人，簡直沒有。此時秀蓮雖仍是踽踽獨行，但沒有了馬匹和雙刀，好像是個村女一般，倒不甚有人對她注目。走到縣城的西關，兩腿覺得十分疼痛，便找了一家店房，進了門。店家見她連行李都沒，便問說：“姑娘，是找誰的？”

　　秀蓮喘着氣說：“給我找一間房子，我歇歇！”店家又問說：“姑娘你是由哪兒來的？後邊還有別的人嗎？”

　　秀蓮瞪目道：“你就給我找房子罷，多問什麼話？我住店給你錢就是了！”店家見這位姑娘的脾氣不小，遂只得找了一間房子，讓秀蓮進去。

　　秀蓮到屋內就坐在炕上，對店家說：“我是到山西找親戚去的，親戚是鏢行的人，現在有要緊的事等着辦。剛才我走到西邊的山上，遇見二三十個強人，把我的馬匹和行李全都搶去了。我不能甘心，我要請你們地方的鏢行人，幫助我去奪回行李馬匹！”

那店家聽了，卻連連搖頭，他又開了個門縫，向外看了看，然後才悄聲對秀蓮說："姑娘你別聲張！你說的這辦法不行。本地倒是有兩家鏢店，可是那兩家店裏的鏢頭，都跟山上的人通氣兒。你要去找他們，不但他們不能幫你，還叫你更吃大虧。姑娘，你千萬別聲張，歇一歇，想一想有什麼投奔之處沒有，就趕緊走罷！"

秀蓮一聽店家這樣地說，卻想由他的嘴裏探出山上的盜賊及本地鏢行人的情形，遂就故作驚訝地問："怎麼，你們這裏的鏢頭，跟山裏的強盜都有勾結嗎？難道衙門也不管？"

那店家說："衙門怎麼能管？這縣城裏有兩家鏢店，一家是聚傑，在東關，大鏢頭白面靈官韓志遠。城裏有一家父子鏢店，少掌櫃子叫猛虎常七。這兩人都跟山裏的鐵棒湯大爺是盟兄弟，都是太行山東有名的好漢。再說那湯大爺住在山裏的村子裏，外面人都知他是山寨主，其實他手下的那些嘍囉，全都是山裏的住戶，你說官人怎能全剿盡他們？"

秀蓮聽了就不再言語，心裏卻記下那兩個鏢局的地點，然後就對店家說："你給我做點吃食去，我的行李雖都叫強盜給劫去了，但我身邊還帶着點錢，不能欠你們的賬！"

店家連說："那不要緊，姑娘你是個被難的人，就是白住兩天也沒什麼。"

當下店家出去了，秀蓮就坐在炕上歇息，心中越想越氣，同時覺着人單勢孤，到底不好辦事，由北京出來的時候，原想到了深州就捉住花槍馮隆，找回楊大姑娘，哪裏想得到還遇見這些事呢？想了半天，兩腿覺得好一些了，店家也把飯送過來。吃完了飯，身體更覺着舒適，便站起身來，找着店家說："我進城去找個熟識的人，少時就回來。"

店家正在櫃房裏說着這位在太行山上被劫的女客，聽說她要出去，雖然她在這裏沒有行李做押賬，可是也沒有攔阻她。

秀蓮出了店門，一直進城。今天城裏正有集市，賣各種東西的全都擺着攤子，往來的人也很多，秀蓮雜在人群中，一點也不招人注意。秀蓮就留神看那些攤子，見有一個是賣鐵器的，擺着犁頭鋤頭之類，旁邊放着兩杆扎槍，一柄鐵片刀，其實只有這樣的兵器，秀蓮也可以闖到山上，再與群賊廝殺一陣，但是可憐秀蓮現在身邊一個錢也沒有，只有那四顆不能顯露出來的珍珠。

正在走着，忽聽身後一陣馬蹄之聲，旁邊的人都說："來了！來了！"秀蓮趕緊回頭去看，就見西邊來了一匹紅馬，乘馬的是一個紅衣紅褲，細眉長眼的女子，街上的人全都向她注目。但這女子在馬上卻顧盼自如，非常得意。秀蓮明知這女子便是那紀老六所說的那個在鏢店裏住的女子，因就想：這個女子怎麼這樣奇怪，她為什麼要穿着這一身惹人注目的衣裳呢？此時紅衣女子正由秀蓮的身旁經過，秀蓮突見她的身旁掛着一對寶劍，也都垂着紅絨穗子，秀蓮心中驀然發生一種念頭，便起精神，緊緊隨着這個紅衣女子行走。秀蓮雖是步行，但那紅衣女子也像故意招搖似的，馬走得並不快，所以秀蓮能夠緊緊跟上。

少時走出了東門，眼前就有一座鏢店，字號就是“聚傑”。那紅衣女子來到鏢店門前，就要下馬，秀蓮突然趕了上前，躥起身來，雙手向紅衣女子去推，紅衣女子便“哎喲”一聲，摔下馬去。街上的人和鏢店門首站着的人，全都驚訝地說：“啊！……”

這時俞秀蓮早已搶過雙劍乘勢上了這匹紅馬，一手捶着馬胯，一手放轡，口中急喊道：“閃開！閃開！”街上的人驚慌四避，俞秀蓮便縱馬離了這修武縣的東關，然後她找着大路，一直往西，又奔往太行山賊穴去了。行了不及里許，身後就有人大聲喊叫，秀蓮隨回首去望，只見有三匹馬飛也似的趕來，大概就是那鏢局裏的人。秀蓮並不理他們，只催馬往西走，少時就進了山口，順着剛才經過的路徑去走，只見此時山中的霧氣全斂，只有那上面最高的山頭，還飄浮着冉冉的白雲，回頭一看，後面追來的那三匹馬也進了山口。

秀蓮同時催馬向上行走，同時特別謹慎地注意地下有無埋伏，才一望見那山谷的下坡路，就見那裏有十幾個小毛賊，正在張望。秀蓮回手抽出雙劍來，奔將過去，向十幾個毛賊揮劍就砍。那十幾個毛賊，一齊用單刀木棍招架，四五下，秀蓮就砍倒了三個毛賊，其餘的一齊往山坡逃去。秀蓮一手挽轡，一手握着雙劍，往坡下去趕，同時特別謹慎小心。行走不遠，又看見自己早晨所陷入的那個土阱，此時尚未掩蓋，秀蓮就下了馬，往陷阱中去望，只見裏面只露着些樹枝破席頭，自己失落在裏面的馬匹和雙刀，全都沒有了。

此時逃下坡去的那十幾個毛賊，齊都大聲呼叫，叫來了二三十人，個個手中全拿着傢伙。再抬頭往上去看，只見由縣城追下來的那三個鏢頭，已下了馬，各拿出刀，向山坡下趕來。此時秀蓮真是後有追兵，前有賊眾，而且地下還不知埋伏着多少陷阱，但她毫不畏懼，只管牽着馬往山下去跑，少時就跑下了山坡，又飛身上馬，將手中的雙劍嗆的一聲響，往左右分開，真如兩道電光一般。然後她馳馬闖入賊群，揮劍亂砍，砍倒了幾個賊人之後，就見那為首的過來了，雙手持着一根五尺長的鐵棒，喝一聲：“俞秀蓮！住手！”

賊首一出頭，小賊們便也不敢再胡亂動手，就都散開了，各舉兵刃將秀蓮的人圍在當中。秀蓮面上毫無畏色，同時提防着賊人的暗算，看着這持鐵棍的人，就見此人身體很是魁偉，黑臉膛，有些連腮鬍子，遂就問：“你是這山上的賊頭目鐵棒湯雄麼？”

　　那人面現怒色，說：“你不要開口罵人，我就是這裏的莊主湯雄。”正說話間，追趕秀蓮前來的那三個鏢頭都已趕到，鐵棒湯雄驟增聲勢，他先趕過去與那人去說話。這裏秀蓮也不下馬，她只雙手橫劍，提防着四下的賊人，就見那鐵棒湯雄過去與那三個人商量了幾句話，然後那三個人都把馬匹交給別人牽着，他們就一同提着兵刃，氣憤憤地走過來。

　　當時，首由鐵棒湯雄發話。他說：“俞秀蓮，昨天我就知道你已來到山下了。今天早晨你上了山，落在陷阱裏，險些被我們拿獲，後來你雖僥幸逃走，但我知道你必還要來，所以我就在這裏等候你，現在你下馬來，咱們兩個人鬥一鬥，我要叫我手下的人幫助，贏了你也不算英雄！”

　　秀蓮冷笑着，就跳下馬來。那三個鏢頭也一齊持刀走過來，說：“俞秀蓮，你先把馬匹和雙劍還給我們！”秀蓮一掄雙劍，威嚇那三個人說：“你們且退後，我若敗在湯雄的手裏，那時把什麼東西都還給你們！”

　　鐵棒湯雄也請那三人退後，他就一掄鐵棍，向秀蓮說“動手吧！”遂就一個箭步躥過來，將棍向秀蓮就打。秀蓮身子一閃，雙劍反向湯雄的左肋去刺。湯雄將棍橫掃，秀蓮卻用雙劍橫着一磕，只聽鏘的一聲響亮，湯雄的沉重鐵棍幾乎失手。旁邊那三個鏢頭見俞秀蓮竟敢以寶劍去磕鐵棍，不由都面現驚異之色。此時秀蓮的雙劍分開，一劍擋棍，一劍直取咽喉，嚇得湯雄趕緊急退幾步將棍抖起，想要不叫秀蓮的雙劍近身。但秀蓮並不正面敵他的鐵棍，卻左躥右跳，兩口劍似毒蛇一般，直向湯雄的身上去搠。旁邊那三個鏢頭一看俞秀蓮的武藝高強，身軀敏捷，湯雄眼看就要吃虧，他們就彼此一使眼色，一齊掄刀過來。

　　湯雄趕緊拉回鐵棒，跳到一旁喘氣。此時三個鏢頭的單刀，圍住秀蓮的一對雙劍，交手不幾回合，秀蓮就用劍刺傷了一人。旁邊的眾賊一看他們這裏的人受了傷，便都急了，仗着他們的人多，便一擁齊上，二三十人，有的持木棍，有的持鋼刀，有的拿鈎竿子，四下向秀蓮來打。秀蓮便展開雙劍，前殺後砍，兩道劍光護着她的身，她的身子隨着劍光跳躍，眼看着又被她砍傷了五六個人。

　　這時湯雄卻掄着鐵棍攔在中間，他連聲喊道：“住手！住手！不要打了！不要打了！”雖然他這樣喊着，可是俞秀蓮的劍下又搠倒了兩個毛賊，其餘的都紛紛逃散。

　　湯雄便用鐵棍橫住秀蓮的雙劍，急急地說：“俞秀蓮，你不要打了！我們算是敗在你的手裏了，現在就賠還你的馬匹和雙刀！”

　　秀蓮見湯雄這樣說，她便住了手，橫劍站立，氣憤憤地說：“你們只還我的馬匹跟雙刀也不行，我師哥孫正禮是到你們這裏來，被你們給害死了，我非得殺盡了你們，給我師哥報仇不可！”

鐵棒湯雄卻說：“孫正禮前兩天到這裏來，不錯，他是墮在陷坑裏，被我們擒住了。可是我們並沒殺害他，我湯雄也是個好漢子，那陷坑是保護我們村子的，但凡是陷坑裏捉住的人，我決不殺害！”

秀蓮問說：“那麼我孫師哥現在什麼地方？”

湯雄說：“我們把他捉住，他的腿摔傷了，我們要請他在這裏養傷，跟他交個朋友，但他卻向我們大罵。依着紫毛虎張慶是要將他殺死，可是我決不肯。我騰出一間房子來請他住着養傷，並托我一個姓史的朋友保護他。不料在前天夜間，他跟我那個姓史的朋友竟一同逃走了，並拐了我兩匹馬和許多銀兩。”

俞秀蓮一聽是姓史的人將孫正禮救走，她就不禁心中一驚，趕緊問道：“你那姓史的朋友叫什麼名字？”湯雄尚未回答，就見山坡上又來了兩匹馬，馬上是一老一少，那老年的人鬢髮皆白，披着一件大棉襖，招手叫着說：“不要打了！不要打了！”

湯雄等人一見這老人前來，齊都很恭敬地迎過去。那老年人策馬下了山坡，見了秀蓮，他就掀髯笑道：“這位姑娘就是巨鹿縣鐵翅雕之女俞秀蓮麼？”

秀蓮點頭說：“不錯，你老人家貴姓？”

這老人便自報名姓說：“我叫常伯傑，年輕時有個外號叫坐山雕。你父親是直隸省的雕，我是河南省的雕，我們兩個老雕當年在江湖上也會過幾面，我很佩服那位老兄，武藝實在比我高強。我現在老了，在這裏開着父子鏢店，猛虎常七那就是我的兒子，這些人都是我的姪子和乾兒！”

秀蓮一聽，便不禁冷笑，說：“老鏢頭，你既然和我父親相識，想你也是一位前輩，但你為什麼要收了這些強盜做乾兒呢？”

那常老鏢頭聽了，卻不禁臉紅，便擺手說：“這裏的事你不曉得，來，你們現在既已打完了，我們找個地方細談談！”鐵棒湯雄便要請秀蓮到村子裏去談話。秀蓮想了一想，便冷笑着點了點頭。

湯雄便叫人替秀蓮牽着那匹紅馬，又叫人收拾地下躺着的那些受傷的人，他將手中的鐵棍也交給別人，便帶着秀蓮和那四個鏢頭，一同進到村裏。這座山谷的面積很大，村中約有三四十戶人家，房子全都很破，在這裏住的也都是些窮人。秀蓮雙劍永不離手，就跟着到了那鐵棒湯雄的家中，被讓進一間大屋子內，幾個人全都坐在板凳上，有穿着破衣，像是僕役樣子的人給他們獻茶。

那常老鏢頭就說：“俞姑娘，你看這裏的人有多麼窮，他們就是打劫，也得不來錢。因為現在的客商們全都是成群打夥地走過山去，他們瞧着眼饞也不敢下手！”又說，“我這個乾兒湯雄，因為在江湖上受了朋友的連累，犯了大案，才逃避到這裏來。他教給這山裏的人練武，並不是為打劫客商，卻是為保護他們。自然也有些不肖的人，就做出些非法之事，所以遠近傳說起來，就都說他們是些強盜，單身的客人也不敢從此經過了，其實也是冤枉他。他若果真是強盜，你想我們做鏢行買賣的，如何還敢跟他們接近？"

秀蓮聽了，不住地冷笑，就說："老鏢頭，你也不必替他們洗刷，我又不是官人，他們即使是強盜，也用不着我來剿辦。現在我來到此地，就是為找我的師兄孫正禮。他們若將我師兄送出，再把我的雙刀和馬匹交還，我們即刻就走，因為在旁處我們還有要辦的事情！"

旁邊鐵棒湯雄卻說："孫正禮確實叫爬山蛇史健給救走了。"

秀蓮一聽，還疑惑是另一個史健，便問說："這姓史的是怎樣的一個人？"

湯雄說："是個胖子，他是山西名的人物，我與他本無深交，可是那天孫正禮被我捉住，晚間他就來訪我，第二天他拐走了我的兩匹馬和不少的錢，就帶着孫正禮跑了。我也不能追趕他，因此人極為狡猾，而且他在山西的朋友很多！"

秀蓮聽了，便暗自沉思，早先在北京攬在自己與李慕白中間的那個史胖子，想不到他如今又出現了，自量湯雄說的這話不假，而且孫正禮也不會走遠，於是就說："那麼你將雙刀馬匹還我，我去找他們去，若找不回來，還得朝你們要人！"

旁邊常老鏢頭卻說："湯雄，你就把雙刀馬匹還給人家吧！"

此時湯雄因見俞秀蓮態度驕傲，說出的話毫無情面，他不由得生氣，便忿忿地說："好，我將雙刀和馬匹還你，你去找孫正禮，若找不着他，回來咱們再決一生死，我湯雄拼出性命賠你的師哥！"

秀蓮也氣憤憤地站起身來。常老鏢頭卻擺手叫湯雄走開，這時旁邊坐着的那三個鏢頭，也都面現怒色，但因有他們的義父從中調停，又兼知道也鬥不過俞秀蓮的武藝，便都不敢發話。

常老鏢頭又對秀蓮說："湯雄奪了你的刀馬，自應還你，可是姑娘你無故搶去了柳夢香姑娘的馬匹和雙劍，也應當還給人家。那柳姑娘本是鳳陽柳大莊主的胞妹，兩個月前隨着淮北的好漢晁德慶到了這裏。晁德慶現往山西去了，託付我們照應她，剛才你將她推下馬去，已將左臂摔傷。她原是要來找你索要馬匹和寶劍，但我怕你們兩位俠女交起手來，難免各有傷損，所以我們幾個人才來。我想少時湯雄他把刀馬還你，你也就隨我們到一趟縣城，將馬匹雙劍還給柳夢香。我還要使你們一對俠女相見。"

秀蓮聽說那紅衣女子名叫柳夢香，便想似曾聽誰說過此人，大概也是女魔王何劍娥之流，便說："把我的雙刀要回來，自然不要她這雙劍，可是我也不願去見她，我在別處還有要緊的事情。"說時，她低頭看着奪來的這對寶劍，見雖不是什麼名物，可是輕便銳利，而且劍柄上纏的絨線也非常漂亮。

鐵棒湯雄去了半天，方才回來，一進屋就氣得面上發紫，大罵張慶，說："張慶他在彰德府受了傷，帶着十幾個人投到我這裏來，我待他很好，他卻因為我放跑了孫正禮，跟我生了氣，剛才他趁着我與俞姑娘爭鬥之時，他帶着那十幾個人，拐了俞姑娘那對雙刀和我這裏的幾匹馬，出南山口逃跑了！"

旁邊的四個鏢頭聽了，也都大吃一驚，俞秀蓮更是急躁，說："那對雙刀是我父親給我打的，無論如何我不能捨它！"

常老鏢頭說："張慶他們大概去得不遠，我們幫助姑娘去追他！"

當下一同出門。秀蓮看見那匹健壯的黑馬，因為墮在陷阱中已將腿摔折了，不能行動，只好仍然騎上了柳夢香的那匹紅馬。常老鏢頭和他那三個義子，連同湯雄也齊都上馬，由湯雄領路，就往南去，又進了山路。這股山路卻崎嶇難行，幾個人的馬匹全都不能快走，越過了一重山嶺又望見下面有一條很陡的山道，六個人就縱馬而行，下面就是一片秋雨後的原野。六匹馬下了山，順着曲折的道路，向南疾馳，"嗒嗒"的蹄聲打成一片。秀蓮心急馬快，已越到最前面去了，路越走越寬，地越來越曠，追下有二十餘里，到了一處小村鎮。常老鏢頭向人去打聽，也沒有人見那紫毛虎張慶等人從此經過。

湯雄急得滿頭是汗，他詫異道："張慶的屁股受了傷，他不能騎馬快走，怎麼會不見他了？"

秀蓮問："你那座山上，還有旁的路徑嗎？"

湯雄說："西面還有一股路，但那須過四五重山嶺，張慶他們決不能由那裏走。"

秀蓮勒住馬，發了一會兒怔，便想自己那對雙刀一時怕不易尋回，遂對湯雄說："不要追了，我的雙刀將來我自己去找，但我那馬上尚有銀錢和行李，不知也被張慶拐走了沒有？"

湯雄搖頭說："那倒沒有，我在另一個地方收着了，你可以跟着我回村裏去取。"

秀蓮說："我不必跟你回去，我就在這裏等着，你回去，趕快派人把我的銀錢行李送來。至於那匹馬，等着治好了傷腿，你就送給那柳姑娘去吧，就算我與她交換了。"

旁邊常老鏢頭過來，笑着說："這馬匹和雙劍，無論如何你得還給那柳姑娘，因為這都是她心愛之物！"秀蓮一聽這話，立時瞪眼說："這是她的心愛之物？那黑馬和雙刀，還是我的心愛之物呢！你們既傷了我的馬，丟了我的雙刀，就得拿這個賠償我，反正你們都是一夥的人！”又說，“如若那柳夢香不服氣，就叫她趕快到這裏來找我！”

常老鏢頭見秀蓮絲毫不給他留情面，便也不禁生氣，只說：“好！”說着，他帶着他那三個義子撥馬往北去了。湯雄也轉馬走去，秀蓮又催馬追上湯雄，囑咐他說：“我在此等你一點鐘，你若不將我的東西送回來，我還是要找你們去！”

湯雄在馬上回首道：“俞秀蓮你放心，我湯雄雖窮，但還不稀罕要你那點財物！”說着催馬飛快地走了。

這裏俞秀蓮便回到鎮上倚馬站立，往來的人看見她，卻似很注意的樣子，並有兩個人走過去，彼此自談說着：“你看，這是縣城聚傑鏢店裏住着的那個姑娘，有時她還穿一身紅。”

秀蓮聽了，卻暗自冷笑，將雙劍插入鞘內。又等了一會兒，這時忽聽身旁有人叫道：“俞大姑娘！”秀蓮趕緊扭頭去看，卻不禁驚訝，只見這人身材矮胖，穿着一身青緞短衣褲，牽着孫正禮的那匹棗紅色的大馬，原來正是爬山蛇史胖子。

秀蓮當時心中十分喜歡，趕緊走過去問說：“史大哥，兩年多沒見你，你現在從哪裏來？孫正禮是不是跟你走了？”

史胖子也滿臉笑容，說：“姑娘，真是一向久違，想不到在這兒咱們又見了面，姑娘……”才說到這裏，忽見北邊的道上又跑來一匹馬，史胖子就說：“他們給姑娘送行李來了，我暫避一避。”說時史胖子牽馬走過。

秀蓮等着那邊的馬匹馳到，只見馬上正是那常老鏢頭的義子，將才與自己交過手的那聚傑鏢店鏢頭。此人來到近前，連馬也不敢下，他將行李和銀錢包裹扔給秀蓮，就說：“俞秀蓮，這回算你占了上風，你殺了我們一二十人，將我們欺負得不能抬頭。柳夢香摔傷了臂，她也不能找你來。我義父年老，也不願同你惹氣。現在把東西都還你，你去吧！咱們記下這筆仇，將來再說！”說畢，他趕緊撥轉馬頭，急急跑去。

這裏俞秀蓮倒不住冷笑，遂就將行李繫在馬上，然後又往四下看，去找史胖子。

往南走了不過幾十步，就見路西有一家酒館門前便拴着那匹棗色的大馬，秀蓮才來到門前，那史胖子已由裏面走出來，他說：“姑娘請進裏面喝兩杯酒！”

秀蓮點了點頭，便也將馬拴在門前的椿子上，隨史胖子進到酒館裏，在靠窗的一張桌旁坐下。秀蓮因見酒館裏除了史胖子再無別的客人，她就問說：“孫正禮現在什麼地方？受的傷重不重？”

　　史胖子搖頭說：“不重，不重，不過是掉在陷坑裏，把腿摔傷了一點，騎馬有點不方便罷了。不過那位大爺的性情太暴，他連腿上的傷都不顧，就要立刻回到山裏殺盡鐵棒湯雄、紫毛虎張慶那些人才行。我連勸帶央求，才叫我的夥計把他送到晉城縣我一個朋友的家裏養腿去了。晉城縣離此不遠，過了太行山就是，俞姑娘你要想去，咱們這就走，當日可到。”

　　秀蓮搖頭說：“我不去見他了，他既在你那裏，我自然很放心，等到他的腿傷養好了之後，你就勸他回北京去吧！我現在還要到別的地方去。”

　　史胖子聽了，仰着頭想了一會兒，便斟了兩盅酒，一盅放在秀蓮的面前，一盅自飲。秀蓮今天真是太疲倦了，雖然第一次入山時，曾因不謹慎，墮入陷阱，但第二次去了，憑她單身，能服住眾盜，心裏也不由得十分痛快，便拿起酒盅來，盡都飲下去。

　　這時就聽史胖子問說：“姑娘你是要到開封，鬥張玉瑾去嗎？”

　　秀蓮說：“我到開封府與張玉瑾爭鬥倒在其次，我只是要將那楊大姑娘找着，因為這回我們是因為此事才到河南來，大概你也都聽孫正禮說過了。”

　　史胖子點頭說：“我都知道。”當下他又飲了一口酒，就壓着聲音說，“從前年我就離開北京，回到山西老家來瞎混，但北京城裏的事情，還不斷有人給我送消息。那單刀楊小太歲，我早就知道他家住在北京，他手中的那些東西，就與德五爺的案子有關，但我可不敢惹他。花槍馮隆搶走楊豹之妹的事情，我倒是不知道，只是姑娘你說馮隆現在開封，大概也靠得住，因為張玉瑾現在的聲勢很了得，八月節他還到這修武縣來了一趟呢！”

　　秀蓮問說：“張玉瑾跟這裏的鏢店，也都認識嗎？”

　　史胖子說：“不但認識，他們簡直就是一夥，本地的鏢行領袖是坐山雕常伯傑父子，前幾個月又來了一個淮北的黃臉虎晁德慶，加入了聚傑鏢店。晁德慶帶來了個姘婦，就是姑娘你這對雙劍和紅馬的主人，她是鳳陽府柳健才的胞妹，大概也會些武藝。這些人連上山內的眾盜，聲勢也頗不小。八月節的時候，金槍張玉瑾就到這裏來了，他送了這裏的人許多銀兩，並與湯雄、常七、晁德慶、韓志遠等人結為盟兄弟，他們立誓要尋姑娘你和李慕白報仇！”

　　秀蓮一聽，立刻嘿嘿冷笑，就說：“今天我已然到這裏來了，為什麼他們反倒不報仇了。”

　　史胖子說：“假若姑娘你的武藝若軟一點，今天就休想活命了。是你的武藝高強，第二是常七、晁德慶、韓志遠那三個有本事的人，現在都保鏢在外，沒在這裏。他們明知與你爭鬥是白白吃虧，所以才由常伯傑出來做個和事佬，把你暫時勸走。可是姑娘你要留神，他們一定要派人跟下你去。”

秀蓮冷笑道：“不要緊，史大哥你不曉得，這兩三年來，我也長了些經驗閱歷，又不像早先了。”

史胖子點頭說：“我知道，姑娘你無論走到哪裏，也不能吃虧。這兩三年來，我雖未與姑娘和那位李大爺見面，可是我時時忘不了你們。這回我到這裏來，也是為探聽探聽張玉瑾他們那些人，到底是相商什麼惡計。不料倒虧了有我在這裏，才沒叫我們那位魯莽的孫大爺吃虧！”說到這裏，他笑了笑。

秀蓮又飲一盅酒，就說：“我要走了，見了孫正禮就不用說我來到這裏了，也千萬不要叫他到開封去。”

史胖子連連答應。當下秀蓮出了酒舖，騎上紅馬，向南走去，才出了這座鎮市，忽然史胖子又騎馬趕到，秀蓮在馬上回身問道：“史大哥還有什麼事？”

史胖子卻笑了笑，仿佛很不好意思地說道：“沒有什麼事，就是有一句話我忘了問姑娘。姑娘，你可曉得李慕白現在的下落嗎？”

俞秀蓮見問，不由芳頰通紅，想起兩年以前，同着史胖子到提督衙門的監獄裏去救李慕白，那時自己的真情流露，毫無掩飾，可以說自己心中的隱情，唯有史胖子一人能夠知道。當下她只搖了搖頭。史胖子卻說：“在前兩年，有人謠傳李慕白死在江南了。前兩月我可又聽人說李慕白大概沒死，江南的靜玄禪師，派了好幾個徒弟到北方來，聽說就是為尋找李慕白的下落！”

秀蓮點頭說：“我也聽說了。好，史大哥，咱們後會有期。”說時，她向史胖子一拱手，轉身催馬走去，此時她心中實在悲痛。催馬走了幾十步，回頭去看，就見身後那寒風古道之上，史胖子還勒馬呆立，望着自己，秀蓮就轉過頭來，用手捶馬，向南飛馳去了。

當日走到原武縣境，雖然天色尚早，但因身體乏倦，兩腿發疼，便找了店房住下，打算明天過河，兩日之內趕到開封。在店房裏宿過一宵之後，次日起來，兩腿依然覺得疼痛，就想是昨天早晨墮在陷阱裏傷得太重了。在當時因為氣憤填胸，所以還能掙扎着戰勝群盜，如今過些時之後，反疼痛得不能走步，而且已有些腫了起來。秀蓮心中一陣急氣，想道：我太便宜鐵棒湯雄那些人，應當不跟那個老頭子講情面，多傷他們幾個人！本應當就在這店裏休息兩日，可是因她關懷着楊大姑娘，雖然腿痛，卻恨不得立刻就趕到開封。

當下她先叫店家到外面買來一根馬鞭，她又將兩柄劍的紅絨穗揪斷扔了，想起了丟失雙刀的事，她又不住發恨，隨後付清店賬，牽馬出門。

才一上馬走了不幾步，就覺得兩腿被磨得生疼，但她咬着牙，忍着痛，策馬又往南走。走不幾里，便望見了前面滾滾的黃河，可惜這裏不是渡口，她向路旁的人問了問，據說往東才有渡口，可是這時秀蓮的兩腿已疼痛得不能復忍，但是沒有法子，無論怎樣也得過了河再找宿處。當下她又忍痛往東走了里許路，然後順大道轉往南去，直奔渡口。

在這時，對面就來了一輛藍布圍子的轎車，車簾本來是打開着，可是秀蓮的馬匹還未走到車的近前，那車簾忽然又放下來了。秀蓮很覺得詫異，因為車上人的面貌，自己雖未看清楚，但卻看見了是一個道士，穿着藍布道袍，頭上戴着道冠，並像有些黑鬍子的樣子。秀蓮心裏倒覺着好笑，就想，也許是出家人看不慣我這樣的單身行路的女子，所以他才把車簾放下去。當下馬匹與車輛對面走過去，秀蓮又回頭看了看，見車輛上沾了許多黃泥，知道是由遠方來的，但也沒怎樣多加注意，少時到了渡口，就找了一隻船，連人帶馬渡過了這濁水浩浩的黃河。一過河走不到二里地，便有一座很大的鎮市。秀蓮的兩條腿都要被鞍韉磨破，她真不能再往下走了，遂就找了店房。馬匹叫店家拉到棚下去喂，她提着行李和雙劍，一進屋就坐在炕上，用手摸撫那疼痛的雙腿。

店家拿着茶壺進來，就問說："這位姑娘大概不慣騎馬吧？"

秀蓮說："可不是，我由修武縣來，才走了一天，就把腿磨破了！"

店家又問："姑娘上哪兒去？"

秀蓮說："我是要到開封府去。"

店家說："開封離着這裏不遠了，馬快的一天就能趕到了，姑娘你可別忙，索性歇一天，慢慢走，有兩天也就到了。"秀蓮點了點頭。

店家把茶壺放在炕上，剛要問秀蓮吃什麼東西不吃，這時忽聽窗外有很莽撞的聲音問說："店家，店家！這匹紅馬是誰騎來的？"

店家趕緊出屋，說道："胡大爺，你吃過飯了？這匹紅馬是屋裏一位姑娘騎來的。"

外面那莽撞的人又問："你問問，屋裏的姑娘是姓柳嗎？"

店家回身到屋裏來，向秀蓮笑問道："姑娘你是姓柳嗎？"

秀蓮說："外面是誰問我？"

店家說："是街東鏢行裏的胡大爺。"

秀蓮搖頭說："我不姓柳，我姓……"她一時真想不起自己改姓什麼才好，遲疑了一會兒，才說，"我姓孟，我在這裏不認得人，叫他少問！"店家又出屋去，回復那姓胡的去了。這裏秀蓮卻由紙窗的破洞向外去看，見院中站着一個矮胖的大漢，那身材有點像史胖子，可是一張黑臉卻又像孫正禮，他雖聽店家說了屋中的姑娘是姓孟不姓柳，但他還不住地觀察在棚下吃草料的那匹紅馬。

　　秀蓮卻暗想：不好，有人認識這匹馬，倘若他是柳夢香那一夥的，糾眾來尋我毆打，那我縱是不怕他們，可是現在腿還痛着，究竟很費力呀！但又想：由他去，難道張玉瑾此刻找了我來，我還能夠因腿痛，便向他們服低嗎？這樣一想，便毫無畏懼，也不管外邊那姓胡的再跟店家說什麼話，她便將棉被展開，躺在炕上休息。

　　當日俞秀蓮就在店房裏歇了一天，身體覺着十分舒服，兩腿的疼痛也好些了，就決定明晨起身趕路到開封去，又想：那楊大姑娘不知現在是否在開封，如若她是個烈性的女子，恐怕早已死了，她若是個軟弱的女子，恐怕救她是很難！

　　到了晚飯後，屋中點了燈，店房的各房屋裏都住滿了人，各省的人說着話，聲音十分雜亂。可是到了二更以後，各房屋裏便都一點聲音也沒有，原來那些旅客全都奔波了一天，此時都疲倦得沉沉睡去了。秀蓮起身把門掩好，便脫去了外衣，要安安適適地去睡眠，以備明天趕路。她手摸到小襯衣，便觸到幾顆圓溜溜的小東西，又想起楊豹手中的珍珠，和德嘯峰日日擔憂、恐怕重翻的巨案，更想到將來自己非得要做一件驚天動地的事情不可。想了一會兒，她便熄燈就寢，雙劍雖放在枕畔，但她安靜地躺臥，過了些時，便覺得兩腿一舒適，沉沉地睡去。

　　在這河畔鎮市上的小店房裏，此時各屋裏已都沒有燈光，寒風挾着沙子打得紙窗亂響。天氣是真冷，更聲顫了兩三下就停止了。秀蓮今晚也特別睡得沉，似乎連夢都沒有什麼，也不知過了多少時候，忽然聽得窗外咕咚、咕咚、噹啷……幾聲驚人的巨響，秀蓮立刻驚醒，趕緊由枕畔抄劍，起身蹲在炕上，精神很緊張地向外去聽。只聽外面又是喘氣，又是呻吟，並且不像是一個人的聲音。

　　這時各屋裏的客人也都驚醒了，有的在屋裏叫道："有賊啦！"少時，四五個店夥都拿着燈籠到院中照着來看。秀蓮也把寶劍放下，穿上外衣，下炕開了屋門，就見院中雜亂地圍着二三十個客人和店夥。秀蓮也出屋近前去看，就見院中地中躺着兩個短衣的漢子，身旁全都扔着鋼刀，借着燈籠裏射出的光，看得非常清楚，其中一個就是白天詢問秀蓮那匹紅馬的，那個黑胖的胡鏢頭，另一個年紀不過二十歲上下，身體非常結實。秀蓮就曉得這二人都是為殺害自己來的。最奇怪的是兩個賊人的身上都沒有受傷流血，可是手腳都不能動彈了，並且都呻吟着，像是極痛苦的樣子。秀蓮一見這種情形，不由身上出了許多冷汗。她並不是怕這兩個謀害她的人，卻是想：奇怪！是什麼人在暗中保護着我了？

　　這時旁邊的客人全都氣憤起來，向地下躺着的兩個人亂踢亂踹，罵道："哈！你們這兩個賊，好大膽子，來偷東西還帶着刀？你們要殺誰呀？"

又有人說："店家快找繩子來，把兩個人捆起交官去！"

那幾個店家卻連連擺手說："諸位客官老爺們別生氣，這兩個人不是賊，這個是本鎮的平安鏢行的胡大爺，這位是修武縣父子鏢行的猛虎常七，常常保着鏢到我們這裏來！"

旁邊的客人有的也認得猛虎常七，就着燈光細看，可不是他！就問說："常小鏢頭，你怎麼跑到這兒來啦？"此時地下躺着的這兩個人，經過一番亂踢亂踹之後，他們反倒身體能夠活動一點了。

那猛虎常七坐在地下，他氣憤憤地說："諸位江湖上常見面的老朋友，你們別疑惑我是賊。我們常家父子，在河南走鏢三四十年了，也有點名聲，我在修武縣有房有地有買賣，我能夠跑到你們這小店裏來做賊？我倒是給你們捉賊來了！"

此時還在地下躺着的那姓胡的，就大叫道："你們這店裏就住着賊了！住着個女賊！"姓胡的說着這話，旁邊的人就都扭頭來看秀蓮。

秀蓮真氣極了，她揪開兩個人，闖過去，握着兩隻拳頭，氣憤憤地問說："你說誰是女賊？這店裏只住着我這一個女客，你是說我麼？你有什麼證據敢說我是賊？"說時，就向姓胡的頭上踢了兩下，那姓胡的就慘叫了一聲，暈死過去。

嚇得店家趕緊上前來勸秀蓮，說："姑娘，別弄出人命來！"

秀蓮跺腳憤恨地說："你們店家護庇着賊人，你們一定跟賊人是一夥，我去叫來官人，咱們打官司，倒看看誰是賊！"說着就往店房外去走。

旁邊的客人也上前勸阻秀蓮，就說："姑娘何必跟他們生氣，他們這兩人從房上摔下來，手裏都拿着刀，不是賊是什麼？他們倒誣賴姑娘，誰也不能信他們的話呀！"

這時那猛虎常七坐在地下，轉過頭來，他向秀蓮冷笑着說："俞秀蓮你何必如此！你雖不是賊，可是前天在太行山殺死了六個人，傷了十四個，那是你幹的不是？咱們江湖人強者生弱者死，犯不上動官！現在我對大家說實話，我今晚是報仇來了。俞秀蓮在修武縣傷了我們的人，那時我沒在家。第二天我回去，我父親坐山雕常伯傑就派我跟下她來殺她。我追到這裏才把她趕上，請了我這胡大哥幫忙，今晚才來下手要她的性命。可是我們沒提防她暗中有人幫助，我們吃了虧，我們知道是受了點穴法，活該認命。這回算是我們輸給姓俞的了，將來咱們算帳！你報官幹什麼？報了官頂多叫我們兄弟扛兩個月的枷，可是你就枉稱鐵翅雕的女兒了！"

他這些話一說出來，旁邊的一些久在外面行走的客商們方才明白，原來是這回事，但同時目光都聚集在秀蓮的身上。因為秀蓮在北京的大名，尤其是她兩三年前殺死過河南的惡霸吞舟魚之事，誰不知道呀？此時秀蓮便也冷笑了一聲，說：“好吧，只要這回你們認輸就行。以後有什麼方法，儘管使去，我俞秀蓮決不怕你們！”說畢話，便直頭回到屋裏，吧的把門關上了。

院中又吵嚷了半天，後來大概是由店家把那猛虎常七和姓胡的鏢頭攙走了，院中才消散了燈光、人聲。可是各屋裏的客人都睡不着覺了，彼此紛紛地談論。秀蓮掩被躺在炕上，她並非思慮將來這猛虎常七是如何復仇，她卻驚訝地想：是誰在暗中幫助我？此人會使點穴法，武藝想必比我還要高強。可是聽說天下會點穴法之人，寥寥無幾，只有當塗縣的靜玄老和尚，但他決不能幫助我。他那些徒弟，如陳鳳鈞之流，又都不會點穴法，莫非是江南鶴？可是也沒聽說江南鶴老俠他長於點穴法。思索了半天，始終猜不出剛才在暗中幫助自己的這個人是誰，又想：現在可是人們都曉得我俞秀蓮是住在這裏了，明天說不定有人要去給張玉瑾送信。張玉瑾若聞風遠颺倒不要緊，可是若叫花槍馮隆再把楊大姑娘拐到別處，那就不好辦了。於是就決定明天一清早就起身往開封去，少時她又睡去，但睡得卻沒有剛才那樣沉了。

次日，天色還未明亮，她就醒來，收束好了，就叫店家。店家趕緊過屋來，問說：“俞姑娘你這就要走嗎？天色可還太早！”

秀蓮說：“我還到開封去，有要緊的事，你快給我打臉水來！”店家答應一聲，出屋去了。這時院中的雄雞已喔喔地唱了起來，外面也不知是殘月還是朝霞，照得紙窗發白。

少時店家就送來臉水，秀蓮遂問：“昨晚的事怎麼樣了？”說話時帶着冷笑。

店家悄聲說：“沒有什麼的，後來他們鏢行裏來了人，把兩個人抬走了。那姓胡的是本地的惡霸，外號叫胡撞頭；那猛虎常七也是江湖上的惡人，他跟各地強盜都有來往，他的鏢車強盜們都不打劫。姑娘你既然把他們得罪了，就趕緊離開河南去才好，要不然走在哪兒，他們也能夠追了下去。”秀蓮卻搖頭冷笑，並不說什麼，一面叫店家去備飯，一面匆匆地梳洗過了。

用過早飯，付了店錢，拿着行李和雙劍到院中，放在馬上，她牽馬出了店門，就往東走去。走了不遠，就見路南有一家小小的鏢行，字號就是“平安”，雙門緊閉着，大概昨晚受了點穴法的那個人，此時身體還未必能夠動轉。兩旁的許多店房，已都把門開了半扇。有些商人背着包裹起早趕路。

秀蓮忽見一家店門前放着一輛轎車，騾子還沒套上，可是這輛車卻十分地眼熟。秀蓮起先是驚訝，暗想，昨天在黃河北岸，我不是看見這輛車了嗎？車上坐着一個道士，現在怎麼他又回到南岸來了？這輛車怎麼來回地走，到底是往哪邊去的呢？可是後來又想，在各地跑趟子的車，都是這舊藍布圍子，滿車輪的泥土，這也許不是我昨天看見的那輛車。當下她便牽馬走去，並不太介意。

出了鎮市，便上了馬，雖覺得兩腿還有些微痛，但因急於趕路往開封去，就顧不得一切，策馬緊緊前行。此時滿地的敗葉枯草，都沾着一層嚴霜，寒風在路旁枯枝蕭蕭地響。蚌殼色的天空，嵌着一痕無光的眉月，東方松林之上已萌出紫色的朝暉，曉寒刺骨。這匹胭脂馬上馱着青衣女俠，嘚嘚地踏着行人稀少的大道，往東南方向去走。

行到正午，就到了中牟縣，找了飯舖用畢午飯，依然往下去走，此時大道上的行人車馬往來紛紜，原來是距離省城已近了。秀蓮心中就暗暗盤算，少時到了開封，應當用怎樣的方法才能將花槍馮隆捉住，問出那楊大姑娘的下落。

她在路上，因看出有人很注意她，便向一輛貨車上的一個年老的商人攀談。她看見貨車上堆着許多大油簍，她就問說：「老大爺，你這些簍裏都是香油嗎？」

那老商人銜着根長杆煙袋，搖頭說：「不是，這裏都是燒酒，運到省裏賣去。姑娘你也是到省裏去嗎？」

秀蓮點頭說：「對了，我是到省裏看個姊姊去，那姊姊嫁的是在省裏開鏢行的。」

老商人一聽，臉色就更顯出驚訝，他問說：「在省裏開鏢行的，姓什麼？」

秀蓮說：「姓張。」

那老商人立刻問道：「不是張玉瑾嗎？」

秀蓮搖頭說：「不是張玉瑾，多半是在張玉瑾手下的，我也不大明白，鏢行的字號我也記不清。老大爺，你可知那張玉瑾的鏢行，是在城裏，還是在城外？」那老商人似乎不大願意回答，吸了幾口煙才說：「城裏城外都有張玉瑾的玉興鏢局。城裏東門內是他的家，掛着個牌子，可是沒有鏢頭，鏢頭都在南門外住着。」往下再不說了。

可是秀蓮已打聽夠了，當時道了聲「有勞」，便催馬東去。此時不過下午三四點鐘。俞秀蓮策馬緊行，到傍晚時，在霞光掩映之下，便到了開封省城，一看，這真不愧是東京勝地，雖然城垣沒有北京那麼雄偉整齊，但氣派也很大了，絕非一般小郡城堡可比。人煙稠密，關廂裏的商業也十分繁盛。秀蓮直頭到了南門外大街上，眼向兩旁望去，走了不遠，就見路東一座大敞門，粉牆上塗着黑字，寫的是「玉興鏢店」。門前插着一面白綢旗子，上寫「金槍張玉瑾」。

秀蓮暗自好笑，直到門前下馬。門前就有兩個夥計問說："你找誰？"說時，用眼直望着秀蓮。

秀蓮不動聲色地問道："請問，有一位北京來的馮鏢頭，花槍馮隆，他可住在這裏嗎？"

兩個夥計彼此望了一眼，一個就說："你等一等，我們給你問一問去。"說時，這夥計轉身往裏去了。秀蓮看這情形，花槍馮隆是果然在這裏了，當下心中十分歡喜，又怕馮隆會跑出來逃跑，她便橫馬將大門堵住，並問另一個夥計說，"你們這鏢店有後門沒有？"

這夥計搖頭說："沒有。"並問，"你從哪兒來的？"

秀蓮說："我是從修武縣來的。"

這夥計一聽秀蓮是由修武縣來的，他就很注意秀蓮的紅馬和馬上的雙劍。此時剛才進去的那個夥計，已把他們鏢行裏的一個鏢頭請了出來，這個鏢頭年有二十餘歲，紫紅臉，兩隻兇猛的大眼睛，穿着一身青布短褲，一眼瞧見俞秀蓮，他卻嚇得變色，轉身就跑。

秀蓮認得此人就是在三年以前自己單身救父，那最初與自己交過手的何七虎，當下秀蓮牽馬追進門去，叫道："何七虎，你站住，我並非找你們報仇來了！"可是何七虎哪敢回頭，直跑到北屋櫃房裏，找出來他的哥哥鐵塔何三虎。

何三虎當年隨苗振山、張玉瑾到過北京，他也深知俞姑娘的厲害，當下他面帶懼色，出了屋，就向秀蓮一抱拳，說："俞姑娘，這兩年來，我們並沒再找尋姑娘，咱們的舊事都不提了。今天你來到這裏，是又要幹什麼呀？"

秀蓮見了何家兄弟，雖然心中依舊憤恨，但她轉又一想，便悽然長歎，說："你們兄弟不要害怕，這次我並不是尋你們來。你們的父親與我父親原是至友，後來因為你父親做錯了事，我父親才把他殺死；但後來他老人家心中永遠難過，從那時才絕意江湖。後來因你們向我家屢次尋仇，我父親才憂急致死。本來我是不能饒恕你們的，可是如今我想開了，咱們兩家這樣冤冤相報，也不是個了局，所以我不想再向你們報仇了。現在我來到開封是為別人的事情，只是要見花槍馮隆。"

那何三虎、何七虎兄弟聽秀蓮此來，並不是要報仇，他們就都放了心。何三虎想起他們的父親，也不住落淚說："俞姑娘你說得對，咱們舊事都不用提了。現在你要找花槍馮隆，我也知道你的來意，因為花槍馮隆在北京做了案，你來捉他，是不是？好，姑娘你先別忙，馮隆現在上商丘去了，已走了兩日，大概今天不回來，明天准回來。姑娘你先找家店房住下，只等他回來我們就把他穩住，到時請你來下手。姑娘我說的這都是真話，你千萬別多疑。馮隆跟我們沒交情，我們用不着護庇着他。三天之內他若不回來，你可以向我何三虎要人。可是你若不等到他回來，就先打草驚蛇，叫他逃走，那時我們可也沒法辦了！”

秀蓮一聽何三虎說話倒是痛快，便點頭說：“好，我就信你的話，在此等他兩天。可是，如果我查出你們窩藏着他，或是將他放走，那時我也不能與你們干休！”

何三虎說：“那是自然。俞姑娘，早先咱們是仇人，現在卻是朋友了，說句真話，馮隆來到我們這裏，大模大樣的，誰他都瞧不起，我們怕張玉瑾，怕金刀馮茂，才不敢跟他鬥氣。姑娘你現在來替我們除了他，我們還應當向你道謝呢！”

何三虎信口說着，旁邊何七虎卻用眼瞪他的哥哥。秀蓮聽了，便點頭轉身牽馬就走。旁邊的幾個夥計，全都用眼看着她，她牽馬才出了鏢店門首，就聽裏面爭吵起來。

第十五回　　燈酒未闌驚音聞密室　　奸凶已獲大俠隱奇蹤

　　秀蓮趕緊止步聽了聽，見是何家兄弟的聲音，秀蓮心中就明白了，想着一定是那何三虎的性情還爽直些，他願意幫助自己捉住馮隆，可是他那兄弟反對。她抬頭看了看，對面就是一家店房，字號是"安升"，就回首對一個鏢店的夥計說："我就住在對門店內，請你們何三爺趕緊到我那裏再談幾句話！"遂就牽馬進到安升店內。

　　才叫店家找好了房間，那何三虎就來了。何三虎頭上還流着汗，可見是才爭吵完了。一進屋，他就坐下，說："俞姑娘，想不到你是這麼一個心懷寬大的人。早知道你這樣，當初我後悔不該去向俞老伯尋仇，也不至弄得坑家敗產，栽了許多跟頭，現在還在這裏受氣！"

　　俞秀蓮一想她父親的死，她就不禁傷感，她便連連擺手說："那些事不要再提了！現在我且問你，你知道花槍馮隆在北京做的那些事不知道？你知道馮隆來的時候是否帶着一個女的，那楊豹的妹妹？"

　　何三虎搖頭說："我不知道詳情。我只知道他是在北京犯了重案，才投到這裏來的，他手裏像很有錢。張玉瑾因他有錢，才把他收下。可是他就仗着張玉瑾，在鏢店裏橫行，連我都看不起！我可沒瞧見他帶來什麼女人。"

　　秀蓮一聽，不由很是失望，便又問："張玉瑾現在這裏嗎？"

　　何三虎說："張玉瑾是跟馮隆一同走的，他們到商丘給朋友拜壽去了，一半日也就回來。俞姑娘你不知道，張玉瑾雖是我的妹夫，但我們卻同仇人是一樣。他拿我家的錢開的鏢行，現在他發了財，竟對我兄弟毫無情義。鏢行的事都信賴馬宏和曾德保、華大常，新近又信任馮隆，我們兄弟卻不能在他跟前說一句話！"

　　秀蓮問道："這是為什麼？"

　　何三虎說："張玉瑾他說我們兄弟的武藝不行，幫不了他。他現在專結交有本領的人，就為的是找俞秀蓮你和李慕白報仇。”說話時，他極為憤恨，秀蓮卻暗暗冷笑。何三虎又說了些話，他就走了。

這裏秀蓮將信將疑，何三虎走後，她就叫進來店家詢問。店家卻也說：“這兩天倒是沒看見那金槍張大爺，那姓馮的到這裏來也有十幾天了，常在門首站着，這兩天也沒看見他。”

秀蓮聽了，心中仍十分猜疑，便叫店家將屋門鎖上，自己帶着鑰匙。她出了店門，在街上走了走，因為她身邊沒帶着雙劍，就也不怎樣惹人注目。本想要進城再去打聽打聽，可是這時天已薄暮，兩旁商家都點上燈了，秀蓮只得回到店內。

這時店房裏已來了不少投宿客人，只見西屋門前，有一個長衣的道士正跟店夥在說話，一見秀蓮，那道士就趕緊轉過臉。黃昏暮色之下，也看不清那道人的面目。但秀蓮心中十分驚疑，就裝作不注意的樣子，直頭到了屋裏。坐在炕上發了會怔，就叫來店家，點燈、沏茶、送來了飯，然後秀蓮就探詢那西屋住的道士，是怎樣的一個人。

店家就說：“那是龔道爺，前幾天就在我們店裏住過，現在他又來了。”

秀蓮問：“這龔道爺有多大年歲？是南方人還是北方人，黃臉膛還是黑臉膛？”

那店家見這位姑娘詳細地打聽那道士，他不由笑了笑。秀蓮臉紅着說：“你別覺着奇怪，因為我有個親戚，就是個道士。”

店家不敢再笑了，就說：“那位龔道爺是由南方來的，說話江南口音，黃臉膛，不胖，有三綹黑鬍子。”

秀蓮說：“那就不是了。”又說，“你把火石擱在這兒，夜裏我還要點燈呢。”店家把引火的東西留下，又看了秀蓮一眼，就出屋去了。

這裏秀蓮吃完了飯，就在屋中呆呆地坐着，約莫二更時候，她就熄了燈，卻微微開了屋門，往那西屋看去，只見那道士的屋內，燈光熒然，紙窗上印着一個鬚鬢清楚的道人背影，秀蓮趕緊回手關門，就躺在炕上。直等到三更以後，已經夜闌人靜，秀蓮就翻身起來，下地先將取火之物摸着，帶在身邊，然後取出一口寶劍，悄悄地拉開門，先探頭看了看，外面並無什麼人聲燈影。秀蓮壓着腳步，到了那西屋道士住的窗前，側耳向屋裏聽了聽，裏面卻連一點聲音也沒有。秀蓮就輕輕去推門，原來屋門並未關嚴，一推門就開了。秀蓮邁步進屋，隨手就取出引火之物，火光一閃，秀蓮倒不禁吃了一驚，原來屋內空洞洞的，只有被卷行李堆在炕上，道士卻沒有了蹤影。秀蓮趕緊點上燈，動手翻查行李，只見行李包內只有兩件道衣、幾身衣服、一封多銀兩和另外一個劍鞘。秀蓮不禁驚訝，趕緊又將行李紮好，然後吹滅了燈，側身出屋，將門帶上，就飛身上房，由房跳到牆上，向下去看。

此時街上已無人跡，秀蓮就跳上牆去，走到對門玉興鏢店，越進牆去。這偌大的玉興鏢店，現在各屋裏的人全都沉睡了，任憑秀蓮詳細地窺探了一番，但是秀蓮也很失望，她竟沒探出什麼事來。此時天際掛着一痕眉月，繁星放着閃爍的光芒，四周並不太黑暗。秀蓮不敢在此多待，忙跳過牆，又走到店房牆下，才一聳身上牆，陡然她吃了一驚，原來北房上趴伏着一個人。

秀蓮趕緊飛身過去，此時那趴着的人已站起身來，秀蓮來到臨近，掄劍便作砍勢，問道：“你是誰？”

那人也把手中的刀向上一掠，她發出女人的聲音，悄聲說：“俞姑娘別動手！我是何劍娥，我哥哥何三虎今天對我說過了，我知道咱們兩家的仇恨已然解開，我才前來，有一件事要求求你！”

秀蓮一聽，對方是女魔王何劍娥，她不由越發詫異。因為何劍娥不但是何飛龍之女，而且是張玉瑾之妻。三年之前，她與何七虎等，在饒陽攔劫車輛，意圖殺害自己的父親，那時恰有李慕白相助，自己在她的背上砍了一刀，她就被押在監獄裏，後來也不知道是怎麼出的獄。這個潑悍的女人，如今為什麼也居然棄仇與我和好起來？秀蓮不太相信，退身一步，挺劍問說：“你既來有事求我，為什麼要帶着刀呢？”

何劍娥說：“我怕你還不肯忘了咱們的仇恨，才帶這個防身。”

秀蓮冷笑了笑，便說：“你到我屋裏去，有什麼話再說！”說時她先下房，何劍娥隨着也跳下房去。秀蓮卻叫何劍娥在外面站着，她先進屋把燈點上，雙劍拿在手裏，然後才叫何劍娥進屋。

何劍娥卻將鋼刀放在屋外，她空着手進屋來，就笑着說：“俞大妹妹你別不放心我，其實我今天來帶着這口刀也是多餘，真要動起手來，我還能敵得過你嗎？”秀蓮借燈光看着何劍娥，就見她年紀約有三十歲了，長臉，面色微黑，左腮上有一塊很顯着的紅痣，梳着頭，穿着一身青綢夾衣褲。

她仿佛很怕冷似的，進屋來就坐到炕上，將秀蓮的棉被搭在身上，她壓着聲音說：“俞大妹妹，我父親跟你們老爺子是多年的好朋友，要不是後來他們兩人鬧翻臉，咱們不是跟親姊妹一個樣嗎？”

俞秀蓮聽她說了這話，又不禁想起當年自己父親所說過的，他與何飛龍的交誼，立刻心中一陣悲痛，就說：“那些話都不必提了，我也不是都忘了舊事，是因為想着江湖人冤冤相報，永遠沒個了結，所以我今天見了你們就不再提那些事了。我只是為別人的事，來這裏找花槍馮隆。”

何劍娥問說：“花槍馮隆的事我也都知道。他在北京搶了人家的姑娘，逃到這裏來，依着我那兩個哥哥，本要不收留他，可是張玉瑾卻想借着他去拉攏金刀馮茂，不但把他留下，還讓他做鏢頭，待他如兄弟一般。我跟我那兩個哥哥，全都因此不服氣。」

俞秀蓮趕緊問說：「你可知道馮隆把他搶的那個女子，安置在哪裏了嗎？」

何劍娥搖頭說：「我不知道，連那個女子姓什麼我也不知。我只聽說，花槍馮隆是在半路把那個女子賣了！」

秀蓮一聽，不由吃了一驚，剛待發話，只聽何劍娥又說：「今天我找俞大妹妹你來，一來是咱們說開了，解去冤仇；二來是我要求你一點事⋯⋯」

秀蓮問道：「你有什麼事要求我，不妨說出來！」

何劍娥就咬了咬牙，做出憤恨之狀，說：「俞大妹妹，我托你沒有別的事，就是求你幫助我把張玉瑾殺了！」

秀蓮一聽，便不勝驚異，問說：「張玉瑾不是你的丈夫嗎？」

何劍娥搖頭說：「現在我不認他是我的丈夫了。他拿着我何家的錢開的鏢局，現在他發了財，竟忘恩負義，在外面結識着許多婦人，對我連理也不理。花槍馮隆來到這裏不多的日子，張玉瑾就請他做大鏢頭，兩人每天在一處喝酒玩樂；可是他待我那兩個哥哥卻連僕人不如，每月只給他們四兩銀子，當面說話時永遠沒有個和氣。因此我早就想殺了他，將鏢店由我們開，可是我們又不是他的對手！」

俞秀蓮聽了何劍娥的這些話心中覺得十分詫異，暗想：張玉瑾雖然不是個好人，可是她是他的妻子，竟想要求我幫助，謀害她丈夫的性命，也未免心地太惡毒了。於是就冷笑了一笑，說道：「張玉瑾本是我的仇人，如今我來到這裏，果然他若敢來找尋我，或是他敢將馮隆放走，我自然饒不了他，並且交起手來，我也許把他殺死。不過你要是想叫我幫助你們殺死他，我可不管。總之，我現在是找馮隆來了，除了馮隆之外，無論什麼人，只要他不來侵犯我，我就都可以饒恕他們！」

何劍娥聽了，依舊咬着牙不語，半天，她才說：「可是，俞大妹妹，你要不把張玉瑾殺死，就休想能捉住花槍馮隆。」

秀蓮怒容滿面地說：「我見着花槍馮隆，動手捉拿他時，無論是誰，只要敢幫助他攔阻我，我就要先殺死誰！」

何劍娥點頭說：「好了！俞大妹妹你說的這話真剛強！我真佩服你！可是我告訴你，你到時就防備着一點啦。你要想捉花槍馮隆，張玉瑾他一定要攔着你，到時你還是非得跟他動手不行。不過你放心，我跟我那兩個哥哥，到時一定幫助你，不能幫助他！」

俞秀蓮說：「我也不用你們幫助！」

　　何劍娥笑了笑，就把棉被推開，說："我走了，俞大妹妹，咱們明天再見吧，今天耽誤了你睡覺。"說畢，何劍娥出屋，只聽房上一陣瓦響，大概她是由房上走了。

　　這裏秀蓮把屋門關上，手持雙劍，對着燈發怔。她對於何家兄妹所說的話，並不完全相信，只是聽說楊大姑娘已被馮隆賣往他處，實在不免憂心，而對於西屋裏住的那個道士，卻十分可疑。此時她心中只有兩件急於要做的事，第一是要捉住馮隆，向他問明白了楊大姑娘的下落；第二就是要知道那西屋住的道士到底是個怎樣的人。當晚想了一會兒，秀蓮便熄燈睡去。

　　到了次日，清晨起來，店夥送進來臉水，俞秀蓮就問說："西屋裏住的那個道士走了沒有？"

　　店夥說："龔道爺還沒走啦。"

　　秀蓮又問："那個道士，他不住在廟裏，可在你們店裏住着幹什麼？"

　　店夥說："龔道爺是有錢的道士，人家從這裏路過，住幾天就走，用不着投廟去宿。"

　　秀蓮點了點頭，便洗臉梳頭，待了一會兒，店夥又給她送進來早飯。秀蓮吃過了，遂換了一件衣裳，叫店家把屋門鎖上，她就出了店門。在店門前站立了一會兒，眼望着對門的玉興鏢局，只見那大門裏的曠場上，有兩三個人正在那裏掄刀練槍。

　　少時有一個夥計模樣的人從裏面走出來，秀蓮趕過去問說："你們掌櫃子張玉瑾回來了沒有？"

　　那夥計怔了一怔，用眼看着秀蓮，遂搖搖頭說："還沒回來，大概十天半月也不能夠回來！"

　　秀蓮又問："花槍馮隆現在這裏沒有？"

　　那夥計搖頭說："我不知道，我是新來的。"說畢，就往北去了。

　　這裏秀蓮默默地站立了一會兒，便暗自冷笑着，信步走入了南門。一進到開封城裏，便見街市十分繁華，比北京不在以下。秀蓮在人群裏攙着走，自覺沒有什麼人注意。她走過了兩條街，就望見路北有一家大門，黑漆門緊緊閉着，在白灰牆上寫着四個字，也是"玉興鏢局"。秀蓮心想：這一定是張玉瑾的家了。遂在門前望了望，轉身就走。走了不遠，街南就有一家絨線局，秀蓮進去，買了幾個錢的針和絨線，就向櫃上的夥計打聽，說："請問，玉興鏢局那位張大爺他在家裏沒有？"櫃上的夥計卻說："這兩天沒瞧見，你到他家裏，或是到南門外他的鏢店裏問去吧。"

　　秀蓮點了點頭，出了這絨線店，又在城裏各街道上走了半天，但是什麼事也沒有遇着，心情很急躁地依舊出了南門，先回到店房中取了雙劍，然後就到對門玉興鏢局內去找何三虎。不想此時何家兄弟全都沒在這裏，只有一個姓陳的和姓馬的見了秀蓮，他們都說：「俞姑娘您別着急，他們都出去了，晚上才能回來。我們掌櫃子今天明天一定要回來的，馮隆他也沒有別的地方可以投奔，還是回到我們這兒來，到時候我們想法拿酒把他灌醉了，捆上他交給姑娘，姑娘也不用自己費事。可是倘若把事情一辦急了，叫花槍馮隆聽見風聲，他可就跑了，那時我們也沒法子追了！」

兩個鏢頭勸了半天，方才把秀蓮勸回店房去。秀蓮心中十分忿忿，又想要冒昧地去拜訪西屋住的那個道士，也不用管他是什麼江湖俠客不是，只要他肯管閒事，自己就托一托他，替自己打聽張玉瑾和馮隆的消息。遂又把店家叫進屋來，說是自己要拜訪那位道士。店家見這位女客對於那屋子裏住的道士，竟是這樣的關心，他也似乎覺得奇怪，就說：「龔道爺一早就出去了，待一會兒許回來，等他回來我就跟他說吧。」

秀蓮點了點頭，少時用畢了午飯，自己就在屋中眼望着雙劍，悶悶地坐着，心裏計劃着主意。約在下午四點鐘，吃過了晚飯，這時店家就又進到屋裏，他說：「剛才龔道爺回來了，可是現在又走了。」

秀蓮趕緊問說：「你沒告訴他，我要見一見他嗎？」

店家說：「我說了。龔道爺他說，他是出家人，與姑娘素不相識，不願見姑娘的面。只說有什麼事叫我轉告他就是了。」

秀蓮搖頭說：「他既不願見我，我的話也就不必對他說了。」

當時店家又退出屋去，秀蓮卻總覺得那道人的形跡十分可疑。又待了一會兒，天色已近黃昏，秀蓮正要攜帶雙劍進城，這時忽然屋門一開，一個女人進屋來了，正是那女魔王何劍娥。秀蓮問：「什麼事？」

何劍娥面帶緊張之色，但是微笑着，悄聲說「俞大妹妹，我告訴你，張玉瑾跟馮隆他們回來了！真應了我的話，張玉瑾聽說你來到這裏捉馮隆，他就生了氣，發誓要保護馮隆，跟你作對。現在他們兩人還有曾德保，都到妓院裏玩去了，晚上一定回我們的家。我想現在你就跟我到我家裏去，在暗中等着他們，只要他們一回來，我就幫助你下手，你想好不好？今天要不趁早兒下手，到明天他們三個就許全都跑了！」

俞秀蓮聽了，心中疑信參半，想了半晌，就說：「你先回去，待一會兒我就找你去，我認得你的家。」

何劍娥着急地說：「再待一會兒天就黑了，城門就關了，你可怎麼進城呀？」

秀蓮又想了一想，便點頭決然說：「好，我這就同你進城！」當下她先把店家叫過來，鎖鑰要到手中，然後只提着兩隻寶劍，隨何劍娥出屋。秀蓮自己將門鎖上，出了店房，只見一輛車停在門前，是張玉瑾自己家裏的。

何劍娥先要上車，秀蓮卻把她拉住，說：“我坐在車裏吧。”於是秀蓮就先上了車，坐在車裏，寶劍放在車旁。何劍娥坐在外面，趕車的人跨着車轅，一揮鞭子，車就進城去了。此時城中的商舖已都燃起燈來。走過了兩條街，就到了張玉瑾的家門首，車就住了，俞秀蓮跟何劍娥先後下車，秀蓮手中仍然握着寶劍。此時趕車的已上前叫門，待了一會兒，兩扇大黑門開了，何劍娥將俞秀蓮讓進去。張玉瑾住的這所房子很是寬大整齊，家裏也用着幾個男女僕，何劍娥把秀蓮讓進二門內的北房西裏間，這裏已燃上了幾枝蠟，光影輝煌，照着一桌酒席，對面擺好了兩個座位。何劍娥就笑着讓秀蓮到上首去坐。

秀蓮搖頭說：“我早就用過晚飯了。”

何劍娥說：“再吃一點兒也不要緊，要不然可以喝兩盅酒……”她一擺手就令身後侍立的兩個女僕退去，然後她悄聲說，“還得待些時，他們才能回來。俞大妹妹，你千萬別疑惑我請你來是有什麼壞意，我是要……”說到這裏，她用手帕擦了擦眼睛，又接着說，“我是要借着這幾杯酒，解開你我兩家幾年來結下的冤仇。”

她說了這番話，俞秀蓮的心中也不由一陣悲痛，因就慨然落座，擺手說：“不要說了，早先的事，我們現在都不計較了，還提它作什麼？”

這時僕婦又送進兩樣菜來，何劍娥又斟了一杯酒，遞給秀蓮，秀蓮卻仍然留下個心眼，看見何劍娥自己飲下酒去，她才拿起酒杯來喝了半口。同時她心中也對於何劍娥漸轉為喜悅，因想：早先我以為何劍娥不過是一個江湖潑悍的婦人，如今才知道她原來也很知道情理，也許因為張玉瑾近年發了財，他們又住在這省城裏，漸漸學了些禮節，洗卻江湖的惡習了。隨就又喝了半口酒，說：“何大姊，我還先要把話說明白了，我此番前來，找的是花槍馮隆，只要你的丈夫不在當中與我作對，我就不與他動手，並不是我怕他，卻是因為我近來聽說了許多江湖上冤冤相報的事，叫我灰心了，但凡不是罪大惡極，橫行無忌的人，我就決不與他作對！”

何劍娥問說：“你在外面聽了什麼事？誰家是冤冤相報？可以對我說一說嗎？”

秀蓮搖了搖頭說：“將來我再慢慢告訴你！”

何劍娥又給秀蓮斟了一杯酒，秀蓮卻擺手，說：“我不喝了！”遂即站起身來，想要把在座旁的那口寶劍拿起來，去放在桌上。在這時，她忽然回頭一望，不禁吃了一驚，原來在這後牆卻是一張木床，上面有雕刻得很精細的欄杆，掛着紅緞幔帳，床的右首卻有個木板門，像是裏面還有一間"套間"似的。秀蓮就問："這裏面還有一間房子嗎？"

何劍娥一邊獨自吃着菜，一邊點頭說："對了，裏頭還有個套間，到夏天那屋裏涼快極了。"

秀蓮點了點頭，向窗外去看，外面已然漆黑了，屋中的幾枝蠟燈也都燒掉了半截，可是何劍娥的飯還沒有吃完。秀蓮心中焦急地想：怎麼張玉瑾和馮隆還不回來？又待了一會兒，何劍娥已然放下杯箸起座，這時忽然一陣急遽而響亮的聲音起自套間，似是刀劍鏘鏘擊撞之聲，接着又聽有人"哎喲"幾聲慘叫。秀蓮立刻掣劍在手，何劍娥嚇得臉色也慘白的，她驚惶地說："這是怎麼回事？"旁邊一個僕婦嚇得渾身亂顫。俞秀蓮雖然心中也很驚訝，但還故作鎮靜，在旁冷笑。

此時何劍娥就拿起燭台，要往套間裏去看，秀蓮持劍緊緊跟隨着她。何劍娥把那木門拉開，她卻不敢進去，聽了聽裏面只有人的呻吟之聲，再無旁的動靜，何劍娥嚇得手顫，不敢往裏走去。俞秀蓮卻用劍柄一擊何劍娥的肩膀，說道："你怕什麼？為什麼不敢進去了？"說時，一手推着何劍娥，到了套間內。燈光一照，連秀蓮都吃驚了。原來這套間不大，屋裏只放着兩把破桌椅，北牆有一扇後窗戶，被風吹得一開一閉。借着燈燭向地下照時，地下卻躺着兩個受傷的人，一個已經死了，一個還在吁吁喘氣，地下扔着幾截被削斷了的鋼刀。秀蓮認得那受傷的便是金槍張玉瑾，秀蓮立刻心裏明白了，回頭向何劍娥嘿嘿冷笑道："好！我對你們寬宏大量，不提當日的舊仇，你們卻要騙我，暗算我！"說時，掄寶劍向何劍娥就砍。

何劍娥驚得撒手扔了燭台，向外就跑，但早被秀蓮的寶劍削在肩頭，她就哎喲一聲，摔倒在地，燈燭也摔滅了。秀蓮剛要奔向套間去再取蠟燭，這時忽聽那後窗戶之處有人大叫說："俞姑娘快走！跟隨我去找花槍馮隆！"

秀蓮吃了一驚，趕緊走到後窗戶，用手將窗子托起，寶劍隨身子跳出，一看，這裏原是一個小院。房上有一個人又叫她，說："快來！"俞秀蓮仰首向房上那黑乎乎的人影裏說："你是誰？"那人不言，卻飄飄地扔下一個東西來。秀蓮一抬手接住，原來是一塊二尺見方的黑布，正覺着奇怪，只聽房上地人又說："把寶劍包裹上，快走！"俞秀蓮卻不肯聽這人的話，她嗖的躥上房去，依舊問說："你是誰？"那黑影一逝，順房走去了。秀蓮提劍追趕過了兩重房，那黑影已然不見。

這時外面卻有人打着燈籠進院裏來。秀蓮在房上往下看得很清楚，只見來的正是何三虎、何七虎，還帶着兩個提着燈籠、兩個提着鋼刀的人。秀蓮見他們才進到二門裏，自己便由房上掄劍飛身而下，嚇得下面的一個人將燈籠撒了手，立刻就燒着了。何三虎、何七虎一齊掄刀迎過來，他們借着那隻燈籠一看，齊聲說："哎呀！原來是俞姑娘！"俞秀蓮驀地蓮鈎飛起，嘡啷一聲將何三虎手中的鋼刀踢落在地，隨着一把手將他抓住，橫劍喝道："你們還跟我假客氣！你妹妹把我騙來，張玉瑾藏在暗室，想要暗算我？若不是我防備得周到，並有人在暗中幫助我，這時早就遭了你們的毒手了！"

何三虎嚇得面色改變，連連搖頭說："我可不知道！那都是我妹妹和張玉瑾商量的主意！"

秀蓮冷笑道："你以為我是傻子，我早就看出你們是要暗算我，張玉瑾和馮隆他們原來就沒有走！"

何三虎仍然搖頭道："那倒不是，他們確實是今天才回來的。花槍馮隆現在就在街東，一捉就能捉到，只是他那個地方不好帶着姑娘去！"

秀蓮氣憤憤地說："無論什麼地方，你現在就帶着我去捉他，只要把他捉住，便沒有你們的事！"

當下秀蓮扭着何三虎走出大門外，只見這時更聲才敲過了兩下，街上雖然昏黑，可是還有稀稀的行人來往。秀蓮先把何三虎放了手，用那塊黑布將手中的寶劍包裹起來，然後說："只要在街上你敢喊叫一聲，我就殺死你！"

何三虎也氣憤憤地說："俞姑娘你放心！走在街上我若喊叫，那一點也沒有我的好處。俞姑娘你又不是強盜，我找來官人，也不能讓你吃虧。再說，他娘的為個花槍馮隆，我犯不上賠性命。馮隆現在鼻子巷土娟家裏了，俞姑娘我帶着你去找他！"說時何三虎在前忿忿地走，俞秀蓮在後面持劍緊緊跟隨。

這時天空上星月微微，寒風凜冽，遠處更鼓遲遲。二人往東穿過了幾條胡同，就來到一條小巷裏。這條小巷真是又黑又窄，只有北首一兩個小門。來到第二個小門之前，何三虎就站住身，指着說："這就是土娟小白鼠的家裏，馮隆就住這裏！"他說這話，仿佛覺得秀蓮一個閨女人家，無論如何，也決不肯闖進土娟的家裏去。

可是沒想到秀蓮此時早已亮出寶劍來，只見她將身一聳，嗖地上了牆頭，遂後跳進院去了。這時卻聽遠近各處街道上鑼聲齊起，何三虎聽了，嚇得他轉身就跑。此時秀蓮才跳到小院裏，聽到各處鑼聲緊響，她不由十分驚異，趕緊闖進小屋裏。這小屋裏有一個三十來歲的妖豔婦人和一個很瘦的男子，這男子卻不是馮隆。秀蓮就持劍逼問說："馮隆他跑往哪兒去了？"屋裏的一男一女，全都嚇得渾身哆嗦，女的就說："姓馮的……剛才來了又走啦！……"

秀蓮還要往下追問，卻聽四處的鑼聲越來越緊，也越來越近。秀蓮趕緊出屋，驀一抬頭，只見牆上站着一個人說：“俞姑娘！快走！”秀蓮又問了一聲：“你是誰？”那人卻一聲不答，跳牆去了。秀蓮趕緊提劍趕到牆外，只見黑影一道很快地往東遁去。秀蓮在後緊緊跟隨，連穿過三四條寂靜無人的小巷。此時鑼聲漸遠也漸緩，前面的那人依舊距離着秀蓮不過十幾步之遠，緊快地飛走，秀蓮無論如何努力也是追不上。

　　眼前已到了城牆，那條黑影已順着馬道跑上去了，秀蓮也追趕上去，到了城牆上，那人卻止住了腳步，在十幾步之外，對秀蓮說：“我是龔道士，姑娘你一人身入城中，實在危險，千萬趕緊回去吧！明晨天未亮時，到城南十二里白衣庵旁，我必將花槍馮隆抓獲，送了去！”

　　秀蓮喘了喘氣，很和藹地道：“請問道爺的大號怎麼稱呼，如何認得我？”

　　對方龔道士卻說：“我一個出家人不必說出名姓，至於姑娘……”才說到這裏，俞秀蓮驀然覺得對方雖是江南口音，但卻十分廝熟，她趁着對方不備，猛地撲奔過去說：“你是……”但那龔道士早已脫身躲開了，由城上飛身而下。秀蓮也不顧城有多高，她也提着氣，忽地一聲由三四丈高的城牆落到平地上，身子一挺，並未倒下，但是左腿覺得有點疼痛，向兩旁再看那龔道士，已然沒有蹤影了。秀蓮趕緊將劍重用那塊方布裹上，不顧得腳痛，急急回到店房內。此時店門還沒有關，秀蓮走進了店內，先注意看那龔道士住的屋子，只見窗戶一片漆黑，像是裏面的人還沒有回來的樣子。

　　秀蓮心中暗暗地冷笑了兩聲，便取鑰匙開鎖，進屋，先將寶劍插入鞘內，然後才取火點燈，遂喊叫店家。店家進到屋裏，就笑着問說：“姑娘回來啦！姑娘不是跟着對門玉興鏢店的內掌櫃的，坐車進城去了嗎？”

　　秀蓮說：“回來了，這半天我淨在對門鏢店裏了。”

　　店家笑着點了點頭，說：“姑娘原來也是鏢行的。”秀蓮點了點頭，又問：“白衣庵在什麼地方？”

　　店夥說：“就在這南邊，頂多十里來地，靠着大道。那座廟十幾年前倒還香火很盛。現在卻坍塌倒壞得不成樣子了。”

　　秀蓮聽罷了，點點頭。店家剛要轉身出屋，秀蓮就囑咐說：“明天你們可要早點兒起來，我要一清早就起身趕路。”

　　店家回過頭說：“不要緊，我們這店裏什麼時候都有人伺候着。”店家走後，秀蓮將屋門關好，對着燈呆呆站立着發怔，腦裏不住翻憶剛才所遇到的那一些緊張驚險的事情。此時街頭的更鑼已交到三下，秀蓮心中又是驚疑着，暗想：剛才在城裏，一定是在自己與何三虎離開張家以後，那何七虎與張玉瑾就去叫了官人，誣賴自己是殺傷人命的兇犯，所以城內才那樣鳴鑼緝賊。若不虧龔道士領路叫我逃走，我真許要被人捉拿住了。但是自己現住在這南門外，也終非安穩，因此心中十分不安。想想那龔道士的身材，和自己模模糊糊看見的他那容貌，以及他那談話時的清朗聲調，她又不由得又驚又疑，想了半夜，心中一陣悲慘，不覺得竟籟籟地落下幾點眼淚來。又靜立了些時，聽得四下毫無動靜，她才將燈吹滅，慢慢地又啟開屋門向外去望，只見殘月斜映，寒風撲人，不要說那龔道士的屋中沒有燈光，就是旁的屋裏，也不見有一點火光，只有風聲呼呼，落葉蕭蕭，攙雜着各房中的旅客發出來的鼾聲和囈語。秀蓮這才又把屋門閉上，便睜着眼在炕上坐了一會兒。

這時窗紙就發白了，秀蓮遂下炕收拾東西，少時就開了屋門，到櫃房前，隔着窗戶叫店家。連叫了幾聲，才有一個店夥，披着棉襖，揉着睡眼，由櫃房裏走出來，向秀蓮說："天還早呢！還沒打五更呢！這麼早就走，可幹什麼去呀？"

秀蓮說："我有要緊的事，得往東去趕路，你不用費話，快些把我那匹馬備好！"

店夥似乎兩眼尚未睜開，他就問說："哪匹馬是你的呀？"

秀蓮氣憤憤地說："就是那匹紅馬。"說話時又扭頭向西屋裏看了看，隨後便回到屋中。

待了一會兒，店夥送進來洗臉水，說："姑娘那匹馬已備好了，姑娘是要往哪裏去呀？"

秀蓮隨口答言道："往山東去，我回家。"匆匆地將臉擦過，便付清了店賬，然後挾着行李，攜帶雙劍，出屋放在馬上。店夥把大門開了半扇，說聲："怠慢。"秀蓮點了點頭，遂扳鞍上馬，飛騎向正南走去。這時候，星光還在當空閃爍，半圓的殘月偏西墜下，給大地上鋪着暗淡的影子，市街上沒有一個行人，兩旁商號全都嚴閉着門板。走出南關，那郊外更是一片荒涼黯淡，只有幾堆墳墓似的那是村舍，黑魆魆的那是樹木，極目四望，遠處都是黑暗混沌，什麼東西也看不見。寒風自背後吹來，使秀蓮這一身夾衣裳，真有些禁不住，但她也毫不畏縮，縱馬南去。

走了已近十里內外，便收住馬慢慢地往前走，又走了不到一里，就聽前面有人呻吟着喊道："救人呀！救人呀！"秀蓮吃了一驚，順着聲音向前找去，借星月之光向馬下去望，只見道旁趴着一個人。秀蓮遂勒住馬問道："你是幹什麼的？"那人一聽是女子的聲音，他反倒不言語了。秀蓮驀然省悟，便趕緊抽劍下馬，向那人問道："你是馮隆不是？說了實話我就饒你的性命，要不然，我當時就殺死你！"連問了幾聲，秀蓮的寶劍已然舉起，地下那趴着的人才說："你是俞秀蓮姑娘不是？先別下手！"秀蓮舉着劍逼嚇說："你快些告訴我楊大姑娘現在是生是死？"那地下的花槍馮隆又呻吟了幾聲，他就說："俞姑娘，咱們遠日無冤，近日無仇，你何必要這樣苦苦逼我！楊大姑娘不錯是被我給搶去的，現在正定府姜中堂的家裏。北京永定門外那楊老頭兒，是譚起給殺死的，更與我沒有相干！"俞秀蓮聽了，知道那楊麗英尚在人世，便放了點心，遂問說："你快點把你們在北京作案的緣故，及你拐賣楊大姑娘的事情，詳細告訴我。說完了，我就許饒你的性命，但不准說一句謊話！"

馮隆呻吟着說："現在我的命拿在姑娘的手心裏，我還敢說假話？我告訴姑娘吧，永定門外楊家，那兩個姑娘的哥哥不是別人，就是偷了宮裏珍珠的單刀楊小太歲。這件事我沒跟張玉瑾說過。本來我與楊家無冤無仇，因為八月節前，冒寶昆由鳳陽請來譚起譚飛兄弟和兩個鏢頭，他們是打算殺害楊家的人，以為譚二員外報仇。

"冒寶昆先請秦振元幫忙，秦振元不管。後來又請我，並說楊老頭兒，別看他是個賣花的，他早年也是江湖有名的人物，手裏頗有積蓄，並說那兩個姑娘都是年輕貌美，拐到外省一定能賣不少的錢，我那時正為窮所迫，就答應他們了。哪想到了楊家，譚起就將楊老頭兒殺死。我們翻箱倒櫃，得了他們二百多兩銀子。依着我本想不搶人家的姑娘了，可是冒寶昆非要叫我將楊大姑娘搶去不可。為這件事，那猴兒手譚飛大不高興，幾乎他要拿刀殺我跟冒寶昆。

"我由北京把楊大姑娘帶到深澤縣，藏在朋友家裏。不到兩天，冒寶昆他就找我去了，他告訴我現在有俞姑娘和五爪鷹孫正禮出來替楊家打抱不平，把我們的事情都探聽出來，所以得趕快把楊大姑娘出手。我就去到霍家屯找霍玉彪，打算把楊大姑娘賣給他，價錢還沒商量好了，你們二位就找了去。我怕被你們捉住，我就跑了，跑到深澤縣，見了冒寶昆，他也很害怕，我們就趕緊把楊大姑娘帶到正定城外麒麟村姜中堂的家裏，遂後就一同逃到這裏來。冒寶昆還覺得這裏不穩，他又投往鳳陽譚家鏢局去了。

"我在這裏住了不到半月，張玉瑾非常優待我，昨天我才聽張玉瑾說俞姑娘來到此地，並說你與何家的仇恨全都解消，來此就專為捉我。我本來想跑，可是張玉瑾他攔住我，叫我別害怕，他說他已與他老婆定下計策，一定能把俞姑娘你害死，叫我在鼻子巷土娼小白鼠家中暫時躲避。

"我在小白鼠家藏了一會兒，想着也不穩，因為何三虎他知道我認識這個土娼，何三虎又最與我不睦，我就又跑到穿心巷黃大娘那裏去住着。想不到夜內就去了一個人，一進屋就向我的胸上戳了一下，我的身子就不能動彈了，他又掏着我的膀子，走出去，過了城牆，就把我扔在這裏，他又拿手指頭往我的身上戳了幾下，我就躺在這兒，胳臂腿都許折了！俞姑娘！我做錯了事是該死，可是咱們兩家無冤無仇，千萬求你饒我這條活命！”

俞秀蓮聽了馮隆這一番話，心中實為憤恨，就想：他不單是給他哥哥馮茂丟臉，簡直是給江湖人洩氣，本想要揮劍殺死了他，但又想無論他怎樣罪大惡極，自己若殺死他，也算是犯法，遂就咬着牙猶豫了一會兒，就又問：“你可知道用點穴法把你捉住的那個人是誰嗎？”

馮隆搖頭說：“我沒看清楚模樣，我想大概是俞姑娘你這邊的人，那個人的本領可真大！”秀蓮又怔了一會兒，遂又問明白了那正定府麒麟村的詳細地址，遂就收劍上馬，轉頭往北走去。走去不遠，看見西面有一股岔道，秀蓮就又撥馬向西，鞭也揮得緊了，行下三十餘里，天光才發曉，又走下十餘里，陽光就吐露出來。

秀蓮現在雖知楊大姑娘已有了準確地點，雖然放心，但她猶是情急，因為自己為楊大姑娘的事情才出來，奔波了數千里，中途屢遭危難，且與孫正禮分散，如今若無那龔道士在暗中相助，恐怕連花槍馮隆都捉不住，想起來自己也未免太慚愧了！因就想無論如何也要走到正定，見楊大姑娘一面，然後再回北京。行了一日，便又到了黃河南岸，找店房住下，次日過河，又走了兩三日，就又到了彰德府。

自己因不放心郁天傑，便到彰德北關，那安陽鏢店的舊址去看，只見這是連粉牆全都刷新了，換寫了幾個大字，卻是“萬祥老店，安寓客商”。秀蓮見自己先父這個師姪，保鏢多年，如今竟改了行業，就不禁心中一陣難過。這時街上有人認識俞秀蓮，就過來笑着說：“俞姑娘來了！郁三爺現在改了生意，比開鏢店時的買賣還興隆呢。”

秀蓮點點頭，下了馬，牽馬進門。那郁天傑正在櫃房裏，隔着窗子一看見秀蓮來了，他就急忙瘸着腿走出來說：“師妹回來了！先到櫃房來坐吧！”遂叫夥計將馬匹接過去，秀蓮隨郁天傑到了櫃房裏。這屋子分裏外間，裏屋就住的是郁天傑的妻子。屋裏很溫暖，秀蓮坐在熱炕頭上，郁天傑的妻子送過茶來，秀蓮喝了一碗茶，郁天傑就坐在炕上，向秀蓮悄聲問道：“怎麼樣了？事情辦得有些頭緒了沒有？”

秀蓮遂把自己到開封府，已捉獲花槍馮隆，探問出那楊大姑娘準確下落的事情說了。郁天傑點了點頭，秀蓮又說孫正禮的事情，郁天傑卻說：“孫大哥的事情我也都知道了。前兩天有一幫山西客人，由晉城往北京去，從這裏路過，住在我這店裏，跟來的有兩個鏢頭，其中一個姓王的，交給我一封信，卻是史胖子托他給帶來的。”秀蓮趕緊問說：“信上說的是什麼話？”郁天傑說：“我找來你看。”

當下他又瘸着腿到外屋，少時就拿着一封信，進屋交給秀蓮來看。

這封信字跡寫得極為潦草，詞句也不通，大意是：孫正禮現在史胖子那裏養傷，傷尚未愈，可是他的性情極為急躁，連俞姑娘到開封去的事都不敢告訴他，現在只跟他撒謊，說紫毛虎張慶又來找郁天傑報仇去了，郁天傑無人幫助，須孫正禮前去搭救。現在孫正禮倒是信了這話，一半日內就要起身來彰德，到時務請郁天傑勸阻他，叫他回北京去才好。下面是史胖子的署名並問安。秀蓮看了，不禁微笑，郁天傑也笑着說："你說咱們這位孫大哥，有多麼難辦！"

秀蓮說："他的性情太暴，這次我本不願他跟着我一同出來！"

郁天傑又問："姑娘你現在不是把事情都已辦完了嗎？"

秀蓮說："馮隆他說把楊大姑娘賣在正定，但還不知是真是假，所以我要到那裏看看去！"郁天傑勸說："據我想姑娘現在也不必再着急了，花槍馮隆在危急之時，對姑娘所說的話決不能假。果然楊大姑娘能在姜中堂的家中也算不錯，姑娘你過些日子再去看她，也不為遲。現在我留你在此多住幾日，就為等候史胖子把孫大哥送到，你再同他北上，要不然，那位大哥來了，他一定要往開封鬥張玉瑾，一定要去捉紫毛虎，我可沒法子勸阻他。"

俞秀蓮想了一會兒，便點頭了。當下郁天傑特意給秀蓮預備出一間屋子，生着很旺的火爐，就請她在此暫住。秀蓮本來兩腿十分酸痛，而且身子倦懶，心中又悶悶不樂，也很願意在此休息兩日。她的腦裏卻時刻忘不了兩件事，一件就是那龔道士，覺着那人十分可疑，而且那人談話的聲音，始終記在自己的耳畔，越想越覺着廝熟。第二就是那一對雙刀，那是父親在世時，很費心計為自己定打的，不想卻落在紫毛虎張慶一個無名的小輩手中。尤其是此番南來，雖然凡與自己交手的，沒有一個不甘拜下風，而且也於無意中得到了那幾十顆珍珠的下落，總算不虛此行，但是若以自己的本領去與龔道士比較，卻又相差得太遠了。就想此後自己還怎敢在江湖上走，倘若遇見他那樣的人來與我作對，我不是定要吃虧嗎？因此仿佛有點心灰意懶，只想過些日子見着楊大姑娘之後，就回北京，不再往江湖上與人爭雄了！

她在郁家店房裏住着，輕易連房門也不出，郁天傑終日應酬買賣，也不能過來與她談話，外面有什麼事她都不知道。又等了四五天，秀蓮着急了，想着等到明天，史胖子與孫正禮若再不來，那自己就要走了。可是在這天下午五時許，外面就來了三匹馬，一輛車，史胖子搖晃着他那可笑的身體，牽着棗色大馬，喊叫着說："郁掌櫃的在嗎？"

秀蓮趕緊出屋，叫了聲："史大哥！"

史胖子扭頭一看，笑着說："哎呀！俞姑娘也在這兒嗎？"

此時驀地由車中跳下來一條大漢，正是孫正禮，他直瞪兩隻大眼睛，問說：“師妹，怎麼樣了？你到開封府去了沒有？紫毛虎又跑到這裏來欺負郁三哥，是你給打走了嗎？”

旁邊史胖子直向俞秀蓮使眼色。秀蓮一面吩咐店夥安置馬匹和車輛，一面請史胖子和孫正禮到她的屋裏。孫正禮的腿傷仿佛還沒大好，他神情急躁地把店夥轟出屋去，然後對秀蓮說：“師妹你快告訴我！”

史胖子把他按在炕上坐下，還不住向秀蓮使眼色。秀蓮也十分忿忿，就說：“孫大哥你的性情太急躁了。為什麼那天紫毛虎拐跑了鏢店的東西，你不等我們一同回來商量，你就一個人先走了？你是要到太行山顯一顯你的能幹嗎？還是故意跟我俞秀蓮鬥氣？”這幾句話把孫正禮問得張口結舌，半天沒答覆上來，他的黑臉上發紅。

旁邊史胖子卻笑了笑，替他說：“孫大哥也不是跟師妹鬥氣，是他的性子急，他見了紫毛虎那樣欺負郁老三，他忍不住氣，所以立刻就到了太行山，不妨一上山就掉在陷坑裏了！”

此時孫正禮的臉上更紅。他就連連擺手說：“得了！得了！不要再提了！太行山的那些事情都不要提。咱們先說說花槍馮隆和紫毛虎那兩個小子的事情，到底怎樣了？”

俞秀蓮喘了口氣，剛待說話，這時忽然郁天傑進到屋裏，手裏托着一件東西，他不顧招呼史胖子和孫正禮，先向秀蓮說：“師妹，你看看這對雙刀，是你丟的不是？剛才在街上有一個道士，叫我交給你的！”

秀蓮聽了，立刻驚訝得神色改變，趕緊接過來雙刀，向郁天傑說：“郁三哥，你在哪裏遇見的那個道士？”

第十六回　旅店潛行史胖窺奇俠　彰城巧遇黃虎鬥黑鷹

郁天傑說：“就在街上，離我們這店門口不遠，我才從我岳父家裏回來，就遇見了他。”

秀蓮不等郁天傑說完，就提着雙刀急忙向屋外去跑。孫正禮也不知是怎麼一回事，他也不顧腿疼了，跳下炕來，也追將出去。

郁天傑發着怔向史胖子說：“奇怪，雙刀送回來也就算了，何必還要把人捉住！”

史胖子也怔了怔，就說：“我們也出去看一看。”當下二人出了店房。

只見孫正禮正在街上向南張望，他說：“師妹聽街上的人說，那老道是往城裏走去了，她追下去了！”

郁天傑向南看了看，卻不見秀蓮的蹤影，就說：“據我看，那個道士相貌端正，而且把雙刀交給我的時候，說話十分和藹，絕不像是那紫毛虎的一夥人。”

孫正禮納着悶，叫喊着說：“我們師妹的雙刀怎會到了老道的手裏呢？”

史胖子從身後拉了孫正禮一把，說：“進來再說！”當下三個人依舊回到店中秀蓮的屋裏，史胖子這才把俞秀蓮也到了一次太行山，也墮過一次陷阱，但人家並沒把腿跌壞，並且沒被鐵棒湯雄那些人擒住，以及此次來到這裏，並不是來打紫毛虎，卻是勸孫大哥你回北京的話全都說了。

孫正禮聽了，氣得他把史胖子罵了幾句，待了會兒他又笑了，自己捶着胸口說：“我這回到河南來，是栽了跟頭了！以後找別的營生吃飯吧，連鏢頭我也不當了！”

郁天傑卻勸說：“孫大哥你也不要這樣想，你這次到河南來，並不算栽跟頭，至於在太行山被賊擒住的事，那是因為你沒有防備，又因你的身子重，不能像師妹似的身輕，能由陷阱中躍出，此事不能就算壞了你五爪鷹的名頭。只是孫大哥你的性子太躁，本來很容易了結的事，遇到你就許節外生枝，麻煩加多，這脾氣你倒是要改一改！”又說，“真正的老江湖是講平心靜氣，武藝輕易不露，不值得一鬥的人就不去理他。”

孫正禮咬着大嘴唇，默默不語。郁天傑對孫正禮說完了話，他因見俞秀蓮還不回來，就很不放心，要到城裏找找她去。

史胖子一邊喝着茶，一邊把他攔住，說：“你放心，俞秀蓮是條女豹子，無論遇見什麼事，她也不能吃虧。何況現在她手裏又拿着雙刀！”

郁天傑雖聽史胖子這樣說着，但他仍不放心，着急了半天，俞秀蓮方才回來。她手中提着那對雙刀，似是很沒有精神的樣子，回到屋裏，依然有點兒發怔。

孫正禮頭一個向她說：“怎麼回事？那老道是個幹什麼的？師妹你的雙刀是叫紫毛虎給拐了去，怎會又到他的手裏呢？他還那麼好心給你送回來？”

秀蓮就悶悶不語，不願把這行蹤神秘、語聲廝熟的道士及他在暗中幫助自己的種種事情對別人去說。發怔了良久，她才向史胖子說：“史大哥你久走江湖，你可知道有個龔道士麼？”

史胖子也看出秀蓮姑娘與那道士二人之間，是有點奇怪的事，這半天他都沒敢問，如今見姑娘問他，他才想了一想，就說：“在江湖上行走的道士，我倒是熟識幾個，可沒有姓龔的。姑娘你見的這個人，他的道號叫作什麼？哪裏的人？他的武藝怎樣？是青年，還是老年？”

俞秀蓮說：“我不曉得這個人的道號，聽他語聲大約是江南人，可是……”說到這裏，秀蓮忽又凝神細想，半晌，她才接着說，“這人我並沒見過，不過聽說他的武藝很好，而且精於點穴法。”

史胖子一聽這話，他把眼睛一翻，想了一會兒，然後就說：“這個龔道士是曾幫過姑娘的忙嗎？”秀蓮指着身旁的雙刀說：“這對刀就是此人給我送回來的，我想紫毛虎張慶他在太行山將我的雙刀拐走，那就是報仇出氣的意思，他豈能再派人將刀送還我？這一定是龔道士，不知在什麼地方與張慶相遇，知道這對刀是我的東西，所以才奪了來，交還我。”

史胖子笑道：“這樣一說，這位龔道士必是姑娘的熟人。”

旁邊孫正禮瞪着眼說：“我師妹她哪裏認得什麼道士？刀既送來，收下就是了，還囉唆什麼？我再問師妹，花槍馮隆你給殺了沒有？楊大姑娘有了下落嗎？我們還是辦正事去要緊。”

於是秀蓮便把自己到開封去的經過，告訴了孫正禮，只是沒說出龔道士曾在暗中幫助自己之事。此時史胖子卻起身出屋去了，他到南屋裏找着隨他來的那兩個人。這二人其中一個就是早年史胖子在北京開酒舖時的夥計，現在已長大了，史胖子叫他小流星，另一個是太行山西有名聲的人，外號叫作追風鬼，他們都管史胖子叫"掌櫃的"。當下史胖子就吩咐他們趕快進城，去打探那個龔道士的行蹤。

然後他又回到秀蓮的屋中，一聲也不語。這時俞秀蓮又與孫正禮爭論起來。孫正禮的主意是，不殺了紫毛虎張慶，他決不離開河南。秀蓮卻說："張慶是江湖無名小輩，與他賭氣，未免合不着。而且江湖人都曉得我們來到河南，在此若住得長了難免有人再找我們來生事。我們倒是不要緊，只是郁三哥全家都在這裏，人家未免吃不住！"

孫正禮說："那麼師妹你到直隸省去。我也不在這兒，我還上太行山找那夥毛賊去！"秀蓮見孫正禮的性子如此執拗，她不由得十分生氣。

旁邊史胖子卻連連擺手說："不必忙！反正孫大哥的腿還得歇兩天才能夠騎馬，我們雖然不能多在這裏住，可是至少也得歇上四五天，該怎麼辦慢慢地再說吧！"

郁天傑就又命夥計找出房子來，請孫正禮和史胖子居住。史胖子又勸了孫正禮半天，叫他不要招俞秀蓮生氣，並說："你若是不服紫毛虎那些人，可以將來再算帳。你先湊合着跟姑娘回北京，將來你再一個人到河南來，她自然就管不着你了！"

孫正禮點了點頭，說："就這樣辦吧！你去告訴她，就說我願意跟她一同回北京，可是得歇兩天，我的腿騎不得馬。"

史胖子去告訴了秀蓮，就決定在此歇息五天再走。史胖子正跟俞秀蓮說着話，他那兩個夥計就回來了。

史胖子趕緊出屋去，悄聲問："怎麼樣了？"

小流星也悄聲回答說："我們都找到了，東邊李家店住着一個和尚，靠着北門那雙慶店裏，住着一個老道。"

史胖子說："和尚我們不管他，我就問你，老道姓什麼，你打聽清楚了沒有？"

追風鬼在旁邊說："連那雙慶店的店家都不知道姓什麼，可是那老道我看見了，是個很年輕的人，也就有三十多歲，三綹黑鬍子，他是騎着一匹黑馬，今天才來的，跟我們是前後腳兒。"

史胖子摸摸腦袋，心說：我的爺！別是跟着我們後邊來的吧？可是在路上我沒留神有個騎着黑馬的老道呀！他翻着眼睛想了一會兒，就說："好吧！你們兩人上屋裏歇着去吧。"他卻邁步走出了店門。這時天色已然不早了，夕陽在西邊發出火一般的金光，照得天上的雲、屋上的瓦，都像發了火。街上的人、牛車、驢，都是由城裏往外走，各自忙着回家，可是同時又有許多別處來的旅客又都往客店裏去。一些保鏢的人把車輛送進門裏，他們就在街上找酒舖去喝酒。

史胖子恐怕遇見了熟人，他低着頭顢頇地走着，就仿佛雜在人群裏的一頭肥豬。同時他就留神去看兩邊的店房，快到北門，果然路西有一家小小的店房，字號就是"雙慶"。

史胖子直頭走進去，就有個夥計招呼他，說："車在門外了嗎？有多少位？"

史胖子搖頭說："我不是要住店，我是來打聽個人。"他遂就進了櫃房，向那店掌櫃子拱了拱手，說："請問掌櫃的，有一位張道爺，是住在這兒嗎？"

那店掌櫃搖了搖頭，說："我們不知道，北屋第三間房裏倒是來了個道士，我叫夥計給你問問去，你姓什麼？"

史胖子說："好，勞駕，你給問問去。我姓馬，我是南陽府來的，張道爺他是我表哥，他比我先走了兩天，我們約好了是在彰德府見面。"店掌櫃遂就叫個夥計到北屋去問。史胖子就隔着窗上鑲着的一塊小玻璃，向外去望，只見那夥計到北屋的第三間屋裏去了，屋內的客人並沒出來，少時夥計走出來，回到櫃房裏，就對史胖子說："北屋住的道爺不姓張，是姓龔，人家只是一個人來的。"

史胖子說："那就錯了，我再到別家店裏打聽去吧！"遂向店掌櫃拱了拱手，出了櫃房，趕緊轉身朝外，低着頭走去。在大街上他又徘徊了一會兒，就見路東一家酒飯舖裏很是熱鬧，有許多都像跟着鏢車才來到這裏的，鏢行中人的模樣，個個是緊身褲襖，披着大夾襖，趾高氣揚地出來進去。史胖子也縮着頭進到屋裏，只聞一片菜香酒味，刀勺聲、讓座的喊聲、談話聲、喝拳聲，囂然不絕，加着屋裏生着兩三個火爐，熱烘烘的，真叫人頭昏身癢。

史胖子進來，竟沒有一個人招呼他，他找了靠牆角的桌子落座，對面就是三個鏢頭樣子的人，大酒大肉地正在吃着。史胖子連叫了幾聲，才有個酒保過來，問說："要什麼？"

史胖子把拳向桌子上一敲，說："要酒要菜，還能要什麼？"酒保還沒答應，卻又叫旁的桌子把他叫了去了。史胖子自言自語地說："買賣真好，明天我也開個酒舖。"

對面的鏢行人齊都用眼來看他。這時那門口還不斷地往裏進來客人。史胖子靜靜地待着，細聽對面那三個人說話，只聽他們說了許多鏢行的行話，並談說他們朋友的事情。史胖子就聽出來了，知道這三個人都是由洛陽來的鏢頭，現在是保着許多輛運棉花的車輛，往濟南府去。

待了半天，酒保才給史胖子送來一壺酒，兩碟菜，史胖子就罵着說："你們淨伺候那些位保鏢的老爺們呀？我也是拿錢來喝酒的！"

酒保趕緊說："沒法子，今天是個陰天兒，過路客人都怕下雪，不敢往下走了，趁着天早，這兒又是個大地方，就都歇下了，我們這兒也就忙起來。"

對面的那三個鏢頭又叫酒保拿酒來，史胖子也趕忙說："我還得吃飯呀，炒肉絲、溜丸子，再來幾個大饅頭就行了。"

史胖子說話的時候是搖頭擺腦，為的是叫對面那三個人注意自己，可是那三個人並不理他。這時旁邊的那張桌子，來了兩個也像鏢頭的人，跟這裏的三個人相識，他們彼此打了招呼。這裏的一個高個子就問說："你們是什麼時候到的？"

那邊兩個人說："我們才到，他媽的那幾個客人，全都是雞毛小膽，一定要在這兒歇，依着我們，天不是還沒黑嗎？至少也得走到臨漳再卸車。"

這邊的那個瘦臉的鏢頭搖頭說："這股路現在很太平，半夜裏走都不要緊，早先可不行，紫毛虎那傢伙翻了臉不認朋友。"

那邊一個黑臉的人又說："你還提紫毛虎，你們沒從新鄉過嗎？"

這邊的人齊說："我們過新鄉時沒歇着，有什麼事嗎？"

那黑臉的人說："紫毛虎這回受的傷恐怕不容易好了，他不是前些日子在這彰德府吃了虧，就投到太行山，後來也不知怎麼跟湯雄不對，住了沒幾天他就走了，又投老張那裏去。可是他在那兒受的傷也沒好，手底下的幾個人也都各幹各的去了。他就帶着三個夥計，走在新鄉就因為傷口疼，不能往下再走了，住在耗子劉九的家裏。沒想到前天晚上，忽然去了一個人，搶走了一對雙刀，把他的屁股又砍了一下。這一下，他老哥恐怕活不了。我去看他的時候，他連說話都沒有氣兒了。"

這桌上的三個人聽了，全都驚嚇得變色。瘦臉的趕緊問說："是為什麼？什麼人傷的他？"

那個就說："不用細問了！詳情我們也不知道，不過現在河南的路上與早先不同，我們哥兒們在路上真得少說話，少管閒事，尤其彰德府這個地方，我們簡直不願意在這兒歇着！"說完了，他們自去飲酒，這裏的三個人彼此相望着，都發着怔。

史胖子喝了兩盅酒，他就向旁邊桌上那兩個人說："你們二位剛才說的，是紫毛虎張慶不是？那傢伙活該受傷，死了也不多。他在我們彰德府住了多少年，他娘的，做的壞事可不知有多少！"

兩張桌子上的五個鏢頭一齊用眼看他，那黑臉的人就向史胖子拱了拱手說：“老哥，你在這兒住了不少日子吧？”

史胖子說：“我在彰德府住了八九年，沒看見過紫毛虎張慶那樣的人，簡直是強盜，強佔了郁三爺的鏢店，他就為起王來了。有他在這兒，像你們這過路保鏢的人，要不先去拜訪他，你們連一晚上都不能在這兒住。上個月，那小子可遇着對頭了，北京城的大鏢頭孫大爺，還有一個會使雙刀的姑娘，找他來替郁三爺要鏢店。那小子還敢跟人家耍賴，不料就招惱了那位孫大爺，在他的屁股上砍了一刀！”

旁邊那黑臉的鏢頭趕緊又問說：“那個使雙刀的姑娘，現在還在這兒嗎？”

史胖子搖頭說：“沒有，聽說人家上開封府去了。”幾個鏢頭彼此面面相覷，都像被史胖子的一席話說得沒有了剛才的那樣高興。史胖子就心滿意足，喝完了酒，吃飽了飯，就付了飯賬，並向那幾個鏢頭虛讓了一下，便往外走去。這裏的幾個鏢頭，一齊用眼把他送出門去。史胖子卻依舊低着頭往南走，到了北門，在城裏的大街上遛了一會兒，看着天色快黑了，他就趕緊出城。

才一回到店房，只見門前站着三個人，借着那盞門燈看得很是清楚，就是追風鬼和小流星，另外還有一個瘦小的孩子，一見史胖子，就齊說：“掌櫃子回來了！”

那瘦小的孩子上前來作揖說：“史大爺不認得我了吧？”

史胖子近前一看，這原來也是個在山西河南一帶跑的，他名叫瘦鬼小張，史胖子笑着說：“你怎麼也到這兒來了？”

小張說：“我是時來時往。”

史胖子說：“進來，我們說話。”

當下他帶着這個人來到店房內，史胖子就問小張說：“你現在跟着誰呢？”

小張說：“我誰也沒跟着，東邊走走，西邊住住，我來到彰德府已有一個多月了，俞秀蓮跟孫正禮打紫毛虎的時候，我就在這兒。今兒我瞧見流星哥在街上走，我才知道史大爺來了，求求史大爺，給我找個吃飯的地方！”

史胖子笑道：“我現在還找不着吃飯的地方呢，你東邊去去，西邊走走，偷雞摸狗的，還怕沒飯吃？小兄弟，我們都是在江湖上混的，你別跟我裝窮！”

瘦鬼小張說：“史大爺你不知道，我現在真窮得厲害，住在小店裏，好幾天沒給人錢了。我為什麼要在這兒長住着呢，就是要打算碰見個誰，好給我碗飯吃。”

史胖子說：“這裏有誰能給你飯吃？”

瘦鬼小張把眼睛一斜怔，說："嘿！史大爺，你可別瞧不起這彰德府，現在各路的英雄好漢都一齊要往這裏來，史大爺你還不就是個榜樣嗎？"

史胖子笑道："我來這兒是送朋友來了，一半天就走。"

小張說："你老人家是來送朋友，別的人就許是來會朋友。不瞞你說，自從前些日子，俞秀蓮姑娘在這彰德府打了紫毛虎張慶，現在河南省的各處英雄，全都知道了，凡是自己覺着有點本領的人，都要來這兒會一會俞姑娘。昨天我又聽說俞姑娘在開封府鬧了一個大亂子，張玉瑾受了傷，花槍馮隆已經喪了命。紫毛虎張慶也在彰德縣挨了一刀。這個姑娘一個人在河南這麼橫衝直撞，豈能沒有人出來跟她較量較量？史大爺，你要是不怕得罪朋友，就趕忙走。不出十天，這店房裏一定要有一場大戰。"

史胖子聽小張這麼一說，他倒很是驚訝，趕緊問說："你快告訴我，有什麼人要來找俞秀蓮鬥氣？"

小張仰着頭說："人可是多了，我也不知道都是誰。不過這兩天我見從這兒路過的鏢頭們，沒有一個口中不提俞秀蓮的。並且東邊李家店住着一個和尚，來了已有三日，天天要到這門口轉一個彎兒；雙慶店今天又來了一個老道，騎着一匹黑馬，包裹卷兒挺長，多半裹着不是刀就是劍。據我瞧，都是衝着俞秀蓮來的，他們的人還沒有齊，等到人一來齊了，那就要下手了！"

史胖子聽了，不禁笑了笑，摸摸小張的瘦腦瓜，說："好小子，你也算有點本事，來！"

說時由身邊摸出一塊銀子來，說，"給你這個，你先拿去吃飯，飯可不能白吃，時時給我們打聽着外邊的事情，尤其是那一僧一道，你替我多留點心！"

小張一接過銀子，笑着答應，轉身就往外走。史胖子又叫聲："回來！"小張趕緊回頭，翻眼瞧着史胖子。

史胖子笑着，悄聲問說："如有人要向你問我，你可怎麼說？"

小張說："我就說我不認得史大爺，史大爺你也沒到這兒來。"

史胖子又說："有人給你十兩銀子，叫你來訪查我們，你怎麼辦？"

小張說："一百兩我也不幹！混江湖的不能一腳蹬着兩隻船。我要幹了虧心事，將來無論走在哪兒，總有跟你大爺碰頭的一天，那時打罰全憑你！"

史胖子笑着擺手說："好吧！你走吧！"

小張走後，史胖子心中十分歡喜，因為多添了一隻膀臂，遂又跟他這兩個夥計說了幾句話，然後就到秀蓮的屋門前，只見裏面郁天傑正跟俞姑娘說話。

史胖子一拉屋門進去，郁天傑就問說：“老史，你上哪兒去了半天？吃過飯了沒有？”

史胖子微微地笑，點頭說：“我吃過了。”遂就在椅子上落座，把他剛才探了來的那些事告訴了俞秀蓮，只是沒說出那道士住在雙慶店的事。秀蓮聽說紫毛虎張慶又在新鄉受了傷，她就知道一定是那個道士為替自己奪取雙刀時所做的，心中又不禁納悶，沉思着。

旁邊郁天傑就嚇得面上變色，他說：“依我想，姑娘和大哥不如趕快走開，省得那些人來到，又要惹氣。你們若走了，我在這兒老老實實地做買賣，我又已然是個殘廢的人了，他們也不能和我過不去！”

秀蓮就連連搖頭，說：“我本想孫師哥一來到，我們一半天就走。現在一聽有了這些事，我們倒不能走了，少也得在這裏再住幾天，再看有什麼人敢來找我。”

郁天傑皺着眉，剛要再勸姑娘，旁邊史胖子就咧着嘴大笑，他拍着郁天傑的肩膀說：“郁老三你別發愁，找姑娘作對的人，早就來到彰德府了，只是他們的人還沒湊齊。姑娘這時要一走，顯見得是怕了他們，現在索性等他們幾天，看他們到底有什麼本領。只是這些事，別教咱們那位孫大哥知道就是了！”

郁天傑依然發愁說：“可是，他們的人將來越湊越多，姑娘就是武藝好，也怕敵不過他們呀！”

史胖子搖着頭，說：“不要緊！我們不用發愁。到時一定有人幫助姑娘！”說完了他用眼瞧着秀蓮。秀蓮的臉上卻不禁紅了一紅。郁天傑倒沒怎樣注意。

又談了一會兒，史胖子就回到屋內，一看孫正禮已經睡着了，屋子充滿了濃烈的酒氣。史胖子把案上一枝蠟吹滅了，將門倒帶上，又到了他那兩個夥計的屋中。史胖子分派了他們一些事，便着手預備，約莫二更以後，史胖子用黑布將他身上的肥肉都纏好，然後暗帶短刀，將燈吹滅，三個人就在屋中靜靜地坐着，等待時間。

小流星是跟史胖子多年了，幹這些事已是老手。那追風鬼卻有些心急，他向小流星說：“各屋裏的人這時都睡了，外面又沒有月光，我們怎麼還不動手呀？”

小流星揪了他一下，說：“你坐着吧！”

又待了半天，史胖子才說：“到時候了，你們兩人先走。”小流星與追風鬼兩人就悄悄出屋，爬過牆去走了。這時史胖子也出了屋子，飛身上房，順着房走去，過了許多重院落，就來到那雙慶店內，只見東西兩邊的房上全都趴着人。史胖子一舉手，那邊也就舉舉手，史胖子曉得是他那兩個夥計已然先來了，遂就趴在南房上，向下看去，只見除了櫃房，各屋中全都沒有一點燈光，尤其那北房第三間，門關得挺嚴，窗戶雖被風吹着，但是像一點也不動。史胖子爬到東屋上，一看這夥計是小流星，他就悄聲說：「你該下去了！小心點！」

小流星遂像一隻貓似的，跳下房去，慢慢地走到那北房第三間的門前，他探頭探手地往門前走去。史胖子蹲在東房上，神情很緊張地看着，忽然他看見小流星才剛一摸那邊的屋門，趕緊又退身回來了。史胖子大驚，定睛向下看去，只見小流星飛身上了北房，此時那房中已出來一個人，手提着明晃晃的一件兵刃，小流星嚇得撒腿就跑。史胖子趕緊趴伏在東房上，追風鬼卻往史胖子這邊跑來。此時房下的人仰首望了望，只見他一聳身也躥到東房上來了。追風鬼撒腿就跑，跳到鄰居的院裏去了，那人追將下去。

史胖子就轉身反跳到院中，急忙跑到那北房第三間的屋裏，藏在炕後頭蹲着。待了半天，房門忽然開了，吧的一聲火光亮了，那人一手持火，一手提劍，回到屋裏。史胖子驀就由炕後站起了身子，說：「我的大爺，久違呀……」

話未說完，對面那人就噗的將火吹滅，又提劍轉身出屋去了。史胖子哈哈大笑說：「大爺！別這樣兒！莫非不識得老朋友了嗎？」遂就自己由身邊取出火鏈，打着了火，把桌上的蠟燭點上，摸了摸茶壺還有些溫，倒了一碗喝下去，得意忘形地向窗外說，「大爺，寶華班的翠纖又還魂啦，現在正想你呢！」又說，「人藏得了身，藏不了名，幹嗎跟老朋友翻這小花樣？請進來吧！這兒一大堆事，都等着你給辦啊！」一面說，一面笑，又看見炕上放着一隻劍鞘，一個包裹，遂又笑着說：「老哥，你要是再不進屋來，我可就要偷你的東西了。」說着，遂就動手去打包裹，只見裏面有一身道衣，兩身便服，還有幾十兩銀子，史胖子就衝着窗外說，「好，我原當是你大爺真是出家修行了，原來道袍不過是隱身草，你大爺還沒忘了婆媳婦呀？不要緊，天配良緣，遠在千里，近在眼前！」他連說了半天，不但外面人不進來，並且連一句話也不答。

史胖子不禁怔了，側耳靜聽，遠處的更鑼已打到四下，房上卻喳喳地亂響。史胖子趕緊吹滅了燈，走出屋去，只見房上趴着一個人，一瞧見史胖子，就低聲叫：「掌櫃子！」史胖子一點手，房上的人下來，原來正是追風鬼。

史胖子拉他回到屋裏，問說：「怎麼樣了？」追風鬼說：「掌櫃子你難道還不知道，那個老道早騎着馬走了！」史胖子驚訝着說：「什麼？走了！」追風鬼說：「剛才我在牆外蹲着，那老道出來，拿手指衝我的後面一戳，我就趴下了，連爬也爬不動。後來老道就悄悄開了大門，把馬牽出去，囑咐我，叫我告訴掌櫃子，今晚的事，千萬別跟旁人去說，將來再會面，說完了他就踢了我一腳，我的身子才能動彈，他就騎着馬往北去了！"

史胖子一聽，急得頓腳說："糟了！他這一走，我們明天也非走不可！"遂就由炕上抄起包裹和劍鞘，趕緊帶着追風鬼出屋，急急忙忙又回到郁天傑的店房裏。

在屋內待了半天，那小流星才回來。史胖子就瞪着眼問說："你跑到哪兒去啦？"

小流星說："我藏起來啦！"史胖子氣得打了他一拳，說："真沒用！幸虧這是不要緊的事，要不然叫人知道有多麼丟人呀！"

小流星跟追風鬼全都發着怔，眼瞧着炕上放着的包裹和劍鞘，卻弄不清這是怎麼一回事。史胖子也坐在炕頭上，發怔了半天，這時隔壁孫正禮屋中的鼾聲是像雷一般的響。小流星說："姑娘屋裏的燈還沒有滅。"史胖子也沒有作聲。不覺着天光就亮了，各屋裏住的客人，紛紛起身。郁天傑跛着腳在院中指揮眾夥計給客人們備馬，並幫助往門外送行李。史胖子卻心裏很憂急地，要等着俞姑娘起了床，好勸她快走。

待了許多時間，客人們多半走去，店房裏漸漸清靜了，孫正禮卻在屋裏大聲喊叫："夥計，夥計！"郁天傑趕緊進到他的屋裏，問說："孫大哥，你有什麼事！"

孫正禮卻笑着說："老三，你叫個夥計來，給我泡壺茶，我渴得要死！"

郁天傑連說："有，有，一會兒就來！"

孫正禮又問："史胖子那小子賊頭賊腦地又跑到哪兒去啦？"

史胖子在這裏笑了笑，趕緊走過去，說："孫大哥你起來了？"

孫正禮笑着說："你這胖子，我上了你的當！在那兒養病很好，那兒離着太行山又近，養好了傷去找鐵棒湯雄，有多麼痛快？你偏把我騙到這兒來，有我師妹攔着，叫我什麼事也幹不了，這兩條腿在車上蹲了兩三天，更他娘的疼了！"

史胖子只是笑，並不說什麼。待了一會兒，夥計給送進茶來，孫正禮抱着茶壺就喝。史胖子到了院中，郁天傑也隨着出來，史胖子就問俞姑娘起來沒有，郁天傑說："多半已起來了。"遂就隔着窗叫了一聲，秀蓮就把屋門開開。史胖子與郁天傑一同進屋，史胖子就說："姑娘不是還要到別處有事去嗎？我想這就走吧。孫大哥的兩條腿雖沒好，可是大概也能騎得動馬了！"

秀蓮一聽，倒不由得一怔，遂冷冷笑了笑，問說："史大哥，昨天你說是我們應當在這裏多住幾天，今天怎麼你反倒催着我快走了？"

史胖子被秀蓮問得翻了翻眼睛，就笑着說："不是別的，我昨晚上想了一夜，覺得跟那些人爭鬥也沒大意思，不如快些走開，辦自己的事情去就是了。"

秀蓮便沉吟了一會兒，說："我原不願與那些人爭鬥，不過因為事情是我惹下的，我若走了，叫郁三哥受人欺負，我於心不安！"

史胖子搖頭說："那沒有什麼，郁三哥現在安分守己做買賣，江湖人無論多麼不講理，也不能找到他的頭上。"

秀蓮就說："索性再在這裏住幾天，等孫大哥的腿傷養好了再說吧！"

郁天傑也說："多住幾天不要緊，彰德府這是大地方，即便有江湖人前來尋釁，又能夠怎樣？"

史胖子在旁發了會怔，心裏就有點兒發愁。這時忽然小流星來找他，史胖子出屋一看，原來是那瘦鬼小張又來了，史胖子就把小張帶到他那兩個夥計的屋裏，問說："你又打聽出什麼事來沒有？"

小張說："我打聽出來，雙慶店住的那個道士，昨夜裏忽然跑了，連店錢也沒給。"

史胖子笑了笑，小張又說："李家店住的那個和尚，現在到無極寺掛單去了，看那樣子倒不是個江湖和尚。只是那跑了的老道，一定不是好人。"

史胖子點頭說："你再打聽去吧，各店房裏要是來了什麼可疑的客人，就趕緊來告訴我。"小張答應着走了。這裏史胖子還是不放心，吃過了午飯，他又派出兩個夥計出去亂轉，各處打聽着，夜間他也特別加緊着防備。可是一連過了三天，這裏竟沒有一點事情發生。此時孫正禮的腿傷也好了，他整天到街上去走，誰也攔不住他。秀蓮恐怕他又在這裏惹事，遂就決定起身，史胖子卻說："在外面認得我的人多，我不能跟着你們走，一個月之後，我們在北京見面吧！"秀蓮並囑咐他說："史大哥將來你就是到了北京，也千萬不要直頭去找德五爺，因為……"史胖子不待秀蓮說完，他就連連點頭說："我知道，我知道，不用姑娘囑咐，反正我跟李慕白，我們在北京都成了黑人了。"

俞秀蓮聽史胖子又提起李慕白來，她又不禁觸起前塵往事，心中一陣慘痛，趕緊到院中吩咐夥計給備馬，說是即時就走。

郁天傑說："再待一會兒就吃午飯了，你們吃過午飯再走好不好？"

俞秀蓮想了一想，也只得點頭。郁天傑就催着廚房快燒飯，秀蓮在屋中就動手收拾東西。史胖子也回到他夥計的屋裏，說："夥計們，趕快收拾着點，他們走了，咱們也得趕緊走！"兩個夥計遂也動手去捆行李。

正在這時，郁天傑又進屋來，說："飯已好了，請到櫃房去吃吧！"

史胖子隨着郁天傑才一出屋門，忽見那瘦鬼小張又跑了進來，史胖子的臉色就不禁更變，趕緊把小張拉到屋裏，問說："聽了點兒什麼事情沒有？"

小張伸着手指頭說："來了六個！"

史胖子着急問說："到底來了六個什麼呀？"

瘦鬼小張說："來了六個人，才來到，住在福順店裏，是猛虎常七、瘦靈官徐晉、白面靈官韓志遠、黃臉虎晁德慶、晁德慶的老婆柳大姑娘，還有一個人我不認識。他們都是從修武縣來的，到這兒歇一會兒就要找郁三爺來。他們可還不知俞姑娘回來了，韓志遠向我問，我也沒告訴他。史大爺你快預備着！"這時史胖子倒沒有怎麼着慌，旁邊小流星跟追風鬼卻全都嚇得呆了。

追風鬼就說："這可不好辦，來的多半是熟人，要知道咱們也在這兒，那仇不就算結下了嗎？"

史胖子搖頭說："不要緊，你們不要聲張，我去拜訪他們去！"遂向小張說，"你帶着我找他們去！"小張還有些猶豫，史胖子卻擺手說，"不要怕，我們都是好朋友，我去了，他們還能把我砍死在那兒嗎？"遂又囑咐兩個夥計不可聲張，他就拉着小張的胳臂出了店房。往北走不遠，就到了那福順店的門首。只見那門前站着一條大漢，史胖子認得這是在西南路有名的鏢頭瘦靈官徐晉。史胖子就叫了一聲："徐老弟，怎麼到這兒來了？"

那徐晉扭頭看見史胖子，他連忙拱手說："老史，你是什麼時候來的？"

史胖子笑着說："我來到好幾天了，剛才一聽小張說，你們哥兒幾個來了，我才特來拜訪！"說着他就要往店門裏去走。

徐晉卻橫臂把他攔住，悄聲說："老史，你進去不得，咱們先找個地方談談，我有話告訴你！"

史胖子卻做出驚訝的樣子，說："可又有什麼去不得？我聽說常小爺也在這裏了，我們哥兒倆早先也見過幾面。"

徐晉說："老史，你要一見他們，你非吃虧不可。告訴你，我們這回是專為找俞秀蓮來的。常小爺在黃河南岸受了俞秀蓮的欺負，這回是他請的人。你快走，他們都知道你在太行山把孫正禮救走，你是他們一夥的人，這回你又把孫正禮送了來！"

史胖子說："沒有的事，你們兩家的事我都不知道，孫正禮……"

才說到這裏，忽然門裏走出來一人，一把手就將史胖子抓住，說道："孫正禮怎麼樣？我們要不是看見你把他送到這兒來，我們還不能來呢！沒別的說的，你快告訴我，俞秀蓮在這兒沒有？」

史胖子抬頭一看，這人身材高大，白淨臉兒，腮旁長着許多連鬢胡子。史胖子認得此人，是修武縣聚傑鏢店的大鏢頭白面靈官韓志遠。史胖子臉上毫無懼色，微笑着說：「你們兩個靈官把我圍住，算是怎麼回事？都是老朋友，別開玩笑，既然你們是跟着我來的，那我也瞞不了你們啦，孫正禮現住在郁家店裏，你們跟着我來找他去，他現在腿傷已好，足能和你們鬥一鬥，我史胖子也不上手，只要他輸了，我也服輸！」

韓志遠又說：「孫正禮與我們沒有什麼仇恨，我們找他做什麼？我們來此找的是俞秀蓮！」

史胖子說：「那也好辦，俞秀蓮現在也在郁家店裏，你們要找她，我帶着你們去，你們若不敢去，我可以把她請來！」他昂然地說了這話，反把白面靈官韓志遠和瘦靈官徐晉全都給嚇怔了。

徐晉就拉着史胖子的腕子說：「老史你跟我們進來說話！」

韓志遠並說：「你放心，我們不能打你。」

史胖子就昂着頭大踏步往店門裏走，他就用他那晉南土音大聲喊着說：「我怕什麼？難道我還怕你們把我宰了嗎？咱們都是在太行山一帶混飯吃的，誰還不認得誰，誰還怕誰？」正在吵鬧着，就見屋裏走出來一條黃臉大漢，掄起手掌，向史胖子臉上就打。

史胖子的兩隻胳臂全都叫人揪住，他也不能還手，臉上挨了兩下嘴巴，他仍舊嚷着，說：「你打吧，再多打幾下，我姓史的替你數着數兒。朋友，咱們哥兒們可沒會過，你要打完了我，可得通名道姓！」

黃臉漢子就拍胸脯說：「你打聽去，老爺是淮北有名的人物，現在修武縣聚傑鏢店的晁大鏢頭。」

史胖子冷笑道：「好，你就是黃臉虎晁德慶，來，你打，你要是不敢打，就得把你那個老婆歸我！」說話間，屋中的紅衣女子提着一對寶劍也出來了，徐晉趕緊把紅衣女子攔住。

這裏晁德慶剛要再打史胖子，忽然店門裏進來一個黑臉大漢，手持鋼刀，撲奔過來，向晁德慶就砍，喊着說：「好啊！你敢欺侮我的朋友！」晁德慶手中沒有兵刃，趕緊跑開，紅衣女子柳夢香卻掄雙劍迎過來。

史胖子一見孫正禮來了，他就高了興，趕緊退後，就見孫正禮與柳夢香在這院中刀劍相拼起來，往來十四五回合，柳夢香就招架不住了。這時晁德慶已由屋中提刀出來，向柳夢香喝說：「你躲開！」他遂掄刀去敵孫正禮，兩口刀一往一來，戰了十幾回合並分不出勝負。旁邊白面靈官韓志遠，就見孫正禮不獨刀法精熟，而且力氣也大，他恐怕晁德慶要吃虧，遂就到屋中去取兵刃。這時忽然由外面吵吵鬧鬧地進來幾個人，原來是開店的把本地的官人給找來了，晁德慶一見官人來到，他就收刀跳在一旁。孫正禮卻喊着說：“官人們！快把他們都捉住，他們都是強盜！”官人們都抽出腰刀來。將雙方勸住，連問：“是什麼事？”

孫正禮瞪着眼睛說：“他們都是強盜，幾個人把我的朋友拉進來大打，他們都是太行山來的強盜！”說話間回首一看，史胖子卻不知在什麼時候溜走了。孫正禮心裏就罵：好胖貨，原來他怕見官人。

這時，韓志遠空着手由屋裏走出來，向官人們拱手笑道：“給諸位老爺們添麻煩，真對不起！我們不過是一言不合，拿起傢伙來比比武，絕不至鬧出什麼大事來。小的是修武縣聚傑鏢店的鏢頭，這幾位都是我手下的夥計，我們從這兒路過，不想遇見這個姓孫的，他就跟我們鬥起來，諸位老爺都請吧！我們不打了！”

幾位官人全都繃着臉兒，把腰刀都插入鞘內，一個官人頭目樣子的就說：“我知道，你們這些保鏢的人，沒事兒淨講打架，鬧出凶事來又給我們地面上添麻煩！”又指着孫正禮說，“你這個人，我們早就認得你。上次就你跟安陽鏢店那個姓張的，差點沒鬧出凶事來，我們就想要辦你，現在你又來了。走，你們一齊跟我上衙門去！”

孫正禮一手提刀，一手叉着腰，氣昂昂地說：“走就走！”

那晁德慶和韓志遠等人卻都不願打官司，說：“我們不過是從此路過，到別處還有要緊的事情，沒有閒工夫跟他打官司，諸位老爺就把眼閉一閉，叫我們私了吧！”幾位官人剛瞪着眼一定要把他們兩個帶到衙門去。

這時卻由外面又走進來一人，原來是郁天傑。郁天傑在本地頗有面子，他跟這幾個熟識的官人說了半天，官人這才應得不帶他們到衙門，可是限令他們必須即刻離開彰德府。那邊韓志遠等人完全答應了，只說等他那個姓常的朋友由城裏回來，他們就走。

孫正禮雖仍忿忿地不肯說一句軟話，但是郁天傑卻向官人們說了，說：“這是我的朋友，雖然性情暴躁些，可是人極規矩，他決不能給地面上惹事。他這一兩天也正要回北京去了，我叫他今天也走就是了！”官人們這才悻悻地走去。

這裏郁天傑對韓志遠等人一抱拳，說：“諸位，有什麼話請對我說！”遂又回首用好話勸孫正禮暫且回去。

此時韓志遠和晁德慶等也都齊向郁天傑抱拳，請他到屋裏落座，韓志遠就說：“郁三爺，咱們都是同行，多年的朋友了，我們決不能跟你過不去。現在跟你實說，我們來此，連第二個人都不找，只找的是俞秀蓮！”

郁天傑聽了，心中一驚，但他故意笑道：“你們幾位何必如此，無論怎樣她也是一個女人。”

晁德慶在旁說：“我們來此也不是要與俞秀蓮爭鬥，只是她在修武縣，將我妻子的一匹紅馬和一對雙劍全都搶了去，無論如何我得要回來！”

郁天傑連說：“那不要緊，我去見俞秀蓮，叫她把馬匹和雙劍奉還老兄就是了！”

晁德慶向韓志遠、徐晉，彼此用眼睛傳達了意思，然後，韓志遠就說：“只要俞秀蓮肯將雙劍和馬匹還給我們，我們立刻就走！”又說，“與我們同來的還有猛虎常七，現在他進城去了，待會兒他若回來，我們也可以勸他，不叫他與俞秀蓮作對。”

郁天傑聽了，覺得這並沒有什麼難辦，很可以息事寧人，遂又回到店中，見了俞秀蓮一說，並勸道：“姑娘何必跟他們那些人惹氣，把雙劍和馬匹還給他們就是了！”

秀蓮卻冷笑着，想了一想，便說：“還他寶劍和馬匹可以，但須那姓柳的女的親來求我，我不能給他們送了去！”

郁天傑聽了，心中就很作難，但見秀蓮滿面怒容，他也不敢再說別的話，遂就皺着眉出了屋子，只見史胖子和孫正禮已將馬匹備好，郁天傑就驚訝着說：“你們二位要上哪兒去？”

史胖子卻說道：“郁老三你別管，我同着孫大哥走，有俞姑娘在這兒保護你，你絕不至於受人欺負！”說着二人牽馬出門就走。郁天傑趕緊追出去，只見二人已上了馬向北馳去。郁天傑在後面跛着腿追趕，並揚臂叫着說：“孫大哥，你站住，我還有幾句話跟你說呢！”孫正禮回頭看了看，向郁天傑拱拱手，但也決不將馬匹稍停。兩匹馬來到那福順客店的門口，孫正禮就由鞍旁抽刀，勒住馬向門裏大罵，裏面的韓志遠、徐晉、晁德慶、柳夢香全都出來，只見史胖子也幫助孫正禮大罵，說：“小子們，在這兒爭鬥不算英雄，有本事跟着我們往北去！”那韓志遠、晁德慶等人齊都大怒，各個都拍着胸脯。

郁天傑一看事情不好，他趕緊退了幾步，離着遠遠的向那邊張望，只見那雙方似是已訂下比武決鬥的地點，史胖子和孫正禮便策馬往北去了。

這裏郁天傑唉聲歎氣地回到店房內，只見史胖子那兩個小夥計正在套他們那輛車，郁天傑就說：“你們怎麼也要走？上哪兒去！”小流星挺着胸脯說：“我們掌櫃子叫韓志遠那小子打了幾個嘴巴，他不能甘心吃這個虧，他跟孫大爺說了，邀那幾個人到別處比武去了，以免連累郁三爺。我們是掌櫃子的囑咐，到直隸省正定府去等他，請俞姑娘也去才好。”

　　說時他們已把車套好了，那追風鬼牽着馬，小流星跨上車就要走。郁天傑卻攔阻說：“你們先別忙，等我跟俞姑娘說一聲去！”遂到秀蓮的屋中，就說：“孫正禮跟史胖子全都走了，他們把福順棧住的那些人約到別處爭鬥去了，現在他兩個夥計也要走，說是史胖子叫他們到正定府去會他。”

　　俞秀蓮卻冷笑道：“他們都想上正定府，可做什麼去？”遂點頭說，“郁三哥不用攔阻他們，他們都走了，倒清淨！”

　　郁天傑遂出屋去，向小流星和追風鬼說：“你們走吧！”那兩個史胖子的夥計，就很高興地驅車策馬走了。這裏郁天傑依舊回到秀蓮的屋中，他見秀蓮新換了一件青布小夾襖，正向腰間勒繫一條青絲條，郁天傑就問說：“姑娘你也要走嗎？”

　　俞秀蓮搖頭說：“我不走。既是北邊店房裏來了幾個要與我作對的人，孫正禮他們都走去，我是不能走了。”轉又歎道，“我當初錯了！不該帶着孫正禮一同出來，所以正事沒辦，淨惹了些閒氣。又加上一個史胖子，這人最能生事，他在江湖上認得的人又多，我若跟他在一起，實在得處處操心。現在他們走了很好，即或他們與別人爭鬥吃了虧，我也不去幫助他們了。我在此再住兩天，如若沒有什麼事發生，我就要先到正定府，然後回北京去了！”

　　郁天傑點了點頭，心裏卻發着愁，想姑娘雖然武藝高強，但如今剩了一個人，也未免太是人單勢孤，倘或福順客棧住的那些人不去找孫正禮和史胖子，而來找俞姑娘，那可怎麼辦？於是他又指着在炕上放着的那對雙劍，說：“這對寶劍，我給他們送回去吧！”

　　俞秀蓮卻搖頭冷然地說：“我們不能給他們送去，叫那姓柳的女子自己來取，我決不能難為她！”

　　郁天傑卻笑着說：“據我想不必，把寶劍馬匹交我去還他們就是了。姑娘一兩天走時，我可以湊錢再給姑娘買一匹馬。”

　　秀蓮卻仍然搖頭說：“不行，他們都是太行山強盜的一夥，我的馬匹和雙刀都丟在太行山，我當然以他們這東西做賠償。現在因為雙刀被別人給我送回，我才不願與他們深究。但他們不來取，想叫我們給他們送去，那可不行！”

　　郁天傑見秀蓮姑娘是執意的不肯，他也沒有法子，又不敢把秀蓮這些話去告訴那邊的人，他只好回到櫃房裏去悶坐着發愁。又待了一會兒，忽然外邊有一個人進來找他，郁天傑一看，這是個二十歲上下的瘦小的人，自己在街上常見此人，只是不知道他的姓名，這兩天他又常來找史胖子，遂問說：“你找我有什麼事？”

　　那人說：“我叫瘦鬼小張，北邊福順客棧住的白面靈官韓鏢頭，叫我來同郁三爺說幾句話！"

郁天傑聽了，不禁心中一驚，趕緊問說："什麼話，你告訴我吧！"

小張說："韓鏢頭他說，他們幾個人來到彰德府就為是與俞秀蓮比武，與別人都不相干。可是沒想到史胖子和孫正禮從中搗亂，地面上的官人又出頭攔住他們，他們不能再在這兒住了，現在就要走，叫郁三爺去告訴俞姑娘，現在就把寶劍馬匹還給他們，要不然請到直隸省磁州見面比武！"學說完了韓志遠的話，小張又說："郁三爺，咱們還說自己的話，你勸俞姑娘把東西還給他們吧！他們現在都是氣極了，要不是怕官人干涉，他們早就闖到這兒來，同俞姑娘鬥起來啦！"

郁天傑歎道："我沒法子，我帶着你見俞姑娘去吧！"當下郁天傑帶着小張去見俞秀蓮，小張自然還把那些話學說一番，同時眼睛看着放着的那一對雙刀和一對雙劍。他就一半央求地說："姑娘，你老人家就把雙劍和馬匹還給他們吧！他們的人多！"又說，"其實這也不干我事，我不過是替你兩家傳話！"

秀蓮將眼睛一瞪，冷笑說："我本想要把東西還給他們，但衝着他們說出到磁州比武的話，我反倒不能還給他們了。煩你替我傳回話去，就說明天我就起身北上，無論哪地方，叫他們隨便攔路打劫我吧，無論他們有多少人，我不怕！"

瘦鬼小張嚇得臉上變色，連聲答應，退出屋去。他吐了吐舌頭，就回復韓志遠、晁德慶等人去了。過了些時，郁天傑派夥計出去打聽，聽說是韓志遠、晁德慶那些人全都走了，是往北去了，郁天傑就想：他們一定是先去追趕史胖子和孫正禮爭鬥，然後再到磁州去等候俞秀蓮，心中未免為師妹和那兩位朋友擔憂，只恨自己現在手腳都成了殘廢，不然也可以助他們一臂之力。當日再沒有什麼事情發生，俞秀蓮仍然像往日似的，在房中縫縫針線，擦擦鋼刀，並沒有出門。夜間郁天傑雖然提着心，但也沒出了什麼事。次日清晨，俞秀蓮就起來吩咐夥計給她備馬，然後她到櫃房裏向郁天傑夫婦辭行。

郁天傑問說："姑娘是要往正定府去嗎？"

俞秀蓮點頭說："是，我是先到正定，由正定就回北京去了，明年我就要回歸巨鹿家中去長住。郁三哥，我走之後，諒也沒有什麼人再來找你作對，不過萬一有事，就請你派人到巨鹿給崔三去送信，我就知道了！"

郁天傑連聲答應，俞秀蓮自己牽着馬，馬上帶着雙刀雙劍和行李，出門上馬，就向郁天傑點頭說："三哥請回吧，再見！"

當下她策馬走去，郁天傑在店門前張望了半天，方才進去。這時天氣十分寒冷，木葉盡脫，大地上荒莽莽的如同一片死的世界，時時刮起北風，風裏卷着黃土和沙礫，大道上的旅客很少，天色是陰沉沉，將雪未雪，十分使人氣悶。俞秀蓮青衣紅馬，衝着北風飛馳而去，心中卻滾沸着熱血，急於要辦目前的三件事情：第一，要救楊大姑娘；第二，向楊豹索來珍珠全數，還給宮內；第三，決定要尋訪那個龔道士，看他到底是不是自己所猜想到的那個人。至於在路上伺伏的那些江湖群賊，她卻毫不介意。

　　走到傍晚，就來到磁州，雖然往下再走幾十里投宿都不晚，但因為不能向那些人示弱，所以決定在此歇下。並且牽着馬在關廂的大街上昂然地走了半天，方才找了一家店房歇下，屋中點上很明亮的燈。

第十七回　　雪夜爭持俠女遭毒手　　庵堂探慰奇士露真情

　　秀蓮將雙劍雙刀放在身邊，直等到深夜三更以後，她才歇下，心裏冷笑着：諒那韓志遠、常七、紅衣女子等人是不敢找我來了。一夜之內也沒有什麼事情發生。次日起來，秀蓮還不肯立時走去，她還要在此多留兩天。將門鎖上，她什麼兵刃也不帶，就出了店門在街上行走，不由得就走進了城。磁州也是冀南的大地方，所以城內街市頗為繁華。秀蓮忽然看見有一家估衣舖，裏面掛着許多婦女穿的皮棉衣裳。秀蓮暗想：現在天氣冷了，我由北京出來時，本沒想到要在外面奔波這些日子，所以沒有帶着什麼厚衣裳，應當在這裏買一件。但是她又想了想，身邊的錢恐怕不夠，所以就要出城回到店裏去取，於是轉回身來。

　　剛要出城，忽見一家店舖門前，圍着一大群人。秀蓮心說：這是幹什麼的？於是擠進了人群，向裏面看，原來是一個和尚。這和尚年有三十多歲，黑紫的臉，兩隻大眼睛炯炯放光，頭皮跟鐵一般又青又亮。只見他穿着很整齊的僧衣，捋着袖子，露出一隻房柁似的粗壯胳臂，一隻手拿着把明晃晃的短刀，用力向胳臂上一砍，只聽噹的一聲響，刀仿佛撞在石頭上，刀還是那般明晃晃的，胳臂上只留下一道白印，皮肉沒破，也沒有流血。旁邊看的人一齊驚訝，都直着眼。和尚卻從容地笑了笑，發出江南的口音，說：“這是出家人二十年來練的真功夫，這叫作鐵布衫、金鐘罩，是真氣功，不是什麼妖術邪法。諸位要疑惑我這刀不快，可以自己取一把刀來，隨便砍，不過得先說明了砍什麼地方。因為這全仗着一口氣，氣運到哪裏，哪裏就跟鐵鋼一般，不能夠顧全身。誰要說全身都是金鐘罩那就是妖術邪法，不是真功夫了！”說完了，由身後一根禪杖上掛着的黃包裹裏，掏出些丸藥來，賣給一般圍着看的人，又誇他這丸藥，說是，“強筋補血，專治五癆七傷，藥名叫金剛不壞丸。沒病人吃了更能健壯。一服藥兩粒，只收一個制錢。”

　　秀蓮看他那黃布包裹上寫着是，"行腳天下，普結善緣"。心中十分驚異，暗道：看這和尚確實有真功夫，不似江湖賣藥的假和尚。又低頭看，見和尚的腳旁地下放着一個黃布大包裹，和一杆三尺長的很沉重的竹節鋼鞭。正在看着發怔，忽然身後有人拍了她肩膀一下，秀蓮不禁吃了一驚，趕緊回頭一看，見身後有幾個都像是商家夥計樣子的人，都直着眼正看那和尚並沒有人注意秀蓮。秀蓮雖然心中很生氣，但在這裏自己又不便發作，只得退身離了人群；又四下看了看，並不見有什麼熟識的和形狀可疑的人。秀蓮就想：不定是哪個輕佻的人，拍了自己一下，自己不理他就是了。遂往南一直出了城門。

　　回到店房內，將要叫店家備馬好起身，順便進城去買衣服，這時忽然店掌櫃進到屋裏，他說："柳姑娘您別走了，剛才您的哥哥來啦，他在西邊高升店內，叫姑娘快去找他！"

　　秀蓮聽了，不由得一怔，說："胡說！我怎會姓柳？我哪裏有什麼哥哥？你快給我備馬，我要走了！"

　　那掌櫃的說："姑娘，也許是他們找錯人了。可是那位柳大爺認得這匹紅馬，他說絕沒錯，並說您自管去見他，一奶同胞，有什麼話都好說！"

　　秀蓮一聽，心裏立刻明白了，知道一定是碰見那紅衣女子柳夢香的哥哥了，心中倒很覺好笑，本想要去見他，把這匹馬索性還給他，以免在外邊行走，別人都以為我就是柳夢香，那有多麼可恥！但又覺得此時若再買一匹好馬，也不甚容易，而這匹紅馬走得雖不太快，但很馴順。因此就氣惱地說："你不用廢話，我給了你店飯錢，你給我備馬就是了。我不認得什麼姓柳的，你也不能因為姓柳的認錯了人，就不放我走！"說着，把錢給了店掌櫃，她自己去收拾行李。

　　店掌櫃卻悄悄地出去，先打發夥計給那邊送信，然後他另叫人慢點給秀蓮備馬。秀蓮手提包裹，臂挾着雙劍，出了屋子，往馬棚下一望，就見店夥才把鞍子放在馬上。秀蓮明知他們是故意磨煩，便趕忙過去，用手一推，那店夥一屁股就坐在地上。秀蓮自己動手，很快地將馬備好，行李和雙劍放在鞍後，她自己的雙刀放在鞍旁，然後牽馬出了店門，上馬往南走去。走了不遠，尚未離了關廂，忽聽身後有人高聲叫道："大姑娘！大姑娘！"

　　秀蓮趕緊回頭去看，只見身後有三個人騎着馬緊緊跑來，他們一看見秀蓮的正臉，就不禁都發了怔。秀蓮卻不理他們，催馬就出了關廂，找着大道，又往北馳去，走了不到二三里，就聽身後有人高聲喊道："前面騎紅馬的女子，站住！站住！"秀蓮回首一看，見是四匹馬自後面趕來，秀蓮遂將馬勒住，打量着這四匹馬上的四個人。只見前面的兩個人都是年輕力壯，一個是黑臉大嘴，一個是瘦長個子；中間的馬上是一個三十來歲，白臉膛，穿着一身綢緞的人；最後的馬上是一個微有鬍鬚，像是個僕役樣子的人。秀蓮見他們的馬上都帶刀劍，便想着少時難免有一場爭鬥，遂也用手去摸鞍旁的刀柄。

此時四匹馬已來到臨近，那衣服闊綽的人催馬趕在前面，把兩隻長眼睛一瞪，像是兩個棗核兒，他忿忿地問說："你這匹紅馬是從哪兒得來的？"

秀蓮不慌不忙地用眼看看這個人，便冷笑說："是我花錢買來的，在我的手裏養了四五年了。"

那邊的人齊聲怒斥道："胡說！"黑臉漢子和那細高個子，一齊由鞍旁抽刀，那穿着闊綽衣服的人，卻趕緊擺手將他手下的人攔住。

他把俞秀蓮的面貌打量了一下，說："你別找着不自在，一個女人家，何必要耍無賴？你騎着的這匹馬，就是剝了皮我也認得牠。跟你說明白了，我是鳳陽府的柳大莊主摩雲鵬柳建才，你騎着的這匹紅馬，原是我胞妹的。我胞妹柳夢香，自幼喜愛新奇的打扮，向來她是穿着一身紅衣裳，拿着紅鞘紅條的雙劍，連這匹馬也是紅韁紅鐙。她是在今年春天由家中出去，我們這次出來，就為的是尋她。現在你可要實話實說，這匹馬是怎麼到了你手中的？我胞妹她現在什麼地方？"

秀蓮見這柳建才說話十分地不客氣，而且他身後的那三個人又齊都用眼瞪着自己，因此本想要實話告訴他，如今也不能了，遂就搖頭說："我不認得什麼柳夢香，你們認錯了！"說着撥馬就走。

柳建才卻抽出寶劍趕上，喝道："你別走，你可知道我摩雲鵬的名聲？你再看看，我手下這兩個人，饒成、金二，淮河一帶，誰人不知？現在我們還有幾個朋友在這裏，那都是江南有名的俠客。你一個女子，可不要自尋殺身大禍，趕緊將我胞妹的下落說出，將馬匹交還，便放你走！"

秀蓮氣憤地抽出雙刀，在馬上回身說道："你敢向我來發橫？不錯，馬匹是柳夢香的，不但有馬，雙劍也在我這裏。因為她與太行山的強盜勾通，他們搶去了我的馬匹，我才奪了她的馬，作為賠償。不信你去問你的妹妹，你妹妹大概也快來到此地了。憑你們這幾個無名小輩，也敢用話來嚇我俞秀蓮！"

對方那四個人一聽俞秀蓮的大名，他們全都勒着馬向後退了幾步，柳建才就問："哦！你就是俞秀蓮？你可知李慕白現在什麼地方？"

俞秀蓮瞪了他們一眼，見他們被自己的名聲嚇住，看那樣子是絕不敢向前交手，秀蓮遂也不願與他們慪氣，便收起刀來，催馬走去。走了約半里，回首一望，只見那柳建才等四匹馬卻往南跑去，心想着：他們大概是被嚇跑回去了。一面策馬前行，一面不禁冷笑，往下走了三十餘里，才找了個村鎮，用畢午飯。飯後再往下走，行了不到十里路，天空上便灑下來雪花，起始還是稀稀的，落在衣裳上隨之就消了，後來越下越密，越下越緊，地下鋪了一層毛氈似的二三分厚的白雪。秀蓮的青布衣褲，也都染上一片一片的白雪，仿佛是發了霉。此時天色暗晦，大道上的行人簡直沒有，只有俞秀蓮這匹胭脂色的紅馬，在銀色的大地上嗒嗒行走，身後留下了兩行勻整的蹄跡。

　　往北又走了幾十里，此時秀蓮精神並不倦怠，但這身體卻覺着十分寒冷，所以走到一座大城市，雖然天色尚早，但秀蓮不願往下再走了。向路旁的人問了問，原來這裏是順德府邢台縣，秀蓮遂在西關找了一家店房，牽馬進去，便叫店家。店掌櫃出來，看了看秀蓮，就說：“姑娘到別處再問問去吧，我們這店裏的房子都住滿了，大房子裏還擠得下，可是你不能住。”秀蓮只得牽馬出去，又到別家去找房子，可是一連找了四家，全都沒有地方了。

　　末一家的店掌櫃非常和氣，他說：“姑娘你看，單間房子是一間沒有了，你一個堂客，怎能在大房子裏跟人亂擠着呢？現在天冷，路上又不安靜，這麼一下雪，客人們都不敢往下再走路，所以都在這兒歇下了。姑娘，你就是到南關北關裏去打聽，也怕沒有一間閑屋子了。我給你出個主意，在城裏有一座白雲庵，那是處幼僧廟，姑娘你聽得懂嗎？幼僧就是尼姑，你一位堂客家，到那裏去投宿比在店房裏還要方便呢！”秀蓮點了點頭，牽馬又走出店門，悵惘在雪地裏站立了一會兒，忽然一生氣，暗想：我非在這裏投宿不可嗎？我不能連夜往下去走嗎？

　　於是就牽馬向西又走了不遠，就看見街北有一家酒飯館，秀蓮遂在門前將馬匹繫好，一拉門進去，立刻一團熱氣撲來。四周的人語雜亂，那些飲酒吃飯的人，莫不扭着頭直着眼來看她，秀蓮在近窗處找了個座位。酒保過來問秀蓮要什麼菜，秀蓮隨便說了兩樣菜，並叫酒保先把酒拿來，秀蓮就面窗坐着，自斟自飲。本來秀蓮是不慣飲酒的，但因身上穿的衣裳不多，而且少時還預備在風雪之下趕一夜的路，所以不能不借酒禦寒；但是她斟到第四杯，便飲不下去了，此時酒保已把菜飯端來。秀蓮用過飯，便給了錢，出門解下馬來，將馬肚帶繫緊了，遂扳鞍上馬，揮鞭出了西關，尋着大道，就一直往前走去。此時風雪越下越緊，天色也越發昏暗。秀蓮策馬往北走了五六里，竟沒看見一個行路的人。路旁的茅舍也都被雪壓着，裏面一點燈光也看不見，好像墳墓。大地之上寂然無聲，馬蹄踏在雪上都不發響，村舍裏的狗仿佛也怕冷，沒有一個吠的。秀蓮此時酒已湧起，身上覺得很暖和，但頭卻有點發暈，她便在馬上並不很急忙地行走。眼望灰暗的大地，忽然想起三年以前的事情，那時是她自北京出來追趕李慕白，要問問孟思昭的下落，那天她就是連夜踏雪行走，不過那時的雪似比現在還大。一想到前三年的事，她心中又不禁湧起了愁思，在馬上長歎了一聲，仿佛也懶得往下再行走了，同時對於一切的事都灰心了，就覺得這灰暗的天地就是她自己的心，而這茫茫的四周，只她一人踽踽獨行，這就像是她的身世。

又走了十餘里地，因為看見道旁有不少的人家，心裏就改變了主意，打算趁着天還不太晚，找個地方投宿，不再往下去走了。但是沿路的人家雖不少，可是沒有一處燈光，她也不願冒昧地去敲人家的門。只得又走了七八里，便來到一座鎮市上，這裏有二三十家舖戶，舖戶都由窗裏透出微弱的燈光，小小的酒店開着一扇門，街上有一個持着梆子打更的人，才敲了兩下。秀蓮心裏很驚訝，暗說：原來才二更天，我走到什麼時候才能天亮呀？遂就勒住馬，向那打更的人問說："這是什麼地方？"那打更的人借着雪色，仰臉瞧着馬上的姑娘，他仿佛十分詫異，便問說："你是從哪兒來的呀？"

秀蓮說："我是由磁州來，要回巨鹿縣去，在順德府找不着店了，我才往下走。"

那打更的人說："這麼大的雪，你一個女人家，連夜往下去走，不是找着要出事嗎？來，我給你問問，王家店裏有地方沒有。"

秀蓮下了馬，道了聲勞駕，遂牽馬跟着這打更人到了酒店的門首，原來這酒店的門雖小，可是後面還有幾間房子，都住着旅客。打更的人挾着梆子進去，就說："王老二，你們這裏還有地方沒有？外邊來了一位堂客，帶着一匹馬，想在你們這兒住。"那店掌櫃王老二是個很胖的人，有點黑鬍鬚，正在櫃旁給兩個已經喝醉了的客人熱酒，聽打更的這一說，他就搖頭說："沒有地方啦！"打更的說："一個堂客，大雪的天，你可怎麼叫人家往下走呢？天又這麼晚了！"

王老二說："要不就叫她在櫃房裏睡，我搬出去；櫃房就是我老婆孩子，可就是髒一點！"那打更的退回身來，一問秀蓮，秀蓮此時酒意已失，身上寒冷，實在不願往下再走了，遂就點頭說："成，只要有個地方能坐一晚上就行了。"又問，"我這匹馬有地方拴嗎？"在櫃上熱酒的王老二說："有地方，牽到後院就行了，草料也都現成。"說着他把酒給那兩個已經醉了的人送了過去。

他出來，借着屋裏透出來的燈光和外面的雪色，看了看秀蓮。秀蓮已由馬上解下行李和雙刀、雙劍。王老二先把她讓到櫃房裏，然後把馬牽到後院。此時打更的人又敲着梆子踏着雪走了，更聲也漸漸遠了。秀蓮一看這所謂櫃房，不過是在這賣酒的屋子裏，擋上幾條木板，至多可容四個人站立，但是又支着個小舖，舖上躺着一個憔悴的婦人，還有兩個三四歲的孩子，全都睡着了。秀蓮只能在那舖板前面露出的半截板凳上坐下，包裹和劍就放在腳前地下。秀蓮心中十分煩惱，想着：與其在這狹窄的地方坐一夜，還不如冒雪衝寒地往下走呢！

這時王老二又開着門，用驚疑的目光看地下放着的刀劍，他就說："大嫂，你是幹什麼的？"秀蓮說："我是在江湖賣藝的。"王老二一聽秀蓮是江湖上踩軟繩練把式的一個女子，態度就不像以前那麼鄭重了，笑了笑說："買賣怎麼樣，還不錯吧？"秀蓮點點頭說："還不錯。"王老二又問："怎麼是你一個人練呢？"秀蓮說："還有夥計，都在後頭呢。"王老二回身對那兩個喝酒的人笑着說："嘿！咱們這兒來了個練把式的姑娘，明天要是不下雪，咱們請她在鎮上耍一耍，大家給她湊幾個錢。"那兩個喝酒的人也說："咱們鎮上自從那幾個唱小戲的走了，有半年沒來玩意兒了。大嫂子，明天給我們練幾手兒，要是練得好，西邊穆大當家的還許請你上莊子裏練去呢。來，先喝兩口兒好不好，剛熱的酒！"連問了幾聲，櫃房裏並不言語，秀蓮卻在那裏生氣。

又待了半天，兩個喝酒的人醉了，王老二把店門關上，他就在櫃房邊，靠着熱酒的火爐去睡。燈也滅了，裏院的馬嘶叫了兩聲，那後面屋裏的旅客們又大聲吵嚷着，並有骰子投在盆裏的清脆響聲。外面風刮得愈猛，撼得木板牆咯吱咯吱地響，更聲卻微弱地響着，敲到三下了。秀蓮靠木板坐着，不住地打盹，那舖上擠着躺臥的母子三人全都睡得很香。

就在這時，忽聽外面嗒嗒嗒一陣馬蹄用力敲在雪地上雜亂之聲。秀蓮由夢中打了一個冷戰，趕緊睜開眼睛，側耳向外靜聽。只聽有人用拳頭亂捶店門，像是好幾個人的聲音，齊聲地叫着。櫃旁邊躺着的王老二被驚醒了，他大聲問："什麼事，找誰的？"外面的人說："你就開門吧！我們喝酒！"王老二氣憤憤地說："火滅啦！不賣啦！明天再來喝吧！"又聽外面另一個人的聲音說："你們這兒是住着一個騎着紅馬的女人不是？"秀蓮吃了一驚，趕緊就站起身，鏘地抽出雙刀來。舖上睡的孩子也驚醒了，啊啊哭了起來。這時王老二向木板探進頭來，驚慌慌地悄問說："外面那些人是找你的，大概是衙門裏的，我的爺，你到底是幹什麼的呀！"秀蓮昂然說："我出去見他們！"這時外面就咚咚地亂捶店門。秀蓮出了酒店，雙手握刀，大喝一聲："別打門，你們是幹什麼的？找誰的？"這尖銳的森厲的喝聲，透出了板門，外面立刻就停止了捶門，聲音也寂靜了，仿佛一個人也沒有了。

秀蓮將腰帶繫了繫，把前髮向後掠了掠，這時外面就有江南口音，向門裏輕輕地說道："我是沖霄劍客陳鳳鈞，俞秀蓮你不要害怕，我是向你求親來了！"

秀蓮一聽，陳鳳鈞那個可厭的人，又來到這裏調戲她，不由胸中怒火倍增。她想用個毒狠的方法來懲罰他，遂悄悄地將門拴卸下，外面的人正用力推着，這時忽然門開了，人也栽倒在屋裏來，秀蓮就乘勢雙刀砍下，地下慘叫了一聲，陳鳳鈞就再也爬不起來。秀蓮一聳身跳到店門外，只見外面瑩瑩白雪之中，有六匹馬，五個人。秀蓮把雙刀一掄，獨佔在一方，然後借雪色去看對面，就隱隱認清了，原來正是在磁州遇見的柳建才等人，和那個用快刀砍胳臂的賣藥僧人。此時那僧人已舞動禪杖過來，厲聲道："好個俞秀蓮，我們今天本無意跟你作對，你反倒把我的師弟陳鳳鈞殺傷！"

俞秀蓮揮刀將僧人的鐵禪杖磕開，厲聲道："你是哪裏來的和尚？出家人應當在廟裏好好唸經，你為什麼在這下着大雪的深夜裏，來這裏尋我，還同着陳鳳鈞這些個強盜！"

那僧人卻把禪杖攔住俞秀蓮的雙刀，說："俞秀蓮，你先聽我把話說明，不可潑口罵人。我們並不是強盜，我是江南當塗縣江心寺靜玄禪師的大弟子，名叫法普。我們本是規矩的出家人，因為兩年之前，奸人李慕白突然到我們廟中，將我師父所藏的秘圖盜去，我們追他到江邊，本想只要索回圖籍，並不傷害他的性命，不想他竟首先跟我們動起手來，我們就將他打落在江中。可是後來雇人打撈他的屍首，卻不見了。

"這兩年來，我們本以為他已經死去，可是在今年又聽說他並沒死，並且已往北方來了，我師父才派了我們分途來尋找他，也不是必要害他的性命，只要他能將圖籍還給我們就完了。在鳳陽府我遇見這位柳大莊主。柳大莊主此次出來，一則是尋找他的胞妹，二則也是尋李慕白，要找回他所失的一口斬鋼削鐵的寶劍。我們一路同行，來到河南，又遇見了師弟陳鳳鈞，才知道姑娘是由京南來，我們想你與李慕白最為相好，所以今天才找你來詢問李慕白的下落，並無他意，可是你不該乘人不備，就將陳鳳鈞殺傷！"

這法普和尚雖然手中握着沉重的鐵打的禪杖，但說話卻很講情理，同時秀蓮聽了李慕白的事，心中也覺得十分驚奇，便收了雙刀，向法普搖頭說："我已有三年沒見着李慕白了，他現在哪裏我也不知道。你雖滿口說得有理，可是你深夜追下我來，就算是強盜，那陳鳳鈞也更不是好人！"

此時柳建才已叫他手下的夜叉鬼饒成、鐵腿金二等人，進到王老二的店裏，把陳鳳鈞攙架出來。陳鳳鈞的半隻左臂已被削掉，疼得他慘切呻吟。法普氣得不住跺腳，柳建才又從店裏把他妹妹的那匹紅馬牽出，俞秀蓮卻掄刀過去，喝道："把馬給我留下，叫你妹妹親自來向我要才行。"

將說到這裏，只聽腦後一聲風響，卻是法普掄鐵杖打來。秀蓮趕緊回身掄刀，將法普的鐵杖架住，罵道："你剛才還跟我假意講道理，原來你也是想要暗算我！"

法普氣得把鐵杖抖起，並罵道："好個刁惡婦人，我今天要開殺戒了！"

當時雙刀和鐵棍交戰在一起。旁邊的柳建才、饒成、金二，便將受了傷的陳鳳鈞扔在雪地上，奔過來幫助法普與俞秀蓮戰鬥。此時雪花仍在飄飄，寒風仍在凜冽，天地依舊陰沉，但這小鎮市的街道上，卻刀劍錚然，鐵杖飛舞。俞秀蓮抖起來全身精神，展開了生平刀法，左右手的兩口刀，與身子合成一物，上下飛騰，前後披攔。對方的四個人如何是她的對手？

交戰有二十餘回合，那柳建才就情知不敵，趕緊退身跑到一邊，夜叉鬼饒成、鐵腿金二也一齊曳着刀跑了，連同柳建才隨身帶來的僕人，一共是四個人，他們搶了俞秀蓮的那匹馬，五匹馬就飛似的冒着雪往南跑去了。

這裏法普正在舞動禪杖用力抵住俞秀蓮，一看柳建才那幾個人把他拋下跑了，就氣得跺腳亂嚷，又與秀蓮戰了幾回合，他就用鐵杖將雙刀架住，連聲說："住手！住手！你再聽我說幾句話！"

俞秀蓮跳到一旁，雙手橫刀問說："你有什麼話，快說吧！"

法普卻扔下了禪杖，打了個問訊，說："我們素無深仇，何必要這樣苦苦拼命？我們這回來此，原是向你打聽李慕白的下落，柳建才卻要借着我們的力量來奪他的馬匹。現在他們趁勢搶了他們的馬匹，拋下我們逃了去，我寧可認輸，也不能再與你拼命死鬥了！"

俞秀蓮聽了，不住地冷笑，說："你們真聰明，你把我攔住，叫他們把馬搶去，你現在卻又來跟我說好話！"

法普連連擺手說："不是，不是，今天我們實在是受了柳建才的騙，以後我們見着他決不能饒他。現在我師弟陳鳳鈞已受了重傷，他也不能再騎馬了，我們這兩匹馬，由你隨便挑選一匹！"

俞秀蓮此時心中怒猶未息，本欲不放這法普走開，但又想，在這鎮市上，自己何必要在一夜之間殺傷兩條人命呢？遂就用眼看那遠遠的正低着頭吃雪的兩匹馬，就說："你留下一匹馬，走吧！"

那法普跑過去，將兩匹純青色的馬匹牽來，俞秀蓮就留下一匹，看看鞍轡齊備，就叫法普給繫在路旁的一棵枯樹上，然後就擺手說："你們走吧。"法普氣喘吁吁的，先由雪地下把他的師弟沖霄劍客陳鳳鈞抱起來，騎上了馬，笨重的禪杖也不能攜帶了，就拋棄在雪地裏，匹馬雙馱往南跑去了。

這裏俞秀蓮看那模糊的馬影在雪地之上消失了，她才喘了兩口氣。她覺得剛才這場爭鬥，非常沒有意味，同時想着李慕白既然確已來到北方，他為什麼要不認我呢？那個人的脾氣，依然是那麼古怪！因此又覺心中非常難受。歎了口氣，手提雙刀到了店門前，用手一推門，原來門已關閉上了。秀蓮又咚咚地用拳頭捶門，裏邊卻沒有人答話。

秀蓮高聲喊着說："快開門！我是在這裏住着的，強盜已被我打走了！"連喊了幾聲，裏面才把門開了。秀蓮一看，原來那後院住的旅客們全都驚起來了，黑乎乎地擠滿了一屋子的人。

王老二就說："老爺子！你們到底是怎麼回事呀？"秀蓮微笑着，搖頭說："不要緊，那幾個都是我的仇人，已經被我打走了！"屋子裏的許多人，全都用眼直勾勾地看着秀蓮。王老二又把燈點上，秀蓮就推開門，要進那木板隔成的櫃房，說："我也這就走！……"說時就往地下一看，不由得驚詫，原來地下放着的那行李包裹和雙劍全都不見了。她瞪起眼睛來問說："我那行李都哪兒去啦？"王老二說："都叫那幾個賊人闖進來，連你那匹馬和行李全都搶去了，我們哪敢攔他們呀！"秀蓮氣得跺腳說："我的銀錢全在包裹裏了！"

旁邊就有人給出主意說："快追他們去！"於是秀蓮臂挾雙刀，又急忙地跑出了店房，由道旁樹上解下馬來，扳鞍上馬向南去追。這匹馬卻又高又大，性情也不很馴，秀蓮騎着很不合適，但她心中卻氣憤難禁，不能忍下這口氣，就急急催馬往南飛跑。此時雪雖下得微了，風卻吹得更緊，天色更是陰沉、昏暗，往四下去看，什麼也看不見，走了不知有多少里，前面竟望見街市和許多房屋，原來又回到順德府的城池了。時已深夜，秀蓮自量也沒處投宿，低頭去看，雪上也沒印着什麼蹄跡，也看不出那柳建才和法普等人是逃到哪裏去了。

秀蓮無計可施，就騎上馬，在寒風雪地，夜色之下徘徊，不但沒看見一個人，簡直連一聲更鼓也沒有聽見。秀蓮心中十分急躁，又徘徊了些時，忽然扭頭向東一望，見雪地之上，黑乎乎的，搖搖擺擺的，來了一個東西。秀蓮驚得打一個冷戰，心說：莫非是鬼嗎？又細看了看，那黑影是衝着自己來了。

秀蓮把膽子一壯，手持雙刀，催馬趕過去，只見那對面的黑影站住了，原來是一個人，此人向秀蓮怒喝道："你是幹什麼的？"

秀蓮一聽，這人說的話也是江南口音。在十幾步之外，雖然看不清這人的面貌，但也可以略略看出這人是很瘦小的，頭上像戴着個平頂帽子，衣袖很肥，大概不是個僧人便是道士。秀蓮不由暗驚，遂橫着雙刀問說："你先不用問我，你是幹什麼的，在這雪天半夜裏……"話才說到此處，忽然對面的人嗖的一聲，像一隻貓似的，躥着撲奔過來。秀蓮趕緊雙手掄刀向馬下去砍，不防那人身軀極為敏捷，卻轉到秀蓮的馬後去了。秀蓮趕緊飛身跳下馬來，雙刀舉起，回頭一看，那人卻沒有了蹤影。秀蓮正在驚訝，只覺腦後像被人戳了一下，立刻一陣頭暈腳軟，全身無力掙扎，就摔倒在雪地之上，人事不知。這時寒風依然怒吼，雪花不住飛落，也不知過了有多少時候，忽然她清醒了一點，左手稍微能夠動彈，但是頭部仍然昏沉疼痛，抬不起來。她使盡了全身的力氣，才把左手抬起，將臉上的雪略微掃開，微微睜開眼睛，就見天光已發魚肚白色，雪雖沒住，但也甚微了。秀蓮想要站起身來，但全身都像沒有力氣，頭部沉重得無法抬起來，她就呻吟了幾聲又把眼睛閉上，一任雪花往臉上落。

待了半天，就聽耳畔有車輪的聲音，秀蓮睜眼一看，見來了三輛轎車，車走到近前，全都停住了，由車上跳下幾個商人模樣的人，全都驚訝地看在雪地裏躺着的秀蓮，他們彼此問說：“這是怎麼回事？”就有人說：“別管閒事，咱們走吧！”幾個人遂又一同上車走去。這裏秀蓮心中又急又氣，大聲地喊叫了一聲，掙扎着坐起身來，但立刻又覺着一陣頭昏眼黑，立刻又哎喲一聲就倒在雪地上。她狠狠地咬着牙，心說：除非是我死了，不然我一定要出這口氣，哪兒來的賊人，竟用點穴法暗算我？她閉着眼睛，又短促地出了幾口氣。

這時天色已然亮了，城門也開了，這條路上的行人就更多了，乘車的、騎馬的、擔負貨物的人，全都駐足來看秀蓮。就有人問：“你是怎麼啦，得了病症了嗎？”

秀蓮睜眼一看，見旁邊的人已把她圍了一個圈子，秀蓮就生氣地說：“你們來看我幹什麼？我是昨晚遇見強盜了，你們若是有好心，把我送到一家店房裏歇一歇，只要我受的傷好了，我一定要重謝你們！”她雖這樣急躁地求援，但也許因為她是一個婦女的緣故，竟沒有一個人肯上前來把她扶起，送到一個地方去安置。

秀蓮氣憤憤地又把眼睛閉上，心說：“沒有人救我，我就在這裏躺着，躺兩三天還不能好嗎？只要我能夠起來，我就饒不了那仇人！”她把牙咬了咬，忽然又瞪大了眼睛問說：“你們看，我有一匹黑馬，還有兩口刀，在我的身旁沒有？”

旁邊的人都往四下看了看，有的就笑着說：“哪兒有呀？”這時忽然由東邊來了一輛車，車來到近前就停住了，旁邊看熱鬧的人往兩旁一閃，有人就說：“好了，白雲庵的師父們來啦！”這時由車上下來了三個尼姑，來到近前就低着頭問：“你是姓俞不是？”

秀蓮見是三個尼姑，她便呻吟了兩聲，和氣地說：“不錯，我姓俞，你怎麼知道？”那三個尼姑也不說什麼，就一同上前，費了很大的事，才把秀蓮抬到車上。一個尼姑坐在車轅旁，兩個在車後面跟隨着，就趕進城裏去了。秀蓮躺在車裏，被車顛動得更覺發暈，心裏雖然覺得這尼姑們能曉得自己的姓氏，未免可疑，但此時她卻顧不了許多，只盼着她們好好把自己安置到一個地方，使自己能夠將傷養好就是了。也不知車走了有多遠，到了一個地方，就停住了。三個尼姑把秀蓮攙下車去，裏面又出來兩個尼姑，幫助着，才將秀蓮攙架着進到廟內，送在一間小屋子裏，放在炕上。一個尼姑替秀蓮掃去了身上的泥土，那幾個尼姑就都出屋去了。

待了一會兒，又有一個人進來，服侍秀蓮喝了一碗熱水。秀蓮的身子這才覺得舒服一點，但頭部仍然是昏沉，眼睛才睜開，便覺着酸痛，遂又閉上了。她又呻吟了兩聲，便問說：“師父們，你們怎麼知道我是姓俞？”

旁邊的尼姑就說：“今天還沒亮的時候，就有一位老師父到我們庵裏來，他說他是江南江心寺的長老，因為有一個叫俞什麼蓮的姑娘，在城外得了病，躺在雪地裏快要死了，叫我們趕緊去救，我們的師父才派了我們前去救你。”

秀蓮一聽是什麼江心寺的長老，她便十分驚訝，趕緊努力睜開眼睛問說：“那長老現在什麼地方，跟你們怎麼認識的？”旁邊尼姑搖頭說：“並不認識，不過都是出家人，你是一個女人，在城外得病躺在雪地上，他不便去救你，我們還能坐視不救嗎？那位老和尚是個很瘦，頗有道行的人。把話告訴了我們，他遂後就走了，我們也忘了問他在城內哪家廟裏掛單。”

秀蓮心中便明白了，知道昨夜所遇的哪個瘦小的黑影，一定就是江南的靜玄禪師，他是跟他那徒弟們一起來的，不過在那鎮市上爭鬥時他沒有出頭，後來因為我把陳鳳鈞殺傷了，他才來用點穴法將我點暈。大概事後他又覺得手段下得太狠毒了，所以才通知這裏的尼僧前去救我。想到這裏，心中卻越發憤恨，暗道：靜玄禪師，聽說你也是江南第一流的俠客，你為什麼不跟我一刀一槍地比比武藝，卻用點穴法來暗傷我，並且把我的雙刀也搶去，這算是俠客的行為嗎？因此她恨不得爬起來，再去與靜玄戰鬥，但是她覺得被點傷得太重了，除了左手還能抬起之外，其餘的身上各部分全都不能動彈，並且連眼睛都不能時常睜着。

幸是各個尼姑都是十分仁慈，飲水等一切的事，都對她殷勤服侍。老尼姑並過來問她在本地或鄰縣，有什麼親友沒有。秀蓮卻說：“都沒有。”並說，“我這並不是什麼病，卻是遇見強盜了，將我打的。”

老尼姑看了，還不十分相信，因為見秀蓮的全身並沒有傷痕，只是她全身卻像殘廢了似的，不能夠動作，遂就安慰她說：“大概休養上兩三天你也就好了！”

　　於是秀蓮就在這白雲庵歇了一天一夜。到次日，卻仍然和昨天一樣，身子還是不能動彈，頭部仍是昏暈，她心中就害怕起來，並且十分悲傷，心說：果然老是永遠不好，這不是如同廢人一樣了嗎？長在這廟裏住着也不行呀！又想着：再過兩天若是身子還不能動轉，那就得托廟中的尼姑們，去找個人，到巨鹿縣去送個信，叫崔三前來接我。可是自己是鐵翅雕俞老鏢頭的女兒，誰都曉得我這幾年在外，很為故去的父親爭光，一旦若成了殘廢，回到故鄉，還不如悄悄地死在這裏呢！想到這裏，心中既是難過，同時頭部也覺一陣昏暈，就仿佛睡去了一般。直到晚間，秀蓮雖然略有呻吟之聲，但仍是不能常睜眼。尼姑給她灌下些米湯喝了，便把她身上的棉被蓋好，然後帶好了門，走了。

　　也不知過了多少時候，大概外面天色都黑了，秀蓮心中雖然略有點知覺，但頭部仍然發暈，又過了許多時候，忽覺得有人用雙手來捏她的頭部，並且搖動她的肩膀。秀蓮無力睜眼看來者是什麼人，但覺頭部和手腳全都很舒適。那人又把秀蓮的頭托起來，搖了半天，並用手指按她的太陽穴，秀蓮頓然覺得輕鬆，立時睜大了眼睛，問說：“你是誰？”屋中漆黑的，對面看不見人，秀蓮只覺得這人很有力氣，似是個男子。秀蓮心中不禁驚疑，此時她頭部已經完全輕鬆了，兩臂也覺得照常有力了。秀蓮就驀然一伸手將那人揪住，同時坐起身來，又問：“你是誰？”那人卻用力將手奪開，一下又將秀蓮推倒在炕上，他就急忙開了屋門走了。

　　秀蓮想要掙扎着起來追趕那人，卻不防兩條腿還是無力，便咕咚一聲摔倒在炕下。此時忽聽窗外有人歎了口氣，秀蓮聽了很是驚疑，又向窗外說道：“我的兩腿還是不能動彈，你若是真心來救我，請再進屋來，索性把我治好了！”外面的人卻不言語。秀蓮又問了一聲：“到底你是什麼人？你是……”說到這裏，卻聽窗外嗖的一聲，大概那人已飛上房走了。這裏秀蓮側耳靜聽了半天，窗外已毫無動靜。遠處的更聲交了四下，秀蓮心想：原來天色都快亮了！此時她的頭部一點也不覺着昏暈了，兩臂也照常能夠掄動，心中不禁十分歡喜，便坐在地上，用自己的手把兩隻腿用力地捏，用力地搖動，雖然十分疼痛，但漸漸能夠自由屈伸了。她就扶着炕沿，慢慢地站起身來，又一歪身將牆扶住，試着抬腿，試着走步，只覺得兩條腿雖然可以慢慢行動了，但就仿佛傷了筋骨似的，只要邁一步，就有些疼痛。但是她心中已不發愁了，遂回到炕上去臥着，兩腿仍然自己活動着。她心裏很明白，剛才來的那人是誰，他是專為救我而來的，大概他既知道我的兩條腿還是不能活動，他還會來的。於是就暗暗地計劃着辦法，同時自己不住地將身子活動着。

　　直到天光大亮，正殿裏敲過了鐘聲，常服侍秀蓮的那個十幾歲的小尼姑又進屋來了。她一見秀蓮已然能自己坐在炕上，而且睜着很大的眼睛，她就十分驚訝，並且很喜歡，就笑着問說：「俞姑娘，你的病好啦？」秀蓮點頭笑着說：「好啦，就是這兩條腿還不能夠走道兒！」小尼姑笑着說：「那就不要緊了，大概再養兩天也就好啦。俞姑娘，這兩天你簡直是人事不知，你不知道我們多着急了！真的，你在這兒無親無友，倘或有個好歹怎麼辦？現在，這總歸是菩薩保佑你！」此時外面又進來兩個尼姑，一見秀蓮忽然病好了，她們也都非常驚異。秀蓮就坐在炕上，笑着說：「你們幾位師父真是我的救命恩人，我將來真得想法報答你們！」一個尼姑就說：「你倒不用報答我們，過兩天你能下地了，到大殿裏多給觀音老母叩幾個頭就是了。老母真是佛法無邊，救苦救難。你要是沒有地方去投奔，那也不要緊，我們老師父跟你很有緣，你可以在我們這兒住着，帶髮修行也可以，不過就是得受些清苦。」

　　秀蓮一聽，心裏覺着一動，細想了想，就說：「我也真願意出家，我既要出家就得落髮，不能那麼半僧半俗的。不過在巨鹿縣家裏，我還有一位老母親，今年已六十九歲了，等到將來，把她老人家服侍得賓天之後，我一定要來此修行。」尼姑又說：「你沒有婆家嗎？」秀蓮臉上紅了紅，搖頭說：「婆家是有的，可是我沒過門，人就死了！」幾個尼姑彼此相望着，嘖嘖地說：「真可憐！」秀蓮本來以為說她母親尚在，原不過是推脫的話，她心裏是想着：我身邊還有許多要緊的事，那些事未辦完，雖欲出家，亦不能夠。後來又說出了未婚的亡夫，對面的尼姑又不住替她惋惜，她卻真的悲傷起來，想起了往事，尤其是想起了李慕白，心中不勝難過。她暗想：自己的初心，原是要伴着孟思昭訂婚的那枝金釵，以度終身，李慕白那不過是對我俞家有過好處的人，可是後來，不知為什麼，自己就對他發生一種不可告人的感情，尤其那次到提督衙門的監獄中去救他，以及如今……簡直感情和行動都已超過了義兄妹的關係，將來倘或再見了面，那可怎麼解脫呢！當時這柔軟的一縷情絲，竟比長槍短刀還要鋒利，使秀蓮心中如受重創，她不禁對着幾個尼姑，簌簌地流下幾點眼淚來。尼姑就又勸慰了她半天，秀蓮方才苦笑了一笑。少時尼姑給她取來早飯吃了，天色很快地又溜到中午了。

　　在下午，秀蓮依舊坐在炕上捏她那兩隻腿，又扶着牆下來試着走步，竟覺着比昨夜又好得多了。晚飯後，那個小尼姑又跟她談了些閒話，秀蓮就向小尼姑要了一枝蠟燭，並要來取火之物，說是晚間屋裏常有響聲，也不知是老鼠還是黃鼠狼，所以她要點起燈來看看，小尼姑就給她都留下了。可是到了晚間，小尼姑去後，秀蓮在屋中依舊捏腳，她並不把燈燭點起。遠處更聲遲遲，才交了兩下，秀蓮倒不禁急躁，心說：這時天色還早呢！於是就靜臥着等待，及至到了三更時分，秀蓮的心情不禁緊張起來，將取火的東西緊緊握在手中，側耳向窗外靜聽，但窗外面除了寒風呼呼地響，再無別的聲音。秀蓮的心情由急躁漸漸轉為懶憊了，心說：昨天那個人也許不能夠來了。於是又用手捏腿，漸漸覺得精神疲乏，便沉沉睡去。

又不知過了多少時候，忽聽噹的一聲微響，秀蓮立刻驚醒了，只覺得一個人已進屋來了。秀蓮卻一點也不動，假裝做熟睡的樣子，手中卻緊緊地握着那取火之物，只聽那人在炕頭上站立了一會兒，忽然他像手裏拿着一張紙，窸窣地微響，就放在秀蓮的枕畔了。

秀蓮驀然一滾身下了地，不顧腿腳利便不利便，她就橫着屋門站住，口中急說：“你是誰？”

那人也真沒慮到秀蓮會自己下地，現在屋門已被秀蓮擋住，他也不能過去將秀蓮推開再逃走，遂就站在那裏，似乎發了一會兒怔，然後依舊運用江南口音說道：“俞姑娘你不要多疑。我是龔道士，因為你的腿傷還未愈，所以我今夜再來。告訴你治療的法子！”

秀蓮卻不禁嘿嘿地冷笑，吧的一聲，驀然打起火來。立時火光照滿了這間小屋，對面的那個人無法再躲藏了。秀蓮一面把蠟燭點上，一面借着火光去看這個人，就見這所謂龔道士，現在卻不是道士的裝束了，穿的是一身青布的箍身夾衣褲，頭上用一塊青布包着，身體極為魁梧，但面貌卻有些清瘦，兩隻很有神的大眼睛，頷下有短短的黑鬍鬚。秀蓮一看，果然不出自己所料，心中又悲又喜，就說：“李大哥！我們將有三載未晤，你為什麼要處處躲避着我呢！”說畢，一眼又看到自己的枕畔是放着一張字帖，被褥旁放着丟失的那對雙刀，驀然間，當年江南鶴留劍寄柬時的情景，及“斯人已隨江南鶴，寶劍留結他日緣”兩句話，又在她的腦中一閃，立時她的臉通紅了。

對面的李慕白，這時心也感慨萬端，他歎了口氣，說：“俞姑娘，並不是我專躲避着你，現在一般的舊友，我都不願再見了！”

秀蓮又看了李慕白一眼，她將門閉嚴了些，說：“李大哥請坐！”

李慕白很拘束地坐在炕旁，秀蓮依舊靠着門站立，二人心中都堆積許多話，卻不知應當從哪裏說起。

良久，秀蓮才說：“李大哥！自從那年你自京中逃走之後，就再也聽不見你的信息，後來德五哥由新疆赦還，他對你無時不在想念，卻又無處去托人打聽你的下落。直到今年八月間，才聽花槍馮隆那些壞人在外面傳說，說是大哥你在江南因與靜玄和尚等人爭鬥，墮入江中，已然死了。

“德五哥他卻不很相信，這次我為楊豹家裏的事出來，臨行時，德五哥還托我出來隨時打聽大哥的下落。後來在半路上遇見了陳鳳鈞，我和他交手將他打走，得到他的一匹馬，由他的行李之中撿出一封信來，這才知道大哥現在是往北來了，及至在黃河南岸，半夜裏那兩個賊人被擒，我就曉得是有武藝高強的人，在暗中幫助我。

「到了開封，我們又全都住在那玉興鏢店對門的店房內，我就想偵察你的行動，但那時我可絕沒有想到就是李大哥你。直到在開封城裏，大哥幫助我殺傷張玉瑾，後來因城中鑼聲四起，大哥領我到城牆上，對我說了幾句話，我聽得你聲音熟，才猜想李大哥是在暗中保護我了。」

李慕白聽俞秀蓮說到這裏，他便點頭說：「姑娘不必細說了，以後的事情我都知道。自從那天在黃河北岸，看見姑娘騎着柳夢香的那匹紅馬，我就很覺詫異，所以我就折回南岸來，隨時在暗中幫助姑娘，後來我替姑娘擒了花槍馮隆，見姑娘北上，我就放了心，曉得姑娘的事已辦完了。

「我因知姑娘也在處處留意我的行動，不願被姑娘認出我的真面目，所以我就在捉獲馮隆的後兩日，方才離開了開封，我也不曉得你是往彰德府去了。我過了河北上，原是要到太行山去，不想走在新鄉，就遇見紫毛虎那夥強盜。我因見他們之中有一個人帶着一對雙刀，似是姑娘之物，所以我才去把雙刀奪來，為此，我還將紫毛虎及他手下的兩個人殺傷了。由他們的口中，才探出，姑娘是曾到太行山去了，並且與他們結仇是因為彰德府的金鏢郁天傑。我因想先到彰德府見着郁天傑，把雙刀交給他，托他將來設法送還姑娘。

「可是在我將走到彰德府的時候，就遇見了史胖子等人，我就在後面暗暗跟隨，我就猜着姑娘的身旁一定有事，所以我就住在那雙慶店內，本想要在暗中觀察着，如若姑娘的身旁發生什麼事情，我立時就上前幫助，可是不料史胖子那個人真狡猾，夜內他竟帶着兩個夥計，到了雙慶店內，將我的來歷完全探出，於是我又不得不走開了。」

俞秀蓮聽到這裏，她覺得十分詫異，就趕緊問說：「李大哥，你為什麼不願見我們這些人呢？」

李慕白歎道：「並不是不願意，實在有種種難處。第一是我的盟伯江南鶴老俠，他對於我過去的事，全都非常不滿。今年夏天，我在九華山拜別他老人之時，他就吩咐我，此番北上，只許探望家鄉，如有機緣，可以與德嘯峰及姑娘見一面，其他的人，無論有恩，或是有仇，一概都不准見面相識。第二是就在兩年以前從北京逃出來，便直到江南，在路上又惹了許多糾紛。

「最大的事就是在當塗江心寺，我奪去了靜玄禪師所秘藏的人身穴道圖，共十八幅，為此靜玄禪師率領徒眾追我至繁昌江邊。在船上我們交起手來，我竟失足墮於江中。因我略識水性所以才得泅水逃走，寶劍和穴道圖籍都在我身邊，並沒丟失。我便悄悄到了池州，就住在九華山上。後來江南鶴老俠也去了，他因與靜玄有舊，就勸我將點穴圖送回，可是那時我早已將圖籍秘密收起，只告訴他老人家我在落水之時已將圖籍完全遺失，直到他老人家跟我同住了月餘，他又往旁處去了，我才將圖籍取出來，詳細研究，私自練習。

「所以這兩年來，我在九華山上隱居，從不下山，就是練習點穴。現在我已完全學成了，可是靜玄禪師已知我並沒有死，所以遣派他的徒眾到各省去訪查我。近來靜玄且親自渡江來尋我，我因不欲與他們爭鬥，所以形跡更得隱秘一些。再有就是這二三年來，我雖久已絕跡江湖，可是一般人都還沒忘了我的名姓，所以我更不願露出真面目來，否則京城殺死黃驥北的那件大案就能重翻，那時必於德五哥和姑娘都有些不利！」

秀蓮聽到這裏，什麼話她也不問了，她只是很高興地說：「李大哥，那十幾張點穴圖你都帶了嗎？可以叫我看看嗎？」

李慕白悄聲說：「姑娘千萬不可對別人去說！那十八幅點穴秘圖，永遠帶在我的身畔，但是現在我卻不能拿出來給姑娘看，因為昨天夜間，從姑娘這裏走後，我就到了靜玄禪師所住的長興店內，趁他們睡熟，我將姑娘這對雙刀取出，今天給姑娘送來。我想他們在發覺失去了雙刀之後，一定要加緊尋查，說不定我們在這裏談話，他們就正在屋外偷聽，我若露出圖來，他們一定立刻闖進來，拼死也要奪回他們的秘寶。」

秀蓮聽了這話，她不禁替李慕白生氣，就冷笑着問說：「李大哥，你在九華山按圖學習了二年了，難道你的點穴法還不如他們嗎？你還怕那靜玄和尚嗎？」

李慕白搖頭說道：「那倒未必，只是靜玄禪師他本是我盟伯江南鶴的老友，因我盟伯曾向我諄諄囑咐，所以我不得不極力避其鋒芒，但是如到萬不得已時，或是我知道了他們做出什麼狠毒殘忍、不公平的事，我還是要與他們較量較量的。」說到這裏，李慕白的態度忽變為激昂憤慨，他瞪起那兩隻炯炯有光的眼睛，握拳說道：「點穴法共一百零八手，點人身一百零八穴，隨時可以變換，但是初學時，必須按時點穴，點重則傷重，點輕則傷輕，並且凡是點穴的，必會解法。點穴本傳自單思南與王咸來，單、王二人都是武當派的名家，原為懲奸徒而不施刀斧，被點之後，雖立刻全身或一部不能行動，但一經解救，或常常使人搖動身體，便不久即愈，而且毫無傷痕，所以點穴法在武技之中，是很忠厚的一種手法。不過也有幾種毒辣的點法，第一是死穴，第二是啞穴，那兩處穴決不可點，否則就失了俠義的身份。聽我盟伯說，靜玄禪師雖善點穴，但生平尚未置人於死。我盟伯並說，假使靜玄若點人的死穴，他老人家便一定要嚴厲地去懲罰他，因為我盟伯江南鶴雖不以點穴馳名，但是點穴法若到了他的手中，實如兒戲一般，是一點也施展不開。

「只是昨天我看靜玄點你的地方，差一點就是左額角，那就是死穴最要緊的地方，可見靜玄當時居心頗惡，後來忽然一轉念，又點在不要緊的地方，並未十分用力地點了你一下，所以你便暈了過去，同時他又在你腿上點了鬼眼穴，倒是很重的，假若不經人治，姑娘你就要終身成為廢人了！」

俞秀蓮聽到這裏，她不禁十分怕，同時她又氣憤着說：「那靜玄和尚這樣的毒狠，將來我定要找他去拼一拼！」

李慕白卻擺手說：「姑娘且不要生氣，以後咱們再觀察他。如果他再做出了什麼惡事，那時你我自然要與他鬥鬥，否則也不必去惹他。」又說，「我實在沒想到靜玄禪師能到此地來，而且他竟與姑娘作對。本來，我此次北返，一過江的時候，就聽人傳說，宮中丟失珍寶的案子又重翻了，有一個張大總管，他說盜寶的要犯楊小太歲並非別人，就是李慕白。說我自北京逃出之後，就改變名姓了。因此我十分憤恨，又怕德五哥因我再受連累。

「我探知那楊小太歲現在太行山，所以我才到了河南。那時在彰德府被史胖子攪得我不能立足，我就離開那雙慶店，到離着彰德縣城不遠的一座破廟內寄宿，打算次日就往太行山去。可是次日我還沒有走，就見那晁德慶、柳夢香等人騎着馬由廟門前走過去，都像是往彰德北關去了，因此我就不敢再往下走了，便帶着寶劍隱在大道旁邊觀望。先是看見史胖子跟孫正禮往北去了，後來又見晁德慶等人追趕下去。因為晁德慶與柳夢香全都認識我，我不能叫他們瞧見了，便在他們身後二三里之外緊緊跟隨。

「那天晚上跟他們到了馬頭鎮迤西的一座小鎮市里，我只看見晁德慶他們打店住下，卻沒看見史胖子和孫正禮，我是在一座廟內投宿，夜內也不知是什麼人前去捉弄他們。到了第二天，忽然晁德慶與一個名叫韓志遠的人，在店房裏動刀拼起命來，二人並大聲地罵着，晁德慶罵韓志遠調戲了他的妻子，說是由韓志遠的衣包內搜出來他妻子的紅褲子，韓志遠卻說他不知道那條紅褲子怎會到了他的衣包內。兩個人的鋼刀，加上柳夢香的寶劍，打了半天，韓志遠的臂上還受了傷，後來雖經旁人給解勸了，但是他們本來是一夥的人，卻因此分開了。如今晁德慶和柳夢香都在磁州，我也是因此才到了磁州，聽人說姑娘曾於前日路過那裏，所以我才往北來。」

李慕白說到這裏，俞秀蓮就說：「李大哥，現在你我既然見了面，你也就不必再躲避着我了。三四年來，咱們若是常常見面，什麼話都痛快地說，那也不至於有後來許多麻煩的事。”說到這兒，秀蓮歎了口氣，又接着說道：“這次我到河南，總算沒有白來。”遂就把在彰德府遇着單刀楊小太歲，他送給自己四顆珍珠的事情，詳細說了，最後她憤慨地說，“珠子一日不還回宮內，那件盜案就一日不能消除，德五哥也一日不能寬心。我想現在我們這裏既已得到四顆，其餘的全在楊豹身邊，楊豹現在已經往北京去了多日，我們應當將珠子全數得到手中，然後或大哥或我，將此物送還宮內，為德五哥洗去沉冤，這比什麼事都要緊。現在我的身體也好了，明後天就要起身，李大哥，我們一路同行怎樣？”

李慕白卻沉思了一會，就說：“我現在還是不應當露面，這倒並不是畏懼靜玄等人，卻是倘若有人看見我與姑娘同行，雖然當時未必便將我和姑娘捉了去，但是，將來姑娘回北京去時，就恐怕難免出事了。一兩天內姑娘還是自己動身吧，我只時時在暗中跟隨着姑娘就是了。”

秀蓮想了一想，便也點了點頭。當時李慕白又把床上那張字帖拿起，那上面的字就是教給秀蓮如何捏揉腿部，怎樣活動身體，當下李慕白又當面指點了一番，就說：“姑娘依法施行，一兩日內全身就可以都好了。”

說畢，他向秀蓮點首，說聲，“再見！”剛往外邁了一步，卻不料又被秀蓮姑娘一把手抓住，他趕緊回首，借燈光一看，就見秀蓮的臉上緋紅，態度很溫柔地說：“李大哥，你現住在什麼地方？”

李慕白猶豫了一下，就說：“我住在城內一家店房裏，姑娘，你無妨多休息兩日，再走不晚！”

秀蓮默默地點頭。李慕白便推門出屋，將門再掩上，還回首向那燈光慘黯的窗紙上看了一看，然後才飛身上房走去。

第十八回　劍光鬢影月夜證幽情　夜靜更深金屋來女俠

　　李慕白回到了他所住的那店房內，心中覺得有一種很難過的滋味，說不出是悔恨還是惆悵。他將門關嚴，連燈也不點，就默默地坐着沉思，他眼前仿佛飄蕩着秀蓮那清秀俊俏而又凜凜有一種俠風的影子。在這黑暗的小屋之中，他不禁又想起了三年以前的種種事情。第一次是將秀蓮和俞老太太送到宣化府，一到了那裏，就聞說秀蓮的未婚夫孟思昭已闖禍逃走，那夜內，秀蓮就私到自己房中，托自己到外面為她尋找孟思昭。第二次，就是自己在殺死黃驥北以後，陷入監中，秀蓮跟史胖子前去援救自己，在那時秀蓮心中的真情是完全宣露出來了。後來自己走江南，登九華，二年多來隱居在山上，刻苦學習點穴，但每遇風清月明，或秋風寒雨之時，總難忘記在北京留下的那些兒女殘情及朋友恩義。此次在九華山向盟伯拜別，盟伯囑咐自己，此次重到江湖上來，不可再與那些舊人見面，但是有兩個人例外，一是德嘯峰，一就是俞秀蓮。尤其對於俞秀蓮，盟伯仿佛特別關心她，並屢次勸我的性情不可拗執。雖未將話說明，但盟伯的意思，實在是叫我將來常常照拂秀蓮。其實我們果然如同義兄妹一般，時常見面，也未為不可，但現在卻不能那樣說了。因為，第一是兩年前監獄裏的那事，又加上昨天，自己動手治愈她的身體，看今天秀蓮就已露出了一點情意，將來，倘若這種情思越來越深，那可怎麼辦呢？想到這裏，他又歎了口氣，又想起孟思昭和謝纖娘，那兩件在自己的心頭永久難消的恨事，假若沒有那兩件事，又有什麼難辦？因此他想來想去，覺得還是應當快些走開才好。大概俞秀蓮的身體一二日內就可以恢復原狀，自己給她買一匹馬，送她些錢，叫她回北京去，然後自己再在暗中跟隨保護，只要看她平安地進了北京城，那時自己就可以隨便去做別的事了。想定了主意，又惆悵地坐了一會兒，便上床睡去，一夜他總是驚醒着，因知靜玄師徒就住在南關店房裏，雖然隔着一堵城牆，可是他們只要知道自己住在這裏，便隨時可以前來。李慕白雖然這樣緊嚴地提防着，但後半夜並沒有什麼事情發生。

到了次日依舊和前兩日似的，他白天並不出店門，用過早飯，就又把伺候他的那個年輕的店夥叫進屋來，拿了一串錢給他，說：「再托你到南關去一趟，打聽打聽在長興店裏住的那兩個和尚走了沒有，跟他們在一起住的，還有一個受傷的人，那個人的傷勢怎麼樣了。」店夥計連連答應，還不好意思要那一串錢，李慕白讓了半天，店夥才把錢接到手裏，高高興興地走了。

去了有一刻多鐘才回來，一見着李慕白就說：「走了，今天一清早，那兩個和尚雇了一輛車，拉着那斷了胳臂的人，往北去了，說是往北京去了。」李慕白一聽靜玄禪師、法普和尚已帶着陳鳳鈞走去，他雖放了些心，但是因聽說他們是往北京去了，心中又不禁猜疑。便點了點頭，又問說：「那兩個和尚全都是騎着馬走的嗎？」店夥說：「他們本來有兩匹馬，昨天就賣了一匹，今天走的時候，就是那年輕一點的和尚騎着馬，那老和尚卻是坐在車上。」李慕白點頭說：「那就是了。」店夥說完話，就出屋去了。這裏李慕白就又思索了一會兒，便親自到櫃房借了紙筆，拿回到屋裏，寫了一張字柬，大意就是：「確聞靜玄等已北去，想彼因身畔有負傷之人，故不願再生事。今奉上白銀五十兩，請姑娘查收，病癒後可雇車北返，能遲兩三日動身更好，路上如遇彼人，千萬設法躲避，不必攖其鋒芒，此非我等懼彼，蓋亦為省去無謂之紛爭也，謹此即頌路安，知名不具。」

寫過後，折疊好了，帶在身畔。他又由身畔取出五十兩銀票，走出店門，找了一家錢莊，把銀票兌成了現銀，然後手托着銀兩，來到白雲庵前，先取出那張字柬，隨後上前打門。連打了幾下，裏面才走出來一個小尼姑，李慕白就很恭敬地問道：「小師父，你們這裏住着一個姓俞的落難的姑娘，現在她的病好一點了吧？我是她的親戚，現在來給她送點東西。」

那小尼姑發着怔，瞧着李慕白，說：「你問那個姓俞的姑娘嗎？她的病好啦，剛才已然走了。李慕白一聽，不由得十分詫異，暗想：俞秀蓮怎麼走得這麼快？她手中一個錢也沒有，可往哪裏去了呢？就問說：「俞姑娘是什麼時候走的？她是往哪裏去了？」

小尼姑說：「她的病也好得真快，在昨天就能坐起身來了，今天早晨就要走，我們老師父還要勸她多歇兩天，可是她不肯，她就走了。」

李慕白又問說：「她走的時候手裏沒拿着什麼東西嗎？她是往哪裏去了？」那小尼姑翻眼瞧着李慕白，仿佛究問似的說：「你跟她是什麼親戚？」李慕白說：「我們是同鄉，論起來也算有點親戚的關係。我是做買賣，因為今天來到這裏，聽人說她在這裏得了病，多蒙師父們救了她，現在就住在寶刹裏，我這才來看她，想送一點錢，叫她回家。”

小尼姑說：“我們現在正疑惑她，本來我們救她來，是受了一個老和尚的託付，她來的時候是人事不知，身邊什麼東西也沒有，可是她走的時候，手裏卻拿着兩把刀，不知她是從哪兒得來的。”

李慕白一聽，便覺着秀蓮行走的時候，行跡太不謹慎，以致引起尼姑們生疑，遂也故意做出驚訝的樣子，說道：“是嗎？不過我知道那姑娘的家裏，卻是幹鏢行的，現在她既走了，師父們也就不必管她啦，不過她既是我的同鄉，又是親戚，她在這裏住了幾日，我應當替她謝謝師父們。”說話時，就取出約莫五六兩銀子，要叫尼姑收下。

尼姑卻不敢收下，進到裏面，問過了她的師父，然後才出來，把銀兩收下了。

李慕白離了白雲庵，急忙回到店中，又把那年輕的店夥叫來，託付他再出去打聽，有什麼人看見一個手中拿着雙刀的姑娘沒有。店夥翻着眼睛瞧了瞧李慕白，似乎要問李慕白為什麼要打聽這些事，李慕白卻又掏出一串錢來給他，這個店夥也就顧不得細問了，遂又高高興興地走了。這次出去的工夫可不小，足有兩個鐘頭，李慕白在店裏都等急了，那店夥才回來。

李慕白見他滿臉通紅，一說話就由嘴中冒出酒氣，他說：“大爺，你叫我打聽的那姑娘，可真是奇怪，誰都認識她。前天她在城外頭得了病，臥在雪地裏，後來被白雲庵的尼姑給救去了，這才兩三天，她就病好了。剛才有人看見她手裏拿着兩口刀在街上走，見人就打聽長興店在什麼地方，後來就找到南關長興店，就要去見那裏住的和尚，可是和尚一早走了，她就雇上了一輛車往北追去了。”

李慕白一聽，不禁驚得立起身來，又問：“那姑娘是什麼時候走的？”

店夥說：“走了大概也有三四個鐘頭了。”

李慕白就說：“你快給我備馬，我也得走！那姑娘是我的鄉親，我追着她還有要緊的話跟她說呢！”

店夥說：“她坐的車是順着大道往北去了，此時至多也就走出二三十里去，大爺你騎着馬去追，不出兩個鐘頭，一定能把她追上。”

李慕白點點頭說：“好，你快給我備馬去！”當下那店夥出屋去備馬，李慕白就匆忙地收束自己隨身的一個小包裹，心中十分着急，暗想：俞秀蓮未免太是心驕性傲了，我勸她不要去惹那靜玄禪師，不想她還是偏要找靜玄禪師去報仇。她現在雇車北上，一定是追趕靜玄禪師去了。靜玄禪師也是坐車走的，而且他們帶着一個受傷的陳鳳鈞，車走得必然很慢，秀蓮一定能夠追趕得上，她若再與靜玄爭鬥起來，那時靜玄真許要點她的死穴了。

此時店夥把門一拉，說："馬備好了，你大爺這就走嗎？"李慕白付了店賬，遂拿着隨身的小包和那口用黑布包裹的斬鋼削鐵的寶劍，牽馬出了店門，就策馬往北奔去。

出了北門，認清了大道，他一直往北走去。這時天色已過午，風刮得甚緊，路上稀稀的有些行人和車輛，地下鋪滿了殘雪，所以馬匹也不能快走。李慕白就向路上的人打聽，問他們是否看見有一輛車上坐着一個姑娘由此經過。路上的人卻都搖頭，說是沒有看見。李慕白想着秀蓮大概是早已走過去了，他遂就放馬緊行，直走了六七十里地，依然沒有看見秀蓮的車影。李慕白又恐怕將秀蓮落在後頭，他就不敢再往下快走了，下馬松了松肚帶，然後再上馬去，慢慢地前行。

又走了有十多里地，就望見了一座城池，這卻是內丘縣境了。李慕白就趕緊勒住馬，心說：我不能再往下走了，由此往東五十里就是巨鹿縣，由巨鹿再往東三十餘里，就是我的家鄉南宮，我想俞秀蓮既由她家鄉的附近經過，就不能不先回家看看去吧？於是就決定在這裏歇下，歇一天，如果再見不着秀蓮，那明天就往巨鹿縣去，如到巨鹿，只要知道秀蓮已平安回到家中，自然就也不必見她，就直回南宮，到家中去望看望看。

當下他就在街上走了走，然後就想先找地方用晚飯，再找店住。街旁雖有幾個酒飯館，但裏面的人都很雜亂，李慕白不願進去。找了半天，才見街西有一家門面很小的酒舖，李慕白到了門前，先往裏看了看，就見裏面只有兩三個酒客，李慕白就問說："掌櫃的，你們這裏賣飯不賣？"

那櫃上一個五六十歲的老掌櫃子就說："酒肉都是現成的，要吃饅頭自己到隔壁買去。"

李慕白又問："馬匹拴在門前不要緊吧？"

老掌櫃子又說："不要緊，在大街上誰還能把你的馬偷走？"

李慕白一聽，這老掌櫃子說話非常的不和氣，不由笑了笑，將馬拴在門前掛幌子的木杆上，到隔壁買了幾個硬面饅頭，然後進到酒舖，找了張桌旁坐下，叫掌櫃子切了一盤肉，拿來一壺酒，就先斟着酒飲了一杯。李慕白看見旁座的三個客人正在談天，那老掌櫃子在櫃台上切肉，這個情形很像三年前自己住在北京法明寺的時候，那時天天在史胖子的小酒舖裏去坐，由那時自己放蕩的生活，又不禁想起謝纖娘來，覺得自己那時太是沒有決斷，否則決不至於弄成那樣的淒慘結局，其實謝纖娘後來嫁了徐侍郎，已與自己毫無情義可言，只是那天雪夜，她死得太是淒慘了，她不死於苗振山之手，卻死在自己的面前，那時景象的淒慘，自己心中的悔恨，簡直是永遠也忘不了。

這樣一想，不禁長歎了口氣，滿滿斟了杯酒，一口飲了下去，然後用筷箸夾了幾片肉，正要吃下去。忽然棉布簾子一掀，由外面進來一個身穿青布棉襖的人，把兩隻小眼睛直直盯着李慕白。李慕白一看這人十分的面熟，忽然想起此人是在北京窮混，常給史胖子探聽事情的那個小蜈蚣，李慕白趕緊把頭低下些，意思是不願叫小蜈蚣認出來。

可是小蜈蚣早已看出這位正在飲酒的，有點黑鬍鬚的人，就是三年以前名震南北的李慕白，他像很謹慎地走近前來，低聲說："李大爺，您還認識我嗎？"

到了這時候，李慕白想着不認他也不行了，遂點了點頭，一點不動聲色，就一面自己斟酒，一面慢慢地問說："你從什麼地方來？"

小蜈蚣說："說起來話長，李大爺你現在住什麼地方，回頭找您去，我還有些要緊的話要對您說呢！"

李慕白聽了這話，臉上稍稍變色，就說："我現在還沒有找着店房，你先到外面等我去吧，我還有事要托你給辦。"

小蜈蚣說："街東劉家店，那裏的掌櫃的跟我認識，我叫他們給大爺留一間房子好不好？"

李慕白點頭說："也好，你就先去那裏等我去吧，我喝完了酒就去。"

小蜈蚣答應一聲，轉身就出屋去了。這裏的三個酒客和一個老掌櫃子，對於剛才進來的這個沒說了幾句話的人都不甚注意，李慕白心裏卻添了許多事情，暗想很湊巧，竟在這裏遇見小蜈蚣，小蜈蚣他完全曉得我的來歷，大概他不至於去報官，或是把我的行蹤去告訴旁的江湖人吧？因就想回頭可以多給他些錢，他一定就可以為我忠心辦事了。遂就很快地把酒飯吃完，然後給了酒錢，便走出小酒舖，一看小蜈蚣正在門前站着呢。

他一見李慕白出來，便說："劉家店的房子已找好了，李大爺就到那兒歇着去吧。"

遂就替李慕白解下馬來牽着，往南走了不遠，街東就有一家店房，字號是"劉家平安老店"。李慕白隨同小蜈蚣進到店內，就見小蜈蚣跟這裏的店家非常熟識，馬匹由店夥牽到棚下去喂。李慕白自己拿着寶劍和小衣包進到一間屋內，店夥給打來臉水，沏了茶，並問李慕白吃什麼飯。

旁邊小蜈蚣替李慕白說："這位客人已經吃過飯了。"店夥遂就出屋去了。這裏小蜈蚣向李慕白笑了笑，說："剛才你大爺在街上走的時候，我就看着你很眼熟，後來我一細想，才想起來是你大爺。這兩三年沒見你大爺的面，你大爺一向倒好吧？"

李慕白點了點頭，說："今天也就是你，換個別人，就是他認得我，我也不能認他。我的事情那瞞不了你，在北京城身負着重案，在江湖上我有不少的仇人，果然你要把今天見着我的事對旁人去說了，你可知道，我這個人不是好惹的！"

小蜈蚣連說："大爺，不用你老人家囑咐我，無論見着誰，我也不敢說。現在我來找您，是有兩件要緊的事，要告訴您！"

李慕白趕緊問："什麼事？"

小蜈蚣說："自從你大爺在北京逃走之後，我在北京也立足不住，我就逃到這裏來。這裏有我兩個朋友開設賭局，我給他們幫忙，倒比以前混得好了。今年夏天我還回了一趟北京，德五爺跟俞姑娘都很平安，可是我也沒敢去見他們。不過據我看，你大爺早先那件官司，現在倒沒有什麼人提了，譬如你大爺這時回北京，只要別太出頭，大概也不至於有什麼人跟你為難。

"只是，現在江湖上卻無人不提說你。早先人家還都知道你大爺是在江南遭了難，現在人家可都知道了，你大爺不但沒遭難，還往北方來了。我在的那個賭局，裏面賭錢的時候，也什麼話都談。因此在前些日子就聽人說，現在保定城內的黑虎陶宏招聚各路英雄，專為你大爺來到北方時，他們好一齊對付你。現在那裏的有金刀馮茂和劉七太歲，並有江南當塗縣江心寺靜玄禪師的大徒弟法廣。那法廣精通點穴法，在保定城內擺了幾天擂台，名為以武會友，贏錢蓋廟，無論是誰，要與他比武，就先各自拿出五十兩銀子，誰贏了誰就得一百兩，可是誰能敵得過他？誰敢跟他比武？所以他那個廟也恐怕不容易蓋成！"

李慕白微笑道："一個僧人要借着比武來贏錢蓋廟，這種事我還沒聽說過。"

小蜈蚣笑道："他們哪裏是想着蓋廟，不過是要借此召集各路武藝高強的人，來對付你李大爺罷了。"

李慕白點頭說："我早已曉得，這些事我自有辦法。現在我要托你辦一件事，就是那俞秀蓮姑娘，現在她已由河南坐着車往北方來了，也許今天就到這裏，或者明天才能到，不然她就是已經走過去了。不過我想她的車絕不能那樣快。你現在就出去打聽，如若她的車來到，你千萬告訴我！"

小蜈蚣連聲答應，趕忙就往外面去了。這裏李慕白就躺在炕上歇息，心裏卻很焦慮着，恐怕俞秀蓮追着靜玄禪師的車，由小道走下去了。果然沒有自己幫助，恐怕她真要吃虧。因此又恨不得趕緊騎上馬，再往回去找她。

不覺着天色就黑了，房裏已點上燈，小蜈蚣卻還不來報信，李慕白便叫來店家，要過鎖鑰把門鎖上，他就出了店門。就見街上來來往往的人很多，但李慕白卻無從去打聽。又走了一會兒，他便心裏很不安地回到店裏。才一進門，就見小蜈蚣正在院裏等着他，李慕白就將屋門開開，小蜈蚣隨着進屋。李慕白把燈點上，就低聲問說：“打聽出什麼事來沒有？”

小蜈蚣伸着手指說：“打聽出來兩件事，可是沒有見着俞大姑娘。”

李慕白問：“是什麼事？”

小蜈蚣說：“剛才有一個從南和縣來的人，說是他走在任縣地方，遇見一匹馬一輛車。那馬上是個三十來歲很健壯的和尚，鞍上掛着鋼鞭。車上是一個五六十歲的老和尚，還有一個年輕小伙子。那小伙子的胳臂被人砍斷了，傷勢很重，還沒有到任縣縣城，在車上就斷氣了。第二件事是有由北邊來的人說的，在趙州看見了史胖子的夥計小流星，另外還有一個人，可是史胖子並沒跟着。”

李慕白一聽，那史胖子的兩個夥計往北去的事，倒不足以使他驚異，獨有那沖霄劍客陳鳳鈞因傷身死，李慕白卻真為俞秀蓮擔起心來。他暗想：靜玄師徒既然到了任縣，想必是和俞秀蓮走差了路？一時他們倒不至於碰頭交戰。只是陳鳳鈞這一死，靜玄如何能饒得了俞秀蓮？他若曉得俞秀蓮家住在巨鹿縣，他們豈不要找了前去報仇？因此心中更不安了，便趕緊向小蜈蚣說：“你還得趕緊出去打聽打聽。若有人在路上看見了俞秀蓮，就趕緊打聽她是往哪邊去了，就快回來告訴我！”

小蜈蚣答應一聲又走了。這次直到二更以後，他才回來，說是：“沒法打聽了，大概俞姑娘是沒走這條路，不然就是她哪輛車垂着車簾，人家沒看見她。”

李慕白點了點頭，說：“這樣說，大概俞姑娘今天不能到這裏來了。明天一早我就要回家去，在家中至多我只住四五日，以後你聽見有什麼與我有關的消息，就趕緊去報告我！”

小蜈蚣點頭答應，又問：“李大爺你是住在南宮城外？”

李慕白說：“我住在南宮城外五里村，不過你去的時候可要謹慎些，不可貿然地就前去找我。還有，我再囑咐你，無論你見着誰，就是見着史胖子那些舊人，也不可說出你和我見面之事！”

小蜈蚣連聲答應，說：“李大爺你放心，前些年我指着什麼吃飯？不就是指着給幾位大爺探聽點事兒，得錢糊口嗎？我要是嘴不嚴，耳不靈還成？大爺放心，有什麼事我到南宮給你送信去。”

當下李慕白賞給了小蜈蚣三兩銀子，小蜈蚣道了謝走了。李慕白遂將屋門關上，熄燈就寢，心中卻想着秀蓮的事情，暗道：從此以後他更不能不時時在暗中保護着秀蓮了，不然她一定要吃靜玄師徒的虧！少時睡去。

次日清晨起來，就付了店賬，騎馬離了內丘縣，直往東去。走了十餘里，找了個僻靜的地方，戴上道冠，穿上道士的衣裳，依然騎着馬再往東去走。約莫傍午時候，就到了巨鹿縣。直頭進城到俞家門首，下了馬上前打門。少時裏面出來一個男子，李慕白還認得這人，就是幾年前自己同着席仲孝幹的那件荒唐事，在東關外長春寺，跟隨俞家母女燒香去的就是這個人。可是地裏鬼崔三此時卻不認得李慕白了，他說：「老道，你上別處化緣去吧，我是這兒給人家看房子的，哪有閒錢給你呀？」

李慕白搖頭說：「我不是來化緣，我是打聽打聽俞姑娘現在家中沒有，因為俞姑娘在北京時，時常向敝廟中佈施，你若一提說龔道士來了，她一定能夠見我。」

地裏鬼崔三聽了這話，他不禁翻眼瞧着李慕白，說：「你來得不巧。俞秀蓮是我的師妹，上個月她倒是回家來了一趟，可是一天也沒在家裏住，就又往河南去了，不知什麼時候她才能回來。」

李慕白說：「既然這樣，我過些日子再來吧！」

地裏鬼崔三還問說：「你有什麼事，可跟我說，等她回來我就替你告訴她了。」

李慕白說：「沒有什麼事，不過我想跟她化幾個錢。」說畢，就轉身牽馬走去。因為眼前已離家鄉不遠，白日回家，有許多不便之處，遂就在城外關廂裏找了一家店房，用過午飯，就在屋裏歇息。直歇到午後五點多鐘，天色都快黑了，他才叫店家找了理頭匠，將鬍子刮去，然後付了店錢，牽馬出門。

及至走出了城門，天色已然昏黑了，此時天空有一鈎新月，像美人的眉黛似的，銀星萬點，閃爍着，惹起了李慕白無限的愁懷。路上沒有一個行人，只有李慕白的這匹馬，嘚嘚地往前行走。也不知走了有多少時候，在月光之下就看見了自家的廬舍。李慕白又發生一種恐懼，暗想：兩年以來，不知家中有什麼變故沒有，也許叔父和嬸母都已不在人世了吧？他先下了馬，在寒風裏將道冠和道衣全都脫下，又換上了便衣，然後他牽馬走到柴扉前，扒着柴扉往裏面偷看了看，只見裏面一點燈光也沒有。李慕白站立着發了半天愁，那匹馬又仰首嘶叫了兩聲，李慕白又很着急，便上了馬將身子立在馬鞍上，嗖地一跳，就跳到柴扉裏。然後將柴扉啟開，將馬拉進來，那匹馬又嘶叫了兩聲。

這時屋裏就有人老聲老氣地問說：「是幹什麼的？」李慕白聽出是叔父的聲音，心中更不禁十分難過，當時也不言語，卻將柴扉關好。

這時屋裏他的叔父李鳳卿已把燈點上了，口中並罵着說：「你們這群壞東西，別欺負我老！上回偷去了我幾隻雞，今兒又要來找便宜，我打死你們！"

李慕白趕緊走到屋門前，向裏面低聲說道："叔父，叔父，不要着急，是我回來了！"

裏面的李鳳卿立刻就怔了，便問："你是誰？"

李慕白心中覺着十分慚愧，就說："我是慕白，叔父開開門吧！"

屋裏的李鳳卿驚訝得立刻說了聲"噢！"遂就開了屋門。

李慕白一進門，就向他叔父跪倒行禮。

李鳳卿把慕白拉起來，拿着油燈照着李慕白的臉，仔細看了看，果然不錯，是他的姪子李慕白，遂就老淚縱橫，喘着氣，把白氄氄的鬍鬚吹得亂動。他扒着姪子膀臂，低聲問說："我聽說你在北京城殺了人，被人抓到衙門裏，你又由衙裏跑了，這兩三年你在外面淨幹什麼啦？是跟着你那些個江湖朋友，當強盜了嗎？"

李慕白聽叔父說了這話，心中着實難受，就說："叔父，叔父，你老人家不要疑我。我原是清白之身，豈能去做強盜？再說凡與我交往的，雖有不少會武藝的人，但他們也都是像我父親似的，都是江湖的俠士，絕沒有不義的人。我是因在前年為了朋友的事，誤傷了人命，但我隨後就到官方去自首。後來還是我的盟伯江南鶴將我救出，這一向都是在江南池州九華山上，與我盟伯在一起了！"

李鳳卿一聽李慕白這話，他驀然想起，在李慕白八歲之時，江南鶴把他由南方帶回家來，那時江南鶴鬍子就已經白了，因問道："江南鶴那個老頭子還活着嗎？"

李慕白點頭說："他老人家還在世，並且還很健康，我此次回家也是他叫我來的。如果家裏沒有什麼事，我還得立刻就走，因為我在家中不敢多待！"

李鳳卿卻把他的姪子挽住，說："你別走了。這兩年你不在家，你嬸子又得了病，家中的事我真照管不過來。不但種咱們地的那些人全都不交租子，並且有本地些個無賴，常常欺負咱家，夜間跳牆進到院子來，簡直是明搶明奪，前天又叫他們偷了幾隻雞去。你現在回來可就好了，你自管在家裏住着，只要白天不出門就是。北京的你那表叔祁殿臣，去年他回家來，我也見了他，他說你的官司不要緊，就是再被官人捉了去，也不至判死。你別害怕，假若出了什麼事，也有我這條老命出去給你擋！"

李慕白聽了叔父這話心中反倒十分為難，同時又很傷感，因為過去叔父對於自己是很冷淡的，仿佛有自己和沒有自己都不甚要緊，如今仿佛忽然又捨不得叫自己離開了，而且不顧自己身負重罪。可見他是老了，需要親近的人照看。遂就點頭說：“是，我既然回來了，只要沒有什麼人來找尋我，我自然就不再畏懼！”又問，“我嬸母她老人家已睡了吧？”

李鳳卿歎道：“你嬸母病了已有半年多，現在不能下炕了，大概怕過不了這個冬天！”說時，他又不禁老淚頻揮。李慕白安慰了他叔父一番，因為嬸母病臥，他今天也不能去拜見，遂就先出屋去，將馬匹牽到後院，然後就回到自己早先住的那間屋子。他叔父並給他拿過一盞燈去，李慕白請他叔父去歇息。

李鳳卿走後，李慕白就獨自坐在屋中，不禁感歎，自想三年以來，走遍南北，到如今不但一事無成，並且弄得不敢出頭見人，究竟自己是做了什麼不才之事？想到這裏，就不由非常忿忿，決定以後要違背盟伯江南鶴的訓言，索性再在江湖上橫衝直撞一下。又想俞秀蓮並未回家，不知她是往哪裏去了，又未免有些不放心。當夜心中很不安適地睡去。

到了次日，雖然天氣很是晴和，但李慕白卻緊掩柴扉，不敢出門。見了他的嬸母，他嬸母也勸他不要再出外去，只在家中幫助他叔父好了。李慕白也只得唯唯答應。向來家中的一切事情，如掃地炊飯等等，全都是李鳳卿那老頭子自己操作，現在卻得由李慕白來着手了。可是他叔父雖不願他走去，但也時常提着心，有時外面有人叩打柴扉，李鳳卿立時就叫李慕白到屋中去躲避，他自己去開門。好在李鳳卿平日是個不很和氣的老人，很少與鄰居們來往，偶爾來找他的，不是給他送地租子的，就是窮鄰居來向他借米，都不必多盤桓。因此李慕白在家中居住了幾日，並沒有人曉得他已經回來了。

這日，李慕白已做好晚飯，請叔父嬸母吃過，他自己也用畢飯，就在屋中展開那十八幅人身穴道圖，重新看了看，然後依舊帶在身畔。此時窗外已然黃昏了，李慕白就提着那口斬鋼削鐵的寶劍，到院中又練習了幾遍，心中覺着很自負。因為天色已然薄暮，便提劍回到屋中，點上燈，悶悶地又坐了一會兒，就見那窗上鋪着明潔的月光，仿佛比屋中燈光還亮。

李慕白心中越發痛快，將要再到院中，在月光之下打幾套拳，這時忽聽籬外有嘚嘚的一陣馬蹄之聲，仿佛已到門前了，接着又有一陣輕輕敲打柴扉之聲。李慕白心中不禁納悶，暗想：這是什麼人來找我？將要出屋去問，忽聽他叔父在屋裏應聲說：“聽見啦！”隨說隨走出屋來，嘴裏叨唸着：“天這麼晚了，還來打門，有什麼要緊的事呀？”

此時李慕白已將屋中的燈吹滅，手提寶劍，立在門前，側耳向外去聽，只聽他叔父已將柴扉開了，外面是女人柔細的聲音，問說：“請問老伯，這裏可是李家嗎？”

李慕白一聽，就知是俞秀蓮的聲音，本想立刻就要出去見她，可是又聽是自己叔父的聲音說：「我們這兒姓張，不姓李。」

李慕白立刻不敢即時出去了，又聽是秀蓮的聲音說：「老伯不要多疑，我姓俞，我家就住在巨鹿縣。李慕白是我的恩兄，我聽說他回來了，我才特地來看他！」

秀蓮的話是極為和婉，可是李鳳卿堅不承認他是姓李，他卻氣昂昂地說：「本來我們不姓李嗎？不信你到鄰居問去。我更沒聽說李慕白是個什麼人。你一個女人家，黑天半夜的來找一個男子，這算是什麼規矩？」說時，使着力把柴扉關閉上了。李慕白心中十分難受，趕緊放下寶劍，要出去向叔父說明，請秀蓮進來，不想他叔父已進到屋裏，氣憤憤地，用手指着李慕白，低着聲音怒斥道：「你明天還是走吧！你在外頭這兩年一定淨不做好事，招來個女人半夜裏來找你。你這孩子真不長進，給我李家敗壞門風，明天你還是走吧，至死我也用不着你！」說畢氣憤憤地把屋門一摔，回到他的屋裏去了。

這裏李慕白卻默默地不作一聲，等到他的叔父回到屋裏之後，他才悄悄開門出去，一聳身跳過了柴扉，就見門外月光如水，樹影參橫，寒風微微吹着，四下寂靜，已然沒有了俞秀蓮的人影。李慕白急忙跑出了村子，來到大道旁，向北去望，只見遠遠之處有一匹馬影，正向北邊去走。李慕白趕緊向北飛快地去追，一面跑着，一面高聲喊叫：「俞秀蓮！秀蓮！」前面的馬匹立時就止住了。

等到李慕白跑到臨近，秀蓮就下了馬，說：「李大哥，剛才我找你的時候，你在家裏了嗎？」

李慕白十分慚愧，就說：「剛才我是在家中，因為我叔父攔阻，我不能出去見你，我實在抱歉！」

秀蓮搖頭說：「那沒有什麼，本來李大哥你現在比不得常人，是不能隨便出頭露面的，何況我又是一個女子，今天深夜前來，難怪那老人家不許你見我！」

李慕白點頭，心中仍甚慚愧，又問說：「姑娘你在路上追趕上了靜玄禪師沒有？」

秀蓮微笑了笑，搖頭說：「沒有追上他們，想是路徑走錯了，不過我可聽來許多事情。」

李慕白說：「什麼事？」

秀蓮說：「也沒有別的事，就是現在各路的鏢頭和強盜，大多聚集在保定城黑虎陶宏的家中，他們沒有別的打算，就是為對付你！」

李慕白聽了，心中不禁生氣，又冷笑道：「這些人也是，我跟他們又有什麼深冤大仇，他們何必都要這樣苦苦與我作對？」

　　秀蓮微笑道：“他們哪裏是真報什麼仇恨！不過他們向來佔據住南北的江湖，彼此勾通，個個自誇是好漢，後來有你這麼一個人出來，把他們全都打敗，他們豈能夠甘心？近二年，他們正幸你自北京出走後，就沒有下落，都傳說你已然死了，可是如今你忽然又露了面，並且還是往北方來了，他們焉能不想法聯結起來敵對你？有你在江湖上，他們個個都不得安。”

　　李慕白說：“三年以前，我確實是有些氣盛，但現在因為我盟伯的勸告，只要他們不來找我，我也就不去找他們。不過，姑娘，你可知道那沖霄劍客陳鳳鈞是已經死了嗎？”

　　秀蓮點頭說：“我在內丘縣，遇見在北京與史胖子相識的那個小蜈蚣，他告訴我了。那陳鳳鈞不是個好人，他也該死，即使因此靜玄和尚再與我作對，想要為他的徒弟報仇，那我也不怕他！”說話時，秀蓮的態度十分激昂，仿佛她仍忘不了靜玄用點穴害過她的那件事。

　　李慕白又問：“姑娘你是什麼時候到的家？”

　　秀蓮說：“前兩天我就回到家裏了，本來我想直頭到正定府去救楊大姑娘，可是我身邊沒有一文錢，不得不回到巨鹿家中，好把車錢開發了。同時我的兩腿仍然有些不便，所以又在家裏歇了兩天，今天買了一匹馬，我才來看大哥。大哥，我現在來只有一件事，就是我要看看你那十幾幅人身穴道圖。”

　　李慕白點頭說：“點穴圖現在我的身邊，不過在月光下看不清楚，我們可以等候一會兒，等我的叔父睡眠之後，可再回去，點上燈細看。”

　　秀蓮點頭說：“好吧！”當下她牽着馬，與李慕白並肩向南行着。那當空一輪似圓未圓的月亮朦朧地散出水一般的光華，照得地下像落了一層嚴霜，霜上印着兩條模糊的人影和一匹馬影。李慕白仰首看着青天、薄雲、明月，秀蓮卻牽着馬看李慕白那魁梧的身子。兩人心中都發生無限的感想，他們想到舊事，想到那像天公故意愚弄似的，把他們一對英雄兒女中間，安設着一座愁山、一片恨海，使他們兩個人都不得不抑制情愛，而各抱着傷心。

　　在月光下默默地走着，少時又進到五里村中，來到李慕白的門首，因為他們的腳步都是太慢太輕了，所以連一條狗都沒有被驚起。馬蹄也輕輕敲着地，沒有多大的聲響。李慕白就將秀蓮的馬匹接到手中繫在門前的一棵樹上，然後他飛身跳進了牆，將柴扉開了，便請秀蓮進去。他又輕輕將柴扉關好，便先到他的屋中，將燈點上，再請秀蓮進屋。秀蓮向臉後掠掠頭髮，笑靨倩然地說：“李大哥，你這間房子很好，如果沒有什麼人來找尋你，你在這裏享受清福，不也是很好嗎？”

　　李慕白歎了口氣，說：“我們都是因為這一身武藝，反倒自誤了！”

說時，他先由床上拿起了那口寶劍，交到秀蓮手裏，說：“姑娘，請看這口劍，這是我從那柳建才的手中得來的。柳建才他此次到北方來，就為的是尋找這口劍。”

秀蓮微笑着，將劍接到手中，拿在燈旁仔細看了看，又用指輕彈了彈，同時心中想起前年江南鶴留柬贈劍之事，便不禁斜着臉又看了看李慕白，只見李慕白那人炯炯有神的眼睛也正在看她。她本想告訴李慕白那“寶劍留結他日緣”之事，只是心中羞愧而且悲傷，便欲語復止，隨後將劍交給李慕白，說：“很好，這口劍實在難得！”

李慕白心裏正在盤算着，想要將這口劍贈送給秀蓮，但又怕秀蓮疑心自己是有什麼另外的用意。如今見秀蓮隨便將此劍誇讚了一句，便即交還自己，仿佛她並不甚喜愛此劍似的，便不由心中很納悶。同時見俞秀蓮的芳容變得有些淒慘，她的兩眼呆呆地看着那鋪滿了月色的窗櫺。

良久，李慕白將要由身邊取出那十八幅人身穴道圖。可是見秀蓮已由身邊掏出來一個紅緞小包，她纖手將緞包打開，裏面露出四顆瑩瑩的珍珠，托在手心上，遞給李慕白，微笑着說：“李大哥請看，這就是我由楊豹手中得到的那四顆珍珠，聽說一共是四十九顆，其中四顆已被官方起去，我這裏有四顆，其餘的四十一顆完全在楊豹的手中。我想我們無論如何也應當見着那楊豹，勸他將珍珠全數交出，或者由他本人，或者由我們二人，設法交還大內，以洗德五哥數載的沉冤！”

李慕白把這四顆珠子略看了一看，然後交還秀蓮，說：“姑娘千萬帶好，楊豹手中那四十幾顆珠子，我們自然得設法交還大內，不過那還要詳細地想一想，稍一不謹慎，便許又為德大哥惹出奇禍來。”

秀蓮收起珠子來，也點頭說：“只要我們心中都記住此事，就是了。”遂又笑了笑說，“李大哥，現在你可以將點穴圖拿出來給我看看嗎？”

李慕白將燈挑亮一點，遂由身邊取出那十八幅人身穴道圖，一張一張地展開給秀蓮觀看，並且略述兩年來自己對此的心得。俞秀蓮這時卻專心注目的，詳細看這十幾幅秘圖，並聽李慕白述說點穴法的大意，及練習指法時，應下怎樣的功夫。

秀蓮對於李慕白似是極為羨慕，看了半天，她便說：“我看完了，李大哥快收起來吧！”李慕白將圖疊起，依然帶在身畔，就見秀蓮站立着，呆呆發了半天怔，良久，她忽然臉色一紅，說：“李大哥，我們相識已有三載了，實在我心中所敬佩的，只有李大哥一人，但是，三年來我總不明白，不知大哥為什麼要處處時時想與我疏遠……”秀蓮說到這裏，面上籠罩着一層悲哀，李慕白卻慚愧得答不上一句話來。只聽秀蓮又說：“現在靜玄師徒等人都到北方來了，他們本來是為尋李大哥作對，但現在因為陳鳳鈞之死，我也與他們結下不可解的冤仇了，因此無論大哥或是我，只要遇見他們，都難免有一場惡鬥，雖然我們並不怕他們，但是在路上各自分行，究竟是人單勢孤，因此我想以後我們應當隨時隨地都同行同走才好！」

李慕白聽了，連連答應說：「那是自然，姑娘無論什麼時候走，只要一通知我，我便立刻與姑娘一同前去。現在我已想開了，我並不再躲避靜玄師徒，我也不拘泥於盟伯的訓言，我可以與姑娘光明正大地同行，無論何時出了事情，我與姑娘一同前去應付！」

秀蓮向來沒見李慕白這樣激昂慷慨，當下她十分喜歡，就說：「那麼，李大哥你在家中歇息一天，後天我找你來，咱們就一同北上，先往正定府！」

李慕白說：「姑娘不必來找我，我這裏非常不便，後天還是我去找姑娘，我們一同由巨鹿起身好了。」

秀蓮點頭說：「那麼後天我們就在巨鹿見面吧，我走了！」當下李慕白也並不挽留，先將燈吹滅，然後送秀蓮出了柴扉。

秀蓮自己解下馬來，向李慕白說：「李大哥請回去歇息吧！我騎着馬慢慢地走，天不亮時就可以回到家裏了。」

李慕白卻說：「我送你出了村子。」當下秀蓮牽着馬，李慕白跟隨她，隨談隨走。此時天空中的白雲片片，遮掩了月光，但地上仍然是很明亮的，半夜的寒風卻愈加淒緊，吹得落葉沙沙作響。二人默默前行。

才走出村口，忽然李慕白一眼看見那大道之上，有一個人騎着一匹深色大馬，正在那裏來往徘徊。李慕白趕緊向秀蓮說：「先站住！」

秀蓮也看見道上那個騎馬的人了，她止住步，回首對李慕白說：「這人一定是知道我找你來了，所以在道上等候我。若不是這半夜裏，誰能在此徘徊？」

正在說着，忽然那匹馬上的人也看見了他們，不但不知躲避，反倒催着馬向他二人這邊跑來。俞秀蓮趕緊由鞍下抽出雙刀，李慕白卻攔住就說：「姑娘不要急躁，來的多半是熟人。」

說話之間，騎馬的人已飛騎到了臨近，只見他在馬上張着手說：「李大爺、俞姑娘，今天的月色正好，我一來可把你們攬了！」

李慕白向秀蓮說：「又是史胖子來了。」秀蓮卻滿面通紅，收下了雙刀。

史胖子此時已下了馬，他向李慕白抱拳說：「李大爺，彰德一別，又是十幾天了，你老人家府上都好呀？」

李慕白也上前抱了抱拳，然後笑着說：「史掌櫃，我真佩服你的本事，你真有些神出鬼沒的能耐。」

史胖子卻正顏說道：“李大爺，今天我來可不是找你開玩笑。昨天晚上我跟孫正禮到了內丘，遇見小蜈蚣，我才知道俞姑娘已回到巨鹿，但還不知道你大爺也回家來了，及至我跟孫正禮到了巨鹿，才聽崔三說姑娘是到南宮找龔道士去了，我這才趕來。剛才到了門首，看見姑娘的馬匹繫在那裏，我曉得你們二位正在裏邊談話，我就沒好意思進去打攪你們。”

李慕白聽史胖子說到這句話，心中就不禁有些生氣，將要正色分辯，又聽史胖子往下說道：“今天我找你們來，卻是有急要的事情，咱們得趕緊想個辦法。”

秀蓮立時問道：“又出了什麼事情？你快說！”

史胖子也很急快地說：“現在靜玄禪師的徒弟法廣，在保定府擺下了擂台，幫助他的有黑虎陶宏、金刀馮茂和劉七太歲。靜玄禪師帶着徒弟法普已於昨天過內丘北上。韓志遠、猛虎常七那些人，以及晁德慶等，大概都已前後到了保定。並聽說還有許多人，他們大家聚集在一處，專要與你二位爭鬥。法廣聲言決定要制李慕白於死命，他們對於俞姑娘所說的話，那我就不敢說出來了！”

俞秀蓮一聽到這裏，氣得她跺起腳來，向李慕白說：“李大哥，你快備馬，咱們連夜趕到保定，倒要看看他們那群人都有多大本領！”

史胖子卻擺手說：“姑娘先不要忙，還有更要緊的事情呢！”

李慕白在旁問說：“還有什麼事？”

史胖子說：“單刀楊小太歲，上次他回到北京，因為知道他的祖父被殺，胞妹被拐，兇手是鳳陽譚家兄弟及馮隆、冒寶昆，所以他就到了保定府，找金刀馮茂去要馮隆，不料他們說岔了，交起手來。金刀馮茂雖然武藝高強，可是禁不住楊小太歲的情急力猛，聽說一下子就叫楊小太歲給殺傷了，傷得還很重。可是楊小太歲也沒有走脫，他受了法廣和尚的點穴法，生死可不知道！”

秀蓮在旁聽了這話，她十分着急，就說：“楊豹手中還有四十一顆珍珠，這一下一定全都被他們搶去了！”

史胖子點頭說：“可不是，他們這叫作圖財害命。可是也沒法子，那黑虎陶宏是京中張總管的乾兒子，他就是做了什麼不法的事情，也是有人護庇着他。”

此時李慕白見事情逼得太急，他已無法再忍，遂向史胖子和秀蓮說：“現在既發生了這些事，我們不能再延誤了，今天已半夜，不便起身，你們二位先走吧。明天我必要到巨鹿，咱們就一同往保定去。”

史胖子一聽，他高興得了不得，連連點頭說：“好，好。李大爺今天說的這話真痛快，明天咱們就在巨鹿一準見面吧！”說完了話，便向秀蓮點手，請她上馬。

秀蓮這時精神十分興奮，便扳鞍上馬，向李慕白拱手說：“李大哥，明天在我家裏見吧！”

李慕白也說：“明天我准去！”

當下史胖子和俞秀蓮的兩匹馬上了大道，就在月光之下，往北飛馳而去。這裏李慕白看得兩匹馬消失了影子，他才慢慢地回到家中。次日，一清早李慕白就將馬匹備好，行李收拾完畢，等着他叔父起來，他就去見了，說道：“昨天晚上找我來的那個姑娘，原是江南鶴的親戚，她是奉江南鶴之命前來的，告訴我現在需要躲避幾天，不然就許出事。”

李鳳卿一聽他姪子的這話，就不由面上嚇得變了色，探着頭問道：“怎麼？官人真知道你回來了嗎？”

李慕白說：“事情還不知真假，不過那位姑娘已聽到了一點風聲，所以她才深夜來給我送信，我想總是躲避幾天才好。”

李鳳卿趕緊就說：“你快走吧，家裏你放心，你嬸母也不能立刻就死！”李慕白聽了叔父的話，心中倒十分難過，只說自己現在是要往保定朋友之處，暫避幾天，如若聽得外面沒有什麼壞風聲，半月之內就可以回來。當下他拜別了叔父，牽馬出門。

李鳳卿又在門前東張西望，說：“趁着沒人，你快走！快走！”李慕白飛身上馬，緊緊揮鞭，在曉風殘月之下，直奔巨鹿縣走去，走了不到三四點鐘，便眼看來到巨鹿縣城。可是李慕白到此時反倒猶豫起來，因為現在自己是穿着便衣，而且已剃去了鬍鬚，巨鹿與南宮又是鄰縣，家鄉中的人，尤其是梁文錦、席仲孝等人，他們是常來常往，倘或被他們看見自己進城去找俞秀蓮，於自己倒沒有什麼妨礙，不過於俞秀蓮是太不便了。因此眼看到了東關，他就把馬勒住，不敢往前再走了。他想要先找個店房或飯舖，托那裏的人去給秀蓮送信，但覺着也不很好。

正在馬上徘徊，這時忽由北邊馳來了一匹馬，馬上的人招手說：“在這兒啦！”是山西味兒的官話，李慕白一看，原來是史胖子，立刻心中大喜，催馬迎將過去，只聽史胖子說：“我就想到了，你一定不願進城去找俞秀蓮，我叫他們在十幾里之外等候着你啦，走，咱們快找他們去！”

當下李慕白和史胖子的兩匹馬，嘚嘚地往北馳去，蕩起了一片煙塵。李慕白十分欽佩史胖子，雖然他的武藝不見得高強，但精明幹練，覺着實在比自己強，一邊走着一邊就問說：“史掌櫃，你跟晁德慶他們後來怎樣解和了？”

史胖子笑着說：“我跟他們沒有多大的仇恨，我跟他們作對，是因為晁德慶他瞧不起我，那白面靈官韓志遠他不但瞧不起我，還打了我兩個嘴巴。我史胖子豈能受這個氣，我就拉上我們那位孫大哥，約他們到一個地方去比武。可是到了那裏，我又把那位孫大哥攔住，不跟他們去碰頭交手。到了晚間，我略施手段，叫他們自己打了起來，韓志遠叫晁德慶砍了一刀，胳臂雖沒掉，可是肩膀也流了不少的血，誰叫他打我的嘴巴呢？"說話時，史胖子在馬上不住得意大笑。

李慕白卻微笑說："史掌櫃，你的手段實在不錯，不過偷一條婦人的紅褲子，給人家捏奸編對，這件事辦得也太促狹了吧？"

史胖子驚訝着說："咦！你大爺怎麼知道了？"李慕白微笑不語，史胖子卻哈哈大笑，伸着大拇指說，"李大爺，不怪你行！你在暗中跟着我，我都一點也不覺得，行！在江湖闖了兩年，不但學會了點穴法，這些鬼鬼祟祟的玩意兒，也比我史胖子還高明了。行！不怪俞秀蓮對你是那麼樣兒，我史胖子要是女兒身，我也得巴結着嫁你！"

李慕白正色說："史掌櫃，你可不得胡說！"

史胖子搖頭說道："我不胡說，我不但不能胡說，你們倆的事無論見了誰，我也不能說，哈哈！"他連聲大笑，催馬在前緊走，李慕白想要跟他解釋也不能夠。又跑出了幾里地，就見路旁有二人正在牽馬等着他們，一個是渾身青布衣褲，披着青布大棉襖，正是五爪鷹孫正禮。另一個是銀灰小襖玄青夾褲，披着一件乳羊皮的青緞面子的大斗篷，這是秀蓮。

孫正禮見李慕白來到，便叫了聲："李兄弟，想不到我還能瞧見你！馮隆那群王八蛋都說你死了呢！"

秀蓮卻把頭上的青綢帕繫緊了一些，她上了馬，揚鞭在前，高聲說道："別說閒話了，咱們快走，到正定府辦完了事，還能趕往保定去呢！"

當下俞秀蓮的馬在前，孫正禮在次，史胖子居三，李慕白騎馬殿後，四匹馬蹄聲緊響，蕩得煙塵滾滾，順着大路一直往北，行到晚間並不歇宿，依舊連夜前進，到次日黎明時分便到了正定府。原來史胖子都在這裏安置好了，一來到這裏，史胖子就帶着他們找到城外的一家店房，字號是"泰來老店"。他那兩個夥計小流星和追風鬼全都早已到了這裏。史胖子又叫店夥找了兩間房屋，俞秀蓮住一間，李慕白和孫正禮住一間，史胖子就跟他的兩個夥計住在一起。

他們三個人用山西的土語說了半天，然後史胖子就把俞秀蓮請到李慕白和孫正禮的屋中，他就說："我那兩個夥計把事情都打聽明白了，那楊大姑娘確實是在麒麟村姜中堂的家中。姜中堂名叫姜華棟，是朝中的大學士，家眷全在北京。這裏只是他的堂姪當家，他這堂姪人稱姜三員外，也是一位讀書人，平日的行為還不錯。他沒有兒子，把楊大姑娘買到家裏納妾是為了子嗣，這可總比在匪人的手中要強得多了。咱們歇一會兒就往保定去吧，現在保定黑虎陶宏他們聚的人還不算多，若是再遲幾日，他們的勢力可就更大了。”

孫正禮也說：“到保定去，歇什麼？這就走好不好？我非得見着金刀馮茂，我們再鬥一鬥不可！”

俞秀蓮卻說：“你們要急着往保定，你們可以先去，我還要在這裏住一兩天，無論怎麼我也要見楊大姑娘一面。但聽人言，不足憑信，我非得親眼見她住在這裏很平安，然後我才能走。因為我此次出北京走河南為的是什麼？不就為的是搭救楊大姑娘嗎！現在楊大姑娘雖然有了下落，但她總是被迫至此，誰知道她願不願意給人做妾呢？”

李慕白就說：“我們在這裏歇息一天也好。這件事由俞姑娘一人去辦，咱們也不便幫助。”

秀蓮聽李慕白說了這話，她才轉身回到自己屋裏。因為昨天大家都走了一夜的路，所以現在身體都很疲乏，各自在屋中睡去。秀蓮也歇了一會兒，午飯後，她才一人出門，到那麒麟村附近去探訪了一番，然後回到店房裏，就不再出門。當日史胖子與李慕白也都在店中歇息，只有孫正禮和小流星、追風鬼，他們在城內逛了半天，但幸沒有什麼事情發生。

到了晚間，二更以後，那麒麟村已閉上了大門，姜家莊院裏的更聲特別清切，在裏院的一間新房裏，燈光焱然，鋪在窗上作淺紅色，屋中只是楊大姑娘同着個僕婦，正在等候那姜三員外前來。此時俞秀蓮便已躥房過脊，來到了院內。但是秀蓮並不知楊大姑娘住在哪間屋裏，而且自己又與她沒見過面，便趁着院中無人，跳下房來，向那幾間有燈光的屋裏去窺探。看到一間書房裏，有一個三十多歲身穿緞袍的人，正跟一個五十來歲的老夫子模樣的人，在那裏下棋。秀蓮走過去了，又走進一重院子，扒着一間屋子的小窗往裏去看，就見有三四個僕婦正在屋裏談天。秀蓮本想要闖進去，向她們詢問楊大姑娘所住的房子。又見她們的人太多，倘若進屋把她們驚得喊叫起來，那時必然亂了起來，不但事情辦不成，碰巧還許傷了人。心裏這樣一想，便又退回身去，慢慢地走，最後就走到那窗上鋪着紅色燈光的屋前。秀蓮扒着窗子往屋中一看，就見床上挑着紅綢幔帳，一個二十來歲、濃妝豔抹的少婦，正在床頭獨坐。有一個年老的婦人正在往銅盆裏添炭。秀蓮仔細一看，覺着這個少婦的模樣太像楊麗芳姑娘了。

當時俞秀蓮就推門而入，一進屋就隨手把門關好。此時那老僕婦嚇得把揀炭的銅筷子扔在地下，驚慌慌地問：“你是誰？”

秀蓮擺手悄聲說：“你不要害怕，說完幾句話我就走！”僕婦直着眼睛來看她，身子還不住發抖。

那楊大姑娘也站起身來，她的臉上倒似不怎樣恐懼，只是很詫異地問說：“你是什麼人？”

秀蓮說：“我叫俞秀蓮，你是楊麗英楊大姑娘吧？”

楊大姑娘點點頭，落淚說：“俞姑娘，你是來救我的嗎？”俞秀蓮點點頭，用手拍着楊大姑娘的肩膀，說：“在北京，我將你爺爺已埋葬了，你妹妹麗芳我已把她安置在德五爺的家中，她現在很好。你哥哥楊豹我也與他見了面，他也知道了你的事情，你的仇人馮隆已被我殺死，如今我就是為來看你。你若在這裏很好，我便回北京，把你現在的情況，告訴你的兄妹，好叫他們放心。如若你是不願在這裏呢，那當時你就同着我走，現在你那李大叔李慕白，他也來到此地了。”

楊大姑娘用手帕拭着眼淚，說：“我現在這裏，倒是很好了。姜三員外待我不錯，俞姑娘，您真是我家的恩人……”說到這裏，她滿面落淚，接着哭哭泣泣地說：“從打八月節那天，五六個強盜進到我家裏，把我爺爺殺死，我本來跟他們死力掙扎，我雖也學過幾手武藝，但是手中卻沒有刀。後來就被一個很有力氣的強盜將我捆上了，拿着一把刀威嚇着我，說是只要我一嚷，他就拿刀殺死我，因此我才沒法子，只得由着他用車把我拉到深澤縣，我才知道那個人，名叫花槍馮隆。他說他們一共弟兄五人，都是武藝高強，連李慕白都叫他殺死了，因此我更不敢惹他。不過他倒不打算污辱我，我問他搶我有什麼用意，他也不肯對我說。

“後來就又去了一個姓冒的人，那姓冒的頭上有塊刀傷，人比馮隆還壞，有一次趁着馮隆沒在，他竟向我調戲，但被我打了。我剛要趁勢逃跑，可是馮隆跟他的兩個朋友就回來了，又拿着刀嚇我，我見他們個個都很兇惡，怕他們真把我害死，就只好忍耐。後來就聽那姓冒的跟馮隆私下談說，他說俞姑娘現在出頭幫助我家，並且已離京南來，捉拿他們來了。馮隆跟姓冒的兩人非常着慌，這才把我賣到這裏，起先我還害怕，後來我見這裏也很好，而且姜三員外他也是個很好的人！”

剛說到這裏，忽聽外面腳步聲響，接着就是有人在推門。楊大姑娘嚇得面色改變，揪着秀蓮的衣襟，小聲說道：“是姜三員外來了！”

秀蓮也小聲說：“你不要怕，回頭見了他，你就說我是你的表姐。”當時秀蓮過去親自開門，門一向裏開了，她隨之隱在門後。

外面進來的姜三員外，正是剛才在書房裏下棋的那個身穿緞衣的人，他進屋來就笑着說：“怎麼你把門關上了？你以為我不到你屋來了吧？”說話時，忽聽身後呀的一聲，屋門又關上了。姜三員外回頭一看，看見一個青衣人，身後背着兩把鋼刀，他不由嚇得“啊呀”一聲。

　　秀蓮轉過身來，連連向他擺手，楊大姑娘也牽了他一下說：“三員外不要怕，這是我的表姐！”那姜三員外的兩腿發抖，直着眼，借着燈光一看，原來不是個強盜，卻是一位年輕美貌的女子，他心中就不大害怕了，可是還不知說什麼才好。

　　秀蓮卻走近了兩步，態度很嚴肅地說：“姜三員外你不要害怕，我是個行俠仗義的女子，如今來此專為看望我的表妹。將才聽她對我說，你倒還是個好人，所以你放心，我決不能殺害你！”

　　姜三員外又敬又怕，趕緊深深打躬說：“原來小姐是紅線聶隱娘之流，我真失敬了，小姐請坐，有什麼話請小姐自管囑咐，我是無不依從！”

　　秀蓮見這姜三員外是個書呆子，她幾乎要笑出來，但是故意正色說：“閒話不用提。我表妹在北京是被奸人搶出來，賣到你這裏，蒙你善待她，我也很感謝你。不過誰知你將來又怎樣，也許你的正夫人會虐待她，或者你又再納幾妾？現在你須親筆為我立一張字據，言明永遠對她如同結髮妻子一般，交在我的手裏，此後如果你永遠對她好，那張字據便毫無用處，否則，你大概也能明白！”

　　姜三員外嚇得亂顫，連說：“不敢不敢，我給小姐寫張字據就是，只是這屋裏沒有紙筆！”

　　秀蓮說：“可以叫僕婦去取。”

　　姜三員外就囑咐那老僕婦去取紙筆，並說：“你不准對別人說這屋裏來了一位姑娘。”那老僕婦顫着聲音答應，秀蓮開門放她出去。這時姜三員外鎮定了些，他又向秀蓮說：“小姐請坐，小姐既是麗英的表姊，那就是親戚了，我雖是讀書的人，但生平也頗敬慕遊俠義士，何況小姐以一女子，而如此身懷奇技，更是難得。小姐以後可以隨時前來，我必然竭誠接待，千萬不要客氣！”秀蓮卻不言語，楊麗英在旁也不住仔細打量秀蓮的容貌。

　　待了一會兒，那老僕婦就把紙墨筆硯一齊拿來。姜三員外當時寫就了一張字據，雙手捧給秀蓮看，並且口中唸道：“立字據人姜謹生，今因缺乏子嗣，故娶得楊氏女名麗英者為次妻，此後對楊氏應處處善為看待，與原配無異，並不得再行納妾，如有歧視或苛求之處，則天理人情，任何輕重懲罰，俱願甘受，空口無憑，立此為證。”

　　秀蓮在旁看這書呆子，真將以後不得再行納妾的話，全都寫上，她覺得這姜三員外絕不能錯待了楊大姑娘，因此她也放了心。遂將字據接到手裏，收在身邊，然後微笑了笑，說：“這不過是為叫你們永遠和好，其實將來我哪能時時來查看你們？”

　　姜三員外說：“姑娘放心，以後你若從這裏經過，隨時可來我家歇住。我雖是個讀書人，但性最慷慨，將來我們兩家親戚一常來常往，姑娘你就知道我是個怎樣的人了。"到此時，他才問姑娘的姓名。

俞秀蓮只說自己姓俞，姜三員外還要細問，俞秀蓮卻說："今天我來得實在冒昧，過些日子我必叫楊小姑娘來看她的姊姊，現在我走了。"說畢，秀蓮轉身出屋。

那姜三員外還說："俞姑娘忙什麼的，可以跟你表妹多談一談！"

楊大姑娘也追着說："俞姑娘若見着我哥哥和我妹妹就叫他們放心我好了！"

說話時，兩人追出屋去，但聽嗖的一聲風響，房瓦連一點聲音也沒有，那俠女俞秀蓮已然沒有了蹤影。

第十九回　　三騎追來點穴屈女俠　　單身奮往揮劍振雄威

俞秀蓮回到店房內，見李慕白、孫正禮的屋中還點着燈，她就進到屋內，李慕白就問說："姑娘你把事情辦完了沒有？"

俞秀蓮點頭說："已經辦完了。"遂將那張字據取出，給李慕白去看。

李慕白看了，點頭說："很好，這事辦得又簡捷，又乾淨，姑娘請歇息吧，明天早晨咱們起身就往保定去。"

秀蓮笑了笑說："好吧！"當下秀蓮回到她住的屋內就寢。

李慕白又對着燈沉思了一會兒兒，然後閉上門，熄燈就寢。一夜平靜地過去。到了次日，一清早，孫正禮就頭一個起來了，他先把李慕白推醒，又踹門叫史胖子，敲窗戶叫秀蓮，並在院中大聲嚷嚷說："店家，店家，快燒水！咱們幾個人還要急着趕路呢！"少時李慕白等人全都起了床，店夥們忙着伺候，孫正禮又催着小流星跟追風鬼去備馬，並說："你們這輛車可不能跟着我們走路！"追風鬼說："史掌櫃囑咐過我們了，先叫小流星同着去，我坐着車再在後面慢慢地走。"孫正禮點頭說："好了，小流星快備馬！"少時屋中的人也全都收拾好了，小流星、追風鬼兩人動手，將幾匹馬全都備好，然後由史胖子付清了店賬，孫正禮又催着快走。

這時朝陽才吐，大地嚴寒，一行五人便一齊策馬離開正定府，直往保定府去。一行五人，披着黑棉襖、騎着棗色大馬的孫正禮在前，青綢包頭、身披灰緞面皮斗篷的俞秀蓮居中，李慕白與史胖子二人並馬而行，他們身後遠遠地跟着那個小流星。蹄聲嘚嘚，塵煙滾滾直往北去。李慕白和史胖子都是身犯重罪的人，總覺得跟俞秀蓮、孫正禮同行，有許多不方便，所以在路上李慕白就向秀蓮商量，說是："快到保定的時候，頂好是分兩下走，反正那黑虎陶宏的鏢局開設在保定城西，咱們就全都在西關打店，由小流星給咱們往來傳消息，也就行了。"

俞秀蓮點頭答應，孫正禮卻什麼事也不管，他只騎着大馬在前飛奔，他到保定去也沒有旁的目的，只是要找着金刀馮茂，二人再較量個勝負高低。走下了六七十里地。幾個人方才找了市鎮，用過午飯，飯後依舊往下緊走，依着孫正禮今天非要趕到保定不可，但李慕白卻說：「我們只要一到了保定，說不定立刻就得與他們爭鬥起來，倘若咱們的精神不濟，到時如何能應付得了？不如今天先在半路找店房歇下，大家都好好睡一個覺，只要明天能到那裏就是了。」

史胖子和俞秀蓮聽了，都很贊成，當日在五時以後，就找了座僻靜的小市鎮歇下，一夜大家都睡得很好，次日全都振作起精神來，便分前後往下去走。約莫在午飯後二時許，孫正禮和俞秀蓮先到了保定西關，找了一座字號是「寶德成」的很大的店房住下。不到半點鐘，李慕白和史胖子、小流星也都來了，他們住在隔壁「安泰老店」內。

小流星過來向俞秀蓮打了個招呼，俞秀蓮就說：「你到城內外各處打聽打聽去，務必把黑虎陶宏他們現在聚集各路好漢的事，打聽詳細了，並探聽他們那比武修廟的事到底怎樣。」小流星連連答應，就走了。這裏五爪鷹孫正禮就披上他的大棉襖，把鋼刀連鞘夾在肋下，往外就走。俞秀蓮就問：「孫大哥你往哪兒去？」孫正禮笑道：「我出去走走！」俞秀蓮說：「你不要出去。」孫正禮撇撇嘴說：「為什麼？莫不是師妹你還怕我出去惹事？我問你，現在咱們是幹什麼來了？不是為找對頭才來的嗎？」俞秀蓮說：「自然，我們現在不怕惹事，可是淨打架也不成，而且如遇着那靜玄和尚，你非要吃虧不可。何況咱們現在來，要緊的還是為打聽那些顆珍珠和楊豹的下落……」

孫正禮不等俞秀蓮把話說完，他就連連擺手說：「算了，算了！師妹你別攔住我，我看你總是忘不了那幾顆……」他本來要罵「鳥珠子」，但臨時忽然想起不該在師妹的面前說村野的話，遂就咧着大嘴笑了笑，說，「師妹放心，我出去逛一逛就回來，我不惹事就是了。幾時你們上了手，招呼我，我再上手！」隨說着隨推門出屋，挺着胸脯，邁開大步走去。俞秀蓮也沒有再攔阻他。孫正禮出了店門，就見此處人煙十分繁盛，他大踏步在街上直走，只叫人躲他，他並不躲人。進了西門，在大街上繞了半天，便找了一座酒舖，進去，在靠窗的一張桌子旁坐下，鋼刀放在桌上，大棉襖仍披在身上，一隻腳蹬着板凳，喊道：「夥計，拿酒！」他這一喊，旁邊坐着喝酒的人，齊都用眼來瞧他。那酒保也似乎有點不高興，故意不理他。孫正禮又喊了幾聲，並用拳頭擂着桌子，說：「你們這兒的賣酒的人，脾氣怎這麼大？莫非瞧我是不像喝酒的嗎？」正在發脾氣，酒舖掌櫃那一個有點黑鬍子的人就走過來，他擺了擺手說：「大爺你別發脾氣，等一會兒酒菜全都給您送來，櫃上就是兩個夥計，現在都正忙着。主顧也有個先來後到，你大爺發什麼脾氣？保定府可與別的地方不同！”說到末一句話，孫正禮掄起了蒲扇般手掌，吧地就打了掌櫃的一個嘴巴，罵道：“保定府又當怎樣？保定府就欺負外鄉人嗎？你們都是倚仗着黑虎陶宏、金刀馮茂那幾個王八蛋的勢力！”說時，一腳踹翻了桌子。掌櫃的跺腳嚷嚷說：“好！你敢打人？你敢罵陶大爺？”此時旁邊也站起來幾個喝酒的客人，過來把那掌櫃的攔開，並有一個紅臉膛的人，向孫正禮勸說：“朋友，你老哥別生氣，他們櫃上的人太不會說話，可是你大哥也得包涵着點，不必跟他們一般見識，更不必把陶大爺也拉上！”又說，“請坐，請坐，我叫他們給你老哥燙酒。要不然，你老哥請到我這邊來，我先敬你幾盅！”

　　孫正禮由地下撿起鋼刀來，沙的一聲，鋼刀出鞘，他拿大手一拍胸脯，說：“我花錢買酒喝，怎麼不賣給我？還抬出黑虎陶宏嚇我，我才不怕他娘的黑虎陶宏呢！”

　　旁邊有四五個年輕力壯的漢子，聽他這樣罵，齊都不禁面現怒色，有的並將起袖子來，要跟孫正禮打架，卻都被這個紅臉的人，用眼色止住。這時忽然由外面又進來兩個人，全都披着大棉襖，一臉的兇氣，他們彼此招呼了一下，齊都用眼來看孫正禮。孫正禮卻氣憤憤地，嘴裏還大罵着。走過一個夥計，把桌子扶起來，孫正禮把鋼刀向桌上一拍，說：“來酒！他娘的瞧不起人！欺負外鄉人！”那挨了打的掌櫃子一見孫正禮亮出刀來，他就嚇得跑到一邊，並向那紅臉的人央求着說：“郭大爺！……”他那意思是叫他們別在這裏打起來，姓郭的也點點頭，說：“我知道。”遂又近前一步，向孫正禮抱拳問說：“朋友，你貴姓！是在鏢行發財的嗎？走哪一路？”孫正禮說：“你先別問我，我先問你叫什麼名字？”

　　姓郭的見孫正禮毫不客氣，臉上也不由現出怒色，就說，“兄弟名叫飛燕子郭七。”又指着旁邊幾個，及才進來的那兩個人說，“這是花老虎李高、白臉豹苗九、獨角犀徐大胖、夜叉鬼饒成、鐵腿金二，你老哥若是久走江湖，想必也聽說過他們幾個人的名聲！”

　　孫正禮嘿嘿地冷笑，搖搖頭說：“我五爪鷹孫正禮也在江湖走了十幾年了，還沒有聽說過你們這幾個人的名字！”對面郭七、李高等人，一聽他就是五爪鷹孫正禮，齊都不禁面上變色。

　　那個徐大胖的身體比史胖子還要肥，他就走過來一抱拳說：“噢，原來你老哥就是北京城泰興鏢店的孫大鏢頭！久仰，久仰！我們馮四爺跟陶大爺這些日子正唸叨着你了，好，孫大鏢頭你來得正好，只不知道俞秀蓮姑娘她也來了沒有？”

　　孫正禮把眼睛一瞪，問說：“怎麼，你也認得俞秀蓮嗎？”

　　那徐大胖搖頭說：“我並不認得，倒是我們陶大爺，現在很想要再會一會她，因為聽說她跟隨你老哥到了一趟河南現在又往北來了。"

孫正禮說："你去告訴黑虎陶宏，叫他先別去找俞秀蓮，叫他先來見我，我五爪鷹倒要看着他是長了幾個腦袋。金刀馮茂那小子若在這裏，也叫他來會會我，也告訴他，孫大爺不服氣，這次到保定來，非得跟他戰個勝敗高低不可！"

徐大胖笑着說："你老哥別急躁，都是一條線兒上的朋友，彼此有話好說。來，你先喝酒，咱們哥兒倆談談！"這時夥計已送上來一壺酒和兩盤酒菜，饒成、金二、李高、苗九等人，全都溜出酒舖取傢伙去了。這裏只剩下飛燕子郭七和獨角犀徐大胖，這兩個都是黑虎陶宏手下的鏢頭，他們滿臉堆着笑容，一口一聲地叫着"孫大鏢頭"，跟孫正禮直套交情，一杯一杯地給孫正禮斟酒。可是孫正禮的鋼刀永遠壓在肘下，心裏罵道：這兩個人，不定安着什麼心，要來騙老子。喝過幾口酒，卻不見再有什麼人前來，那郭七與徐大胖兩人又同孫正禮攀談了幾句話，他們的神情便都像很不安寧。孫正禮又喝了兩杯，便站起身來掏錢算帳，徐大胖就虛情假意地讓，郭七卻先溜走了。孫正禮付過了酒錢，手提着鋼刀，徐大胖卻說："孫大鏢頭，你住在哪家店裏，改日我拜訪你去！"

孫正禮卻驀地一把將他抓住，冷笑着說："小子，你先別走，咱們爺倆一塊出去，我知道你們這幾個小子全都沒安着好心，在外頭等着要打我。來，你這小子倒挺肥碩，你替我打頭陣吧！"

徐大胖嚇得面色改變，連說："孫大鏢頭，你這可真是多疑，他們早就都走啦，我是要想跟你老哥交個朋友。"

孫正禮說："別說廢話，你送我到店門前再說！"

徐大胖勉強地笑了笑，說聲"行"。孫正禮遂將鋼刀插入鞘內，挾在肋下，手中可仍然不放那徐大胖，果然一出了酒舖，就見路上站着那饒成、金二、苗九、李高，個個脫去了大棉襖，手中全拿着單刀、梢子棍等等的傢伙。

孫正禮就挺起胸脯來，微微一笑，說："怎麼樣？孫大爺沒白走江湖，早就知道你們有這一手兒，走，有膽子的跟我出城，咱們較量較量！"饒成、金二等人齊都拍着胸脯："走，咱們出西門！"當下孫正禮揪着徐大胖子的胳臂昂然在前，饒成、金二，那些人在後面，往西直走，街上的人全都側目來看他們。

走了不遠，就遇見小蜈蚣，小蜈蚣也不跟孫正禮說話，他轉身就跑了。孫正禮氣昂昂地，一面走一面大罵，把黑虎陶宏和金刀馮茂簡直罵得連人也不像。才一出西門，就見剛才溜走了的那個飛燕子郭七，手提着一杆扎槍，帶着七八個人全都拿着梢子棍，從西面來了。

一走碰頭，郭七就將槍一抖，說："孫正禮，你小子有膽子敢到我們鏢店門首去較量較量嗎？”孫正禮也將徐大胖撒了手，亮出鋼刀，拍着胸脯說：“有什麼不敢？孫大爺到保定是幹什麼來的？跟你們還合不着，老爺今天要鬥鬥姓陶的和姓馮的！”說着話，那郭七等人在前，孫正禮就跟着他們去走，走到寶德成和安泰兩座店房的門首，那裏雖也有幾個人在看他們，可是孫正禮卻沒瞧見俞秀蓮、李慕白和史胖子。此時孫正禮心裏倒很高興，他想：他們不幫助我倒好，叫他們瞧瞧我五爪鷹，我一個人就得把陶宏那群王八蛋全都揍了。

順大道往西走了有五六里地，就見面前有一座大莊院，高牆全是虎皮石所砌，裏面的房屋全是磚瓦蓋成，門前有幾株高大的槐樹，雖然都脫去了枝葉，可是也很給這座大莊院增加勢派。樹上繫着十幾匹馬，並有兩個人騎着馬，在廣大的場院上盤着走。來到這裏，那飛燕子郭七就把紅臉一沉，將扎槍一揮，十幾個人將孫正禮圍住，獨角犀徐大胖也不知從誰手裏要了一口刀，站在遠遠的，指着孫正禮說：“孫大鏢頭，現在就瞧你栽跟頭的啦！”

孫正禮毫無懼色，把大棉襖一脫，連刀鞘都扔在地下，捋捋袖子，向地下吐幾口唾液，把鞋底磨磨，為是免得交手時滑倒。然後他就把刀一捧，擺了個架勢，拍着胸脯說：“老爺怕你們？還不來呢！現在來到你們的家門前，單打單個還是一齊上手，隨你們挑！老爺要是含糊一點，我不算鐵翅雕的徒弟！”

話未說完，那夜叉鬼饒成先掄刀奔過來，也拍着胸脯說：“一齊上手算是欺負你，小子有本事，先跟我鬥一鬥！”

孫正禮說：“好，小子你先上手罷！”當下饒成為要在人前顯一顯他的本領，一個箭步跳過來，掄刀就砍，孫正禮鋼刀斜劈，鏘的一聲，就將饒成手中的刀磕得幾乎撒了手。饒成趕緊閃身跳在左邊，用刀削下，孫正禮反腕一刀，又將饒成的刀壓下去。猛近兩步，翻身一刀從右邊砍來，饒成趕緊橫刀去擋，哪禁得孫正禮的大力，只聽噹的一聲，饒成手腕一疼，趕緊退後，要將刀換手。但孫正禮早撲上來，一刀削下，立刻將饒成的一隻左手削下，饒成疼得連聲慘叫，甩着一隻沒有手的胳臂，滴着血往外就跑。

鐵腿金二這時急了，掄鋼刀直撲過來，罵着說：“好啊！你敢傷我的兄弟！”李高、苗九也一齊挺刀上前，那徐大胖就指揮眾人一齊上手，打算把孫正禮當場打死。但孫正禮如同一條猛虎似的，鋼刀翻飛，胡殺亂砍，不但沒有一個人能近他的身，反倒被他又砍傷了李高、苗九，還有兩三個使着梢子棍的莊丁。這時那黑虎陶宏、法廣和尚，和前天才來到的摩雲鵬柳建才，以及涿州的劉七太歲，都已來到莊門前瞧看。

那陶宏見孫正禮的武藝高強，遂向法廣說：“廣師父幫助幫助他們去吧！"

法廣遂由旁邊的人手中，接過來一杆扎槍，掖起了僧衣，挽上袖子，向眾人大喊："躲開！躲開！叫我來鬥這個人！"

此時孫正禮才把飛燕子郭七的扎槍砍斷，郭七就拿着半截槍桿逃走了。法廣的扎槍一遞上，孫正禮就不由吃一驚，心說：這個和尚就是在保定城設擂台的那個傢伙吧？遂就說："好和尚，我知道你的名字，你過來咱們較量較量，我倒要看你這設擂台的和尚，有多大的本領！"說時他提刀逼過兩步來，法廣卻也退後了兩步，此時就聽黑虎陶宏、劉七太歲和柳建才齊都大聲嚷說："廣師父小心，俞秀蓮來了！"法廣正因孫正禮的樣子太猛，不敢遽然動手，如今聽那邊一嚷，他提槍又退後了幾步，抬眼向東邊一看，就見大道上飛馳一匹健馬，馬上是一個青色短衣的女子。此時黑虎陶宏把他手下的人都喊過來，都拿着兵刃保護他們，這許多人的眼光齊都注視在秀蓮的身上。

孫正禮卻有些敗興，心說：你又來幹什麼？此時俞秀蓮已下了馬，由鞍下亮出雙刀，緊跟過來，先說："孫大哥閃後！"然後她望着那莊門前的黑虎陶宏等人，冷笑說道，"哼哼！原來是你們這幾個人！"

那邊陶宏和劉七太歲都是秀蓮手底下的敗將，而且都曾經被她砍傷，已然成了半個殘廢，所以如今一看見秀蓮，雖都胸頭燃燒着怒火，但是心裏卻起懼怕。柳建才也是前次在秀蓮跟前領教過的，所以也不敢上前來動手。只有法廣和尚抖着長槍近前兩步，厲聲問說："你就是俞秀蓮嗎？"

秀蓮冷笑着說："你既然知道我的名字，何必又問？我問你，你是靜玄和尚的徒弟法廣不是？"

法廣點了點頭，做出沉着的狀態，說："俞秀蓮，你先聽我說幾句話！"

秀蓮一手抱着雙刀，一手指着他說："你說吧！"

法廣的那張微有麻子的臉上，露出些和藹之色，說："我是江南的僧人法廣，曾隨靜玄老師父學藝多年，現在到北方來並不是為尋人毆鬥，也不是要設擂台，卻是要以武會友，向施主們募些錢，在這裏修蓋一座廟宇。剛才這個姓孫的到這裏來，動刀傷人，雖未出了人命，但也有幾個人身受重傷，我出家人可不能像他這樣犯戒。你若是不服氣，願意跟我比武，那咱們就放下兵刃，隨便你們哪個上手，跟我比比拳腳，勝了的才算英雄！"

旁邊孫正禮一聽，他立刻將鋼刀扔在地下，一個箭步跳過來，說："好，好，你也扔下槍吧！你當是我五爪鷹就會使刀，不會打拳嗎？"

秀蓮卻趕緊把孫正禮推開，她趕過前去，把雙刀左右一分，冷笑着說：“法廣，你來騙我？你以為我不知道你會幾手點穴法嗎？有本領咱們一刀一槍的比較，拿點穴法勝人算什麼英雄？你師父靜玄若在這裏，也叫他給我滾了出來！”說時，掄着雙刀撲奔過去，向法廣就砍。法廣趕緊用槍招架，往來幾合，法廣便覺不是對手，於是曳槍跑開。

黑虎陶宏趕緊喊叫了幾聲：“快回來！”於是一群人連同法廣，全都逃進莊院裏，把莊門緊緊閉上了。秀蓮捧着刀向裏面不住冷笑，孫正禮是提着刀指着莊門大罵，說：“是小子滾出幾個來！跑到家裏關上門，算他娘的什麼英雄！”

他還要掄刀去砍莊門，卻被秀蓮把他攔住，秀蓮就說：“他們那些個人，竟怕了咱們兩個人，可見他們沒有什麼本領，咱們何必要打進他的莊子裏去？”

孫正禮又罵了幾聲，莊子裏面沒有一個人答言。孫正禮也就將鋼刀入鞘，披上大棉襖，得意地同秀蓮笑着說：“我當他們是怎樣了不得的人物，原來都是些膿包，早要知道，不那麼趕路跑到這兒跟他們打架！”又說，“師妹你何必又來，你不來我五爪鷹一個人也都得把他們打了！”

秀蓮卻微笑說：“我若不來，你就要跟法廣比拳了，如若比拳，你非要遭他的點穴法不可！”

孫正禮卻哼了一聲說：“什麼點穴法？我還沒聽說過，早晚我倒要跟他鬥一鬥拳，叫他點點，點倒了我，我就佩服他！”

秀蓮也不願同他細講，就上了馬，說：“咱們回店房去吧？”

孫正禮還仿佛不甘心這就回去似的，他又向莊子大罵了幾聲，才提着刀，跟隨秀蓮的馬後走去。

往東走了不遠，就見史胖子勒馬站在道旁，一見着他們，就說：“俞姑娘和孫大哥快回去吧，打了他們也沒有用。現在我聽說他們請的那些個人全都沒來到，金刀馮茂又因上次和楊小太歲交手，負了重傷，到現在還沒有好，所以今天他

也不能出頭。走吧，李慕白說咱們得另想法子，不必打人，要緊還是得探出那些顆珠子的下落！”

一提到珠子，孫正禮就向史胖子瞪眼，史胖子卻說：“快回去，李慕白正在店裏等着咱們商量辦法！”說着話，他的馬就同着俞秀蓮並行往東走去。孫正禮提着刀，在後面一步一步地走，路上往來的人也不很多。

走了不到三里地，忽聽身後一陣馬蹄響聲，孫正禮回頭一看，他就喊着說：“哈哈，又來了！”

秀蓮與史胖子也一齊勒住馬，回頭去看，就見後面來了三匹馬，

馬上的全是和尚。秀蓮認得一個是剛才的那個法廣，一個是法普，最後一匹白馬上就是靜玄禪師。秀蓮一看見靜玄禪師心中立刻燃起了怒火，但同時也有些恐懼。她趕緊向史胖子和孫正禮說：「小心，後面那老和尚就是靜玄，小心他的點穴法！」遂由鞘中抽出雙刀。

史胖子的面色都嚇得變了，他連說：「快走！快走！」

孫正禮卻反倒挺刀迎奔過去，說：「好！剛才罵你們，你們都不出來，我們走了，你們又追上來，我倒要看看你們的點穴是什麼樣兒！」

此時靜玄禪師已催馬越過他兩個徒弟，來到近前，一句話也不說，由鞍下摘下一桿竹節鋼鞭，直奔俞秀蓮。俞秀蓮趕緊飛身下馬，那匹馬跑到一邊，靜玄又追上史胖子，在馬上探身用鋼鞭向史胖子的背後一點，史胖子欲躲不及，咕咚一聲，他那肥胖的身子就跌下馬來，連動也不能動了。

此時法廣和法普全都跳下馬來，一個敵住俞秀蓮，一個敵住孫正禮。靜玄也跳下馬來，他臉上滿現怒色，向他兩個徒弟喝道：「閃開！交我來懲治他們兩個。」遂挺鞭直奔秀蓮。秀蓮曉得靜玄點穴法的厲害，所以謹慎地迎敵。靜玄禪師先是一鞭蓋頂砸下，秀蓮趕緊將身子躲開，雙刀齊向靜玄的左肩去砍，但靜玄嗖的一個箭步，反跳到秀蓮的身右，同時鋼鞭向秀蓮的胸頭點去。秀蓮趕緊退後一步，並用右手的刀向鋼鞭一撩，只聽噹的一聲，鋼鞭沒碰開，秀蓮反倒覺得手腕發酸，趕緊又把左手的刀向對方腰際去削，靜玄卻把鞭抽回來，橫着掄起。秀蓮趕緊退後，不料靜玄又一鞭蓋頂打下，秀蓮趕緊用雙刀去迎，靜玄的鋼鞭卻不落下，忽然他又抽回，向秀蓮的腰際去點，秀蓮趕緊向左邊一跳，同時翻手要用刀去削靜玄的頭頸，卻不料靜玄的鋼鞭極毒極快，早已點在秀蓮的左腿上。秀蓮就覺着左腿一陣發麻，坐在地下，一隻手握着刀，一隻手扶着地，左腿用力還要立起來，但才一離地便又坐下。

此時孫正禮一口刀抵住法普、法廣二人，他的刀法已亂，只仗着一陣胡殺亂砍居然令法普、法廣的兩口刀近不得他的身。靜玄禪師喝退他那兩個徒弟，掄鞭過去，只兩三回合，就一鞭點在孫正禮的左肋上，孫正禮那牛一般的身體也趴在地下，不能動彈了。

靜玄禪師把三個人全都點倒在地，他就向那兩個徒弟一擺手，法廣把馬牽了來，靜玄上了馬，法普、法廣也一齊上馬，他們連頭也不回頭，三匹馬就像都帶着驕傲之氣，飛馳着向陶家莊院去了。這裏拋下兩匹馬，全都跑得遠遠的，低着頭吃地下那枯乾的草根。

史胖子是仰臥着，哈哈大笑着，說：「在這兒睡個覺倒挺舒服的。」孫正禮是趴在地下大罵。秀蓮卻坐在地上，用兩隻手捏她那隻左腿。

兩旁走路的人，剛才都嚇得躲避到遠處，呆呆地看着不敢動，此時卻都走近前來。有人就向俞秀蓮說：“姑娘，你招惹他們幹嗎？那臉上有麻子的和尚，前半個多月就到這兒來了，他在這兒打擂台修廟，可是沒有什麼人敢和他比武，你們三個人今天幹什麼招惹他們呀！”

秀蓮咬着牙說：“你們不知道，我們兩家的仇解不開了，這回我們受了傷，下回也得叫他們吃點苦，煩勞你們，無論哪一位，到安泰店內，把那位姓李的找來，要不然給我們雇輛車來！”

這時忽聽孫正禮說：“李慕白來了，這小子……”

秀蓮趕緊回頭去看，就見李慕白由東邊遠遠地來了，不但沒騎着馬並且沒拿着寶劍。秀蓮不由羞得滿面通紅，就想早先她自誇武藝能和李慕白打平手，現在，她在靜玄的手下連受了兩次點穴法，她不但沒有臉見李慕白，連別人她也沒有臉再見了。這樣一想，她幾乎要哭出來，但是把心一橫，忍住眼淚，說：“我還非要找靜玄去報仇不可！”

這時李慕白已跑到臨近，孫正禮就嚷着說：“李兄弟，你先別管我們，你先拿上我的刀，騎上師妹的馬，追到黑虎陶宏家裏，把靜玄那師徒三個給我殺了。殺死了人，由我姓孫的抵命！”

李慕白卻滿面怒色，咬着牙，一聲也不語。此時俞秀蓮自己將腿已捏得能夠立起來慢慢地行走了。李慕白就走過去，給史胖子和孫正禮解救，經他一着手，不費力就將二人也治好。孫正禮一爬起來，他就由地下抄起刀，並搶了史胖子的馬匹，就要上馬重往陶家莊去鬥靜玄。

李慕白卻把他攔住，說：“孫大哥，咱們先回到店房裏商量商量，然後再找他們去報仇！”

孫正禮瞪着大眼睛說：“怎麼？你怕他們嗎？你不用管，我姓孫的不能服這口氣，有本事他們再把我點倒，我要有本事我就要他們的命！”說着用手一推李慕白，扳鞍就要上馬。

史胖子從後面攔腰把他抱住，說：“老孫，回去咱們喘口氣兒，然後再找他們去報仇，反正今天天還早呢！”

秀蓮也說：“孫大哥回去再說！”

李慕白卻很激憤地說：“孫大哥，並不是咱們怕他，因為你們才被他的點穴法所傷，若不休息些時日，一定要傷勢加重。尤其是你被點左肋，那很是要緊，孫大哥，你願意終身成個廢人嗎？反正我李慕白今天一定要替你們報仇！”

孫正禮瞪着眼說：“准的？”

李慕白說：“我幾時又對人說過謊話？”

孫正禮點頭說：“好，老史，給你馬，咱們回去罷！”

史胖子的後腰疼得不能上馬，他說：“老孫你騎着馬吧，我在地下走着，好在離着店房不遠！”

當下孫正禮上了馬，雖然他的左肋仍然有些疼痛，但在他仿佛不算一回事似的，昂然地策着馬在前面走着。俞秀蓮也收了雙刀，上馬走去。李慕白與史胖子在後面慢慢走着，就有些好事的人在後面看着他們。

史胖子就很發愁，他向李慕白說：“本來我想來到這兒，咱們只在暗中辦事，不必出頭了，沒想到孫正禮把事情給惹起來了，咱們想不出頭也不能夠了！”又說，“小流星在外面打探，沒聽說靜玄禪師也來到此地，要不然也不至吃這麼大的虧。我史胖子倒不要緊，只是俞秀蓮姑娘，她那性情有多驕傲，這幾年走南闖北誰能敵得過她，如今叫靜玄在大道旁眾目之下，這樣地欺侮，她真許為這事要氣壞了。李大爺，你倒得趕快想個辦法。替我出了這口氣！”

李慕白聽史胖子這樣說着，他就默不作聲，低着頭往東走去。史胖子扭頭看了看李慕白，他又說：“我看靜玄禪師的手段還不太毒辣，要不然，剛才我們早就沒有命啦！可是李大爺你要是遇着他，也千萬得特別小心，因為你們兩人是對頭，他若是見着你，那時他可就要施展毒手了！”

李慕白卻微微冷笑，仍然不說話。少時就回到了西關，史胖子回到安泰店內去歇着，李慕白又到了寶德成店內，只見孫正禮躺在炕上，用手捂着左肋，一見李慕白回來，他就翻身坐起說：“李兄弟，我的肋骨上還有點痛，可是不要緊，今天一定能好。明天清早，咱們四個人就一同找他們拼命去，你想怎樣？今天你也不必一個人找他們去了！”

李慕白點頭說：“好，好，你先躺着休息，明天一定能好。”

孫正禮恨恨地說：“我要死了，當了鬼也得去找他們！”

李慕白見孫正禮躺下之後，他才又到秀蓮住的那屋內。秀蓮自己將左腿治得已然能夠行動，只是還有點微微的疼。李慕白不便親自動手去用解救的手術，只將法子指點給秀蓮，並說：“姑娘你安靜地休息一天，明天一定能夠照舊如初。這次點得比上次輕得多了，可見靜玄禪師他並無意害你，要為他的弟子陳鳳鈞復仇！”

秀蓮點點頭，芳容凜凜，似懷着無限的憤恨，半天也不說話，後來只說了一句：“李大哥，你休息去吧，等明天我們的傷好了，咱們再商量辦法！”

李慕白點頭，走出屋去，心中想：現在沒有法子了，我不能再遵守盟伯的囑咐，我須要跟靜玄禪師再鬥一鬥了！又想：徒然爭鬥也一點用處沒有，最要緊的還是那四十一顆珍珠，無論如何，非得取到手中，以為德嘯峰洗冤不可。可是，那楊豹現在到底是生是死？四十一顆珍珠是否真在法廣的手中呢？他腦裏一面盤算着，一面走出了寶德成。

回到安泰店內，就見史胖子躺在炕上正叫小蜈蚣給他捶腰，李慕白卻攔阻說："不要捶了，現在穴道已然開了，因為他是用鋼鞭打的你，所以將你的脊骨傷了一點，但是不要緊，過一兩天一定好。"

史胖子笑道："沒有什麼的，我史胖子江湖上也栽了不少回跟頭，不過受點穴法這是初次，這就像鄉下人一吃了紅燒魚似的，扎嘴倒不要緊，先嘗嘗新鮮滋味。可是，我的李大爺，在咱們四個人之中，還只有你是全鬚全尾，無論怎麼着，你也得找着靜玄，給我們出這口氣。我們倒不要緊，只是俞姑娘，你不能不為她賣點兒力氣！"

李慕白才要回答，忽見店夥走進屋來，問說："哪位姓李？"

李慕白一怔，說道："我姓李，有什麼事？"

店夥說："外面有一位大師父要見你。"

李慕白點頭說："好，我去見他！"

一出屋子，就見法普和尚站在院中，見了李慕白，他就打了個問訊。李慕白也拱手說聲久違，法普就說："李爺你住在哪間屋裏，我們可以到屋中去說幾句話嗎？"

李慕白搖頭說："不必，有什麼話你就在此說好了，我屋中還有別人。"

那法普的臉上一點笑色也不帶，兩眼直直看着李慕白，說："沒有別的話，我們師徒離開江南已有半載，賠了許多盤纏，惹了許多氣惱，並且陳鳳鈞還被俞秀蓮殺死，我們就為的是找你，找你要回那件東西！"

李慕白點頭，從容地說："我早就知道，早就想奉還你們，只是我也是找不到你們，靜玄禪師現在哪裏？"

法普說："現在西邊陶家住着。"說話時他眼色現出十分驚訝的樣子，他猜不出李慕白答應交還人身穴道圖，這是真話還是假話。

只見李慕白很慷慨地說："好吧，晚飯後我到陶家，把那東西給你們送去，但是我須叫你師父親自收下，不能交給你們，並且我還有話要對他說！"

法普聽了，呆呆地發了一回怔，然後鄭重地問說："你說話可不准失信！"

李慕白冷笑道："當然不能失信！"

法普的臉色又轉為緩和一點，他歎了口氣說："我也是奉師命前來。其實我們原不必如此作對，你是江南鶴的師姪，江南鶴與我師父也是多年的好友，都是一家人，何必為那件東西，結這麼大的仇恨？再說，你得了那件東西也沒有什麼用處，你也未必學得會，今晚你去把那東西還我們吧！我師父是個善心人，一定能夠寬恕你！"

李慕白微微冷笑，說："不必多說話，晚間叫你師父在陶家等候我就是了！"

　　法普細一看，李慕白的神色上有點不對，他就又現出怒容，但又知道自己不是李慕白的對手，不敢發作出來，遂就點頭說：「好了，晚間我們在陶家等你。你可要仔細想想，不要像那次在繁昌江上似的！」說畢，他轉身走去。

　　李慕白聽法普忽提到兩年以前，他們師徒五個人在繁昌江上逼迫自己墮水之事，不由胸中又怒火倍增，本來要去也施展點穴法將法普點倒，以為俞秀蓮他們先出一口氣，但又想現今住在店房中，有許多不便之處，所以他就強抑下一口氣。看得法普抱袖翩翩走後，他回到屋內，就見史胖子已下了炕，伸着大拇指，對李慕白說：「李大爺，我真佩服你，剛才你答覆那和尚的話，真叫硬邦！可是，李大爺你晚上一個人前去，未免不大好吧？我們三個現在也就算全都好了，晚上我們跟着你前去好不好？只要你能敵得住靜玄禪師，其餘的人我們全都不怕！」

　　李慕白卻擺手說：「你們只在這裏好好休養一天就好了，不必管我，晚間我去，也未必便和他們動起手來。」又說，「你千萬不可把這些話告訴孫正禮和俞姑娘，他們的傷都未愈，倘若他們知道了，晚間也一定要去。那時不但不能幫助我，反倒礙事。今晚的事，可真不同兒戲！」

　　史胖子點頭說：「好了，只要有你李大爺的話，我一定不能告訴他們。」又回首囑咐小流星說，「你聽見了沒有？剛才那和尚來找李大爺的事，不准對那邊去說！」小流星也點頭答應。當下史胖子仍躺在炕上休息，李慕白卻像心中有很多的事情永遠皺着眉，不大說話，同時臉上也永遠帶着怒色。

　　到了晚間，用畢晚飯，天色就已黃昏了，俞秀蓮又過來問李慕白，說：「黑虎陶宏那裏沒再來人找尋咱們嗎？」李慕白搖頭說：「沒有。」俞秀蓮說：「不過我想靜玄一定知道李大哥也來到此地了，他一定不肯干休，晚間咱們要特別防備些！」

　　李慕白點頭說：「姑娘說得極是，但我想他們也未必有多大能為。就這樣吧，晚間我們兩處，總要都留一個人不睡覺就是了，倘或出了什麼事，兩下彼此招呼。」

　　史胖子就盤膝坐在炕上，一聲也不語。秀蓮又在這裏說了幾句話，她就回到隔壁店房裏去了。這時屋中已點上了燈，史胖子就向李慕白說：「你什麼時候才走？」

　　李慕白說：「我這就要走。」

　　史胖子又問：「你騎馬去嗎？」

　　李慕白說：「統共五六里地，何必要騎着馬去？」隨說着，他就紮束身體。他穿的是一身青布夾衣褲，將辮子盤在頭上，披上一件大棉襖，然後將寶劍用一塊青布裹了，挾在左臂下，便向史胖子說：「我這就走了，倘若俞姑娘和孫正禮再到這裏來，你只說我往房上去了，千萬不可說我往陶宏家去了。”

史胖子點頭說：“你大爺放心，連這麼一點事，難道我還替你瞞不住嗎？”李慕白點點頭，史胖子又說了聲：“回見！”李慕白就走出屋去。

出了店門首，此時已交過了初更，天空懸着很皎潔的月亮，這西關上兩旁商舖都點着燈，各店房也不斷有人出入，酒舖裏發出喝拳之聲，街上的行人也不少。可是一走出了關廂，路上的人就不多了，這股往西去的大道，滿鋪着月色，兩旁的枯樹被寒風吹得蕭蕭地響。

李慕白挾劍踽踽獨行，走出有二里多地，他回頭一看，見身後有兩個人來了，他就站住了身。等得後面的那兩個人來到近前，李慕白就迎過去拱手問道：“請問，開鏢局的陶家在什麼地方？”

那兩個人都似是本地的村民，身上都背着由城裏買來的東西，一個就用手指着說：“一直走，再走二里來地，靠着大道，南邊有一座大莊子，那裏就是陶大爺的家，太容易找了。”

另一個人就問：“你是從哪兒來的？找陶大爺有什麼事呀？”

李慕白隨口答道：“我是從涿州來的，到陶家莊上去找一個人。”說畢，他轉身就走。踏着月色，往西又走了二三里地，果見在大道的南邊有一處黑壓壓的大莊院，李慕白心說：大概這就是黑虎陶宏的家裏。當下他離了大道，往那莊院走去。

才走不幾步，就聽那邊黑影裏有幾個人同聲喊問說：“誰？是幹什麼的？”

李慕白站住身，等到那莊門前的三個持刀的人迎着他來了，他才說：“我找在你們這裏住的靜玄禪師，我姓李。”

那邊的三個人一聽對方姓李，他們就全都嚇得止住了腳步。其中一個人就問說：“你是李慕白嗎？”

李慕白點頭說：“不錯，我就是李慕白。”那三個人轉身就跑，咣當一聲把大門關上了，卻放過幾條狗，圍着李慕白一陣亂吠。李慕白亮出了寶劍，把幾條狗嚇得都往後退，但是吠得卻更兇。

李慕白就微微冷笑，迎着月光，走到那莊門前，叩了幾下門。待了一會兒，裏面就把大門敞開了。在月色下看得非常清楚，出來的足有二十多個人，全都拿着鋼刀、梢子棍等等的傢伙，為首就是法普和尚。法普的手中也提一口鋼刀，他一見李慕白，就說：“啊！你真不失信！”又問，“你只一個人來的嗎？”

李慕白說：“與別人有什麼相干？自然是我一人來的。”

法普連說：“好好，請進來，我師父正在等候你！”當下李慕白毫不畏懼，昂然地隨着法普和尚那些人往裏去走。陶家的莊院裏又大又深，進了兩道門才來到正院，李慕白就見這院中已有六七個人，個個手持兵刃，有的坐在台階上，有的在院中來回地走。北房很大，隔着玻璃就可以看見裏面燈燭輝煌，並有不少的人。裏面的人都站起身來，等待他這個單身前來的仇人。

李慕白面上帶着微笑，一進屋，就見迎頭就是那柳建才，他說："李慕白，現在沒有什麼說的，你趕快將寶劍還我！"

李慕白哼了一聲，將手中的劍一晃，冷笑着說："還你？你若能再拿一口劍來，將我這口劍戰敗，那時我才能還你！"

柳建才退後兩步，由身邊就拔寶劍，劉七太歲和黑虎陶宏也齊都回手去取兵刃。靜玄禪師卻趕過來解勸，說："諸位且先不要動手！他只是一個人來此，我們勝之不武，敗之足羞，先向他講理，他是江南鶴老俠的盟姪、李鳳傑的兒子，他絕不能夠不懂理。"

那邊的眾人全都將手中的兵刃放下，李慕白手中仍然提着寶劍，他向靜玄禪師一拱手，說："老師父，既然你提到了我的盟伯，我可以抛去舊事，向你行個禮。"

靜玄見李慕白說話驕傲，他便把臉一沉，說道："我師徒千里迢迢到北方來，已有半載之久，大概你也曉得，就為的是向你索回那十八幅人身穴道圖，現在你帶了來沒有？若是帶來便趕快交還我，並將柳員外的寶劍留下，我們便放你走去！"

李慕白微微冷笑說："老師父你這話說錯了！你們索要東西，也不是這樣的索要方法，我李慕白若懼怕你們，還不到此地來呢！現在人身穴道圖十八幅全都在我的身上，寶劍也在我手內，要還你們也很容易，但是我先要說幾句話！"

靜玄禪師說："你說吧！"

李慕白從容微笑着，昂然站在眾人的包圍之中，他先說："第一我要說這口寶劍，我絕不能還給柳建才。因為柳建才是鳳陽府的惡紳，那裏的人沒有一個不恨他，所以他不配使用此劍！"

旁邊柳建才一聽，就要持劍向李慕白拼命，但被靜玄將他攔住。李慕白又說："可是如遇有風塵英雄，或是江湖俠義，我也許將此劍奉送他。

"第二是點穴法。靜玄老師父，你的點穴法是多年的秘傳，江湖上除去你便沒有人會，因此你們便倚此橫行。你的徒弟法廣不過從你那學會了一兩招數，他就能隨便點人。將來他若把你的技藝都學會，他不定要如何傷害好人了。"

靜玄禪師怒斥說："胡說！我的點穴法從不輕傳輕用，數十年來被我點傷的也不到十個人，但都是些頑強的匪人。」

李慕白說：「那麼俞秀蓮她也是匪人嗎？她為北京楊家的事抱打不平，到千里之外救那被難的楊姓女子，可稱是一位女俠。你那徒弟陳鳳鈞，因為屢次調戲她，她才將陳鳳鈞殺傷。不料你就出頭為你的徒弟報仇，在邢台縣幾乎點了她的死穴！」

靜玄聽了，氣得喊說：「你胡說！」

李慕白微微冷笑，不容他辯論，接着說：「若不是我為她解救，她早已成廢人。再說今天的事，原是俞秀蓮、孫正禮與陶宏他們爭鬥，與你靜玄禪師有什麼相干？居然你也追趕上他們，將他們全都點倒在大道旁。似你這樣會點穴的人，隨便濫用，你們只能做些壞事，卻不會以此幫助好人，因此我才取了你們的圖籍，也學會點穴，只要你們能點，我就能救！十八幅穴道圖永遠帶在我的身上，你們若想要，須先殺死我！」說到這裏，李慕白聲色俱厲。

靜玄禪師身後的法廣和尚大喊一聲：「我這就殺死你！」躍奔上來掄刀就砍。李慕白挺起寶劍迎將上去，只聽嗆的一聲，法廣那口鋼刀就被削落了半截。旁邊的人全嚇得面色改變。靜玄趕緊用一杆鋼鞭將李慕白的寶劍架住。

李慕白又說：「剛才的話我已都說明了，穴道圖與寶劍我一件也不能還給你們。我如今前來卻是來跟你們要東西。」

靜玄持鞭冷笑道：「你盜去了我們的東西，反倒向我們來索要什麼？」

李慕白說：「我所要的東西比你們的還值錢。單刀楊小太歲身邊有四十多顆珍珠，全都是宮中所失之物，你們將楊小太歲害死了，珠寶全都到了你們的手中，你們就都是負着殺剽的重罪！今天我來就是替朝廷向你們索要珠子來了！」

李慕白喊出這幾句話，竟把旁邊的人個個嚇得面無人色。黑虎陶宏比了個手勢，在李慕白身後站着的劉七太歲和鐵腿金二掄起兩口刀，齊向李慕白背後砍下。不料李慕白雖然站在當中，跟靜玄禪師說着話，但前後左右他都完全防備着了。劉七、金二的刀才掄起，尚未落下，但李慕白早已反手回身，但見寒光一道，「喀喀」兩聲響，將後面的兩口刀全都削折。劉七、金二趕忙跑了。

靜玄卻乘勢用鋼鞭向李慕白的腦後去點，李慕白趕緊躲開，反手掄劍去削靜玄的鋼鞭，噹的一下沒有削斷。緊接着靜玄又以鋼鞭向李慕白腦間去點，李慕白又用劍將鋼鞭撥開。靜玄趕緊抽回鞭去，又揚起來，向李慕白蓋頂砸下，李慕白橫劍去迎，這時卻聽得吧嗒一聲，靜玄的鋼鞭也削成了兩截，一半落地下。靜玄卻不退後，手中那半截鋼鞭也不扔下，他撲過來就奪李慕白手中的寶劍，同時想以點穴法制服李慕白。李慕白用寶劍在靜玄的頭上一晃，下面猛力一腳，不想那軟弱的老和尚竟紋絲不動，李慕白一腳就仿佛踹在一堵石牆上似的。他那半截鋼鞭和一隻鷹爪般的手，依舊向李慕白的身上來抓，同時法普和尚也用鋼鞭幫助他師父來打李慕白，李慕白一人敵住兩人。

那邊黑虎陶宏又大喊："無論如何今天不能放走了他！"

李慕白卻毫不驚慌，展開劍法，逼得靜玄師徒退後，然後他驀地跳出屋外。此時院中的飛燕子郭七已經帶着十幾個人將屋門圍住，李慕白一出來，他們就刀槍齊上。但李慕白手中的寶劍厲害，只見寒光嗖嗖抖了幾下，四周圍的兵刃也紛紛變成了兩截，並且有人受傷倒下。

裏面的靜玄師徒也一齊追出屋來，李慕白真是身輕如燕，嗖的一聲他就上了房，但他並不由房上跑去，他向下招呼道："你們哪一個敢上來！"

法廣和尚此時手中持着一杆鋼鞭，向房上怒喊道："李慕白你別跑！"說時，他也縱身上房，掄鞭就打。不料此時李慕白早已預備好了，等到他的鋼鞭打下之時，李慕白就左手橫劍去迎，鏘的一聲，法廣的鋼鞭並未被削斷，但李慕白的右手早已點在法廣的右肋部，這地方名喚"天池穴"，法廣和尚立刻連人帶鞭掉在房下，那隻鞭正扔掉在徐大胖的肩膀上，徐大胖"哎喲"一聲，坐在地下，法廣就趴在他的身上了。

法普趕緊過去解救他的師弟。靜玄禪師連手中的兵器也不要，就飛身上房。李慕白舉起寶劍，卻不忍得削下，但靜玄一手托住李慕白的寶劍，一手卻向李慕白胸部的"紫官穴"的地方去點，其勢極兇。但李慕白吧的一伸手就將靜玄的腕子揪住，兩人極力相持，四隻腳把房上的瓦都碾碎了許多塊，然後二人相持着一同又跳下房來，二人仍然彼此揪着不肯放手。黑虎陶宏、劉七太歲等人，就自李慕白的背後掄刀砍來，李慕白卻回身用腳去踢，噹啷一聲將劉七太歲手中的鋼刀踢落在地，然後又用力將靜玄推得向後退了幾步。李慕白又抖起了寶劍，如同閃電一般，四周圍的人都紛紛後退，哪個還敢近前？

靜玄卻向地下去撿那隻鋼鞭，要再奔過去與李慕白決一生死。這時忽見一人由後院徒手跑出來，連聲大喊："不要動手了！不要動手了！"這個人揚着一隻左手，右手卻下垂着，在月光下李慕白略略看得出是個人的面貌，好像很廝熟。

此時四周的人全都住了手，李慕白便也收住劍勢，問道："你貴姓？"那人的態度很豪爽，說："李兄，你不記得我了，三年前咱們在北京比過武藝，我是金刀馮茂。"

李慕白一聽是金刀馮茂，他便抱了抱拳，說："馮茂兄弟你是個好漢子，我李慕白向來佩服你的，今天我來並不是向你作對，請你不要管！"

馮茂說："既然我在這裏，豈能見你們殺成這樣我還不勸解？陶宏是我的徒弟，靜玄禪師又與尊盟伯江老俠是好友，無論有什麼事，彼此總好說，彼此不應傷了和氣！"

李慕白說："我來此沒有別的事，也並非願意與他們交手，卻是聽說你們把單刀楊小太歲害死了，得了他的四十多顆珍珠！"

馮茂一聽，不勝驚詫，他就說："豈有此理，李兄你沒把事情弄清楚了。單刀楊小太歲，不錯他是曾來到這裏，但他一來到，就自稱姓楊名豹，向我來要他的胞妹，說是我在北京殺死了他的祖父，搶走了他的胞妹。我向他解釋說：我已有三載未到北京，與你家又素無仇恨，如何能做出那樣傷天害理的事。可是他並不容我解釋，就與我動起手來。我金刀馮茂不冤屈好漢子，楊小太歲的武藝實在比我強得多，所以他將我的右臂削下一塊肉去，至今還沒有好，可是我還佩服他。後來，法廣師父上了手，用點穴法將他點倒，我本想點倒他也就算了，可是旁邊的人竟趁勢上前砍了他幾刀，所以他傷勢很重，直到現在還沒有好！"

李慕白趕緊問："他現在死了嗎？"

馮茂說："沒有死，但是傷勢太重！"

李慕白又問說："他現在住在什麼地方？"

馮茂說："他受了傷之後，他們就把他抬到後院醫治，想着將他治癒之後，他們要跟他交個朋友。"

李慕白說："現在你就帶着我看看楊豹去。"

這時靜玄卻又挺鞭趕過來，說："李慕白，先將穴道圖樣給我，然後才能隨你去做別的事！"

李慕白也挺劍又要與靜玄交手，金刀馮茂卻從中把他們勸解開，說道："老師父你先看我的面上，不要與李兄動手，等我帶着他把那楊豹看過了，他的事辦完了，然後老師父再向他索要東西。我想李兄也是慷慨男子，他豈能不給你的東西？"

陶宏也恐怕把事情弄得太僵了，既然不能將李慕白殺死，若將楊小太歲及那幾十顆珍珠的事傳了出去，便有莫大的禍患，於是他也從中勸解。

李慕白這時也息下些氣，便向靜玄禪師說："靜玄師父，穴道圖現在我的身邊，我已完全學會，要那圖籍也沒有什麼用處。不過因為我忘不了在長江逼我落水之仇，又因你們這次也索要得太急了，而且毫不客氣，所以我本想還給你，但現在卻不能還了。"說到這裏，他橫劍冷笑，又說："你們若不服氣，隨時可以找我李慕白，將圖奪去，我毫不反悔。

但是切記着，你們只可以找我李慕白，卻不應與我的朋友們去作對。你們若能忍耐呢，那麼在半年之後，我一定將圖籍全份送到當塗縣江心寺，決不食言！"說完了話，他就向馮茂說，"馮兄，你帶我看看楊豹去！"當下他就手提寶劍，同着馮茂走進後院去了。

這裏靜玄師徒，聽說李慕白應得交還圖籍，但須在半年之後，他們雖然仍不服氣，但也無可奈何。靜玄就親自上手將法廣救解好了，然後師徒又進到屋裏去商量辦法。院中躺着幾個受傷的人，都由陶宏分派抬到屋中去敷藥救治。

當時這院中刀槍攻擊之聲已停，黯淡的月光照在庭中，顯得特別的寧靜。李慕白與金刀馮茂走進了一個跨院。這院中只有兩間房子，房中點着鬼火一般的燈光。馮茂就說："楊豹就在這屋中。"當下他上前拉開屋門，請李慕白進去。就見屋中有一個三十來歲的僕人穿着棉襖正坐在地下一領破棉被上，拿着個裝炭的瓦盆在烤手。旁邊一條板凳上放着一個油燈。馮茂進屋就用他那未受傷的左手，將燈撚往起挑了挑，屋中就微亮了，他就領着李慕白到了靠牆那張木榻之前。木榻上蓋着一條很新的棉被，棉被裏臥着一個人。

李慕白走近一看那人的面貌，見正是那單刀小太歲楊豹。只見楊豹的形狀已迥不如昔日，頭上血跡模糊，身上因有棉被蓋着，還不知有幾處刀傷，他似是昏昏地躺在那裏，一點也不能動轉。李慕白自己拿過燈來，就着燈光向楊豹的臉上一看，只見他的左額上就有很深的幾處刀傷，上面雖然敷着不少的刀創藥，但鮮血仍舊向外溢着。他看見了燈光，就微微睜開了眼睛，一見有兩個人站在他的床前，他身子就要向起掙扎，便使盡了聲音潑口大罵，說："馮茂，你們算是英雄嗎？拿點穴法害人？有本事一槍一刀的來！……"

馮茂羞得臉紅，說："楊兄你不要罵我，我並沒叫他們用點穴法害你，我也沒主使人用刀傷你。你好好養着，你好了我向你賠罪。我願幫助你去找令妹！"

楊豹哼哼地冷笑了兩聲，卻不能再說出什麼話來。李慕白將馮茂止住，說："他的傷太重了，不可跟他太爭論了。"遂又向楊豹說："楊兄，你且不要生氣，我不是他們這裏的人，我是李慕白。"

楊豹此時是非常驚異，他努力把眼睜大了，就說："好，你來得正巧，德五爺他正托我找你！"

李慕白曉得楊豹此番到了北京，必已見着了德嘯峰，本想要詳細問問他，但見楊豹傷勢過重，似不能說的話太多了，遂就簡捷地告訴他說："現在我來告訴你，你胞妹楊大姑娘已有下落，她在正定府麒麟村姜三員外的家中，做如夫人，過得很好的日子。俞秀蓮已見着了她，她自己說願意在那裏住，叫你放心。"又說，"現在我來，就是為告訴你這話。還有你那幾十顆珍珠，不知是否落在這裏人的手中？"

楊豹半晌沒言語，喘了喘氣才說："俞秀蓮真是我楊家的恩人！"說到這裏，他滾出幾點眼淚，又停了一會兒才說，"那珠子，我藏在一個妥當的地方，決不能落在別人的手中……李兄你回去吧！"李慕白再問他什麼話，他卻閉上眼不再言語了。

李慕白心裏明白，知道楊豹並不信任自己，他以為自己也是金刀馮茂一夥的人，所以他不肯把珍珠的下落告訴自己，但看他這樣子，倒確實像珍珠沒在他的身邊，也沒落在法廣那些人的手中，因此自己也不便再問他。遂一拉馮茂的胳臂，走在一旁，李慕白就很慷慨地說："馮茂兄，我在江南海北闖蕩了四五年之久，但真正的英雄，我只看見了你一人，你確實是一位光明磊落的好漢！"

馮茂說："李兄弟太過獎了！"

李慕白說："現在我還要告訴你一件事，就是你的胞弟花槍馮隆，殺害楊老頭兒，搶走楊大姑娘，就都是他做的。他藏在開封張玉瑾之處，在半月以前，已因傷身死了。"

馮茂面上微微變色，歎了口氣，說："他是作惡多端，該死。早先我就曾對俞秀蓮姑娘說過，我兄弟馮隆所做之事，天人不容，不獨俞秀蓮可以捉他去治罪，就是我，若見着他時，我也可以揮刀殺他！"

李慕白說："我把事情告訴了你，我想你是個大義分明的漢子，決不能因為你兄弟死了，你跟我們結仇。"

馮茂擺手說："沒有的話，你們行俠仗義，除暴安良，我怎能反倒仇恨你們？再說俞秀蓮到河南去，是我叫她去的，我說一處是霍家屯，一處是開封府，這兩個地方准有一處能夠捉住他。李兄，這件事你也不必再提了。楊豹在這裏你也放心，他好了，我跟他交個朋友；傷不能好，他死了，我好好把他葬埋。至於我的徒弟黑虎陶宏，他縱有什麼不好，請李兄給我留個面子，不要跟他十分計較了！"

李慕白點頭說："我這就走，半個月之後咱們再見面。楊豹在這裏我完全託付給你了！"說畢，他提着寶劍，向馮茂拱了拱手，然後就走出屋去。才一出屋門，就見院中立着三個人正在等候他，借月光一看，原來正是靜玄禪師和法普、法廣，手中倒都沒拿着兵刃。

李慕白就說："我刻已把話對你們說明白了，半年之後，我將點穴圖全份送至你們江心寺中，你們還有什麼不依？"

靜玄此時的態度，卻較前和緩了，他說："李慕白，你不可太自負了。你的武藝確實不錯，我們師徒都是很佩服你，只是我告訴你，我這幾次與你交手，實在看在江南鶴之面，沒有用毒辣的手段對付你，要不然，此時你早已喪了命！”靜玄禪師說到末後幾句話時，態度又十分忿忿。李慕白卻只是微微冷笑。靜玄又說：“你別不信。前幾日我在任縣葬埋了陳鳳鈞，有幾位朋友，就主張叫我到南宮縣你的家中，去找你報仇，但是我出家人慈善為懷，沒肯那樣去做！”

　　李慕白冷笑道：“靜玄禪師，你這話錯了。你的點穴圖全都在我的身畔，與別人何干？與我家中又何干？剛才我已對你們說過，你們若仍然不服氣，隨時可以找我，若因我而遷怒於別人，傷害了別人，只要被我知道了，那時我的手下可也不再對你們留情了！”

　　這時，金刀馮茂又過來解勸，靜玄忿忿地用目怒視着李慕白，就點頭說：“好，你既然這樣頑強，那麼你以後就要小心着吧！”當下靜玄率領兩個徒弟，往前院走去。這裏馮茂又勸李慕白息怒，他就同着李慕白往前院走去。此時前院十分寂靜，沒有一個再來攔擋李慕白。馮茂就叫了兩個僕人，把莊門開開，送李慕白出了莊門。

　　李慕白就向馮茂拱手，並把楊小太歲養傷之事，向他懇切地託付了一遍，馮茂慷慨應允，當下李慕白就轉身走去，此時大道之上仍鋪滿着月光，但寒風卻更緊。李慕白提劍向東，走了不到幾十步，就忽聽身後有人叫道：“李大爺！”李慕白趕緊回頭，就見身後跑來了兩個人，走到了臨近才看清楚，原來正是史胖子和俞秀蓮。

　　李慕白就回身迎上幾步，抱怨史胖子說：“你怎麼到底同着姑娘來了？現在靜玄師徒與我結下的仇恨更深了，你們快隨着我走吧！”

　　當下李慕白就叫史胖子和俞秀蓮在前面快走，他提劍在後面跟隨保護。往下走了約三里地，眼看就要回到店房，李慕白回首去看，並不見有人追下來，遂就放下些心。

　　前面的史胖子和俞秀蓮，腳步也都慢了一點，史胖子就回過頭來說：“李大爺，你臨走時，囑咐我不叫告訴俞姑娘和孫正禮，可是你走後，我又有些不放心了，雖說你大爺的武藝高強，可是只有黑虎陶宏那群人還不要緊，他們那裏還有三個和尚，你一個人如何能鬥得過他們？所以我雖不敢去通知孫大爺，可是我把俞姑娘請來了，我們也是才來，到了這裏，在房上一看，原來你們已然打完了。大概是金刀馮茂給你們解和的吧？李大爺那幾張點穴圖，還給他們了沒有？”

　　李慕白微笑道：“我如何能夠還給他們？他也無法由我的身上奪去。只是以後他們一定不甘心，我們更需要處處防範了。”遂就把剛才的事詳細說了一遍。

　　俞秀蓮一聽，楊豹雖然未死，但是受傷頗重，而且那四十餘顆珍珠，楊豹不肯說出下落，自己未免很是憂愁，就說：“李大哥，楊豹他與你素不相識，初次見你，自然不肯把珍珠的下落告訴你。我想我若是去見了他，跟他說明，我為救德嘯峰，請他將珠子交出，叫我去交還宮內，他不能不據實告訴我吧？”說到這裏，俞秀蓮真要轉身回陶家去見楊豹。

史胖子卻把她攔住，說：“俞姑娘，你先不要着急，珍珠的事只好以後慢慢再說，現在卻一點辦法沒有。楊豹是在陶家負了傷，又有人看守着他，倘若姑娘你去了，別說見不着楊豹，就是見着楊豹，也得先跟黑虎陶宏，跟那三個和尚爭鬥一場。再說楊豹如若真將珠子的下落告訴了你，被那些人偷聽了去，那可就不定又惹出多少麻煩來了。”

李慕白也覺得史胖子說的這話很對，遂就也勸俞秀蓮暫且回到店房，慢慢再商量辦法。當下三個人又走了一會兒，便回到了西關，此時已更深夜靜，街道上已沒有什麼人了。李慕白見俞秀蓮回到寶德成店房之後，他才與史胖子進到安泰店內。

第二十回　誤死紅衣人身邊失寶　巧逢猴兒手野外揮鞭

　　到了屋中，李慕白將寶劍放在桌上，不住呆呆地發怔。史胖子望着李慕白笑了半天，才說："李大爺，你現在還發什麼愁？我們所愁的是靜玄禪師和他那兩個徒弟，因為他們都會點穴法，現在你大爺已跟他們較量過了，他們也沒贏了你，點穴法在你的身上也施展不開，你還愁什麼？"

　　李慕白搖了搖頭，說："我自然不懼靜玄師徒，以後他們雖難保不再與我作對，但他們決不至於去殺傷我的家屬和朋友，不過可慮的就是俞姑娘，她曾將陳鳳鈞殺死，靜玄說不定積恨未消，將來還要在俞姑娘身上施展毒手！"

　　史胖子聽了，卻撲哧一笑說："那算什麼？俞姑娘的武藝並不比他們弱，只吃虧是沒學過點穴法罷了。可是也不要緊，你大爺身上又有圖，手下又會點穴，你何妨收個女徒？俞姑娘她又是個聰明人，你們二位找個安靜的地方，在一塊揣摸個一年半載，俞姑娘還能學不會嗎？"

　　史胖子這話，雖然近於開玩笑，但李慕白已因此決定了他將來的主張，就是要設法使俞秀蓮學會點穴。當夜李慕白因提防靜玄師徒施展什麼毒計，所以他一夜也沒敢睡，三四次提劍上房，走到隔壁的店房裏去巡視，所幸再沒有什麼事情發生。

　　史胖子和小流星卻因信賴有李慕白這樣的人替他們巡更，他們都放心大睡。次日清早，他們都起了床，李慕白方才躺下，休息了一會兒。及至早飯後，李慕白也醒來了。

　　史胖子就說："李大爺，咱們現在在這兒也沒有什麼事情了吧？法廣和尚的擂台還沒搭成，就叫你給拆啦，過兩天就是他們再聚來什麼英雄，那難道還能強得過靜玄和尚去嗎？我想再跟他們鬥，也沒有什麼意思了，不如你大爺跟着俞姑娘和孫正禮回北京去吧！"

李慕白微笑着，問說：“你呢？”

史胖子說：“我現在可不敢到北京去，我還得看看風頭，然後或者能溜到北京，也還不一定在什麼時候。現在我那個夥計，他的車還沒有到，等到他的車來了，我才能走呢。”

李慕白笑道：“史掌櫃，我們走後，你如何能在這裏居住？再說，你我是一樣，你若不能回北京，我也是不能回去。尤其是我跟着俞姑娘他們回去，倘或被人看見，那就非要連累他們不可。”

史胖子說：“可是靜玄和尚要追上她呢，她不是又得吃虧嗎？”

李慕白想了一想，就說：“靜玄他們第一個仇人是我，第二個才是她。俞姑娘她們走後，我們可以送一程，如不見靜玄去追她，那時咱們再回來。因為我還要看看楊豹的傷勢到底如何。”

史胖子說：“那麼我把俞姑娘請過來。”

李慕白說：“不用，我去見她。”當下李慕白就走出了店房，又到了寶德成店內，此時孫正禮因為昨天受了點傷，身體不適，所以還在他的屋裏大睡特睡。俞秀蓮倒是已經起床了，她在屋中，梳洗尚未完畢，精神十分倦怠的樣子。

李慕白一進屋，問說：“姑娘的身體，今天覺着好一點了嗎？”

秀蓮臉上一紅，就點頭說：“好了，沒有什麼不適了！”說話的時候，她雙眉緊蹙，仿佛有一件極不高興的事情似的。

李慕白見秀蓮這樣憂鬱，心中也不由很覺難受，就說：“姑娘你願意今天就動身嗎？”

俞秀蓮一手挽着頭髮，一面說：“大哥你也同我們一路走嗎？”

李慕白卻把頭搖了搖，說：“我不能與姑娘一路同行。”

秀蓮說：“據我看決沒有什麼事。我們雖然同行，但在路上不必交談，還像彼此並不認識似的。”

李慕白搖頭笑道：“那如何能行？江湖上誰不認識我們？我之所以不願招出禍事，並非顧慮我自己，也非顧慮姑娘，卻是恐怕由我再累及德五哥。”

秀蓮點了頭，將頭髮梳好，半晌也沒有說話。李慕白坐在炕前低着頭，心裏很是着急。

忽然聽見姑娘長歎了一聲，李慕白趕緊抬頭去看，就見秀蓮很懊惱地說：“我真覺得無顏再回北京，也無顏再走江湖了。李大哥，你隨便走你的吧！我還要留在這裏。我再拼出這條命來，去對付靜玄師徒，我不出了這口氣，我決不回北京！”

李慕白皺着眉，心裏十分着急，就勸說：“姑娘雖在靜玄的手下，吃過了兩次虧，但那並不是你的武藝不濟，卻是因為他會點穴法。這是無可奈何的事。姑娘，我說話你不要生氣，就是現在你再找到靜玄禪師，與他再爭鬥起來，結果一定還是姑娘吃虧！」

秀蓮一聽，不禁纖眉豎起，氣忿忿地說：「那麼我也要學點穴法，難道我就學不會嗎？」

李慕白一聽姑娘這話，他心中又覺得很為難，就點頭說：「姑娘若學點穴法，自然也很容易；我這裏有圖，按圖學習，雖然不能精通，卻也足夠用了。不過學習點穴法，非一朝一夕之功，至少也要兩三年。我在九華山上，日夜練習，二載有餘，現在雖然大致學會了，但還不能算精通，並且若與靜玄比較起來，我只能用方法躲避，不至叫他點着我，但是我若想用此法點着他，那也是一定不成。」又說，「我現在心中已有了打算，將來我去北京一趟，私下見見德五哥，倘能把珍珠得着，設法交還宮中，那自然很好。否則我如見德五哥案子不致再鬧大了，或是我在北京確實不能立足，那時我就要趕緊走開，回到九華山上，再練習幾年。」

俞秀蓮說：「我也要跟大哥你到九華山，請你將點穴法教給我！」

李慕白聽了，便沉思了一會兒，雖覺着作難，但是又不能當面推卻了秀蓮，於是就很不好意思的，點了點頭，說：「好吧！就是這樣。等到諸事完畢了，我可以帶着姑娘到九華山上，到了那裏我雖住在山上廟中，但是姑娘可以找人家居住。九華山上有不少以樵獵為生的小住戶。」

俞秀蓮聽李慕白應允將來傳授她點穴法，她的臉色就不再憂鬱了，並且變為很高興，就說：「既然如此，我暫時也不去找靜玄和尚。我要即時就回北京，等候着你，請大哥你也快去，然後咱們再看看能否得到珍珠下落，德五哥的案子至於不至於重翻。我想至多一個來月，就可以有了歸結，那時我就隨你南下，到九華山上學習點穴法去。我現在已有了決心，我決定在九華山下三四年的工夫，非得把點穴法學會，然後我就到江湖上去找靜玄，我也並不要他的性命，只能將他在街頭上也點倒了一次，我就甘心了，因為他是太欺辱了我！」

李慕白心裏想了幾遍，雖然很願意將點穴法傳授給俞秀蓮，但總覺着不大合適，因為學習點穴，至少也須二三年之久，在二三年內，自己若與秀蓮朝夕相處，難保不又惹上情絲，與其那樣的結果，還不如早就依着德嘯峰的撮合。咳！孟思昭，你為什麼要與我相交，而且你為什麼又死得那樣慘呀！他眼望着秀蓮姑娘，胸中翻起了恨事。同時，又見秀蓮在用一雙明媚的眼睛來看他。李慕白又不禁想起當年在巨鹿長春寺，與秀蓮初次見面時的情景，如今雖已三年多了，秀蓮已脫了閨門的稚氣，但是變得更秀麗、更俊俏，並且更添了些凜凜的俠氣英風。她仿佛一棵秋菊、一樹梅花，雖然傲骨蒼枝，令人不敢侵犯，但是那種美麗、那種多情，卻又令人夢魂不忘。李慕白心中交戰了半天，結果是慨然道："好，我一定能使姑娘也會了點穴法。請姑娘先回北京吧，早些回去，好叫德五哥放心！"

秀蓮說："等孫大哥醒來，我們就收束行李動身，大哥你也千萬早一點到北京去。"

李慕白點頭說："那是一定。"當下李慕白轉身出屋，才走出了寶德成客棧，就見小流星正來找他。李慕白問說："有什麼事？"

小流星說："那個柳建才在屋子裏等着你呢！"

李慕白又問道："同着他來的還有什麼人？"

小流星說："沒有別人，就是他一個，他也沒拿着兵刃。"

李慕白聽了，反倒覺得很詫異，遂就趕緊回到店房內，就見果然是柳建才在屋中，史胖子陪着他談話。柳建才一見李慕白回來，他就起身抱拳，說："慕白兄，你今天容我說幾句話。我只是一個人來找你，也沒帶着兵刃，我想你是個英雄，決不能將我砍殺在這裏吧？"

李慕白微笑道："那我成了什麼人？別說我們都是江湖上的人，你我素無什麼深仇大恨，就是有仇恨，我也不能在這裏傷你，有什麼話你就對我說吧！"

柳建才的面色卻煞煞的白，他勉強矜持着說："我來此別無他意，因為我當初雖然被你殺傷過，並被你燒毀了莊子。"

他才說到這裏，李慕白就瞪眼道："你要把話說清楚了！殺傷你的是我，因為你在鳳陽府作惡多端，而且你欺辱譚家父子過甚，毀燒莊子的那卻不是我！"

柳建才點頭說："我也知道，莊子着火的時候，你正在與我動手爭鬥，火絕不是你放的。可是，反正是你們那邊的人。"

李慕白說："那是譚家村的人放的火，但也不是我的主使。"

柳建才說："那些事別提了！火後來撲滅了，也沒燒了幾間屋，只是我丟了一箱銀子，那也許被人乘亂搶了去，我不在乎那點，我也問不着你，只是這口寶劍！"說時他用手向炕上一指那口斬鋼斷鐵的寶劍，他的眼睛都紅了，仿佛他能夠一下就把寶劍搶到手裏才好。他說："這口寶劍是我的傳家之寶，我丟了，對不起我的祖先，所以我此次北來，就為是尋找此物。說實話，我也不想用強力奪取，因為我知道你比我是英雄，現在我情願出二百兩銀子買回來，不知成不成？"說畢，他用眼望着李慕白，又像請求似的。

李慕白卻很平和地說："我對不起你，寶劍無論如何不能奉還。因為我聽人說這口劍是你用勢力用銀錢，向別人手中得來的，並非你家傳之物。若是你素日行為端正，我也一定分文不要，立刻交還，但你又不是那樣的人，我把寶劍還了你，你如去作惡，那就如同是我助惡一樣。對不起，我不能交還！」說時，他索性將寶劍拿在手中。

旁邊史胖子哈哈大笑。柳建才真氣得要炸了肺。他的白臉漲得發紫，站起身來，氣昂昂地說：「你一定不還我？」

李慕白點頭說：「我決不還你，除非三年之後，我知道你已洗心革面，做了好人。要不然你就去設法由我的手中奪了去。」

柳建才瞪眼說：「我若真能奪了去呢？」

李慕白說：「你怎樣奪去，我還怎樣奪回，否則我李慕白不在人前稱好漢！」

柳建才恨恨地跺着腳說：「好！我今天就要奪回！」

李慕白冷笑道：「我等着你！」

旁邊史胖子也說：「姓柳的，你若能將李慕白的寶劍奪了去，我爬山蛇史健也給你叩頭！」

小流星在旁也直笑。柳建才氣憤憤地走了。這裏李慕白就向史胖子說：「趕快收拾行李，我們得換個地方去住，柳建才一定是去報官捉拿我們。他不會有別的法子！」

小流星也着了慌，立刻收束行李。這時俞秀蓮來了，她披着皮斗篷，似是一切都預備好了，就說：李大哥、史大哥，我同孫正禮這就走了，馬已牽出店外。」

李慕白點頭說：「好吧！姑娘同孫大哥請吧！在路上多多小心，見了德五哥、德五嫂都替我問安。十天之內，我必要去北京！」

史胖子也笑着說：「俞姑娘，告訴孫老大，咱們到北京再見！」

秀蓮轉身走去。李慕白又走出來，他叫說：「俞姑娘！」

秀蓮止住腳步，李慕白趕上前去，悄聲囑咐道：「姑娘將來要與我同到九華山學習點穴法之事，千萬不可對別人去說！」秀蓮的臉突然紅了，她默默地點頭，就轉身去了。李慕白見秀蓮走後，他回到屋中，史胖子卻望着他笑，李慕白也不理他，便吩咐小流星說：「你出去看看，俞姑娘跟孫正禮走了沒有？再看看旁邊有那陶家莊的人沒有？」

小流星出去了一會兒就回來，他說：「俞姑娘跟孫鏢頭已然往東去了，旁邊沒有什麼陶家的人，有，也許我不認得。」

李慕白說：「趕快備馬！」

小流星問說：「三匹馬全都備上嗎？」

李慕白說：「全備上，我們這就走！」

史胖子卻翻眼望着李慕白，他問說：「李大爺，咱們打算上哪兒去呀？」

李慕白說：“第一，現在咱們須要離開此地，因為柳建才一定要去報官捉拿咱們，好奪回他的寶劍。第二，俞秀蓮殺死陳鳳鈞，靜玄師徒必不能忘掉此仇，有我跟着秀蓮，他們還不能下手，現在秀蓮自己去了，他們得了信，就許要追趕上，至少也得將秀蓮弄成個殘廢，所以我們必須跟着他們，在暗中保護。”

史胖子點頭說：“對，咱們這就走，倘若真叫俞姑娘成了殘廢，你老哥再治不好，那可就糟了心了！”

李慕白只由他去開玩笑，自己動手收束行李。

少時小流星進屋來，說：“馬都備好了！”

李慕白說：“好，咱們立刻就動身。”遂把店家叫來，付清了店錢，又說，“今天或是明天，就許有個人坐着車來找我這位史掌櫃，請你叫他往北去找我們，他就知道了。”店夥連連答應。旁邊史胖子見李慕白辦事十分精細，他也不禁暗暗佩服。

當時三個人牽馬出門，先後上馬，史胖子在前，小流星跟着李慕白在後，一齊往西去走。才出了西關，忽然小流星抬首說：“那不是姓柳的嗎？”

李慕白一看，果見那西邊大道上來了兩匹馬，正是剛才氣走了的柳建才，還帶着一個僕人。李慕白勒住馬，向那邊一招手，那邊的柳建才立刻也停住了馬。李慕白微微冷笑，用手拍了拍鞍下的寶劍，便向史胖子說：“咱們走吧！往南去！”

史胖子在馬上怔了一怔，心說：“這位大爺是怎麼回事？本來為是追隨俞秀蓮在暗中保護，如今怎麼倒要往南去呀？”史胖子還在猜疑，李慕白的馬已搶到了前面，直往南去。史胖子跟小流星只得策馬跟隨。李慕白催馬行得很快，並且隨走隨回頭去望，就見遠處的柳建才依然勒着馬在那裏站立，呆呆地望着他們這三匹馬。李慕白微笑着依然策馬疾馳。走出了十幾里地，李慕白方才將馬收住。

史胖子與小流星趕上，史胖子就笑着問說：“你大爺變的這是什麼把戲？咱們不是為跟着保護俞姑娘嗎，怎麼反倒往南來了？莫非你大爺又想回家嗎？”

李慕白搖了搖頭，說：“我是另有用意。你看那柳建才，穿得很闊，馬後還帶着個僕人，我想他一定是從咱們那店房氣走出去，他就先回到了陶家，大概他們又商量了一番，結果還是沒有較好的法子來對付我，所以他才裝出個財主樣子，要到城裏去報官捉拿咱們。幸虧咱們走得快，不然一定要出麻煩。此時我想靜玄師徒必然尚未離開陶家，我故意往南來，為是叫柳建才看見咱們，回去報告靜玄。靜玄一定要往南去追，其實我們卻抄小路又往北去了。”

於是三匹馬遠過了一座鎮市，又抄小路，迂回地往北走去。一面走着，史胖子一面在馬上搖頭，說："李大爺，你的心思太細了！因為心細，倒顯出你的膽小了。我問你，憑你大爺這身本領，也不是沒同靜玄師徒交過手，為什麼要那麼怕他們呢？"

李慕白聽了這話不由有些生氣，便冷笑道："史掌櫃，你這話說錯了！你曉得，我在外面行走了這些年，我曾怕過誰？"

史胖子仍然搖頭，說："早先在北京時，你大爺確實是個剛強漢子，可是，現在我瞧大爺……"正說到這裏，忽見眼前來了十幾輛車，車上招展着三角形的白旗，史胖子就向李慕白說："是鏢車！不知是哪一路的？裏面有咱們的朋友沒有？"

李慕白說："我們且躲避躲避！"

當下史胖子叫小流星迎着前頭去走，他卻與李慕白往旁邊一條小徑走去。等到鏢車走過去，向南去了，二人才重又走到大道上，趕上小流星，問說："你看見鏢旗上寫着什麼字？"

小流星說："是宣化府永祥鏢店的。"李慕白聽了，不禁一怔。

旁邊史胖子笑着說："呵！原來是俞秀蓮的婆家！"

李慕白心中非常難受，臉色都變了，策着馬默默前行。史胖子一面翻眼看着他，一面又接着剛才的話，他說："三年前，你李慕白真不愧是一條硬邦邦的漢子，在沙河城打魏鳳翔，在北京打馮茂兄弟，後來在徐水縣殺傷張玉瑾和魏鳳翔，以及為友復仇，剷除了京城惡霸黃驤北。那些事誰不對你伸大拇指，誰不誇讚你是江湖無二的英雄，可是現在你的名氣是比早先大了，你的本領也比早先高了，可是我瞧你的膽子反倒比早先小了。除了昨天晚間，你獨闖陶家莊，那還真有點兒勇氣，其餘的事兒，譬如今天你不敢跟着俞姑娘同行，不敢等柳建才去找官人，故意往南邊走了幾里地又轉回北來，雖然這些事都像比早先幹得聰明了，可是卻不像你這麼大的英雄所應為的！"又說，"咱們哥兒倆是多年的交情，我才說這直話，你可千萬別惱我！"

李慕白微微冷笑，半晌才答他道："史掌櫃你哪裏曉得，我李慕白豈是膽小的人？不過我不能像你那樣任意而為罷了！"

史胖子說："怎麼，你還有管主嗎？"

李慕白說："自然我有管主，我盟伯江南鶴老俠就是我的管主。我所以對於靜玄師徒有所顧忌，就是為了他老人家與靜玄相識，依着老人家，此次只許我回家來看看。假若能到北京，可以見見德嘯峰與俞秀蓮，其餘的朋友他都不許我再認識。並且不許我在外與人爭鬥，所以我這些日子的所作所為，雖然極力收心斂跡，也還是多半違背了他老人家對我的教訓，將來見了面，他一定要斥責我的！"

史胖子笑着說：“婆婆還真能管得了兒媳婦嗎？你大爺在北方做了什麼，他老頭兒在江南如何能夠知道？”

李慕白望着史胖子，嘿嘿地笑了聲，便不再與他說話，只是催馬急走。走到近午的時候，便來到定興縣，三個人下了馬，在一個鎮市上吃午飯。

李慕白就向那飯舖裏的人訊問是否有一個騎着馬的女子，跟一個黑臉大漢由此走過去。那飯舖的夥計點頭說：“不錯，是有那麼一個披着皮斗篷的姑娘，跟一個黑大漢，也都騎着馬，走過去有半天了，他們在這鎮上也沒停留。”

李慕白點點頭，用眼望着史胖子，史胖子卻不作一聲。待了一會兒，李慕白又問飯舖的人，曾否看見三個和尚由此經過，夥計們卻都說沒有看見，李慕白就放下心。吃畢了飯，一同牽馬往北，出了市鎮，李慕白就止住步，對史胖子說：“史掌櫃，咱們還是轉回去往南走吧！”

史胖子怔着眼睛笑了笑說：“李大爺你今天是怎麼啦？什麼事把你給迷住啦？忽然往南邊走又抹頭向北，往北來了，可又要轉回去往南。這麼來回地走，真成了走馬燈了。咱們這三匹馬要是會說話，也得罵咱們！”

小流星在旁也說：“趕着走路，再有一天就到北京，為什麼咱們不到北京玩玩去呢？”

李慕白向史胖子說：“你可以帶着你這夥計先到北京，可是也千萬不要貿然去見德嘯峰。我現在先不能去，至早也得在十天之後，咱們才能在北京見面。”

史胖子納悶地問說：“這又為什麼？保定府就是還有點沒辦完了的事，不會等到由北京回來再辦嗎？”

李慕白搖頭說：“不成，我現在若回到北京，除去能與德嘯峰見一面之外，並沒有什麼事情可辦。我現在心裏只念記着楊小太歲，看他的傷勢，在十天內外能夠好不能，如若他傷勢日重，我也就斷了希望；如若他的傷勢見輕，我還要去見見他，向他問幾句話。”

史胖子翻着眼睛，想了一想，就說：“好，就依着你大爺的主意辦吧。不過據我看，那楊小太歲未必肯把珠子的下落告訴你。”

李慕白說：“那也不一定，如果他的傷勢漸漸好了，我見着他，跟他詳細談一談，他若知道我的為人，並沒懷着歹心，他也必然肯告訴我。只是靜玄師徒若在那裏，未免礙事，如若去了，先要同他們搗許多麻煩！”

史胖子卻不說什麼話，只是策着馬，與李慕白並馬而行，小流星在後面跟着他們。走至下午二時許，便到了徐水縣迤南一個小村鎮上，此處距離保定很近，不過二十餘里，李慕白就向史胖子說："我們就在這裏歇下吧？"

史胖子現在仿佛唯李慕白之命是聽，李慕白說什麼，他就答應什麼，當下找了一家很小的店房歇下。本來這座小鎮市，總共不過一二十戶人家，只有一家酒舖，兩家小店房，李慕白他們住的這店房，前面是一間大屋子連着門道，後面有兩三間小土房，後牆都坍塌了，一眼可以望見這後牆外便是一片曠野。李慕白住的這間屋子還算比較整齊一些的，三匹馬就繫在窗外，在一個破馬槽裏吃草料。屋中很冷，寒風吹着破紙窗，呼啦呼啦地響。因為天色尚早，李慕白就把小流星叫到屋裏，囑咐他說："你趕快到一趟保定，打聽打聽那裏又出了什麼事沒有。並千萬設法探出來，那靜玄師徒是否已經走了。"

那小流星連聲答應，往外走去。走到門裏道，正見他的史掌櫃跟店家談天。史胖子一見小流星往外走，他就趕出門去問說："你要幹什麼去？"小流星悄聲說："李大爺叫我到保定一趟。"

史胖子悄聲告訴他說："你到保定去，可要行蹤嚴密些，你別以為沒有人認得你。"

小流星點頭說："掌櫃子你還不放心我嗎？我跟掌櫃子這些年，難道連這麼一點都沒學出來？"說畢轉身就走了。

史胖子望着他夥計那瘦小的後影，笑了一笑，便又進到店房，見着李慕白又談了半天閒話。史胖子不住地譏諷李慕白，認為李慕白沒有當年的勇氣，並說："你這樣下去，不但名聲日見退落，恐怕慢慢地連俞秀蓮也看不起你李大爺了！"李慕白只由着他去說，自己卻冷笑不語。直到黃昏時候，小流星方才回來，同他來的並有追風鬼和他們那輛車。

追風鬼見了史胖子就說："今天晌午我就到了保定城，跟那裏的人一打聽，就知你們幾位都走了，我想歇上半天，再往北去到北京，可是後來流星哥就去了。"

史胖子問說："你在路上沒聽見什麼事兒嗎？"

追風鬼說："事情還是不大妙。韓志遠、徐晉、猛虎常七、晁德慶，還有晁德慶那個姘頭，他們今天都到了陶宏的家裏，並有幾個別處來的人，都在陶宏家裏聚集了。"

小流星也說："我到了保定一打聽，聽人說靜玄和尚他們還沒走，來的這些人都要仗着靜玄的點穴法，找李大爺報仇。"

追風鬼又說："我是從南邊跟隨韓志遠他們一起來的。韓志遠跟晁德慶兩人早先打了架，現在又說合了，他們提起史掌櫃來，就咬牙痛恨，說是史掌櫃捉弄過他們，他們要見着你，非得把你用亂刀砍死不可！"史胖子嚇得臉上有點變色。

李慕白卻冷笑道："他們那些鼠輩，就是多聚集幾百個，我也不怕。"

史胖子把他的兩個夥計支出去，叫他們到大屋子裏去歇息，他卻驚慌慌地向李慕白說："我的大爺，你不怕黃臉虎晁德慶那些人，我可惹不起他們，我怕咱們在這裏住着不便，還是趕緊到北京去吧！北京究竟是大地方。官人倒好辦，那些人可難防！"

李慕白這時卻笑着打趣史胖子了，他說："誰叫你偷了人家的紅褲子，給人家捏奸編對，現在人家把事情對證明白了，知道是你這胖子在其中搗鬼，人家要用亂刀砍死你，我可救不了你！"

史胖子笑了笑，翻着眼想了半天，他又拍起胸脯來，說："我不怕，真個的，我史胖子真沒有一點辦法對付他們嗎？"當下吃過晚飯，史胖子與李慕白又談了一會兒，他便把屋門關嚴，二人在炕上躺下睡去。

李慕白睡不着，心裏十分憤恨，幾次要決定明天再到保定陶家，與靜玄師徒們再鬥一鬥，索性分個死活，省得他們從中搗亂，使自己辦事棘手。但是終因想起盟伯對自己的訓言，不肯十分與靜玄師徒作對，輾轉反側地想，總是難以拿定主意。

旁邊史胖子是假作打呼，其實他心裏也在想事，他怕到了時候，與保定住的那夥人再交起手來，李慕白只顧了他自己，而把自己拋下不管，那時可真許叫黃臉虎那些人用亂刀刺死了。

時已夜半，二人都沒有睡熟，忽然李慕白聽見屋頂上似乎有一點聲音，他立刻坐起身來，史胖子也翻身起來，順手抄刀。李慕白卻把他攔住，悄聲說："不要驚慌！"遂就輕輕抽出寶劍，跳下炕去，站在屋門裏，將門插關慢慢拉開，扒着縫向外去看，只見外面寒風蕭蕭，月光昏晦，有一人已來到了窗前。李慕白突然把門拉開，持劍躍出，那人卻反身就跑，李慕白向着人影撲去，那人影卻由斷牆之處跳出去跑了。李慕白也追出牆去，喝聲："你往哪裏跑？"哪人卻仍然不答話，一條瘦影直向曠野逝去。李慕白追出有百餘步，便追上了那人，同時寶劍掄起，喝一聲："站住，你是誰？"那人一回身，手中有一對雪亮的兵刃往上一舉。李慕白寶劍也嗖的一聲削下，只聽"噹啷！哎呀！"，那人劍斷身死，摔倒在地。李慕白卻也大吃一驚，因為他已聽出這嘶叫的，卻是婦人之聲，雖然天空有烏雲遮蔽，月色不明，他低頭仔細去看，也能略略分辨得出，原來受傷的人頭上像用一塊深顏色的絹子，罩着髮髻。她渾身顫抖，哎呀哎呀地越叫聲音越弱。

李慕白心中着急，連問說："你到底是誰？找我做什麼來了？"

那受傷的婦人卻說："我……背着晁德慶來找你！……你真心毒！……我要告訴你，你小心我的哥哥，跟靜玄，他們要……"說到這裏，傷處痛得她淒慘地微弱呻吟着，不一會兒，就什麼聲音也沒有了，身子也不能再動了。李慕白心中十分懊惱，提着寶劍的那隻手都有點發抖。

這時身後驀然有人說：“李大爺，你殺錯了人啦！”原來史胖子已在李慕白的身後站了半天，此時李慕白心中難過得一句話也說不出來。

史胖子由身邊取火，蹲下身去，向那受傷的人照着一看，火光一閃，旋即被風吹滅了，但李慕白已然看見，地下躺着的正是那紅蜂子柳夢香。她臉上倒沒有傷痕，身上卻是血色模糊，已然死了。李慕白不由跺了一下腳。

史胖子站起身來，他說：“李大爺，你輕易也不用劍殺人，如今一下手，就把個多情多義的女子給殺死了。這是柳建才的胞妹，鳳陽府有名兒的紅蜂子柳夢香，又有個外號叫紅衣女子，平常總是一身紅。上次俞秀蓮的那匹紅馬和雙劍，就是由她手中得來的。她是今天才來到保定，大概是小流星他們的行蹤不密，叫她跟下來了。可是她來此找李大爺，也決沒有什麼歹意，剛才她不是說嗎，她是背着她的姘夫晁德慶，特為找你大爺！”

李慕白趕緊攔住史胖子，不叫他往下再說，就歎了口氣，說：“我並不曉得是她，我問，是誰，她不肯答言，我才揮劍去砍她，否則我何必要殺死一個弱女子？”

史胖子擺手說：“得啦，我的李大爺，你現在後悔也晚啦，咱們先回去，然後你把這具死屍交給我辦，趁着夜靜無人，我把她埋了也就完了！”當下李慕白手提寶劍，踏着月光黯淡、寒風淒緊的曠野，又回到店房之內。史胖子悄悄找了他那兩個夥計，偷了店家的鋤頭和鐵鏟，又由斷牆之處跳出去，跑到那裏去葬埋柳夢香的死屍。

這時李慕白心中懊惱萬分，他想起當年在鳳陽府，柳夢香愛慕自己，屢次向自己調情的事情。想她雖然是一個淫蕩無恥的女子，但她對我確無甚惡意，而且剛才她在臨死之時，並不怨恨我，反要叫我小心防範她的哥哥和靜玄，咳！我揮劍殺她，雖然是一時疏忽，但若叫別人看來，我也太惡毒了！早先我逼死了一個謝翠纖，現在我又手刃了一個柳夢香，我真是一個最殘忍的人，無論哪個女子，只要遇到我的手中，她就必遭不幸！如此想着，心中深深地懺悔，連屋門也顧不得關，便將寶劍扔在炕上，身子壓着寶劍，昏昏地睡去。

少時史胖子回到屋裏來，他把門關好，然後推醒了李慕白，悄聲告訴他說：“埋得很嚴密，連她的寶劍都給埋在地下了，明天你去看看，管包連一點血跡也查不出來！”李慕白微微醒來，長歎一聲，翻了個身又睡去了。史胖子在炕外首躺着，他心裏又想了半天事情，不覺着也沉沉睡去。

這時天色就過了四更，少時紙窗上漸現出蒼白色，店房裏一點響聲也沒有。又過了些時，忽然李慕白覺得身體很涼，仿佛當年落在江中的時候一樣，忽然他驚醒了，只見衣襟不知何時敞開了，從紙窗破洞吹進來的風，正打在他的胸脯上，坐起身來一看，這一向藏在他懷中的那十八幅人身穴道圖竟不翼而飛！李慕白不禁驚得"哎呀"了一聲，再向身子底下看寶劍，寶劍也沒有了蹤影。李慕白向來還沒有這樣驚訝過，他在炕上站起身來，聳身向炕下去跳，越過了史胖子那肥碩的身子，就跳到地下。

史胖子嚇得一翻身，說："大爺，怎麼回事？"李慕白並不還話，就見屋門虛掩，他開門出屋，走到店門外，店裏的客人已有不少起來趕路的了。李慕白胸中氣忿焦急交集在一起，見着人他就仔細地看，但是卻沒有一個人攜帶着他的那口寶劍，並且沒有一個人形跡可疑。這時史胖子也走出店門，他走近李慕白，問說："李大爺，你到底是為什麼事情，這樣驚惶惶的？"

李慕白面色氣得發紫，直着眼睛還不住東瞧西望。待了好多時間，李慕白才回首對史胖子說："咱們到屋裏再談去！"於是二人又走進店房裏。

李慕白就說："史掌櫃，剛才我睡得太濃了，不知什麼人將我藏在懷中的點穴圖和放在身畔的寶劍全都盜去了！"

史胖子一聽，也驚得變了顏色，說："哎呀！這可真了不得！柳建才那小子竟有這樣大的本領！"說着，他又在屋中各處查找，哪裏有那點穴圖和寶劍的影子？

李慕白說："你不用白費這些事，點穴圖和寶劍早就被人盜去跑遠了。"

史胖子搖頭說："我不信，什麼人敢在老虎嘴裏拔牙？別是你大爺昨晚與柳夢香交手時，就無意之中給弄丟了吧？"

李慕白冷笑說："哪裏的話？人身穴道圖永遠緊繫在我的胸間，寶劍也永遠提在手裏，豈能自行丟失？這也不是柳建才一人所為，他絕沒有這樣的本領。"

史胖子說："多半是靜玄幫助他們，也許昨晚他們是同着柳夢香一塊兒來的？"

李慕白點頭說："多半許是。"

他也顧不得多與史胖子說話，就自己備馬，然後回到屋裏，提着行李包裹，就向史胖子說："現在你們也不必和我同行了，無論如何我也要找着寶劍和點穴圖，否則我誓不為人！你們最好也不必到北京去，將來咱們再見面！"說着出屋就走。

史胖子卻一手將他抓住，說："李大爺你先別忙！你手裏有錢嗎？"說時把在彰德雙慶店裏拿的那半封多銀子交給李慕白，又問說，"你劍也沒有，刀也沒有，就是追上他們，又怎能抵擋得過？你大爺得想法子弄一把傢伙呀！"

李慕白卻微笑道："何必非要兵刃？當初我從北京出來時，手無寸鐵，照樣能闖到江南，現在我徒手也要把我的圖劍奪回！"說話時，他向史胖子一拱手，說聲，"再會！"就牽馬出外去走。

走出店門，小流星和追風鬼全都追出來，他們悄聲問說："李大爺你上哪兒去？"

李慕白說："你們不要管，再見！"說時他上馬揮鞭，向南飛馳而去。沿途之上，李慕白向人打聽昨晚今晨，是否有三個和尚由此經過，但人家都說沒有看見。李慕白卻仍不死心，催馬就直奔保定。

不多時來到了保定城西陶家門前，只見那大門緊緊關着，門前一個人也沒有。李慕白下了馬，上前緊緊敲門，敲了半天，才有幾個莊丁扒在牆頭上往下來看，一看是李慕白，不由齊都害怕。李慕白卻仰着臉向牆上說："你們開門吧！我來找靜玄禪師，與你們陶大爺無干。"

牆上的莊丁們說："靜老師父跟廣師父、普師父，昨天早晨就走了。"

李慕白聽了一怔，又很急地說："無論如何，你們也要把門開開，我要進去看看！"牆上的幾個莊丁，見李慕白的來勢很兇，他們都不敢做主，便一齊攀着梯子去了。李慕白又吧吧吧地緊急叩門，並想跳牆進去。

這時裏面就把大門開了，出來的卻是金刀馮茂和黑虎陶宏，馮茂一見李慕白，就點頭說："李兄快將馬牽進來，有什麼事我們到裏邊再說！"

李慕白倒很詫疑，遂就牽馬進門。一進來，馮茂就命人將大門緊緊關上，李慕白不禁微微一笑，馮茂卻趕緊加以解釋，說："李兄你千萬不可多疑，我馮茂若懷着一點歹心，叫我天誅地滅。實在你來到這裏，太為危險，不得不如此！"又向旁邊的黑虎陶宏說，"你向李師叔賠罪！"黑虎陶宏聽了他師父的話，便向李慕白深深打躬。

李慕白也拱了拱手，說："我今天前來，並不是為找你們！"

馮茂說："李兄來了也好，我們有要緊的話要告訴你！"當下金刀馮茂和黑虎陶宏，就把李慕白讓進這外院東房內，莊丁們一概不得進內，金刀馮茂就說："昨天那摩雲鵬柳建才因去向李兄要劍，李兄不肯給他，他忿忿地回到這裏，就向我們商量，他要去報官，要報李兄你是京城的逃犯，他想由官衙把你捉拿了去，以後他再設法將劍得到手裏。可是我們卻極力攔阻他，李兄你別不信，因為倘若官人將你捉去，那連楊豹之事也要抖出來，雖然珠寶沒在這裏，可是陶家必有滅門之禍。

「柳建才被我們攔阻，當時他未能報官，可是後來不知他怎麼與靜玄商量好了，到底由靜玄喝開這裏的莊丁，把大門開了，柳建才帶着他的一個僕人就走了，也不知他們到衙門報告了沒有，可是待了不多時又趕緊回來，向靜玄師徒說，你已離開了保定往南去了，所以立刻靜玄師徒就同着柳建才等人，騎馬往南追下你去，直到現在還沒回來。」

李慕白聽馮茂說話時的態度嚴肅，諒不是假。因又問道：「你們確實知道他們是往南去了嗎？」

馮茂點頭說：「一定沒有錯，我們這裏有人看見他們往南走的。他們同行的是靜玄、法普、法廣、柳建才、鐵腿金二。柳建才手下有錢，靜玄他們在路上的盤纏，全都由他供給。」

李慕白聽着不住地發怔，心想：既然靜玄他們是往南去了，怎會我的圖劍卻是在北方失的？馮茂見李慕白像是不相信的樣子，他就說：「如若李兄你還不信，我可以叫兩個人來，一個是柳建才手下的僕人，他因為留在這裏服侍饒成的刀傷，所以沒有走。一個是柳建才的胞妹柳夢香……」

旁邊黑虎陶宏說：「柳夢香昨晚走了，直到現在還沒有回來，晁德慶等人已分途尋找她去了。」

李慕白聽了柳夢香的事情，心中又不禁發生一陣慚愧與悔恨，遂就點頭說：「好了，我現在就去追趕他們，只是楊豹的傷勢如何？」

馮茂皺着眉說：「從昨天起，他的傷勢反倒加重了，身上的兩處刀傷都已腫起來，他已說不出一句話。今天又叫人到城裏請大夫，可還沒請來，李兄你還要看他嗎？」

李慕白長歎一聲，說：「我也不去看他了，煩勞你們好生為他調治，過幾天再來，我走了！」說時李慕白轉身出屋。

黑虎陶宏卻說：「靜玄禪師時常跟他那兩個徒弟在任縣龍山寺，想他們在那裏必有朋友。」

馮茂又囑咐李慕白說：「李兄在外面千萬要小心，柳建才雖未必已然到官衙告你，可是衙門方面確已知道你到保定來了！」

李慕白微笑道：「不要緊，我李慕白對什麼也不畏懼！」當下他出了陶家大門，馮茂送他出去，李慕白就接過馬匹，扳鞍認鐙，在馬上又向馮茂一拱手，然後揮鞭向南馳去。

往下走了三十餘里，李慕白心中本不信靜玄等人是往南來，可是他在路上向人一打聽，都說是昨日傍午時候，有三位僧人，兩個俗家，都騎着高頭大馬，往南去走。黃昏時李慕白來到深澤縣境，向這裏的人又一打聽，有人說那三位僧人、兩個俗家昨天晚間來到這裏，在張家店住了一夜，今天早晨又一同往南去了。

李慕白聽了，心中倒覺得十分詫異，心裏想：昨天晚間靜玄柳建才等人，分明是宿在這裏，今天一早走的，他們又沒有日行千里的本領，如何又能在一夜之內，到徐水縣去盜我的寶劍和點穴圖？這樣一想，他心裏就生了疑問，遂也找到那張家店去投宿，就向店房裏的人詳細打聽。店家說的也是一點不錯，就說：「昨天晚間有三個和尚，兩個俗家來此投宿，他們並向人打聽是否有人看見一個帶寶劍的人和一個胖子，一個小夥計樣子的人，乘馬由此過去。他們住了一夜，今天清早走的。」

李慕白悶悶不語，店家給他送來了湯麵都吃不下去，一夜也未得安眠，腦裏不斷地思索這件事，時時自己跟自己說：「奇怪呀？明明靜玄他們是宿在這裏，今早才走的，可是我的圖劍為什麼在徐水縣丟失了呢？」躺到半夜，又翻身坐起來，點上燈，在屋中來回走，走一會兒，又站住發怔。到了次日，一清早就叫店家備馬，出了門又急急地向南去走，連午飯都顧不得吃，走到晚間，就來到隆平縣境。向這裏的店家一打聽，據說是也看見了兩個俗家和三個僧人，他們在街上徘徊半天，並沒歇下，趁着月色往東去了。

李慕白聽說，卻不禁吃了一驚，心說：不好！這裏離南宮僅僅四十里地，靜玄、柳建才一定到我家裏攪鬧去了！於是李慕白便連飯也不吃，連歇也不歇，又急急地踏着朦朧的月光往東馳去。在深夜三更以後，便來到南宮五里村自家的門首，一看，柴扉無恙，短牆依然，不像曾出過什麼事情的樣子。李慕白心中更是驚疑，便跳進牆去，開了柴扉，牽馬進去，然後把柴扉關好，向叔父的屋中去看，卻一點燭光也沒有。他壓着腳步，走到窗下，向裏面側耳細聽，那屋中只有叔父的鼾聲和嬸母的病體微弱呻吟之聲。

李慕白退步，將馬繫在樹上，那匹馬卻又饑又渴，不住仰首長嘶。屋中的李鳳卿驚醒了，他就怒聲問道：「什麼人？」李慕白又走到窗前，心中很慚愧地說：「叔父別着急，是我，慕白回來了！」

屋裏的李鳳卿一聽他的姪子又回來了，就一面披衣穿鞋，一面嘴裏嘟囔着，半天才把屋門開開，出屋來就指着李慕白怒斥說：「你快走吧！我不認得你這做賊的姪子。你走後三天就來了一個賊頭賊腦的人，說是找你有事，他住在景州什麼鋼那裏，我把他罵走了。昨天又來了三個和尚找你，也是頂不講理，還給你留下一封信才走。我把信拆開看了，才知道是你偷了人家的東西，叫人找到家門跟你要來了！」

李慕白趕緊搖頭說：「叔父，我不是賊！」

李鳳卿恨恨地說：「什麼你不是賊？人家和尚的信上寫得明白，給你看！」說時把手中的一封信扔在地下。李慕白趕緊彎腰拾起，他叔父就用腳踢他，罵着說："你快滾！永遠你也別回家！我不認得你這做賊的姪子！你跟你父親一樣，你父親就是個賊！江南鶴也是個老賊！"

李慕白見叔父連自己的父親和盟伯全都罵上了，他不由胸中生氣，轉身解下馬來，打開柴扉往外就走。他叔父在後邊還不住"賊，賊"地大罵。李慕白一聲不語，氣憤地上了馬，就出了村子往南走去，這時天際雖微有月光，但在馬上展開靜玄的信柬，卻一個字也看不清楚，下了馬，由身邊摸出取火之物，火光才一亮，但被寒風一吹，又滅了。

李慕白的心中又急又愁，同時納悶着想：我走後三天，就來了一個賊頭賊腦的人找我？我哪認得那樣的人呀？想了半天，才忽然想起，一定是那小蜈蚣，可是又想：他不是住在內丘嗎？怎會又叫我到景州去找他呢？策馬在昏暗的天色之下，無精打采的，走了也不知有多遠，這半夜裏路上一個人也沒有，又走了些時，東方就發曉了。李慕白遂勒住了馬，由身邊將那封靜玄的信柬取出，借着曙光細看，只見上面寫道：

李慕白見字知悉：

保定爭鬥，勝負未決，汝忽又逃去，真小人也！我等追尋至此，本擬略施手段，以報你輕視我等之仇，但又想是你偷去我等之寶物，與你家人無涉，故又念在我佛慈悲，不忍遽下毒手，諒汝亦當知過而痛悔也。今我等南行矣，限汝在兩月之內，到鳳陽交還寶劍，至江心寺交還圖籍，則我等寬大為懷，必不深究，否則將令汝無安寧之日也。

靜玄等啟

李慕白看了這封信，隨手就撕扯了，扔在馬下，心裏卻很詫異地想：這樣說來，我的寶劍和點穴圖，一定是沒到他們的手裏，可是到底被什麼人盜了去呢？這個人的身手恐怕要在我以上。因此腦裏又費盡了思索，但總是想不出江湖上還有什麼人，能夠在自己身上施這手段。

信馬走着，路上的行人就漸漸多了，太陽已升得很高。眼前已是棗強縣，李慕白遂在城外一座小鎮上，找店房歇下，叫店夥將馬匹喂了，他就在屋中吃了早飯，心中很懊喪地睡了一覺。醒來天色已近午了，李慕白就心中盤算，暗想，寶劍失去，並沒有什麼可惜，那口劍殺死了一個柔弱的女子柳夢香，我也羞於再使用它。人身穴道圖十八幅，我都已背得純熟，沒有它也不要緊，只是這口氣太難出了！

想了一想，決定不再去追趕靜玄師徒和柳建才，先到景州找着小蜈蚣，問他前幾天去找自己是什麼事，然後再折回保定，看看楊豹的傷勢到底怎樣，由保定就直到北京，去與德嘯峰晤面。當下主意決定，便用畢午飯，牽馬離了棗強縣境，向東北直奔景州。馬行得很快，不到三個鐘頭，就走到了，李慕白不敢公然進城，便在關廂裏找了一家酒舖，在門前下了馬。進酒舖裏的人很多，李慕白很希望在此遇見小蜈蚣，叫他給自己去打聽些事情，可是他縱目向座間去看，倒沒有小蜈蚣，卻有一個十來歲的小子，猴頭猴腦地探着身，直着眼，把李慕白看了半天，忽然他離座奔跑過來，張着兩隻手叫道："師父！師父！"李慕白一看，這原來卻是鳳陽譚二員外之子，猴兒手譚飛！只見他依然是早年那麼猴頭猴腦，並且又黑又瘦，穿的衣裳也頗不整齊。

李慕白一把手將他抓住，發怒問道："你為什麼到這裏來？"

猴兒手說："我在這兒住了有一個多月啦！前幾天聽人說師父你回到家裏去了，我到南宮縣去找你，可是沒有找着！"

李慕白說："原來是你去找我。你快把酒錢給了，跟我出去，我有幾句話要問你！"

猴兒手當時向酒舖掌櫃的說了，又給他記上一筆酒賬，然後李慕白就拉着他出了酒舖，叫他在前面走，李慕白牽着馬匹，提着皮鞭，在後面押着他。

出了關廂，猴兒手就回過頭來說："師父！兩年多了，你在南邊掉在江裏以後，兩年多了，別人都說你死啦！我也想你許是水性不高，淹死啦！"又說，"我在鳳陽府也開了一家鏢店，我也做了很多日子的鏢頭，可就是武藝沒有學好，師父，你還得教教我武藝！"

李慕白由着他說，自己卻不作一聲，把臉沉着，越想舊事，越是憤恨，那猴兒手也瞧出李慕白臉上的怒容，他本要撒腿跑開，可是又知道絕跑不了，他只是兩條腿不住發抖，隨走隨回頭，膽戰心驚，咧嘴眨眼，像是一個將要下油鍋的猴子似的。

離遠了大道，來到曠野之上，李慕白忽然將馬放在一旁，他提鞭走過來，用手指着猴兒手說："你這個行為卑劣的孩子！你還膽敢叫我為師父？你知道你在北京楊家做的那事，多給你父親丟人？多給我敗壞名氣？我不打死你，留你這個禍根，將來你還不知要做多少惡事！"說時掄起了皮鞭，向猴兒手劈頭蓋臉地打下。

猴兒手用胳臂擋着臉，疼得他哎喲哎喲地直叫，他哭着說："師父！我沒幹壞事，我沒給你丟名氣，我叫冒寶昆他們給害了！"

李慕白說："我看你跟冒寶昆都是一類的人！"說時皮鞭仍似雨點一般地向猴兒手的身上打下，可是猴兒手只管哎喲哎喲地叫，後來又跪在地下大哭，他並不敢掙扎，也不敢跑開。

因此李慕白反倒不忍得再打他了，遂就收住鞭子，依然憤怒地說："單刀楊小太歲殺死你的父親，你若找他本人報仇，那才是好漢子，那我也不能怒惱你。你這卑劣的猴子，不敢去同楊小太歲拼命，卻找到北京楊家裏，勾通馮隆、冒寶昆那些壞人，殺死人家無辜的老人，搶去人家的姑娘，你想想，你做的這都是什麼樣子的事？"說時又吧吧地抽打了猴兒手幾皮鞭。

猴兒手的鼻子都流出血來，臉上一塊青一塊紫，衣服也被鞭子抽破，他雙手抱着頭，跪在地下，畏縮得真像一個可憐的猴子，他哭着說："師父，我錯了！是冒寶昆跟陶小個子他們出的主意，說是殺了楊老頭兒跟那兩個姑娘，就可以把楊小太歲給激出來。我本想不那麼辦，可是陶小個子他們說我怕娘兒們，氣得我糊裏糊塗就跟着他們去了。到了北京，我就跟着他們去下手，我哥哥譚起掄刀就把楊老頭兒給殺死了，陶小個子、冒寶昆他們就搶錢，馮隆就把那姑娘搶走。……"說到這裏，他放聲大哭，說："真的，我若說句謊話，叫我立時就死，那時我瞧着不平，我就跟他們打架，攔阻他們，可是我攔不住！後來我覺得這件事幹得丟臉，一賭氣就走了，回到鳳陽府，我就送我姊姊往南邊就親，因為我的姊姊譚倩雲，是由袁肇松做媒，許配給了安慶府馬劍剛的大少爺。

"我在安慶府住了有一個來月，可是我一回來，事情就壞了！原來北京的案子犯了，我哥哥譚起跟陶小個子，全都叫衙門給抓去了，鏢店也封了門，連我們淮河裏那些船隻都叫衙門給抄去了。我不敢回家，就在外面混，前一個月我才到了這兒。這兒沙子坡有一所莊院，是吳橋縣華大綱置的。華大綱因為珍珠的案子也叫官人抓去了，他手下的人全都跑到這兒來，我認識他們裏的一個人，我也就住在他們這兒。"

李慕白冷笑道："在這裏一定也是不做好事！"

猴兒手哭着分辯說："沒有，他們在這兒開賭局，我跟着他們分幾個錢，別的事我都不幹，我現在窮得一個錢也沒有，平常我連酒都不敢喝。這兩天，因為聽人說師父你回家裏去了，我就到南宮縣去找你，有個老頭兒說是你離開家有好幾年了。我就說：師父萬一要回來，就到這兒找我來。真的，我現在都明白了，早先我年幼無知，叫人騙着做壞事，現在我後悔了，師父，你還得叫我跟着你！"說時他跪在地下，滿面流着眼淚，再加上沙土一吹，真成了個猴子臉。

李慕白看着他，倒很覺得可憐，心想：這孩子早先做壞事倒都是出於無心，如今倘若我不給他想辦法，必要逼得他墮身於匪賊徒中，那倒是我的過錯了！遂就說："你起來吧！"

猴兒手顫抖着站起身來，他還是不住地哭，求李慕白把他帶走。李慕白卻搖頭說："現在我可不能叫你跟着我了，並非因為你學壞了，而是因我現在有着很要緊的事，決不能身邊再帶着你這麼一個累贅。不過我雖然沒教過你什麼，可是你向來是叫我為師父，而且我看在你父親的面上，不能不給你想個法子；現在你可以到安慶府找你姐夫去。"

猴兒手抹着眼淚說："我也打算到安慶府去。我姐夫在那兒開着鏢局，我要去了，他一定叫我當鏢頭，改個名字，官人也就不捉我了！"

李慕白說："你不配當鏢頭，當了鏢頭與江湖人廝混，一定又要做歹事，你可以到那裏去閑住，多則半年，少則兩三個月，我可以去找你，我若見你真是洗心革面成了個好人，我可以帶你到一座山上。你跟我住在那裏，你給我做些雜事，我傳授你幾手武藝。"

猴兒手一聽，喜歡得他跳起腳來，又流眼淚，又笑着問說："師父，真的嗎？可是我沒有盤纏！只要有十幾兩銀子的盤纏，我立時就走，從此我要再做出一點什麼壞事，哪怕是偷人一文錢的事，師父知道了，就可把我打死，我一聲兒沒有抱怨！"說着，又流着鼻涕眼淚地痛哭。

李慕白便牽過馬來，由行李內取出約有二十四五兩銀子，說："你好生帶着，作盤費往安慶去，在路上千萬要小心，不可對人說出我的事情！"

猴兒手接過銀子，連說："師父不必囑咐！我都明白，我今天就走，師父！"說着他用淚眼望着李慕白，仿佛捨不得離開似的。

李慕白擺手說："你也不要多廢話了！趕快走吧，我也要到旁處去。"說時，李慕白上了馬，連頭也不回，就揚鞭走去。

第二十一回　　寒夜燈窗慨言談俠義　　玉樓金殿奇士還珍珠

　　由景州一直往北，李慕白臨時改變主意，打算在三四天內趕到北京，在北京只要見了德嘯峰，敘敘別後之事，那時自己便要離京南下。不單楊豹珍珠之事，自己已懶於再去追索，即俞秀蓮姑娘，自己也要勸她不要到九華山上去學劍藝。因為自己生平自負未遇見過對手，尤其沒有比自己武藝再高強的人，可是在徐水縣一夜之內，失去了寶劍和穴道圖，這實在是自己的恥辱，有此一事，自己更無顏再走江湖了！因此心情疏懶，精神不振，連走了六天，方才到了北京。

　　李慕白沒到北京之前，離城三四十里，他就把便服脫下，換上道士的裝束，策馬到了齊化門外，找了一家馬店，就說自己是遠方來的道士，現在東嶽廟投宿，因為不久還要走，這匹馬又沒處放，所以想要寄存在這裏。那馬店的主人見李慕白是個出家人，便就答應了，李慕白又留下一兩銀子，作為喂馬的草料錢。他信步走進城去，就見京城裏還像三年前那樣的熱鬧，李慕白不禁感慨萬端，想起早先自己初次到北京來，原是為找個書辦小事，沒想到後來竟出了那些事。如今舊地重來，自己卻又變成道士的裝束。即使這樣，如若再有人將我認出，還不定要出什麼禍事呢！他不敢在大街上多走，就穿進了北邊一條小巷，無目的地走，拐彎抹角，也不知走到什麼地方，就見路北有一座小廟，走到門前看了看，橫匾上寫着是“海蓮寺”。

　　李慕白本想上前打門，但又不知這是和尚廟還是道士廟。心想：假如是和尚廟，哪能收容我這樣子的老道呢？遂就退步，向胡同裏走過來的一個人，打着稽首問道：“請問，這是僧家廟，還是道家廟？”

　　那人說：“這是尼姑廟，你要幹什麼呢？”

　　李慕白又打了稽首，說：“我是打聽這附近有沒有道士廟？”

　　那人向北邊一指，說：“十一條胡同，妙玄觀，那不是老道廟嗎？”

這個人說完話就走了，李慕白道了聲謝，便往北走去。又走過兩條小巷，來到一條很寬的胡同裏，李慕白認得，這就是三條胡同，再往西不遠就是德嘯峰的家中，聽說俞秀蓮住在他家的附近，此時大概她已同孫正禮回到北京了。當下心裏一動，但卻不敢走過去，遂往北去走。穿過幾條小巷，便來到了十一條胡同，果然見這裏路北有一座小廟，山門都破了，紅牆也將要坍塌，門額上可以隱隱看出一個"妙"字。李慕白暗想，這一定就是那妙玄觀了。遂就由小門進去，一看裏面是三座殿，東西配殿都已坍塌，只有正殿，大概因建築的時候是特別加工，所以至今還沒坍塌，可是已經破爛不堪了。李慕白見有兩個穿着破衲頭的老道人，正在殿前地下坐着，曝着陽光，拿乾草織拜墊。

李慕白上前一打稽首，問說："哪位是這裏的方丈？"

兩個老道人齊都停止了工作，一個花白鬍子的道士，就仰首問說："有什麼事嗎？"

李慕白又打了稽首說："我是由江南天目山崇元觀來的，到北京來打算結些善緣，因為沒處住宿，想要在這裏借個地方！"

那老道人搖頭說："這兒沒有地方。"

李慕白說："我是遠路來的，同是三清的弟子，求給個方便吧！只要有個地方住，在地下睡也行，飯我到外邊買着吃去，再說我只住四五天就走。"

兩個老道人彼此商量了一下，就指着後面說："殿后頭有一間屋子，你就在那兒睡吧。那兒堆着好些個草，你可小心火燭！"

李慕白說："我用不着火，請兩位老方丈放心吧！"兩個老道人連頭都沒點一點，就依舊織那拜墊。

李慕白向殿后去走，就見殿后是滿地的亂磚和殘雪，十分污穢，有一間小灰房，連門窗都沒有，看那樣子已然快要坍塌了。李慕白來到臨近一看，就見堆了半屋子乾草，並無別物。李慕白心中倒很喜歡，一來覺得有這些乾草，晚上睡覺，可以不至寒冷，二來是這個地方十分嚴密，他想，現在誰能想得到三年前殺死瘦彌陀黃驥北，越獄潛逃的李慕白，會又來到這裏呢？進到屋中，把包裹放在地下，他就坐在乾草堆上，不過又因此想起他三年前兩番入獄之事，益覺得德嘯峰的慷慨，鐵小貝勒的惜才，使自己終身難忘。而俞秀蓮對自己的多情，那更是一件不可解、沒法辦的事情！

這時天色已經過午了，李慕白在屋中歇了半日，到傍晚時才出去，到附近一個小麵舖裏吃了晚飯，順便走到三條胡同，來到德嘯峰的家門首。他看見雙門緊閉，絕無舊日的繁華，就想：曾聽俞秀蓮說，她就住在德宅的附近，那是德嘯峰特地為她買的房子，可不知是哪一個門戶。

　　因為這時天色還沒有黑，他不敢在此多徘徊，遂就回到妙玄觀那間小房裏，就躺在乾草上睡去。一覺醒來，睜眼一看，在屋中就能夠看見，天黑如墨，閃爍着無數的金星，風刮得很緊，側耳去聽，卻沒有更鼓之聲，也不知現在是什麼時候了。他出了屋子，到殿前去看，見屋中一點火光也沒有，跳到牆上往胡同去看，也沒有一個行人，暗想：天色一定不早了。遂就回到屋內，摘去道冠，脫了道衣，全都藏在乾草堆中，他渾身上下紮束利便，然後就出屋跳過牆去，直往三條胡同走去。果然這時天色是不早了，走過了幾條胡同，他竟沒遇見一個人，也沒見一盞燈。少時來到德宅門首，他就飛身上牆，向下去望，就見由那門房的窗裏透出燈光，想着裏面一定還有人未睡。李慕白便輕輕地在房上爬着往裏院去，只見那客廳中和各屋中全都沒有燈光，唯有書房內還燈光熒然。李慕白輕輕下了房，在窗前向裏面靜聽，只聽屋中有微微之聲，似是翻閱書頁之聲。李慕白便將窗紙戳破一個小洞，向屋裏去望，只見正是德嘯峰，坐在一把椅子上，桌上放着燈、茶具，並堆着厚厚的兩套書，他在那裏很入神地翻閱，身後只有一隻炭盆，並沒有別的人伺候他。

　　李慕白立刻心中燃燒着一陣友情，輕輕將門撥開，走入屋內，站立在德嘯峰的背後，德嘯峰竟一點也不覺着，李慕白便低聲喚了一聲："大哥！"

　　德嘯峰嚇了一跳，趕緊回首，借燈光一看李慕白的面，他就驚訝地說："哎呀！兄弟！"他把兩手揪住李慕白的胳臂，歎息着說，"兄弟，想不到咱們今天還能相見！"

　　李慕白卻面色緊張，悲憤填胸，雙目忍住熱淚，說："大哥，此番我北來，就是為要看看你，白天我不能來！"

　　德嘯峰先把屋門關好，然後親自搬椅子，悄聲說："兄弟你坐下！"李慕白落了座，德嘯峰就坐在李慕白的對面，他用銅箸在銅盆中把木炭的灰撥了撥，又續上兩塊，就說，"兄弟，這兩三年來，我這裏的事情，你都聽俞姑娘說了罷？"

　　李慕白點頭說："我都聽俞姑娘說過了，我與大哥別後三年以來的事情，想俞姑娘必也告訴了大哥。我此次北來，原是奉了我盟伯之命，他老人家叫我回家去看看，並來見見大哥，此外的人，他都不許我見面，因此我今天來與大哥會上一面，過幾天我就要走！"

　　德嘯峰點頭歎息說："兄弟，你為我又來一趟北京，我實在心裏不安，你本來是一位年輕有為、兼資文武的人，都是為交了我這麼一個朋友，為我的那些事，使你成了一個罪犯，終生不能出頭見人。一想起來，我的心裏就又愧又恨！"

　　李慕白冷笑道："大哥你何必要說這樣的話，大哥是我的知己，我李慕白為大哥粉身碎骨也值得，也願意。何況，假如我當初做一個書辦、吏役等的低微無進展的小事，還不如現在我做一個縱橫江湖的俠士。大哥，你別為我的前途發愁，我的終生就是這樣了，有我一天，我就不能叫江湖上有強梁惡霸，有我一天我就不能叫別人來欺負大哥！"

李慕白這樣慷慨而談，聲音漸漸高了，德嘯峰也是十分激動，他哈哈大笑，說："兄弟，你真是我的兄弟，我德五不虛此生，交了你這位千古難尋的好朋友！可是你放心，我現在安分閒居不問外事，也不能有什麼人來找尋我，就是與我有關的那件案子，雖然前兩個月起獲出來幾顆珍珠，並且有人說是單刀楊小太歲就是你的化名，但是也沒再牽涉到我的身上……"說到這裏，德嘯峰忽然想起來一件事，他就把聲音更壓下一些說："還有一件要緊的事，我來告訴你，就是那單刀楊小太歲，原來就是楊豹，他確實是那偷盜宮中珠寶的正犯。前一個月，忽然有一天晚間，他登門來找我，說是姓張，起初我以為是什麼江湖人來找我生事，後來他說是在彰德府見過了俞秀蓮和孫正禮，我才把他讓進來。

"這人是個二十來歲，非常英爽的一個漢子，談話也頗斯文有禮。他見了我的面，才說他就是楊豹，來此一來是看望他的妹妹，二來是向我道謝。後來我把他妹妹叫出來與他相見，他們兄妹就抱頭大哭，情形非常可慘。那時我回避出去，叫他兄妹二人好談話。及至我再回來，楊豹他就當面對我說，珍珠四十九顆俱是他所偷盜，但並非得自宮內，是從另一家大戶裏盜出的，他並把地點告訴我。他說他現在縱想把珍珠再交還宮內，也是不可能了，而且他為此四十九顆珍珠，曾經過千驚萬險，所以也不忍隨便就割捨那些寶物。他聽我說他的長妹楊麗英是為馮隆所搶走，他就憤怒地立時要找馮家去，並且把他的幼妹託付給我，說是叫我給遣嫁，當日他就走了。及至前幾天，俞姑娘和孫正禮前來，我才知道他是在保定府黑虎陶宏家中受了重傷。"

德嘯峰又說："這些事都不要緊，最難辦的就是……"說到這裏，他把頭湊近了李慕白，聲音小得幾乎難以聽見，他說，"楊豹走後的第三天，原來他又深夜來到我家，與他妹妹楊小姑娘私自見了一面，楊小姑娘當時對我秘密不說，等到俞姑娘回來，她才把話對俞姑娘說了，原來楊豹把他所有的四十一顆珍珠，全都交給了他的妹妹，並有一封信，你看……"

說到這裏，德嘯峰滿面的驚怖之色，他叫李慕白在屋中稍候，他開門走出屋去，去了半天，然後回來將屋門又緊緊地關好，他就由身邊取出一封信來，交給李慕白，他的手都有點顫。李慕白卻很鎮靜從容地把信箋展開，就見上面的字跡極為潦草，並有幾個別字，大意是說：

楊豹不幸，家遭奇禍，先父母俱為人害死，仇人賀頌，河南人，至今未得手刃。又兼恩祖楊公又為馮隆等人所殺，並搶去長妹麗英。麗英本一貞烈女子，想此時早已死於惡人之手矣！我楊家迭遭凶禍，真慘極矣！幸遇仁人德公及俞秀蓮小姐、孫正禮義士等，將我幼妹麗芳收養，並為我家之事，南下奔波，似此大德，沒齒難忘。何況楊豹此去，決為父母、恩祖、長妹，諸人報仇，誓與馮氏兄弟決一死鬥。而不食賀頌心肝，決不厚顏為人！

然我人單勢孤，勝敗難料，此去或不能再生還也，更不能報諸恩人之大恩也！今將我闖南北，鬥群雄，千辛萬苦，保存在身之珍珠共四十一顆，全數交與我妹麗芳之手，其中十顆為麗芳嫁時之妝奩，十顆贈與德公，十顆分酬俞孫兩位恩人，尚餘十一顆，倘我楊豹自己不能報仇，將來誰若能替我報仇，即請德公將此珠贈他。

今我去矣，臨行揮淚書此，即希德公、俞孫二位恩人，及天下俠義之士共憫鑒焉。

李慕白看了，便問：“孫正禮知道此事不知道？”

德嘯峰搖頭說：“他不知道此事，只是楊小姑娘告訴了俞秀蓮，俞秀蓮又把信交給我，我本想立刻就給焚燒了，但又聽說你快要來了，所以我嚴密收起，等着叫你看。”

李慕白把信交給德嘯峰，說：“請大哥立刻燒毀了吧，萬一此信落在別人手裏，必是奇禍，因為楊小姑娘是住在你家！”

德嘯峰立刻將楊豹的信扔在炭盆毀滅，並說：“楊小姑娘現住在我家，我想倒不甚要緊，因為除了江湖人之外，衙門方面還不知楊小太歲即是楊豹。”

李慕白卻說：“珍珠如能交還宮內，不但楊小太歲之事，無人深究，即大哥你的三載沉冤亦可昭雪了，那些珠子是否現在大哥的手中？”

德嘯峰搖頭說：“我如何敢收藏那些東西？我連看都沒有看，現在全都在俞姑娘的手中。這幾天我們就盼着你快些來辦理此事。”又說，“我還告訴你此珠的來歷，因為楊豹說是他由一處大戶人家所得，當時我就向他打聽那人家的地點，他詳細告訴我了，就是北城富貴胡同路南的一家大門，後來我叫壽兒去一打聽，你猜那個人是誰？原來就是宮中張大總管的家裏。”

李慕白聽了，冷笑說：“宮中盜寶之案是由他主辦，大哥的官司又是黃驥北托了他的人情，才把你拉進去的，冤枉了許多人，如今還捏造楊小太歲就是我李慕白，其實真正盜寶之人原來就是他！好，我非要剪除這個奸徒不可！”說話時，李慕白就站起身來，又向德嘯峰問明了俞秀蓮在哪裏住，然後就說：“大哥，再見吧！”

德嘯峰卻一把拉住李慕白，問說：“兄弟，你現在哪裏住？”

李慕白說：“離此不遠，地方極為嚴密，我走了！”說時，他自己開了屋門，出屋飛身上房走去。

珍珠四十一顆現已完全有了下落，李慕白心中就非常喜慰，他按照德嘯峰所指的方向，找到了俞秀蓮的住所，只見各屋中都是黑沉沉的，一點燈光也沒有，近處的更聲已交了三下。李慕白站在房上，故意將腳步放得沉重些，踏得屋瓦喳喳地的響了幾聲，這時就聽下面的屋門微響，有一人手提雙刀奔出屋來。

李慕白嗖地跳下房去，問說：“是俞姑娘嗎？”

對面的俞秀蓮雙刀已然舉起，忽然又放下了，她說：“是李大哥吧？快請進屋來！”於是俞秀蓮便先進到屋中，放下雙刀將燈點上，李慕白隨之進去，就見床帳下垂，床下放着兩雙女子的鞋，就知道那楊小姑娘一定是睡在床裏。

俞秀蓮卻穿着睡鞋，她請李慕白落座，頭一句就說：“李大哥，那四十一顆珍珠都有了下落了！”

李慕白悄聲答說：“我知道了，我才從德五哥那裏來，他已把話都告訴了我！”

秀蓮也把聲音放輕些，她說：“怎麼辦！珠子現在我這裏，我想交還宮內。可是，我去了一次，不行，宮院太深，我不知放在哪裏才好！”

李慕白默默不語，點頭說：“這確實是一件很難辦的事。這樣吧，現在已然三更多天，我們若走到宮中恐怕也快到四更了，做事未免不便。明天這個時候，我們同在紫禁城的東北角樓上見面吧！”

秀蓮說：“好，明天我帶了珠子前去。”又說，“李大哥你還要看看那珠子嗎？你還要見見楊小姑娘嗎？她就睡在我的床裏！”

李慕白卻擺了擺手。秀蓮此時卻是非常高興，她說：“不過有一件東西我卻應當還你，可是這東西現在德五哥之手中……”

李慕白很納悶，遂問說：“什麼東西？”

俞秀蓮卻欲語復止，忽然她面現羞澀之色。忽然她又雙眉緊鎖，顯露出來悲哀，歎口氣道：“等事情都辦完了之後，再說吧！”又立時收斂起羞容與悲態，揚起頭來說，“李大哥，我走了之後，那靜玄師徒又找你去了沒有，楊豹的傷勢怎樣？史胖子他們也同着你一塊來的嗎？”

李慕白搖頭說：“沒有，史胖子與我是在徐水縣分的手，我想他早晚必要混到北京。我們現在倒是不必叫他幫忙，姑娘若見着他，也不必告訴他我已來到此地，更不可把珠子的事對他說。楊豹的傷勢我聽馮茂說是日重一日，大概凶多吉少，但我們現在也無法顧他，那靜玄師徒及柳建才等人，都已失望而南返了，將來他們是否再找尋我，此時尚不得知。"說到這裏，他又想起在徐水縣店內丟失寶劍及點穴圖之事，心中又是一陣憤怒，本想要據實告訴秀蓮，但後來一想，告訴她也是無用，遂又把話中止了。

　　兩人默默對坐了半天，俞秀蓮又問李慕白現住在什麼地方，李慕白告訴了她，然後就說："我要走了，明天夜內就在那地方准見，到時千萬要謹慎一些。"

　　秀蓮點頭說："我曉得！"

　　李慕白就開門出屋，忽見對面的房上有條黑影一晃，旋即不見了。李慕白突然一驚，又退身進到屋內，趕緊向俞秀蓮擺手，秀蓮走近兩步，低聲問說："什麼事？"

　　李慕白悄聲說："外頭有人。"

　　秀蓮一聽，立刻神色改變，趕緊又去抄起雙刀，李慕白卻擺手將秀蓮攔住，然後他輕輕開門出屋，飛身上房，四下一看，只聽"喵"的一聲，一隻大黑貓從房上驚跑了。

　　此時繁星滿天，北風怒吼，俞秀蓮也出屋上房，往四下去看，卻什麼也沒有看見，她就向李慕白悄聲說："莫非是史胖子來了？"

　　李慕白搖了搖頭，並不說什麼，又向各處看了半天，他就悄聲對俞秀蓮說："姑娘請進屋歇息去吧，千萬要將門關嚴，把那東西藏在隱秘之處！"

　　俞秀蓮答應，又說："李大哥，明天晚間見吧。"她遂就跳下房去，進屋把門閉好，少時燈也熄滅了。

　　李慕白卻站在房瓦上，並不即時走開，他找了個隱秘的地方藏身，等候了半天，卻不見那條黑影再在眼前閃過，因為天色已到了四更，李慕白不能再在這裏多留，才回往妙玄觀殿後的那間小屋內，因為腦裏受了刺激，便不能安眠，總是想着剛才在眼前一閃的那條黑影，心裏想：那一定是個人，絕不是什麼狸貓或是狐狸，但是快極了，史胖子等人絕沒有那樣的好身手，因此就想到明天在城內各處偵探偵探，看看有什麼江湖上著名的豪俠來到此地。

　　到天明時，他才睡了一個覺，及至醒來，已經上午十點多鐘，束好了道冠，穿上道袍，就走出了妙玄觀，穿着小巷去走，出了崇文門，才找了一家小飯舖，用了午飯，然後便進了那鏢店最多，江湖人聚集之所的打磨廠。由東口走到了西口，他時時低着頭，恐怕遇見有什麼認識他的人，但又須時時偷眼去看，注意有什麼行跡奇異的人沒有，但結果是徒然穿過了這條胡同，一無所獲。李慕白又來到前門大街上，這條大街是他在三年前差不多天天走的地方，如今又來到這裏，不禁感慨倍生，尤其是此地離着舊日自己冶遊之地不遠，離南下窪子纖娘葬骨之處也甚近，想起舊日的事情，真覺着是自己錯了，便暗暗歎息着，袍袖翩翩，往北就走。

才走了不幾步，忽聽身後有人高聲叫道："李兄弟！李慕白！"李慕白不由大吃一驚，回頭去看，原來是孫正禮，騎着他那匹棗色大馬，昂然而來。他一見着李慕白，就下馬說："李兄弟，你什麼時候來的？見着德五哥和俞秀蓮了沒有？"李慕白趕緊向孫正禮使眼色，孫正禮卻像沒有看見似的，還問說："怎麼樣了？保定城黑虎陶宏那群王八蛋就算這樣完了嗎？"

李慕白卻十分着急，趕緊走近前來，悄聲說："孫大哥你怎麼這樣莽撞？這些話豈能在這裏高聲喊叫？"

孫正禮卻微笑道："怕什麼的？"

李慕白就很鄭重地說："孫大哥你千萬聽我的囑咐，不可對人說出我現已來到此地！"

孫正禮笑道："怎麼，你李慕白還害怕麼？"

李慕白搖頭說："我並不害怕，不過倘若有人曉得我已來京，卻於德五哥有許多不利，千萬要嚴密，我現在也不能多與你說話，我要走了！"說畢轉身走去。

孫正禮還在後面高聲叫道："喂！老道！你現在哪裏住？"李慕白並不作聲，急急地走進了前門。此時他心中很生氣，暗想孫正禮這個人真是怔，有他知道我來到這裏，早晚必要因他出事。我非得趕緊把那件事辦完，即速離開北京不可！

當時進了皇城，來到西華門前，便仰首望見了紫禁城垣，樓闕壯麗，顯出一種威嚴不可趨近之氣象。那各色的琉璃瓦，都被陽光照着閃閃地發着光。西華門似一隻威嚴的獅子蹲在那裏，有稀稀的穿戴官服的人，恭謹地從那裏出入。李慕白自顧一個道人模樣的人，倘若多往前走幾步，縱不至被人拘捕，恐怕也要被人驅開，倘若再有人認出自己的面目，那就許立遭奇禍，於是他一直往北去。走到北長街的北首，就一眼望見了御河裏，紫禁城的西北角和東北角，各有一座方形的亭子，樣式極為新奇壯麗，琉璃瓦的顏色也顯着多，簷脊重疊，朱黃相映，真似兩座華幢寶蓋對立着一般，那北面就是巍巍的景山，雖在初冬之際，但山上仍然是一片青翠，那是望不盡的蒼松古柏。

李慕白走過了北上門，來到景山東邊的大街上。就見這裏往來的官人更多，並有大鞍車和轎輿，絡繹不絕，大概此時正是散朝的時候，李慕白不敢立刻就走過甬路，恐怕衝撞了那些貴人的車輿，他便站在甬路旁邊等候。走過了幾輛車，又過去幾頂轎，後來又來了一頂轎子，轎的前後並跟着頂馬跟驟。那後面騎着菊花青騾子的是一個二十來歲，穿得非常乾淨的小廝，李慕白覺得非常眼熟，等到轎輿和跟驟走過去了之後，李慕白方才想起，那小廝卻是小虯髯鐵小貝勒的常隨得祿。李慕白又不禁觸起往事，想起鐵小貝勒對待自己的恩情，自己總應當稍為報答，才能安心。

過了甬路，又四下環顧，看好了道路，便一直往北走，出地安門往東，慢慢地曲折而行，回到那妙玄觀裏。靜坐在破屋亂草上，心裏卻非常的緊張，暗想今天是一件大事，第一深宮禁苑不是輕入之地，第二幹這件驚人的舉動，雖說是出於俠義之心，但實屬大干禁例，倘若有一點大意，就許弄巧成拙，自己與俞秀蓮雖不至於被人捉獲，但倘若形跡被人查出，那反倒是害了德家。因此他詳細計劃晚間應取的步驟和辦法。但因他自己是個生長在鄉間，僅僅中過一個秀才，沒做過一點官事，沒進過一次禁城的人，今天只看了看紫禁城的外表，至於深宮大內的情形，他連想也想像不出，所以感覺極為艱難。但是又想俞秀蓮以一女子，在自己未到北京時，她還敢深入宮內，去看了看，難道我竟不如她嗎？因此自己又鼓起了勇氣，並覺得秀蓮可佩可愛。

到天黑時，他去用了晚飯，然後回到廟內，歇了一會兒，便將裏面的衣服紮束利便，外面仍然穿上道衣，出了廟門，迤邐地走去，又進了地安門。這時黃城之內，行人稀稀，李慕白走到景山東門，就見那門洞下有一點火光，走近前一看，原來是兩個乞丐，在這裏縮成一團，抱着一隻破瓦盆，盆裏放着幾塊半明不滅的木炭，烤一會兒，又拿嘴吹一會兒。李慕白看了看他們，便說：“你們這個地方倒真避風。”那兩個乞丐抬頭看了看，就說：“老道，你是哪個廟裏的？”李慕白說：“我哪個廟裏的也不是，我是打算在這兒避避風。”那兩個乞丐一聽這話，就以為李慕白也是個跟乞丐差不多的窮老道，便不大理他，兩人只靠着牆根烤火取暖。李慕白也靠牆蹲了一會兒，此時二更敲過，將近三更，街上一個行人也不見了，旁邊那兩個乞丐像母雞似的，兩人擠在一團，大概已睡着了。

李慕白便起身離了這景山東門，靠牆根往南去，來到御河旁邊的柵欄前，就見柵欄關閉着，李慕白便掖起道袍，飛身上牆，然後跳下去，沿着御河行走，來到神武門前，就見這裏也是一個人沒有，只有西邊的三間房子，裏面燈燭輝煌，門外也擺着兩隻風燈，像是有官人在屋裏值班。李慕白便脫去了長衣，彎着腰靠牆走，順着紫禁城牆往東，走了約百步，見四下沒有動靜，他就將長衣服圈在腰上，然後聳身上牆，其疾如風，其輕如葉，五六丈高的城牆就從平地躍上，及至腳落實地，他忽然想起來，俞秀蓮她決不能來，因為這樣高的城牆，一般會武藝的人是不能躍上來的。三年前自己也是不能，後來在九華山上受了盟伯江南鶴的指點，又加上兩年多的功夫，所以才能從六七丈高的山崖，自由飛上落下，俞秀蓮的武藝自己是知道的，她若從上邊往下跳倒還不費力，但想從下面躍上來，就怕很難了。昨天她對我說，她曾到禁城內來過一次，只怕那是她說的大話吧？

一面想，一面往東去走，眼看來到那東北角樓前，忽見由迎面跑出來一條黑影，李慕白趕緊止住腳步，對面那人未等來到臨近，就發話問了，說：“是李慕白李大哥嗎？”

李慕白也走上兩步，說：“姑娘倒比我先來到了？”

俞秀蓮說：“我也是才來了不大的工夫。”

李慕白就說：“這城牆很高，跟開封府的城牆差不多了。姑娘的武藝，真是比早先高強多了。”

俞秀蓮說：“我不是躍上來的，是有這東西幫助我！”說時，她由腰間解下一條長繩來，繩的一端繫着一個鈎子。李慕白接過來笑了笑，仍舊交給秀蓮。秀蓮就一面向腰上繫那繩子，一面說：“今天我可利便，連雙刀都沒帶來，李大哥，你可帶着寶劍了嗎？”

李慕白搖頭說：“我什麼兵刃也沒拿，用不着，我們今天只是設法將珍珠送還，即使被官人察覺，我們也只能趕快逃走，不能像在別處似的動手傷人。”

俞秀蓮說：“可是倘若庫門被鐵鎖鎖住了，有了大哥的那口寶劍，不是容易削斷嗎？”

李慕白搖頭說：“那也用不着，我想這宮殿深廣……”說時二人一同往下去看，就見黑壓壓的一片宮殿樓闕，不知有幾千幢，並且連一點燈光也沒有。李慕白說：“我們如何能知那珍珠原來是藏在哪座庫裏，或哪所宮中？不用說我們，恐怕王公大臣們也不知道。我想只有一個法子，就是將珍珠放在一個最高之處，然後我們在牆上留下幾處字跡，明天被宮中人發覺了字跡，自然能設法去將珍珠取下來。”

俞秀蓮問說：“那麼，大哥你打算將珍珠放在什麼地方？你看哪個地方最高？”

李慕白說：“這禁城中只有金鑾殿最高，我想要放在那最高的脊上。”

俞秀蓮卻說：“不行，那金鑾殿比這城牆還高，再說上面全是琉璃瓦，滑腳極了，躍上去也是立不住腳。”

李慕白微笑道：“不要緊，我且試試看，請姑娘幫助我。”說時，他由地下垛口的旁邊揀了幾塊石灰，交給秀蓮拿着，說是預備少時在牆上留字。當下二人順着城牆往南走去，眼看來到了東華門，李慕白就止住了腳步，對俞秀蓮說：「我們就由此下去吧。」當下俞秀蓮拿了個架勢，飄然而下，李慕白也隨着跳下來，兩人尋着那漢白玉的甬路，就往西去走。這禁城深宮，雖然是極嚴密的地方，但是因為地面太大了，而且多半是沒有人住的殿宇，所以在這三更的時分，二人很放心地向前走着，竟連一個巡更的人也沒有看見。

少時來到金鑾殿前，二人就步上了丹墀，丹墀是極高極廣，走了幾十級方才上去，李慕白就回首對秀蓮說：「這是遇着朝廷大典，百官朝賀之時，非得頭品的文武官，才能在這裏跪着或站立，想不到我們今天竟能來到這裏。」

俞秀蓮卻在後面跟隨，並不答話。此時她心中有點疑慮，她雖知道李慕白的武藝已比三年前高得多了，但是她卻不相信李慕白能夠躥到這樣高峻的大殿上，尤其是殿上全是琉璃瓦，即使狸貓上去，也要滑下來，何況一個人呢？

此時就見李慕白停住腳步，仰臉向面前的黑兀兀如同一座山似的高大建築物，仔細地看了看，然後他將身上裹着的道袍脫下，鞋也扔在一旁，又將身上勒繫的帶子緊了緊，袖口挽了挽，便向俞秀蓮說：「請姑娘把珍珠交給我吧。」

秀蓮由身邊取出一個緞包，裏面是一個小匣，交給李慕白。李慕白問說：「四十五顆珍珠全都在這裏面了嗎？」

秀蓮說：「一顆也不缺少，臨來的時候，我全都查點過了。」

李慕白說：「好了，請姑娘在此略候一候。」當下他驀然往後退了幾步，秀蓮急忙用眼去看，只見李慕白向前跑了幾步，向下一伏身，當時就聽嗖的一聲，李慕白卻沒有了蹤影，秀蓮不禁失聲叫着說：「小心！」此時李慕白已然躥到了金鑾殿上，將裝珍珠的小盒用口銜着，就像一隻貓似的，在那光滑的琉璃瓦上向上去爬，爬得非常快，少時就爬到右邊的大脊上，他一隻臂抱住脊，然後再用雙腿將脊緊緊盤住，胳臂伸開，便斜探着身子，用雙手去揭那上面的琉璃瓦，這瓦壓得是非常結實，費了很大的力，方才將右邊的一塊琉璃瓦揭開，用手向下摸了摸，覺得足以容下這裝珍珠的小盒，他遂騰出一隻手來，將口銜着的珍珠小盒，平平穩穩地放在那裏。然後又將那塊琉璃瓦安好，摸了摸不至於掉落下去。又用一手摸着，心中記着數目，珍珠是藏在從上面數，第六塊琉璃瓦之下。此時他的目的已經達到，便要下去，可是往下去走，比往上來時還要難，因為瓦太光滑，無法立得住足。他就將兩腿放下，完全仗着兩隻手用力摳瓦，倒退着，慢慢地下來，將到殿簷之時，他驀地一翻身，嗖的一聲，就如同一隻梟鳥似的撲將下來，雙足着地時，連一點聲音也沒有。

此時俞秀蓮已然迎上來，問說：“李大哥，怎麼樣了？”

李慕白說：“全辦完了，辦得很是穩妥，咱們走，往牆上寫字去吧。”於是他從地下拿起了道衣和鞋，便從容不迫地，與俞秀蓮步下了丹墀。往東走到高牆之下，李慕白從秀蓮的手中接過了白灰，就在黑黝黝的夜色之中，向那牆上寫着大字，是：

宮中前三年所失之珍珠，本為總管張某所盜去，藏於彼之私宅，後又為楊某所得，但彼實不知此為大內之物也。今此物落於我等之手，不敢私藏，特恭謹歸還，現置於大殿上右邊脊下，從上數第六方瓦之下，將瓦移開，珍寶即現，幸祈宮中執事人等，將珠取下，收入庫內可也。

草民天涯孤俠等恭啟。

寫完了，因為四下黑乎乎的，也不能重讀一遍，就向秀蓮說：“走吧，事情都已辦完了。”

於是二人順着牆又往北去走，走到高牆盡處，二人飛身躥將上去。忽然秀蓮說：“大哥快看！”她的聲音是非常驚訝，李慕白也趕緊回頭去看，就見剛才自己題字之處，有一片火光，細看時，卻是有一個人斜着身，手裏拿着個火摺子，正照着看那牆上所題的字跡。

李慕白這一驚非同小可，說了聲：“不好！”趕緊飛身下牆，追奔過去。那人卻依舊把脊背衝着北邊，斜着身，就着火光烘烘的油紙摺子，細看那牆上的字跡。可是等到李慕白剛要來到臨近時，他突然將火折吹滅就飛身跳過了高牆，李慕白也趕緊追上牆去，卻見那人已沒有蹤影。

俞秀蓮從牆上跑過來，驚訝地問說：“這是什麼人？不要是跟隨我們來的吧？”李慕白卻站在牆上發怔不語，秀蓮又着急說，“我看這個人的武藝，並不在我們以下，多半是靜玄和尚那等人。假使我們走後，他又去到殿上將珠子盜走，那我們不是徒勞往返嗎？將來又得滿處找珠子去！”

秀蓮的意思是叫李慕白再到金鑾殿上將珍珠取下，再用別的方法送還，就見李慕白慢慢地說：“不要緊，我相信這個人不是為盜珠子來的。”

秀蓮趕緊問說：“那麼李大哥，據你猜想，這個人是誰？”李慕白卻發着怔，並不言語，秀蓮心中十分納悶。

當下李慕白跳下牆去，俞秀蓮也隨之跳下去，二人按着來時的路徑往回去走。深宮高闕之下，雖然也偶爾有人在巡邏、駐守，但是竟沒有人查出他們這男女兩位奇俠。他們依然上了城牆，往北去，找了個僻靜的地方跳下去。又越過幾重高牆，便來到景山迤東的地方。

　　李慕白就止住步說：“姑娘，請回去吧，明天晚間，我們再見面。”

　　秀蓮本想要再問李慕白幾句話，但又見李慕白仿佛神情呆呆的，心裏有什麼事似的，秀蓮答應一聲，說：“好吧，我這就回去了。”

　　李慕白又囑咐說：“姑娘回去千萬要小心！”

　　秀蓮說聲：“大哥放心吧！”她遂就跑過了甬路。看北邊黑乎乎的有一棵樹，她就藏在樹後，探出頭來，向那邊去望。

　　只見李慕白卻並不即時走開，他就在那裏往來地徘徊，秀蓮心中十分驚訝，暗想，他是要幹什麼呀？

第二十二回　一鶴枉重來良緣成夢　九華樓雙俠劍氣衝霄

看了半天，李慕白還是沒有走開，忽然看見由南邊來了一條黑影，來到李慕白的近前，李慕白就跟着那人一同往北去了。這裏的俞秀蓮更是大驚，暗想：來的這條黑影，一定是剛才在宮內點着火照牆上字跡的那個人，怎麼李慕白會認得這個人，而又不肯對自己說呢？又想，莫非是他故意在此等着這個人來，二人往北找地方決鬥去了？

秀蓮心裏這樣驚詫地猜想着，便在後面暗暗地跟隨，好在前面兩個人都像有什麼急事似的，全都走得很快，不遑後顧。秀蓮就暗暗跟着走到北首，就見二人往東進了一個大柵欄，及至秀蓮跟隨進去，卻不見李慕白和那人的影子了。前面卻又是一堵高牆，也似一處官所，秀蓮猜想着那二人一定都是進到這裏面去了。她隨着也飛身跳到牆上，向下一看，卻是一座空院子，雖有幾間房，卻沒有燈光。秀蓮向下一跳，腳就踏在草地上，原來地下長的那又密又高的荒荊蔓草，全都沒有刈除。秀蓮心說：這地方怎麼這樣荒涼？莫非平日沒有人管理嗎？她踏着枯草，披開荊棘，往後面去走，就見這後面有一道門，仿佛宮門似的。秀蓮上前摸了摸，就摸着一個很沉重的大鎖頭，秀蓮知道這處官所一定是沒有人看守，遂躥到牆上，向下一看，只見這後院也有正殿，也有東西配，最可異的就是西殿的窗上映着很淡薄的燈光。秀蓮心中更是驚詫，暗想：這宮門上着大鎖，怎麼裏面倒有人住呢？

她跳下牆去，把腳步放得極輕，走到那窗去，聽裏邊有人用很嚴厲的聲音說：「我教訓你的話，你一句也沒遵守，我囑咐你除了德嘯峰、俞秀蓮可以見面之外，旁的人一律不許你再認識，你怎麼又同那姓史的胖子在一起廝混？你不曉得他是個江湖大盜嗎？」聽這人說話似是北方人，但卻又帶着點江南的口音。秀蓮趕緊扒着窗縫兒往裏看，她更驚訝了，只見地下扔着一件大皮襖和一件行李，行李旁邊放着一把茶壺和一隻燭台，燭台上點着半枝蠟，突突地冒着不很明亮的火焰，照着這屋裏的兩個人。一個就是道士裝束的李慕白，他低着頭，垂手站立，仿佛兒子見了嚴父一般，一句話也不敢說了。他的對面卻是個高身材，頷下飄着雪白的長髯，足有七八十歲的一位老人，穿着一身青布單衣褲，但精神極為矍鑠，態度極為森嚴，看那面目頗有點像自己的父親俞老鏢頭，但比自己的父親更老，更精神，更強健。秀蓮知道此人一定就是老俠江南鶴，心中不免有些害怕，不敢在此多待，正想要退步走開，但又怕腳步一挪動，反倒被屋中的人察覺了。她就靜靜地站着，連大氣兒也不敢出，更不敢再扒窗往裏去看。

只聽屋裏的老俠客又怒斥着說："你難道忘了麼，我們武當派收徒五戒，心險者不傳，好鬥者不傳，輕露者不傳，此次你北來，把這三條全都忘了。你與靜玄師徒爭鬥就是輕露，就是好鬥；在徐水縣你殺死那個姓柳的女子，就是心險。你以為憑你的點穴法，憑你的那口斬銅削鐵的寶劍，就可以橫行江湖，沒有人敢惹你嗎？其實你不知我時時在暗中看着你，這兩次我若不是故意在你的眼前顯出行跡，你還不能知道我也來到此地了。你以為你的武藝算是學成了嗎？算是世間無匹了嗎？"

窗外的秀蓮雖然屏息站立，但卻心跳得甚緊，幸而寒風吹着窗櫺呼呼地響，屋中大概還不知外面有人，她又乍着膽子，扒窗去看，就見江南鶴由他那行李包內取出一疊圖籍和一口寶劍，怒着摔給李慕白，說："給你這人身穴道圖和寶劍，你快去吧！到江湖上充你的英雄去吧！"

李慕白咕咚一聲就跪下了，低着頭不敢分辯一句。江南鶴老俠微微一聲冷笑，說："窗外的俞秀蓮也進來！"

俞秀蓮嚇得一哆嗦，心說：哎呀！原來老俠他知道我在窗外了。遂就鼓起勇氣，拉門進屋。這時李慕白一見秀蓮進屋，他很是驚訝。秀蓮卻向江南鶴老俠施禮，並替李慕白辯解說："我大哥與靜玄爭鬥是為救我，並為尋出那珍珠，歸還宮內。"

江南鶴顏色緩和一點，就說："只有今晚你們所作所為還是對的，但珍珠放在大殿脊下，終非穩妥之地，你們走後，我又取將下來，替你們放在宮內龍床的旁邊，現在你們的事情已都辦畢，都要聽我的囑咐，你們即日成婚，再去見德嘯峰一面，然後就同回九華山去吧！"

老俠這句話一說出，秀蓮姑娘不禁臉紅，垂着頭。

李慕白卻仍然跪着說："伯父，這件事姪兒實在不能從命！"

江南鶴又嚴厲地問說："為什麼？"

李慕白就垂着淚把秀蓮已許婚於孟思昭，而孟思昭又是自己的好友，並且是為自己的事情才負傷慘死，所以自己雖敬愛俞秀蓮姑娘，但有此事實令自己傷心，所以對俞姑娘不敢有過分之想，如今伯父之囑，斷難從命!

江南鶴聽了李慕白詳細剖明心曲,他倒不禁覺得為難,遂就說:"你起來!"李慕白站起身來,依然垂首站立,雙眉皺在一起。江南鶴老俠思索了半天,便歎了口氣,說:"慕白,你是因為你的叔父叫你讀了幾本書,你就染了些書生的酸腐之氣,這樣你倒像你父親之子,但卻不像了我的門徒!"

旁邊俞秀蓮抑制住了痛楚的芳心,她爽然地說:"老俠客也不必為此事為難。我是孟家的媳婦,我始終也忘記不了,孟家訂婚時的一枝金釵,始終在我的身邊。李慕白,他是我家的恩人,是我的義兄。在幾年前,我父親臨歿時便囑咐我,叫我對李慕白要像對胞兄一樣!"說到這裏,秀蓮不由也垂下淚來,又說,"可是我願意隨我的大哥到江南華山上,我要下兩三年的功夫,學會了點穴法。"

江南鶴點頭說:"好,你們去吧,但不可在途中再生事。一年之後我也到九華山上與你們見面。"又向李慕白說,"靜玄禪師雖未脫江湖習氣,但他確無大惡,而且他與我又是多年的好友,你若不是我的盟姪,我不能管你,你既是我的門下人,無論如何你也應當將此圖還他。"

李慕白答應說:"一二日我就南下,先到江心寺去將點穴圖還他,然後我再往九華山去。"

江南鶴點了點頭,遂就擺手說,"你們去吧!"當下俞秀蓮先退身出屋,在外面等候了一會兒,李慕白方才出來,他手裏提着寶劍,臂下挾着點穴圖,二人往外去走。

走過了那道宮門,秀蓮就問:"江老俠客怎麼住在這裏?"

李慕白卻說:"我也不知道,不過他老人家的行蹤我們是不能問的。"遂就將全部人身穴道圖交給秀蓮,悄聲囑咐說:"姑娘快些拿回去,將此圖叫德五哥照抄一份,千萬要謹慎嚴密!"

秀蓮接過人身穴道圖,就說:"李大哥,我們分着走吧,明天再見!"說時俞秀蓮先越過高牆走去了。

李慕白也跳過牆去,迤邐地回到了妙玄觀,一跳進了短牆,心中便覺着暢快,因為目前的事全都辦完了,再等兩天,俞秀蓮和德嘯峰將那十八幅人身點穴圖謄出,就可以離京南下了。不過與俞秀蓮到了九華山上朝夕相處,卻要用一番克制私情的決心和毅力,不然不但自惹情魔,而且要為盟伯所笑了。他神馳着這樣地想,不覺走進了那破爛的小屋,將寶劍扔在地下,要把身上勒繫着的帶子解下,好掩着道袍,躺在那些乾草上去睡。

不想這時,見扒拉一下,由乾草裏鑽出了一個人來。因為太出乎意料之外了,李慕白不由吃了一驚,立刻一掌打去,那人倒身在乾草上,哎喲了一聲，接着又哈哈大笑，說：“我的大爺！你別真動手呀！”

李慕白一聽聲音廝熟，便把已經拿了起來的寶劍又放下手，歎道：“你怎麼又來了！”

來者正是史胖子，他坐在乾草上，哈哈地笑道：“我不來怎辦？誰給你們賀喜呀？”

李慕白怒斥說：“胡說！你怎麼永遠是這樣信口亂講？我有什麼喜事，值得叫你來賀？”

史胖子哎喲着說：“你剛才這掌，把賀喜的打得真不輕！明人不做暗事，今天你跟俞秀蓮跑到哪兒去了？我到她那兒去沒找着她，到你這兒來又沒有你，你們倆若不是一塊兒出去的，我不信！”

李慕白歎了口氣，便也坐在乾草上，悄聲對史胖子說：“史大哥，你不要開玩笑，今天我們說幾句正經的話！”

史胖子說：“我向來沒跟你大爺開過玩笑，我東奔西走，賠盤纏，累車馬，還得罪了許多同在江湖上抓飯吃的朋友，為的是什麼？”

李慕白慨然說：“你為交我這個朋友。但是我也佩服你了，別人說你是盜賊，我卻說你是俠義。今後如你遇着什麼為難的事，只要我知道，我就是拼出命去，也要幫助你！”

史胖子微笑道：“這話不必你大爺交代，你要是瞧不起我史胖子，我也就早不管你們這些閒事了。管閒事我不但是為你大爺，我還為俞姑娘，因為俞姑娘真是天下無二的俠女，她見了我總叫我史大哥，我瞧着她是又可敬，又可憐，假若你大哥把脾氣改一改，心腸變一變，豈不是一件美滿的姻緣嗎？”

李慕白慘笑道：“俞姑娘是我的義妹，如何能談得到姻緣？只要彼此相敬相愛，做兄妹豈不比做夫妻還要好嗎？”

史胖子點點頭說：“你大爺的辦法就是這樣，你當一輩子假老道，俞秀蓮守一輩子望門寡。好，好，就依着你。可是我問你大爺現在來到北京，是打算來辦什麼事，是要對付什麼人？”

李慕白說：“你聽我細說！”於是就將楊豹上次來到北京，已將珍珠全都交結了他的妹妹楊小姑娘，剛才自己同着秀蓮直入紫禁城中，將珍珠送還的事全都說了。

史胖子聽了，不禁佩服道：“真行！你們二位做的這真是驚人的大事。可是，我來找你大爺，就為的是告訴你幾件事，單刀楊小太歲已因傷重死在保定了！”

李慕白聽了，不禁歎氣，說：“那人很可惜！”

史胖子又說：“金刀馮茂不愧好漢，楊豹死後，他用很好的棺材收斂，就埋在陶家莊院的附近。黑虎陶宏現在已沒有了銳氣，把鏢店的牌子摘下去了。韓志遠、常七、晁德慶、徐晉，那些人他都送了盤纏遣走。其餘有些遠身來投他的人，聽說靜玄師徒已經走了，就全都中途而返。」

說到了靜玄師徒，史胖子又拍着李慕白的肩膀說：「李大爺，你知道靜玄師徒已經南下回家去了嗎？」

李慕白點頭說：「我聽人說是如此，但是我不相信靜玄師徒追尋我足有半載之久，花了許多錢，而且死了他一個得意的弟子陳鳳鈞，如今竟肯白白地回去。」

史胖子搖頭說：「那你倒不必多疑，我知道他們確實是回去了，因為咱們在徐水縣分手之後，我就把追風鬼打發走了，我帶着小流星是又折回南去，先到保定附近一處小鎮市上住了兩天，探知陶家裏的事情，又遇見雷敬春。那雷敬春也是個江湖人，早年在涿州劉七太歲之處，我曾跟他見過兩面，他是楊小太歲的好友，由他的口中，我就知道了楊小太歲身死的實情。

「從保定我帶着小流星又向南去，打算看看你大爺，到底怎樣奪回那點穴圖和寶劍。走在內丘，我又遇見小蜈蚣，小蜈蚣告訴我靜玄師徒已然走了，同行的柳建才，還有一名叫江邊虎姓蕭的人，聽說那人是由江南來的，大概江南又出了什麼事情，所以姓蕭的把靜玄師徒急急找了回去。」

李慕白聽了，便知道是那當塗縣泰山鏢局的江邊虎，是他把靜玄師徒給找了回去。遂就點頭說：「這姓蕭的人我也認識，他也是靜玄禪師的弟子。」

史胖子說：「他們走了，咱們也不必管他們了。只是你老哥的寶劍和點穴圖，到底找回來了沒有？」李慕白由地下拿起寶劍，用手指敲了敲，唧唧作響，說：「這不是麼？點穴圖也是到我手，只是我將來要把此劍送給鐵小貝勒，以報他當年救我性命的大恩。那點穴圖我也送回江心寺去，因為這是我盟伯江南鶴的囑咐。」說到這裏，他把聲音壓得極小，又向史胖子的耳畔說：「你我因係至交，我才對你實說，但你千萬不可對人去講，江南鶴老俠現已到了北京，他又囑咐我不許與江湖人接近，並不許與人爭鬥，兩三日內我就要回江南去，俞姑娘她也同我前去。此次走後約需三四年，我們才能再見面。」

史胖子嚇得發了半天怔，說：「這位老爺子一來，我可得小心一點，因為我聽說他常到山西去，我在山西幹的勾當，他大概全都曉得。」

李慕白說：「那位老俠對我與你交友之事，確實不大高興，但是你對我的屢次幫忙，他也一定知道，即使他見着你，也不能對你有什麼惡意。」又說，「我現在就有一件最要緊的事，要託付你，就是宮中張大總管，此人極有權勢，各處的豪紳惡霸都是他的義子，例如早先的黃驥北，現在的陶宏等人便全是。宮中的珍寶本來是由他主謀盜取的，但他反倒主辦此案，坑害了多少無辜的人。像這樣的惡人若不剪除去了，良善者永無安居之日。我雖對此人憤怒至極，但是有我盟伯管束，沒有法子，我想非得仗着你的力量去剪除他不可！”

史胖子笑道：“遇見這事，你又找着我了，可是沒有法子，我還得替你效力，好在我辦一件事也是那樣，兩件事也是那樣。”

李慕白問道：“史掌櫃，你說這話是什麼意思？”

史胖子笑一笑，說：“提起來這件事你也知道，就是那個壞蛋冒寶昆，那小子撥弄是非、無惡不作，早先到河南請苗振山、張玉瑾來京與你作對，今年又把譚家兄弟勾來，害死楊老頭搶走大姑娘，所有的壞事全是由他起的頭。前兩月他因為怕官司發作，逃往外省，在張玉瑾那裏立足不住，又逃到鳳陽。不想他到鳳陽，譚家兄弟也被捉的被捉，逃走的逃走，弄得他無地方逃奔，只好又逃回北京了去。聽說現在他藏在一個老鴇的家裏。”

李慕白忿忿地說：“冒寶昆那小子實在可恨！”

史胖子說：“所以我這回也想把他剪除了，幹完了這兩件事之後，我也就走了，找個地方一忍，洗手不幹啦！”

李慕白笑道：“好，三四年後，我若知道你在哪裏隱居，我必去訪你。”

史胖子說：“日子很長，將來必有見面之日，你大爺歇着吧，我走了，後會有期！”說畢，史胖子就出了小屋，在四更天色的夜幕之下，詭秘地走了。

這裏李慕白便倒在乾草上睡了一覺。到次日，白天李慕白並未出門，晚間二更以後，他就依舊紮束利便，外穿道袍，暗攜寶劍，離了妙玄觀，先到俞秀蓮的住所，當他跳進牆去時，只見俞秀蓮的屋中，燈光熒然，並有德嘯峰的談話之聲。李慕白恐怕屋中還有別人，便扒着窗隙向裏去看，只見在屋裏的卻是德嘯峰、俞秀蓮和那楊小姑娘。

李慕白就先使聲咳嗽了一下，然後開門進屋，德嘯峰就站起身來，笑着說：“我們正在這兒等着你呢！”

楊小姑娘也向李慕白行禮，叫聲：“大叔。”李慕白見楊小姑娘已長高了身量，出落得更是韶秀，便不禁想起兩年以前遭難在楊家之事，心裏非常感慨。

德嘯峰讓李慕白落座，楊小姑娘給送過茶來，就問說：“聽說我江爺爺也來了？”

李慕白點頭說:“現在也許又走了，昨天我同俞姑娘見了他老人家，他並沒提說你家的事，但他一定全都知道，現在他也放心了。”

德嘯峰說："那位老俠客使我不能見上一面，真是憾事！可是兄弟你此番北來，老俠客不叫你再與別人相認，而卻說可以與我和俞姑娘見面，這足見老俠客瞧得起我，知道咱們兩人的交情。"

李慕白說："我盟伯對於大哥的慷慨好義，實為欽佩，曾囑咐過我，無論如何不可負了大哥的恩義。"

德嘯峰說："我真是慚愧！實在說起來，我對兄弟你幫過什麼忙？現在當着俞姑娘說明也不要緊，當初我的意思，原不願兄弟你就這樣漂流着，姑娘就永遠孤零着。但現在那些話都不必說了，你們要到江南去，我很歡喜，只是楊小姑娘的事，你們打算怎麼辦呢？因為你們須得三四年之後才能回來。"

李慕白笑道："將來楊小姑娘的終身大事，自然是由大哥給做主了。"

德嘯峰卻笑着搖頭說："我可做不得主，楊小姑娘是你的姪女，與你相識在先。現在，我就是要向你們求親！"這句話說出來了，李慕白和俞秀蓮方才明白，齊都笑了。楊小姑娘卻羞得臉上紅得跟芍藥一般，低着頭，走到背燈之處。德嘯峰笑着說："因為我那位大奶奶看着楊小姑娘很好，打算說給我們那文雄，等到三四年後，你們二位回到北京，我再舉辦喜事。"

李慕白與俞秀蓮齊說："那好極了，現在就請德五哥下訂禮吧？"

德嘯峰笑道："訂禮我可沒預備下，明天再說吧！可不知兄弟你和俞姑娘幾時動身？"

李慕白卻向秀蓮說："此次我北來，因為與靜玄師徒爭鬥，又被我盟伯嚴加申斥，將來我們南下，在路上總還要不惹糾紛才好。"

俞秀蓮點頭說："那是自然，我是要到江南專心學習武藝，在武藝沒學成之前，什麼事我也不惹。"又說，"我是個急性子，恨不得現在就離開北京，先回到巨鹿家中看看我父親的墳墓，然後我就隨李大哥南下。"

楊小姑娘在背燈處拭着眼淚說："我還要求俞姑娘帶我看看我哥哥和我姊姊去！"

俞秀蓮說："那等到將來，可以叫孫叔父帶你去。"

德嘯峰卻搖頭說："孫正禮若帶她去恐不甚妥，到了姜家還不要緊，若到保定黑虎陶宏家裏，他難免又跟人家打架！"

李慕白皺了皺眉，說："現在還有一件事情，說出來難免令楊小姑娘傷心，但她早晚也要知道的，就是……"說到這裏，歎了一聲，又說，"德大哥和俞姑娘千萬別跟外人去說，史胖子現在已來到北京，兩三天內，他必要做出些事來。昨天他去見我，對我說，楊小姑娘之兄已因傷重死了！”

　　麗芳小姑娘一聽她哥哥已死，她就趴在桌上嗚嗚地痛哭起來，俞秀蓮和德嘯峰也不禁歎息。

　　李慕白又說：“楊豹死後，馮茂把他葬埋了，聽說辦得還很好。固然楊豹是一條好漢，父母大仇未報就這樣死了，實在可惜！可是他已知道他兩個胞妹都有了很好的地方安置，他總也可以瞑目了。我們走江湖的人就是這樣，整天與人尋仇鬥氣，難免有一朝受傷和殞命。楊豹他自從得到珍珠，下了一次江南，在他手下死傷的人不知有多少，這並不是說什麼循環報應，只是勸小姑娘不要再徒然傷心了！”

　　秀蓮又過去，拉着楊小姑娘勸慰了半天，後來是商量好了，後天俞秀蓮就帶着楊小姑娘離京，叫孫正禮同着前去，先到正定府麒麟村，使楊家姊妹見了面，然後孫正禮再把楊小姑娘送回北京。秀蓮就一直回到巨鹿縣，在巨鹿等候李慕白，然後二人再一同往江南去。相商已畢，楊小姑娘也止住悲聲。

　　德嘯峰就說，今天他已把人身穴道圖謄出五幅來，是照着畫下來的，因為晚間不敢謄抄，所以需等到明日再動筆，大概再有兩日，也就可以完全謄出來了。

　　李慕白點頭說：“並不忙，我還要在北京住兩三天呢。”當下德嘯峰又看了看那口斬銅削鐵的寶劍，然後李慕白就說：“我要回去了，明晚我再到這裏來。”當下李慕白出屋，提劍上房走去。這裏德嘯峰又同秀蓮談了幾句閒話，並安慰了楊小姑娘一番，他就回到自己的宅裏去了。

　　到了次日，德嘯峰起來，忙忙地用過了早點，便到書房裏，關上門，用絹蒙在那人身穴道圖上，提筆謄寫，上午十一點左右，忽聽僕人壽兒來敲門，說是邱小侯爺來訪。德嘯峰趕緊說：“先請到客廳裏，我這就出去接見！”當下他趕緊收起穴道圖，就開了門，去到前院客廳裏見了銀槍將軍邱廣超。兩人先說了些閒話，說是延慶神槍楊健堂將要來京，他想要在北京成立一座鏢店。德嘯峰就笑着說：“那可好極了，楊健堂將來若能在北京長住，我們又多了一個朋友。只是我現在不敢與鏢行中的人多交往了！”

　　此時壽兒獻上茶來，邱廣超就向德嘯峰使了個眼色，德嘯峰曉得邱廣超必有什麼秘密的事要談，遂就擺手令壽兒退出屋去。這時客廳裏只有德嘯峰與邱廣超，邱廣超把椅子搬近了一些，悄聲問說：“五哥，你可聽見李慕白來京的消息沒有？”

　　德嘯峰吃了一驚，悄聲問說：“你是聽見誰說他來了？”

　　邱廣超說：“前夜宮中出了一件奇事，這件事外面還沒有人知道。

就是與五哥那案件有關的珍珠，一共四十九顆，天津玉器局和吳橋紳士華家，兩處共起出了四顆，尚餘四十五顆全無下落，盜寶人犯單刀楊小太歲也無處緝拿。可是昨天早晨，宮中的紅牆上忽然發現白灰寫的字跡，署名為天涯孤俠，說是已將珍珠四十五顆歸還，放在大殿的脊下，但是同時西宮裏卻發現了珍珠，正是三年前所失之物！”

德嘯峰雖然已經知道，但聽邱廣超說了，也不禁驚恐。邱廣超又說：“現在張大總管已然被押，交到慎刑司審問，就是因為那天涯孤俠在牆上留字控告了他，說他是監守自盜，三年前盜寶大案的主謀！昨天就把家抄了，並抄出幾件宮中就未發覺的失物。”

德嘯峰聽着點頭，心裏異常的痛快。邱廣超又說：“盜寶之案，真相不久即可大白，五哥你也將有出頭之日了。只是那歸寶天涯孤俠，宮中雖不欲深究，可是一般太監侍衛及王公大臣，卻都正在議論紛紛。”

德嘯峰趕緊問說：“怎樣議論？”

邱廣超說：“都說這送寶之人就是單刀楊小太歲，此人是一位俠客，前天是特來歸寶求赦……”德嘯峰聽了，不禁微笑。邱廣超又說：“可是，剛才鐵二爺忽然把我叫到他的府上，他說他敢斷定，在宮中歸寶之人，必是李慕白，他並且有憑據！”

德嘯峰驚訝着說：“他有什麼憑據？”

邱廣超悄聲說：“鐵二爺他說，他的書房中，在今天清晨忽然發現一口寶劍，他試了試，確是一口稀有的鋒利寶劍，能夠斬釘斷鐵。鐵二爺說那一定是昨夜有人給他送去的，他斷定送劍的人必是李慕白，所以才托我來向五哥這裏打聽打聽。”

德嘯峰聽了，忍不住微笑着說：“鐵小貝勒真不愧是李慕白的知己，李慕白確實已到北京來了。”遂就把李慕白和俞秀蓮的事蹟，以及他們將要同往江南九華山之事，詳細地對邱廣超說了。

邱廣超聽了，十分動色，說：“李慕白真是今世少見的英雄，鐵小貝勒要請李慕白今晚到他府中見上一面，我也要在座作陪。”

德嘯峰沉思了一會兒，搖頭說：“不必了！李慕白他也一定不肯，因為此次他來到北京，行蹤極為詭秘，白天他易了道士裝束，有時在街閭遊，晚間是在什麼地方棲宿，連我也不知道。”又說，“鐵二爺已不同三年前，他現在朝中已有品級，倘或與李慕白私下見面，僕人們有嘴不嚴的，把事情傳將出去，那就不大好了。”

邱廣超也想了半天，點頭說：“五哥你說的話也極是。這樣吧，下午我再到一趟鐵府，把這些事婉轉告訴鐵二爺，就是了。”於是二人又談了一會兒話，邱廣超就起身告辭走了。

德嘯峰用畢午飯，依舊在書房裏，把屋門關上，加緊地謄抄那人身穴道圖，直到黃昏時候，只剩下一幅歌訣還沒有抄錄。德嘯峰卻不敢再寫了，便將圖籍全都鎖在櫃子裏。到了裏院，卻見俞秀蓮和楊小姑娘都在這裏了。

德大奶奶笑着對她丈夫說：“我們就等着你啦，廚房把菜都已備好了。新開罎子的紹興酒，咱們非得把俞大妹妹灌醉了不可，明天好不叫她走！”

俞秀蓮微笑着，也說：“不用五嫂子灌我，我一定喝，因為明天走了，三四年後才能再來喝五嫂子的酒。”

德大奶奶笑着說：“三四年後，你若是一個人回來，我可不給你喝酒！”

德嘯峰趕緊向德大奶奶使眼色，不叫她打趣秀蓮。秀蓮卻像沒有留心聽德大奶奶的話。少時酒肴已然擺上，文雄文傑兩位小少爺也過來作陪，給他們的女師父餞行。楊小姑娘卻不由有些忸怩。

當日三更以後，秀蓮帶着楊小姑娘，方才回到西邊的院裏。李慕白也沒再到這兩處來。次日一清早，五爪鷹孫正禮又騎着棗色大馬，來找俞秀蓮，德宅的福子也把車套好，於是俞秀蓮和孫正禮都騎着馬，楊小姑娘坐在車上，就在晨曦之下，離京往正定府去了。德嘯峰眼看他們的車馬走後，回到書房裏，又抄寫那幅點穴歌訣，不到兩個小時，就全都抄寫完了。

正要去用早飯，忽見壽兒由外面進來，面帶驚慌之色，連說：“老爺，老爺，現在京城裏出了一位飛簷走壁的俠客！前兩天金鑾殿上發現了幾顆避塵珠，聽說每顆都核桃那麼大，是俠客貢獻給朝廷的。九城的人都傳說遍了。”

德嘯峰聽了不由微笑，說：“你別信外邊那些謠言！”

壽兒連連分辯說：“不是謠言！昨天夜裏又出了兩樁奇案。一件是西城牛角胡同死了個冒寶昆，就是三年前幫助黃驥北訛詐咱家的那個冒六。一件是慎刑司裏押着的張大總管，昨天夜裏在獄裏就丟了首級！”德嘯峰一聽說這兩件命案，他就不由得吃了一驚，但是自己心中明白，這一定是李慕白的朋友史胖子所做的。

當日德嘯峰只盼着李慕白來到。到晚間，三更以後，德嘯峰置備酒肴，一個人在書房中敬候。果然李慕白翩然來到，德嘯峰就把兩份人身穴道圖全都交給了李慕白，並把當年李慕白所使用的那口寶劍，並江南鶴老俠留給俞秀蓮姑娘的“斯人已隨江南鶴，寶劍留結他日緣”的紅帖，交給李慕白。李慕白看了，又不禁感慨。德嘯峰便把酒為李慕白餞行，二人直談到四更以後，李慕白方才回去。當日他到齊化門外取了馬匹，就離京南下了。

　　半月以後，孫正禮已把楊小姑娘送回到德家，北京這方面平靜無事，而巨鹿以南，南下的驛道上，卻出現了兩位俠客。一位是年約二十七八歲，相貌魁梧，神情瀟灑，穿着青綢棉衣，頭戴青緞風帽的男子；另一位卻是僅僅二十歲出頭的妙齡姑娘，瓜子臉兒，明眸小口，美麗之中顯露出來英風，披着是青緞面子的皮斗篷。兩人全都騎着馬，馬上各帶着刀劍，就在隆冬大地之上相並而行。煙塵滾滾，江水滔滔，他們的蹤跡也就漸漸沒有人知道了。

　　江南九華山為皖中勝地，峰嶺綿延，煙雲靉靆，山上有許多寺宇及村落，樹木森密之處，山巒幽僻之所，並有許多奇人隱士，在那裏結廬而居，與外人不相往來。春來遍山的鮮花，秋後迷徑的落葉。在夜靜星高之時，常有光芒的劍氣直射斗牛，而山猿野鳥也時時窺到些人間所見不到的絕技。本書及《寶劍金釵記》中的兩位主人，便暫時寄蹤於其間。

跋 — 尋找父親的足跡（Epilogue）

王宏

一、影壇驚世

　　2000 年，由臺灣著名導演李安執導，根據已故作家王度廬的武俠小說系列「鐵鶴五部」改編，由周潤發、楊紫瓊、章子怡、張震等主演，拍攝了《臥虎藏龍》電影。

　　該電影大獲成功，獲第 73 屆奧斯卡包括最佳影片在內的 10 項提名，獲 4 項獎（最佳外語片、最佳藝術指導、最佳原創配樂和最佳攝影）。獲 3 項金球獎提名，其中兩項獲獎（最佳導演獎和最佳外語片）。這是華語電影歷史上第一部榮獲奧斯卡金像獎最佳外語片的影片。《臥虎藏龍》電影在西方尤為受到廣泛好評。世界總票房為 2.1 億美元，其中美國為 1.3 億，打破了美國外國語電影票房的歷史記錄。

　　愛屋及烏，西方對該電影的喜愛甚至擴展到它的名字：Crouching Tiger, Hidden Dragon，以致創造了許多類似的用法，例如

Crouching Confusion, Hidden Hassles
Crouching Manager, Hidden Database
Crouching Impact,Hidden Attribution
Crouching Market,Hidden Value……

　　對中國的傳統理念和價值觀，特別是對來自於中國民間的俠義精神有所認識。這些自然應該歸功於李安先生的高超導演才能。然而，對於其原著的作者王度盧，國外一無所知，甚至國內也很少有人知道。

二、深隱市井

　　王度盧是我的父親，可是我以前並不十分了解他的過去。小時候，我就知道父親是一個普通的中學老師。不擅交際，朋友不多，家裏的裏裏外外，都是母親一人張羅。父母從來不過節，不慶生。年三十我只好跟別人家的孩子一起放鞭炮，到鄰居家吃年夜餃子。父親是老教師，初一，一大早校長就領着一大幫幹部和老師來拜年，父親基本上是年年被堵被窩，大家也見怪不怪。

　　父母工作都很努力，晚上父親還要到學校給學生輔導。母親負責學生的舍務，晚間回來更晚，有時甚至不回家住。有一天晚上，我跟着母親去學生宿舍樓，困了就睡在一個職工的床上，半夜被母親喚醒，發現我的兩隻耳朵都被臭蟲咬腫了。晚上常常是我一人在床上躺着，等父母回家。父親從來都是體弱多病，當他走到離家還很遠的地方時，我就會聽到他強烈的咳嗽聲，趕緊去給他開門。

　　六十年代困難時期，從來都吃食堂的家出現了食品危機，媽媽只好支起爐子，生火做飯。煤柴不夠，媽媽沒辦法，就打開了一個裝滿了書的大木箱，問爸爸："燒不燒？"爸爸答道："燒就燒吧，反正都交代了。"媽媽轉過頭來對我說："這都是你爸過去寫的書，你看不看？"我一瞧，書的顏色都發黃了，封面上的畫也很怪，心想，一定不好看，就搖頭說不看。於是，媽媽就一本一本地，把這些書燒掉炊飯了。

　　初中時，團支部組織我們去撫順階級教育展覽館參觀學習，當我走到一個展示反動、黃色書籍的櫥窗時，霍然發現裏面有署名王度盧的書，嚇得我趕緊走開，沒對任何人講，把這件事埋在心裏。

　　文革期間，父親受到了衝擊，遭到大字報揭發，可是缺少"罪證"（都燒了）。學校的紅衛兵對他還是比較客氣的，來抄家也只是翻翻書架，拿走了一個相冊。在批判會上一個學生指着相冊裏的一個照片，問："王老師，你說你在舊社會的日子很窮，可是你們這張全家照都穿得挺好，這是怎麼回事？"父親笑了笑，答道："李老師抱着的那個嬰兒是王宏，他是解放後出生的。"

　　每天早上，所有人必須到院子裏去跳忠字舞。我出去一看，這幫老師和家屬，一個個笨手笨腳，跳起來簡直就是群魔亂舞，心裏覺得好笑。母親讓父親也去，他就是不去。逼急了，他就說：「不去，打死我也不去！」母親也沒辦法。父親在家裏對母親從來都是言聽計從，令行禁止，這次居然堅決「反抗」，使我感到很吃驚。

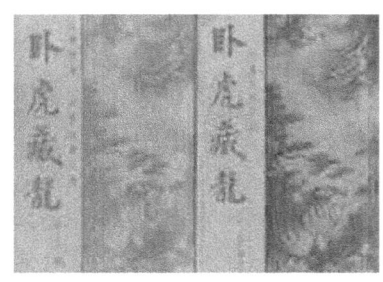

1970 年，母親被下放農村，「走五七道路」，父親被指令退休，作為家屬隨行。當時我已經在農村插隊。學校領導對父母說：現在是照顧你們，派你們到你兒子下鄉的縣裏，以後下放的還指不定要去哪呢。我雖然那時思想很左，決心扎根農村幹革命，可是當我得知父母也要被趕到農村時卻十分不理解。父母已經分別 61 和 54 歲了，而且父親體弱多病。我趕緊往家裏趕，要跟領導理論一番。沒想到一到家，看到家裏的東西已經全都被裝到了卡車上，就準備出發了！一路上，年邁的父母坐在裝滿物品的敞篷卡車上，隨着顛簸的汽車搖晃，痛苦不堪。爸爸半路下車解手時，站了半天也解不出來。媽媽暈車，走一路吐一路，膽汁都吐出來了。那情景，我現在回憶起來都止不住要流淚。

父母去的是一個窮困的小山村，借住在農民的半間屋裏。母親每天要去勞動，父親在家裏常常吃不上飯，生活上遇到了很多困難。唯獨可以慶幸的是，淳樸的農民並沒有歧視他們，並給了他們許多幫助。父親覺得像是躲開了喧囂的亂世，來到了世外桃源。尤其是後來姐姐把孩子送到了他們的身邊，使他們看到了希望，嘗到了天倫之樂。四年後，「五七戰士」陸續被調回安排工作，而母親卻被動員退休，無緣回城。所幸我當時已經畢業留校，他們便搬到了我這裏。1977 年，父親因帕金森氏綜合症離世。

改革開放以後，海內外學者開始尋找父親王度廬，並研究他的作品。天津藝術研究所張贛生先生多方查詢作者的生平，詢問過不少津京老報人，但一無收穫。臺灣葉洪生先生批校的《近代中國武俠小說名著大係》收入了度廬的「鶴—鐵五部曲」等七部作品。他在文章一開始就說：「王度廬之生平不詳。」

80 年代初，葉洪生先生托小說家宮白羽之子宮以仁先生在大陸尋找王度廬。宮先生根據小說內容，推測王度廬可能是北方人，便與蘇州大學徐斯年教授聯係。徐先生回憶道：

「我所在的學科決定立項研究通俗文學，這一課題並被列為『七五』國家社科重點專案。不久，幾位研究通俗文學的朋友相繼來信，說起『武俠北派四大家』中，寫白羽、李壽民、鄭證因三人的生平，人們多已知曉，惟王度廬，至今不知何許人也，問我可有這方面的線索。經過他們的『強化刺激』，猛然想起母校的王度廬老師。

他是我高中同班同學王膺的父親，沒給我們上過課，也從未聽說他寫過武俠小說，但姓名倒一字不差，姑且問問看。很快就收到了母校回信，得知王老師已經逝世，但因此卻找到了王老師的夫人，我們當年的舍務老師李丹荃女士，並且確認了那位四十年代聞名全國的'俠情小說大師'果然就是王膺的爸爸。正是：踏破鐵鞋無覓處，得來全不費功夫！"

後來徐先生為《王度廬武俠言情小說集》寫的序言，就是以《尋找王度廬老師》為題

母親回憶道：

四十多年前，我和我的丈夫王度廬同在一所中學裏工作，那時，徐斯年是這所學校裏的一個朝氣蓬勃、多才多藝的學生。以後我們多年未見，再見面時他已成了一位學識淵博的學者。我和王度廬共同生活了四十多年。如今，我已是耄耋之年，以後的時間不會太多了，所以我願意將我能憶及的一些往事和想法寫下來，留給熱心的讀者和關注通俗文學及其發展的學人。

從此，母親便帶領姐姐和我，開始艱難地搜集、整理父親的作品，追尋他曾經走過的足跡。

三、出身寒門

父親生於 1909 年 9 月，他的青少年時代是在北京的皇城根下度過的。父親原名王葆祥，字霄羽，王度廬其實是他後來的筆名之一。爺爺曾是清宮管理車馬機構裏的一名職員。父親七歲時爺爺不幸病故，遺腹的弟弟葆瑞出生，一家人老的老，小的小，生活困頓。

父親 9 歲那年，姐弟三人又相繼患上傳染病。他昏迷了好幾天，慢慢地又蘇醒活過來了。當他睜開眼時，卻見屋裏全變了樣子，空蕩蕩的少了不少東西，桌子和炕頭上的櫃子也全不見了。奶奶坐在炕邊掉淚，為了給孩子們治病，把家中能賣的東西全都賣了。父親病癒後，由於長期營養不良，身體很不好。

儘管貧窮，奶奶還是支撐着讓父親斷斷續續地上了幾年學，讀完了舊制高等小學。父親十二、三歲時，家裏曾送他到眼鏡鋪當學徒。原想這活兒較輕，三年出師，學門手藝，一個月也能掙幾塊錢養家。誰知幹了沒幾天，掌櫃的嫌他身體瘦弱，不會幹活，就打發他回家了。以後又送他去給一個獨身的小軍官當聽差，試工三天，人家嫌他太小，半天生不着一個煤爐，給了幾個銅板，就叫他捲舖蓋了。後來，父親在他寫的小說裏曾經一而再、再而三地寫及城市下層民眾生活的困苦景況和貧民青年求生之難，應該是來自他親身的感受。

父親讀書勤奮，人也聰明。當時有位姓李的小學教師很賞識他，經常借給他書籍，並且教他音律和詩詞格律。

他的學識主要來自於自學。北京大學一院當時離他家很近，所以他有時就到那裏去旁聽。那時的北京大學很開放，外邊的人進去聽課，也無人過問。若有名家來講課，常常是連窗外都站滿了旁聽的人。

父親也常去三座門的北京圖書館看書，一坐就是一天。那時候"鼓樓"那裏還有個民眾圖書閱覽室，可以進去任意翻閱書報雜誌，那裏也是他常去的地方。

父親在十幾歲時就常向報刊投稿，寫些小文章和舊體詩詞。

四、少年修箴

1924 年 6 月 5 日，父親在北京《平報》上發表了《座右箴並序》一文，署名"高小生王葆祥"，時年不足 15 周歲。他寫道：

> 人非聖賢，孰能無過？撼心意之常忽，故箴之以自警。吾本小子，將以致德，行之未嫻，故顧常忽，昭昭矣。效先人之法，作自修之箴，以於座右云：
> 孔曰成仁，孟曰取義。惟其義盡，所以仁至。邪之將熾，正心以止；善之將萌，力之以成。公德急公，是心宜充；私欲利私，是心勿滋。合群守分，勤學好問。今也不修，後也為恨。義烈敢勇，愛眾直耽。茲彼二則，人其猛省。遇宜則為，見賢思齊。日則孜孜，夜則休息。食前運動，飯後步走。處恭禮儀，安命耐時。上述之德，人之要持。交友以信，待長以敬。賢者炙之，惡者感動。勿拘小節，見危授命。勿爭小奮，守真持性。思范淹之訓以先憂，三衛武之詩而謹語。樂然後笑，義然後取。盡己之謂忠，推己之謂恕。拳拳服膺之謂慎，己所獨知之謂獨。忠恕慎獨，聖賢之素。力行忠恕，再加慎獨。黽黽上者，難至極處。要哉要哉，要在勿忽。

接着，他又在平報上發表了《座右銘並敘》。從此，父親用這座右箴和座右銘激勵自己，成為指導自己行為的指南，開始了持續了 27 年寫作的生涯。

1925 年 2 月 1 日，父親（15 周歲）在《平報》上發表了第一部武俠小說《浮白快》，約二十萬字。
此書開頭有題詞：

> 勁梅獨逞歲寒姿，英沾玉碎落池硯。鴻孤天冷無聊趣，呵冰筆寫易水詞。劍光激目奸心悚，翩舞定跡遊俠兒。毫勞一時談千古，傳贊高著史還遺。
> 少林外派武當門，欒歌俠士幾人存。冷劍抽出心驟悚，光斑猶具淚珠痕。惜哉未涉咸陽地，難賫薛家秦客門。德薄姑敗狂遊志，轉向烏毫快談論。
> 　　　　　　　　　　　　大都王葆祥避蕪氏自題

舒翼和貿貿居士在他們所作的序和評注中對《浮白快》讚不絕口，有的地方也許有些過譽，如說《浮白快》堪比《水滸》和《紅樓夢》。但他們盛讚父親對情感描述的真切和深刻應該是恰當的。《浮白快》連載了九個多月，頗受歡迎，隨即被報社印行出版。

《浮白快》完成後，父親便一發不可收拾，接連不斷地發表小說、短文和詩詞。由於大量報紙缺失和有些發表過父親的文字的報刊，如《升報》就根本沒有找到，我們尚無法找到父親全部的作品。至 1933 年的八年內，我們發現父親在《平報》和《小小日報》上發表了四十餘部小說和一千多篇包括雜文、筆記小說和詩詞的短文。

五、長安定情

1933 年 6 月，父親去了西安，在那裏他做過《民意報》的編輯，在"戲劇與電影週刊"上發表了一些文章。他還做過陝西省教育廳編輯室的辦事員，編輯了《陝西謠諺初集》，撰寫了《民間歌謠之研究》。父親在西安工作得並不順利，他既無背景，又不會逢迎，而且物價飛漲，薪金低微。

但這些都算不得什麼，因為父親去西安的目的是追隨與他相愛的人
—— 母親，她在早些時候隨父母從北京遷往西安。1935 年父親與母親結婚。

根據母親的回憶，她在北京讀中學時，在一個同學家裏認識了做家庭教師的父親，從此彼此相愛。父親曾送給母親兩本書，一本是沈三白的《浮生六記》，另一本是納蘭性德的《納蘭詞》。母親不太喜歡《浮生六記》，卻很喜歡那本詞。《納蘭詞》中既有刻骨銘心的愛情詩，更有蒼涼悲愴的邊塞詩。

父母一起遊逛過許多北京的名勝古跡，北海、景山、中山公園、太廟、十剎海、陶然亭等地都去過，所以在父親的作品裏常會提到這些地方。陶然亭在永定門外，俗稱"南下窪子"，是明清時期文人騷客、落第舉子聚會賞景、飲酒賦詩之處，人稱"城市山林"。他們慕名前去遊覽，跑了許多路，結果大為掃興，看到的只是遍地荒草、成片污塘、一座破亭，和幾間坍屋。然而，父親曉得有關的典故，帶着母親找到了那座著名的"香塚"和"鸚鵡塚"，並去誦讀那香塚石碣上鐫刻的銘文（香塚毀於十年浩劫）。那銘文母親在晚年時仍能背出：

浩浩愁，茫茫劫。短歌終，明月缺。鬱鬱佳城，中有碧血。碧亦有時盡，血亦有時滅，一縷煙痕無斷絕。是耶非耶？化為蝴蝶。

後來，當父親撰寫俠情小說《寶劍金釵》時，便把書中的那位身後淒涼的"俠妓"謝翠纖的墓地設置在了此地。

父母在西安居住的時間雖然不長，但是那段經歷對父親後來的創作卻意義不小。西北地方，自然環境嚴峻，民風剽悍，加以窮困，乃多鋌而走險者。母親的父親因猝發心臟病，卒於三原縣。父親從西安前去接靈，途中就曾遭遇綠林強盜，衣物被洗劫一空，他只得返回西安，重新打點，再走一趟。後來父親在《鐵騎銀瓶》中寫韓鐵芳在那一帶被匪幫劫持，應是滲入了那時的切身體驗。

1936 年，父母回到了北京，接着在《平報》上連載了武俠小說《黃河遊俠傳》、《燕趙悲歌傳》和《八俠奪珠記》（未完成）。

六、開創先河

1937 年，父母去青島看望母親的伯父。父親的身體一直不好，青島的氣候很適合他養病，於是他決定"在此住一夏天，陪着闊人們避暑，休養我的身體，恢復我的健康，為預備我的衣食，繼續效力。但是我還需要回去……"

不久，叔叔與幾個北平青年同來青島。小住之後，父母送他們離開青島，去參加抗戰。叔叔是遺腹子，父親對他格外疼愛，甚至在小說裏也寫進了他的小名。母親回憶道："他們兄弟一向感情很好，分手時不無留戀。最後王度盧慨然說：'你就放心走吧，我們以後會團聚的，母親的生活，家裏的一切，有我呢。'他把自己的懷錶給了弟弟。"

後來的事情則是始料不及的，7 月 30 日，日寇佔領了北平。1938 年 1 月，青島也被日寇侵佔。父親一家只得滯留青島。父親給自己起了個新的筆名"度盧"，他說"度"就是"渡"，希望能夠度過這一段艱辛的日子。"盧"就是簡陋居室。

1938 年 6 月 2 日，他在《海濱憶寫》中寫下了這段經歷，署名"度盧"：

> 去年櫻花開的時節，我由北京初次來到青島，目的第一是看望多年未晤的戚友，其次便是因為我過了多年的寫作生活，把身體弄壞，需要覓一個適當的地方休養幾個月。……然而，命運，不久便發生時局的變化。
>
> 把避暑變成了避難，快樂休養變成了憂患戰亡，度了半載多的恐怖生活……自然，在我是僥幸的，然而我的身體卻因為一往的憂患，需要更長時期的休養了，換句話說：我需要更長時期地住在青島了……

"時局的變化"，當然是指"七七"事變和青島淪陷。父親雖然只是個文弱書生，可是愛恨分明、嫉惡如仇，可以想像得出，他的內心有多麼痛苦。但是為了養活家人，為了能在淪陷區不失尊嚴地生活下去，他只能賣文為生。

父親在青島的作品主要為俠情小說和社會言情小說，俠情小說多為清末故事，社會小說則多發生在上世紀二十年代至戰前，而地點多被設置在北京。北京是父親魂牽夢繞的地方，他熟悉那裏的地理環境、民風民俗，而且那裏還有他的母親。他只能在小說中寄託自己的鄉愁，通過小說裏的豪傑行俠仗義、除暴安良，以去心中之塊壘。想起父親在北京時寫的那些痛斥日本帝國主義的雜文，更能理解他此時內心的苦悶。儘管在日本人的鐵蹄下，他的作品仍保持了中國人的尊嚴，……沒有媚骨。

父親在青島寫了《臥虎藏龍》五部系列和《風雨雙龍劍》等二十餘部俠義、俠情小說和《落絮飄香》、《燕市俠伶》等八部社會言情小說，並將其創作成就推向了新的高峰。

　　臺灣學者葉洪生先生指出：

　　作者悲憫地將玉嬌龍這種對封建門第觀念視同'原罪'，並予以無情地揭露、鞭撻，正要世人認清其禍害本質所在。"而其震撼人心的力量，正是借玉嬌龍的悲劇性格和悲劇命運方得以顯示。在揭示人物內心上，作者甚得力於佛洛伊德的心理分析學說，運用較為成功。

張贛生先生曾寫道：

　　度廬先生是一位極富正義感的作家，這在他的社會言情小說中表現的格外鮮明。《風塵四傑》《香山俠女》中天橋藝人的血淚生活，《落絮飄香》《靈魂之鎖》中純真少女的落入陷阱，都是對黑暗社會的控訴，很能引起讀者的共鳴。度廬先生自幼生活在北京，熟知當地風土民情，常常在小說中對古都風光作動情的描寫，使他的作品更別具一種情趣。

　　度廬先生是經受過"五四"新文化運動洗禮的人，他內心深處所尊崇的實際上是新文藝小說，因而他本人或許更重視較貼近新文藝風格的言情小說和社會小說創作。但從中國文學史的全域來看，他的武俠言情小說大大超越了前人所達到的水準，而且對後起的港臺武俠小說有及深遠影響的，是他創造了武俠言情小說的完善形態，在這方面，他是開山立派的一代宗師。

七、留芳身後

　　父親是一個窮苦人家的孩子，從十幾歲起就開始寫作，從北京的皇城根一直寫到青島海濱，竟寫了上千萬字。我們不清楚他到底寫了多少，因為至今仍不時有新的作品發現，每每想到體弱多病的父親連續數年同時寫着幾部小說，想到他當時經歷的苦難、內心的苦悶，不禁淚目。

 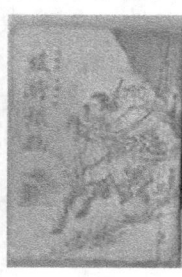  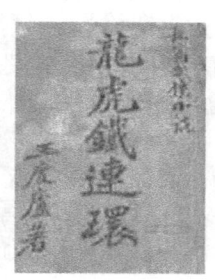

父親生前擱筆從教 27 年，寡言少語，絕口不提以前寫書的事。當別人問起時，他也只是敷衍作答。在長期左的思潮的影響下，我也誤以為父親過去寫的東西肯定不好，也從來沒想去問問父親。只是在改革開放以後，社會上開始"引進"，重新認識和接受我的父親早年的作品，學者、專家們開始研究和評價其文學價值和社會意義，這才使我們開始重新"發現"父親，了解父親，現在真是追悔莫及。

　　父親到底是如何看待他的作品的？我想父親或許對他的作品有不滿之處，因為那些畢竟是為了養家糊口，不打稿，不修改，一氣呵成，與有的武俠作家反復修改、精雕細琢、屢出新版的作品相比，難免時有粗糙。但細讀父親的作品，不但發現其才華橫溢、妙語連珠，更感受到充滿的激情、正義感、同情與憐憫及嫉惡如仇，是父親傾注全部心血甚至生命寫出的。所以，父親的內心，對他的作品應該又是喜愛的，珍惜的。

　　父親雖然已經去世幾十年了，但他的作品仍未被遺忘，他寫的故事被一版再版，被拍成了電影，被譯成了多國文字，還被收入了中學語文讀本。根據《臥虎藏龍》拍攝的同名電影對世界的震動遠遠大於其對中國大陸和華人社會的影響，這是一個很獨特的現象。這固然同李安先生的導演有關，但也說明了父親幾十年前的作品所表達的理念得到了西方現代文明的理解和認同。這一現象引起了海外許多學者的研究，及至於對中國的傳統文化和價值觀的興趣和重新認識。

　　英國曼徹斯特大學 Hubertus M.G.van Malssen 在他以《"俠"的重新定義：王度廬的鶴－鐵系列中的現實與虛構，1938－1944》（Redefining xia: Reality and Fictionin,Wang Dulu's Crane-Iron Series,1938-1944）為題的博士論文（2013）中指出：過去國外對"俠"(xia) 的定義通常是同暴力和武藝 (wu) 相關。通過對民國史、王度廬生平及他的小說的分析，認識到"俠"的含義是正面的，是一種包括善良，利他，忠誠、正義等特點的美德，這種美德與武藝的強弱無關。而"義"(yi) 即公正、正義，則是俠的一個道德方面的表現。把"俠"理解為歐洲中世紀騎士 (knight) 也是不恰當的。騎士只是男性，屬於特殊的社會階層，騎着馬，手執利劍和長矛到處遊逛，證實自己的勇氣，最後以贏得一個女人的芳心和美好的結局告終。而"俠"，既有男性也有女性，而且男女是平等的。俠士的愛情往往歷經波折並以悲劇告終。俠的道德往往高於盜匪、保鏢、捕頭、軍隊將領和朝廷官員。因此，他認為，對於"俠"，並沒有恰當的英語翻譯，應該引進新的詞彙 'xia'。

　　T.D. Sang 在《形體，代表性和中國文化所體現的現代性》（Embodied Modernities: Corporeality, Representation, and Chinese Cultures）一書中指出，雖然王度廬在中國文壇被忽視了幾十年，他其實是一個很有抱負的作家，他能在三、四十年代就能將中國的傳統同新思想結合起來。例如，他把中國長期以來就存在的俠女文學與現代的婦女平等、獨立、自主的思想聯係在一起，從而得到了推崇女權主義和人道主義現代文明的共鳴。

　　2011 年 9 月 14 日，我們在北京的八達嶺陵園為父親母親舉行了落葬儀式。墓地坐落於陵園的仙泰園內，這裏背依青山，松柏常綠，能聽到鳥鳴蟲叫，能遠眺巍巍長城，放眼望去，莽莽蒼蒼，群山峻拔，林木蔥籠。父親母親在外漂泊多年，終於魂歸故土，葉落歸根了，他們將在這裏，在八達嶺的蒼松翠柏之中，被後人長久垂念。想起父親 1930 年所寫的：

　　月上樹梢，晚風徐起，我也有些困倦了……

　　願他們安息！

已知王度廬著作目錄 （BIBLIOGRAPHY）

序號 (Order)	作品名稱（Title）	始載年份 (Publication Year)	出版社 (Publisher)	筆名 (Pen Name)
1	浮白快	1925	平報	葆祥
2	夫妻殘殺記	1925	平報	霄羽
3	玻璃島	1926	平報	霄羽
4	血衫記	1926	平報	霄羽
5	草澤英雄傳	1926	平報	霄羽
6	半瓶香水	1926	小小日報	王霄羽
7	黃色粉筆	1926	小小日報	王霄羽
8	紅綾枕	1926	小小日報	王霄羽
9	殘陽碎夢	1926	小小日報	王霄羽
10	青衫劍客	1927	小小日報	王霄羽
11	俠義夫妻	1927	小小日報	王霄羽
12	琪花恨	1927	小小日報	王霄羽
13	孀母孤兒	1927	小小日報	王霄羽
14	風塵雙俠	1927	平報	葆祥
15	飄泊花	1927	平報	葆祥
16	甘肅響馬記	1927	平報	霄羽
17	紅手腕	1927	平報	霄羽
18	護花鈴	1927	小小日報	霄羽
19	怪皮鞋	1927	平報	王霄羽
20	江湖十六奇俠	1928	平報	王霄羽
21	獅子頭	1928	平報	王霄羽
22	蝶魂花骨	1928	平報	王霄羽
23	疑真疑假	1928	小小日報	葆祥
24	女刺客	1928	平報	王霄羽
25	雙鳳隨鴉錄	1928	小小日報	王霄羽
26	紅旗嶺	1929	平報	王霄羽
27	戰地情仇	1929	平報	王霄羽
28	脂粉英雄	1929	平報	王霄羽
29	塵海遊俠	1930	平報	王霄羽
30	自鳴鐘	1930	平報	王霄羽

(接上表)

31	驚人秘柬	1930	平報	王霄羽
32	神獒捉鬼	1930	平報	王霄羽
33	空房怪事	1930	平報	王霄羽
34	繡簾垂	？	平報	王霄羽
35	玉藕愁絲	1930	小小日報	香波館主
36	煙靄紛紛	1930	小小日報	香波館主
37	鼉汊海盜	1930	小小日報	霄羽
38	燕北雙雄	1930	平報	王霄羽
39	深宮奇俠	1930	平報	霄羽
40	胭脂劍	1931	平報	王霄羽
41	舞女啼痕	1931	平報	霄羽
42	北平新鏡	1931	平報	霄羽
43	纏命絲	1931	小小日報	王霄羽
44	觸目驚心	1931	小小日報	王霄羽
45	燕燕鶯鶯	1931	小小日報	香波館主
46	寶劍明珠	1931	平報	王霄羽
47	滄海雙鷹	1932	平報	王霄羽
48	洛水蛟龍	1932	平報	王霄羽
49	湖海龍蛇	1932	平報	霄羽
50	鸞鳳戟	1933	平報	霄羽
51	黃河四俠	1933	平報	霄羽
52	鷂子高三	1933	平報	霄羽
53	紅衣飲劍錄	1934	平報	霄羽
54	黃河遊俠傳	1936	平報	霄羽
55	燕趙悲歌傳	1937	平報	霄羽
56	八俠奪珠記	1937	平報	霄羽
57	河岳遊俠傳	1938	青島新民報	王度廬
58	寶劍金釵記	1938	青島新民報	王度廬
59	落絮飄香	1939	青島新民報	霄羽
60	劍氣珠光錄	1939	青島新民報	王度廬
61	古城新月	1940	青島新民報	霄羽
62	舞鶴鳴鸞記	1940	青島新民報	王度廬
63	風雨雙龍劍	1940	京報（南京）	王度廬
64	臥虎藏龍傳	1941	青島新民報	王度廬
65	海上虹霞	1941	青島新民報	霄羽
66	彩鳳銀蛇傳	1941	京報（南京）	王度廬
67	虞美人	1941	青島新民報	霄羽
68	纖纖劍	1942	京報（南京）	王度廬
69	鐵騎銀瓶傳	1942	青島大新民報	王度廬
70	舞劍飛花錄	1943	京報（南京）	王度廬

（接上表）

71	寒梅曲	1943	青島大新民報	霄羽
72	大漠雙鴛譜	1944	京報（南京）	王度廬
73	紫電青霜錄	1944	青島大新民報	王度廬
74	春明小俠	1944	京報（南京）	王度廬
75	瓊樓雙劍記	1945	京報（南京）	王度廬
76	錦繡豪雄傳	1945	民民民	王度廬
77	紫鳳鏢	1946	青島時報	魯雲
78	太平天國情俠傳	1947	民治報	魯雲
79	清末俠客傳	1947	大中報	魯雲
80	晚香玉	1947	青島時報	魯雲
81	雍正與年羹堯	1947	青島時報	魯雲
82	粉墨嬋娟	1948	青島時報	綠蕪
83	風塵四傑	1948	島聲旬刊	佩俠
84	寶刀飛	1948	青島時報	魯雲
85	燕市俠伶	1948	青島時報	綠蕪
86	金剛玉寶劍	1948	青島公報　聯青晚報	王度廬
87	龍虎鐵連環	1948	軍民晚報	王度廬
88	玉佩金刀記	1949	民治報	王度廬
89	香山俠女	1949	上海勵力出版社	王度廬
90	春秋戟	1949	上海勵力出版社	王度廬

www.ingramcontent.com/pod-product-compliance
Lightning Source LLC
Chambersburg PA
CBHW081326090726
47907CB00010B/2389